SUR ORDRE

*

Avec *Octobre rouge, Tempête rouge, Jeux de guerre, Le Cardinal du Kremlin, Danger immédiat, La Somme de toutes les peurs, Sans aucun remords, Dette d'honneur* et les quatre volumes de la série *Op-Center*, Tom Clancy est aujourd'hui le plus célèbre des auteurs de best-sellers américains, l'inventeur d'un nouveau genre : le thriller technologique.

Paru dans Le Livre de Poche :

TOM CLANCY

Sur ordre

*

ROMAN TRADUIT DE L'AMÉRICAIN PAR BERNARD BLANC

ALBIN MICHEL

Titre original :

EXECUTIVE ORDERS
publié par G.P. Putman's Sons, New York

Ceci est une œuvre de fiction. Les personnages et les situations décrits dans ce livre sont purement imaginaires : toute ressemblance avec des personnages ou des événements existant ou ayant existé ne serait que pure coïncidence.

A Ronald Wilson Reagan,
quarantième président des Etats-Unis,
l'homme qui a gagné la guerre.

Dans l'édition reliée de *Sans aucun remords,* j'ai reproduit un poème dont je ne connaissais ni le titre ni l'auteur. Ce texte me rappelait très fort mon « petit mec », Kyle Haydock, mort du cancer à l'âge de huit ans et vingt-six jours — pour moi, il sera toujours là.

J'ai appris plus tard que ce poème se nomme « Ascension » et que ces vers magnifiques sont de Colleen Hitchcock, une poétesse d'un rare talent vivant au Minnesota. Je profite ici de l'occasion pour recommander son travail à tous les étudiants en littérature. Ses quelques mots ont attiré mon attention et m'ont séduit, et j'espère qu'ils en séduiront d'autres.

Et si je pars,
Alors que tu es encore là...
Sache que je vivrai toujours,
vibrant sur un rythme différent
derrière un voile pour toi opaque.
Tu ne pourras me voir,
aussi tu dois garder la foi.
J'attends l'heure où nous pourrons à nouveau
prendre notre essor
mutuellement conscients l'un de l'autre.

D'ici là, vis pleinement ta vie et si tu as besoin de
[moi,
Tu n'auras qu'à murmurer mon nom dans ton
[cœur,
... Je serai là [1].

1. © Colleen Corah Hitchcock 1989, Spirit Art International, Inc., P.O. Box 39082, Edina, Minnesota, 55439, Etats-Unis. Traduction de Jean Bonnefoy.

Je prie le ciel de bénir au mieux cette maison et tous ceux qui y habiteront plus tard. Que seuls des hommes honnêtes et sages règnent sous ce toit.

John Adams, deuxième président des Etats-Unis. Lettre à Abigail, 2 novembre 1800, au moment de son installation à la Maison-Blanche.

Prologue

On commence ici...

Ça doit être le choc, pensa Ryan.

Il avait la bizarre impression de s'être dédoublé. Une partie de lui-même regardait par la fenêtre du bureau de CNN à Washington et voyait les flammes dévorer les restes du Capitole — un halo rouge orangé crachant des gerbes jaunes, comme si le millier de vies humaines qui venait d'être soufflé moins d'une heure plus tôt s'était métamorphosé en un arrangement floral monstrueux. Pour le moment, il était trop engourdi pour ressentir le moindre chagrin, mais il savait que ça allait venir, comme la douleur après un coup de poing en pleine figure. Une fois encore, la Mort dans toute son atroce majesté lui avait tendu les bras. Il l'avait vue s'approcher, s'arrêter, reculer, et il n'y avait rien à dire là-dessus, sinon que ses enfants n'avaient pas su que leurs jeunes existences avaient failli se terminer prématurément. Pour eux, ç'avait été simplement un accident qu'ils n'avaient pas compris. Ils étaient avec leur mère, maintenant, et ils se sentaient en sécurité malgré l'absence de leur père. C'était une situation, hélas, à laquelle sa famille était habituée.

Une autre partie de lui considérait ce même spectacle et savait qu'il fallait absolument faire quelque chose. Mais il avait beau s'efforcer d'être logique, cela ne l'avançait guère, car la logique était incapable de lui dire quoi faire et par où commencer.

— Monsieur le président?

C'était la voix de l'agent spécial Andrea Price.

— Oui? répondit Ryan sans cesser de regarder par la fenêtre.

Derrière lui — il voyait leurs reflets dans la vitre —, six agents du Service secret, l'arme au poing, interdisaient l'entrée. Il devait y avoir beaucoup d'employés de CNN de l'autre côté de la porte, rassemblés là par devoir professionnel — c'étaient des journalistes, après tout —, mais d'abord par simple curiosité, ce qui était on ne peut plus normal lorsqu'on se retrouvait au cœur même d'un événement historique. Ils se demandaient sans doute ce que ça pouvait faire d'être dans la peau du président, sans comprendre que tout le monde vivait ce genre de drame de la même façon. Confronté à un accident d'auto ou à une maladie subite, l'esprit humain, pris au dépourvu, marque une pause et essaie de donner un sens à ce qui n'en a pas — et plus l'épreuve est dure, plus la période de récupération est difficile. Mais les gens préparés aux situations de crise ont des procédures auxquelles se raccrocher.

— Monsieur, nous devons vous conduire à...

— Où ça? Dans un endroit sûr? Parce que vous en connaissez un, peut-être? répliqua Jack, avant de se reprocher la cruauté de sa question.

Vingt agents au moins étaient morts dans le bûcher funéraire à quelques kilomètres de là, et tous étaient des amis des hommes et des femmes qui protégeaient leur nouveau président. Il n'avait pas le droit de laisser son malaise déteindre sur eux.

— Et ma famille? murmura-t-il un moment plus tard.

— Caserne des Marines, 8ᵉ Rue et Rue I, ainsi que vous l'avez ordonné, monsieur.

Oui, ça leur faisait du bien de pouvoir lui annoncer qu'ils avaient exécuté ses ordres, pensa Ryan avec un petit hochement de tête. Et ça lui faisait du bien à lui aussi de le savoir. Il avait au moins fait quelque chose d'utile.

— Monsieur, si cela faisait partie d'un plan concerté...

— Sûrement pas. Ce n'est jamais le cas, Andrea, n'est-ce pas ? demanda le président Ryan.

Il fut surpris d'entendre à quel point sa voix paraissait lasse, et puis il se rappela que ce genre de choc et de stress était plus épuisant que le plus dur des exercices physiques. Il n'était même pas sûr d'avoir la force de secouer la tête pour se remettre les idées en place.

— Ça arrive pourtant, fit remarquer l'agent spécial Price.

Oui, je suppose qu'elle a raison, pensa Ryan.

— Bon, alors, quelle est la marche à suivre, dans ce cas-là ? demanda-t-il.

— Kneecap [1], répondit Andrea Price.

C'était le surnom du NEACP, le Poste de commande aéroporté d'état d'urgence, un 747 aménagé, stationné à la base de l'Air Force d'Andrews. Jack réfléchit un moment à cette suggestion, puis fronça les sourcils

— Non, je ne peux pas m'enfuir, assura-t-il. Je pense qu'il faut que j'y retourne.

Le président Ryan indiqua du doigt le lointain rougeoiement.

— Non, monsieur, c'est trop dangereux.

— Ma place est là-bas, Andrea.

Il raisonne déjà comme un politicien, se dit-elle, déçue.

Voyant son expression, Ryan comprit qu'il devait s'expliquer. Il avait appris une chose, jadis, peut-être la seule qui s'appliquait à la situation présente.

— On m'a enseigné quelque chose à Quantico : quand on remplit une fonction de commandement, les troupes ont besoin de vous voir faire votre boulot. De savoir que vous êtes là pour elles.

1. La genouillère *(N.d.T)*.

Et moi, il faut aussi que je m'assure que tout ça est bien réel, que je suis bien le président..., ajouta-t-il en lui-même.

Mais l'était-il?

Ceux du Service secret le pensaient, en tout cas. Il avait prêté serment, prononcé les phrases officielles, demandé à Dieu de bénir ses efforts, mais tout s'était passé trop tôt, trop vite. Pour la première fois de sa vie, sans doute, John Patrick Ryan ferma les yeux en souhaitant se réveiller de ce rêve invraisemblable — hélas, quand il les rouvrit, le halo orange et les flammes qui en jaillissaient étaient toujours là. Il savait qu'il avait dit les paroles qu'on attendait de lui. Il s'était même fendu d'un petit discours, n'est-ce pas? Mais pour l'instant il était incapable de se souvenir du moindre mot.

Remettons-nous au boulot, avait-il murmuré une minute plus tôt. Ça, il s'en souvenait. Une phrase presque machinale. Mais signifiait-elle quelque chose?

Jack Ryan secoua la tête — et même ce simple geste lui sembla un exploit —, puis il se détourna de la fenêtre et considéra les agents qui l'entouraient.

— Bon. Il nous reste qui?

— Les secrétaires d'Etat au Commerce et à l'Intérieur, répondit Andrea, qui avait reçu l'information par sa radio personnelle. Le secrétaire au Commerce est à San Francisco, et le second au Nouveau-Mexique. On les a rappelés; l'Air Force va les ramener. Nous avons perdu tous les autres ministres, le directeur du FBI, Bill Shaw, les neuf juges de la Cour suprême, les chefs d'état-major. Nous ne savons pas exactement combien de membres du Congrès étaient absents lorsque c'est arrivé.

— Mme Durling?

Andrea secoua la tête.

— Elle n'en a pas réchappé, monsieur. Mais les enfants sont à la Maison-Blanche.

Jack acquiesça tristement à ce nouvel aspect de la

tragédie, pinça les lèvres, et pensa au devoir supplémentaire que cela impliquait. Pour les enfants d'Anne et de Roger Durling, ce n'était pas un événement public. Pour eux, c'était affreusement simple : papa et maman étaient morts et ils étaient désormais orphelins. Jack les avait rencontrés, il leur avait parlé — rien de plus que le « Salut ! » qu'on adresse aux gosses de quelqu'un d'autre, mais pour lui c'étaient des enfants qui existaient vraiment, ils avaient un visage et un nom. Ils réagiraient comme lui, ils cligneraient des yeux pour tenter de chasser un cauchemar qui ne s'en irait pas, mais pour eux ce serait beaucoup plus difficile, à cause de leur âge et de leur vulnérabilité.

— Ils sont au courant ? demanda-t-il.

— Oui, monsieur le président, répondit Andrea. Ils regardaient la télé, et nos agents ont été obligés de le leur dire. Ils ont encore leurs grands-parents et de la famille. Nous les faisons venir.

Elle n'eut pas besoin d'ajouter qu'il existait aussi une marche à suivre pour cela, qu'au centre opérationnel du Service secret, à quelques centaines de mètres à l'ouest de la Maison-Blanche, il y avait un classeur verrouillé contenant des enveloppes scellées avec des plans d'urgence prévoyant toutes sortes d'éventualités horribles ; l'une d'entre elles s'était réalisée, tout simplement.

Maintenant, pourtant, il y avait des centaines — non, des milliers — d'enfants sans parents, et pas seulement les deux jeunes Durling. Jack devait les oublier pour le moment. Difficile, peut-être, mais c'était aussi un soulagement de pouvoir mettre cette histoire entre parenthèses. Il regarda de nouveau l'agent Price.

— Vous voulez dire que pour l'instant je représente le gouvernement à moi tout seul ?

— Il semblerait bien, monsieur le président. C'est pourquoi nous...

— C'est pourquoi *je* dois faire ce qu'il faut.

Jack se dirigea vers la porte, entouré par le Service secret. Il y avait des cameramen dans le couloir. Ryan alla droit sur eux, les dépassa, tandis que les deux agents qui le précédaient lui ouvraient le chemin à travers la foule des journalistes, tellement choqués eux-mêmes qu'ils déclenchèrent instinctivement leurs appareils mais ne posèrent pas une seule question. Ce qui, en soi, était déjà un événement singulier, pensa Jack, sans un sourire. Il ne se demanda même pas quelle tête il pouvait avoir en ce moment. Un ascenseur l'attendait, et trente secondes plus tard Jack émergeait dans le grand hall de l'immeuble. Tout le monde avait été évacué, hormis les agents du Service secret, dont plus de la moitié étaient armés de mitraillettes qu'ils pointaient vers le plafond. Ils étaient beaucoup plus nombreux qu'à son arrivée, vingt minutes plus tôt. Il vit alors les Marines, à l'extérieur. La plupart ne portaient pas l'uniforme réglementaire, et certains frissonnaient dans leurs T-shirts rouges et leurs pantalons de camouflage.

— Nous voulions un maximum de sécurité, lui expliqua Andrea. J'ai donc demandé le renfort des Marines.

— Ouais.

Ryan opina. Personne ne serait surpris de voir le président des Etats-Unis s'entourer de Marines en un pareil moment. C'étaient des gamins, pour la plupart, dont les jeunes visages imberbes n'exprimaient aucune émotion ; ils surveillaient le parking comme des chiens de garde et serraient leurs fusils d'une main ferme. Un capitaine se tenait à la porte et échangeait quelques mots avec un agent. Lorsque le président apparut, l'officier des Marines se mit au garde-à-vous et le salua. *Lui aussi, il a l'air de penser que tout ça est réel*, se dit Ryan. Il lui répondit d'un hochement de tête, puis il fit signe au HMMWV [1] le plus proche.

---

1. Véhicule léger tout-terrain multitâches, la nouvelle Jeep de l'armée américaine (N.d.T.).

— Capitol Hill, ordonna sèchement le président John Patrick Ryan.

Le trajet fut plus rapide que prévu. La police avait bouclé les artères principales et les véhicules d'incendie étaient déjà sur place, répondant probablement à une alerte générale — même si on pouvait douter de leur utilité. La Suburban du Service secret — qui tenait du break et du camion léger — ouvrait la voie, gyrophares allumés et sirène hurlante, tandis que le détachement de protection transpirait et, sans doute, traitait de fou leur nouveau « Boss », le Patron, surnom du président en argot gouvernemental.

Curieusement, la queue du 747 était intacte — ou au moins sa dérive —, comme une flèche plantée dans le flanc d'un animal mort. L'incendie n'était toujours pas éteint, ce qui surprit Ryan. Le Capitole était une construction en pierre, mais il contenait quantité de bureaux en bois et des tonnes de papier... Des hélicoptères militaires tournaient au-dessus du brasier comme des phalènes, et les lueurs orangées des flammes se réfléchissaient sur leurs rotors. Les gyrophares rouge et blanc des véhicules d'incendie coloraient la fumée du brasier. Des pompiers couraient dans tous les sens, et le sol était couvert de tuyaux qui serpentaient depuis toutes les prises d'eau disponibles. Beaucoup de joints fuyaient et les gouttelettes gelaient dans l'air glacé de la nuit.

L'aile sud du Capitole était dévastée. On voyait encore les escaliers, mais les colonnes et le toit avaient disparu et la Chambre des représentants n'était plus qu'un cratère entouré d'un amoncellement de pierres noircies par la suie. Plus au nord, le dôme s'était effondré, excepté en certains endroits où le fer forgé, qui datait de la guerre de Sécession, avait résisté. C'était là, au cœur du bâtiment, que les pompiers travaillaient. D'innombrables manches crachaient leur eau, certaines depuis le sol et d'autres depuis les échelles et les nacelles des camions, car il s'agissait avant tout d'empêcher l'incendie de s'étendre. Mais de là où il se trouvait, Ryan ne savait pas si ces efforts étaient couronnés de succès.

Le plus impressionnant, pourtant, c'était la myriade d'ambulances, dont les équipes attendaient avec leurs civières pliantes alignées devant elles — vides, pour l'instant. Tous ces hommes surentraînés n'avaient encore rien à faire; ils se contentaient d'observer la dérive de queue de l'avion, avec sa grue rouge, noircie par le feu elle aussi, mais bien reconnaissable. Japan Airlines. Tout le monde pensait que la guerre contre le Japon était terminée depuis longtemps[1]. Mais était-ce bien le cas? S'agissait-il d'un dernier geste isolé de vengeance? Ou d'un simple accident? Jack pensa soudain que la scène ressemblait à un carambolage de voitures, mais à une échelle différente. Pour les professionnels de santé, hommes et femmes, arrivés sur les lieux, c'était pareil que d'habitude : trop tard. Trop tard pour arrêter l'incendie à temps. Trop tard pour sauver les vies qu'ils avaient fait serment de secourir. Trop tard pour que leur présence fît la moindre différence.

Le HMMWV s'immobilisa à l'angle sud-est du bâtiment, juste derrière les ambulances. Un détachement de Marines entoura le véhicule de Ryan et le capitaine ouvrit la portière du nouveau président.

— Bon, qui est responsable des opérations, ici? demanda Jack à Andrea Price.

Pour la première fois, il nota à quel point la nuit était glaciale.

— Un des pompiers, j'imagine, répondit-elle.

— Trouvons-le.

Il se dirigea vers un groupe d'hommes chargés des pompes. Il frissonnait, dans son léger costume de laine. Les chefs devaient être reconnaissables à leurs casques blancs, n'est-ce pas? Et aussi à leurs

---

1. Voir *Dette d'honneur*, Albin Michel, 1995 *(N.d.T)*.

voitures — il avait vu ça, à Baltimore, quand il était jeune : les chefs des pompiers ne se déplacent pas en camion. Il en repéra trois, de couleur rouge, et il partit dans cette direction.

— Bon sang, monsieur le président ! cria Andrea Price.

D'autres agents se mirent à courir devant lui et les Marines se demandèrent s'ils devaient suivre le groupe ou le précéder. Il n'y avait rien là-dessus dans leurs manuels, et de toute façon, le Boss venait de piétiner lui aussi les règles du Service secret. L'un des membres du détachement de protection fonça jusqu'au camion le plus proche. Il en revint avec une veste d'intervention caoutchoutée.

— Ça vous tiendra chaud, monsieur, lui promit l'agent spécial Raman, en aidant Ryan à l'enfiler — et, du même coup, en le transformant en un pompier anonyme parmi les centaines qui travaillaient autour d'eux.

Andrea Price lui adressa un clin d'œil approbateur et hocha la tête — c'était leur premier moment de détente depuis que le 747 s'était écrasé sur Capitol Hill. *Tant mieux si le président Ryan n'a pas compris le véritable usage de cette grosse veste*, pensa-t-elle. Le détachement de protection se souviendrait de cette anecdote comme le début de la lutte d'influence entre le Service secret et le nouveau président des Etats-Unis.

Le premier responsable que trouva Ryan parlait dans une radio portative et tentait de faire avancer ses hommes plus près des flammes. Un civil, à côté de lui, avait déplié un grand rouleau de papier sur le toit d'une voiture. *Les plans de l'immeuble, sans doute*, se dit Jack. Il attendit à quelque distance, tandis que les deux hommes faisaient courir leurs doigts sur les documents et que le chef donnait des instructions saccadées dans sa radio.

— Et pour l'amour du ciel, soyez prudents avec toutes ces pierres qui ne demandent qu'à tomber ! conclut Paul Magill. (Puis il se tourna vers Ryan, tout en se frottant le visage.) Et vous, qui êtes-vous, merde !

— C'est le président des Etats-Unis, l'informa Andrea.

Magill cligna des yeux, jeta un regard rapide aux hommes en armes qui s'étaient approchés, puis revint à Ryan.

— Tout ça est rudement mauvais, grommela-t-il alors.

— Il y a des survivants ? demanda le président.

Magill secoua la tête.

— Pas ici. Trois de l'autre côté, mais dans un sale état. Ils devaient se trouver dans les toilettes du président de la Chambre, ou quelque part par là, et l'explosion les a probablement projetés à travers les fenêtres. Deux huissiers et un gars du Service secret. Ils sont très gravement brûlés. On fait des recherches... enfin, on essaie, mais jusqu'à présent ceux qui n'ont pas été grillés sont morts aussi — asphyxiés...

Paul Magill était un Noir musclé, de la taille de Ryan. Ses mains étaient couvertes de grosses taches plus pâles, témoignages d'anciennes batailles très personnelles contre les flammes. Son visage taillé à la serpe était triste, à présent, car le feu n'était pas un adversaire humain — juste une chose sans âme qui laissait des cicatrices aux plus chanceux et tuait les autres.

— On aura peut-être de la veine, qui sait... Certaines personnes qui se trouvaient dans de petits bureaux, avec les portes fermées, des trucs comme ça, monsieur. Cet endroit compte un bon millier de pièces, si j'en crois les plans que j'ai là. Il se peut qu'il y ait quelques survivants. J'ai déjà vu ça. Mais les autres... (Magill secoua la tête.) Notre ligne de défense tient bon. L'incendie ne devrait pas s'étendre davantage.

— Je veux voir ça, dit Jack, impulsivement.

— Non, répondit Magill aussitôt. C'est trop dangereux, monsieur ; c'est mon incendie et c'est moi qui décide, d'accord ?

22

— Il faut absolument que je voie ça, répéta Ryan, plus calmement.

Ils se jaugèrent du regard. Magill n'aimait pas du tout cette idée. Il observa les hommes en armes et en conclut que, de toute façon, ils imposeraient la volonté de ce nouveau président — s'il était bien le président... Magill n'était pas devant la télévision lorsque l'information était tombée.

— Je vous préviens, c'est pas joli-joli, monsieur...

A Hawaii, le soleil venait de se coucher. Le contre-amiral Robert Jackson atterrit sur la base aéronavale de Barbers Point. Il vit les hôtels très éclairés sur la côte sud d'Oahu et se demanda combien pouvait coûter une nuit là-bas, aujourd'hui... Il n'était plus descendu dans ce genre d'établissement depuis ses vingt ans, lorsque les aviateurs des forces navales partageaient une chambre à deux ou trois afin d'économiser pour faire la tournée des bars et impressionner les femmes du cru. Malgré la longueur du trajet et trois ravitaillements en vol, Robby posa son Tomcat en douceur, car il se considérait toujours comme un pilote de chasse, et donc un artiste du genre. Le chasseur décéléra normalement pendant la procédure d'atterrissage, puis vira à droite, sur le taxiway.

— Tomcat Cinq-Zéro-Zéro, continuez jusqu'à l'extrémité de...

— J'suis déjà venu ici, mademoiselle, répondit Jackson, un petit sourire aux lèvres.

C'était une violation des règlements. Mais il était amiral, n'est-ce pas ? Pilote de chasse *et* amiral. Qui se souciait des règlements ?

— Cinq-Zéro-Zéro, une voiture vous attend.

— Merci.

Robby la voyait, là-bas, à côté du hangar le plus éloigné, où un marin agitait les habituels bâtons lumineux.

— Pas mal, pour un vieillard, murmura derrière

lui son opérateur radar, tout en repliant ses cartes et d'autres documents superflus, mais auxquels l'aéronavale tenait.

— Ton vote d'approbation est noté.

Je n'ai jamais été si courbaturé, se dit Jackson. Il remua dans son siège. Ses fesses douloureuses semblaient changées en plomb. *Je suis trop vieux.* Puis sa jambe se rappela à son bon souvenir. *L'arthrite, quelle saleté !* Sanchez s'était fait prier pour lui laisser le chasseur. Ils étaient trop loin en mer pour qu'un COD [1] pût venir le chercher sur l'USS *John C. Stennis* et l'amener à Pearl. Or, ses ordres avaient été suffisamment explicites : *Retour immédiat.* Il avait donc emprunté un Tom dont la conduite de tir était en panne et qui, par conséquent, ne pouvait plus partir en mission. L'Air Force avait fourni le carburant. Et ainsi, en sept heures d'un silence béni, il avait franchi la moitié du Pacifique aux commandes d'un chasseur — sans doute pour la dernière fois de sa vie. Tandis qu'il dirigeait l'avion vers sa place de stationnement, Jackson bougea de nouveau dans son siège, et il en fut récompensé par un spasme musculaire.

— C'est pas le CINCPAC [2], là-bas ? demanda-t-il en repérant la silhouette vêtue de blanc à côté du véhicule bleu de la marine.

C'était l'amiral David Seaton, en effet; appuyé contre la voiture, il feuilletait des messages. Robby coupa les réacteurs et ouvrit sa verrière. Un marin avança un escabeau contre l'avion, du genre de ceux qu'utilisent les mécaniciens, pour faciliter la descente de Robby. Un autre marin, une femme, sortit le sac de Robby du compartiment des accessoires, sous l'appareil. Quelqu'un devait avoir le feu au derrière.

---

1. *Carrier on Board Delivery :* le « livreur » du porte-avions. En France, la liaison logistique ou « lialog » *(N.d.T.).*
2. *Commander-in-Chief Pacific Command :* commandant en chef du Pacifique *(N.d.T.).*

— Des emmerdes, annonça Seaton, à l'instant même où les bottes de Robby retrouvèrent le plancher des vaches.

— Je pensais qu'on avait gagné en finale..., répondit Jackson en s'immobilisant sur le béton chaud de la rampe.

Son cerveau était fatigué, lui aussi. Il lui faudrait quelques minutes avant de recommencer à fonctionner à sa vitesse ordinaire, même si son instinct lui disait qu'il se passait quelque chose d'inhabituel.

— Le président est mort — et on en a un nouveau. (Seaton lui tendit le clipboard.) Un ami à toi. On est de retour en DEFCON 3 [1], pour le moment.

— Bon sang! s'exclama l'amiral Jackson, en parcourant les premières dépêches. (Il leva les yeux.) C'est Jack, le nouveau...?

— Tu ne savais donc pas qu'il avait été nommé vice-président? Jackson secoua la tête.

— J'ai eu des tas de choses à régler ces temps-ci, avant mon catapultage de ce matin. Bon Dieu! conclut-il avec un autre mouvement de tête.

Seaton lui résuma la situation. Quand Ed Kealty avait démissionné à cause de cette affaire de mœurs [2], le président Durling avait réussi à convaincre Ryan de le remplacer jusqu'aux élections de l'année suivante. Le Congrès avait confirmé sa nomination, mais il n'avait pas encore mis les pieds à la Chambre qu'un avion s'écrasait dessus...

— Les trois chefs d'état-major sont morts. Leurs adjoints arrivent. Mickey Moore (il voulait parler du général d'armée Michael Moore, président adjoint de l'état-major interarmes) a demandé à tous les commandants en chef de rentrer aussi vite que possible à Washington. Un KC-10 nous attend à Hickam.

— Etat des menaces? demanda Jackson.

Son poste permanent — dans la mesure où une

1. *Defence Readiness Condition* : état d'alerte *(N.d.T.)*.
2. Voir *Dette d'honneur, op. cit.* *(N.d.T.)*.

affectation sous l'uniforme pouvait l'être —, c'était J-3 adjoint, autrement dit second officier de planification de l'état-major interarmes.

Seaton haussa les épaules.

— En principe, rien. L'océan Indien est calme. Les Japonais ne sont plus dans une logique de guerre...

Jackson termina la phrase à sa place :

— ... mais l'Amérique n'a encore jamais subi une telle perte.

— L'avion est prêt. Tu pourras te changer à bord. On se moque d'être tirés à quatre épingles, en ce moment, Robby.

Elle avait rarement le temps de penser. Elle avait dépassé la soixantaine et des années d'un travail désintéressé avaient courbé peu à peu son corps menu, mais le pire était qu'il n'y avait plus assez de jeunes pour lui permettre de se reposer. Ce n'était pas juste, vraiment pas juste. Car elle avait relayé les autres, de leur temps, et celles des générations passées avaient fait de même — mais ce n'était plus possible aujourd'hui, plus pour elle. Elle s'efforçait de ne pas y réfléchir. C'était indigne d'elle, indigne de sa place en ce monde, et certainement aussi des promesses qu'elle avait faites à Dieu, plus de quarante ans auparavant. Aujourd'hui, elle doutait, mais elle ne l'aurait avoué à personne, même pas à son confesseur. Et cette impossibilité d'en discuter troublait davantage sa conscience que ses doutes eux-mêmes.

Sa sœur aînée était aussi croyante qu'elle, mais elle avait opté pour une vocation plus facile : elle était grand-mère, aujourd'hui. Quant à elle, elle avait fait son choix, longtemps auparavant et, comme toutes les décisions de ce genre, elle avait pris celle-ci sans tellement y penser, même si, finalement, elle estimait ne pas s'être trompée. Ça lui avait semblé assez simple à l'époque. On les respectait, les femmes en noir. Dans sa lointaine adolescence, en Belgique, elle avait vu les troupes allemandes d'occupation les saluer poliment sur leur passage, alors qu'on soupçonnait pourtant les religieuses d'aider les aviateurs alliés — et peut-être même les Juifs — à s'évader; on savait aussi que l'ordre des sœurs infirmières traitait chacun avec impartialité, parce que Dieu le demandait. Et malgré tout, les Allemands voulaient être soignés dans leur hôpital lorsqu'ils étaient blessés, car ils avaient là plus de chances qu'ailleurs de s'en tirer. Et donc, lorsque le temps était venu, elle avait pris sa décision, et c'était ainsi. Certaines avaient renoncé, et elle aussi avait parfois pensé abandonner, mais elle était restée à son poste.

Sœur Jean-Baptiste était une infirmière expérimentée. Elle était venue ici quand le pays appartenait toujours à sa mère patrie, et lorsque la situation avait changé, elle était restée et avait fait son travail de la même façon, avec la même efficacité, en dépit des bouleversements politiques. Qu'importait si ses patients étaient africains ou européens, après tout? Mais quarante ans de labeur, dont plus de trente au même endroit, avaient laissé des traces.

Ce n'était pas qu'elle ne se souciât plus de sa tâche, désormais. Oh, loin de là. Mais elle approchait des soixante-cinq ans, et elle n'avait plus l'âge de travailler avec si peu de soutien, la plupart du temps quatorze heures par jour, ajoutées à quelques heures de prières, excellentes pour son âme, mais épuisantes pour le reste. Quand elle était plus jeune, son corps était solide et respirait la santé, et plusieurs médecins l'avaient surnommée sœur Roc, mais les médecins étaient partis, et elle était restée, encore et toujours, et même les rocs finissent pas s'user...

Et avec la fatigue viennent les erreurs.

Elle savait de quoi elle devait se méfier. Impossible d'être un professionnel de la santé, en Afrique, et de ne pas se montrer prudent, si on voulait rester vivant. Le christianisme essayait de s'établir ici depuis des siècles, il avait fait quelques avancées, mais pas dans tous les domaines. L'un des problèmes était la promiscuité sexuelle, une pratique locale qui l'avait horrifiée, à son arrivée, deux générations plus tôt, mais qu'elle trouvait désormais simplement... normale. Hélas, trop souvent mortelle, aussi. Un tiers au moins des patients de l'hôpital étaient atteints de ce qu'on nommait ici « la maladie de la maigreur », et partout ailleurs : sida. Les précautions contre cette affection étaient gravées dans le marbre et sœur Jean-Baptiste avait reçu une formation à ce sujet. La triste vérité, c'était que les professionnels ne pouvaient rien contre cette malédiction moderne, à part se protéger eux-mêmes — comme pour la peste au Moyen Age.

Heureusement, avec ce patient, la question n'était pas là. Le gamin n'avait que huit ans, il était trop jeune pour avoir une activité sexuelle. Il était beau, bien bâti et brillant, il s'était distingué à l'école catholique voisine. Peut-être qu'il entendrait l'appel, un jour, et qu'il deviendrait prêtre — c'était plus facile pour les Africains que pour les Européens car l'Eglise, par respect pour les coutumes africaines, permettait ici aux prêtres de se marier, un petit secret qui ne s'était pas encore ébruité dans le reste du monde catholique. Mais l'enfant était malade. Il était arrivé quelques heures auparavant, à minuit, amené par son père, un haut fonctionnaire du gouvernement, qui possédait une voiture. Le médecin qui l'avait examiné avait diagnostiqué une malaria cérébrale, mais aucune analyse de laboratoire n'avait été pratiquée, si bien que les notations de sa fiche n'étaient pas confirmées. Peut-être l'échantillon sanguin avait-il été perdu ? Violents maux de tête, vomissements, tremblements des membres, perte de l'orientation, poussées de fièvre. Malaria cérébrale. Elle espérait qu'une nouvelle épidémie de cette horreur n'allait pas éclater. C'était guérissable, à condition de réussir à persuader les gens de venir se faire soigner.

Le reste de la salle était calme à cette heure tardive de la nuit — non, c'était déjà le petit matin, en fait —, un moment agréable dans cette partie du monde. L'air n'était jamais aussi frais, immobile et silencieux. Les patients aussi étaient tranquilles. Le problème le plus grave de ce garçonnet, c'était sa température élevée ; elle ôta son drap et le mouilla avec une éponge. Cela sembla détendre un peu son jeune corps, et sœur Jean-Baptiste prit alors le temps de l'examiner, à la recherche d'autres symptômes : d'accord, les médecins étaient sérieux, et elle, elle n'était qu'une infirmière — mais elle travaillait ici depuis très longtemps et elle savait ce qu'il fallait chercher. Il avait un vieux pansement à la main gauche. Comment le docteur avait-il pu négliger ça ? Elle retourna à la salle de repos, où ses deux assistantes sommeillaient. Ce qu'elle allait faire relevait plutôt de leur travail à elles, mais à quoi bon les réveiller ? Elle revint auprès de l'enfant avec des pansements neufs et du désinfectant. Il fallait être prudent avec les infections, dans ce pays. Elle détacha avec grand soin le pansement ; elle clignait des yeux, sous l'effet de la fatigue. Elle vit qu'il s'agissait d'une morsure. Celle d'un petit chien... ou d'un singe. Elle n'aimait pas ça. Ces choses-là peuvent être dangereuses. Elle aurait dû retourner chercher des gants de caoutchouc, mais ses jambes étaient fatiguées ; et puis l'enfant était calme et son bras immobile. Elle déboucha le désinfectant, puis fit tourner doucement la main du petit malade pour bien voir la blessure. Lorsqu'elle secoua le flacon un peu de liquide s'échappa sur son pouce et vint mouiller légèrement le visage du patient. Celui-ci éternua dans son sommeil, projetant dans l'air de minuscules gouttelettes de salive et de mucus. Sœur Jean-Baptiste fut surprise, mais elle continua son travail ; elle versa le désinfectant sur du coton et nettoya délicatement la plaie. Elle reboucha le flacon, le reposa, puis appliqua le nouveau pansement ; alors elle s'essuya les joues du dos de la main, sans se rendre compte que lorsque l'enfant avait éternué, sa main blessée avait bougé dans la sienne et elle avait légèrement saigné ; la sœur avait un peu de sang sur la main lorsqu'elle s'était frotté les yeux.

Les gants, par conséquent, n'y auraient rien changé — ce qui ne lui aurait d'ailleurs pas été d'un grand réconfort, même si elle s'en était souvenue, trois jours plus tard.

Je n'aurais pas dû venir, pensa Jack.

Deux ambulanciers l'avaient entraîné dans un couloir dégagé, en haut de l'escalier est, en même temps que le petit groupe des Marines et des agents qui, tous, se déplaçaient l'arme au poing — une vision d'un humour sinistre et presque obscène. Là, ils s'étaient trouvés en présence d'un solide cordon de pompiers ; une bonne partie de l'eau avec laquelle ils arrosaient les lieux revenait les inonder et les glaçait jusqu'aux os. Ici, le feu avait été étouffé sous un brouillard liquide et si les manches continuaient à fonctionner, il était désormais moins dangereux pour les équipes de secours des compagnies équipées d'échelles de se glisser dans les ruines de la Chambre. Nul besoin d'être un expert pour imaginer ce qu'elles y découvraient. Personne ne levait la tête, personne ne faisait de grands gestes, ni n'appelait les brancardiers. Les hommes — il y avait aussi des femmes, même si on ne voyait pas la différence à cette distance — progressaient très prudemment, soucieux avant tout de leur propre sécurité, car ils n'avaient aucune raison de risquer leur vie pour des cadavres.

Mon Dieu ! pensa Ryan. Il y avait là-dedans beaucoup de gens qu'il connaissait. Et pas seulement des Américains. Il constata qu'une section entière de la galerie s'était écroulée sur l'hémicycle, celle des diplomates, si ses souvenirs étaient exacts. Des hauts fonctionnaires et leurs familles, venus à Capitol Hill pour le voir prêter serment. Etait-il pour autant responsable de leur mort ?

Il avait quitté l'immeuble de CNN parce qu'il avait besoin d'agir, ou du moins était-ce la raison qu'il s'était donnée. Il n'en était plus très sûr, à présent. Peut-être lui fallait-il juste un changement de décor ? Ou avait-il été attiré par ce spectacle exactement comme tous ces gens qui se pressaient debout, silencieux, à la limite du périmètre de sécurité, observant comme lui les événements, et ne faisant rien... comme lui ? Sa torpeur ne se dissipait pas. Il était venu là dans l'espoir de ressentir quelque chose, puis d'intervenir, mais ce qu'il découvrait l'assommait encore plus.

— Il fait froid ici, monsieur le président. Mettez-vous au moins à l'abri de cette saleté d'eau ! insista Andrea Price.

— D'accord.

Ryan hocha la tête et redescendit les escaliers. Sa veste n'était pas si chaude que ça, en effet. Il frissonna de nouveau, et espéra que c'était juste à cause du froid.

La télévision avait mis du temps à arriver, mais elle était là en force, à présent, avec de petites caméras portables et de minuscules projecteurs très puissants — tout cela de fabrication japonaise, constata Ryan avec amertume. D'une façon ou d'une autre, les journalistes avaient réussi à franchir le cordon de police. Devant chaque caméra se tenait un présentateur — les trois qu'il apercevait étaient des hommes — un micro à la main, ils essayaient de donner l'impression d'en savoir plus que tout le monde. Plusieurs projecteurs étaient braqués sur lui, remarqua-t-il aussi. Dans tout le pays, et dans le monde entier, des gens l'observaient sans doute en cet instant même, et voulaient le voir faire ce qu'il fallait. Comment toutes ces personnes pouvaient-elles s'imaginer que les responsables du gouvernement étaient plus malins que leurs médecins de famille, leurs avocats ou leurs comptables ?

Il se souvint brusquement de sa première semaine comme sous-lieutenant des Marines : l'institution qu'il servait à l'époque supposait de la même façon qu'il savait commander une section. Un sergent de dix ans plus âgé que lui était venu lui parler d'un problème familial. Il s'attendait à ce que son sous-lieutenant, sans femme ni enfant, sût quoi lui dire ! Aujourd'hui, se rappela Jack, ce genre de situation était qualifiée de « challenge » — ce qui signifiait en réalité qu'on ne savait pas ce qu'on ferait la seconde suivante. Mais là, il y avait les caméras et il devait agir.

Sauf qu'il n'avait toujours pas la moindre idée de la suite. Il était venu ici dans l'espoir que ça l'aiderait à prendre des décisions, mais ça n'avait fait qu'accroître son sentiment d'impuissance. Il avait en tout cas une question à poser.

— Arnie van Damm ?

Il allait avoir besoin d'Arnie, sûr et certain !

— Il est à la Maison, monsieur, répondit Andrea Price, qui parlait de la Maison-Blanche, évidemment.

— OK, retournons là-bas, ordonna Ryan.

— Monsieur, dit Andrea Price après une hésitation, ce n'est pas prudent. S'il y avait un...

— Je ne peux quand même pas m'enfuir, bon sang ! Je ne peux pas me réfugier dans le Kneecap. Ni me tirer en cachette à Camp David. Ni me terrer dans un trou ! Etes-vous donc incapable de comprendre ça ? (Il était plus indigné qu'en colère. Il indiqua les décombres du Capitole.) Ces gens sont morts et c'est moi qui représente le gouvernement pour l'instant — Dieu me vienne en aide ! — et un gouvernement ne prend pas ses jambes à son cou.

— On dirait bien que c'est le président Ryan, là, dit un présentateur, bien au chaud et au sec dans son studio. Il essaie probablement de se faire une idée des opérations de secours. Ryan est habitué aux situations de crise, nous le savons tous.

— Je suis la carrière de Ryan depuis six ans, confirma un commentateur politique.

Bien plus ancien que lui sur cette chaîne, il veillait à ne pas regarder la caméra en face, de façon à donner l'impression de faire la leçon à son collègue — beaucoup mieux payé que lui. Au départ, les deux hommes étaient là pour couvrir le discours du président Durling, et ils avaient étudié le dossier de Ryan, que le commentateur ne connaissait pas personnellement, même s'ils s'étaient croisés dans divers dîners, ces dernières années.

— C'est quelqu'un de très discret, mais sans aucun doute l'une de nos personnalités politiques les plus brillantes, ajouta-t-il.

Cette affirmation était évidemment discutable. Tom, le présentateur, se pencha en avant, considérant à la fois son compagnon et la caméra.

— Mais, John, ce n'est pas un politicien. Il n'a aucune expérience en ce domaine. C'est un spécialiste de la sécurité nationale, qui n'est plus aussi importante que par le passé, dit-il d'un ton pontifiant.

John se retint de formuler la réponse que méritait cette remarque stupide.

Quelqu'un d'autre, en revanche, ne réussit pas à se retenir.

— Pardi, marmonna Chavez, et cet appareil qui vient de pulvériser le Capitole, c'est juste un avion de chez Delta qui s'est trompé de piste d'atterrissage ! Doux Jésus !

— Nous servons un grand pays, Ding, mon garçon. Où trouve-t-on ailleurs des gens payés cinq millions de dollars par an pour débiter des conneries ?

John Clark décida de finir sa bière. Il n'avait aucune raison de venir à Washington jusqu'à l'appel de Mary Pat. Il n'était qu'une abeille ouvrière, après tout, et seules les grosses légumes de la CIA devaient se démener dans la capitale, à présent. Ah, pour ça oui, ils allaient se remuer! Sans grands résultats, sûrement, mais en de telles circonstances on ne peut pas faire grand-chose, sinon essayer de paraître tourmenté et important... et, chez les abeilles, inefficace.

Comme elle avait peu de matériel inédit à montrer à son public, la chaîne rediffusa le discours du président Durling. Grâce aux caméras de C-SPAN [1] placées à la Chambre et contrôlées à distance, les techniciens pouvaient faire maintenant divers arrêts sur image sur le premier rang des hauts fonctionnaires du gouvernement, tandis qu'on repassait la liste des victimes : tous les secrétaires d'Etat, sauf deux, les trois chefs d'état-major interarmes, les responsables de la CIA, le président de la Banque centrale, Bill Shaw, le directeur du FBI, le directeur de l'OMB, l'organisme fédéral chargé de la préparation du budget, l'administrateur de la NASA, les neuf juges de la Cour suprême... Le présentateur énumérait les noms et les postes, et la vidéo avançait image par image, et puis on vit soudain les agents du Service secret faire irruption dans la salle, ce qui eut l'air d'étonner le président Durling et entraîna une brève confusion. Les gens essayèrent de voir d'où venait le danger, et certains pensèrent peut-être qu'il y avait un homme armé dans les galeries. Trois images d'une caméra grand angle montrèrent alors le mur du fond qui explosait, puis les écrans s'éteignirent....

Les deux journalistes revinrent dans le champ, ils échangèrent un regard, et ce fut peut-être seulement à ce moment-là que l'énormité de l'événement les frappa, comme ç'avait été le cas pour le nouveau président.

1. Chaîne câblée qui retransmet en direct les débats de la Chambre des représentants *(N.d.T.)*.

— La principale tâche du président Ryan va être de reconstruire le gouvernement, s'il en est capable, dit John, le chroniqueur, après une longue pause. Mon Dieu, tous ces hommes et ces femmes formidables... Morts...

Il lui vint soudain à l'esprit que, s'il n'était pas devenu le principal commentateur politique de la chaîne, il se serait trouvé lui aussi à la Chambre, au milieu de ses collègues et amis. Et une fois le choc passé, il comprit vraiment ce qui était arrivé, et ses mains se mirent à trembler sous son bureau. Comme c'était un professionnel, sa voix resta ferme, mais il fut pourtant incapable de contrôler totalement l'expression de son visage qui s'affaissa et prit une couleur livide malgré son maquillage.

— Le jugement de Dieu..., murmura Mahmoud Haji Daryaei, à dix mille kilomètres de là, en coupant le son avec sa télécommande pour ne plus entendre toutes ces âneries.

Le jugement de Dieu. Oui, ça avait un sens, n'est-ce pas ? L'Amérique. Ce colosse qui s'était opposé à tant de gens, ce pays impie habité par des impies, à l'apogée de sa puissance, vainqueur de tous les combats — et aujourd'hui mortellement blessé. Qui d'autre que Dieu aurait réussi une chose pareille ? Et comment s'expliquait-elle, sinon par Son jugement et Sa bénédiction ?

Il avait rencontré Ryan une fois, et il l'avait trouvé arrogant — l'Américain type —, mais pas aujourd'hui. A présent, les caméras zoomaient sur un homme qui se serrait dans sa veste de pompier et regardait autour de lui avec stupeur. Oh non, aujourd'hui, il n'avait plus rien d'arrogant ! Il était même trop assommé pour avoir peur. Daryaei avait déjà vu ce genre d'expression. Voilà qui était intéressant.

Les mêmes commentaires et les mêmes images

déferlaient sur la planète, transmis par satellite à plus d'un milliard de personnes qui étaient en train de regarder les actualités ou qui, sachant qu'il se passait quelque chose, avaient changé de chaîne et renoncé à leurs émissions du matin, du déjeuner ou du soir — suivant les fuseaux horaires. L'Histoire était en marche et il fallait voir ça.

Et c'était tout particulièrement vrai pour les puissants de ce monde, dont le pouvoir dépendait de l'information. Un autre homme, en un autre lieu, regarda la pendule électronique placée à côté de sa télévision, sur son bureau, et fit un simple calcul. Une journée effroyable se terminait en Amérique, alors que la matinée était déjà bien entamée dans son pays. Par la fenêtre derrière lui, on apercevait une immense place pavée, où passaient surtout des gens à vélo, même s'il y avait beaucoup plus de voitures ces dernières années. Mais les bicyclettes étaient encore le principal moyen de transport de la population, et ce n'était pas juste, n'est-ce pas?

Quelque temps plus tôt, il avait décidé de changer tout ça rapidement, en termes historiques — il avait toujours étudié l'histoire avec un grand sérieux —, et les Américains avaient tué dans l'œuf le plan qu'il avait pourtant monté avec soin. Il n'avait jamais cru en Dieu, et n'y croirait jamais — mais en la Destinée, oui. Et c'était elle qu'il voyait à l'œuvre, à présent, sur l'écran phosphorescent de sa télévision *made in Japan*. Mais la Destinée était une femme volage, se dit-il en portant à ses lèvres sa tasse de thé vert. Elle avait dispensé sa chance aux Américains, et voilà maintenant que... Quelles étaient donc ses intentions? Et puis il décida que ses besoins et sa volonté comptaient davantage. Il tendit la main vers son téléphone, mais se ravisa. Ça sonnerait bien assez tôt, et les autres lui demanderaient son avis, et il faudrait bien leur répondre quelque chose, mieux valait donc prendre le temps de réfléchir...

Il but une gorgée de son thé. Le liquide le brûla et

c'était bon. Cette sensation douloureuse l'aida à se concentrer. C'était toujours ainsi que naissaient les grandes idées.

Même s'il avait échoué, son plan n'était pas mauvais. Il avait été mal exécuté par les agents qui travaillaient pour lui sans le savoir, en grande partie à cause de Dame Destinée et de ses largesses momentanées envers l'Amérique — mais c'était pourtant un beau plan, se répéta-t-il. Et il aurait bientôt une autre chance de le prouver. Cette idée lui arracha un sourire et son regard se perdit dans le lointain, tandis que son esprit réfléchissait au futur avec optimisme. Il espéra que le téléphone ne sonnerait pas tout de suite, parce qu'il devait poursuivre cette analyse et qu'il avait besoin de se concentrer. Il lui apparut bientôt que le véritable objectif de son plan venait d'être atteint. Il avait souhaité frapper l'Amérique et elle l'était. Pas de la manière qu'il avait prévue, mais elle l'était quand même. *Et peut-être même encore plus que ce que j'avais espéré...*, conclut-il.

Oui. Encore plus.

Et, du coup, la partie pouvait continuer, pas vrai?

Dame Destinée jouait avec les aléas de l'Histoire. Elle n'était et l'amie et l'ennemie de personne — à moins que... Il laissa échapper un petit rire.

Et si le destin avait le sens de l'humour?

Au même moment, une femme était en colère. Peu de temps auparavant, elle avait eu l'humiliation de s'entendre dicter sa conduite de la bouche d'un étranger — un ancien gouverneur de province! Elle s'était montrée très prudente, bien sûr. Tout avait été réglé avec compétence. Son gouvernement avait ordonné d'importantes manœuvres navales dans les eaux internationales, où tout le monde avait le droit de naviguer librement, bien sûr. Il n'avait envoyé aucun ultimatum, engagé aucune démarche officielle, et de leur côté les Américains n'avaient rien fait de plus que — quelle avait été leur expression arrogante, déjà? — *de les secouer un peu* et de demander une réunion du Conseil de sécurité, au cours de laquelle il n'y eut rien à dire, puisque rien d'officiel ne s'était produit et que son pays n'avait fait aucune déclaration. Ça n'avait été que des *manœuvres*, n'est-ce pas? Des manœuvres *pacifiques*. Evidemment, celles-ci avaient eu pour conséquence de diviser le potentiel militaire des Etats-Unis contre le Japon — mais on ne pouvait pas le prévoir, pas vrai? Bien sûr que non.

Un document sur son bureau indiquait le temps que prendrait le redéploiement de sa flotte. Mais non, ce n'était pas suffisant. Elle secoua la tête. Son pays ne pourrait pas agir seul. Il lui faudrait du temps et des alliés, et des plans — mais il avait des besoins, aussi, et c'était son devoir à elle d'y veiller. En revanche, elle n'avait pas à accepter des ordres d'autrui, n'est-ce pas?

Non.

Elle aussi buvait du thé, dans une belle tasse en porcelaine, avec du sucre et un nuage de lait, à la mode anglaise — une conséquence de sa naissance, de son rang et de son éducation, qui, à force de patience, l'avaient menée au poste qu'elle occupait aujourd'hui. De tous ceux qui, dans le monde entier, voyaient les mêmes images diffusées par les mêmes réseaux satellite, c'était elle, sans doute, qui comprenait le mieux quelle occasion unique cela représentait. Et quel plaisir ce serait d'agir maintenant, si peu de temps après s'être vu dicter des conditions dans son propre bureau. Par un homme qui, aujourd'hui, était mort. C'était trop beau pour laisser passer ça, pas vrai?

— C'est effrayant, monsieur C.

Domingo Chavez se frotta les yeux. Son cerveau fatigué par le décalage horaire ne savait plus depuis combien de temps il était réveillé. Il essaya de réfléchir. Il était vautré sur le canapé du salon, il avait ôté ses chaussures et avait posé ses pieds sur la table basse. Les femmes de la maison étaient allées se coucher, l'une parce qu'elle devait travailler le lendemain, et l'autre parce qu'elle avait un examen à préparer pour la fac. Elle n'avait pas pensé qu'il n'y aurait peut-être pas cours.

— Explique-moi ça, Ding, demanda John Clark, d'un ton sans réplique.

Il en avait marre d'écouter les vedettes de la télévision, aux capacités intellectuelles toutes relatives. Son jeune partenaire, lui, allait passer sa maîtrise en relations internationales.

Chavez répondit sans même ouvrir les yeux.

— Je ne crois pas qu'un truc pareil soit jamais arrivé en temps de paix. Mais le monde n'est pas vraiment différent de ce qu'il était la semaine dernière, John. Il était déjà vraiment compliqué. Nous avons plus ou moins gagné cette petite guerre dans laquelle nous étions engagés, mais le monde n'a pas beaucoup changé, et nous ne sommes pas plus forts qu'avant, n'est-ce pas ?

— La nature a horreur du vide, c'est ça ? demanda John doucement.

— Qu'ek-choz-kom-ça..., répondit Chavez en bâillant.

— Je ne suis pas très efficace, n'est-ce pas ? demanda Jack, d'une voix à la fois calme et monocorde.

Maintenant, l'étendue de la catastrophe le frappait de plein fouet. Le bâtiment rougeoyait toujours, même si c'était surtout de la vapeur et non plus de la fumée qui montait vers le ciel. Le plus déprimant, c'était de voir ce qu'on transportait désormais à l'intérieur du bâtiment. Des sacs mortuaires. Du tissu caoutchouté avec des poignées aux extrémités et une fermeture Eclair au milieu. Et il y en avait beaucoup. Les pompiers en ressortaient déjà de l'édifice. Ils descendaient le large escalier en évitant les blocs de pierre qui s'étaient détachés de l'immeuble. Cette procession macabre n'était pas près de finir. Il n'avait vu aucun cadavre pendant les quelques minutes passées là-haut. Mais pour une raison ou pour une autre, la vision de ces premiers sacs mortuaires était pire que tout.

— Monsieur, dit l'agent Price. (Elle avait la même expression que lui.) Ce n'est pas bon pour vous, de regarder ça.

— Je sais.

Jack Ryan hocha la tête et détourna les yeux.

Je n'ai aucune idée de ce que je dois faire, pensat-il. *Dans quel manuel décrit-on ce job ? A qui demander. Où aller ?*

Je ne VEUX pas de ce boulot ! criait une voix, au fond de lui-même. Il se reprocha aussitôt cette réflexion, mais il était venu en ces lieux — qui désormais le terrifiaient — pour imposer son image de leader, et il avait paradé devant les caméras de télévision comme s'il savait quoi faire — et ça, c'était un mensonge. Peut-être pas un mensonge malveillant, d'ailleurs. Juste stupide. *Quand je pense que je suis allé voir le chef des pompiers pour lui demander comment ça se passait ! Comme si toute personne avec deux yeux et une intelligence moyenne n'était pas capable de comprendre la situation !*

— Je suis ouvert aux suggestions, dit-il finalement.

L'agent spécial Price respira profondément et réalisa le fantasme de tout agent du Service secret des Etats-Unis sortant de Pinkerton :

— Monsieur le président, vous avez besoin de rassembler vos es... (non, elle ne pouvait tout de même pas aller jusque-là)... Il y a des choses que vous pouvez faire, et d'autres non. Des gens travaillent pour vous. Pour commencer, monsieur, laissez-les assumer leur tâche... Alors peut-être que vous pourrez assumer la vôtre.

— On rentre à la Maison-Blanche ?

— C'est là que se trouvent les téléphones, monsieur le président.

— Qui était à la tête du détachement de protection ?

— Andy Walker.

Andrea Price n'eut pas besoin de préciser ce qu'était devenu Andy Walker. Ryan la considéra un instant et prit sa première décision de président.

— Vous venez d'être promue, Andrea.

Price hocha la tête.

— Venez, monsieur.

Elle nota avec plaisir que ce président, comme tous les autres avant lui, pouvait apprendre à suivre les ordres. Enfin, au moins de temps en temps... A peine avaient-ils fait quelques pas que Ryan glissa sur une plaque de verglas et s'étala par terre. Deux agents l'aidèrent à se relever. Il n'en parut que plus vulnérable. Un photographe réussit à immortaliser ce moment, dont *Newsweek* ferait sa couverture la semaine suivante.

— Comme vous le voyez, le président Ryan quitte Capitol Hill dans ce qui semble être un véhicule militaire et non une voiture du Service secret. Que va-t-il faire, maintenant, d'après vous, John ? demanda le présentateur.

— Malgré toute la sympathie que j'ai pour l'homme, répondit le commentateur, je ne crois pas qu'il le sache lui-même.

Cette opinion fit le tour du globe en quelques secondes, et tout le monde fut d'accord, les amis comme les ennemis du nouveau président.

Certaines choses devaient être décidées rapidement. Il ne savait pas si elles étaient justes — ou plutôt si, il savait qu'elles ne l'étaient pas —, mais dans l'urgence, les règles s'embrouillaient un peu, n'est-ce pas ? Il descendait d'une famille de politiciens au service de l'Etat depuis deux générations, et il était dans la vie publique pratiquement depuis qu'il avait quitté la fac de droit — une autre façon de dire qu'il n'avait jamais vraiment travaillé de toute son existence. Il avait peut-être une petite expérience de l'économie, mais pas concernant ses propres affaires — car les conseillers financiers de sa famille géraient efficacement leurs multiples fidéicommis et portefeuilles, si bien qu'il n'avait presque jamais besoin de les rencontrer, sinon au moment de sa déclaration d'impôts. Il n'avait jamais pratiqué le droit — même s'il avait contribué à faire adopter des milliers de lois. Il n'avait jamais servi son pays sous l'uniforme — même s'il se considérait comme un spécialiste de la sécurité nationale. Mais il connaissait le gouvernement, oh oui, car ç'avait été sa « profession » pendant toute sa vie active et à un moment comme celui-ci le pays avait besoin de quelqu'un comme lui. Oui, le pays devait se rétablir, pensa Ed Kealty, et ça, c'était son domaine.

Il décrocha donc son téléphone, et composa un numéro.

— Cliff, c'est Ed...

1

... ET MAINTENANT

Le centre de commandement d'urgence du FBI, au quatrième étage de l'immeuble Hoover, est une pièce d'une forme curieuse, plus ou moins triangulaire, et étonnamment petite, qui ne peut accueillir qu'une quinzaine de personnes, et encore à condition de se serrer. Le sous-directeur adjoint Daniel E. Murray fut le seizième à arriver, sans cravate et en vêtements sport. L'officier supérieur de permanence était son vieil ami, l'inspecteur Pat O'Day, un homme à la carrure imposante, dont le hobby était d'élever du bétail dans sa propriété du nord de la Virginie — ce « cow-boy » était né et avait grandi dans le New Hampshire, mais il s'était offert des bottes sur mesure. Il était au téléphone; la pièce était étrangement silencieuse en un tel moment de crise. O'Day salua l'entrée de Murray d'un bref hochement de tête et d'un petit signe de la main. Le sous-directeur adjoint attendit que son ami eût terminé sa communication, puis il demanda :

— Quelles nouvelles, Pat ?

— C'était la base d'Andrews. Ils ont les enregistrements radar et tout ça. J'ai envoyé nos agents de Washington, avec des types du Bureau national de la sécurité des transports, pour interroger le personnel de la tour de contrôle. A première vue, ça ressemble à un 747 de Japan Airlines qui a joué les kamikazes. Les gens d'Andrews disent que le pilote a annoncé une procédure d'urgence en se faisant passer pour un vol KLM non programmé, qu'il a franchi les pistes, viré légèrement sur la gauche et... (O'Day haussa les épaules.) J'ai aussi des agents sur Capitol Hill, qui commencent l'enquête. Je présume que cette histoire va être considérée comme un acte de terrorisme, ce qui relève de notre juridiction.

— Où est l'ADIC? demanda Murray.

Il voulait parler du sous-directeur responsable du bureau du FBI de Washington, à Buzzard's Point, sur le Potomac.

— En vacances à Sainte-Lucie avec Angie. Pas de pot pour Tony. (L'inspecteur grogna. Tony Caruso était parti à peine trois jours plus tôt.) C'est pas de pot pour un paquet de gens. Le nombre de victimes va être énorme, Dan, bien plus que dans l'attentat d'Oklahoma City. J'ai lancé une alerte générale à l'intention de nos médecins légistes. Avec un bordel pareil, on va être obligés d'identifier des tas de cadavres avec des tests d'ADN. Oh, au fait, les journalistes demandent comment il est possible que l'Air Force n'ait pas pu empêcher un truc pareil.

O'Day accompagna cette conclusion d'un mouvement de tête. Il avait besoin de s'en prendre à quelqu'un, et les gars de la télé étaient la cible la plus pratique.

— On sait autre chose? fit Murray.

— Naan. Ça va prendre du temps, Dan.

— Et Ryan?

— Il était à Capitol Hill. Doit être en route pour la Maison-Blanche. On l'a vu à la télé. A l'air plutôt sonné. Nos chers frères et sœurs du Service secret passent une mauvaise nuit, eux aussi. Le type à qui j'ai parlé il y a dix minutes a failli péter les plombs. On pourrait bien se retrouver avec un conflit de juridiction sur les bras en ce qui concerne les responsabilités de l'enquête.

— Super. (Murray éclata de rire.) On laissera l'AG [1] régler ça...

1. L'attorney général, ministre de la Justice (N.d.T.).

Sauf qu'il n'y avait plus d'AG, ni de secrétaire aux Finances [1] à qui téléphoner.

L'inspecteur O'Day préférait ne pas y penser. Une loi fédérale donnait la priorité au Service secret des Etats-Unis pour enquêter sur tout attentat contre le président. Mais une autre loi fédérale confiait au FBI les affaires de terrorisme. Et un décret local sur les homicides faisait entrer dans la danse la police urbaine de Washington. Ajoutez à ça le NTSB, le Bureau national de la sécurité des transports — jusqu'à preuve du contraire, ce pouvait être simplement un terrible accident aérien —, et ça promettait une belle partie de rigolade. Chaque organisme avait à la fois autorité et compétence pour agir. Le Service secret, plus petit et moins riche que le FBI, possédait en revanche quelques enquêteurs formidables et certains des meilleurs experts du pays. Le NTSB était le spécialiste incontesté des accidents d'avion. Murray, bien sûr, estimait que le FBI devait avoir la priorité dans cette enquête. Mais le directeur Bill Shaw était mort, et sans lui pour faire jouer ses influences...

Doux Jésus! pensa Murray. Bill et lui avaient fait leurs classes ensemble à Quantico, puis ils avaient débuté côte à côte dans les rues de Philadelphie, dans la même brigade, à la poursuite de braqueurs de banque...

Pat lut du chagrin sur son visage et hocha la tête.

— Ouais, Dan, faut du temps pour encaisser le coup, hein ? Ça nous a rendus malades comme des chiens.

Il lui passa une feuille arrachée à un bloc avec une première liste manuscrite des morts identifiés.

Une frappe nucléaire aurait fait moins de dégâts, se dit Murray en la parcourant. Lors d'une crise qui se serait développée « normalement », on aurait eu toute une série de signes avant-coureurs, et les responsables auraient quitté Washington peu à peu,

---

1. L'autorité de tutelle du Service secret *(N.d.T.)*.

dans le calme, pour se réfugier en lieu sûr ; beaucoup auraient donc survécu — c'était du moins l'idée des auteurs de ces plans —, et après le bombardement, une partie du gouvernement aurait continué tant bien que mal à fonctionner pour essayer de recoller les morceaux. Mais pas aujourd'hui.

Ryan était venu un bon millier de fois à la Maison-Blanche pour des briefings ou des réunions importantes, et, plus récemment, quand il travaillait chaque jour dans son propre bureau en tant que NSA, conseiller à la sécurité nationale. C'était en revanche la première fois qu'il n'avait pas eu besoin de montrer sa carte d'identité, ni de passer par les détecteurs de métal — ou plus exactement, la force de l'habitude l'avait fait aller tout droit vers l'un d'eux, mais lorsque la sonnerie avait retenti, il avait continué son chemin, sans même sortir ses clés de sa poche. La différence dans le comportement des agents du Service secret était frappante. Comme le commun des mortels, ils étaient rassurés par un environnement familier, et même si le pays tout entier venait de recevoir une nouvelle leçon sur l'illusion de la « sécurité », ce mensonge était encore assez réel pour des professionnels entraînés : paraissant soudain plus à l'aise, ils rengaînèrent leurs armes, boutonnèrent leurs vestes, et respirèrent mieux dès qu'ils eurent franchi l'entrée est du bâtiment.

Une voix intérieure disait à Jack que c'était maintenant « sa maison », mais il n'avait aucune envie de l'écouter. Les présidents aimaient à l'appeler la « Maison du Peuple », avec une fausse modestie toute politicienne : pour vivre ici certains d'entre eux auraient volontiers marché sur le corps de leurs propres enfants. Si les mensonges avaient pu laisser des taches sur les murs, se dit Jack, alors on aurait dû choisir depuis belle lurette un autre nom de couleur pour qualifier cet endroit ! Mais il y avait de la grandeur ici, et elle était autrement plus intimidante que toutes les mesquineries de la politique. C'était ici que James Monroe avait énoncé sa « doctrine » et propulsé pour la première fois les Etats-Unis sur la scène internationale. Ici, Lincoln avait maintenu l'union de son pays par la seule force de sa volonté. Ici, Theodore Roosevelt avait fait de l'Amérique un partenaire de dimension planétaire. Ici, le lointain cousin de « Teddy » avait sauvé la nation du désespoir et du chaos intérieur, avec guère plus qu'une voix nasillarde et un fume-cigarette minable. Ici, Kennedy avait tenu tête à Khrouchtchev et personne ne s'était soucié que cela lui ait permis de couvrir une multitude de bourdes. Ici, Reagan avait préparé en secret la destruction du pire ennemi de l'Amérique, et on l'avait accusé de passer son temps à dormir...

N'empêche que ce n'était toujours pas « *sa* maison »...

L'entrée était une espèce de tunnel sous l'aile est où la First Lady — une heure et demie plus tôt, c'était encore Anne Durling — avait ses bureaux. Selon la loi, la First Lady était une citoyenne comme une autre, mais en réalité ses fonctions étaient souvent extrêmement importantes, quoique officieuses. Ils dépassèrent la petite salle de cinéma d'une centaine de places. Les murs faisaient davantage penser à un musée qu'à un appartement. Il y avait plusieurs sculptures, dont beaucoup de Frederic Remington, et la décoration générale était censée être du « pur » style américain. Les portraits des anciens présidents attirèrent son attention : leurs yeux éteints semblaient le considérer avec suspicion. Tous ces hommes qui l'avaient précédé, bons ou mauvais, bien ou mal jugés par les historiens, oui, tous ces hommes l'observaient...

Je suis un historien, se dit Ryan. *J'ai écrit quelques livres. J'ai analysé les actions des autres, avec une distance rassurante. Pourquoi Untel n'a-t-il pas vu ça ? Pourquoi tel autre n'a-t-il pas fait ça... ?* Mais voilà qu'il était à *leur* place, maintenant, et, de l'intérieur, les choses lui paraissaient soudain très différentes. De l'extérieur, on pouvait étudier les informations au fur et à mesure, s'arrêter si nécessaire, voire même se les repasser dans l'autre sens, l'idéal pour tout comprendre, prendre son temps et ne pas se tromper.

Mais, de l'intérieur, ça ne fonctionnait pas du tout ainsi. Ici, tout vous arrivait directement, comme des trains se ruant sur vous de toutes les directions à la fois, avec leurs propres horaires, ce qui vous laissait peu de place pour manœuvrer et peu de temps pour réfléchir. Ryan le savait déjà. Et, en plus, presque tous les présidents qu'il voyait sur ces tableaux s'étaient installés ici après s'y être longuement préparés et ils étaient entourés de conseillers fiables et bienveillants. Autant d'avantages que lui n'avait pas. Mais les historiens évoqueraient cette différence dans un bref paragraphe, ou peut-être une page entière, et puis ils se lanceraient dans une analyse impitoyable.

Désormais, tout ce qu'il dirait ou ferait, Jack le savait, serait soumis à la vision parfaite de la sagesse rétrospective — et pas simplement à partir d'aujourd'hui. Ces gens allaient fouiller aussi son passé pour se renseigner sur son caractère, ses croyances, ses actions, bonnes ou mauvaises. Depuis l'instant précis où cet avion s'était écrasé sur le Capitole, il était président, et les générations à venir avaient désormais le droit de l'examiner à chaque seconde sous toutes les coutures. C'en était fini de son intimité, et même mort il ne serait pas à l'abri de la curiosité de gens qui n'avaient pas la moindre idée de ce que c'était simplement que de marcher dans ce bâtiment à la fois maison, bureau et musée et de savoir qu'il serait votre prison pour l'éternité. Les barreaux étaient invisibles, mais d'autant plus réels.

Tellement d'hommes avaient convoité cette fonction, pour découvrir ensuite à quel point elle était horrible et frustrante. Jack le savait par ses lectures historiques. Et il avait fréquenté de près les trois derniers occupants du Bureau Ovale. Eux, au moins, étaient venus ici en toute connaissance de cause et peut-être ne pouvait-on leur reprocher que l'hypertrophie de leur ego. N'était-ce pas pire pour quelqu'un qui n'avait jamais souhaité cette fonction? Mais l'Histoire le jugerait-elle avec plus d'indulgence pour autant? Non, il était entré ici à un moment où son pays en avait *besoin* et s'il ne satisfaisait pas ce besoin, alors il serait maudit jusqu'à la fin des temps, même s'il était arrivé à ce poste par hasard — condamné, par un homme aujourd'hui décédé, à faire son travail.

Ici, le Service secret pouvait se détendre un peu. *Les veinards!* pensa Ryan, avec une certaine amertume, même si c'était injuste. C'était leur boulot, de le protéger, lui et sa famille. Et c'était le sien, à présent, de les protéger eux et les leurs, et des millions d'autres.

— Par ici, monsieur le président.

Andrea Price tourna à gauche dans le couloir du rez-de-chaussée. Ryan découvrit pour la première fois le personnel de la Maison-Blanche rassemblé là pour voir passer le nouveau patron qu'il allait servir de son mieux. Ils étaient simplement là, debout, à l'observer, sans savoir quoi dire; leurs regards l'évaluaient mais ne révélaient rien de leurs pensées, même s'ils allaient sûrement échanger leurs points de vue à la première occasion, dans l'intimité de leurs vestiaires ou dans la salle de restaurant. La cravate de Jack était toujours de travers, et il avait encore sa vareuse de pompier. Les gouttelettes d'eau qui avaient gelé dans ses cheveux — et lui donnaient un air grisonnant injustifié — commençaient à fondre. Un des membres du personnel s'éloigna en courant, tandis que Ryan et son entourage continuaient vers l'aile est. Il revint une minute plus tard, se fraya un passage à travers le détachement de protection et tendit une serviette à son nouveau président.

— Merci, lui dit Ryan, surpris.

Il s'arrêta un instant et se sécha les cheveux. Il vit un photographe qui revenait précipitamment sur ses pas pour lui tirer le portrait. Comme le Service secret ne l'en empêchait pas, Ryan comprit qu'il appartenait au personnel. C'était le photographe officiel de la Maison-Blanche, qui avait pour mission d'immortaliser le moindre geste du président. *Super, je suis espionné par mes propres employés !* Mais ce n'était pas le moment de râler, n'est-ce pas ?

— Où va-t-on, Andrea ? demanda-t-il, tandis qu'ils passaient devant d'autres portraits de ses prédécesseurs et de leurs épouses qui, tous, eux aussi, l'observaient.

— Le Bureau Ovale. J'ai pensé que...

— Salle de crise. (Ryan s'immobilisa, tout en continuant à se frotter les cheveux.) Je ne suis pas encore prêt pour le Bureau Ovale, d'accord ?

— Bien sûr, monsieur le président.

A l'extrémité du large couloir, ils tournèrent à gauche dans un petit vestibule aux murs couverts d'un treillis en bois d'aspect bon marché, puis ils se retrouvèrent à l'extérieur, car il n'y avait pas de couloir entre la Maison-Blanche et l'aile ouest. Jack comprit pourquoi personne ne l'avait débarrassé de sa veste.

— Du café, demanda-t-il en arrivant.

Au moins, ici, le service sera parfait, pensa-t-il.

Le mess de la Maison-Blanche était tenu par des stewards de la marine, et son premier café présidentiel lui fut servi dans une magnifique tasse avec un pot d'argent par un marin dont le sourire était à la fois professionnel et sincère ; l'homme, comme tout le monde, était curieux de voir le nouveau Boss. Ryan se dit qu'il était un peu comme un animal de zoo. Intéressant, et même fascinant — mais comment allait-il s'adapter à sa nouvelle cage ?

Même pièce, siège différent. Le président avait sa place au centre de la table, et ses assistants l'entouraient. Ryan s'installa avec naturel. C'était juste un fauteuil, après tout. Les prétendus signes extérieurs du pouvoir étaient de simples objets, et le pouvoir lui-même était une illusion, car il s'accompagnait toujours d'obligations encore plus contraignantes. On voyait et on exerçait le pouvoir. Mais les obligations, on ne pouvait que les sentir. L'air lui sembla soudain plus épais dans cette pièce sans fenêtre. Il sirota son café un instant en regardant autour de lui. La pendule murale indiquait vingt-trois heures quatorze. Il était président depuis... combien de temps ? Quatre-vingt-dix minutes ?

— Où est Arnie ?

— Je suis là, monsieur le président, répondit Arnold van Damm en franchissant la porte.

Secrétaire général de la Maison-Blanche de deux présidents, il se retrouvait en un temps record celui d'un troisième. Le premier avait démissionné, déshonoré. Le second était mort. Le troisième serait-il le bon — ou les malheurs allaient-ils toujours par trois ? Les yeux de Jack le transpercèrent, lui posèrent la question qu'il ne pouvait pas énoncer à haute voix : *Et maintenant, je fais quoi ?*

— Bonne déclaration à la télé : vous avez eu les mots justes, dit le secrétaire général, en s'asseyant en face de lui, de l'autre côté de la table.

Il arborait un visage calme, comme d'habitude, et Ryan ne pensa pas à l'effort que cela coûtait à un homme qui venait de perdre en une seule fois beaucoup plus d'amis que lui.

— Je ne me souviens même plus de ce que j'ai dit, bon sang ! répliqua Jack.

— C'est normal pour une improvisation. Mais c'était quand même excellent. J'ai toujours pensé que vous aviez de l'instinct. Vous allez en avoir besoin.

— On commence par quoi ? demanda Jack.

— On ferme les banques, les places boursières, toutes les administrations, disons jusqu'à la fin de la semaine au moins. Il faut organiser des funérailles nationales pour Roger et Anne. Une semaine de deuil. Drapeaux en berne pendant un mois. Nous avons perdu aussi un certain nombre d'ambassadeurs. Ça veut dire une tonne de démarches diplomatiques. Appelons ça des questions d'intendance... Je sais..., ajouta immédiatement van Damm en levant la main. Désolé. Il faut bien leur donner un nom.

— Qui va...

— On a un Bureau du protocole, ici, Jack, lui fit remarquer son ami. Ils sont déjà dans leurs cagibis à travailler là-dessus pour vous. Il y a une équipe de rédacteurs de discours ; ces gens-là prépareront vos déclarations officielles. Les journalistes voudront vous voir — je veux dire par là que vous allez devoir apparaître en public. Rassurer la nation. Lui redonner confiance...

— Quand ça ?

— Au plus tard dans les talk-shows de demain matin, sur CNN et tous les réseaux. Je préférerais qu'on y passe dans l'heure qui suit, mais ce n'est pas obligatoire. On prétextera que vous êtes trop occupé. Et vous allez l'être..., promit Arnie. On vous expliquera ce que vous pouvez et ne pouvez pas dire à la télé. On fera savoir aux journalistes les questions qu'ils peuvent poser et celles qu'ils doivent éviter, et dans la situation où on est, ils coopéreront. J'imagine que vous pouvez espérer une semaine de bon traitement de leur part. En gros, c'est le temps que durera votre lune de miel avec les médias.

— Et ensuite ? demanda Jack.

— Et ensuite vous êtes le président devant Dieu et vous devrez agir en tant que tel, Jack, répondit van Damm sans ménagement. Sinon, vous n'aviez qu'à ne pas prêter serment, vous vous souvenez ?

Cette affirmation fit sursauter Ryan, tandis que sa vision périphérique remarquait les expressions glaciales des autres personnes présentes dans la pièce — uniquement des membres du Service secret, dont les yeux n'étaient pas très différents de ceux des portraits qu'il avait vus en arrivant. Ils comptaient vraiment sur lui pour faire ce qu'il fallait. Ils l'aideraient, ils le protégeraient des autres et de lui-même, mais il avait une tâche à accomplir et personne ne le laisserait s'y dérober. Le Service secret était habilité à le préserver des dangers physiques et Arnie van Damm du danger politique. Les autres membres de son état-major le serviraient, eux aussi. Le personnel qui faisait tourner la Maison-Blanche le nourrirait, repasserait ses chemises et lui verserait du café. Mais aucun d'entre eux ne lui permettrait de s'échapper de cet endroit et de manquer à ses devoirs.

C'était *vraiment* une prison.

Pourtant, ce qu'Arnie venait de dire était exact : il aurait très bien pu ne pas prêter serment, n'est-ce pas ? *Non*, pensa-t-il, en considérant la table en chêne. Car alors il aurait été maudit pour l'éternité à cause de cette lâcheté, et il aurait ressenti cette même malédiction en lui-même, parce que sa conscience était son pire ennemi. Il savait qu'il était quelqu'un de bien, mais il estimait qu'il ne l'était jamais assez, poussé par... Par quoi, au juste ? Les valeurs enseignées par ses parents, ses enseignants, le corps des Marines, les nombreuses personnes qu'il avait connues, les dangers qu'il avait affrontés ? Toutes ces valeurs abstraites, s'en servait-il, ou se servaient-elles de lui ? Qu'est-ce qui l'avait conduit ici ? Qu'est-ce qui avait fait de lui ce qu'il était ? Et qui était en réalité John Patrick Ryan ? Il leva les yeux, se demandant ce qu'ils pensaient de lui, mais eux-mêmes ne le savaient pas davantage, évidemment. Il était le président, désormais, celui qui donnait les ordres ; celui qui prononçait des discours, que d'autres analyseraient à l'envi pour y traquer la petite bête ; celui qui décidait ce que feraient les Etats-Unis d'Amérique, et serait ensuite jugé et critiqué sans la moindre indulgence. Mais tout cela ne constituait pas un être humain, c'était juste la description d'un travail. Derrière, il y avait l'homme — ou, un jour prochain, la femme — qui réfléchissait à tout ça et tentait de faire de son mieux. Et pour Ryan, moins d'une heure et demie auparavant, « le mieux » avait été de prêter serment.

En fin de compte, le jugement de l'Histoire était moins important que celui qu'il portait sur lui-même, en traquant dans le miroir, chaque matin, ses insuffisances. La vraie prison, c'était lui-même et ça le serait toujours...

Et merde !

Magill constata que l'incendie était éteint, à présent. Ses hommes allaient devoir se montrer très prudents. Il y avait encore des points chauds, des endroits où les flammes s'étaient éteintes non pas à cause de l'eau, mais par manque d'oxygène, et où elles attendaient la première occasion de reprendre et de tuer les imprudents. Mais ses hommes étaient sur leurs gardes, et les petites flammes malveillantes n'auraient pas le dessus... Déjà, les manches à eau étaient roulées et certains camions en route pour leur caserne. Il avait vidé la ville de ses moyens d'intervention pour faire face à cette catastrophe, et maintenant il devait renvoyer ses effectifs, sinon il risquait de ne pas pouvoir répondre à un nouvel incendie — et d'autres personnes mourraient pour rien.

Il y avait des gens différents autour de lui, à présent ; les grosses lettres jaunes sur leurs vestes de vinyle indiquaient à quelle administration ils appartenaient. Il y avait là un contingent du FBI, et des types du Service secret, de la police urbaine de Washington, du NTSB, du Bureau des alcools, des tabacs et des armes du secrétariat aux Finances, ainsi que ses propres enquêteurs, qui tous cherchaient le chef des opérations afin de revendiquer le commandement. Au lieu de tenir une réunion informelle et d'établir leur propre chaîne de responsabilités, ils formaient de petits groupes, attendant probablement que quelqu'un d'autre leur indiquât qui dirigeait les choses. Magill secoua la tête. Il avait déjà vu ça.

On sortait de plus en plus de corps, maintenant. Pour le moment, on les transportait à l'Armory, à deux kilomètres environ au nord du Capitole, de l'autre côté des voies de chemin de fer d'Union Station. Magill n'aurait pas voulu être à la place des équipes d'identification, même s'il ne s'était pas encore donné la peine de descendre dans le « cratère » pour constater *de visu* l'étendue des dégâts.

— Chef ? appela une voix, derrière lui.

Magill se retourna.

— Oui ?

— NTSB. On peut commencer à chercher les enregistreurs de vol ?

L'homme indiqua d'un signe la dérive de l'avion. Si la queue de l'appareil était loin d'être intacte, on devinait encore sa forme originelle ; et les « boîtes noires », comme on disait — en réalité elles étaient couvertes d'une couche de Day-Glo orange —, étaient quelque part là-dedans. La zone était bien dégagée. La plupart des décombres avaient été projetés vers l'ouest, et on avait une chance réelle de trouver assez vite ce qu'on cherchait.

— D'accord, dit Magill avec un mouvement de tête, avant d'ordonner à deux pompiers d'accompagner l'équipe du NTSB.

— Pouvez-vous demander aussi à vos hommes d'éviter de déplacer les morceaux de l'avion ? Nous avons besoin de reconstituer la chronologie des faits, et ça nous aiderait si les choses restaient en place.

— Les victimes ont la priorité, répliqua Magill.

Le fonctionnaire fédéral acquiesça avec une grimace. Personne ne s'amusait, ici.

— Je comprends, murmura-t-il. (Il s'interrompit un instant.) Autre chose : si vous tombez sur l'équipage, ne touchez surtout à rien, s'il vous plaît. Appelez-nous et on s'en occupe. OK ?

— Comment on les reconnaîtra ? fit Magill.

— Chemises blanches, pattes d'épaule avec des bandes. Et ils seront probablement japonais.

Magill savait que certains corps étaient parfois curieusement « intacts » après un crash aérien, et que seul un œil exercé pouvait détecter les signes de blessures mortelles. Cela stupéfiait toujours les civils, qui étaient, en général, les premiers à arriver sur les lieux. C'était si étrange que le corps humain semblât plus solide que la vie qu'il contenait ! Il y avait un avantage à cela — l'atroce calvaire de l'identification d'un morceau de chair brûlé et déchiré était épargné aux proches ; mais, en contrepartie, c'était très dur de reconnaître quelqu'un qui ne vous parlerait plus jamais. Magill secoua la tête et demanda à l'un de ses officiers de transmettre cette instruction à leurs équipes.

Ses pompiers avaient déjà beaucoup de missions. La première, bien sûr, était de localiser et d'évacuer le corps du président Roger Durling. On avait prévu pour lui une ambulance particulière. La First Lady elle-même, Anne Durling, passerait après son mari — pour la dernière fois. Une grue manœuvrait sur le côté le plus éloigné de l'immeuble pour soulever les énormes blocs qui s'étaient écroulés sur le podium comme un jeu de construction.

Beaucoup de monde, et surtout les hauts fonctionnaires, arrivait maintenant dans tous les ministères. Il était très inhabituel de voir les parkings des VIP se remplir à minuit, mais cette nuit c'était le cas, et le Département d'Etat ne faisait pas exception à la règle. Les personnels de sécurité étaient convoqués aussi, car s'attaquer à une agence gouvernementale c'était s'attaquer à toutes les autres, et tant pis si des hommes armés de revolvers ne pourraient pas faire grand-chose en de telles circonstances. Ils échangeaient des regards et secouaient la tête, sachant qu'ils seraient payés en heures supplémentaires ; ils remerciaient les huiles qui les avaient fait sortir en coup de vent de leurs maisons de Chevy Chase et des banlieues de Virginie puis grimper les escaliers quatre à quatre jusqu'à leurs bureaux, et ce, juste pour papoter avec leurs collègues.

L'une de ces « huiles » se gara à sa place habituelle dans le sous-sol, et utilisa sa carte magnétique pour monter au sixième par l'ascenseur réservé aux VIP. A la différence des autres, il avait, lui, une véritable mission pour cette nuit. Il y avait d'ailleurs réfléchi pendant tout le trajet depuis Great Falls, où il habitait. Il avait à peu près aussi envie de la remplir que de passer une coloscopie... Mais avait-il le choix ? Il devait tout à Ed Kealty : sa position dans la bonne société washingtonienne, sa carrière au Département d'Etat, et beaucoup d'autres choses... Le pays avait besoin de quelqu'un comme Ed, et tout de suite. C'était ce que Kealty venait de lui expliquer, avec de solides arguments pour étayer ses exigences, et ce qu'il était en train de faire c'était... Oui, c'était quoi, au juste ? Une petite voix, pendant le trajet, lui avait soufflé le mot trahison, mais non, ce n'en était pas une, puisque la « trahison » — le seul crime défini par la Constitution — consistait à apporter « aide et encouragement » aux ennemis de son pays ; or Ed Kealty n'avait pas ce genre d'intentions, n'est-ce pas ?

En fait, cela se résumait à une question de loyauté. Comme beaucoup d'autres, il était l'homme d'Ed Kealty. Ils s'étaient connus à Harvard. Bières, rendez-vous avec les filles et weekends dans sa maison familiale au bord de l'eau, tous les bons moments d'une folle jeunesse. Lui, il était le « prolo », invité chez l'une des plus riches familles d'Amérique. Pourquoi avait-il attiré l'attention du jeune Ed ? Il n'en savait rien, il ne le lui avait jamais demandé et il ne le découvrirait probablement jamais. C'est comme ça, l'amitié. Ça arrive, un point c'est tout, et il n'y a qu'en Amérique qu'un gamin pauvre qui a sué sang et eau pour obtenir une bourse pour Harvard peut se lier avec le petitfils d'une grande famille. Il se serait sans doute très bien débrouillé par lui-même, d'ailleurs. Dieu lui avait donné son intelligence. Ses parents avaient encouragé ce don et lui avaient enseigné les bonnes manières et... le sens des valeurs. Cette pensée lui fit fermer les yeux au moment où les portes de l'ascenseur coulissaient. Les valeurs. Bon, la loyauté en était une, pas vrai ? Sans le parrainage d'Ed, il aurait terminé, disons, comme DAS, sous-secrétaire d'Etat *adjoint*. Mais la première lettre, D pour « adjoint », avait depuis longtemps disparu du titre peint en doré sur la porte de son bureau. Dans un monde juste, il aurait été sur les rangs pour éliminer aussi la seconde lettre, le A pour « sous-secrétaire ». N'était-il pas aussi bon en politique étrangère que n'importe qui, ici, au sixième étage ? Certainement que oui. Cela, en revanche, ne serait pas possible sans Ed Kealty. Sans ces multiples soirées où il avait rencontré les autres pondeurs de motions et s'était frayé un chemin vers le sommet en discutant avec les grosses têtes. Sans parler de l'argent. Il n'avait jamais touché le moindre pot-de-vin, mais son ami l'avait aiguillé avec beaucoup de brio (les informations venaient de ses propres conseillers financiers, mais peu importait) vers certains investissements qui lui avaient permis d'acquérir son indépendance et, soit dit en passant, de s'offrir une maison de quinze cents mètres carrés à Great Falls ; et aussi d'inscrire son fils à Harvard, et pas avec une bourse, car Clifton Rutledge III était le fils de quelqu'un, maintenant, pas un simple fils d'ouvrier. Et donc il devait se montrer loyal, n'est-ce pas ?

Cela facilitait un peu les choses pour Clifton Rutledge II (en fait, son acte de naissance disait Clifton Rutledge *Junior,* mais « Jr » n'était pas le suffixe qui convenait à un homme de son rang), sous-secrétaire du Département d'Etat.

La suite n'était qu'une question de minutage. Il y avait toujours eu des gardes au sixième étage, mais ils le connaissaient, et il suffisait donc de leur donner l'impression de savoir ce qu'il faisait là ce soir.

Bon sang, se dit Rutledge, s'il échouait, ça pourrait bien être la meilleure solution — « Désolé, Ed, je ne l'ai pas trouvée... ». Il se demanda si c'était une pensée indigne, alors qu'il était là, derrière la porte de son bureau, à écouter, le cœur battant la chamade, les bruits de pas des vigiles. Ils étaient deux, à cet étage, et ils faisaient leur ronde séparément. La sécurité n'avait pas besoin d'être très rigoureuse ici. Personne ne pénétrait au Département d'Etat sans une bonne raison. Même en plein jour, les visiteurs n'avaient pas le droit de se déplacer sans escorte. Et à cette heure de la nuit, les choses étaient encore plus strictes. On avait réduit le nombre d'ascenseurs en service. Pour monter au dernier étage, il fallait une carte magnétique particulière ; en outre, un troisième garde restait sur les banquettes devant les ascenseurs. Avec sa montre, Rutledge calcula que les rondes s'effectuaient à intervalles réguliers, à dix secondes près. Parfait. Il n'avait qu'à attendre la prochaine.

— Salut, Wally.

— Bonsoir, monsieur, répondit le vigile. Quelle sale nuit !

— Vous pouvez nous rendre un service ?

— Lequel, monsieur ?

— Du café. Aucune secrétaire pour faire marcher les machines. Vous pourriez faire un saut à la cafétéria et demander à quelqu'un de monter une fontaine ici ? On a une réunion tout à l'heure.

— D'accord ! Vous voulez ça tout de suite ?

— Si ça ne vous dérange pas, Wally.

— J'suis de retour dans cinq minutes, monsieur Rutledge.

A ces mots, le garde s'éloigna à grands pas, d'un air déterminé ; il tourna à droite, une vingtaine de mètres plus loin, et disparut.

Rutledge compta jusqu'à dix et partit dans la direction opposée. Les doubles portes du bureau du secrétaire d'Etat n'étaient pas verrouillées. Rutledge les franchit sans hésiter et alluma. Il avait trois minutes. Une part de lui-même espéra que le document serait sous clé dans le coffre de Brett Hanson. Dans ce cas, il ne pourrait rien faire, puisque seul Brett, deux de ses assistants et le chef de la sécurité connaissaient la combinaison, et qu'il y avait une alarme sur la serrure. Mais Brett avait toujours été si confiant et si tête en l'air, le genre de type qui ne fermait jamais sa voiture, ni même sa maison, à moins d'y être obligé par sa femme... Si le document n'était pas au coffre, il ne pouvait se trouver qu'à un ou deux endroits. Rutledge ouvrit le tiroir du milieu, et découvrit l'habituelle collection de crayons, de stylos bon marché (Brett les perdait toujours) et de trombones. Une minute s'écoula tandis que Rutledge fouillait prudemment son contenu. Rien. Ce fut presque un soulagement — et puis il examina le dessus du bureau, et il faillit laisser échapper un petit rire. Là, sur le sous-main, trônait une simple enveloppe blanche, adressée au secrétaire d'Etat, sans timbre. Rutledge la prit en la tenant par les bords. Elle n'était pas fermée. Il souleva le rabat et en sortit son contenu. Une seule feuille de papier, avec deux paragraphes tapés à la machine. Cliff Rutledge frissonna. Jusqu'à maintenant, l'exercice avait été tout théorique. Il pouvait encore reposer l'enveloppe, oublier qu'elle s'était trouvée là, tout oublier.

Deux minutes.

Brett y avait-il répondu ? Probablement pas. C'était un gentleman. Il n'aurait pas humilié Ed de cette façon. Ed avait choisi la solution honorable en démissionnant, et Brett s'était comporté tout aussi honorablement, sans aucun doute en lui serrant la main avec une expression désolée, et c'était tout.

Deux minutes quinze.

Décision. Rutledge fit disparaître la lettre dans une poche de sa veste, se dirigea vers la porte, éteignit les lumières, ressortit dans le couloir et s'arrêta près de la porte de son bureau. Là, il attendit une demi-minute.

— Salut, George.

— Bonsoir, monsieur Rutledge.

— J'ai envoyé Wally chercher du café pour l'étage.

— Bonne idée, monsieur. Terrible nuit. C'est vrai que... ?

— Oui, j'en ai bien peur. Brett est probablement mort avec tous les autres.

— Bon sang !

— Ça ne serait peut-être pas une mauvaise idée de fermer son bureau à clé, ajouta Rutledge. Je viens juste de vérifier sa porte et...

— Oui, monsieur. (George Armitage sortit son trousseau et trouva la clé qui convenait.) Il était toujours si...

— Je sais, répondit Rutledge en hochant la tête.

— Y a deux mois, imaginez-vous que j'ai trouvé son coffre non verrouillé. Il tournait la poignée, et puis il oubliait de s'occuper du cadran. Il ne savait pas ce qu'est un cambriolage, hein ?

— C'est ça, le problème, avec la sécurité, répondit avec compréhension le sous-secrétaire d'Etat aux Affaires étrangères. Les grosses légumes ont vraiment l'air de s'en moquer, pas vrai ?

C'était magnifique ! Qui avait bien pu faire une chose pareille ?

La réponse à cette question était évidente. Les journalistes de la télé, qui n'avaient pas grand-chose d'autre à se mettre sous la dent, répétaient à leurs cameramen de cadrer la queue de l'avion. Il se souvenait assez bien du logo, car longtemps auparavant il avait participé à une opération où ses amis et lui avaient fait sauter un appareil arborant le même oiseau. Il était jaloux, aujourd'hui ; c'était lui, l'un des terroristes les plus recherchés de la planète, qui aurait dû signer une telle action, et pas un quelconque amateur. Car ce gars-là n'était rien d'autre. L'ironie de la chose était saisissante. Il se consacrait à la théorie et à la pratique de la violence politique depuis sa jeunesse. Il l'avait apprise, pensée, planifiée. Puis il était passé à l'acte, d'abord en tant que simple exécutant, et ensuite comme chef. Et maintenant, quoi ? Un vulgaire *amateur* les avait surpassés, lui et le monde clandestin auquel il appartenait.

Son esprit entraîné fit le tour de toutes les éventualités, et la conclusion s'imposa d'emblée. Un seul homme. Peut-être deux. Mais plus vraisemblablement un seul. Et comme toujours, pensa-t-il avec un bref hochement de tête, quelqu'un qui était prêt à mourir pour une cause — n'importe laquelle — était plus dangereux qu'une armée entière. L'homme en question avait des talents particuliers, et disposait d'un matériel sophistiqué, ce qui lui avait permis d'atteindre son objectif.

C'était facile, pour un homme seul, de garder un secret. Il grogna. C'était d'ailleurs l'un de ses principaux problèmes, depuis toujours : la vraie difficulté de ce travail était de trouver les gens qui convenaient — des gens en qui il pouvait avoir confiance, qui ne se vanteraient pas, ne se confieraient pas à d'autres, qui partageaient son sens de la mission, qui avaient la même discipline que lui et ne craignaient pas pour leur vie. Ce dernier critère, c'était le prix à payer pour entrer au club. Aujourd'hui, ça devenait plus difficile dans un monde en pleine évolution. Les réserves en hommes s'épuisaient. Inutile de le nier : les combattants dévoués commençaient à manquer.

Il avait été obligé de participer en personne à trois opérations, et s'il n'avait pas hésité à le faire, il n'avait aucune envie de recommencer. Trop dangereux. Non qu'il craignît les conséquences de ses actes — non, mais un terroriste mort était tout aussi mort que ses victimes, et les cadavres n'exécutaient plus d'autres missions. Le sacrifice de sa personne était un risque auquel il s'était préparé, mais ce n'était pas sa priorité. Il voulait *gagner*, récolter les bénéfices de son action, être reconnu comme un vainqueur, un libérateur, un conquérant, être autre chose qu'une note en bas de page dans les futurs livres d'histoire. Cette mission réussie, dont il voyait les images à la télévision, dans sa chambre, resterait comme un accident horrible dans le souvenir de la plupart des gens. On ne se souviendrait pas de l'action d'un homme, mais d'une espèce de désastre naturel, car si beau fût-il, cet attentat ne servait *aucun* dessein politique. Et c'était toujours le problème avec les commandos suicide. La chance, ce n'était pas suffisant. Il devait y avoir une raison, un résultat. Un tel acte ne pouvait être considéré comme une réussite que s'il menait à *autre chose*. Et, manifestement, ce n'était pas le cas. Dommage. Car ce n'était pas si souvent que...

Mais non! L'homme sirota un instant son jus d'orange. *Pas si souvent?* Ce n'était *jamais* arrivé, n'est-ce pas? Tuez un président ou un Premier ministre — ou même un de ces rois irréductibles auxquels s'accrochent certaines nations — et d'autres prennent aussitôt la place laissée vacante. Et cette fois-ci aussi, apparemment. Mais aujourd'hui, c'était tout de même un peu différent. Il n'y avait plus aucun gouvernement derrière ce nouvel homme pour affirmer solidarité, détermination et continuité. Si au moins quelque chose d'autre, de plus vaste, avait été prêt lorsque cet avion s'était écrasé, cet événement magnifique l'aurait été bien davantage! On n'y pouvait plus rien changer, mais il y avait tout de même beaucoup à apprendre à la fois de son succès et de son échec. Et ses conséquences, planifiées ou pas, étaient très, très réelles.

De ce point de vue, c'était tragique. On avait gaspillé une belle occasion. Si seulement il avait été au courant! Si seulement le pilote de cet avion avait parlé à quelqu'un de ce qu'il avait décidé de faire! Mais ce n'était pas le genre des kamikazes, pas vrai? Ceux-là veulent réfléchir, agir et mourir seuls. Et c'est dans leur succès personnel que réside leur échec ultime. Ou peut-être que non...

— Monsieur le président ? C'est le FBI.

Un agent du Service secret avait décroché le téléphone. En temps normal, ç'aurait été le rôle d'un quartier-maître de la marine, mais le détachement de protection était encore trop sur les dents pour permettre à quiconque de pénétrer dans la salle de crise.

Ryan prit la communication sur l'appareil placé sous son bureau.

— Oui ?

— C'est Dan Murray.

Jack eut un léger sourire en entendant cette voix connue — celle d'un ami. Murray et lui, ça remontait à loin. A l'autre bout du fil, Murray avait sans doute eu envie de dire « Salut, Jack », mais il ne pouvait plus être aussi familier sans y être invité — et même si Jack l'y avait encouragé, Dan se serait senti mal à l'aise, et il aurait couru le risque aussi d'être considéré comme un lèche-cul par son propre service. *Un obstacle de plus à la vie normale*, pensa Jack. Même ses amis, à présent, étaient forcés de prendre leurs distances.

— Qu'y a-t-il, Dan ?

— Désolé de vous déranger, mais nous avons besoin d'instructions pour savoir qui dirige l'enquête. En ce moment, y a un paquet de gens qui courent partout sur Capitol Hill, et...

— Unité de commandement, l'interrompit Jack avec mauvaise humeur. (Inutile de demander à Murray pourquoi il l'appelait pour ça : tous ceux qui auraient pu régler cette question à un échelon inférieur étaient morts.) Que dit la loi à ce sujet, Dan ?

— Elle ne dit rien, en fait, répondit Murray.

Le malaise était perceptible dans sa voix. Il ne voulait pas ennuyer l'homme qui était jadis son ami et le serait peut-être encore en des circonstances moins officielles. Mais il avait un problème de boulot, et le boulot devait être fait.

— Juridictions multiples ? s'enquit Jack.

— Un max, oui, confirma Murray.

— J'imagine qu'on peut appeler ça une action terroriste. On commence à en avoir l'habitude, nous deux, n'est-ce pas ? demanda Jack.

— En effet, monsieur.

Monsieur ! pensa Jack. *Et merde !* Il avait une nouvelle décision à prendre. Il regarda autour de lui avant de répondre.

— OK, le FBI dirige l'enquête. Tout le monde est sous les ordres du Bureau. Trouvez un type bien pour coordonner ça.

— Oui, monsieur.

— Dan ?

— Oui, monsieur le président ?

— Qui est le plus gradé au FBI, désormais ?

— Le directeur adjoint, Chuck Floyd. Il était à Atlanta pour faire un discours et...

Ensuite, il y avait les sous-directeurs, qui, tous, avaient plus d'ancienneté que Murray..., pensa Ryan.

— Je ne le connais pas. Vous, oui. Vous êtes donc désormais le directeur du Bureau jusqu'à ce que je change d'avis.

Ce fut un choc, à l'autre bout de la ligne. Ryan le sentit immédiatement.

— Euh, Jack, je...

— J'aimais bien Shaw, moi aussi, Dan. Vous avez le job.

— Oui, monsieur le président.

Ryan raccrocha et expliqua aux autres ce qu'il venait de décider.

Price fut la première à protester :

— Monsieur, toute attaque contre le président relève de la juridiction de...

— Ils ont plus de moyens que vous, et quelqu'un doit superviser l'enquête. Je veux que ce gars-là soit en fonction au plus vite.

— Il faut une commission spéciale pour ça, intervint Arnie van Damm.

— Dirigée par qui ? demanda Ryan. Un membre

de la Cour suprême? Deux sénateurs et deux membres de la Chambre? Murray est un professionnel, et depuis longtemps. Andrea, trouvez-moi le meilleur enquêteur du Service secret, et j'en ferai le principal adjoint de Murray. Impossible de faire appel à quelqu'un de l'extérieur, n'est-ce pas? On lave notre linge sale en famille, d'accord? Alors on laisse travailler les meilleurs et on fait confiance aux organismes censés se charger du boulot. (Il se tut un instant, puis il ajouta :) Je veux des résultats rapides dans cette enquête, d'accord?

— Oui, monsieur le président.

L'agent Price hocha la tête et, du coin de l'œil, Ryan vit Arnie van Damm qui acquiesçait, lui aussi. Il se permit de penser que peut-être il venait de prendre une bonne décision. Sa satisfaction fut de courte durée. Dans l'angle le plus éloigné de la salle, des écrans de télévision montraient tous le même spectacle, à présent, et le flash d'un photographe, sur les quatre écrans, attira son attention. Il se retourna et découvrit quatre fois le même sac mortuaire que l'on descendait dans l'escalier de l'aile ouest du Capitole. Un cadavre de plus à identifier — gros ou maigre, homme ou femme, important ou non, c'était impossible à savoir sous le tissu caoutchouté. On ne voyait que les visages sévères et professionnels des pompiers transportant ce foutu machin, et c'était ça qui avait attiré l'attention d'un photographe anonyme et qui, du même coup, ramenait le nouveau président à une effrayante réalité. Les caméras suivirent ce trio — deux vivants et un mort — jusqu'au bas de l'escalier où attendait une ambulance, dont les portes arrière, ouvertes, laissaient apparaître toute une pile de ces mêmes sacs mortuaires. Les pompiers le chargèrent délicatement sur les autres, avant de reprendre l'escalier pour aller chercher le suivant. Tous ceux qui se trouvaient dans la salle de crise considérèrent ces images sans rien dire, trop choqués pour exprimer le moindre sentiment. Quelqu'un reposa sa tasse sur sa soucoupe et le bruit que cela fit rendit le silence de la pièce encore plus insupportable.

— Que fait-on, maintenant ? demanda Jack.

Il se sentait soudain au bout du rouleau. La mort de tous ces gens, ajoutée au souci qu'il se faisait pour sa famille — tout cela était trop pour un seul homme. Il avait l'impression d'être sans ressort, que ses bras pesaient une tonne, que les manches de sa veste étaient de plomb, et il dut même faire un effort pour lever la tête. Il était onze heures et demie du soir, et sa journée avait commencé à quatre heures dix du matin, des heures et des heures pendant lesquelles on n'avait pas cessé de l'interviewer sur un travail qu'il n'avait dû faire qu'une dizaine de minutes avant sa brutale promotion ! La poussée d'adrénaline qui lui avait permis de tenir le coup était retombée, et il n'en était que plus épuisé. Il considéra ses collaborateurs, autour de lui, et posa ce qui était désormais pour lui une question essentielle :

— Où est-ce que je dors, cette nuit ?

Pas ici, décida-t-il. *Pas dans le lit d'un mort, pas dans les draps d'un mort, pas à proximité des enfants d'un mort.*

Il avait besoin d'être avec sa famille et de voir ses propres gosses, qui dormaient certainement à cette heure-ci, vu que les enfants réussissaient à trouver le sommeil en toutes circonstances. Il avait besoin d'être dans les bras de sa femme, parce que c'était la seule constante dans son univers, la seule chose qu'il n'accepterait jamais de changer, en dépit de ces événements qui bouleversaient leurs vies.

Les agents du Service secret échangèrent des regards étonnés, puis Andrea Price répondit à sa question. C'était désormais de sa responsabilité, en effet.

— La caserne des Marines ? 8e Rue et Rue I ?

Ryan acquiesça d'un signe de tête.

— Ça ira, pour le moment.

Andrea prononça quelques mots dans son micro, fixé sur le col de son tailleur.

— Swordsman [1] s'en va. Amenez les voitures à l'entrée est.

Les agents du détachement de protection se levèrent. Ils ouvrirent leurs vestes et, au moment de franchir la porte, leurs mains se posèrent sur leur revolver.

— On vous réveillera à cinq heures, promit van Damm. (Il ajouta :) Essayez de dormir un peu.

Ryan lui répondit d'un regard sans expression et quitta la pièce. Un huissier lui fit enfiler un manteau — il ne vint pas à l'esprit de Jack de demander à qui il appartenait. Il monta à l'arrière de la Chevy, qui démarra immédiatement, précédée d'une Chevy identique, et suivie par trois autres. Autour de Capitol Hill, le rougeoiement de l'incendie avait cédé la place aux scintillements des lumières d'innombrables véhicules de secours. La police bloquait toujours les rues du centre-ville, et le cortège présidentiel fila rapidement vers l'est et arriva à la caserne des Marines dix minutes plus tard. Tout le monde, ici, était réveillé, impeccablement habillé, et tous les hommes visibles étaient armés d'un fusil ou d'un revolver. On échangea des saluts nerveux.

La maison du commandant des Marines datait du XIXe siècle. C'était un des rares immeubles officiels à n'avoir pas été incendié par les Britanniques en 1814. Mais le commandant était mort. Veuf, avec de grands enfants, il avait vécu ici jusqu'à cette dernière nuit. A présent, c'était un colonel qui se tenait sur la véranda, un revolver à la ceinture et une section complète de ses hommes disposée autour du bâtiment.

— Monsieur le président, votre famille est en sécurité, à l'étage, lui annonça le colonel Mark Porter. Une compagnie de fusiliers est déployée dans le périmètre de sécurité, et une autre ne va pas tarder à arriver.

— Les médias ? s'enquit Andrea Price.

1. Homme au sabre (N. d. T.).

— Je n'ai eu aucun ordre à ce sujet. Mes ordres sont de protéger nos hôtes. Sur deux cents mètres à la ronde, il n'y a que nos hommes.

— Merci, colonel, répondit Ryan, qui se moquait bien des médias en ce moment.

Il se dirigea vers la porte. Un sergent la lui ouvrit et lui adressa le salut des Marines. Ryan le lui rendit sans réfléchir. A l'intérieur du bâtiment, un sous-officier armé lui indiqua les escaliers et le salua, lui aussi. Ryan comprit que, désormais, il ne pourrait plus aller nulle part tout seul. Andrea, un autre agent du Service secret et deux Marines le suivirent. Le couloir du premier étage était gardé par deux agents et cinq Marines. Finalement, à vingt-trois heures cinquante-quatre précises, il pénétra dans une chambre à coucher inconnue et retrouva sa femme.

— Ça va ? lui murmura-t-il.

— Jack, est-ce que tout ça est vrai ?

Il acquiesça d'un signe de tête, puis il vint s'asseoir à côté de Cathy.

— Les gosses ?

— Ils dorment. (Un silence.) Ils ne comprennent pas vraiment ce qui se passe. Je pense que c'est le cas de nous quatre.

— De nous cinq..., la corrigea-t-il.

— Le président est mort ? (Cathy se tourna vers son mari, qui acquiesça d'un signe de tête.) Je ne l'ai pas vraiment connu.

— C'était un brave type. Ses gosses sont à la Maison-Blanche. Je ne savais plus quoi faire, alors je suis venu ici.

Il desserra sa cravate avec des gestes maladroits. Il décida qu'il était préférable de ne pas réveiller ses enfants. Ç'avait déjà été suffisamment difficile pour tout le monde d'arriver jusqu'ici.

— Et maintenant ? demanda Cathy.

— Il faut que je dorme. Ils me réveillent à cinq heures.

— Qu'est-ce qu'on va faire ?

— Je n'en sais rien.

Il réussit à se déshabiller, espérant que le lendemain l'aiderait à répondre à certaines des questions que cette courte nuit lui permettrait simplement de mettre de côté pour quelques heures.

2

AVANT L'AUBE

C'était à prévoir qu'ils auraient la ponctualité de leurs montres électroniques. Ryan eut l'impression d'avoir à peine eu le temps de fermer les yeux quand il se réveilla en sursaut en entendant frapper doucement à sa porte. Il eut ce bref moment de confusion que l'on connaît lorsqu'on se réveille dans un autre lit que le sien. Sa première pensée consciente fut qu'il avait rêvé et que peut-être...

Mais quelque chose au fond de lui-même lui dit immédiatement que le pire de son rêve était réel. Une tornade l'avait aspiré dans une masse tournoyante de terreur et de confusion, puis l'avait déposé ici — et ici, ce n'était ni le Kansas, ni le Pays d'Oz. Après quelques secondes qui lui permirent de retrouver ses marques, il savait au moins qu'il n'avait pas la migraine à laquelle il s'attendait à cause du manque de sommeil, et qu'il n'était pas aussi fatigué qu'il l'aurait cru. Il écarta ses couvertures et se dirigea vers la porte.

— OK, je suis debout, annonça-t-il à travers le battant.

Puis il se souvint que sa chambre n'avait pas de salle de bains, et qu'il devait ouvrir. Ce qu'il fit.

— Bonjour, monsieur le président.

Un agent, jeune et l'air sérieux, lui tendit une robe de chambre. Là encore, ç'aurait dû être la tâche d'un officier d'ordonnance, mais le seul Marine qu'il aperçut dans le couloir avait un pistolet à la ceinture. Il se demanda s'il y avait eu au cours de la nuit une nouvelle querelle entre le corps des Marines et le Service secret pour savoir qui avait la responsabilité de la protection du commandant en chef. Et, brusquement, il se rendit compte que c'était *son* peignoir.

— On est allé chercher quelques affaires pour vous, lui expliqua l'agent, dans un murmure.

Un deuxième agent lui tendit alors la vieille robe d'intérieur bordeaux de Cathy. Quelqu'un était donc entré par effraction chez eux, se dit-il — vu qu'il n'avait donné ses clés à personne. *Et* ce quelqu'un avait mis en échec leur système d'alarme. Il alla poser le vêtement de sa femme sur leur lit, puis il ressortit. Un troisième agent lui indiqua d'un geste une chambre inoccupée au bout du couloir. Il y avait là quatre de ses costumes et quatre de ses chemises, toutes repassées de frais, ainsi que dix cravates et tout le nécessaire. C'était plus désespérant que pathétique, pensa Jack. Le personnel connaissait plus ou moins les difficultés qu'il traversait, et il allait lui faciliter les choses avec un soin presque fanatique. Quelqu'un avait même astiqué à la façon des Marines ses trois paires de chaussures noires. *Elles n'ont jamais été si belles*, se dit-il en se dirigeant vers la salle de bains — où, bien sûr, il découvrit toutes ses affaires, même son savon Zest. A côté se trouvait le nécessaire de maquillage de Cathy. Personne n'estimait que c'était facile d'être président, mais au moins était-il maintenant entouré par des gens fermement résolus à éliminer tous ses petits soucis d'intendance.

La douche chaude lui fit du bien. A cinq heures vingt, il était fin prêt et il descendit l'escalier. Par une fenêtre, il aperçut des Marines en tenue de camouflage qui montaient la garde dans la cour carrée. Ceux qui étaient à l'intérieur se mirent au garde-à-vous sur son passage. Peut-être que sa famille et lui avaient bénéficié de rares heures de sommeil, mais les autres, non. C'était quelque chose qu'il ne faudrait jamais oublier, pensa-t-il, tandis que l'odeur du petit déjeuner l'attirait vers la cuisine.

— Gaaarde-à-vous !

Le sergent-major des Marines avait prononcé cet ordre d'une voix basse, pour ne pas déranger les enfants qui dormaient à l'étage, et, pour la première fois depuis le dîner de la veille, Jack eut un petit sourire.

— Repos, Marines.

Le président s'approcha de la cafetière, mais un caporal féminin le coiffa au poteau. Elle ajouta la crème et le sucre qu'il fallait — quelqu'un, là encore, avait préparé le travail — et lui tendit une tasse.

— Votre état-major vous attend dans la salle à manger, monsieur, lui indiqua le sergent.

— Merci, répondit Ryan, avant de partir dans cette direction.

Ils avaient tous l'air épuisés. Jack se sentit coupable d'avoir eu le temps de prendre une douche et de se raser. Puis il découvrit la pile de documents qu'ils avaient rassemblés à son intention.

— Bonjour, monsieur le président, dit Andrea Price.

Les autres commencèrent à se lever de leurs fauteuils, mais Jack leur fit signe de rester assis et tendit le doigt vers Murray.

— Dan, commença-t-il, que savons-nous, maintenant ?

— On a récupéré le corps du pilote il y a environ deux heures. Ses papiers d'identité étaient vrais. Il s'appelle Sato, comme on s'y attendait. Un pilote très expérimenté. Nous cherchons toujours son copilote. (Murray s'interrompit un instant.) On tâche de savoir s'il était sous l'effet d'une drogue quelconque, mais ça m'étonnerait. Les gars du NTSB ont l'enregistrement du vol — ils ont mis la main dessus vers quatre heures du matin et ils sont en train de l'étudier. Pour l'instant, nous avons sorti un peu plus de deux cents cadavres...

— Le président Durling ?

Ce fut Andrea Price qui répondit à cette question, avec un mouvement de tête :

— Pas encore. Cette partie-là de l'immeuble — ben, c'est pas vraiment la joie, et ils ont décidé d'attendre le jour pour faire le gros du boulot.

— Des survivants ?

— Trois personnes, pour l'instant. Mais dans un sale état.

— OK. (Ryan secoua la tête à son tour. Cette information était importante, mais ce n'était pas une priorité.) On sait autre chose ?

Murray consulta ses notes.

— L'avion a décollé de Vancouver International, Colombie-Britannique. Ils ont déposé un faux plan de vol pour Londres-Heathrow, ils ont filé vers l'est et sont sortis de l'espace aérien canadien à sept heures cinquante et une, heure locale. La routine. Nous pensons qu'ils ont continué un moment vers l'est, puis qu'ils ont tourné au sud-ouest vers Washington. Ensuite, ils se sont faufilés au bluff à travers le contrôle du trafic aérien.

— Comment ça ?

Murray adressa un signe de tête à quelqu'un que Ryan ne connaissait pas.

— Monsieur le président, Ed Hutchins, du NTSB. Ce n'est pas difficile. Ils se sont fait passer pour un charter KLM à destination d'Orlando. Puis ils ont annoncé une urgence. En cas de problème en vol, nos équipes sont entraînées pour récupérer dès que possible un avion au sol. Ce type savait exactement quoi faire. Personne n'avait aucun moyen d'empêcher ça, conclut-il sur la défensive.

— Une seule voix sur les enregistrements, ajouta Murray.

— On a les poursuites radar, reprit Hutchins. Il a fait semblant d'être en difficulté, il a demandé un guidage d'urgence sur Andrews, et il a eu ce qu'il voulait. D'Andrews à Capitol Hill, il y a à peine une minute de vol.

— Un de nos gars a lancé un missile Stinger, dit Price, avec une fierté un peu triste.

Hutchins secoua la tête. C'était le geste à la mode, ce matin, à Washington...

— Contre un appareil de cette taille, on aurait pu tout aussi bien balancer une boulette de papier mâché.

— Ça donne quoi, au Japon ?

— La nation tout entière est en état de choc, répondit Scott Adler, le plus haut fonctionnaire encore vivant du Département d'Etat, et un vieil ami de Ryan. Quand vous êtes parti vous coucher, nous avons reçu un appel de leur Premier ministre. Il a passé une mauvaise semaine, mais il semblait heureux d'être de retour aux affaires. Il souhaite venir nous présenter personnellement des excuses. Je lui ai répondu que nous le rappellerions...

— Dites-lui que c'est d'accord.

— Vous êtes sûr, Jack ? demanda Arnie van Damm.

— Est-ce que l'un d'entre vous pense qu'il s'agit d'un acte délibéré du Japon ? répliqua Jack.

— Personne n'en sait encore rien, répondit Price la première.

— Pas d'explosifs à bord de l'appareil, fit remarquer Dan Murray. Dans le cas contraire...

— Je sais, je ne serais plus là..., dit Ryan. (Il termina son café. Le caporal féminin le resservit immédiatement.) Ça va se résumer à un ou deux cinglés.

Hutchins acquiesça d'un signe de tête timide.

— Les explosifs sont assez légers, dit-il. Même quelques tonnes, étant donné la capacité d'un 747-400, n'auraient pas compromis leur mission, et les résultats auraient été bien pires. Là, on a un crash direct. Les dégâts résiduels ont été causés par un demi-plein de carbu-réacteur, un peu plus de quatre-vingts tonnes. C'est déjà beaucoup, conclut-il.

Hutchins enquêtait sur les accidents d'avion depuis près de trente ans. Il connaissait son boulot.

— C'est trop tôt pour tirer la moindre conclusion de tout ça, prévint Price.

— Scott ?

— Si c'est délibéré... bon sang ! (Adler secoua la tête.) Ce n'est pas leur gouvernement qui a organisé ça. Ils sont affolés, là-bas. Les journaux demandent sa tête, et le Premier ministre Koga était presque en larmes, au téléphone. Disons que si quelqu'un, chez eux, a monté cette opération, ils le découvriront pour nous.

— Sauf qu'ils n'ont pas une conception aussi rigoureuse des enquêtes que nous, intervint Murray. Andrea a raison. C'est trop tôt pour tirer des conclusions, même si tout indique jusqu'à présent qu'il s'agit d'un acte isolé et non d'un complot. (Il s'interrompit un instant et ajouta :) D'ailleurs, nous savons qu'ils disposent de l'arme nucléaire, n'est-ce pas ?

Cette remarque jeta un froid, même sur le café de Jack.

Celui-là, le pompier le trouva dans un buisson, alors qu'il déplaçait son échelle sur la façade ouest. Il travaillait depuis sept heures sans la moindre pause. Il était comme anesthésié, maintenant. A force de voir des horreurs, on commence à considérer les cadavres, entiers ou non, comme de simples objets. Les restes d'un enfant l'auraient peut-être encore secoué, voire ceux d'une femme particulièrement belle, car il était jeune et célibataire, mais le corps sur lequel il venait de tomber par hasard ne lui fit ni chaud ni froid. C'était un torse décapité auquel il manquait des morceaux des deux jambes, mais c'était visiblement un corps masculin, et il avait encore des lambeaux d'une chemise blanche, avec des pattes d'épaule. Trois bandes sur chacune d'elles. Il se retourna et fit un geste de la main à l'intention de son lieutenant; celui-ci tapota le bras d'une femme qui portait une veste en vinyle du FBI.

Elle s'approcha, tout en buvant quelque chose dans un gobelet en plastique.

— Je viens juste de trouver celui-là. C'est un endroit marrant.

— Ouais, marrant, dit-elle.

Elle prit deux photos, dont l'image conserverait électroniquement l'heure exacte de la découverte, puis elle sortit un bloc-notes de sa poche et inscrivit la localisation du corps numéro quatre de sa liste. Elle n'en avait pas vu beaucoup dans la zone qu'on lui avait confiée. Des piquets en plastique et une bande jaune marqueraient ensuite le site. Elle commença à rédiger l'étiquette.

— Vous pouvez le retourner? demanda-t-elle.

Sous le corps, elle découvrit un morceau de verre plat d'une forme irrégulière, ou du plastique qui ressemblait à du verre. Elle prit une nouvelle photo, et à travers son objectif les choses lui parurent soudain plus intéressantes qu'à l'œil nu. Elle le leva un peu et repéra un trou dans la balustrade de marbre. Une autre inspection, tout autour, révéla un grand nombre de petits objets métalliques qu'une heure plus tôt elle avait estimé être des bouts de carlingue; ils avaient attiré aussi l'attention d'un enquêteur du NTSB qui discutait à présent avec le même officier des pompiers auquel elle avait parlé la minute précédente. Elle dut s'y reprendre à trois fois pour attirer son attention.

— Qu'est-ce qu'il y a?

L'enquêteur du NTSB essuyait ses lunettes avec un mouchoir.

Elle lui indiqua le cadavre.

— Vérifiez la chemise, lui dit-elle.

— C'est un membre de l'équipage, répondit-il après avoir remis ses lunettes. Peut-être un pilote. Attendez, c'est quoi ça? ajouta-t-il.

La chemise blanche d'uniforme avait un trou

juste à droite de la poche, entouré par une tache couleur rouille. L'agent du FBI approcha sa torche et elle vit que cette tache était sèche. Il faisait moins vingt degrés. Le corps avait été projeté dans cet environnement glacial au moment de l'impact et le sang autour du cou sectionné, de la couleur violette de quelque horrible sorbet à la prune, était gelé. En revanche, le sang sur la chemise avait séché avant de pouvoir geler, constata-t-elle.

— Ne bougez plus le corps, ordonna-t-elle au pompier.

Comme la plupart des agents du FBI, elle avait été officier dans la police locale avant de poser sa candidature pour l'agence fédérale. Si son visage était livide, c'était à cause du froid.

— Première enquête sur un accident d'avion ? lui demanda l'homme du NTSB, se trompant sur la raison de cette pâleur.

— Oui, acquiesça-t-elle d'un signe de tête. Mais c'est loin d'être mon premier meurtre.

Là-dessus, elle prévint son supérieur par radio. Pour ce corps, elle voulait une équipe de la Criminelle au grand complet et des médecins légistes.

Des télégrammes commençaient à arriver des quatre coins de la planète. Certains étaient longs et il fallait les lire en entier — enfin, au moins ceux des nations importantes. Le Togo pouvait attendre.

— Les secrétaires à l'Intérieur et au Commerce sont en ville et ils sont prêts pour une réunion de cabinet, avec tous les sous-secrétaires d'Etat, indiqua van Damm, tandis que Ryan feuilletait les messages, essayant de lire et d'écouter en même temps. Les vice-chefs d'état-major interarmes sont en réunion avec les commandants en chef pour examiner les problèmes de sécurité nationale...

— Etat des menaces ? demanda Jack sans lever les yeux.

La veille encore, il était conseiller à la sécurité nationale du président Durling, et le monde n'avait sans doute pas beaucoup changé en vingt-quatre heures.

— Aucun problème, répondit Scott Adler.

— Washington est en veilleuse, dit Murray. Les radios et les télés demandent aux gens de rester chez eux, sauf ceux qui travaillent dans des services vitaux. La Garde nationale du district est en état d'alerte : il nous faut des gens efficaces pour Capitol Hill et la Garde nationale est une unité de police militaire. Elle pourrait être très utile là-bas. Surtout que les pompiers doivent être épuisés, à l'heure actuelle.

— Combien de temps avant que l'enquête nous fournisse des informations fiables ? demanda le président.

— Impossible à dire, Ja... monsieur...

Ryan leva les yeux du télégramme officiel de la Belgique.

— On se connaît depuis combien de temps, Dan ? Je ne suis pas Dieu, d'accord ? Si vous utilisez mon prénom de temps en temps, personne ne vous fusillera pour ça.

Murray lui rendit son sourire.

— OK, Jack. On ne peut rien prévoir avec les enquêtes de cette importance. Mais les réponses viendront, tôt ou tard, c'est sûr, promit Dan. Nous avons une bonne équipe d'enquêteurs sur place.

— Qu'est-ce que je dis aux médias ?

Jack se frotta les yeux, déjà fatigué par sa lecture. Cathy avait peut-être raison. Peut-être qu'il avait besoin de lunettes, en fin de compte ? Une feuille imprimée avec ses interventions télévisées de la matinée était posée devant lui ; leur ordre avait été tiré au sort. CNN à 7 h 8, CBS à 7 h 20, NBC à 7 h 37, ABC à 7 h 50, Fox à 8 h 8 ; toutes se tiendraient dans le salon Roosevelt de la Maison-Blanche, où les caméras étaient déjà installées. Quelqu'un avait décidé qu'un discours officiel serait trop difficile pour lui, ni vraiment approprié à la situation, jusqu'à ce qu'il eût quelque chose de substantiel à annoncer à la nation. Il se contenterait donc de se présenter — quelque chose de calme, de digne et surtout d'intime à l'intention de gens en train de lire leurs journaux du matin et de prendre leur petit déjeuner.

— Des questions peinardes. On a déjà réglé ça, lui assura van Damm. Répondez-y. Parlez lentement et distinctement. Paraissez aussi relax que possible. Rien de dramatique. Ce n'est pas ce qu'attend de vous la population. Elle veut savoir que quelqu'un a repris les rênes, qu'il répond au téléphone et tout ça. Elle sait bien que c'est encore trop tôt pour que vous fassiez quelque chose de décisif.

— Et les gosses de Roger?

— Ils dorment toujours, j'imagine. Les membres de leur famille sont arrivés. Ils sont à la Maison-Blanche.

Le président Ryan hocha la tête sans relever les yeux. Difficile de rencontrer le regard de ses collaborateurs pour une question comme celle-ci. De toute façon, il existait un protocole pour ça aussi. Les déménageurs étaient sans doute déjà prévenus. La famille Durling — ce qu'il en restait... — allait quitter la Maison-Blanche, en douceur mais vite, parce que ce n'était plus son domicile, désormais. Le pays avait besoin de quelqu'un d'autre en ces lieux et ce quelqu'un d'autre devait être installé aussi confortablement que possible, et cela signifiait qu'il fallait éliminer tous les souvenirs visibles des précédents occupants. Ça n'avait rien de brutal, se dit Jack. C'était la vie. Il y avait sans doute un psychologue sur place pour aider les Durling à supporter leur chagrin le mieux possible, et à affronter ce deuil. Mais le pays passait avant tout. Une nation, même aussi sentimentale que les Etats-Unis d'Amérique, se devait de poursuivre sa marche en avant. Lorsque le tour viendrait pour Ryan de quitter la Maison-Blanche, ce serait pareil. Jadis, l'ex-président descendait à pied du Capitole jusqu'à

Union Station, après la cérémonie d'investiture de son successeur, et il achetait un billet de train pour rentrer chez lui. Maintenant, on faisait appel à des déménageurs, et nul doute que la famille serait transportée par l'Air Force, mais les enfants s'en iraient, oui, abandonnant leur école et leurs amis ; ils retourneraient en Californie pour recommencer une autre vie. Politique ou pas, c'était dur, se dit Ryan, en regardant sans y penser le télégramme belge.

En plus, Jack avait rarement été chargé de consoler les enfants d'un homme qu'il connaissait — et auxquels, en outre, il enlevait leur maison ! Il secoua la tête. Ce n'était pas de sa faute. C'était la vie.

Le télégramme, qu'il réussit enfin à parcourir, disait que l'Amérique avait aidé deux fois la Belgique en moins de trente ans, puis qu'elle l'avait protégée grâce à l'OTAN ; qu'il existait donc des liens de sang et d'amitié entre les Etats-Unis et une nation que la plupart des citoyens américains auraient été bien en peine de situer sur une carte. Et c'était vrai. Son pays avait certainement commis des erreurs et parfois, sans doute, il paraissait imparfait et insensible, mais il s'était bien comporté plus souvent qu'à son tour. Oui, le monde était meilleur largement grâce à lui, et c'était la raison pour laquelle le travail devait continuer.

L'inspecteur Patrick O'Day bénissait le froid. Il était enquêteur depuis près de trente ans, et ce n'était pas la première fois qu'il se retrouvait avec une grande quantité de cadavres, entiers ou non. Il avait mené sa première enquête un certain mois de mai dans le Mississippi. Le Ku Klux Klan avait fait sauter une école du dimanche — onze victimes. Ici, au moins, le froid glacial éliminait l'épouvantable odeur de la mort... Il n'avait jamais vraiment cherché à grimper dans la hiérarchie du FBI — « inspecteur » était un titre dont l'importance variait en fonction de l'ancienneté. Comme son ami Dan Murray, O'Day était « expert ès crises », et il quittait souvent Washington pour apporter son aide à des collègues en situation épineuse. Largement reconnu par tout le monde comme un formidable agent de terrain, il était bien meilleur pour suivre de près des enquêtes, importantes ou non, que pour superviser les choses à un haut niveau, une tâche qu'il trouvait ennuyeuse.

Le sous-directeur, Tony Caruso, avait fait un autre choix. Agent spécial chargé de deux bureaux locaux, il avait ensuite pris la tête de la Division de formation du FBI, puis du bureau de Washington, suffisamment important pour mériter d'être dirigé par un sous-directeur — et aussi un des pires postes du FBI en Amérique du Nord. Caruso aimait le pouvoir, le prestige, les gros salaires, et la place de parking réservée, mais en lui-même il enviait son vieil ami, Pat O'Day, qui se salissait souvent les mains sur le terrain.

— Qu'est-ce que t'en penses ? lui demanda Caruso en considérant le cadavre mutilé.

Ils travaillaient toujours à la lumière artificielle. Le soleil se levait, mais de l'autre côté de l'immeuble.

— Tu ne peux pas encore aller devant un tribunal, mais ce type était mort des heures avant le crash.

Les deux hommes regardaient le spécialiste grisonnant du laboratoire du quartier général du FBI penché sur le corps. On ferait toutes sortes d'examens. Les données, bien sûr, seraient beaucoup moins fiables que ce qu'auraient souhaité les hauts fonctionnaires, mais tout ce qui se serait passé avant neuf heures quarante-six, la veille au soir, leur dirait ce qu'ils avaient besoin de savoir.

— Poignardé en plein cœur, dit Caruso. (Il frissonna à cette pensée, car on ne s'habituait jamais vraiment à la sauvagerie d'un meurtre.) On a trouvé le pilote.

O'Day hocha la tête.

— Je sais. Trois bandes d'épaulette, ça fait donc de celui-là le copilote, et il a été assassiné. Peut-être qu'il n'y a qu'un seul type derrière tout ça.

— Combien de membres d'équipage, sur un tel appareil ? demanda Caruso à l'enquêteur du NTSB.

— Deux. Ceux d'avant embarquaient aussi un mécanicien navigant, mais les nouveaux n'en ont plus besoin. Pour les vols très longs, on a parfois un pilote de réserve, mais ces avions sont pratiquement automatisés, désormais, et leurs moteurs ont rarement des problèmes.

Le technicien du labo se redressa et fit signe aux gens qui attendaient avec le sac mortuaire, avant de rejoindre les deux hommes.

— Vous voulez la première version ?

— Je suis tout ouïe, répondit Caruso.

— Il est certainement mort avant la chute de l'avion. Aucune contusion due au crash. Cette blessure à la poitrine est relativement ancienne. Il pourrait y avoir des traces laissées par les ceintures de sécurité, mais il n'y en a pas, juste des éraflures et des égratignures avec drôlement peu de sang. Pas assez de sang non plus à l'arrachement de la tête. En fait, il n'y a nulle part assez de sang dans ces restes-là. Disons qu'il a été assassiné alors qu'il était assis sur son siège. Les ceintures l'ont maintenu en position assise. La lividité *post mortem* draine tout le sang dans les extrémités inférieures, et une partie des jambes a été arrachée lorsque l'avion a heurté l'immeuble, c'est pour ça qu'il y a si peu de sang. J'aurai encore pas mal de boulot au labo, mais en gros, je dirais qu'il était mort au moins trois heures avant l'accident. (Will Gettys leur tendit un portefeuille.) C'est la carte d'identité du gars. Pauvre vieux. Je pense qu'il n'a rien à voir avec tout ça.

— Combien de chances de se tromper ? demanda O'Day, presque malgré lui.

— Pas beaucoup, Pat. Une heure ou deux de plus ou de moins par rapport à l'heure de sa mort, ouais, ça c'est possible. Mais il n'y a pas assez de sang pour que ce gars ait été encore vivant au moment de l'impact. Il était déjà au paradis à ce moment-là. Vous pouvez prendre ça pour argent comptant, répondit Gettys aux deux agents, sans la moindre inquiétude, alors qu'il savait que sa carrière était en jeu, là.

— Dieu soit loué ! soupira Caruso.

Cela faisait plus que simplifier l'enquête. Bien sûr, l'hypothèse d'une conspiration ferait couler beaucoup d'encre pendant les vingt prochaines années, et le Bureau continuerait son travail, vérifiant toutes les éventualités, avec le soutien, il en était sûr, de la police japonaise, mais un seul gars avait planté cet avion, et cela rendait extrêmement vraisemblable que cet attentat fût, comme presque toujours, l'œuvre d'un homme isolé, fanatique ou non, expérimenté ou non, mais tout seul. Même si certaines personnes n'en seraient *jamais* persuadées.

— Communique l'information à Murray, ordonna Caruso. Il est avec le président, en ce moment.

— D'accord.

O'Day regagna son pick-up diesel garé un peu plus loin. Il était probablement le seul, en ville, à posséder un tel véhicule avec un gyrophare branché sur l'allume-cigares, pensa-t-il. Bon, cryptée ou non, on n'annonçait pas une chose pareille à la radio : il devait y aller en personne.

Le contre-amiral Jackson enfila son blazer de cérémonie environ quatre-vingt-dix minutes avant d'arriver à Andrews ; il s'était arrangé pour prendre six heures d'un sommeil nécessaire, une fois terminé un briefing sur un certain nombre de choses inutiles. Son uniforme était dans un triste état pour avoir voyagé dans son sac, encore que cela n'eût guère d'importance en ce moment — et de toute façon la laine bleu marine supportait assez bien les plis. En outre, c'étaient surtout ses cinq rangs de rubans et d'insignes d'or qui attiraient le regard.

Un murmure : « Jésus ! Regardez-moi ça ! », venu de quelques rangs derrière lui, attira soudain tout le monde dans la partie avant de l'avion ; ils s'agglutinèrent aux hublots comme des touristes qu'ils n'étaient pas. Dans les premières lueurs de l'aube et l'incroyable quantité de lumières artificielles au sol, il était évident que le Capitole, le joyau de la capitale de leur pays, n'était plus le même. Cette vision était plus impressionnante, plus véridique que les images que beaucoup d'entre eux avaient déjà vues à la télévision avant d'embarquer à Hawaii. Cinq minutes plus tard, l'avion se posa à la base de l'Air Force d'Andrews. Un appareil du 1er escadron héliporté de l'Air Force les attendait pour les emmener au Pentagone. Ce second vol, à plus basse altitude et plus lent, leur offrit un meilleur aperçu des dommages subis par les bâtiments.

— Doux Jésus ! s'exclama Dave Seaton dans le téléphone de bord. Est-ce que quelqu'un s'en est sorti vivant ?

Robby ne répondit pas immédiatement.

— Je me demande où était Jack, quand c'est arrivé.

Il se souvint soudain d'un toast de l'armée britannique : « Aux guerres sanglantes et au mauvais temps ! » qui célébrait deux moyens très sûrs de promotion pour les officiers. Pas mal de gens allaient monter en grade après cette catastrophe, mais personne ne désirait vraiment obtenir de l'avancement de cette façon — et encore moins, il en était certain, son ami le plus proche, là, en bas, dans cette cité blessée.

L'inspecteur O'Day constata que les Marines étaient très nerveux. Il gara son pick-up dans la 8e Rue Sud-Est. La caserne des Marines était un vrai bunker. Tous les trottoirs étaient totalement bloqués par des véhicules, et les passages entre les immeubles l'étaient doublement. Il descendit et se dirigea vers un NCO — un sous-officier. Il avait conservé son blouson du FBI et tenait sa carte d'identité dans sa main droite.

— J'ai du boulot à faire à l'intérieur, sergent, dit-il.

— Avec qui, monsieur? lui demanda le Marine, tout en vérifiant si la photo du document correspondait au visage de l'inspecteur.

— Daniel Murray.

— Ça ne vous dérange pas de nous laisser votre arme, monsieur? Ce sont les ordres.

— Sûr.

O'Day lui tendit donc son sac banane, à l'intérieur duquel se trouvaient son Smith & Wesson 1076 et deux chargeurs de réserve. Il n'avait pas besoin de grand-chose de plus quand il était de service au quartier général.

— Vous avez combien d'hommes dans le coin, maintenant? demanda-t-il.

— Deux compagnies. Ça va comme ça. Une autre a pris position à la Maison-Blanche.

Le meilleur moment pour fermer l'écurie, c'est quand le cheval s'est échappé..., pensa O'Day. Et c'était d'autant plus déprimant qu'il arrivait avec la nouvelle que toutes ces gesticulations étaient inutiles. Le sergent fit un signe à un lieutenant dont la mission était de faire traverser la cour aux éventuels visiteurs. Les Marines étaient comme ça.

— Je viens voir Daniel Murray. Il m'attend.

— S'il vous plaît, suivez-moi, monsieur.

Les angles des bâtiments étaient gardés par des Marines, et il y en avait aussi au milieu de la cour, ceux-là avec une mitrailleuse lourde. Deux compagnies, cela faisait plus de trois cents fusils. Ouais, le président Ryan était en sécurité ici, pensa l'inspecteur O'Day, sauf si, bien sûr, un autre maniaque se baladait dans les environs avec son avion. En cours de route, un capitaine voulut vérifier une nouvelle fois si son visage correspondait à la photo de sa carte d'identité. Là, c'était pousser le bouchon un peu loin : quelqu'un devait protester avant qu'ils ne se mettent à stationner des chars d'assaut dans les rues du quartier. O'Day s'en chargea.

Murray vint à sa rencontre sous le porche.

— Bonnes nouvelles ?

— Très bonnes, répondit O'Day.

Murray accompagna son ami jusqu'à la salle où le président terminait son petit déjeuner.

— Voici l'inspecteur O'Day, annonça-t-il. Pat, je pense que tu connais tout le monde.

— Bonjour. J'arrive du Capitole, et nous avons découvert quelque chose que vous devez savoir..., commença-t-il.

— C'est vraiment du sérieux ? demanda Andrea Price, quand il eut terminé son récit.

— Vous savez comment ça marche, répondit O'Day. C'est un rapport préliminaire, mais oui, ça me semble plutôt solide... On aura des données fiables en début d'après-midi. On travaille déjà sur l'identité du gars. Ça sera peut-être un peu duraille, parce que la tête a disparu et que les mains sont dans un sale état. Je ne suis pas en train d'annoncer que l'enquête est bouclée. Juste que nous avons de nouvelles indications qui confirment les précédentes.

— Je peux en parler à la télé ? demanda Ryan à la ronde.

— Certainement pas, répondit van Damm. *Primo*, on n'a aucune certitude. *Secundo*, c'est trop tôt. Les gens ne nous croiraient pas.

Murray et O'Day échangèrent un regard. Ils n'étaient des politiciens ni l'un ni l'autre. Mais Arnie van Damm, si. Pour eux, le contrôle de l'information concernait la sauvegarde des preuves permettant à un jury de décider en conscience. Pour Arnie, cela consistait à protéger les gens de connaissances qu'il estimait incompréhensibles pour eux tant qu'elles n'avaient pas été réduites en bouillie. Ils se demandèrent si Arnie avait jamais été papa, et si son gosse n'était pas mort de faim en attendant ses carottes écrasées. Ils notèrent aussi que Ryan considéra longuement son secrétaire général sans rien dire.

La fameuse « boîte noire » n'était en réalité qu'un simple enregistreur branché dans le cockpit, où il collectait les données des réacteurs, des diverses commandes de vol et aussi, dans le cas présent, les échanges radio de l'équipage. La Japan Airlines était une compagnie nationale dont les avions bénéficiaient des dernières technologies. Les enregistrements étaient entièrement numérisés, ce qui permettait de les retranscrire rapidement et avec une grande fiabilité. Un technicien réalisa une copie à haute vitesse de la cassette métal originale qui fut ensuite rangée dans un coffre, tandis qu'on se mettait au travail sur la copie. Quelqu'un avait eu la bonne idée de faire appel aux services d'un interprète japonais.

— A première vue, ces données de vol sont une pure merveille, expliqua un analyste, en les passant en revue sur son écran d'ordinateur. Tous les systèmes fonctionnaient parfaitement, dans l'avion. Petits virages tranquilles, réacteurs impeccables. Profil de vol idéal... jusque-là. (Il tapota l'écran du bout du doigt.) Là, il a effectué un virage franc du cap zéro-six-sept au cap un-neuf-six... et il a repris une trajectoire régulière jusqu'à son entrée dans la zone aérienne interdite.

— Aucun échange dans le cockpit. (Un autre technicien passait et repassait la partie voix de la bande ; il n'y relevait que des indications de trafic de routine entre l'appareil et les diverses stations de contrôle au sol.) Je vais la remettre au début.

Sauf que cette bande n'avait pas vraiment de début. Elle tournait en boucle, dans la « boîte noire », car ces 747 étaient utilisés sur de long vols intercontinentaux de quarante heures. Il lui fallut plusieurs minutes pour localiser la fin du vol précédent, et à ce moment-là il entendit l'échange normal d'informations et d'ordres entre un pilote et un copilote, et aussi entre l'appareil et le sol, le premier en japonais, le second en anglais, la langue de l'aviation internationale. Cela cessa dès que l'avion s'arrêta sur la piste de décollage assignée. Deux minutes de silence, puis l'enregistrement recommença lorsque les instruments du poste de pilotage furent allumés au cours des procédures de prévol. L'interprète japonais — un commandant de l'armée de terre, habillé en civil — appartenait à l'Agence nationale de sécurité.

Le son était excellent. Ils entendaient les *clic* des commutateurs et les ronronnements des divers instruments, mais le son le plus fort, c'était la respiration du copilote, dont l'identité était spécifiée par la piste de la bande magnétique.

— Stop, dit le militaire. Revenez un peu en arrière. Y a une autre voix... Je ne peux pas vraiment... *Prêt. Interrogation.* Ça doit être le pilote. Ouais, j'entends une porte, c'est lui qui vient d'entrer. *Check-list de prévol complète... En attente de la check-list de décollage...* Oh, mon Dieu! Repassez ça!

L'officier ne vit pas l'agent du FBI qui coiffait une seconde paire d'écouteurs.

C'était une grande première pour tous les deux. L'agent du FBI avait vu un meurtre, un jour, sur l'enregistrement vidéo d'une banque, lors d'un braquage, mais ni lui ni son collègue n'en avaient jamais *entendu* un : le grognement au moment du coup, le halètement de surprise et de douleur, le gargouillis, peut-être une tentative pour dire quelque chose — et tout ça immédiatement suivi par une autre voix.

— C'était quoi? demanda l'agent du FBI.

— Repassez-le, murmura l'officier.

Je suis désolé...

D'autres halètements... Et un long soupir.

Cette seconde voix se fit alors entendre sur un autre canal pour indiquer à la tour de contrôle que le 747 allumait ses réacteurs.

— Ça, c'est le pilote, Sato, dit l'analyste du NTSB. L'autre voix devait être celle de son copilote.

Mais sur le canal du copilote, ils n'entendaient plus que des bruits de fond.

— Il l'a tué, dit l'agent du FBI.

Ils allaient devoir repasser cette bande une bonne centaine de fois, la faire écouter à beaucoup d'autres collègues — mais la conclusion ne varierait pas. L'enquête officielle durerait plusieurs mois, mais ils venaient de boucler leur dossier en moins de neuf heures.

Les rues de Washington étaient étrangement vides. En temps normal, à cette heure-ci de la matinée, Ryan le savait par expérience personnelle, la capitale était embouteillée par les voitures des fonctionnaires fédéraux, des lobbyistes, des membres du Congrès et de leurs équipes, de cinquante mille avocats et de leurs secrétaires, et des employés du secteur tertiaire qui subvenaient aux besoins de tous ces gens. Mais pas aujourd'hui. Avec une voiture radio de la police urbaine ou un véhicule camouflé de la Garde nationale contrôlant tous les carrefours, cela ressemblait davantage à un week-end de vacances, et le trafic qui venait de Capitol Hill était, en fait, plus important que celui qui y allait, car les curieux étaient détournés dix pâtés de maisons avant leur destination.

Le cortège présidentiel se dirigeait vers Pennsylvania Avenue. Jack avait retrouvé sa Chevy, et son escorte du Service secret et des Marines. Le soleil était levé, à présent. Le ciel était clair, et on ne se rendait pas compte tout de suite que quelque chose clochait dans le paysage urbain.

Ryan constata que le 747 japonais n'avait même pas abîmé les arbres. Il avait concentré toute son énergie sur sa cible. A présent, six grues travaillaient sur les lieux ; elles sortaient d'énormes blocs de pierre du « cratère », et les chargeaient sur des camions qui les transportaient on ne sait où. On ne voyait presque plus de véhicules d'incendie. La dimension dramatique de la catastrophe était terminée. Restait le côté macabre.

La ville ne semblait guère avoir changé, à six heures quarante du matin. Ryan jeta un dernier coup d'œil à Capitol Hill à travers les vitres fumées de sa voiture qui fonçait maintenant sur Constitution Avenue. La circulation était détournée, mais la foule habituelle des joggeurs matinaux était toujours là. Peut-être couraient-ils sur le Mall parce que cela faisait partie de leur rituel de début de journée. Là, pourtant, ils s'arrêtaient. Ryan les observa. Certains se retournaient pour voir passer sa Chevy, puis ils regardaient de nouveau vers l'est, discutant par petits groupes, montrant le Capitole de la main. Jack nota aussi que les agents du Service secret qui voyageaient avec lui les surveillaient, comme s'ils s'attendaient à voir l'un d'eux sortir un bazooka de dessous son survêtement.

C'était nouveau de rouler si vite dans Washington. Mais il y avait deux raisons à ça : *primo,* une cible qui se déplaçait rapidement était plus difficile à atteindre ; *secundo,* le temps du président avait désormais beaucoup de valeur, et il n'était pas question de le gaspiller.

Mais, pour lui, tout cela avait une signification bien différente : il fonçait vers quelque chose qu'il avait voulu éviter. Quelques jours plus tôt, c'était surtout pour se libérer définitivement des charges gouvernementales qu'il avait accepté la vice-présidence proposée par Roger Durling. A cette pensée, il ferma les yeux et son visage prit une expression douloureuse.

— Tout ira bien, lui dit van Damm, notant l'expression de son nouveau président et devinant ses pensées.

Et Jack se sentit incapable de lui répondre : *Non, ça n'ira pas.*

3

SOUS SURVEILLANCE

On a nommé le salon Roosevelt en hommage à « Teddy ». Son prix Nobel de la paix, reçu pour sa médiation « victorieuse », lors de la guerre russo-japonaise, est accroché sur le mur est. Les historiens prétendent aujourd'hui que ses efforts n'ont fait qu'encourager les ambitions impériales du Japon et ont profondément blessé l'âme russe, au point que Staline — qui n'était pourtant pas vraiment un ami des Romanov! — a cherché à venger cette humiliation. Ce legs institué par Alfred Nobel a, de toute façon, toujours été essentiellement politique. On utilisait l'endroit pour des repas et des réunions de taille moyenne; il était pratique, car proche du Bureau Ovale. S'y rendre, pourtant, se révéla plus compliqué que prévu. Les couloirs de la Maison-Blanche étaient étroits pour un bâtiment d'une telle importance, et les membres du Service secret étaient partout. Ryan compta dix nouveaux agents, en plus de ceux de sa force de sécurité mobile, et il ne put retenir un soupir d'exaspération. Tout était nouveau et différent, et son détachement de protection, qui lui avait d'abord paru professionnel — voire parfois amusant —, lui rappelait juste, désormais, que son existence avait dramatiquement changé.

— Et maintenant, on fait quoi? souffla-t-il.

— Par ici.

Un agent lui ouvrit une porte, et Ryan se retrouva devant la maquilleuse présidentielle, une femme d'une cinquantaine d'années. Pour cette séance improvisée, elle avait apporté tout son nécessaire dans une grande mallette en similicuir. Il était passé assez souvent à la télévision lorsqu'il était conseiller à la sécurité nationale, mais il ne s'y était jamais habitué, et il eut du mal à s'empêcher de gigoter lorsqu'elle lui appliqua du fond de teint avec une éponge en mousse, puis de la poudre, et lui vaporisa de la laque dans les cheveux avant de le recoiffer. Elle ne prononçait pas un mot et donnait l'impression qu'elle allait fondre en larmes à tout moment.

— Moi aussi, je l'aimais, lui dit Jack.

Les mains de la femme s'immobilisèrent et leurs regards se croisèrent.

— Il était si gentil ! fit-elle. Il détestait ça, exactement comme vous, mais il ne se plaignait jamais, et il avait presque toujours une blague à raconter. Parfois je maquillais aussi ses enfants, juste pour s'amuser. Eux, ils aimaient ça, même le garçon. Ils passaient à la télé pour rigoler, et les équipes leur donnaient les cassettes et...

— Tout va bien..., murmura Ryan en lui prenant la main.

Enfin quelqu'un, dans son équipe, qui ne pensait pas seulement au travail, et ne lui donnait pas l'impression d'être un animal de zoo ! Il lui demanda son nom.

— Mary Abbot, dit-elle.

Les larmes coulaient sur ses joues, maintenant ; elle lui adressa une petite grimace d'excuse.

— Depuis quand travaillez-vous ici ?

— Un peu avant le départ de M. Carter, répondit-elle en s'essuyant les yeux et en retrouvant un peu de son calme.

— Eh bien, peut-être que je pourrais vous demander des conseils, lui dit-il gentiment.

— Oh, non ! Je ne connais absolument rien à tout ça ! s'exclama-t-elle avec un sourire gêné.

— Moi non plus. Mais je compte bien apprendre. (Il se regarda dans le miroir.) Vous avez terminé ?

— Oui, monsieur le président.

— Merci, madame Abbot.

Ils le firent asseoir dans un fauteuil en bois avec des accoudoirs. Les projecteurs étaient déjà allumés, et la température de la pièce devait friser les trente degrés. Un technicien lui accrocha un micro-cravate à double tête, avec des gestes aussi délicats que ceux de Mme Abbot. Les agents du Service secret rôdaient autour des membres de l'équipe télé, tandis qu'Andrea surveillait tout le monde depuis la porte. Elle plissait les yeux, l'air soup-çonneux, alors même que le moindre boulon du matériel avait été inspecté. Aujourd'hui, on pouvait fabriquer un revolver en matériaux composites non métalliques — le cinéma avait raison, sur ce point —, mais les armes était toujours aussi volumi-neuses. La tension presque palpable du détache-ment de protection du président déteignait sur le personnel de la télévision, qui veillait à garder ses mains bien visibles et à ne faire aucun geste brusque. La surveillance du Service secret était capable d'ébranler les nerfs les plus solides.

— Deux minutes, annonça le producteur, informé par son écouteur. Les pubs ont commencé.

— Vous avez assez dormi, la nuit dernière ? lui demanda le principal correspondant de CNN à la Maison-Blanche.

Comme tout le monde, il avait envie de se faire rapidement son idée sur le nouveau président.

— Pas assez, répondit Jack, soudain tendu.

Il y avait deux caméras. Il croisa les jambes et posa ses mains sur ses genoux pour éviter leurs mouvements nerveux. Quelle image de lui-même, exactement, était-il censé donner ? Sérieux ? Acca-blé par le chagrin ? Calme et confiant ? Bouleversé ? C'était un peu tard pour se poser la question. Pour-quoi n'avait-il pas pensé à demander à Arnie ?

— Trente secondes, annonça le producteur.

Swordsman essaya de se calmer. A la façon dont il était assis, il contrôlait à peu près son corps. *Contente-toi de répondre aux questions. Tu fais ça depuis longtemps.*

— Il est exactement sept heures huit minutes, dit le correspondant de CNN à la caméra placée derrière Jack. Nous sommes à la Maison-Blanche en compagnie du président John [1] Ryan.

— Monsieur le président, la nuit a été longue, n'est-ce pas ?

— J'en ai bien peur, acquiesça Ryan.

— Comment se présente la situation ?

— Nous sommes en train de récupérer les corps des victimes, comme vous le savez. Mais nous n'avons pas encore retrouvé le président Durling. L'enquête se poursuit, coordonnée par le FBI.

— Ont-ils découvert quelque chose ?

— Nous aurons probablement un certain nombre d'informations plus tard dans la journée, mais c'est encore trop tôt, pour l'instant.

Le correspondant avait été sérieusement briefé sur cette question, mais Ryan lut quand même de la déception dans son regard.

— Pourquoi le FBI ? N'est-ce pas le Service secret qui a autorité pour...

— Le moment est mal choisi pour les querelles de juridiction. Une enquête de cette importance doit être lancée immédiatement. J'ai donc décidé que le FBI la coordonnerait, sous le contrôle du secrétariat à la Justice et avec l'aide des autres organismes fédéraux. Nous voulons des réponses, nous les voulons rapidement, et ça m'a semblé le meilleur moyen pour y parvenir.

— On a annoncé que vous aviez nommé un nouveau directeur du FBI.

Jack acquiesça d'un signe de tête.

— C'est exact, Barry. Pour l'instant, j'ai demandé à Daniel E. Murray d'assurer les fonctions de directeur par intérim. Dan a fait toute sa carrière au FBI et il a longtemps été sous-directeur adjoint de Bill Shaw. Nous nous connaissons depuis de nombreuses années. M. Murray est l'un de nos meilleurs policiers.

---

1. Rappelons que Jack est le diminutif de John *(N.d.T.)*.

— *Murray ?*

— Un flic, censé être un expert du terrorisme et de l'espionnage, lui répondit l'officier de renseignements.

— Hum.

Il continua à siroter son café aigre-doux.

— Pouvez-vous nous dire ce qui se prépare pour les prochains jours ? demanda ensuite le correspondant de CNN.

— Barry, nos plans évoluent sans cesse. Avant tout, nous devons laisser travailler le FBI et les autres organismes chargés de faire respecter la loi. Nous vous fournirons davantage d'informations dans quelques heures, mais sachez que la nuit a été longue et difficile pour beaucoup de monde.

Le journaliste acquiesça d'un signe de tête et décida qu'il était temps de poser une question qui mît l'accent sur la dimension humaine du président.

— Où avez-vous dormi, vous et votre famille ? Pas à la Maison-Blanche, si j'ai bien compris ?

— A la caserne des Marines, 8ᵉ Rue et Rue I, répondit Ryan.

Oh, merde, Boss ! grommela Andrea Price, sur le seuil de la pièce. Certains journalistes l'avaient découvert, mais le Service secret n'avait rien confirmé, et la plupart des agences de presse avaient annoncé que Ryan et les siens se trouvaient « dans un endroit non divulgué ». Bon, ils devraient donc loger ailleurs, cette nuit. Et cette fois personne ne saurait où.

— Et pourquoi là ?

— Il fallait bien que nous dormions quelque part, et ce lieu semblait convenir. J'ai appartenu au corps des Marines, Barry, répondit Jack tranquillement.

— Vous vous souvenez quand on les a fait sauter ?

— Une belle nuit, se rappela l'officier de renseignements.

Ce jour-là, il avait suivi l'opération avec ses jumelles, depuis le toit de l'Holiday Inn de Beyrouth.

Il avait participé à la préparation de cette mission. La seule vraie difficulté, en fait, avait été le choix du conducteur. Dans le pays de ce Ryan, les Marines jouissaient d'une étrange aura. Mais ici, ils étaient morts exactement comme n'importe quels autres infidèles. Il se demanda avec amusement si l'on n'aurait pas pu trouver un gros camion, à Washington... Un de ses hommes l'achèterait ou le louerait... Puis il repoussa cette idée. Il avait une tâche autrement plus sérieuse à accomplir. Ce n'était pas pratique, de toute façon. Il avait été plus d'une fois à Washington, et il avait examiné, entre autres, cette caserne des Marines. Trop aisée à défendre. Dommage, tout de même... Car la signification politique de la cible rendait cette hypothèse très séduisante.

— C'est pas malin, observa Ding en buvant son café.

— Tu t'attendais à ce qu'il se cache, peut-être? demanda Clark.

— Tu le connais, papa? fit Patricia.

— Ouais. Ding et moi, on veillait sur lui quand on était à la sécurité, à la CIA. J'ai aussi rencontré son père, jadis..., ajouta John sans réfléchir, ce qui était très inhabituel chez lui.

— Il est comment, Ding? demanda Patsy à son fiancé.

Sa bague était encore toute nouvelle, à son doigt.

— Très intelligent, admit Chavez. Plutôt calme. Un type gentil qui a toujours un petit mot sympa pour vous. Enfin... en général.

— Ouais, il sait être dur aussi, quand c'est nécessaire, observa John, en considérant son partenaire et futur gendre.

Les projecteurs le faisaient transpirer sous son maquillage. Ryan résista à l'envie de s'essuyer le visage. Il réussit à ne pas bouger les mains, mais il avait conscience des petites contractions musculaires de ses muscles faciaux, et il espéra que ça ne se voyait pas à la caméra.

— Je crains de ne pouvoir vous le dire, Barry, poursuivit-il. Il est simplement trop tôt pour répondre de façon satisfaisante à bon nombre de questions. Nous le ferons dès que possible. Jusque-là, il vous faudra attendre.

— Vous avez une dure journée devant vous, conclut le journaliste de CNN avec bienveillance.

— C'est le cas de tout le monde.

— Merci, monsieur le président. (Il attendit qu'un technicien coupât les projecteurs, puis il écouta une voix qui venait du quartier général d'Atlanta, avant d'ajouter :) C'était parfait. Merci.

Van Damm entra, écartant Andrea sur son passage. Arnie était l'un des rares qui pouvaient toucher un agent du Service secret, voire le bousculer, sans crainte de sérieuses conséquences.

— C'était très bien. Continuez comme ça. Répondez aux questions. Faites court.

Mme Abbot arriva pour vérifier le maquillage de Ryan. Elle repoudra son front et, avec une petite brosse, remit un peu d'ordre à sa coiffure. Ni lui ni personne ne s'était jamais autant occupé de ses épais cheveux noirs. En d'autres circonstances, ç'aurait été comique.

La journaliste de CBS, une femme d'environ trente-cinq ans, était la preuve vivante que l'intelligence et la beauté n'étaient pas incompatibles.

— Monsieur le président, que reste-t-il de notre gouvernement ? lui demanda-t-elle après deux questions bateau sur lesquelles ils s'étaient mis d'accord.

— Maria... (On avait expliqué à Ryan qu'il devait appeler les journalistes par leur prénom. Il ne savait pas pourquoi, mais ça lui semblait assez raisonnable.)... Si horribles qu'aient été ces dernières vingt-quatre heures, je voudrais vous rappeler une phrase d'un discours prononcé il y a quelques semaines par le président Durling : « L'Amérique restera l'Amérique. » Tous les ministères travailleront aujourd'hui sous la direction de leurs sous-secrétaires d'Etat, et...

— Mais Washington...

— Pour des raisons de sécurité publique, Washington est plutôt en panne, c'est vrai...

Elle l'interrompit de nouveau. Ce n'était pas son genre, mais elle n'avait droit qu'à quatre minutes d'interview et était bien décidée à les utiliser au mieux.

— Et les troupes qui ont pris position dans les rues ?

— Maria, les pompiers et la police de Washington ont connu la pire nuit de leur histoire — très longue et glaciale. La Garde nationale de Washington a été appelée en renfort pour donner un coup de main aux services civils. Exactement comme après un typhon. Le FBI travaille en liaison avec le maire.

Cette réponse, la plus longue de ses deux premières interventions de la matinée, le laissa presque à bout de souffle, tant il était stressé. Il se rendit compte soudain qu'il serrait ses mains si fort que ses doigts étaient tout blancs.

— Regardez ses bras, observa le Premier ministre. Qu'est-ce que vous savez sur ce Ryan ?

Son chef du renseignement avait un dossier posé sur ses genoux. Il l'avait déjà étudié, car il avait eu une journée entière pour se familiariser avec le nouveau chef d'Etat.

— Il a fait toute sa carrière dans le renseignement. J'imagine que vous vous souvenez de l'incident londonien, et plus tard, de l'attentat, aux Etats-Unis...

— Oh, oui..., murmura-t-elle en buvant une gorgée de thé. (Elle décida de ne pas s'attarder sur le passé.) Ainsi, c'est un espion...

— Mais il a une très bonne réputation. Nos amis russes le tiennent en grande estime, je vous assure. Et Century House aussi, intervint le général de l'armée de terre, éduqué dans les traditions britanniques.

Comme son actuel Premier ministre, il avait fait des études à Oxford. Ensuite, il était passé par Sandhurst [1].

— Et il est très intelligent, poursuivit-il. Nous avons toutes les raisons de penser que lorsqu'il était conseiller à la sécurité nationale pour Durling, il a largement contribué aux opérations US contre le Japon...

— Et contre nous ? demanda-t-elle, les yeux rivés sur l'écran.

Les communications par satellite étaient très pratiques. Les réseaux américains arrosaient le monde entier, désormais. Aujourd'hui, on n'avait plus besoin de perdre une journée entière dans un avion pour voir un chef d'Etat rival — qui, en plus, avait tout le temps de se préparer pour vous recevoir... La télévision lui montrait en direct l'homme sous pression et la façon dont il réagissait. Officier de renseignements ou pas, il n'avait pas l'air vraiment à son aise. Chaque homme a ses limites.

— Sans aucun doute, madame le Premier ministre.

— Il est moins impressionnant que ce que suggèrent vos informations, dit-elle à son conseiller.

Il est hésitant, mal à l'aise, ébranlé... sur le point de perdre pied, pensa-t-elle.

— Quand nous en direz-vous davantage sur ce qui s'est passé ? dit Maria.

— Aucune idée pour l'instant... C'est trop tôt, Maria. Certaines choses ne peuvent pas être expédiées à la va-vite, j'en ai peur, répondit Ryan.

1. Principale école militaire anglaise, le Saint-Cyr britannique *(N.d.T.)*.

Il comprit vaguement qu'il avait perdu le contrôle de cette interview, si courte fût-elle, et il ne savait pas pourquoi. Il ne lui vint pas à l'idée que ces journalistes faisaient la queue à la porte du salon Roosevelt comme des clients à la caisse d'un supermarché, et que chacun d'eux voulait lui demander quelque chose d'unique pour impressionner non pas le nouveau président, mais les téléspectateurs, qui zappaient d'une chaîne à l'autre à l'heure du petit déjeuner et devaient être « fidélisés ». Le pays était sans doute gravement touché, mais ces gens des médias travaillaient pour nourrir leur famille, et Ryan n'était qu'un sujet parmi d'autres. Voilà pourquoi les explications d'Arnie, un peu plus tôt — on s'était entendu avec eux sur les questions à poser —, étaient un peu trop optimistes, même de la part d'un professionnel de la politique. Seule véritable bonne nouvelle : leurs interviews étaient impérativement limitées dans le temps par les infos locales des divers réseaux affiliés. N'importe quelle tragédie pouvait frapper Washington, le public américain avait besoin de connaître la météo et l'état de la circulation, ce qu'oubliaient peut-être les médias de Washington *intra-muros*, mais pas les stations locales du reste du pays.

Maria s'efforça de sourire à la caméra lorsque le producteur l'interrompit.

— ... A bientôt, dit-elle.

Ryan avait maintenant douze minutes de liberté avant son interview sur NBC. Son café du petit déjeuner ayant fait son chemin, il avait besoin d'aller aux toilettes. En se levant, il se prit les pieds dans le fil de son micro et faillit tomber.

— Par ici, monsieur le président.

Andrea Price lui indiqua le couloir à gauche, puis à droite jusqu'au Bureau Ovale. Jack s'en rendit compte trop tard. Il s'immobilisa à la porte. Il pensait toujours à son prédécesseur. Mais tous les lavabos se ressemblaient, et l'endroit qu'il cherchait se trouvait dans l'antichambre et non dans le Bureau lui-même. Ici, au moins, il avait droit à un peu d'intimité, même de la part de sa garde prétorienne qui le suivait partout comme une meute de colleys protégeant des moutons d'une grande valeur. Jack ne savait pas qu'au moment où on entrait ici, une lampe témoin s'allumait... ni qu'un judas dans la porte du Bureau Ovale permettait au Service secret de surveiller cet aspect-là *aussi* de la vie quotidienne de son président.

Tout en se lavant les mains, Ryan se regarda dans le miroir, ce qui était toujours une erreur en de pareils moments. Le maquillage le rajeunissait — parfait! —, mais ces bonnes couleurs qu'il n'avait jamais eues lui donnaient un air artificiel. Il résista à l'envie de nettoyer tout ça avant de retourner affronter NBC.

Le journaliste était un Noir, et en lui serrant la main dans le salon Roosevelt, Ryan constata que le maquillage de l'interviewer était encore plus grotesque que le sien. Maigre consolation. Jack avait oublié qu'à cause des projecteurs, pour paraître normal sur un écran de télévision, il fallait ressembler à un clown.

— Quel est votre programme pour aujourd'hui, monsieur le président?

C'était la quatrième question de Nathan.

— J'ai une autre séance de travail avec Murray, le directeur du FBI par intérim — en fait, nous allons nous voir deux fois par jour pendant quelque temps. Je dois rencontrer aussi l'état-major chargé de la sécurité nationale, puis un certain nombre de survivants du Congrès. Et cet après-midi, nous avons une réunion de cabinet.

L'interviewer cocha la question suivante, dans la liste posée sur ses genoux :

— Des dispositions pour les obsèques?

Ryan secoua la tête.

— C'est trop tôt. Je sais que c'est frustrant pour nous tous, mais ce genre de chose prend du temps.

Il ne précisa pas que le Bureau du protocole de la

Maison-Blanche devait le briefer un quart d'heure, dans l'après-midi, sur ce qui était prévu à ce sujet.

— C'était un avion de ligne japonais, en fait, un appareil de la compagnie nationale. Avons-nous la moindre raison de soupçonner un...

Ryan se pencha en avant :

— Non, Nathan, aucune. Nous sommes en contact avec le gouvernement japonais. Le Premier ministre Koga nous a promis son entière collaboration, et nous le croyons sur parole. J'insiste sur le fait que les hostilités avec le Japon sont terminées. Tout ça n'a été qu'une atroce erreur, et ce pays traduira les responsables en justice. Nous ne savons pas encore comment c'est arrivé — la nuit dernière, j'entends —, mais nous le saurons. Jusque-là, je souhaite mettre un terme à des spéculations qui risqueraient de faire du tort à tout le monde. Nous avons assez souffert. Il faut panser nos plaies, maintenant.

— *Domo arigato* [1], murmura le Premier ministre japonais, devant sa télévision.

C'était la première fois qu'il voyait Ryan, ou même qu'il entendait sa voix. L'Américain était plus jeune que ce qu'il s'était imaginé, et pourtant il avait lu son dossier un peu plus tôt ce jour-là. La tension et le malaise du président étaient manifestes, mais lorsqu'il n'était pas obligé de répondre à des questions stupides — pourquoi les Américains toléraient-ils ainsi l'insolence de leurs médias ? —, sa voix et ses yeux changeaient un peu. La différence était subtile, mais Koga était habitué aux nuances les plus infimes — l'avantage de vivre au Japon et surtout d'avoir fait de la politique toute sa vie...

— Il a été un redoutable ennemi, indiqua tranquillement un fonctionnaire du ministère des

1. Merci *(N.d.T.)*.

Affaires étrangères. Et il a fait preuve de beaucoup de courage.

Koga repensa aux journaux qu'il avait parcourus deux heures auparavant. Ce Ryan n'avait pas hésité à avoir recours à la violence — que le Premier ministre japonais abhorrait. Mais il avait appris, par deux Américains de l'ombre qui lui avaient probablement sauvé la vie face à certains de ses compatriotes, que la violence avait son utilité, un peu comme la chirurgie. Ryan s'en était servi pour protéger d'autres gens — et il avait payé un tribut personnel à cette occasion —, avant de revenir à des méthodes plus pacifiques. Contre le Japon, il avait montré les deux faces de son personnage : il s'était battu avec pugnacité et dureté, puis il avait fait preuve de pitié et de considération.

— Et un homme d'honneur, je pense, ajouta-t-il à l'intention de son interlocuteur. (Koga se tut un instant. Curieusement, il existait déjà une sorte d'amitié entre eux, alors qu'ils ne s'étaient jamais rencontrés et qu'ils étaient en guerre à peine une semaine auparavant !) C'est un samouraï !

La blonde journaliste d'ABC se prénommait Joy. Ryan trouva son prénom totalement incongru, un jour pareil... Si la Maria de CBS était jolie, Joy était carrément époustouflante — cela expliquait peut-être pourquoi les indices d'écoute matinaux d'ABC étaient les meilleurs. Sa poignée de main fut chaleureuse et amicale, avec ce petit quelque chose de plus qui fit presque s'arrêter le cœur de Jack.

— Bonjour, monsieur le président, dit-elle d'une voix mélodieuse, qui aurait davantage été à sa place dans une soirée mondaine que dans une émission d'informations.

— Je vous en prie, dit Ryan en lui indiquant d'un geste le fauteuil en face de lui.

— Huit heures moins dix. Nous nous trouvons dans le salon Roosevelt de la Maison-Blanche pour nous entretenir avec le président John Patrick

Ryan, roucoula-t-elle, face à la caméra. Monsieur le président, notre pays vient de vivre une longue et terrible nuit. Que pouvez-vous nous en dire?

Ryan connaissait son sujet par cœur, si bien que sa réponse vint sans qu'il eût besoin d'y réfléchir. Sa voix était calme et un peu mécanique et son regard fixé sur celui de son interlocutrice, comme on le lui avait appris. Dans ce cas précis, il n'était pas difficile de se plonger dans les beaux yeux marron clair de cette femme, même si c'était assez déconcertant à une heure aussi matinale... Il espéra que cela ne se voyait pas trop à l'antenne.

— Monsieur le président, ces derniers mois ont été très traumatisants pour nous tous, et cette nuit davantage encore. Vous avez une réunion avec les responsables de la sécurité nationale dans quelques minutes. Quelles sont vos préoccupations majeures?

— Joy, il y a longtemps, un président américain a déclaré que la seule chose dont nous devions avoir peur, c'était de la peur elle-même. Aujourd'hui, notre pays est aussi fort qu'hier, et...

— Ça, c'est bien vrai...

Daryaei avait déjà rencontré Ryan une fois. Le Yankee s'était montré arrogant et provocateur, à la façon du chien de son maître, qui grogne et fait le fier — du moins en apparence. Mais aujourd'hui, le maître était mort, et le chien était là, les yeux fixés sur une fille belle mais dépravée, et Daryaei fut surpris de ne pas le voir la langue pendante. La fatigue, sans doute. Ryan était épuisé : c'était manifeste. Et quoi d'autre? Il était comme son pays, décida l'ayatollah. Une solidité apparente, peut-être. Ryan était encore jeune, il était large d'épaules, il se tenait bien droit. Ses yeux étaient clairs et sa voix ferme, mais lorsqu'on l'interrogeait sur la puissance de sa nation, il parlait de la peur, et de la peur de la peur. Intéressant, non?

Daryaei savait que la force et le pouvoir dépendaient davantage de l'esprit que du corps, c'était tout aussi vrai pour les Etats que pour les hommes. L'Amérique et ses responsables restaient pour lui un mystère. Mais qu'avait-il besoin de savoir, en réalité ? L'Amérique était une nation impie. Voilà pourquoi ce Ryan parlait de peur. En l'absence d'un Dieu, ni le pays ni son chef n'avaient de direction. Certains avaient prétendu que c'était aussi le cas de l'Iran, mais si cela avait le moindre fond de vérité, c'était pour une raison différente, se dit-il.

Comme beaucoup de gens à travers le monde au même instant, Daryaei se concentra sur le visage et sur la voix de Ryan. A l'évidence, sa réponse à la première question était automatique. L'Amérique ne dirait pas ce qu'elle savait sur la *merveilleuse* catastrophe qui venait de la frapper. Sans doute n'avait-elle encore que peu d'informations, mais c'était compréhensible. Daryaei avait profité de sa longue journée de travail pour appeler son ministère des Affaires étrangères et demander au directeur du bureau américain (en fait, un étage entier de l'immeuble officiel, à Téhéran) un topo sur le fonctionnement de ce gouvernement. La situation était encore meilleure qu'il ne l'avait espéré. Ils ne pouvaient plus voter de lois, ni lever de nouveaux impôts, ni engager de dépenses avant la reconstitution de leur Congrès, ce qui leur prendrait un certain temps. Presque tous leurs ministères étaient décapités. Ce gamin de Ryan — Daryaei avait soixante-douze ans — représentait vraiment le gouvernement américain à lui tout seul. Et Daryaei n'était guère impressionné par ce qu'il avait vu de l'homme.

Les Etats-Unis d'Amérique contrecarraient ses plans depuis des années. Ils étaient si puissants ! Même avec la réduction de leur potentiel militaire après l'effondrement de l'Union soviétique — « le Petit Satan » —, ils pouvaient encore réaliser des choses dont aucune autre nation n'était capable, à condition d'avoir une détermination politique.

Chaque fois que le pays tout entier se rassemblait pour une « bonne » cause — contre l'Irak, par exemple, il n'y avait pas si longtemps —, il obtenait des résultats étonnants. Il suffisait de comparer ça avec les maigres acquis de l'Iran au bout de dix ans de « vraie » guerre ! Voilà le danger de l'Amérique. Sauf qu'aujourd'hui, l'Amérique était pratiquement décapitée.

— Prochaine interview dans dix minutes, lui annonça Arnie, après le départ de Joy.

Le journaliste de Fox était au maquillage.

— J'étais comment ?

Cette fois, avant de se lever, Jack pensa à détacher son micro-cravate. Il avait besoin de se dégourdir les jambes.

— Pas mal, répondit van Damm, charitablement.

Il aurait peut-être été moins indulgent avec un politicien de carrière qui aurait affronté des questions autrement plus incisives. Mais Ryan se débrouillait plutôt bien pour le moment. Et il avait besoin de prendre confiance en lui s'il voulait simplement continuer à fonctionner. En temps normal, la responsabilité présidentielle était déjà difficile à assumer, et si chaque élu à ce poste avait souhaité plus d'une fois être débarrassé du Congrès, des ministères et des administrations, Ryan était en train d'apprendre à quel point ce système de gouvernement était pourtant indispensable — et il le faisait dans les pires conditions.

— Il va falloir que je m'habitue à pas mal de choses, n'est-ce pas ? dit Jack en s'appuyant contre le mur, à l'extérieur du salon Roosevelt.

— Ça viendra, lui promit son secrétaire général.

— Peut-être.

Jack eut un petit sourire. Il ne se rendait pas compte que ces interviews lui permettaient mentalement de mettre de côté pour un temps les autres soucis de la journée.

Un agent du Service secret s'approcha et lui tendit une feuille.

Même si c'était injuste pour les autres familles, il fallait comprendre que la priorité des priorités était le corps du président Durling. Pas moins de quatre grues s'acharnaient du côté ouest de l'immeuble, sous la direction de contremaîtres qui, avec leurs équipes d'ouvriers, se tenaient dangereusement près des ruines de la Chambre, mais l'OSHA — la Direction de l'hygiène et de la sécurité du travail — ne traînait pas dans le coin pour l'instant. Seuls comptaient les inspecteurs du Service secret — le FBI pouvait avoir autorité sur tout ce qu'il voulait, personne n'aurait osé s'interposer dans leurs macabres recherches. Un médecin et des infirmiers étaient présents aussi, pour le cas bien improbable où quelqu'un aurait survécu. Le plus difficile était de coordonner les mouvements des grues, qui plongeaient ensemble dans le « cratère », comme quatre girafes buvant dans le même trou d'eau, et s'évitaient grâce à la compétence de leurs conducteurs.

— Ici ! cria soudain le contremaître principal.

La main noircie d'un cadavre serrait un pistolet automatique. Ce devait être Andy Walker, le responsable du détachement de protection de Roger Durling. Les dernières images télévisées le montraient se précipitant sur son président pour tenter de l'évacuer, mais en vain.

Une autre grue plongea. Un câble d'acier fut fixé à un bloc de grès, qui s'éleva lentement dans les airs, en tournant légèrement. Le corps de Walker était maintenant bien visible — et à côté de lui, les jambes de quelqu'un d'autre.

Autour des deux cadavres, on apercevait les restes écrasés de l'estrade de chêne, et même quelques feuilles de papier noircies par les flammes. Le feu était passé trop rapidement dans cette partie du bâtiment pour faire beaucoup de dégâts.

— Attendez ! s'exclama le contremaître en retenant l'agent du Service secret par le bras. Les toubibs n'interviennent pas. Inutile de se faire tuer pour rien. On patiente un peu.

Lorsque la grue eut laissé la place à la suivante, il agita les bras, indiquant à son conducteur où travailler, et à quel moment s'arrêter. Deux ouvriers firent passer deux câbles autour d'un nouveau bloc et il fit tourner sa main. La pierre commença à s'élever.

— Nous avons JUMPER [1] ! annonça l'agent dans son micro.

L'équipe médicale se précipita, malgré les avertissements de plusieurs contremaîtres, mais elle comprit vite qu'elle perdait son temps. La main gauche de Durling serrait encore le classeur qui contenait son dernier discours. Les pierres l'avaient probablement tué avant le passage du feu. Une bonne partie de son corps était écrasée et méconnaissable, mais son costume, le fixe-cravate présidentiel et la montre en or à son poignet l'identifiaient sans le moindre doute. Les grues s'immobilisèrent ; tandis que leurs moteurs diesel tournaient au ralenti, leurs conducteurs en profitèrent pour boire un café ou fumer une cigarette. Des photographes du Département de médecine légale vinrent faire des clichés du mort sous tous les angles possibles.

Partout, dans les ruines de la Chambre, des membres de la Garde nationale évacuaient des sacs mortuaires — ils avaient remplacé les pompiers pour cette tâche, deux heures plus tôt —, mais autour de JUMPER (on avait donné ce nom de code au président en souvenir de son service comme lieutenant dans le 82e aéroporté) seuls des agents du Service secret remplissaient ici leur ultime tâche officielle vis-à-vis de leur défunt président. Quand l'équipe médicale et les photographes se retirèrent, quatre agents, avec leurs blousons du Service

1. Sauteur (N.d.T.).

secret, s'avancèrent au milieu des blocs de pierre. Ils se chargèrent d'abord du corps d'Andy Walker, dont le dernier acte conscient avait été de protéger son chef. Ils l'enfermèrent avec respect dans un sac mortuaire, ils le soulevèrent et le passèrent à deux autres agents qui l'évacuèrent. Ensuite, ils s'occupèrent du président Durling, ce qui s'avéra plus difficile. Son cadavre était de guingois et gelé par le froid. Un de ses bras faisait un angle droit par rapport au reste de son corps et n'entrait pas dans le sac. Ils échangèrent un coup d'œil, ne sachant quoi faire. Dans le cadre de l'enquête, ce corps était une preuve et sa position ne pouvait donc pas être modifiée, mais ils n'aimaient pas, surtout, cette idée d'imposer leur volonté à un mort... Le président Durling fut donc mis dans un sac avec son bras tendu, comme le capitaine Achab. Ils descendirent des ruines de la Chambre jusqu'à l'ambulance qui attendait le président. Cela attira évidemment l'attention de la presse, qui photographia et filma l'événement sous toutes ses coutures.

La nouvelle interrompit l'interview de Ryan avec Fox. Jack suivit la scène sur l'écran posé sur la table. D'une façon ou d'une autre, il pensa que cela officialisait sa position. Puisque Durling était *vraiment* mort, il était *vraiment* président, point final. La caméra capta le changement d'expression du visage de Ryan, qui se souvenait comment Durling avait fait appel à lui, lui avait fait confiance, s'était appuyé sur lui, l'avait guidé...

C'était ça le problème, pensa Jack : jusqu'à présent, il s'était toujours reposé sur quelqu'un... Bien sûr, d'autres personnes avaient compté sur lui, lui avaient demandé son avis, s'en étaient remises à lui à l'occasion de certaines crises, mais il avait toujours eu quelqu'un à qui rendre compte, à qui expliquer qu'il avait fait ce qu'il fallait. Désormais, c'était à lui de décider. Il entendrait toutes sortes de choses. Chacun de ses conseillers plaiderait pour sa chapelle et essaierait de lui prouver qu'il avait raison et tort tout à la fois — mais finalement, la décision lui appartiendrait.

Ryan se frotta le visage, et tant pis si son maquillage coulait ! Il ne savait pas que la Fox et les autres chaînes diffusaient à présent en multi-images, puisque tout le monde avait accès à la cagnotte alimentée par le salon Roosevelt. Il secoua la tête, comme un homme forcé d'accepter quelque chose qu'il n'aimait pas. Il était maintenant au-delà du chagrin et il affichait une expression totalement neutre. Au Capitole, les grues s'étaient remises au travail.

— Où est-ce qu'on va, maintenant ? demanda le journaliste de la Fox.

Cette question n'était pas prévue au programme. L'homme était simplement en proie à des émotions humaines, face à une scène terrible. Les images du Capitole avaient beaucoup mordu sur le temps qui lui était imparti et il n'avait pas le droit de déborder sur le créneau horaire suivant. Les lois de la Maison-Blanche étaient inflexibles.

— Je crois qu'il nous reste encore pas mal de boulot, conclut Ryan.

— Merci, monsieur le président. Il est huit heures quatorze.

Jack regarda s'éteindre la lampe rouge de la caméra. Le producteur attendit quelques secondes avant d'agiter la main, puis le président détacha son micro.

Son premier marathon de presse était terminé.

Juste avant de sortir, il fixa les caméras. Quand il était plus jeune, il avait donné des cours d'histoire et, récemment, il avait dirigé de nombreux briefings, mais il avait toujours eu devant lui un public en chair et en os ; il voyait les yeux de ses auditeurs, dont les réactions lui permettaient d'ajuster plus ou moins ses discours — il y ajoutait un peu d'humour si les circonstances le permettaient, ou il répétait certaines choses pour être plus clair. Et voilà que, désormais, il s'adressait à une *chose*. Encore un aspect de ses fonctions qu'il détestait.

— C'est la meilleure chose qui soit arrivée à notre pays depuis Jefferson ! dit le plus âgé des deux hommes.

Il s'estimait calé en histoire. Il aimait Thomas Jefferson parce que celui-ci avait déclaré un jour que « moins le pays était gouverné, mieux il l'était » — c'était d'ailleurs à peu près tout ce qu'il savait des adages du sage de Monticello.

— Et il a fallu que ce soit un Jap qui le fasse, on dirait ! s'exclama son ami, avec un petit rire ironique.

Un tel événement lui faisait même oublier son racisme fondamental. Il fallait savoir faire des exceptions, n'est-ce pas ?

Ils n'avaient pas fermé l'œil de la nuit — il était cinq heures vingt, heure locale — pour suivre les informations et les reportages sur la « catastrophe ». Les journalistes, notèrent-ils, avaient l'air encore plus épuisés que ce Ryan...

Ils avaient arrêté la bière vers minuit, et ils étaient passés au café deux heures plus tard, lorsqu'ils avaient commencé à piquer du nez. Ils n'avaient pas le droit. Ce qu'ils voyaient, en zappant entre toutes les chaînes qu'ils recevaient grâce à leur antenne satellite installée sur leur cabane forestière, ressemblait à une espèce de fantastique Téléthon, sauf que celui-là ne collectait de l'argent ni pour des enfants invalides, ni pour des malades du sida, ni pour des écoles de nègres... Celui-là, c'était le pied. La plupart de ces connards de Washington étaient carbonisés.

— Barbecue bureaucratique, répéta Peter Holbrook pour la dix-septième fois depuis onze heures et demie du soir, quand il avait trouvé cette formule lapidaire pour résumer l'affaire.

Il avait toujours été l'artiste de leur mouvement.

— Ha-ha ! Ha-ha, merde, Peter ! pouffa Ernest Brown, en renversant du café sur ses genoux.

C'était tellement drôle qu'il ne se leva pas tout de suite pour s'essuyer.

— Ouais, longue nuit, reconnut Holbrook, en riant tout seul.

Tous les réseaux nationaux avaient diffusé l'intervention du président Durling à la place de leurs programmes habituels, comme à chaque événement majeur de l'histoire du pays; mais leur satellite leur offrait un total de cent dix-sept chaînes, et ils auraient pu facilement éviter ce genre de propagande fédérale qu'ils détestaient, eux et leurs amis. La vraie raison, c'était qu'ils se forçaient à suivre ces discours-là car ils attisaient leur colère contre le gouvernement. Et chaque jour, donc, ils regardaient au moins une heure ou deux C-SPAN 1 et 2 [1] pour entretenir leur haine.

— Bon, qui c'est ce Ryan, exactement? demanda Brown en bâillant.

— Un bureaucrate de plus, on dirait. Qui raconte autant de conneries que les autres.

— Ouais, décida Brown. Sauf qu'il n'a plus personne pour l'aider, Peter.

Holbrook considéra son ami.

— C'est vraiment quelque chose, hein?

À ces mots, il se leva et alla jusqu'à la bibliothèque couvrant un des murs de son bureau. Il lisait et relisait le plus souvent possible son exemplaire broché de la Constitution pour mieux comprendre les intentions de ses rédacteurs.

— Tu sais, Peter, rien là-dedans ne permet de prévoir ce genre de situation.

— T'es sûr?

Holbrook acquiesça d'un signe de tête :

— J'te jure.

— Sans déconner?

Alors, ça valait le coup d'y réfléchir, n'est-ce pas?

— Assassiné? demanda le président Ryan, tout

---

1. C-SPAN 2 retransmet en direct les débats du Sénat (N.d.T.).

en essuyant son maquillage avec le genre de lingette qui lui servait jadis à nettoyer les fesses de ses enfants.

— C'est ce qu'indique l'enquête préliminaire, après un examen superficiel du corps et une étude rapide des enregistrements du cockpit, lui expliqua Murray en feuilletant les documents qu'on lui avait faxés vingt minutes plus tôt.

Ryan se laissa aller contre le dossier de son fauteuil. Comme la quasi-totalité du mobilier du Bureau Ovale, il était neuf. Derrière lui, on avait ôté de la bibliothèque toutes les photos de la famille Durling; on avait récupéré aussi tous les papiers, pour les faire trier par le secrétariat général de la présidence. Tout, ici, venait des réserves de la Maison-Blanche. Le fauteuil, au moins, était bon, conçu avec grand soin pour protéger le dos de son précédent occupant, et un autre le remplacerait bientôt, fabriqué tout exprès pour son propre dos, par un artisan qui faisait ça gratuitement sans le crier sur les toits. Tôt ou tard, Ryan allait devoir travailler ici. Les secrétaires étaient installées dans la pièce d'à côté, et ça n'aurait pas été gentil de les obliger à courir à travers tout le bâtiment, et à s'épuiser dans les escaliers... Dormir à la Maison-Blanche était un autre problème — pour le moment. Mais ça aussi, il devrait s'y faire, n'est-ce pas?

— Revolver? demanda-t-il à Dan Murray, assis en face de lui.

Celui-ci secoua la tête.

— Non, un coup de couteau en plein cœur. Notre agent pense que la blessure a été occasionnée par une lame fine, genre couteau à viande. D'après les enregistrements du cockpit, il semble que ça se soit passé avant le décollage. On peut situer ce meurtre très précisément dans le temps. Entre le démarrage des réacteurs et le moment du crash, on n'a qu'une seule voix sur les bandes, celle du pilote. Il se nommait Sato, un type très expérimenté. La police japonaise nous a communiqué un tas d'informations sur lui. Il semblerait qu'il ait perdu un frère et un fils pendant notre guerre avec le Japon. Son frère commandait un contre-torpilleur qui a été coulé avec tout son équipage. Son fils était pilote de chasse, il s'est écrasé à l'atterrissage au retour d'une mission. Tous les deux pratiquement le même jour. Donc, c'est une affaire personnelle. On a là le motif et les circonstances, Jack.

Murray se permit de l'appeler par son prénom, parce qu'ils étaient seuls dans la pièce, hormis Andrea — que cela choqua. Mais personne ne lui avait encore expliqué à quel point les deux hommes étaient proches depuis longtemps.

— Je trouve qu'on l'a identifié plutôt vite, observa-t-elle.

— Faut encore vérifier, acquiesça Murray. On fera des tests d'ADN pour s'en assurer. On a dit à notre agent que les enregistrements du cockpit étaient bons et qu'on pourrait analyser l'empreinte vocale de Sato. Les Canadiens ont des enregistrements de la poursuite radar jusqu'au moment où l'avion est sorti de leur espace aérien. Facile, donc, de confirmer le minutage. Nous avons très précisément établi son itinéraire de Guam jusqu'au Japon, puis jusqu'à Vancouver et... le Capitole. Comme on dit, c'est dans le sac et les applaudissements suivront. Monsieur le président (Andrea Price préféra cette formule), il nous faudra au moins deux mois pour suivre toutes les pistes et pour réunir toutes les informations, et je suppose qu'on peut toujours s'être plantés, mais à mon avis, et d'après aussi nos responsables sur le terrain, cette affaire est quasiment bouclée.

— Quelle est la marge d'erreur? demanda Ryan.

— Potentiellement, très faible, mais il y a quelques considérations pratiques. Si ce n'est pas l'acte d'un fanatique isolé ou, disons, d'un homme très en colère — c'est-à-dire s'il s'agit d'une conspiration, nous devons supposer qu'ils avaient mis au point un planning très précis, et ça, c'est difficile à soutenir. Comment auraient-ils su qu'ils perdraient la guerre et comment auraient-ils été au courant de cette manifestation au Capitole ? En outre, si cet attentat avait été monté comme une opération de guerre, eh bien, bon sang, il n'aurait pas été difficile d'embarquer dans cet avion dix tonnes d'explosifs à grande puissance, comme nous l'a expliqué le gars du NTSB.

— Ou une bombe atomique, le coupa Jack.

— Ou une bombe atomique, en effet..., acquiesça Murray. Ah, oui, ça me rappelle que notre attaché de l'Air Force visite aujourd'hui le site où ils ont assemblé leurs missiles nucléaires. Les Japonais ont mis deux jours pour le trouver ! Un gars à nous, spécialiste de la question, est déjà en route. (Murray consulta ses notes.) Le Dr Woodrow Lowell — ah, mais je le connais ! Il dirige la boutique à Lawrence Livermore. Le Premier ministre Koga a assuré à notre ambassadeur qu'il voulait nous remettre toutes ces saletés *illico presto,* et en débarrasser son pays.

Ryan fit pivoter son fauteuil. Les fenêtres, derrière lui, donnaient sur le Washington Monument. L'obélisque était entouré par des mâts où tous les drapeaux étaient en berne. Des gens faisaient la queue devant l'ascenseur qui montait à son sommet. Des touristes venus visiter Washington. Aujourd'hui, ils étaient servis, n'est-ce pas ? Le nouveau président constata aussi que les fenêtres du Bureau Ovale étaient d'une épaisseur incroyable — juste pour le cas où l'un de ces touristes aurait dissimulé un fusil sous son manteau...

— Pouvons-nous révéler un petit quelque chose à la presse ? demanda le président Ryan.

— Pas de problème, répondit Murray.

— Vous êtes sûr ? intervint Andrea Price.

— Ce n'est pas comme si nous avions à protéger une preuve pour un procès au pénal. Le coupable est mort. Nous allons enquêter maintenant sur une possible conspiration, mais si nous dévoilons certaines de ces informations aujourd'hui, ça ne gênera pas notre travail. Je ne suis pas exactement un adepte de la violation du secret de l'instruction, mais la population veut savoir, et dans une affaire comme celle-ci, nous nous devons de l'informer.

En plus, c'est une bonne publicité pour le Bureau, pensa Andrea.

Voilà au moins un organisme gouvernemental qui retravaillait normalement...

— Qui sera chargé de ça, au secrétariat à la Justice ? demanda-t-elle.

— Pat Martin.

— Ah bon, et qui l'a choisi ?

Ryan se retourna pour suivre cet échange.

— C'est moi, répondit Murray, gêné. Le président nous a demandé de trouver le meilleur procureur, et le meilleur, c'est Pat. Il est à la tête de la Criminelle depuis neuf mois et, avant ça, il dirigeait la Division espionnage. C'est un ancien du Bureau. Un avocat particulièrement doué. Il est là-dedans depuis près de trente ans. Bill Shaw voulait qu'on le nomme juge. Il en avait parlé au secrétaire à la Justice pas plus tard que la semaine dernière.

— Vous êtes sûr qu'il est si capable que ça ? demanda Jack.

Price décida de répondre pour Murray.

— Nous avons travaillé avec lui, nous aussi. C'est un vrai pro et Dan a raison, il a vraiment l'étoffe d'un juge. Il est dur comme tout, mais il est aussi extrêmement honnête. Je le sais parce qu'il s'est occupé d'une affaire de fausse monnaie que mon ancien partenaire a débusquée à La Nouvelle-Orléans.

— OK, on le laisse décider de ce qu'on révèle à la presse. Qu'il s'adresse aux journalistes tout de suite après le déjeuner.

Ryan consulta sa montre : il était président depuis exactement douze heures.

Pierre Alexandre, colonel à la retraite de l'armée de terre des Etats-Unis, avait toujours l'air d'un soldat, grand, maigre et en pleine forme, et cela ne gênait pas du tout le doyen Dave James, qui appréciait immédiatement son visiteur lorsqu'il s'assit dans son bureau. C'était encore mieux que ce qu'il s'était imaginé après avoir étudié son CV et discuté avec lui au téléphone.

Le colonel Alexandre — « Alex », pour ses amis, et il en avait beaucoup —, spécialiste des maladies infectieuses, avait servi son gouvernement avec efficacité pendant vingt ans, principalement au Walter Reed Army Hospital de Washington et à Fort Detrick, Maryland, avec, entre-temps, de nombreuses missions sur le terrain. Diplômé de West Point et de la faculté de médecine de l'université de Chicago... Le Dr James parcourut de nouveau rapidement son dossier — études spécialisées après l'internat et diverses autres expériences professionnelles. La liste de ses articles publiés faisait huit pages avec un seul interligne. Nominé pour deux prix importants — qu'il n'avait pas eus. Eh bien, peut-être que Hopkins lui permettrait de se rattraper. Alexandre n'était pas arrogant, mais il était conscient de sa valeur — et, mieux encore, il savait que le doyen James le savait.

— Je connais Gus Lorenz, lui dit le doyen en souriant. Nous avons fait notre internat ensemble à Peter Brent Brigham.

Depuis, Harvard avait ajouté *and Women's* à l'intitulé de cet établissement.

— Un type brillant, acquiesça Alexandre avec son meilleur accent créole. (On estimait que les travaux de Gus Lorenz sur la fièvre de Lassa et la fièvre Q le mettaient dans la course pour un prix Nobel.) Et un grand toubib.

— Pourquoi ne voulez-vous pas travailler avec lui à Atlanta, alors ? Gus m'a dit qu'il en avait vraiment envie.

— Doyen James, j'ai...

— Appelez-moi Dave, dit le doyen.

— Et moi, Alex, répondit le colonel. (La vie civile avait du bon, après tout. Alexandre voyait le doyen comme l'équivalent d'un général trois étoiles. Ou peut-être même quatre, car Johns Hopkins était un endroit très prestigieux.) Dave, j'ai bossé dans des labos presque toute ma vie. Je veux maintenant recommencer à soigner des patients. Au CDC [1], ce serait exactement pareil. J'aime énormément Gus. Nous étions ensemble au Brésil en 1987, et nous nous entendons très bien, mais j'en ai vraiment marre de passer mon temps entre les microscopes et les listings d'imprimante...

Pour les mêmes raisons, il avait refusé une très belle offre de Pfizer Pharmaceuticals, qui lui proposait la direction d'un de ses nouveaux labos. Les maladies infectieuses avaient encore un bel avenir devant elles, et les deux hommes espéraient qu'il n'était pas trop tard...

— J'ai parlé de vous avec Gus, la nuit dernière, dit le doyen.

— Oh ?

Cela n'avait, en fait, rien de surprenant. A ce niveau de la médecine, tout le monde connaissait tout le monde.

— Il m'a conseillé de vous engager immédiatement...

— C'est gentil de sa part, dit Alexandre avec un petit rire.

— ... avant que Harry Tuttle ne vous prenne pour son labo, à Yale.

— Vous connaissez Harry ?

Et tout le monde savait aussi ce que tout le monde fabriquait, dans cette profession...

— On était dans la même promo, ici, expliqua le doyen. On a dragué Wendy tous les deux. C'est lui qui l'a eue. Bon, Alex, je n'ai pas d'autres questions à vous poser.

---

1. Centre de contrôle des maladies infectieuses d'Atlanta (*N.d.T.*)

— J'espère que c'est bon signe.

— Oui. Vous pourrez débuter comme professeur associé, sous la direction de Ralph Foster. Vous aurez encore pas mal de travail de labo — c'est une bonne équipe, vous verrez. Ces dix dernières années, Ralph a monté une belle boutique. Mais nous avons aussi beaucoup de consultations cliniques et Ralph se fait vieux pour voyager autant. Attendez-vous donc à parcourir un peu le monde. Vous aurez aussi la charge de la partie clinique, oh, disons dans six mois, le temps de vous refaire la main et de vous acclimater.

Le colonel hocha la tête d'un air pensif.

— Ça me paraît normal. Faudra que je révise un peu. Bon sang, quand est-ce que j'arrêterai d'étudier ?

— Quand vous deviendrez administrateur, si vous êtes imprudent.

— Oui. Eh bien, maintenant, vous savez pourquoi j'ai rendu mon treillis. Ils voulaient que je dirige un hôpital, voyez-vous, que je pointe, quoi ! Bon Dieu, je sais que je suis bon dans un labo. Très bon, même. Mais j'ai fait le serment de soigner des gens, y a déjà pas mal de temps, et d'enseigner un peu, bien sûr. Je veux m'occuper de malades et les renvoyer chez eux en bonne santé. Un jour, à Chicago, quelqu'un m'a rappelé que c'était ça, notre boulot.

Ce gars-là sait se vendre..., pensa le doyen James. Yale pouvait lui offrir à peu près le même poste, mais Johns Hopkins lui permettait de rester à proximité de Fort Detrick, à quatre-vingt-dix minutes de vol d'Atlanta et pas très loin non plus de la Chesapeake Bay — son CV précisait qu'Alexandre aimait la pêche. Ça semblait logique, pour quelqu'un qui avait grandi dans les bayous de Louisiane. Bref, pas de chance pour Yale. Le professeur Harold Tuttle était aussi bon qu'eux, et peut-être même supérieur à Ralph Foster, mais dans cinq ans, en gros, Ralph prendrait sa retraite, et Pierre

Alexandre, ici présent, avait un profil de star et c'était le travail du doyen de recruter des vedettes pour son établissement. Dans un autre genre, il aurait géré une équipe de base-ball gagnante...

Bon, c'était réglé. Il referma le dossier devant lui.

— Docteur, bienvenue à la faculté de médecine de la Johns Hopkins University.

— Merci, monsieur.

4

APPRENTISSAGE SUR LE TAS

Le reste de la journée se passa comme dans un rêve. Au fur et à mesure qu'il la vivait, Ryan savait qu'il en oublierait une bonne part. Il avait démarré l'informatique lorsqu'il était étudiant au Boston College. Avant l'époque des ordinateurs personnels, il avait utilisé le plus stupide des terminaux — un télétype — pour communiquer avec une unité centrale quelque part, comme d'autres étudiants du BC et de divers établissements des environs. On appelait ça le *time sharing*[1], un terme d'une époque révolue où des ordinateurs à un million de dollars pièce avaient des performances que l'on retrouvait à présent dans n'importe quelle montre. Mais Jack découvrait aujourd'hui que cette expression s'appliquait encore parfaitement à la fonction de président, quand la possibilité de suivre le fil de sa pensée du début à la fin était un luxe rare, et quand le travail consistait à avancer sur de multiples pistes à la fois, d'une réunion à l'autre, sur des sujets totalement différents — un peu comme si l'on voulait se

1. « Système de temps partagé. » Divers terminaux se disputent le temps de calcul d'un ordinateur central (*N. d. T*).

rappeler diverses séries télé diffusées en continu, épisode après épisode, en essayant de ne jamais en confondre aucune, et en sachant pertinemment que c'était impossible...

Il congédia Murray et Price et se mit sérieusement au travail.

L'apprentissage de Ryan commença avec le topo d'un NIO — un officier national de renseignements — affecté à l'état-major de la Maison-Blanche. Là, pendant vingt-six minutes, il écouta ce qu'il savait déjà grâce au poste qu'il avait occupé jusqu'à ces dernières vingt-quatre heures. Mais il attendit la fin de la réunion, ne serait-ce que par respect pour cet homme, membre de son équipe de debriefing quotidien. Tous ses collaborateurs étaient différents. Chacun d'eux avait sa propre vision, et Ryan devrait saisir les nuances particulières de toutes ces voix.

— Donc, rien à l'horizon pour l'instant? demanda Jack.

— Non, rien, d'après le Conseil national de sécurité, monsieur le président. Vous connaissez les zones de conflits potentiels aussi bien que moi, évidemment. Et elles changent chaque jour.

L'homme essayait de gagner du temps avec la grâce de quelqu'un qui dansait sur ce genre de musique très spéciale depuis des années. Le visage de Ryan ne laissa rien paraître, simplement parce qu'il avait déjà vécu ça. Un bon officier de renseignements ne craignait pas la mort, ne craignait pas de trouver sa femme couchée avec son meilleur ami — bref, aucune des vicissitudes normales de l'existence. En revanche, il avait une peur bleue d'être pris en flagrant délit d'erreur d'analyse dans le cadre de ses fonctions officielles. C'était simple à éviter, cependant : il suffisait de ne jamais avoir de position sur rien. Mais cette maladie n'était pas réservée aux fonctionnaires du gouvernement... Seul le président devait absolument afficher une opinion bien arrêtée, et, pour cela, il avait la chance de posséder des experts qui lui fournissaient les informations dont il avait besoin, n'est-ce pas?

— Laissez-moi vous dire une chose…, dit Ryan après quelques secondes de réflexion.

— Quoi, monsieur ? s'enquit le NIO avec prudence.

— Je ne veux pas simplement entendre ce que vous *savez*, mais aussi ce que vous et vos collègues vous *pensez*. Vous êtes responsable de ce que vous savez, mais c'est moi qui vais me démener pour agir en fonction de ce que vous pensez.

— Bien sûr, monsieur le président, répondit l'homme avec un sourire masquant la terreur que lui inspirait cette idée. Je le leur transmettrai.

— Merci.

Ryan le congédia. Il lui fallait trouver sur-le-champ un conseiller à la sécurité nationale en qui il aurait vraiment confiance et il se demanda où il pourrait dénicher cet oiseau rare.

La porte s'ouvrit comme par magie pour laisser sortir le NIO : un agent du Service secret surveillait la réunion par le judas. Ce fut ensuite le tour de l'équipe de debriefing du DOD — le secrétariat à la Défense.

L'officier supérieur, un général deux étoiles, lui tendit une carte en plastique.

— Monsieur le président, voulez-vous ranger ça dans votre portefeuille ?

Jack acquiesça d'un signe de tête. Il comprit ce que c'était avant même de prendre le petit rectangle de plastique orange. On aurait dit une carte de crédit. Mais plusieurs séries de chiffres y étaient inscrites.

— Lesquels ? demanda Ryan.

— A vous de décider, monsieur.

Ryan décida donc. Il lut deux fois à haute voix la troisième série de chiffres. Deux officiers accompagnaient le général, un colonel et un chef de bataillon, qui le notèrent et le lui répétèrent à deux reprises. Le président Ryan pouvait désormais ordonner le lancement des armes nucléaires stratégiques.

— Pourquoi doit-on faire ça ? s'étonna-t-il. Nous avons démantelé nos dernières armes balistiques il y a un an.

— Monsieur le président, nous avons conservé des missiles de croisière qui peuvent être armés avec des têtes nucléaires W-80, et des bombes classiques B-61 transportées par notre flotte de bombardiers. Nous avons besoin de votre accord pour lancer les PAL — les liaisons d'action permise [1] — et nous devons en être capables aussi vite que possible, juste pour le cas où...

Ryan termina la phrase pour lui.

— ... je me ferais tuer trop tôt.

T'es vraiment quelqu'un, maintenant, Jack ! lui dit une méchante petite voix dans sa tête. *A présent, tu peux déclencher une attaque nucléaire !* Jack Ryan ajouta aussitôt :

— Je hais ces saletés. Et je les ai toujours haïes.

— Vous n'êtes pas censé les aimer, monsieur, répondit le général, avec sympathie. Bon, comme vous le savez, l'escadron héliporté VMH-1 des Marines est prêt à vous évacuer sur-le-champ, vingt-quatre heures sur vingt-quatre, vers un endroit sûr et...

Ryan écouta la suite de ses explications, tout en se rappelant ce que Jimmy Carter avait fait, avant lui, à cet instant précis. Il avait répondu : « OK. Prévenez-les que je veux être évacué TOUT DE SUITE. » Cet ordre présidentiel s'était révélé terriblement embarrassant pour bon nombre d'entre eux. Mais non, il ne pouvait pas faire une chose pareille maintenant, n'est-ce pas ? On l'aurait pris pour un paranoïaque — pas pour quelqu'un désireux de vérifier si le système fonctionnait aussi bien que ces gens le prétendaient. D'autant plus qu'aujourd'hui le VMH-1 devait déjà être sur des charbons ardents, pas vrai ?

---

1. Transmissions des autorisations de tir aux différents lanceurs (*N. d. T.*).

Le quatrième membre de l'équipe du DOD, un adjudant en civil, portait une mallette des plus ordinaires, surnommée le « football ». S'y trouvait un dossier contenant un plan d'attaque — ou, plus exactement, toute une série de plans.

— Faites-moi voir ça, dit Ryan en indiquant la mallette du doigt.

Après une hésitation, l'adjudant la déverrouilla et lui tendit un classeur bleu marine, que Ryan ouvrit d'un coup sec.

— Monsieur, nous ne les avons pas changés depuis la...

La première partie, constata Ryan, était notée MAO — option d'attaque majeure. Il y avait là une carte du Japon, avec des villes marquées de points de différentes couleurs. La légende, au bas du document, indiquait la signification de ces points en mégatonnes ; sans doute qu'une autre page donnait l'estimation chiffrée des morts. Ryan ouvrit les anneaux du classeur et en retira toute cette partie.

— Je veux que ces pages soient brûlées. Je veux que cette MAO soit immédiatement annulée.

Mais cela signifiait seulement que ce dossier serait rangé dans un tiroir quelconque des plans de guerre du Pentagone, ainsi qu'à Omaha. Ce genre de choses ne disparaissait jamais.

— Monsieur, nous n'avons pas encore la confirmation que les Japonais ont détruit tous leurs lanceurs, ni que leurs armes sont neutralisées. Vous voyez, nous...

— Général, c'est un ordre, dit Ryan d'une voix calme. Je peux en donner, vous savez.

L'homme se mit au garde-à-vous.

— Oui, monsieur le président.

Ryan feuilleta alors le reste du dossier. Malgré son poste précédent à la Maison-Blanche, ce qu'il découvrait là était une révélation. Il s'était toujours gardé d'une connaissance trop intime des... pires choses. Il n'avait jamais pensé qu'on en viendrait à les utiliser. Après l'attentat terroriste de Denver et l'horreur qui avait balayé ensuite la surface de la planète, les hommes d'Etat des cinq continents, toutes tendances politiques confondues, avaient réfléchi aux armes dont ils avaient le contrôle. Pendant la guerre avec le Japon qui venait de se terminer, Ryan avait appris que des experts avaient mis au point un plan de riposte nucléaire, mais, à l'époque, il avait fait tout ce qui était en son pouvoir pour qu'il ne fût pas nécessaire, et le nouveau président pouvait s'enorgueillir à présent de l'inutilité du projet dont il avait un résumé entre les mains. Nom de code : LONG RIFLE [1], lut-il. Pourquoi choisissait-on toujours des noms pareils, virils et alléchants, comme s'il s'agissait de quelque chose dont on pouvait être fier ?

— C'est quoi, celui-là ? LIGHT SWITCH [2]... ?

— Monsieur le président, répondit le général, c'est une attaque EMP — par impulsion électromagnétique. Si l'on fait exploser un engin nucléaire à très haute altitude, il n'y a rien — pas d'air, je veux dire — pour absorber l'énergie initiale de l'explosion et la transformer en énergie mécanique. Aucune onde de choc, plus précisément. Du coup, toute cette énergie reste sous sa forme électromagnétique initiale et met les lignes électriques et téléphoniques hors service. On a toujours eu une poignée de fusées prêtes pour ça dans nos SIOP, plans uniques opérationnels intégrés, contre l'Union soviétique. Leur système téléphonique était si primitif qu'il aurait été facile à liquider. C'est une mission de destruction qui ne tue personne au sol.

— Je vois.

Ryan referma le classeur et le rendit à l'adjudant, qui remit immédiatement sous clé son document, désormais plus léger d'une partie entière.

— Si je comprends bien, nous n'avons pas de frappe nucléaire à l'horizon, en ce moment ?

1. Long fusil (*N.d.T.*).
2. Commutateur électrique (*N.d.T.*).

— C'est exact, monsieur le président.

— Alors à quoi ça sert que cet homme reste assis là, en permanence, à la porte de mon bureau ?

— Vous ne pouvez pas prévoir toutes les éventualités, n'est-ce pas, monsieur ? demanda le général.

Ç'avait dû être difficile pour lui de poser cette question en gardant son sérieux, comprit Ryan, une fois le choc passé.

— J'imagine que non, répondit le président, joliment remis à sa place.

Le Bureau du protocole était dirigé par Judy Simmons, détachée quatre mois plus tôt à l'état-major de la Maison-Blanche par le Département d'Etat. Son bureau, dans le sous-sol du bâtiment, s'était mis au travail bien après minuit, dès qu'elle était arrivée de Burke, Virginie, où elle habitait. Elle avait la tâche ingrate d'organiser les plus grandes funérailles nationales de l'histoire de l'Amérique ; une centaine de membres du personnel avaient déjà mis leur grain de sel là-dedans et il n'était pas encore midi.

La liste des victimes n'était pas définitive, mais un examen minutieux des enregistrements vidéo avait donné une idée assez précise de toutes les personnes présentes à la Chambre à ce moment-là, et l'on possédait des informations biographiques sur chacune d'elles — situation familiale, religion, etc. — pour leur enterrement. Ryan serait le maître de cette sinistre cérémonie, et il devait donc être informé de chaque détail de son déroulement. *Un millier de personnes et je les connaissais presque toutes !* pensa-t-il. A cette heure, on n'avait pas encore récupéré tous les corps, qu'attendaient des femmes, des maris, des enfants...

En tournant la page, Jack découvrit qu'ils proposaient la National Cathedral — ce grand sanctuaire ouvert à toutes les religions. Ils savaient les confessions auxquelles appartenaient les victimes. Le clergé célébrerait un service religieux des plus œcuméniques.

— C'est là que se déroulent généralement de telles cérémonies, monsieur le président, confirma Judy Simmons, l'air tourmenté. On n'aura pas la place d'exposer tous les corps (elle ne précisa pas qu'un membre du personnel de la Maison-Blanche avait suggéré un service en plein air au JFK Stadium, où ç'aurait été possible), mais il y aura le président et Mme Durling, plus un échantillon représentatif des victimes. Nous avons pris contact avec les onze gouvernements étrangers qui ont perdu leurs diplomates. Nous avons établi aussi une liste préliminaire des représentants étrangers qui seront invités.

Elle lui tendit le document en question, que Ryan parcourut rapidement. Cela signifiait qu'après le service commémoratif il aurait des entretiens « informels » avec plusieurs chefs d'Etat. On le brieferait avant ces rencontres, où chacun d'eux ne manquerait pas de le tester. Jack savait comment ça marchait. En ce moment même, dans le monde entier, des présidents, des Premiers ministres, et quelques dictateurs qui s'accrochaient à leur pouvoir, lisaient des dossiers fournis par leurs collaborateurs — qui est ce John Patrick Ryan, et que pouvons-nous attendre de lui ? Il se demanda s'ils avaient une meilleure idée que lui de la réponse à cette question. Sans doute que non. Leurs NIO n'étaient certainement pas très différents des siens, après tout. Beaucoup d'entre eux viendraient donc à Washington pour manifester leur respect envers Roger Durling et le gouvernement américain, pour voir de plus près le nouveau président, et répondre à des besoins de politique intérieure — et certains, aussi, parce qu'ils ne pouvaient pas faire autrement. Et donc, cet événement, si horrible fût-il pour des milliers de personnes, n'était qu'un exercice ordinaire de plus pour le monde politique. Jack avait envie de hurler, mais comment faire autrement ?

Les morts étaient morts, son chagrin ne les ressusciterait pas, et la terre continuait à tourner.

— Demandez à Scott Adler de jeter un œil sur tout ça, voulez-vous ?

Quelqu'un allait devoir décider du temps qu'il passerait avec ses visiteurs officiels et Ryan n'était pas qualifié pour ça.

— Oui, monsieur le président.

— Je ferai quel genre de discours ? demanda Jack.

— Nous y travaillons. Vous devriez avoir des avant-projets d'ici demain après-midi, répondit Judy Simmons.

Le président Ryan acquiesça d'un signe de tête et posa les papiers sur une de ses piles. Au départ du chef du protocole, une secrétaire entra — il ne connaissait même pas son nom — avec une montagne de télégrammes officiels, qu'il n'avait pas encore parcourus, et une feuille avec son emploi du temps de la journée, préparé *sans* lui. Il allait protester, lorsqu'elle annonça :

— Nous avons aussi plus de dix mille télégrammes et de e-mails de... eh bien, de simples citoyens.

— Qui disent quoi ?

— Principalement qu'ils prient pour vous.

— Oh...

D'une façon ou d'une autre, cela le surprit et le ramena à la réalité. Dieu entendrait-il ces prières ?

Il se mit à lire les messages, et sa première journée de présidence continua.

Tandis que le président essayait de s'habituer à ses nouvelles fonctions, le pays était presque paralysé. Les banques, les places boursières, les écoles et de nombreuses sociétés étaient fermées. Les chaînes de télévision avaient installé leurs quartiers généraux dans leurs bureaux de Washington, un peu n'importe comment, ce qui les obligeait à travailler ensemble. Les nombreuses caméras, autour de Capitol Hill, fournissaient en continu des images des opérations de recherche, et les journalistes faisaient de leur mieux pour combler le silence des ondes. Vers onze heures, ce matin-là, une grue dégagea les restes de la queue du 747 et les déposa sur un gros camion à plateau qui partit immédiatement pour un hangar de la base d'Andrews. C'est là que serait centralisé ce qu'on avait nommé, faute de mieux, l'« enquête sur le crash ». Peu après, deux des réacteurs de l'avion prirent le même chemin sur un autre camion.

Des « spécialistes » secondaient les journalistes et spéculaient à longueur d'antenne sur la catastrophe, mais on ne savait pas grand-chose, car les responsables étaient trop occupés pour communiquer des informations aux médias, officiellement ou non. Cette épave, devant leurs vingt-quatre caméras, était donc tout ce qu'ils avaient à se mettre sous la dent, et ils ne pouvaient pas broder à l'infini là-dessus. Alors, on demandait à des témoins oculaires ce qu'ils se rappelaient — personne n'avait filmé l'approche de l'avion, et c'était très surprenant. Les télévisions enquêtèrent, exactement comme les autorités fédérales, sur le numéro de queue, peint en gros sur l'épave. On eut immédiatement confirmation que la Japan Airlines était bien propriétaire de l'appareil, et l'on sut aussi le jour précis où il était sorti des usines Boeing près de Seattle. On interviewa des responsables de cette compagnie. Le 747-400 (PIP) pesait, à vide, un peu plus de deux cents tonnes, et le double avec le carburant, les passagers et leurs bagages. Un pilote d'United Airlines, familier de ce genre d'avions, expliqua à deux chaînes de télévision comment un pilote avait pu s'approcher de Washington puis effectuer son plongeon mortel, tandis qu'un de ses collègues de Delta était mis à contribution par d'autres chaînes. L'un comme l'autre se trompèrent sur certains détails, mais l'essentiel de leurs analyses était exact.

— Le Service secret possède pourtant des missiles antiaériens, non ? demanda un présentateur.

— Un camion à dix-huit roues arrive sur vous à cent kilomètres à l'heure, et vous réussissez à crever un des pneus de sa remorque.., Ça ne l'arrêtera pas, n'est-ce pas ? répondit le pilote, notant l'expression de concentration de ce journaliste très bien payé, qui ne comprenait pourtant pas grand-chose de plus que ce qu'il lisait sur son téléprompteur... Quatre cents tonnes d'avion, ça ne se stoppe pas en claquant des doigts, d'accord ?

— Il n'y avait donc aucun moyen d'empêcher ça ? insista le présentateur, l'air torturé.

— Absolument aucun.

Le pilote voyait bien que son interlocuteur ne saisissait pas, mais il ne savait pas quoi ajouter pour enfoncer le clou.

Le réalisateur, depuis la salle de contrôle sur Nebraska Avenue, changea de caméras pour suivre deux gardes nationaux qui descendaient l'escalier avec un autre corps. Un de ses adjoints gardait un œil sur ce groupe de caméras et essayait de compter les corps évacués. On savait désormais qu'on avait récupéré les cadavres du président et de Mme Durling et qu'ils se trouvaient déjà au Walter Reed Army Medical Center pour y être autopsiés — une obligation légale en cas de mort violente — et préparés. Dans les quartiers généraux des chaînes, à New York, on fit des montages avec toutes les images disponibles sur Durling pour les diffuser dans la journée. On interviewa ses amis politiques. Des psychologues expliquèrent comment les enfants Durling supporteraient le traumatisme, puis ils élargirent un peu leurs perspectives et analysèrent l'impact de l'événement sur l'ensemble de la nation et les possibles réactions des Américains. La seule chose qu'on n'aborda pas aux informations fut l'aspect spirituel ; beaucoup des victimes étaient croyantes et allaient à la messe plus ou moins régulièrement, mais on estima que cela ne valait pas un temps d'antenne ; seule la fréquentation accrue des églises dans tout le pays fut jugée digne de faire un sujet de trois minutes sur une chaîne — qui fut ensuite imité par d'autres, dans les heures qui suivirent, car chacun regardait les émissions des concurrents, toujours à la recherche d'idées à copier.

Tout se résumait à ça, vraiment, pensa Jack. Le nombre de victimes ajoutait simplement à l'horreur. Il avait évité cette rencontre aussi longtemps qu'il l'avait pu, mais finalement il avait vaincu sa lâcheté.

Tandis qu'ils regardaient leur père à la télévision, les enfants Durling étaient ballottés entre la torpeur mentale de l'oubli et la terreur d'un monde qui s'écroulait sous leurs yeux. Ils ne verraient plus jamais ni maman ni papa. Leurs corps étaient beaucoup trop abîmés pour que l'on ouvrît les cercueils. Pas d'ultime adieu, donc, pas de phrases, juste le traumatisme de l'effondrement de ce qui soutenait leurs jeunes existences... Et comment ces gosses étaient-ils censés comprendre que papa et maman signifiaient autre chose pour d'autres gens et que, pour cette raison, quelqu'un avait estimé leur mort nécessaire, quelqu'un qui ne connaissait pas l'existence de leurs enfants, ou, dans le cas contraire, qui ne s'en souciait pas ?

Les autres membres de leur famille étaient arrivés à Washington, la plupart transportés par l'Air Force depuis la Californie. Ils étaient bouleversés, mais ils devaient soutenir les deux gamins. Les agents du Service secret chargés de la sécurité de JUNIPER et de JUNIOR étaient probablement les plus traumatisés. Les responsables des petits Durling, en majorité des femmes, entraînés à être des protecteurs féroces de leur « client », éprouvaient, en plus, la sollicitude particulière que tout être humain ressent pour un enfant ; aucun d'eux n'aurait hésité une seconde à donner sa vie pour eux. Les membres de ce sous-détachement très particulier avaient joué avec eux, ils leur avaient offert des cadeaux pour

Noël et pour leur anniversaire, ils les avaient aidés à faire leurs devoirs. Et maintenant, ils disaient adieu aux deux gamins, à leur père et à leur mère, et aussi à leurs collègues. Ryan vit leur expression et se promit de demander à Andrea si le Service secret n'aurait pas intérêt à les faire suivre par un psychologue.

— Ça ira, dit Jack, qui s'était assis pour permettre aux enfants de le regarder dans les yeux. Je vous promets que ça ira.

— D'accord, murmura Mark Durling.

Ils étaient impeccablement vêtus. Un de leurs parents avait estimé qu'ils devaient l'être pour rencontrer le successeur de leur père. Jack entendit quelqu'un respirer bruyamment. Un agent — un homme, celui-là — n'était pas loin de craquer. Price le prit par le bras et l'entraîna vers la porte. Les enfants ne se rendirent compte de rien.

— On reste ici ? demanda Mark.

— Oui, lui affirma Jack. (Un mensonge nécessaire.) Et si tu as besoin de quelque chose, n'importe quoi, tu viens me voir, d'accord ?

Le garçon acquiesça d'un signe de tête, faisant de son mieux pour se montrer courageux. Il était temps pour Ryan de le rendre à sa famille. Il lui serra la main, le traitant comme l'homme qu'il n'aurait pas dû devenir avant des années, car pour lui les devoirs de l'âge adulte étaient arrivés bien trop tôt. Le garçonnet avait besoin de pleurer et Ryan estima qu'il avait le droit de faire ça tout seul dans son coin.

Jack franchit la porte et sortit dans le vaste couloir, à l'étage des appartements présidentiels. L'agent qu'Andrea Price avait emmené avec elle, un grand Noir costaud, sanglotait à trois mètres de là. Ryan s'approcha.

— Ça va ?

— Bordel... Pardon... Je veux dire... Merde !

L'agent secoua la tête, confus de montrer ainsi ses émotions. A douze ans, le père de l'agent spécial Tom Willis était mort au cours d'un entraînement militaire à Fort Rucker, Andrea le savait. Tom était particulièrement doué avec les gosses. Mais, en de pareils moments, sa force devenait une faiblesse.

— Ne vous excusez pas d'être humain. Moi aussi, j'ai perdu ma mère et mon père. Et tous les deux en même temps, expliqua Ryan, d'une voix cassée par la fatigue. Midway Airport, un 737 qui a raté son atterrissage dans la neige. Mais j'étais déjà grand, à l'époque.

— Je sais, monsieur. (L'agent se frotta les yeux et se redressa avec un frisson.) Ça ira.

Ryan lui tapota l'épaule et se dirigea vers l'ascenseur. Il lança à Andrea Price :

— Bon sang, faites-moi sortir d'ici !

La Suburban fila vers le nord et tourna à gauche sur Massachusetts Avenue qui menait à l'Observatoire naval et à l'énorme bâtisse tarabiscotée, de style victorien, que le pays prêtait au vice-président en exercice. L'endroit, là encore, était gardé par des Marines, qui laissèrent passer les véhicules. Cathy attendait Jack à la porte de la maison. Elle lui jeta un coup d'œil et murmura :

— Dure journée, hein ?

Ryan trouva la force d'acquiescer d'un signe de tête. Il la serra dans ses bras, conscient qu'il n'allait pas tarder à fondre en larmes, lui aussi. Il vit d'autres agents, dans le vestibule de la maison, et comprit qu'il allait devoir s'habituer à eux. Ils seraient toujours présents, désormais, telles d'impassibles statues, dans les moments les plus intimes de son existence.

Je déteste ce boulot, pensa-t-il.

Le général de brigade Marion Diggs, lui, adorait le sien. Pendant que la caserne des Marines de Washington connaissait une folle activité et que des renforts y arrivaient de Quantico, Virginie, d'autres poursuivaient leurs missions, car les militaires n'avaient pas vraiment le droit de dormir — ou, du moins, pas tous en même temps. Ainsi à Fort Irwin,

Californie. Cette base du désert Mojave était très vaste, d'une superficie plus grande que l'Etat de Rhode Island. L'endroit était si désolé que les écologistes avaient vraiment dû faire des efforts pour trouver une écologie à défendre ici, au milieu des maigres buissons créosotes [1]. Autour d'un verre, les plus dévoués à leur profession avouaient même que la surface de la lune était plus intéressante. Ils lui avaient mené la vie dure, pourtant, pensa Diggs, en tripotant ses jumelles. Il y avait ici une espèce de tortue du désert différente des autres (il ne savait pas en quoi) que ses soldats avaient dû protéger. Ils les avaient donc ramassées et les avaient enfermées dans un enclos si large qu'elles ne remarqueraient sans doute jamais la clôture. Cet endroit était désormais connu comme étant le plus grand lupanar de tortues de la planète... Une fois cela réglé, les autres formes de vie sauvage de Fort Irwin — s'il y en avait — avaient semblé parfaitement capables de se débrouiller toutes seules. De temps en temps, un coyote montrait le bout de sa queue, puis disparaissait, et c'était tout. Et les coyotes n'étaient pas une espèce en danger.

Les visiteurs, eux, l'étaient. Car le NTC — le Centre national d'entraînement de l'armée de terre — était installé à Fort Irwin. Ses résidents permanents appartenaient à l'OpFor, la « force adverse ». Composée à l'origine de deux bataillons, un de blindés et un autre d'infanterie motorisée, on l'avait appelée le « 32e régiment de fusiliers motorisés », une désignation *soviétique*, car à sa création dans les années quatre-vingt, le NTC avait reçu pour mission d'enseigner à l'armée américaine comment se battre et l'emporter contre l'Armée rouge dans les plaines européennes. Les soldats du 32e, vêtus d'uniformes russes, utilisaient un matériel proche de celui des Soviétiques — les véritables

1. *Larrea tridentata*, petits arbustes aux feuilles collantes qui sentent le goudron (*N.d.T.*).

véhicules russes s'étant révélés trop difficiles à entretenir, on avait préféré donner une apparence russe à des équipements américains modifiés —, et ils tiraient fierté de faire passer un mauvais quart d'heure aux unités qui s'entraînaient chez eux. D'accord, ce n'était pas très équitable. L'OpFor était stationnée et manœuvrait ici, et recevait des unités régulières plus de quatorze fois par an, tandis que ces dernières pouvaient seulement espérer faire un séjour sur le terrain une fois tous les quatre ans.

Mais personne n'avait jamais prétendu que la guerre était juste.

Avec l'effondrement de l'Union soviétique, les temps avaient changé, mais pas la mission du NTC. L'OpFor avait récemment reçu un troisième bataillon — à présent, on parlait d'« escadrons », car c'était désormais le 11ᵉ ACR [1], le « Blackhorse Cav » —, et elle jouait le rôle de brigade ennemie ou de formations plus vastes. La seule vraie concession à la nouvelle donne géopolitique mondiale, c'était qu'elle ne s'appelait plus « russe ». Maintenant elle était composée de « krasnoviens », un terme cependant dérivé de *krasny*, « rouge » en russe.

Le général de corps d'armée Gennadi Iosefovitch Bondarenko savait tout cela — sauf qu'on ne lui avait parlé du lupanar de tortues qu'à sa première visite de la base —, et il n'avait jamais été aussi excité.

— Vous avez débuté dans le corps des transmissions ? lui demanda Diggs.

Le commandant de la base, vêtu d'un treillis de camouflage pour le désert, surnommé « perle de chocolat » en raison de son dessin, était laconique. Lui aussi avait été soigneusement briefé, même si, comme son visiteur, il devait faire croire le contraire.

— Affirmatif, répondit Bondarenko avec un mouvement de tête. Mais je n'ai eu que des ennuis.

1. Régiment de cavalerie blindée (*N.d.T.*).

D'abord en Afghanistan, lorsque les Moudjahidin ont lancé des attaques contre l'Union soviétique. Ils s'en sont pris à un de nos Centres de recherches de la défense au Tadjikistan, quand j'y étais. De courageux combattants, mais mal commandés. On s'est arrangé pour les tenir à distance..., raconta le Russe d'un ton monocorde très étudié.

Diggs voyait les décorations que l'homme y avait gagnées. Lui-même, à la tête d'un escadron de cavalerie, avait ouvert la route à la 24e division d'infanterie motorisée de Barry McCaffrey, sur l'aile gauche des forces américaines lors de l'opération Tempête du désert, puis il avait pris le commandement du 10e ACR « Buffalo », basé dans le désert du Néguev dans le cadre de l'engagement américain à assurer la sécurité d'Israël. Ils avaient quarante-neuf ans tous les deux, et ils avaient senti la fumée des combats. Et, tous les deux, ils allaient monter en grade.

— Vous avez des terrains comme ça, chez vous ? demanda Diggs.

— Nous avons tous les terrains imaginables. Du coup, tous nos entraînements sont un défi, surtout aujourd'hui. Voilà, fit-il remarquer, ça commence.

Le premier groupe de tanks descendait un large défilé en forme de U, surnommé la « vallée de la Mort ». Le soleil se couchait derrière les montagnes ocre, et l'obscurité venait rapidement. Les HMMWV de l'OC, le Contrôle-Observation, arrivaient aussi à toute vitesse — ces dieux du NTC qui surveillaient tout et mettaient des notes à tout ce qu'ils voyaient avec la froideur de la mort en personne. Le NTC était l'école la plus passionnante du monde. Les deux généraux auraient pu observer la bataille depuis le quartier général, baptisé la « Star Wars Room ». Chaque véhicule y était connecté : on avait sa localisation, sa direction et le moment venu, ses tirs — ses coups au but ou ses échecs. Avec ces données, les ordinateurs de la Star Wars Room envoyaient des signaux qui indiquaient aux hommes sur le terrain quand ils étaient morts, et plus rarement pourquoi ils l'étaient. Cela, ils l'apprenaient plus tard, grâce au Contrôle-Observation. Mais aujourd'hui, les deux généraux ne voulaient pas regarder d'écrans d'ordinateur. Les officiers d'état-major de Bondarenko étaient là pour ça. La place de ce dernier était sur le terrain, car chaque champ de bataille avait une odeur bien particulière que les généraux devaient respirer.

— Votre instrumentation, on dirait un roman de science-fiction.

Diggs haussa les épaules.

— Rien n'a beaucoup changé depuis quinze ans, pourtant, sinon qu'on a davantage de caméras sur les collines.

L'Amérique était en train de vendre une bonne part de cette technologie aux Russes. Diggs avait du mal à le digérer. Il était trop jeune au moment de la guerre du Vietnam. Il appartenait à la première génération d'officiers à avoir échappé à ce bourbier. Mais il avait grandi avec une seule idée : affronter les Russes en Allemagne. Il avait fait toute sa carrière dans l'infanterie motorisée et il s'était entraîné pour conduire un régiment déployé sur l'avant — le premier au contact de l'ennemi. Diggs se souvenait d'un certain nombre de situations virtuelles où il avait failli être sacrément près de trouver la mort dans la Fulda Gap [1], en face de quelqu'un qui ressemblait à l'homme avec lequel il avait bu un pack de six bières, la nuit précédente, en racontant des histoires sur la reproduction des tortues du désert.

Le Russe fit un signe de la main :

— Vous employez *notre* tactique !

C'était évident à la façon dont les troupes de reconnaissance se déployaient dans la vallée.

Diggs se tourna vers lui.

— Pourquoi pas ? Ces gars-là étaient sous mes ordres en Irak.

1. La « brèche de Fulda », vallée encaissée de cette rivière d'Allemagne de l'Ouest (*N.d.T.*).

Le scénario pour cette nuit — le premier engagement d'une série d'entraînements — n'était pas des plus faciles : la Force rouge attaquait, venait au contact et éliminait les troupes de reconnaissance de la Force bleue, une brigade de la 5e division motorisée censée organiser une défense en catastrophe. L'idée d'ensemble, c'était une situation tactique très fluide. Le 11e ACR simulait l'attaque d'une division contre une force arrivée depuis peu et qui ne faisait qu'un tiers de sa taille théorique. C'était, vraiment, la meilleure façon d'accueillir les gens dans le désert. Leur faire bouffer de la poussière.

— Allons-y, souffla Diggs en se dirigeant d'un bon pas vers son HMMWV.

Le conducteur roula vers une zone élevée surnommée le Triangle de Fer. Un bref message radio de son chef OC tira un grognement du général américain.

— Merde !

— Un problème ?

Le général Diggs lui montra une carte.

— Cette colline est le morceau de terrain le plus important de la vallée, mais ils ne l'ont pas vue. Eh bien, ils vont payer cette erreur de jugement. Ça arrive à chaque fois.

Des troupes de l'OpFor fonçaient déjà pour prendre possession du sommet inoccupé.

— Pousser leur avance si vite et si loin, c'est prudent pour les Bleus ?

— Général, c'est foutrement sûr que ce serait imprudent de ne pas le faire, comme vous allez le voir.

— Pourquoi ne fait-il pas plus de discours ? Pourquoi n'apparaît-il pas davantage en public ? demanda Daryaei.

Le chef du renseignement aurait pu lui répondre beaucoup de choses. Indubitablement, le président Ryan était très occupé... Le gouvernement de son pays était dans un état critique, et avant de faire des discours, il devait le reconstruire. Il avait des funérailles nationales à organiser. Il lui fallait s'entretenir avec les représentants des gouvernements étrangers, leur donner les assurances habituelles. Préserver la sécurité de son pays — et aussi la sienne. Le cabinet américain, son principal conseiller, était décapité et il fallait le reconstituer... Mais ce n'était pas ce que son patron voulait entendre.

— Nous avons enquêté sur ce Ryan, lui répondit-il. (A partir d'un grand nombre d'articles de journaux, faxés par leur mission aux Nations unies.) Il a fait peu de discours en public, et seulement pour présenter les idées de ses chefs... Il était officier de renseignements — un homme du sérail, un analyste. Très bon, évidemment, mais ce n'est pas quelqu'un qui a l'habitude du terrain.

— Pourquoi Durling lui a-t-il confié ce poste, alors?

— Hier, les journaux américains se posaient aussi la question. Le gouvernement avait besoin d'un vice-président. Et Durling voulait quelqu'un pour renforcer son équipe de politique internationale, or ce Ryan a de l'expérience en ce domaine. Il s'est bien débrouillé, souvenez-vous, dans leur guerre contre le Japon.

— C'était un exécutant, à l'époque, pas un responsable.

— Exact. Il n'a jamais cherché à monter en grade. D'après nos informations, il a accepté la vice-présidence à titre temporaire, pour moins d'un an.

— Ça ne m'étonne pas.

Daryaei consulta ses notes : *bras droit* du vice-amiral James Greer, le directeur adjoint de l'information pour la CIA; directeur *adjoint* du renseignement central; *conseiller* à la sécurité nationale du président Durling; et puis, finalement, il avait accepté la *vice*-présidence à titre *temporaire*... Ses impressions sur ce Ryan étaient bonnes depuis le début : ce n'était qu'un *auxiliaire*. Un auxiliaire doué, sans doute, comme l'étaient ses propres collaborateurs, mais aucun d'eux n'aurait pu assumer ses responsabilités. Il ne traiterait pas d'égal à égal. Parfait.

— Quoi d'autre ? demanda-t-il.

— En tant que spécialiste du renseignement, il est exceptionnellement bien informé des questions touchant aux affaires étrangères. En ce domaine, ce sera sans doute le meilleur président qu'aura connu l'Amérique depuis longtemps, mais il ignore pratiquement tout des questions intérieures, poursuivit l'officier.

Ces détails-là, il les tenait du *New York Times*.

— Ah.

Daryaei commença à réfléchir à un plan. Ce n'était encore qu'un simple exercice intellectuel, mais ça changerait bientôt.

— Bon, comment ça se passe dans votre armée ? demanda Diggs.

Les deux généraux, seuls sur la principale éminence du terrain, suivaient, avec leurs jumelles à infrarouge, la bataille qui se déroulait au-dessous d'eux. Comme prévu, le 32e avait écrasé le détachement de reconnaissance de la Force bleue, puis il avait viré à gauche, et il déferlait maintenant sur la brigade « ennemie ». Sans vraies victimes, c'était merveilleux de regarder les petits clignotants jaunes « Mort-Mort-Mort » s'allumer les uns après les autres. Puis il dut répondre à la question de l'Américain.

— Horrible. On doit tout reconstruire à partir de rien.

Diggs se tourna vers lui.

— Eh bien, monsieur, c'est là que j'interviens...

Toi, au moins, tu n'as pas de problèmes de drogue à gérer..., pensa-t-il. Il se souvenait de l'époque où, tout nouveau sous-lieutenant, il avait peur d'entrer dans certains baraquements sans arme. Si les Russes les avaient attaqués dans les années soixante-dix...

— Vous voulez vraiment utiliser nos méthodes ?
ajouta-t-il.

— Peut-être, répondit Bondarenko.

Là où les Américains se trompaient (même si,
objectivement, c'étaient eux qui avaient raison),
c'était que la Force rouge permettait des initiatives
tactiques aux commandants de ses sous-unités, une
chose impensable dans l'armée soviétique. Mais
cela, combiné avec la doctrine enseignée à l'acadé-
mie Vorochilov, donnait les résultats qu'il avait
sous les yeux. Bondarenko ne l'oublierait pas ; lors
de ses propres engagements tactiques, il avait d'ailleurs violé ces mêmes règles, grâce à quoi il était
aujourd'hui un général trois étoiles vivant — et non
un colonel mort. Il était aussi le nouveau chef des
opérations de l'armée russe.

— Le problème, c'est l'argent, bien sûr, ajouta-
t-il.

— Je connais la chanson, général, répondit Diggs
avec un petit rire triste.

Mais Bondarenko avait son idée. Il diminuerait
de moitié la taille de son armée, et les économies
serviraient à entraîner la moitié restante. Le résultat d'un tel plan, il l'avait sous les yeux. Tradi-
tionnellement, l'armée soviétique s'était reposée sur
le nombre, mais les Américains prouvaient ici,
comme auparavant en Irak, que l'entraînement
était le maître mot du champ de bataille. L'équipement de Diggs était peut-être très bon — il y avait
demain un briefing sur le matériel —, mais il lui
enviait surtout ses hommes. Il en eut une nouvelle
preuve au moment même où il formulait cette pensée.

— Général ? (Le nouveau venu salua.) Blackhorse ! On vient de leur mettre leur déculottée.

— Voici le colonel Al Hamm, expliqua Diggs à
son invité. C'est le commandant du 11ᵉ. Sa seconde
affectation ici. Ancien officier des opérations de
l'OpFor. Je vous préviens, ne jouez jamais aux
cartes avec lui !

— Le général est trop gentil. Bienvenue dans le désert, monsieur, lui dit Hamm en lui tendant sa large main.

— Votre attaque était bien menée, colonel, répondit le Russe en l'observant.

— Merci, monsieur. J'ai quelques gars super avec moi. La Force bleue était trop indécise. Nous l'avons coincée le cul entre deux chaises, expliqua Hamm.

Il était grand et bien en chair, avec un teint rubicond et des yeux bleus pétillants d'intelligence. *Il ressemble à un Russe*, pensa Bondarenko. Pour l'occasion, Hamm avait revêtu son vieil uniforme « soviétique », avec une étoile rouge sur son béret du régiment blindé, et un ceinturon de pistolet passé par-dessus sa longue vareuse. Le Russe ne se sentait pas exactement chez lui, ici, mais il appréciait le respect que lui montraient ces Américains.

— Diggs, vous aviez raison, dit Bondarenko. La Force bleue aurait dû faire tout son possible pour arriver ici la première. Mais vous l'avez lancée de trop loin pour que cette option lui paraisse intéressante.

— C'est le problème avec les champs de bataille, répondit Hamm à la place de son chef. Trop souvent, c'est eux qui vous choisissent et non le contraire. Voilà la leçon numéro un pour les gars de la 5e division motorisée. Si vous laissez quelqu'un d'autre définir les termes du combat, eh bien, c'est beaucoup moins rigolo.

5

ARRANGEMENTS

On découvrit que Sato et son copilote avaient donné leur sang, tous les deux, pour aider les victimes de la guerre perdue contre l'Amérique et que, par bonheur, le petit nombre de blessés de ce conflit n'en avait jamais eu besoin. Grâce à une recherche informatique de la Croix-Rouge japonaise, les policiers avaient obtenu des échantillons, que l'un d'eux fut chargé de transporter à Washington, *via* Vancouver — assez logiquement, les avions civils japonais étant encore interdits de vol dans l'espace aérien américain, même en Alaska — et de là jusqu'à la capitale, avec un VC-20 de l'Air Force. Le messager était un officier supérieur de la police, et sa mallette d'aluminium était menottée à son poignet gauche. Trois agents du FBI l'accueillirent à son arrivée à Andrews et le conduisirent jusqu'au bâtiment Hoover — le siège du FBI —, à l'angle de la 10ᵉ Rue et de Pennsylvania Avenue. Le labo des empreintes génétiques du FBI récupéra les échantillons et se mit au travail afin de les comparer aux spécimens de sang et de tissus prélevés sur les deux cadavres. On savait déjà que les groupes sanguins correspondaient, et les résultats des tests semblaient prévisibles, mais ils devaient néanmoins être considérés comme le seul — et mince — indice d'une affaire difficile. Dan Murray, le directeur par intérim, n'était pas exactement un esclave du règlement, dans les enquêtes criminelles, mais cette fois, pour les besoins de cette affaire, le règlement équivalait aux Saintes Ecritures... Rentré de ses brèves vacances, Tony Caruso le secondait et travaillait comme un forcené pour diriger l'enquête du Bureau proprement dit, ainsi que Pat O'Day, en qualité d'inspecteur « itinérant », et une équipe de plusieurs centaines d'hommes, bientôt un bon millier. Murray rencontra l'envoyé de la police japonaise dans la salle de conférences du directeur. Lui non plus n'avait pas encore eu le courage de s'installer dans le bureau de Bill Shaw.

— Nous effectuons nos propres examens, expliqua l'inspecteur principal Jisaburo Tanaka en consultant ses montres — il avait décidé d'en porter deux, l'une à l'heure de Tokyo et l'autre à celle de Washington. On nous faxera les résultats ici. (Il ouvrit de nouveau sa mallette.) Voici ce que nous avons reconstitué de l'emploi du temps de la semaine dernière du capitaine Sato, plus sa biographie et des extraits d'interrogatoire de membres de sa famille et de collègues de travail.

— Vous avez travaillé vite. Merci.

Murray prit les documents, puis ne sut plus trop quoi faire. Visiblement, son visiteur avait autre chose à dire. Ce que Murray avait appris de Tanaka était assez impressionnant. C'était un enquêteur doué et expérimenté, spécialiste de la corruption politique — un domaine où l'on ne chômait pas. Il faisait penser à ces prêtres que les Espagnols employaient jadis pour allumer les bûchers. L'homme idéal pour cette affaire, donc.

— Vous avez notre totale coopération, reprit le Japonais. En fait, si vous souhaitez envoyer chez nous un des responsables de votre agence pour superviser notre enquête, je suis habilité à vous informer qu'il sera le bienvenu. (Il s'interrompit un instant et baissa les yeux avant de poursuivre :) C'est une honte pour mon pays. La façon dont ces gens nous ont *utilisés*...

Pour un représentant d'une nation que l'on accusait — à tort — d'impassibilité, Tanaka était une surprise. Il gardait les poings serrés et la colère était visible dans ses yeux noirs. Depuis la salle de conférences, les deux hommes apercevaient le Capitole détruit par le crash, à l'extrémité de Pennsylvania Avenue. Dans les ténèbres précédant l'aube, des centaines de projecteurs de chantier l'illuminaient toujours.

— Le copilote a été assassiné, dit Murray, dans l'idée que cela l'aiderait un peu.

— Oh ?

Dan acquiesça d'un signe de tête :

— Poignardé. Et avant le décollage, semble-t-il. Pour l'instant, on pense que Sato a agi seul — au moins en ce qui concerne le pilotage de l'avion.

Le labo avait déjà déterminé que l'arme était un couteau à viande dentelé que l'on utilisait sur cette ligne aérienne. Murray avait toujours été stupéfait par les découvertes dont les types du labo étaient capables.

— Je vois..., murmura Tanaka. Ça a un sens. La femme du copilote est enceinte. Elle attend des jumeaux, en fait. Elle est à l'hôpital, en ce moment, sous haute surveillance. Lui, d'après nos informations, était un mari dévoué et il ne s'intéressait pas spécialement à la politique. D'après nous, il n'y avait pas de raison pour qu'il décide de finir sa vie comme ça.

— Sato avait-il le moindre rapport avec...

Tanaka fit non de la tête.

— En tout cas, nous n'en avons pas trouvé. Il a transporté une fois un des conspirateurs à Saipan, et ils ont échangé quelques mots. A part ça, Sato faisait les lignes internationales. Ses seuls amis étaient ses collègues de travail. Il menait une vie sans histoire dans une petite maison, près de Narita International Airport. Mais son frère était officier supérieur des Forces d'autodéfense de la marine et son fils pilote de chasse. Ils sont morts tous les deux au cours des hostilités.

Cela, Murray le savait déjà. *Le motif et les circonstances*. Il griffonna une note. Leur attaché juridique à Tokyo pourrait participer à l'enquête des Japonais, puisque Tanaka le proposait, mais pour cela il devrait obtenir l'accord de la Justice et/ou du Département d'Etat. En tout cas, l'offre semblait foutrement sincère. Parfait.

— J'adore le trafic, observa Chavez.

Ils remontaient la I-95, à la hauteur de Springfield Mall. Normalement, à cette heure-ci de la journée — il faisait encore sombre —, l'autoroute était submergée de bureaucrates et de lobbyistes. Mais pas aujourd'hui. Clark ne répondit pas, et Ding poursuivit :

— D'après toi, il fait quoi, notre Dr Ryan, en ce moment ?

John grogna et haussa les épaules.

— Sans doute qu'il est en train de prendre des coups. J'aime mieux être à ma place qu'à la sienne.

— Sûr, monsieur C. Tous mes amis, à George Mason, vont se payer du bon temps avec cette histoire.

— Tu crois ?

— John, il a un gouvernement à reconstituer. Ça va être un cas d'école, mais cette fois pour de vrai. Personne n'a encore jamais fait ça, *mano* [1]. Tu sais ce qu'on va trouver là-bas ?

— Ouais. Si cet endroit fonctionne vraiment ou non, répondit John avec un hochement de tête.

J'aime mieux être à ma place qu'à la sienne, pensa-t-il de nouveau. Ils étaient convoqués pour un debriefing sur leur mission au Japon. C'était assez délicat. Clark était dans ce boulot depuis un bon moment, mais pas encore assez longtemps pour avoir envie de raconter ses hauts faits. Ding et lui, ils avaient tué — et ce n'était pas la première fois —, et maintenant ils allaient devoir décrire tout ça à des gens dont la plupart n'avaient jamais eu un pistolet entre les mains ! Même s'ils avaient juré le secret, certains risquaient de cracher le morceau un jour ou l'autre. Dans ce cas, la conséquence la moins grave serait des fuites embarrassantes dans la presse. Une obligation de témoignage sous serment devant une commission du Congrès serait

1. Mon pote *(N.d.T.)*.

plus gênante — heureusement, ça prendrait du temps avant d'en arriver là, pensa John. Il faudrait s'expliquer avec des gens n'y comprenant guère plus que ces crétins de la CIA, qui restaient le cul collé à leur fauteuil et gagnaient leur vie à juger les agents de terrain! Mais le pire, bien sûr, ce serait de vraies poursuites judiciaires, car si leurs actions n'étaient pas exactement illégales, elles n'étaient pas exactement légales non plus... D'une façon ou d'une autre, la Constitution et le Code des Etats-Unis (annotés) n'avaient jamais vraiment fait bon ménage avec certaines activités que menait le gouvernement sans le crier sur les toits. Il avait la conscience tranquille là-dessus et sur des tas d'autres choses, mais qui aurait trouvé raisonnables ses vues sur une « moralité à géométrie variable » ? Probablement que Ryan comprendrait, pourtant. C'était déjà ça.

— Quoi de neuf, ce matin? demanda Jack.
— Nous pensons que d'ici ce soir on aura récupéré tous les corps, monsieur.

Pat O'Day était venu assurer le briefing du FBI du début de journée, car Murray était trop occupé. L'inspecteur lui tendit un dossier répertoriant les victimes retrouvées. Ryan le passa rapidement en revue. Bon sang, comment prendre son petit déjeuner avec des choses pareilles sous les yeux? se demanda-t-il. Heureusement, il n'avait qu'un café devant lui, à ce moment-là.

— Quoi d'autre?
— Le puzzle se met en place. Nous avons retrouvé le corps du copilote. Il a été tué plusieurs heures avant le crash. Nous pensons donc que le pilote a agi seul. En ce moment, on fait des examens génétiques pour confirmer leur identité. (L'inspecteur feuilletait ses notes, ne faisant pas confiance à sa mémoire.) Ni drogue ni alcool dans le sang. Les analyses des données de vol, des échanges radio et des écrans radar, tout ce que nous avons réussi à réunir nous amènent à la même conclusion : il s'agit d'un gars qui a agi seul. En ce

moment, Dan est en réunion avec un gradé de la police japonaise.

— Etape suivante?

— Processus d'enquête classique. Nous reconstituerons l'emploi du temps de Sato pour le mois dernier, et nous partirons de là. Liste des coups de fil, déplacements, rencontres, amis et associés, journal intime s'il en tenait un, tout ce sur quoi nous pourrons mettre la main. L'idée, c'est de se faire une image exhaustive du personnage et de déterminer s'il a pu participer à une conspiration. Ça prendra du temps. C'est un travail très complexe.

— Et qu'en pensez-vous, pour l'instant?

— Il était seul, répéta O'Day, sur un ton cette fois plus assuré.

— C'est sacrément trop tôt pour une conclusion! objecta Andrea Price.

— Ce n'est pas une conclusion, répliqua O'Day en se tournant vers elle. M. Ryan m'a demandé mon avis. Je mène des enquêtes depuis pas mal de temps. Ça m'a tout l'air d'un crime impulsif, mais très élaboré... La méthode du meurtre du copilote, par exemple. Il n'a même pas enlevé le cadavre du cockpit. Et il a *demandé pardon* au gars juste après l'avoir poignardé, si l'on en croit l'enregistrement.

— Un crime impulsif *et* élaboré? s'étonna Andrea.

— Les pilotes de ligne sont des gens très, très organisés, répondit O'Day. Des choses incroyablement complexes pour un profane sont aussi naturelles pour eux que, pour vous, remonter votre fermeture Eclair, par exemple. La plupart des assassinats sont commis par des individus dysfonctionnels qui ont eu de la chance. Dans notre cas, hélas, nous sommes en présence d'un sujet très capable qui a largement *aidé* sa chance. On en est là pour le moment.

— Mais si c'était une conspiration, comment pourriez-vous le savoir?

— Monsieur, les conspirations criminelles réussissent rarement, même dans le meilleur des cas. (Andrea Price s'agita de nouveau, mais l'inspecteur O'Day poursuivit :) Le problème, c'est la nature humaine. Tout le monde est vantard ; nous aimons partager des secrets pour prouver à quel point nous sommes brillants. La plupart des criminels se retrouvent en prison parce qu'ils ont trop parlé. D'accord, dans une affaire comme celle-ci, il ne s'agit pas du cambrioleur moyen, mais les principes restent les mêmes. Monter une conspiration, ça demande du temps et des explications, et il y a donc des fuites. Puis se pose le problème du choix du... « tireur », j'emploie ce mot faute d'un meilleur terme. Là, ils n'ont pas eu le temps. La réunion du Capitole a été organisée trop vite pour qu'ils aient pu en discuter. Et puis la nature du meurtre du copilote suggère vraiment une improvisation. Un couteau est moins sûr qu'un revolver ; un couteau à viande n'est pas une bonne arme, il peut se plier ou se casser facilement sur une côte.

— De combien d'affaires de meurtre avez-vous été chargé ? s'enquit Andrea.

— Bien assez. J'ai participé à beaucoup d'enquêtes pour des polices locales, et surtout celle de Washington, que le Bureau a assistée pendant des années. Toujours est-il que si Sato avait été le « tireur » d'une conspiration, il aurait fallu qu'il rencontre des gens. On va étudier son temps libre, en collaboration avec les Japonais. Mais jusqu'à présent on n'a pas la moindre piste dans ce sens. Au contraire, toutes les circonstances laissent penser qu'on est en présence de quelqu'un qui a vu là une occasion unique et l'a saisie sur une impulsion...

— Et si le pilote n'était pas...

— Madame Price, les enregistrements du cockpit commencent avant le décollage de Vancouver. On a analysé toutes les empreintes vocales nécessaires au labo — c'est une bande numérisée et la qualité du son est parfaite. C'est le gars qui a décollé de Narita qui a balancé son avion sur le Capitole. Maintenant, si ce n'était Sato, comment le copilote ne s'en est-il pas rendu compte alors qu'ils volaient ensemble? Inversement, si le pilote et le copilote étaient des imposteurs, ils appartenaient à la conspiration tous les deux depuis le début. Dans ce cas, pourquoi le second a-t-il été tué par le premier avant le décollage de Vancouver? Les Canadiens sont en train d'interroger le reste de l'équipage pour nous, et le personnel de service indique que c'étaient bien nos deux hommes. Les tests d'identification génétique le prouveront définitivement.

— Inspecteur, vous êtes très persuasif, fit observer Ryan.

— Monsieur, cette enquête sera compliquée, avec la montagne de faits qu'il faudra vérifier, en revanche ce problème-là est simple : c'est sacrément difficile de falsifier le lieu d'un crime. Pour la bonne raison que nous avons trop d'indices à notre disposition. Maintenant, est-il théoriquement possible d'arranger tout ça de façon à tromper les enquêteurs? demanda O'Day. (Il n'attendit pas la réponse.) Oui, monsieur, peut-être, mais cela prendrait alors des mois de préparation, des mois qu'ils n'ont pas eus. Ça se résume vraiment à une chose : on a décidé cette réunion au Capitole alors que l'avion avait déjà franchi la moitié du Pacifique!

Andrea Price n'avait rien à opposer à cet argument — même si elle en brûlait d'envie. Elle s'était renseignée sur Patrick O'Day. Emil Jacobs avait rétabli le poste d'inspecteur volant des années plus tôt, et il avait choisi pour cela des gens qui préféraient le terrain aux tâches administratives. O'Day n'avait aucune envie de prendre la tête d'une division locale. Il faisait partie d'une petite équipe d'enquêteurs expérimentés travaillant loin du bureau du directeur, un corps non officiel, qui allait sur place pour garder un œil sur les affaires, de préférence les plus épineuses. O'Day était un bon flic qui détestait le travail de bureau et Andrea devait reconnaître qu'il connaissait son boulot et, mieux encore, qu'il n'était pas obligé d'en faire trop pour être promu puisqu'il restait volontairement à l'écart des instances de commandement. L'inspecteur était venu à la Maison-Blanche au volant d'un 4 x 4 — et il portait des bottes de cow-boy! nota-t-elle — et sans doute fuyait-il la publicité comme la peste. Le sous-directeur Tony Caruso, le responsable en titre de cette affaire, rendrait compte à la Justice, mais Patrick O'Day, lui, court-circuiterait la chaîne de commandement pour s'adresser directement à Murray — qui, à son tour, l'enverrait chez le président pour être bien vu. Oh, Murray était un petit malin, c'était évident! Bill Shaw, après tout, l'utilisait personnellement comme « expert ès crises », et la loyauté de Murray allait au FBI. Ça aurait pu être pire, admit-elle. Pour O'Day, c'était encore plus simple. Il gagnait sa vie en enquêtant sur des crimes, et même s'il semblait passer un peu trop vite aux conclusions, ce cow-boy d'opérette respectait les règles.

— Z'avez profité de vos vacances ?

Mary Pat Foley s'était levée très tôt, ou alors elle avait travaillé très tard, se dit Clark. De tous les hauts fonctionnaires du gouvernement, pensa-t-il de nouveau, c'était probablement le président Ryan qui dormait le plus, même si ce n'était déjà pas beaucoup. Quelle foutue façon de conduire un train! On ne travaillait plus correctement lorsqu'on manquait de repos pendant une longue période, il avait appris ça sur le terrain. Mais nommez quelqu'un à un poste élevé, et il oubliait immédiatement cette évidence — des choses aussi prosaïques que les nécessités humaines se perdaient dans le brouillard. Et un mois plus tard, il se demandait comment il avait pu merder à ce point! Mais c'était en général après avoir perdu quelques pauvres gars en première ligne.

— MP, bon sang, c'est quand la dernière fois que vous avez dormi ?

Peu de gens pouvaient se permettre de lui parler ainsi, mais John avait été son instructeur, jadis.

Un faible sourire.

— John, vous n'êtes pas juif et vous n'êtes pas ma mère non plus.

Clark regarda autour de lui :

— Où est Ed ?

— Il rentre du Golfe. Conférence avec les Saoudiens, expliqua-t-elle.

D'un point de vue technique, Mme Foley était d'un grade supérieur à M. Foley, mais la culture de l'Arabie Saoudite n'était pas encore prête à traiter avec une Miss Barbouze, et, de toute façon, Ed était sans doute meilleur qu'elle pour les parlotes.

— Quelque chose de spécial ? demanda John.

— Non, la routine, dit-elle en secouant la tête.

— Comment va Jack ? ajouta-t-il.

— J'ai rendez-vous avec lui après le repas, mais ça ne m'étonnerait pas que ce soit annulé. Le pauvre doit être carrément enterré vivant.

— C'est vrai ce que disent les journaux sur la façon dont il s'est laissé embringuer là-dedans ?

— Oui, c'est vrai, répondit la directrice adjointe aux Opérations. Nous allons faire une évaluation d'ensemble des menaces. Je veux que vous soyez là-dessus tous les deux.

— Pourquoi nous ? demanda Chavez.

— Parce que j'en ai marre que ça soit systématiquement trusté par la Direction du renseignement. Je vais vous dire ce qui va se passer : on a désormais un président qui comprend notre boulot ici. On va renforcer les Opérations et je pourrai décrocher un téléphone, poser une question et recevoir une réponse que je serai capable de comprendre !

— Le Plan bleu ? demanda Clark.

Le hochement de tête affirmatif qui lui répondit lui fit grand plaisir. Le « Plan bleu » avait été sa dernière fonction avant son départ de la base d'entraînement de la CIA, surnommée « la Ferme », près du centre de stockage des armes nucléaires de la marine, à Yorktown, Virginie. Au lieu d'engager des intellectuels sortis de l'Ivy League [1], il avait proposé que l'Agence recrutât des flics, des hommes de terrain. Les flics, soutenait-il, savaient utiliser les informateurs, n'avaient pas besoin d'apprendre les ruses de la rue, et étaient capables de survivre dans des zones dangereuses. Cela permettrait de faire des économies et donnerait sans doute de meilleurs officiers. La proposition avait été enterrée dans le Dossier 13 par deux DDO — directeurs adjoints aux opérations — successifs, mais Mary Pat connaissait son projet depuis le début et l'approuvait.

— Vous pouvez le vendre? demanda Clark.

— John, vous allez m'aider. Regardez comme Domingo a bien tourné, chez nous.

— Vous voulez dire que je ne suis pas là simplement grâce aux mesures d'embauche antidiscriminatoires? intervint Chavez.

— Non, Ding, ça c'est juste valable pour la fille de Clark..., suggéra Mme Foley. Ryan sera partant. Il n'est pas trop fou du directeur. Cela dit, pour le moment, je tiens à ce que vous alliez faire tous les deux votre debriefing sur Sandalwood [2].

— Et notre couverture? demanda Clark.

Inutile de préciser ce qu'il voulait dire. Mary Pat ne s'était jamais sali les mains sur le terrain — elle, c'était l'espionnage, pas le côté paramilitaire de la Direction des opérations —, mais elle comprit parfaitement.

— John, vous agissiez sur ordre du président. Il reste des traces écrites. Personne ne remettra en question ce que vous avez fait, et tout spécialement après avoir sauvé Koga. Vous allez recevoir une Etoile du renseignement, pour ça. Le président Durling voulait vous la remettre lui-même à Camp David. Je suppose que Jack le souhaitera, lui aussi.

---

1. Les célèbres « universités aristocratiques » de Nouvelle-Angleterre comme Harvard, Princeton ou Yale *(N.d.T.)*.
2. Bois de santal *(N.d.T.)*.

Waouh! pensa Chavez en gardant une expression impassible. Mais cette perspective avait beau être formidable, il avait eu autre chose en tête pendant les trois heures de route depuis Yorktown.

— Quand commence l'évaluation des menaces? demanda-t-il.

— Demain, en ce qui nous concerne. Pourquoi? fit MP.

— M'dame, j'crois qu'on aura pas mal de boulot.

— J'espère que vous vous trompez, murmura-t-elle.

— J'ai deux interventions prévues pour aujourd'hui, annonça Cathy, en considérant le buffet du petit déjeuner.

Comme le personnel ne savait pas encore ce que les Ryan prenaient le matin, il avait préparé un peu — enfin, beaucoup — de tout. Sally et Little Jack trouvèrent la chose tout simplement super — et même encore mieux, vu que ce jour-là les écoles étaient fermées. Katie, qui s'était mise depuis peu aux nourritures substantielles, rongeait une tranche de bacon tout en contemplant un toast beurré. Pour les enfants, l'instant présent est de la plus haute importance. Sally, quinze ans maintenant, voyait plus loin que les deux autres, mais en ce moment, cela se limitait à la question de savoir à quel point ces événements affecteraient sa vie sociale. Pour tous les trois, papa était toujours papa et sa profession actuelle importait peu. Ils ne tarderaient pas à changer d'avis, Jack s'en doutait, mais une chose à la fois.

— Personne n'a réfléchi à ça, répondit son mari, en se servant des œufs brouillés et du bacon, sachant qu'il aurait besoin de toute son énergie, aujourd'hui.

— Jack, notre marché c'était que je pouvais continuer mon métier, tu te souviens?

— Mme Ryan? (Andrea Price rôdait toujours autour d'eux, comme un ange gardien, encore que cet ange-là fût armé d'un pistolet automatique.) Nous sommes en train de réfléchir aux problèmes de sécurité et...

— Mes patients ont besoin de moi. Bernie Katz et Hal Marsh peuvent me remplacer pour beaucoup de choses, Jack, mais aujourd'hui un de mes patients a besoin de *moi*. Et j'ai cours aussi. (Elle regarda sa montre.) Dans quatre heures.

Et c'était vrai. Le professeur Caroline Ryan, docteur en médecine et membre de l'American Cancer Society, était la meilleure pour découper une rétine au laser. On venait du monde entier pour la voir travailler.

— Mais les écoles sont...

Prudente, Price ne termina pas sa phrase.

— Pas les écoles de médecine. Impossible de renvoyer les patients chez eux. Désolée. Je sais à quel point les choses sont compliquées pour tout le monde, mais des gens dépendent de moi, et pour eux *il faut* que je sois là-bas.

Elle les observa, attendant une décision qui irait dans son sens. Le personnel des cuisines — tous des marins — continuait à vaquer à ses occupations, comme des statues animées, faisant semblant de ne rien entendre. Les membres du Service secret, eux, avaient l'air gênés.

La First Lady était censée être une auxiliaire bénévole de son mari. Mais cette règle avait besoin de quelques modifications. Tôt ou tard, une femme serait élue présidente, et *cela* ficherait vraiment tout par terre — un fait bien connu de l'histoire américaine, mais délibérément ignoré jusqu'alors. La femme politique classique apparaissait aux côtés de son mari avec un sourire plein d'adoration, elle prononçait quelques mots soigneusement choisis, et supportait l'ennui des campagnes électorales et les poignées de main trop vigoureuses. (Andrea Price pensa tout à coup que Cathy Ryan protégerait certainement ses doigts de chirurgienne.) Mais voilà, cette nouvelle First Lady avait une profession.

155

Mieux encore, elle pourrait bientôt poser sur sa cheminée un Lasker Memorial Public Service Award (le dîner de remise du prix n'avait pas encore eu lieu), et Andrea savait, pour avoir étudié le dossier de Cathy Ryan, qu'elle était dévouée à sa profession, et pas seulement à son mari. C'était peut-être admirable, mais ce serait surtout un emmerdement royal pour le Service secret. Pis, elle n'avait pas encore rencontré le principal agent assigné à *madame* le docteur Ryan, Roy Altman, un ancien parachutiste et une vraie armoire à glace. On avait choisi Roy pour sa taille et aussi pour sa jugeote. Ça ne faisait jamais de mal d'avoir un garde du corps bien visible, et puisqu'une First Lady semblait à beaucoup une cible facile, l'une des fonctions de Roy était d'obliger un éventuel assaillant à y réfléchir à deux fois en le voyant. Une autre fonction d'Altman était d'arrêter les balles avec sa grosse carcasse, ce à quoi les agents étaient entraînés même s'ils évitaient d'y penser.

Les enfants Ryan seraient protégés de la même façon, chacun avec un sous-détachement indépendant. Les agents chargés de Katie avaient été les plus difficiles à choisir — parce que tout le monde s'était battu pour avoir le boulot. Le responsable serait le membre le plus âgé de l'équipe, Don Russell, qui était grand-père. Little Jack avait été confié à un jeune homme, grand amateur de sport. Pour Sally Ryan, c'était un agent féminin qui venait de dépasser la trentaine; célibataire et « branchée » (l'expression était d'Andrea Price, pas de l'agent en question), elle en connaissait un rayon sur les jeunes. La famille du président devrait s'habituer à l'idée d'être suivie partout, sauf aux toilettes, par des gens en armes et reliés par radio. Au bout du compte, c'était une tâche sans espoir, bien sûr. L'expérience passée du président Ryan lui permettait d'accepter la nécessité de tout cela. Mais les siens auraient du mal à s'y faire.

— Docteur Ryan, à quelle heure devez-vous partir ? demanda Andrea Price.

— Dans une quarantaine de minutes. Ça dépend de la circulation...

— Plus maintenant, rectifia Andrea.

La veille, on avait décidé d'utiliser cette journée pour expliquer ses nouvelles responsabilités à la famille du *vice*-président, mais ce plan avait été bouleversé, en même temps que beaucoup d'autres choses... Altman se trouvait dans une pièce voisine, où il étudiait des cartes routières. Il y avait trois itinéraires possibles pour Baltimore : l'Interstate-95, le Parkway Baltimore-Washington et l'autoroute 1, tous encombrés aux heures de pointe, chaque matin, et le passage d'un convoi du Service secret bloquerait définitivement la circulation. Pis, pour des assassins potentiels, ces routes étaient trop prévisibles, surtout à l'approche de Baltimore. En revanche, le Johns Hopkins Hospital possédait une aire d'atterrissage pour les hélicoptères sur le toit du pavillon de pédiatrie. Mais emmener tous les jours la First Lady à son travail dans un VH-60 du corps des Marines aurait forcément des retombées politiques auxquelles personne n'avait encore réfléchi. Pour le moment, c'était peut-être une solution viable, décida Andrea. Elle quitta la pièce pour en discuter avec Altman, et soudain les Ryan se retrouvèrent seuls devant leur petit déjeuner comme une famille normale.

— Mon Dieu, Jack..., murmura Cathy.

— Je sais.

Au lieu de parler, ils apprécièrent le silence pendant une minute entière, tout en considérant leur assiette et en jouant avec leur fourchette au lieu de manger.

— Les gosses ont besoin de vêtements pour les funérailles, murmura finalement Cathy.

— Tu le dis à Andrea ?

— OK. Où ça se passera ?

— Je devrais le savoir aujourd'hui.

— Je continue à travailler, d'accord ?

Andrea Price partie, elle pouvait se permettre d'exprimer son inquiétude.

Jack la considéra.

— Oui. J'essaie de faire de mon mieux pour que nous conservions la vie la plus normale possible, et je sais à quel point ton boulot est important. Au fait, je n'ai pas encore eu l'occasion de te dire ce que je pense de ce prix que tu viens de t'offrir. (Il sourit.) Je suis sacrément fier de toi, chérie.

Price réapparut.

— Docteur Ryan ?

Bien sûr, Jack et Cathy se retournèrent tous les deux. A l'expression d'Andrea, ils comprirent qu'on n'avait pas encore répondu aux questions les plus simples. Devait-on l'appeler *docteur* Ryan, *madame* Ryan ou...

— Facilitez les choses à tout le monde, OK ? Dites Cathy.

Price n'en serait *certainement* pas capable, mais elle refusa d'y penser pour le moment.

— Jusqu'à ce que nous ayons réglé ce problème, nous vous emmènerons là-bas par les airs avec un hélico des Marines.

— N'est-ce pas très coûteux ? demanda Cathy.

— Oui, mais il faut que nous mettions en place des procédures, et pour l'instant c'est le plus simple. Ah, aussi... (un homme *vraiment* imposant venait d'entrer dans la pièce), voici Roy Altman. Ce sera le principal agent chargé de votre sécurité.

— Oh...

Ce fut la seule chose que Cathy trouva à dire sur le moment. Les un mètre quatre-vingt-dix et cent dix kilos de Roy Altman s'avancèrent vers elle. Il avait des cheveux blonds plus très fournis, un teint clair, et une expression penaude, comme s'il avait honte de sa masse. Comme pour tous ses collègues, son costume était taillé un peu large, de façon à dissimuler son automatique de service — sauf que dans son cas il aurait pu cacher un pistolet mitrailleur. Altman lui serra la main avec une extraordinaire délicatesse.

— Madame, vous connaissez mon travail. Je

ferai de mon mieux pour ne pas rester dans vos jambes.

Deux autres personnes arrivèrent; Altman lui expliqua que c'était le reste de son détachement de protection pour aujourd'hui. Il leur faudrait s'entendre avec leur « cliente », et ils ne savaient trop comment cela se passerait, même si les Ryan avaient l'air particulièrement gentils.

Cathy se retint de demander si tout cela était bien nécessaire. Mais, d'un autre côté, comment pourrait-elle traîner ces trois hommes derrière elle dans le Maumenee Building? Elle échangea un regard avec son mari, et elle se souvint qu'ils ne se trouveraient pas dans ce bourbier si elle n'avait pas donné son accord pour l'accession de Jack à la vice-présidence, qui avait duré en tout... combien? Cinq minutes. A cet instant, ils entendirent le rugissement d'un hélicoptère Sikorsky Black Hawk qui se posait près de la Maison-Blanche, créant un mini-blizzard à l'emplacement d'un ancien observatoire astronomique. Ryan consulta sa montre et se rendit compte que les Marines du VMH-1 intervenaient, en effet, en un éclair. Il se demanda combien de temps ils tiendraient le coup, sa famille et lui, avant que cette attention étouffante ne les rendît tous fous.

— Nous diffusons ces images *en direct* depuis le vieil Observatoire naval, sur Massachusetts Avenue, expliqua le journaliste de NBC, dès qu'il eut le signal de son producteur. On dirait un hélicoptère des Marines. Je suppose que le président doit se rendre quelque part.

La caméra zooma, tandis que les nuages de neige retombaient.

— Black Hawk américain, très modifié, indiqua l'officier de renseignements. Vous voyez, là? C'est un système de suppression infrarouge « Black

159

Hole », qui le protège contre les missiles sol-air capables de suivre la chaleur des turbomoteurs.

— Avec quelle efficacité ?

— Parfaite, mais pas contre des armes guidées par laser, ajouta-t-il. Ni contre les balles, tout simplement. (Dès que le rotor principal s'arrêta, un escadron de Marines prit position autour de l'appareil.) J'ai besoin d'une carte de la zone. On pourrait très bien remplacer cette caméra par un mortier... La même chose est vraie pour les terrains de la Maison-Blanche, bien sûr.

Or, n'importe qui pouvait se servir d'un mortier, surtout avec les nouveaux obus à guidage laser, d'abord mis au point par les Britanniques, puis copiés par le reste du monde. D'une certaine façon, c'étaient les Américains eux-mêmes qui avaient ouvert la voie. L'aphorisme était d'eux, après tout : *Si vous le voyez, vous pouvez l'atteindre. Si vous pouvez l'atteindre, vous pouvez l'éliminer.* Ainsi que tous les passagers, quel que fût l'appareil.

Un plan commença à se dessiner dans son esprit. Il posa son doigt sur le bouton chrono de sa montre et attendit. Le producteur de l'émission, à dix mille kilomètres de là, n'avait rien d'autre à faire que de garder sa caméra à longue focale pointée sur cette scène. Un gros véhicule s'approcha de l'hélicoptère, et quatre personnes en descendirent. Elles se dirigèrent vers l'appareil, dont un membre de l'équipage avait ouvert la porte coulissante.

— Voilà Mme Ryan, expliqua le commentateur. Elle est chirurgien au Johns Hopkins Hospital de Baltimore.

— Vous pensez qu'elle se rend à son travail par les airs ? demanda le journaliste.

— Nous le saurons dans une minute.

L'homme appuya sur son chrono au moment où la porte se refermait. Le rotor recommença à tourner quelques secondes plus tard, montant en puissance grâce à ses deux turbomoteurs, puis l'hélicoptère décolla, le nez penché vers l'avant, et il prit de l'altitude tout en s'éloignant, sans doute vers le nord. Il vérifia sur sa montre le temps écoulé entre la fermeture de la porte et le décollage. L'équipage militaire de cet appareil mettait un point d'honneur à toujours tout faire de la même façon. L'officier de renseignements estima qu'il y avait bien assez de temps pour qu'un obus de mortier pût franchir la distance nécessaire...

C'était la première fois qu'elle montait dans un hélicoptère. On l'avait fait asseoir sur le strapontin, derrière les deux pilotes. On ne lui avait pas expliqué pourquoi. La coque robuste du Black Hawk était dessinée pour absorber quatorze *g* en cas de crash, et ce siège-là était statistiquement le plus sûr de l'appareil. Le rotor à quatre pales donnait un vol sans secousses, et son seul regret, c'était qu'on avait froid. Personne n'avait encore dessiné un appareil militaire doté d'un système de chauffage efficace. Ç'aurait pu être agréable, hormis son embarras persistant, et surtout sans les agents du Service secret qui surveillaient d'éventuels dangers venus de l'extérieur. A l'évidence, ces gars-là savaient comment vous gâcher le plaisir.

— Elle est partie au travail, décida le journaliste. La caméra avait suivi le VH-60 jusqu'à sa disparition derrière les arbres. Toutes les chaînes avaient réagi comme après l'assassinat de John Kennedy. Elles avaient annulé leurs émissions habituelles et consacraient chaque heure de diffusion — soit vingt-quatre heures par jour, désormais, ce qui n'était pas le cas en 1963 — à couvrir l'attentat et ses conséquences. C'était une aubaine pour les réseaux par câble et par satellite, comme le prouvaient différents indices d'écoute.

— Bon, elle est médecin, n'est-ce pas ? C'est facile d'oublier qu'en dépit du désastre qui vient de frapper notre gouvernement, il y a encore, dans tout le pays, des gens qui travaillent. Des bébés sont mis au monde. Oui, la vie continue, fit observer le commentateur sur un ton pompeux — il était payé pour ça.

— Et notre nation aussi..., ajouta le présentateur en regardant la caméra bien en face, juste avant la publicité.

A des milliers de kilomètres de là, une voix grommela :

— Pour le moment.

Leurs gardes du corps respectifs emmenèrent les enfants, et la journée commença vraiment. Arnie van Damm avait l'air au trente-sixième dessous. Il n'était pas loin de devenir dingue, décida Jack ; la combinaison d'une tâche épuisante et du chagrin était en train de le détruire. Lui-même devait être épargné autant que possible, il le savait, mais pas au prix du naufrage des gens dont il dépendait tant.

— Dites ce que vous avez à dire, Arnie, puis allez vous reposer un moment.

— Vous savez bien que je ne peux pas...

— Andrea ?

— Oui, monsieur le président ?

— Quand nous aurons terminé ici, trouvez quelqu'un pour reconduire Arnie chez lui. Vous avez ordre de ne pas le laisser revenir à la Maison-Blanche avant seize heures cet après-midi. (Ryan se tourna vers son secrétaire général.) Arnie, pas question que vous mouriez d'épuisement pour moi. J'ai encore besoin de vous.

L'homme était trop fatigué pour lui manifester une quelconque gratitude. Il lui tendit un dossier.

— Voici le détail des funérailles, pour après-demain.

Ryan l'ouvrit d'un coup sec, oubliant immédiatement son brusque accès d'autorité présidentielle.

Ceux qui avaient pondu ce projet s'étaient montrés intelligents et sensibles. Peut-être existait-il déjà quelque part un plan pour ce genre d'éventualité — une question qu'il n'aurait jamais osé poser —, mais ils avaient fait du bon boulot. Roger et Anne Durling seraient exposés solennellement à la Maison-Blanche, puisque la rotonde du Capitole n'était plus... disponible, et la population serait autorisée à venir leur rendre un dernier hommage. Les visiteurs arriveraient par le hall d'entrée et repartiraient par l'aile est. Passer devant l'Americana [1] et les portraits présidentiels atténuerait certainement la tristesse de la foule en deuil. Le lendemain matin, des corbillards emporteraient les Durling jusqu'à la National Cathedral, ainsi que trois membres du Congrès, un juif, un protestant et un catholique, pour la commémoration interconfessionnelle. Ryan prononcerait deux grands discours. Leurs textes se trouvaient à la fin du dossier.

— Il sert à quoi ?

Cathy était coiffée d'un casque connecté au téléphone de bord de l'hélicoptère. Elle montra du doigt un autre appareil à une cinquantaine de mètres derrière eux, sur leur droite.

— Nous volons toujours avec un hélicoptère de secours, m'dame. Au cas où un problème technique nous obligerait à nous poser, lui expliqua le pilote. Nous ne voudrions pas vous retarder plus que nécessaire.

Il ne précisa pas que, dans ce second hélicoptère, se trouvaient quatre agents supplémentaires du Service secret avec des armes lourdes.

— Et ça arrive souvent, colonel ?

— Jamais depuis que j'ai pris mon service, m'dame.

Il n'ajouta pas non plus qu'un Black Hawk de la marine était tombé dans le Potomac en 1993, tuant tous ses occupants. Mais bon, ça faisait longtemps... L'air était clair et froid, mais calme. Il contrôlait son manche du bout des doigts, tandis

1. Tous les objets et souvenirs importants de l'histoire américaine *(N.d.T)*.

qu'il suivait la I-95 en direction du nord-est. Baltimore était déjà en vue, et il connaissait bien l'approche sur Hopkins, depuis son affectation précédente à la base aéronavale de Patuxent River, dont les hélicos de la marine et des Marines aidaient, à l'occasion, à transporter des victimes d'accidents aériens. Hopkins, il s'en souvenait, accueillait aussi les enfants gravement blessés de l'ensemble de l'Etat.

La même pensée frappa Cathy lorsqu'ils survolèrent le pavillon de la chirurgie traumatologique de l'université du Maryland. En fait, ce n'était pas *exactement* son premier vol en hélicoptère, n'est-ce pas ? Sauf que la fois précédente elle était inconsciente. On avait tenté de les tuer, Sally et elle, et aujourd'hui, tous les gens autour d'elle seraient en danger si quelqu'un essayait à nouveau. A cause des fonctions de son mari.

— Monsieur Altman ? entendit Cathy dans le téléphone de bord.

— Oui, colonel ?

— Vous les avez appelés, n'est-ce pas ?

— Oui, ils savent que nous arrivons, colonel, lui assura Altman.

— Je veux dire : a-t-on pensé à vérifier le toit pour un VH-60 ?

— Pardon ?

— Notre appareil est plus lourd que ceux de la police d'Etat... Cette aire d'atterrissage est-elle conforme pour nous ? (Le silence de Roy Altman fut révélateur. Le colonel Goodman jeta un coup d'œil à son copilote et fit une grimace.) OK, on va faire avec, pour cette fois.

— Clair à gauche.

— Clair à droite, répondit Goodman.

Il effectua un cercle et vérifia la manche à air, sur le toit de l'immeuble. Un léger vent de nord-ouest. La descente fut régulière, et le colonel garda un œil sur les antennes fouet radio, à sa droite. Il toucha le toit doucement, mais il laissa tourner son rotor pour éviter de faire porter tout le poids de l'appareil sur le béton armé du bâtiment. Une précaution probablement inutile, bien sûr. Les ingénieurs civils renforçaient toujours leurs immeubles au-delà des normes de sécurité. Mais Goodman n'était pas devenu colonel dans les hélicoptères en prenant des risques pour le plaisir. Son chef d'équipage alla ouvrir la porte. Les agents du Service secret sortirent les premiers et vérifièrent les alentours, tandis que Goodman gardait la main sur le collectif [1], prêt à tirer dessus d'un coup sec pour partir comme une flèche. Puis ils aidèrent Mme Ryan à descendre. Goodman pouvait continuer sa journée.

— Avant notre retour, contactez les responsables et demandez-leur le taux de résistance du toit. Et procurez-vous des plans pour nos dossiers, demanda-t-il à Altman.

— Oui, monsieur. C'est juste que tout est allé trop vite, monsieur.

— A qui le dites-vous ! (Il alluma la liaison radio.) Marine Trois, Marine Deux.

— Marine Deux, répondit immédiatement l'appareil de soutien qui tournait au-dessus d'eux.

— On rentre. (Goodman tira sur le manche et s'éloigna par le sud.) Elle a l'air assez sympa, ajouta-t-il à l'intention de ses hommes.

— Elle a serré les fesses juste avant l'atterrissage, fit remarquer le chef d'équipage.

— Moi aussi, avoua Goodman. Je les appellerai personnellement, pour ce toit.

Le Service secret avait contacté à l'avance le Dr Katz, qui les attendait à l'intérieur, avec trois membres du service de sécurité de Hopkins. Une fois les présentations terminées, on distribua les badges qui firent des trois agents du Service secret

1. La commande qui augmente la puissance de toutes les pales en même temps et permet ainsi à l'hélicoptère de monter à la verticale (*N.d.T.*).

des personnels de la faculté de médecine. La journée du professeur associée Caroline M. Ryan put enfin commencer.

— Comment va Mme Hart ? demanda-t-elle.

— Je l'ai vue il y a vingt minutes, Cathy. En fait, elle a l'air plutôt ravie de savoir qu'elle va être opérée par la First Lady.

Le professeur Katz fut surpris par la réaction du professeur Ryan.

6

ÉVALUATION

Les pistes de la base de l'Air Force d'Andrews donnaient l'impression d'être à peu près de la taille de l'Etat du Nebraska, et la police militaire y patrouillait à présent au milieu d'un rassemblement d'appareils aussi important et hétéroclite que sur le terrain de l'Arizona où l'on stationne les avions de ligne hors service. Chaque nouvel arrivant possédait en outre son propre détachement de protection qui devait être coordonné avec les Américains dans une atmosphère de méfiance institutionnelle, puisque tous les personnels de sécurité de la planète sont entraînés à soupçonner tout le monde. Il y avait là deux Concorde, un britannique et un français — pour le sex-appeal. Les autres étaient surtout des gros-porteurs, peints pour la plupart aux couleurs de la compagnie nationale de leur pays d'origine. Sabena, KLM et la Lufthansa dominaient les rangs des nations de l'OTAN. La SAS avait transporté trois présidents scandinaves, dont chacun avait son propre 747. Les chefs d'Etat se déplaçaient luxueusement et aucun de ces appareils, petits ou grands, n'avait volé à plus d'un tiers de ses capacités de transport. Leur accueil mettait à rude épreuve la patience et les talents du Bureau du protocole de la Maison-Blanche et du Département d'Etat, qui informèrent leurs ambassades respectives que le président Ryan n'avait tout simplement pas le temps de donner à chacun l'attention qu'il méritait. Mais la garde d'honneur de l'Air Force était là pour les recevoir, se formant, rompant les rangs et se reformant plusieurs fois par heure, tandis que les leaders mondiaux se succédaient sur le tapis rouge — le temps de rouler un avion vers son aire de stationnement et le suivant jusqu'au point d'arrivée exact où se trouvaient la fanfare et le podium. Les discours, destinés à la télévision, étaient brefs et sobres, puis les invités gagnaient rapidement la longue file des voitures qui les attendaient.

Les amener à Washington était un casse-tête supplémentaire. Tous les véhicules du Service de protection diplomatique avaient été réquisitionnés, en quatre équipes d'escorte qui faisaient à toute allure l'aller-retour entre la capitale et la base d'Andrews, encadrant les limousines des ambassades et monopolisant Suitland Parkway et l'Interstate-395. Le plus ahurissant de la chose, peut-être, fut que l'on réussit à conduire les présidents, les Premiers ministres et même les rois et les altesses sérénissimes à leurs ambassades respectives — qui, heureusement, se trouvaient pour la plupart sur Massachusetts Avenue. Ce fut le triomphe d'une organisation totalement improvisée.

Les ambassades prirent en charge les réceptions privées plus discrètes. Les hommes d'Etat devaient, bien sûr, se rencontrer pour travailler ou simplement bavarder. Par exemple, l'ambassadeur britannique, le fonctionnaire le plus âgé de ceux des pays de l'OTAN et du Commonwealth, organisa ce soir-là un dîner « informel »... pour vingt-deux chefs d'Etat.

— OK, son train d'atterrissage est *vraiment* descendu, ce coup-ci..., dit le capitaine de l'Air Force, tandis que l'obscurité tombait sur la base d'Andrews.

Clin d'œil ironique de l'Histoire, la tour de contrôle était gérée ce soir par le même personnel que celui de « cette nuit-là », comme on disait déjà. Il observait le JAL 747 qui freinait sur la piste Zéro-Un droite. Son équipage remarqua sans doute la carcasse d'un appareil identique dans un grand hangar du côté est de la base, car un camion était en train d'y décharger les restes tordus d'un réacteur, récemment sorti des ruines du Capitole. L'avion de ligne japonais termina son roulage, vira à gauche et s'avança lentement derrière un véhicule pour gagner l'endroit prévu où débarquer ses passagers. Le pilote vit certainement les caméras et les journalistes qui, abandonnant la chaleur relative d'un immeuble, retrouvèrent leur matériel pour cette arrivée la plus tardive — mais aussi la plus intéressante. Il faillit dire quelque chose à son copilote, puis y renonça. Le capitaine Torajiro Sato n'était peut-être pas un ami, mais c'était au moins un collègue, et plutôt chaleureux avec ça, mais le déshonneur qu'il venait d'infliger à son pays, sa compagnie aérienne et sa profession serait un fardeau lourd à porter pendant des années. Ç'aurait sans doute été pire si Sato avait eu, en plus, des passagers, car la sécurité des voyageurs était leur règle numéro un. Même si sa culture considérait que le suicide était honorable, celui-là avait traumatisé son pays. Le pilote avait toujours arboré son uniforme avec fierté. Mais, désormais, il se changeait à la première occasion, tant à l'étranger que chez lui. Il chassa cette pensée, freina doucement et immobilisa son avion de façon à placer exactement la porte avant du Boeing à la hauteur du vieil escalier roulant. Alors seulement il échangea avec son copilote un regard à la fois ironique et honteux : ils avaient fait correctement leur travail. Au lieu d'aller dormir comme d'habitude dans un hôtel de catégorie moyenne de Washington, ils seraient logés dans les quartiers des officiers de la base, et sans doute avec quelqu'un pour les surveiller. Et ce quelqu'un serait armé.

La porte de l'avion s'ouvrit avec l'aide dévouée de la chef steward. Le Premier ministre Mogataru Koga, son manteau boutonné, et sa cravate nouée par un assistant nerveux, resta un instant sur le seuil, dans l'air glacé de février, puis il descendit lentement l'escalier. La fanfare de l'Air Force se lança dans les roulements de tambours de *Ruffles and Flourishes*.

Le secrétaire d'Etat par intérim, Scott Adler, l'attendait au pied des marches. Les deux hommes ne s'étaient jamais rencontrés, mais chacun avait été sérieusement briefé sur l'autre ; ç'avait été plutôt rapide pour Adler, car c'était son quatrième accueil de la journée, quoique le plus important. Koga ressemblait tout à fait aux photos de lui qu'il avait vues — un homme très ordinaire, environ un mètre soixante-dix, âge moyen, cheveux noirs. Ses yeux noirs n'exprimaient rien, ou du moins s'y efforçaient-ils, pensa Adler en l'examinant plus attentivement. Ils étaient tristes, en fait. *Pas très étonnant...*, songea le diplomate en lui tendant la main.

— Bienvenue, monsieur le Premier ministre.

— Merci, monsieur le secrétaire d'Etat.

Les deux hommes se dirigèrent vers le podium. Adler dit quelques mots de bienvenue d'une voix fatiguée — il mit à peine une minute à prononcer un discours qu'il avait fallu une bonne heure pour rédiger. Puis Koga s'approcha à son tour du micro :

— Avant tout, je dois vous remercier, monsieur Adler, et remercier votre pays, de me permettre d'être chez vous aujourd'hui. C'est un geste étonnant, mais j'en suis arrivé à comprendre que de telles choses sont une tradition pour votre vaste et généreuse nation. Je suis ici pour représenter les miens, et c'est une dramatique mais nécessaire mission. J'espère qu'elle aidera nos deux peuples à panser leurs blessures. J'espère aussi que vos citoyens et les miens réussiront à faire de cette tragédie un pont vers un avenir pacifique...

Koga se recula et Adler descendit avec lui le tapis rouge, tandis que la fanfare jouait maintenant *Kimagayo*, le bref hymne national du Japon, écrit en réalité par un compositeur anglais une centaine d'années plus tôt. Tandis qu'il se dirigeait vers la voiture qui l'attendait, le Premier ministre considéra la garde d'honneur et tenta de déchiffrer l'expression de ces visages juvéniles, y cherchant de la haine ou du dégoût, et n'y lisant que de l'impassibilité.

— Comment vous sentez-vous, monsieur ? s'enquit le secrétaire d'Etat.

— Bien, merci. J'ai dormi pendant le vol.

Koga pensa d'abord qu'il s'agissait d'une simple question de politesse, mais il découvrit bientôt que non. L'idée était de Ryan. Elle était assez bizarre, mais plutôt pratique, vu l'heure tardive. Le soleil était bas sur l'horizon, et le crépuscule serait bref, avec les nuages qui montaient du nord-ouest.

— Si vous le désirez, nous pouvons nous arrêter pour voir le président Ryan, sur le chemin de votre ambassade. Celui-ci m'a demandé de vous dire que si vous ne le souhaitiez pas, à cause de la fatigue ou pour toute autre raison, il n'en sera pas offensé.

A la surprise de Scott, Koga n'hésita pas une seconde.

— J'accepte volontiers cet honneur.

Le secrétaire d'Etat sortit une radio portative de la poche de son manteau.

— Eagle à Swordbase. Affirmatif.

Quand il avait appris son nom de code pour le Service secret, Adler avait eu un petit rire : « Eagle » était l'équivalent anglais de son nom de famille juif allemand.

— Swordbase, affirmatif, répondit en grésillant la radio cryptée.

— Eagle, terminé.

Le cortège remonta à bonne vitesse Suitland Parkway. En d'autres circonstances, un hélicoptère des informations l'aurait sans doute suivi en direct, mais pour le moment l'espace aérien de Washington était interdit. Même National Airport était fermé, et tous ses vols détournés sur Dulles ou Baltimore-Washington International. La voiture quitta Suitland Parkway à droite et, une centaine de mètres plus loin, prit la bretelle de la I-295, qui devenait presque aussitôt la I-395, une artère en mauvais état franchissant l'Anacostia River en direction du centre de Washington. Au moment où elle entra sur le boulevard principal, la longue Lexus de Koga vira à droite, et une voiture en tout point identique prit sa place dans le cortège, tandis que la sienne venait s'insérer au milieu de trois Suburban du Service secret, une manœuvre de diversion qui ne dura que cinq secondes. Les rues désertes facilitèrent le reste du voyage et, quelques minutes plus tard, ils tournaient sur West Executive Drive.

— Les voilà, monsieur, annonça Andrea Price, informée par le planton en uniforme, dans la guérite de l'entrée.

Jack sortit juste au moment où la voiture s'arrêtait ; il se demanda un instant si cela était vraiment conforme au protocole — une chose de plus à apprendre, dans son nouveau métier. Il faillit ouvrir la portière lui-même, mais un caporal des Marines fut plus rapide, puis il salua comme un robot.

— Monsieur le président, dit Koga en descendant.

— Monsieur le Premier ministre. Par ici, s'il vous plaît, fit Ryan avec un geste de la main.

Koga n'était encore jamais venu à la Maison-Blanche, et il pensa soudain que s'il l'avait fait — disons, trois mois plus tôt — pour discuter de ces problèmes commerciaux qui avaient entraîné une vraie guerre, peut-être que... Un autre échec honteux. L'attitude de Ryan le ramena à la réalité. Il avait lu quelque part que le cérémonial d'une visite de chef d'Etat n'était pas, dans ce pays, un signe de l'importance de celle-ci. Mais Ryan s'était tenu seul à la porte pour l'accueillir, et cela devait signifier quelque chose, se dit Koga en montant les escaliers. Une minute plus tard, on l'entraîna à toute allure à travers l'aile ouest, puis il se retrouva en tête à tête avec Ryan dans le Bureau Ovale ; ils s'assirent chacun d'un côté d'une table basse où trônait un service à café.

— Merci pour tout ça..., dit simplement Koga.

— Nous devions nous rencontrer, répondit le président Ryan. A n'importe quel autre moment, nous aurions été entourés de gens qui nous auraient surveillés, minutés, et qui auraient tenté de lire sur nos lèvres.

Il versa une tasse de café à son invité, puis se servit lui-même.

— *Hai* [1], la presse est très impertinente, ces derniers jours, à Tokyo. (Koga porta la tasse à ses lèvres, mais arrêta son geste.) Qui dois-je remercier de m'avoir sauvé de Yamata ?

Jack l'observa.

— La décision a été prise ici. Les deux officiers sont dans le coin, si vous voulez les revoir personnellement.

— Si ça ne pose pas de problèmes. (Il but une gorgée. Il aurait préféré du thé, mais Ryan faisait de son mieux pour être un hôte agréable, et la qualité de l'accueil l'impressionnait.) Merci d'avoir accepté ma visite dans votre pays, président Ryan.

— J'ai essayé de parler à Roger de notre différend commercial, mais... je n'ai pas été assez persuasif. Puis j'ai pensé qu'il y aurait un problème avec Goto, mais je n'ai pas réagi assez rapidement, avec le voyage en Russie et le reste... Tout ça n'a été qu'un énorme accident, mais je suppose que c'est valable pour toutes les guerres. Toujours est-il que

1. Oui (*N.d.T.*).

c'est de notre responsabilité d'aider à panser ces blessures. Et je veux que ça soit fait le plus vite possible.

— Tous les conspirateurs sont sous les verrous. Ils seront jugés pour haute trahison, promit Koga.

— C'est votre affaire, répondit le président.

Ce qui n'était d'ailleurs pas tout à fait vrai, car le système juridique japonais était curieux ; les tribunaux violaient souvent la Constitution du pays au nom de mœurs culturelles plus générales mais non écrites, quelque chose d'impensable pour des Américains. Ryan et les Etats-Unis espéraient que les procès se dérouleraient le plus légalement possible, sans ce genre de compromis. Koga le comprenait parfaitement. La réconciliation entre l'Amérique et le Japon en dépendait. Il s'était déjà assuré que les juges désignés pour ces divers procès avaient bien saisi les règles du jeu.

— Je n'avais jamais imaginé qu'une telle chose puisse arriver, et puis voilà que ce fou, Sato... Mon pays et mon peuple éprouvent une grande honte. J'ai tellement à faire, monsieur Ryan.

Jack acquiesça d'un signe de tête.

— Moi aussi. Et nous réussirons. (Il s'interrompit un instant.) Les questions techniques peuvent être réglées au niveau ministériel. Mais je voulais simplement m'assurer que nous nous comprenions tous les deux. Je vous fais confiance.

— Merci, monsieur le président.

Koga reposa sa tasse et observa son interlocuteur. Il était jeune pour une telle responsabilité, même s'il n'était pas le plus jeune de tous les présidents américains. Theodore Roosevelt conserverait sans doute ce privilège pour l'éternité. Pendant son long vol depuis Tokyo, il avait étudié le dossier de John Patrick Ryan : il avait tué de ses propres mains plus d'une fois ; sa vie et celle de sa famille avaient été en danger ; et sur beaucoup d'autres de ses actions, son service de renseignements ne pouvait que spéculer. Examinant brièvement son visage, il essaya de comprendre comment il pouvait être aussi un homme de paix, mais ce n'était pas sur ses traits qu'il trouverait la réponse, et il se demanda soudain s'il comprenait vraiment les Américains. Chez Ryan, il vit l'intelligence et la curiosité, qu'il lui faudrait mesurer et sonder. Il vit également la fatigue et la tristesse. Ses dernières journées avaient dû être un véritable enfer, Koga en était sûr. Quelque part dans cet immeuble se trouvaient sans doute encore les enfants de Roger et d'Anne Durling, et c'était certainement un terrible fardeau. Il pensa soudain que Ryan, comme beaucoup d'Occidentaux, n'était pas très doué pour dissimuler ses pensées — mais ce n'était pas vrai, n'est-ce pas ? Il y avait sûrement beaucoup d'autres choses, derrière ses yeux bleus, qu'il veillait à ne pas afficher, celles-là. Son visage ne trahissait aucune menace, et pourtant elles étaient là, quelque part. Ce Ryan était *vraiment* un samouraï, comme Koga l'avait dit dans son bureau, peu de temps auparavant, mais il était encore plus complexe que ça. Le Premier ministre japonais écarta cette pensée. Ce n'était pas très important, de toute façon, et il avait une question à poser — une décision personnelle qu'il avait prise au-dessus du Pacifique.

— J'ai une requête, si je peux me permettre...

— Laquelle, monsieur ?

— Monsieur le président, ce n'est pas une bonne idée, objecta Price, quelques minutes plus tard.

— Bonne ou pas, nous allons le faire. Organisez-moi ça, ordonna Ryan.

— Oui, monsieur, répondit Andrea Price en quittant le bureau.

En suivant cet échange, Koga avait appris quelque chose de plus : Ryan était capable de prendre des décisions et de donner des ordres sans faire de cinéma.

Les voitures étaient toujours stationnées devant l'entrée ouest ; ils eurent simplement à enfiler un manteau avant de s'y engouffrer. Les quatre Suburban-U tournèrent sur le parking et filèrent vers Capitol Hill. Le cortège, cette fois-ci, n'utilisa ni sirènes ni gyrophares, et respecta le code de la route — ou presque. Dans les rues désertes, il pouvait brûler les feux rouges sans problème, et il ne tarda pas à tourner sur Capitol Street, puis à gauche vers les ruines. Celles-ci étaient beaucoup moins éclairées, maintenant. Comme les marches étaient dégagées, ils montèrent facilement, une fois les voitures garées et les agents du Service secret en position. Ryan avait ouvert le chemin à Koga, et à présent les deux hommes contemplaient le cratère vide de ce qui avait été la Chambre des représentants.

Le Premier ministre japonais se tint d'abord très droit, puis il claqua violemment dans ses mains, une seule fois, pour attirer l'attention des esprits qui, selon ses croyances religieuses, étaient toujours là. Alors, il s'inclina solennellement et pria pour eux. Ryan pria aussi. Aucune caméra de télévision n'était là pour enregistrer ce moment — en fait, il y en avait encore quelques-unes dans les environs, mais les actualités du soir étaient terminées, le matériel était éteint, et les équipes buvaient du café dans leurs camions de régie, ignorant ce qui se déroulait à une centaine de mètres de là. L'affaire ne dura que quelques minutes, de toute façon. Lorsque ce fut terminé, une main américaine serra une main japonaise et dans les regards des deux hommes passa une compréhension mutuelle à laquelle aucun ministre, aucun traité ne serait jamais parvenu. Ce fut ainsi, à cet endroit, dans le vent glacial de février, que la paix fut définitivement rétablie entre les deux pays. A trois mètres derrière eux, Andrea Price était heureuse d'avoir emmené avec eux le photographe de la Maison-Blanche. Les larmes qui lui piquaient les yeux n'étaient pas dues au vent. Ensuite, elle précéda les deux hommes jusqu'au bas des marches et les fit monter dans deux voitures différentes.

— Pourquoi ont-ils réagi si violemment? demanda le Premier ministre avant de boire une gorgée de xérès.

— Eh bien, comme vous le savez, madame, on ne m'a pas complètement informé là-dessus, dit le prince de Galles, répondant en son nom, puisqu'il ne pouvait pas vraiment parler pour le compte du gouvernement de Sa Majesté. Mais vos manœuvres navales avaient tout à fait l'apparence d'une menace.

— Le Sri Lanka doit conclure un accord avec les Tamouls. Il a manifesté une regrettable mauvaise volonté à engager des négociations sérieuses et nous avons essayé de l'en convaincre. Après tout, nos troupes sont déployées pour le maintien de la paix et nous ne souhaitons pas qu'elles soient les otages d'une situation globale.

— Tout à fait. Mais alors pourquoi ne retirez-vous pas vos soldats de la paix comme le gouvernement sri lankais le demande?

Le Premier ministre indien soupira avec lassitude — pour elle aussi, le voyage avait été long, et vu les circonstances elle pouvait se permettre de montrer une légère exaspération.

— Votre Altesse, si nous les rapatrions et que l'île s'embrase de nouveau, nous aurons des problèmes avec les Tamouls sur *notre* sol. C'est vraiment une conjoncture des plus malheureuses. Nous avons tenté de sortir d'une impasse politique difficile, entièrement à nos propres frais, et voilà que le gouvernement sri lankais se révèle incapable de mener lui-même l'action nécessaire pour éviter un embarras à mon pays et une rébellion sans fin dans le sien... *Et ensuite,* les Américains s'en mêlent sans aucune raison et ils ne font que renforcer l'intransigeance des Sri Lankais...

— Quand leur Premier ministre arrive-t-il? demanda le prince.

— Nous lui avons proposé de voyager avec nous, pour pouvoir évoquer le problème. Hélas, il a décliné notre proposition. Demain, je pense. A condition que son avion n'ait pas d'accident, ajouta-t-elle, perfide.

Les appareils de cette compagnie nationale connaissaient en effet toutes sortes d'ennuis techniques — sans parler des menaces terroristes permanentes.

— Si vous le souhaitez, l'ambassadeur pourra probablement arranger une réunion discrète.

— Peut-être que cela ne serait pas entièrement inutile..., admit le Premier ministre. J'aimerais aussi que les Américains essaient enfin de faire ce qu'il convient. Ils se sont toujours montrés si incompétents dans notre partie du monde !

C'était là le point crucial, comprit le prince. Le président Ryan et lui étaient amis depuis des années, et l'Inde désirait le voir jouer les intermédiaires. Il avait déjà mené ce genre de mission, mais dans tous les cas l'héritier présomptif devait agir sous la direction de son gouvernement — ici, l'ambassadeur. Quelqu'un, à Whitehall, avait décidé que l'amitié entre Son Altesse royale et le nouveau président américain était plus intéressante qu'un contact de gouvernement à gouvernement, et aussi que cela donnerait une bonne image de la monarchie à une époque où de telles apparitions étaient à la fois utiles et nécessaires. En outre, Son Altesse en profiterait pour visiter une propriété dans le Wyoming, une possession discrète de la famille royale — « la Firme », comme la surnommaient parfois les initiés.

— Je vois.

Il ne pouvait pas répondre grand-chose d'autre, mais la Grande-Bretagne devait prendre au sérieux une requête de l'Inde. Ancien diadème le plus brillant d'une Couronne dominant jadis le monde, ce pays était toujours un important partenaire commercial, même s'il était par ailleurs une vraie calamité. Un contact direct entre les deux chefs de gouvernement risquait d'être gênant. Le harcèlement de la flotte indienne par les Etats-Unis n'avait pas connu une large publicité, car cela s'était produit vers la fin des hostilités entre l'Amérique et le Japon, et il était de l'intérêt de tous d'en rester là. Le président Ryan avait déjà assez de soucis comme ça. Le prince espéra que Jack prenait un peu de repos, en ce moment. Pour eux tous, ici, dans la salle de réception, le sommeil était un simple moyen de résister au décalage horaire. Pour Jack, c'était un carburant essentiel, dont il aurait grand besoin au cours des deux prochains jours...

La file d'attente s'étirait à l'infini — le cliché typique. Elle allait bien au-delà de l'immeuble du Trésor, et d'autres gens arrivaient sans interruption, si bien qu'elle donnait l'impression de se former toute seule à partir du néant. Le public pénétrait dans le bâtiment par groupes d'une cinquantaine de personnes et le cycle d'ouverture et de fermeture des portes était réglé par quelqu'un qui consultait sa montre ou qui, peut-être, comptait lentement. Il y avait là une garde d'honneur, avec un soldat de chaque arme, commandée par un capitaine de l'Air Force. Ils étaient aussi immobiles que les cercueils devant lesquels les visiteurs défilaient très lentement.

Ryan examinait leurs visages à la télévision, depuis son bureau où, une fois encore, il était arrivé avant le lever du jour. Il se demandait ce qu'ils pensaient et pourquoi ils étaient venus. Peu d'entre eux avaient voté pour Roger Durling, puisque celui-ci n'était que le numéro deux du « ticket » et n'avait accédé à la fonction suprême qu'après la démission de Bob Fowler. Mais l'Amérique avait toujours adopté ses présidents, et dans la mort Roger bénéficiait d'un amour et d'un respect qui n'avaient jamais semblé aussi puissants de son vivant. Certains, dans la foule en deuil, s'intéressaient moins aux cercueils qu'au vestibule d'un bâtiment qu'ils ne connaissaient pas, et, étrangement, ils utilisaient leurs quelques secondes autorisées pour regarder autre chose que ce qu'ils étaient venus voir, avant de redescendre les escaliers et de s'en aller par l'entrée est...

Pourquoi pas ? avaient-ils décidé sur un coup de tête, en arrivant à Dulles. Ils avaient eu la chance de trouver un motel bon marché au terminus de la Ligne jaune, puis ils étaient revenus en ville en métro et étaient descendus à la station Farragut Square, non loin de la Maison-Blanche, pour aller jeter un œil aux funérailles. C'était une première pour tous les deux, et même plusieurs premières, en fait, car ils n'avaient jamais visité Washington non plus, cette ville maudite, au bord d'un fleuve mineur qui polluait le pays tout entier et lui pompait son sang et ses trésors — l'antienne favorite des Mountain Men. Rejoindre l'extrémité de la file d'attente leur avait demandé du temps, puis ils avaient avancé lentement plusieurs heures durant ; ils avaient eu au moins le plaisir de constater qu'ils savaient comment se protéger du froid, contrairement à ces idiots de la côte Est, avec leurs manteaux légers et leurs têtes nues...

Peter Holbrook et Ernest Brown se retenaient de plaisanter sur les événements. Ils préféraient écouter ce qu'on disait autour d'eux, dans la queue. Très décevant, d'ailleurs. C'étaient peut-être tous des employés fédéraux ? Quelle tristesse ! pleurnichaient certains, Roger Durling était si bien et sa femme si belle, et leurs enfants si mignons, et ce devait être tellement affreux pour ces gamins...

Oui, les deux militants des Mountain Men étaient d'accord là-dessus. Bien sûr que c'était dur pour les gosses — qui n'aime pas les gosses, hein ? —, mais maman poule détestait sans doute les œufs brouillés, pas vrai ? Et combien de souffrances leur père avait-il infligées aux honnêtes citoyens qui voulaient simplement voir respecter leur droit constitutionnel à ne plus être emmerdés par ces cons de parasites de Washington? Mais Peter et Ernest se gardèrent bien de dire une chose pareille; ils ne prononcèrent pratiquement pas un mot tandis qu'ils progressaient lentement. Ils connaissaient l'histoire de l'immeuble du Trésor, qui les protégea du vent pendant un moment, comment Andy Jackson avait décidé de le faire déplacer de façon à ne plus voir le Capitole depuis la Maison-Blanche, et c'était grâce à ça que tous ces crétins pouvaient faire maintenant leur foutu jogging sur Pennsylvania Avenue — bon, pas aujourd'hui, d'accord, puisque l'avenue avait été fermée devant la Maison-Blanche. Et pourquoi? Pour protéger le président de ses propres *citoyens*! On ne faisait pas confiance à ceux qui s'approchaient trop du Grand Cumulard! Ils ne pouvaient pas dire ça à haute voix, bien sûr. Ils en avaient discuté pendant le voyage. Aucun moyen de savoir combien d'espions du gouvernement rôdaient dans le coin, et surtout dans la file d'attente pour la Maison-Blanche — un nom qu'ils n'acceptaient que parce qu'il avait été choisi par David Crockett, disait-on. Holbrook avait vu ça dans un film à la télévision, mais il ne se souvenait plus du titre du film, et le vieux David était leur idéal d'Américain, un gars qui avait donné un nom à son fusil! Ouais.

La Maison-Blanche n'était pas vraiment laide, et quelques hommes bien y avaient vécu. Andy Jackson, par exemple, qui avait dit à la Cour suprême d'aller se faire voir. Lincoln, un vrai dur, ce vieux salopard! Quelle honte de l'avoir assassiné sans lui laisser le temps de mettre en œuvre ses plans pour renvoyer les nègres en Afrique ou en Amérique latine! (Tous les deux, ils aimaient aussi James Monroe qui était à l'origine de cette idée et qui s'était battu pour la fondation du Liberia afin de se débarrasser des esclaves libérés... Dommage que personne n'eût suivi son exemple!) Beaucoup de choses aussi plaidaient pour Theodore Roosevelt — il aimait la chasse et le grand air, il avait fait la guerre et il s'était efforcé de réformer le gouvernement. Depuis, peu d'autres présidents avaient été dignes d'estime, mais ce n'était pas de la faute de l'immeuble s'il avait été, plus récemment, occupé par des gens qu'ils n'aimaient pas. C'était ça, le problème, avec les bâtiments de Washington. Le Capitole, après tout, avait abrité jadis Henry Clay et Dan Webster. Des patriotes, ceux-là, au contraire de tous ces types dont ce pilote jap avait fait un barbecue...

Ils se sentirent un peu nerveux lorsqu'ils pénétrèrent enfin dans l'enceinte de la Maison-Blanche, comme en territoire ennemi. Les gardes, à l'entrée, portaient des uniformes du Service secret, et à l'intérieur il y avait des Marines. C'était pas une honte, ça ? Des Marines ! De vrais Américains, ceux-là, même les Blacks, sans doute parce qu'ils avaient reçu la même instruction que les Blancs, et qu'ils étaient probablement des patriotes, eux aussi. Dommage que ce soient des négros, mais on n'y pouvait rien. Et les Marines faisaient ce que les bureaucrates leur ordonnaient. Dur à avaler. C'étaient des gosses, pourtant. Peut-être qu'ils finiraient par comprendre. Après tout, il y avait quelques anciens militaires chez les Mountain Men. Les Marines frissonnaient dans leurs longs manteaux et leurs gants blancs de pédés. Finalement, l'un d'entre eux, un jeune sergent d'après ses galons, leur ouvrit la porte.

Sacrée piaule ! pensèrent Holbrook et Brown, en examinant l'imposant vestibule sous toutes ses coutures. On comprenait mieux pourquoi quelqu'un qui habitait ici se mettait à péter plus haut que son cul ! Fallait se méfier de ce genre de trucs. Lincoln avait grandi dans une cabane en rondins, et « Teddy » avait vécu sous la tente, lorsqu'il chassait dans les montagnes, mais aujourd'hui, le locataire du lieu n'était qu'un foutu bureaucrate comme un autre ! A l'intérieur, il y avait d'autres Marines, et une garde d'honneur autour des deux cercueils, mais le plus inquiétant, c'étaient ces types en civil avec leurs petits trucs en plastique qui allaient de leur col à leur oreille... Service secret. Les Feds. L'ennemi principal, qui dépendait du même ministère que le Bureau des alcools, des tabacs et des armes. C'était logique. La première fois que des citoyens étaient partis en guerre contre le gouvernement, c'était à cause de l'alcool, la « Whiskey Rebellion » — c'est pour ça que les Mountain Men ne savaient trop s'ils devaient admirer George Washington ou non. Les plus... libéraux de leur groupe faisaient remarquer que même un homme bien pouvait parfois se planter, et qu'il ne fallait pas rigoler avec George. Brown et Holbrook évitèrent de regarder ces vomissures du Service secret. On ne rigolait pas non plus avec ces gars-là.

L'agent spécial Price pénétra dans le vestibule. Son « client » était en sécurité dans son bureau, et ses responsabilités de chef du détachement de protection s'étendaient à l'ensemble du bâtiment. Les visiteurs n'étaient pas à proprement parler une menace pour la sécurité de la Maison-Blanche — juste un sujet d'énervement supplémentaire, disons. Même si un gang de tueurs s'était dissimulé parmi eux, il y avait derrière chaque porte fermée de ce vestibule vingt agents armés, la plupart avec des Uzi rangées dans leur sac spécial dont le surnom — sac FAG [1] — n'était sympa pour personne. Un détecteur de métal dissimulé à l'entrée indiquait à une équipe de la Division technique de sécurité ceux qu'elle devait surveiller, tandis que certains agents essayaient de repérer, avec un paquet de photos de la taille de cartes à jouer, les fauteurs de troubles connus ou soupçonnés qui auraient pu se glisser parmi les visiteurs. Pour les autres, ils faisaient confiance à leur instinct et à leur entraînement —

1. *Fast-action-gun*, mais aussi *Fag*, pédé (*N.d.T.*).

et cela se résumait aux gens qui semblaient « bizarres », le terme habituel pour une conduite hors norme. Le problème venait de la température extérieure très basse : à cause du froid, beaucoup de ceux qui entraient dans le bâtiment avaient l'air « bizarres », justement. Certains tapaient des pieds un moment. D'autres gardaient leurs mains dans leurs poches, ou remontaient le col de leur manteau, ou frissonnaient longuement, ou regardaient autour d'eux avec un drôle d'air — et, à chaque fois, ils attiraient l'attention d'un membre du détachement. Quand quelqu'un qui avait fait sonner le détecteur de métal se comportait ainsi, un agent annonçait par exemple dans son micro, en faisant semblant de se gratter le nez : « Manteau bleu, mâle, un mètre quatre-vingts », et quatre ou cinq personnes observaient alors de plus près ce « suspect » — dans ce cas précis, un dentiste de Richmond qui venait de faire passer sa petite chaufferette d'une poche à une autre. On vérifia s'il correspondait aux photos des suspects. Ce n'était pas le cas, mais on continua tout de même à le surveiller, et une caméra de télévision zooma sur lui pour archiver son visage. Lorsque c'était plus inquiétant, un agent se mêlait aux visiteurs qui s'en allaient et suivait tel ou tel suspect jusqu'à sa voiture pour relever son numéro. Le travail du Service secret était sans doute synonyme de paranoïa... Mais les cercueils exposés dans le vestibule de la Maison-Blanche lui donnaient raison.

Brown et Holbrook eurent droit à leurs cinq secondes pour contempler le couple présidentiel. Deux cercueils luxueux, achetés certainement avec l'argent du contribuable, et recouverts avec le drapeau américain — un véritable blasphème ! Enfin, peut-être pas pour la femme. Après tout, les épouses étaient censées être loyales envers leurs maris, et c'était comme ça et pas autrement. Et puis la foule les entraîna sur leur gauche, et des cordons de velours les guidèrent le long des escaliers. Ils eurent conscience du changement autour d'eux. Des gens respiraient profondément, reniflaient, essuyaient leurs larmes — surtout des femmes. Les deux Mountain Men restèrent impassibles, comme la plupart des hommes. Ils n'échangèrent pas un mot avant d'être sortis du parc et de se retrouver à l'écart de la foule.

— On leur a payé de belles boîtes, dit Holbrook, le premier.

— Dommage qu'elles aient pas été ouvertes, répondit Brown en regardant autour de lui — mais personne ne les avait entendus.

— Ils ont des gosses, fit remarquer Peter.

Ils partirent vers le sud, sur Pennsylvania Avenue.

— Ouais, ouais, ouais! Et quand ils seront grands, ils seront bureaucrates, eux aussi. (Ils marchèrent un moment en silence, puis Brown s'exclama :) Et merde!

Bordel! pensa Holbrook, qui n'aimait pas répéter ce que disait Ernie.

Le soleil se levait et la Maison-Blanche se découpait joliment sur le ciel, en l'absence, désormais, de grands immeubles du côté du Capitole. Tous deux venaient à Washington pour la première fois, — mais chacun aurait pu fournir de mémoire une description assez précise de l'allure des bâtiments — et ce qui *clochait* dans le paysage urbain aujourd'hui était évident. Finalement, Peter Holbrook était heureux qu'Ernie l'eût convaincu de faire ce déplacement. Ce panorama valait à lui seul tous les emmerdements du voyage. Cette fois, ce fut lui qui exprima leur première pensée commune :

— Ernie, dit-il. Ça donne des idées.

— Ouais.

Le problème, avec cette maladie, c'est que ses symptômes étaient équivoques. C'était surtout ce gamin si mignon qui inquiétait sœur Jean-Baptiste. Il était vraiment très malade. Sa fièvre était montée à 40° 4, ce qui était déjà grave, mais le reste était encore pire. La perte d'orientation avait augmenté. Les vomissements aussi, et maintenant il crachait du sang. Hémorragie interne. Ça pouvait être, elle le savait, les symptômes de diverses affections — mais celle qui l'inquiétait le plus, pour le moment, c'était le virus Ebola Zaïre. On pouvait mourir de beaucoup de maladies dans la jungle de ce pays — parfois, elle l'appelait encore Congo belge — mais le pire, c'était vraiment le virus Ebola. Elle effectua une autre prise de sang à l'enfant et, cette fois, elle fit très attention, vu qu'on avait perdu le premier échantillon. Les plus jeunes de son équipe, ici, n'étaient pas aussi consciencieux qu'ils auraient dû l'être... Les parents de l'enfant lui tinrent le bras tandis qu'elle prélevait son sang, les mains protégées par des gants de caoutchouc. Ce fut sans problème, vu que le gamin était presque inconscient. Elle retira l'aiguille et la plaça immédiatement dans une boîte jetable en plastique. Même si la fiole de sang était sûre, elle la rangea, elle aussi, dans un conteneur en plastique. Son souci immédiat, c'était l'aiguille. Trop de personnes de son équipe essayaient de faire faire des économies à hôpital en réutilisant le matériel, et cela malgré le sida et les autres maladies transmissibles par les produits sanguins. Elle décida de s'occuper elle-même de cette aiguille, pour plus de sûreté.

Elle n'avait pas le temps d'examiner davantage son patient. Elle quitta la salle et rejoignit le bâtiment voisin par le passage couvert. L'hôpital avait été construit en tenant compte des conditions locales, et ses nombreux immeubles bas étaient tous reliés par ce genre de passages. Le laboratoire n'était qu'à une cinquantaine de mètres. Cette installation-là était vraiment la bienvenue : l'Organisation mondiale de la santé était arrivée ici depuis peu, avec un équipement moderne et six jeunes médecins, mais, hélas, pas d'autres infirmières. Tous avaient été formés en Grande-Bretagne ou en Amérique.

Le Dr Mohammed Moudi était devant son plan de travail. Grand, maigre, le teint basané, il était froid mais compétent. Il se retourna à son arrivée et nota qu'elle jetait l'aiguille.

— Qu'y a-t-il, ma sœur?

— C'est le patient Mkusa. Benedict Mkusa. Mâle africain, huit ans.

Elle lui tendit son dossier, que Moudi parcourut avec un intérêt croissant. Pour l'infirmière, les symptômes s'étaient succédé, mais l'ensemble décrit sur ces documents était autrement révélateur. Maux de tête, tremblements, fièvre, perte d'orientation, agitation, et pour finir des signes d'hémorragie interne... Si, bientôt, des pétéchies apparaissaient sur sa peau...

— Il est en salle commune? dit-il.

— Oui, docteur.

— Transférez-le immédiatement au service des contagieux. J'y serai dans une demi-heure.

— Oui, docteur.

En revenant sur ses pas, elle se frotta le front. Ce devait être la chaleur. On ne s'y habituait jamais vraiment quand on était originaire d'Europe du Nord. Elle prendrait peut-être une aspirine après s'être occupée de son petit malade.

7

IMAGE PUBLIQUE

Deux E-3B Sentry, habituellement stationnés sur la base de l'Air Force de Tinker, en Oklahoma, décollèrent de celle de Pope, en Caroline du Nord, à huit heures, heure locale, et filèrent vers le nord. On avait jugé inutile d'interrompre le trafic de l'ensemble des aéroports de la région. Washington

National, lui, resta fermé — et ce n'était pas très gênant puisqu'il n'y avait plus de membres du Congrès pour rejoindre leurs circonscriptions. A Dulles et à Baltimore-Washington International, les contrôleurs aériens avaient reçu des instructions très précises. Les vols devaient éviter une « bulle » de plus de trente kilomètres de diamètre autour de la Maison-Blanche. Tout appareil s'approchant de cette « bulle » recevrait immédiatement une sommation ; s'il l'ignorait, il ne tarderait pas à se retrouver avec un avion de chasse sur le dos. Et si cela n'était pas suffisant, le troisième stade serait autrement spectaculaire. Deux escadrilles, de quatre chasseurs F-16 chacune, se relayaient au-dessus de la ville, respectivement à dix-huit et vingt mille pieds. A cette altitude, le vacarme de leurs réacteurs ne dérangeait personne (et, de là, ils pouvaient aussi basculer sur l'aile pour partir en piqué et atteindre presque immédiatement leur vitesse supersonique), mais leurs traînées blanches de condensation dessinaient dans le ciel bleu des lignes aussi visibles que celles de la 8e Air Force, jadis, au-dessus de l'Allemagne.

A peu près au même moment, la 260e brigade de police militaire de la Garde nationale de Washington se redéploya pour « faire la circulation ». Plus d'une centaine de HMMWV étaient positionnés dans les rues transversales, chacun avec un véhicule du FBI ou de la police à proximité, bloquant les rues pour contrôler le trafic. Une garde d'honneur, composée d'hommes des trois armes, était alignée le long des avenues empruntées par le cortège. Aucun de ces soldats ne savait si son fusil avait un chargeur complet ou pas.

Certains, en effet, avaient demandé que les précautions de sécurité fussent gardées secrètes puisqu'on n'avait déployé aucun blindé.

Au total, soixante et un chefs d'Etat se trouvaient en ville ; cette journée serait un enfer pour tous les responsables de la sécurité. De leur côté, les médias s'assurèrent que le public n'en perdrait pas une miette.

Pour les dernières funérailles de cette ampleur, Jacqueline Kennedy avait décidé de porter des vêtements de deuil, mais trente-cinq ans étaient passés, et aujourd'hui les complets-veston sombres étaient de mise, sauf chez les dignitaires étrangers qui arboraient divers uniformes (le prince de Galles *était* un officier) ou chez les visiteurs des pays tropicaux. Certains de ceux-là avaient opté pour leurs costumes nationaux et étaient frigorifiés au nom de leur dignité nationale. Accueillir tout ce monde en ville, puis à la Maison-Blanche, était déjà un vrai cauchemar. Puis vint le problème de décider de leur place dans le cortège. Par ordre alphabétique de pays ou de patronyme? Le choix de l'ancienneté aurait donné trop d'importance à certains dictateurs venus ici pour regagner quelque légitimité auprès des grandes diplomaties, et renforcer ainsi le statut de nations et de gouvernements avec lesquels l'Amérique entretenait des relations normales, sans pour autant les aimer. Tous défilèrent à la Maison-Blanche devant les cercueils, une fois les lieux fermés aux simples citoyens; ils s'arrêtèrent pour un dernier hommage aux Durling, puis se regroupèrent dans le salon est, où une armée de fonctionnaires du Département d'Etat veillèrent au bon déroulement de la collation — avec café et pâtisseries.

Ryan et sa famille, au second étage, mettaient les dernières touches à leurs vêtements sombres, aidés par leur personnel de maison. Les enfants supportaient bien cette corvée. Habitués à voir papa et maman leur donner un coup de brosse tandis qu'ils filaient vers la porte, ils étaient amusés que l'on traitât à présent leurs parents de la même façon. Jack tenait à la main un exemplaire de son premier discours. Il n'était plus temps, pour lui, de fermer les yeux et d'essayer de tout oublier. Il se sentait comme un boxeur, dominé par son adversaire, mais incapable de feindre le K-O, encaissant chaque nouveau coup du mieux possible pour éviter le déshonneur. Mary Abbot mit la touche finale à ses cheveux, et fixa l'ensemble avec de la laque — produit que Ryan avait toujours détesté.

— Ils vous attendent, monsieur le président, annonça Arnie.

— Ouais.

Ryan tendit son texte à un agent du Service secret, puis il sortit, suivi par sa femme avec Katie dans ses bras. Derrière eux, Sally prit la main de Little Jack. Jack descendit lentement le large escalier qui tournait à angle droit, puis il se dirigea vers le salon est. Lorsqu'il pénétra dans la pièce, tous les regards se braquèrent sur lui, et peu d'entre eux exprimaient de la sympathie. Dès cette nuit, les ambassadeurs rédigeraient leur rapport sur le nouveau président américain. Par chance, le premier à venir vers lui était un ami.

— Monsieur le président..., dit l'homme en veston de soirée de la Royal Navy.

Son ambassadeur avait été malin. Dans l'ensemble, Londres était plutôt content du nouvel arrangement. Et cette « relation spéciale » serait encore renforcée lorsque le président Ryan serait fait chevalier commandeur (honoraire) de l'ordre de Victoria.

— Votre Altesse... (Jack lui serra la main en souriant.) Ça fait longtemps, depuis Londres, mon ami.

— En effet.

Le soleil n'était pas très chaud, à cause du vent, et ses ombres dures accentuaient la froideur des choses. Une rangée de motards de la police de Washington ouvrait le cortège, puis venaient trois tambours, suivis par des soldats marchant au pas cadencé — des escadrons de la 3ᵉ section, de la compagnie Bravo, du 1ᵉʳ bataillon, du 501ᵉ régiment d'infanterie, et de la 82ᵉ division aéroportée (à laquelle avait appartenu Roger Durling) —, puis par un cheval sans cavalier, bottes renversées dans les étriers, et deux affûts de canon, côte à côte pour les funérailles du mari et de sa femme. Ensuite commençait la longue file des voitures. Dans l'air glacial, les roulements des tambours résonnaient sèchement entre les deux rangées de militaires bordant le parcours. Tandis que la procession se dirigeait vers le nord-ouest, soldats, marins et Marines présentèrent armes, d'abord pour l'ancien président, puis pour le nouveau. Dans l'assistance, les hommes ôtèrent leurs chapeaux (quand ils en avaient) en l'honneur du défunt. Certains oublièrent.

Mais pas Brown et Holbrook. Durling avait beau avoir été un bureaucrate de plus, le drapeau, c'était sacré. Les soldats marchaient avec fierté, bizarrement vêtus de leurs tenues de combat, avec béret rouge et grosses bottes montantes, parce que Roger Durling avait été l'un des leurs, comme quelqu'un le rappela à la radio. Deux autres soldats précédaient les affûts de canon, l'un portant les couleurs présidentielles et l'autre une plaque encadrée avec les décorations de Durling. Le président avait eu une médaille pour avoir sauvé un soldat au combat ; celui-ci se trouvait quelque part dans la procession, et il avait déjà donné une bonne douzaine d'interviews pour raconter son histoire. Les Mountain Men étaient sûrs que ce jour-là Durling avait une idée politique derrière la tête.

Le nouveau président passait devant eux, à présent ; son automobile était parfaitement identifiable, grâce aux quatre agents du Service secret qui couraient à ses côtés. Ce Ryan était un mystère pour les deux Mountain Men. Ils ne savaient de lui que ce qu'ils avaient vu à la télé et lu dans les journaux. Un tueur. Il avait éliminé deux personnes, l'une avec un pistolet et l'autre avec une Uzi. Ex-Marine, en plus. Ils en avaient conçu une certaine admiration.

La plupart des vitres des voitures du cortège

étaient aveuglées avec un plastique sombre qui empêchait le public d'apercevoir leurs occupants, mais pas le véhicule présidentiel, bien sûr. Avec sa femme à coté de lui et ses enfants devant, sur les strapontins, le président John Ryan était parfaitement visible des trottoirs.

— Que savons-nous vraiment de M. Ryan ?

— Pas grand-chose, reconnut le commentateur. Il a fait presque toute sa carrière à la CIA. Il a toujours été respecté par les deux partis du Congrès. Il a travaillé avec Alan Trent et Sam Fellows pendant des années — et c'est grâce à cela qu'ils sont encore vivants aujourd'hui. Tout le monde connaît aussi l'histoire de l'attentat terroriste contre lui...

— On se croirait revenu à l'époque du Far West, le coupa le journaliste. Que pensez-vous d'un président qui...

— ... a tué des gens ? le coupa son collègue sans ménagement. (Il était épuisé par plusieurs longues journées de travail, et il en avait marre de ce crétin permanenté.) Voyons. George Washington était général. Comme Andy Jackson. William Henry Harrison était soldat. Grant aussi, et la plupart des présidents d'avant la guerre de Sécession. Et Theodore Roosevelt, bien sûr. Truman était soldat. Eisenhower. Jack Kennedy était dans la marine, comme Nixon, et Jimmy Carter, *et* George Bush...

Cette leçon d'histoire improvisée piqua son interlocuteur au vif.

— Mais il avait été choisi comme vice-président pour une brève période, n'est-ce pas ? Et c'était la récompense de sa gestion d'un conflit avec le Japon qui ne concernait en fait que de simples intérêts commerciaux.

Voilà qui remettrait à sa place ce pauvre mec proche de la retraite ! estima le journaliste. Qui avait dit qu'un président avait droit à une lune de miel avec la presse ?

Ryan aurait voulu revoir son discours, mais ce n'était plus possible. Il faisait froid, à l'extérieur, dans les zéro degré — et pas très chaud non plus dans la voiture —, et pourtant des milliers de gens formaient une sorte de mur d'une dizaine de mètres d'épaisseur sur les trottoirs pour le regarder passer. Il apercevait leurs visages. Beaucoup le montraient du doigt en disant quelque chose à leurs voisins — *Le voilà ! Voilà le nouveau président !* Certains agitaient la main dans sa direction, des petits gestes gênés, comme s'ils ne savaient pas si c'était bien de faire une chose pareille, mais souhaitaient tout de même lui montrer qu'ils se souciaient de lui. Beaucoup manifestaient leur respect d'un simple mouvement de tête, avec cette espèce de sourire figé que l'on avait dans une chambre mortuaire — *j'espère que ça ira.* Jack se demanda s'il convenait de leur répondre d'un signe de la main, et décida que non. Il se contenta donc de les regarder, sans expression. Bon, il expliquerait tout ça dans son discours, pensat-il, avec un sentiment de frustration croissant.

— Il a rien du joyeux campeur, dis donc ! fit Brown à Holbrook.

La foule ne s'intéressait guère au cortège des dignitaires étrangers. On ne les voyait pas dans leurs voitures, de toute façon, et tous les petits drapeaux qui flottaient sur leurs pare-chocs avant ne donnaient lieu qu'à des questions du genre « C'est quel pays, celui-là ? », auxquelles on répondait presque toujours à côté. Les deux Mountain Men, comme beaucoup d'autres, se frayèrent un chemin vers un parc voisin.

— Il n'a rien compris, répondit Holbrook, finalement.

— C'est juste un bureaucrate. Tu te souviens du principe de Peter ?

Pour eux, ce livre décrivait parfaitement les fonctionnaires gouvernementaux ; dans toute hiérarchie, les gens s'élevaient jusqu'à leur niveau d'incompétence.

— Ouais, et je pense que j'aime ça, dit Brown.

Holbrook se retourna et considéra le cortège et ses petits drapeaux qui flottaient au vent.

— T'as peut-être raison, murmura-t-il.

A la National Cathedral, la sécurité était sans faille. Aucun assassin n'aurait risqué sa vie ici. Des policiers, des soldats et des agents spéciaux du Service secret étaient postés avec leurs fusils sur les toits de tous les immeubles qui donnaient directement sur l'édifice gothique; quant à l'équipe anti-snipers du Service secret, équipée d'armes à dix mille dollars pièce et fabriquées à la main, elle était capable d'atteindre une cible en pleine tête à plus de huit cents mètres de distance. Elle gagnait les concours de tir avec une régularité de métronome, formait sans doute le plus beau groupe de tireurs d'élite de la planète, et s'entraînait chaque jour pour le rester. Les terroristes, qui savaient tout cela, ne se montreraient pas, et un « amateur » fou, voyant cet énorme déploiement policier, déciderait que ce n'était pas un beau jour pour mourir.

Mais tout le monde était quand même sur les dents, et même lorsque le cortège fut en vue, les agents continuèrent à s'agiter. L'un d'eux, épuisé par vingt heures de service ininterrompu, buvait un café lorsqu'il trébucha sur les marches de pierre et renversa son gobelet. Il l'écrasa dans sa main en grommelant, le fit disparaître dans sa poche, et annonça dans le micro fixé au revers de sa veste que tout allait bien. Le café gela presque immédiatement sur le granit hachuré.

A l'intérieur, une autre équipe vérifia une nouvelle fois tous les recoins du bâtiment avant de se poster aux endroits prévus, tandis que les responsables du protocole terminaient, l'air inquiet, leurs préparatifs pour le placement des invités, dont les ultimes détails leur avaient été faxés seulement quelques minutes plus tôt.

Les affûts de canons s'arrêtèrent devant la cathédrale et les voitures commencèrent à décharger leur passagers. Ryan descendit, suivi par sa famille, et rejoignit les Durling. Les enfants étaient toujours en état de choc, et Jack ne savait pas si c'était mieux ou pas. Il posa sa main sur l'épaule du garçon, tandis que d'autres véhicules débarquaient sans interruption leurs occupants avant de s'éloigner rapidement. Les membres importants du cortège funèbre vinrent se placer derrière le président ; les autres pénétraient aussitôt dans la cathédrale par les portes latérales, en passant par des détecteurs de métal portables. Pendant ce temps, les ecclésiastiques et le chœur, qui avaient déjà été contrôlés, s'installaient.

Roger devait être fier de son service dans la 82ᵉ, pensa Jack. Les soldats qui avaient mené le cortège formaient maintenant les faisceaux et se préparaient à faire leur devoir sous le commandement d'un jeune capitaine assisté par deux sergents à l'air sérieux. Ils étaient tous si jeunes, même le sergent ! Puis il se souvint que son père avait servi dans le régiment aéroporté rival de celui de Roger, le 101ᵉ, plus de cinquante ans auparavant, et qu'il avait dû ressembler à ces gosses, mais sans doute avec un peu plus de cheveux, vu que le look rasé n'était pas très à la mode dans les années quarante. Mais c'était la même dureté, la même fierté féroce, la même détermination à mener à bien le boulot, quel qu'il fût. Ryan n'avait pas le droit de tourner la tête non plus. Il devait rester au garde-à-vous, comme chez les Marines, jadis, mais ça ne l'empêchait pas de regarder ce qui se passait autour de lui. Ses enfants, eux, se balançaient d'un pied sur l'autre, à cause de la température glaciale, et Cathy, qui gardait un œil sur eux, craignait, tout autant que lui, de les voir attraper froid, mais elle était l'otage d'une situation où même les inquiétudes parentales passaient au second plan.

Finalement, les derniers officiels descendirent de voiture et prirent place dans la cathédrale. Sept soldats s'approchèrent de chaque affût. Leur officier détacha les cercueils, qu'ils soulevèrent alors avec des gestes de robot. Le porteur des couleurs présidentielles commença à grimper les marches.

Ce ne fut la faute de personne. Les soldats avançaient à la lente cadence donnée par le sergent. Ils étaient engourdis après les quinze minutes d'immobilité absolue durant la prise d'armes qui avait suivi une bonne marche matinale sur Massachusetts Avenue. Celui qui était au milieu, sur la droite, glissa sur la flaque de café gelé juste au moment où ils montaient une marche tous ensemble. Il entraîna dans sa chute le soldat qui le précédait.

Le cercueil, au moins deux cents kilos, s'écrasa sur lui et lui brisa les deux jambes.

Une clameur monta des milliers de spectateurs. Les agents du Service secret se précipitèrent, croyant qu'on avait tiré sur les soldats. Andrea Price se plaça immédiatement devant Ryan, la main dans son manteau, posée sur son automatique, tandis que ses hommes se préparaient à entraîner les Ryan et les Durling à l'abri. Les soldats dégageaient déjà leur camarade de dessous le cercueil.

— C'est le verglas, murmura le blessé au sergent, les dents serrées. J'ai dérapé.

Un agent examina la marche et vit en effet une tache marron clair qui reflétait la lumière. Il fit signe à Price que tout allait bien, et l'information fut immédiatement transmise par radio à tous ses collègues.

— Il a juste glissé... Juste glissé...

Ryan plissa les yeux pour essayer de suivre ce qui se passait. C'était une insulte envers Roger et donc envers ses enfants, qui eurent un mouvement de recul à ce spectacle affreux et tournèrent vivement la tête lorsque le cercueil de leur père rebondit sur les marches de granit. Le garçon se ressaisit le premier. Son âme d'enfant se demanda si la chute n'avait pas réveillé son père. La nuit précédente, il s'était levé et il avait voulu aller frapper à la porte de la chambre de ses parents, de l'autre côté du couloir, pour voir s'ils étaient revenus...

— Oh, mon Dieu! souffla le commentateur.

La caméra zooma sur les deux soldats du 3e régiment qui évacuaient le parachutiste blessé. Le sergent prit sa place. Le cercueil fut immédiatement soulevé de nouveau; le chêne poli était abîmé et sali par le choc.

— OK, soldats, ordonna le sergent depuis sa nouvelle position. A gauche.

— Papa..., gémit Mark Durling, neuf ans. Papa...

Dans le silence qui suivit l'accident, tout le monde, autour de lui, entendit cette plainte. Les soldats se mordirent les lèvres. Les agents du Service secret, déjà humiliés et blessés par la perte d'un président, n'osèrent pas se regarder. Jack entoura instinctivement le garçon de ses bras — mais il ne savait toujours pas quoi lui dire. *Qu'est-ce qui va encore merder, maintenant?* se demanda le nouveau président, tandis qu'on montait le cercueil de Mme Durling derrière celui de son mari et qu'on le faisait entrer dans la cathédrale.

— Allons-y, Mark.

Ryan guida l'enfant vers la porte, jouant là, sans y penser, le rôle d'un oncle. S'il pouvait seulement leur faire oublier leur chagrin, ne serait-ce qu'un instant! C'était impossible, bien sûr, et cette pensée ne fit qu'ajouter à sa tristesse, sans rien enlever à celle de l'enfant.

Il faisait meilleur à l'intérieur, notèrent ceux qui étaient moins sensibles à l'émotion du moment. Les responsables du protocole, toujours sur des charbons ardents, leur indiquèrent leurs places. Ryan et sa famille s'installèrent sur le premier banc à gauche. Les Durling s'assirent en face. Les cercueils furent posés côte à côte sur des catafalques, dans la sacristie ; derrière eux, il y en avait trois autres — un sénateur et deux membres de la Chambre. L'orgue jouait un morceau que Ryan avait déjà entendu, mais qu'il ne reconnut pas. Au moins, ce n'était pas cette macabre procession maçonnique de Mozart, avec sa mélopée brutale et répétitive, qui vous redonnait à peu près autant d'espoir qu'un documentaire sur l'Holocauste ! Les représentants du clergé, d'un calme professionnel, étaient alignés devant eux. Dans le logement généralement réservé aux recueils de cantiques, Ryan découvrit un autre exemplaire de son discours.

La scène, à l'écran, était bien faite pour que chacun, suivant sa profession, se sentît triste... ou enthousiaste. *Si seulement...*, pensa-t-il. Hélas, de merveilleuses occasions comme celle-ci étaient le fruit du hasard, et l'on n'avait donc jamais le temps de rien préparer. Or, l'organisation était essentielle pour ce genre d'opérations. Bien sûr, l'affaire aurait été difficile d'un point de vue technique, mais il s'autorisa à réfléchir à une méthode possible. Un mortier, peut-être ? On pouvait en monter un à l'arrière d'un camion de livraison ordinaire, disponible dans n'importe quelle ville du monde. Sous les obus, le toit s'écroulerait. On tuerait au moins dix personnes, peut-être quinze ou vingt, et même si l'on n'avait aucun moyen de choisir les victimes, une cible était une cible, et la terreur la terreur — et c'était ça, sa profession.

— Regardez-moi tous ces gens ! s'exclama-t-il.

Les caméras remontaient les rangées de bancs. Surtout des hommes, quelques femmes. Certains parlaient à voix basse, mais la plupart regardaient devant eux, silencieux, le visage dénué d'expression. Et puis les enfants du feu président, l'air défait de ceux qui sont soudain frappés par la dure réalité de la vie. Ils semblaient pourtant supporter ce coup étonnamment bien, n'est-ce pas ? Ils survivraient.

Comme ils n'avaient plus désormais la moindre signification politique, son intérêt pour eux était clinique et sans pitié. Puis la caméra revint sur Ryan, et il l'observa de plus près.

Jack n'avait pas encore dit adieu à Roger Durling. Il n'avait pas eu le temps d'y penser sérieusement, avec la semaine infernale qu'il venait de passer. Mais là, maintenant, c'était son cercueil qu'il regardait. Il avait très peu fréquenté Anne, et les trois autres qui reposaient dans la sacristie étaient pour lui de parfaits inconnus — en fait, on les avait choisis en fonction de leur religion. Mais Roger était son ami. Roger lui avait proposé un travail important et lui avait fait confiance pour l'accomplir au mieux ; il lui avait très souvent demandé son avis, il l'avait écouté, il l'avait aussi réprimandé à l'occasion, mais toujours en ami. Ç'avait été un boulot difficile, surtout au moment du conflit avec le Japon. Et quand il avait compris que Jack n'avait plus envie de jouer à ce jeu, il lui avait fait, toujours en ami, un pont d'or avant de le renvoyer à la vie civile — il lui avait offert une carrière au sommet... qui venait de se révéler un piège.

Mais s'il avait confié ce poste à quelqu'un d'autre, où aurais-je été cette nuit-là ? se demanda Jack. La réponse était simple : il se serait trouvé au premier rang, à la Chambre des représentants, et aujourd'hui il serait mort. Il cligna des yeux à cette idée. *Roger lui avait sauvé la vie !* Et pas simplement la sienne, sans doute. Car Cathy et peut-être même leurs enfants auraient été dans la galerie, aux côtés d'Anne Durling... La vie était-elle si fragile pour dépendre d'événements si mineurs ?

Mark Durling pleurait, maintenant. Sa grande sœur, Amy, prit sa tête contre elle. Se tournant légèrement, Jack surprit la scène du coin de l'œil. *Mon Dieu, pourquoi des gosses doivent-ils vivre des choses pareilles ?* A cette pensée, il se mordit la lèvre et regarda le sol. Personne contre qui diriger sa colère.

L'auteur de ce crime était mort, son corps reposait dans un tiroir de la morgue et, à quelques milliers de kilomètres de là, la famille de cet homme portait le fardeau de la honte et de la culpabilité qu'il lui avait laissé en héritage. Et il n'y avait rien à apprendre de tout ça ; seule demeurait la souffrance pour toutes ces vies perdues, toutes ces vies mutilées — tandis que d'autres étaient épargnées simplement par le fait du hasard. Comme le cancer, cette violence frappait sans plan préétabli. Aucun moyen de s'en protéger. Un homme avait voulu en entraîner d'autres avec lui dans la mort. Point final. Bon sang, quelle leçon en tirer ? Ryan, qui avait étudié les comportements humains, grimaça et continua à contempler ses pieds, tandis qu'il entendait les pleurs d'un orphelin résonner dans une cathédrale de pierre.

Il est faible. C'était inscrit sur son visage. Ce soidisant homme, ce *président,* luttait pour retenir ses larmes ! Ne savait-il donc pas que la mort était indissociable de la vie ? Il avait déjà tué, non ? Ne savait-il pas ce qu'était la mort ? L'apprenait-il seulement maintenant ? Tout le monde mourait. Ryan aurait dû s'en souvenir. Il avait pourtant affronté le danger — mais il y avait longtemps, se rappela Daryaei, et avec le temps, les hommes oubliaient. Ryan avait de nombreuses raisons de ne plus penser à la vulnérabilité de l'existence, avec les protections dont il avait bénéficié en tant que haut personnage de l'Etat.

Tout ce qu'on apprenait en observant simplement quelques secondes le visage d'un être humain l'étonna une fois encore.

Ça faciliterait les choses, n'est-ce pas ?

Le Premier ministre indien se trouvait cinq rangs derrière Ryan, mais dans une aile, et même si elle ne voyait que la nuque du président, elle aussi connaissait bien la nature humaine. Un chef d'Etat n'avait pas le droit de se comporter ainsi, il devait savoir tenir son rang. Elle avait assisté à de nombreuses funérailles au cours de sa vie publique ; en effet, tout chef politique avait des « collègues » — pas nécessairement des amis — jeunes et vieux, auxquels il fallait témoigner du respect s'ils mouraient, même si on les avait détestés de leur vivant. Et, dans ce dernier cas, c'était même parfois amusant. On simulait la tristesse : *Oui, nous avions des désaccords, mais c'était quelqu'un d'estimable, quelqu'un avec qui on pouvait travailler et dont les idées avaient du poids...* Avec un peu de pratique, on devenait assez convaincant et les survivants croyaient à vos mensonges — parce qu'ils en avaient envie. On apprenait à sourire juste ce qu'il fallait, et à montrer juste ce qu'il fallait de chagrin, et à dire exactement ce qui convenait... Mais c'était nécessaire : un chef politique peut rarement se permettre d'afficher ses vrais sentiments. Car ils révèlent vos faiblesses, et il y aura toujours quelqu'un qui les utilisera contre vous. Alors, au fil des années, on dissimule de plus en plus ce qu'on pense, et finalement, on n'a plus aucune émotion... Et c'est parfait, parce qu'on ne fait pas de politique avec des sentiments.

Ce Ryan ne l'avait pas compris, pensa le Premier ministre de « la plus grande démocratie du monde. » Il montrait qui il était *vraiment* et, pis encore, il le faisait devant un bon tiers des chefs politiques les plus importants de la planète ! *Merveilleux...,* se dit-elle, tout en veillant à arborer une expression de tristesse en l'honneur d'un homme qu'elle avait profondément haï.

Lorsque l'organiste se mit à jouer le premier morceau, elle prit son recueil de cantiques, l'ouvrit à la bonne page et chanta avec tout le monde.

Le rabbin commença. Chacun des trois orateurs avait droit à dix minutes, et chacun d'eux était un érudit, outre sa vocation d'homme de Dieu. Le rabbin Benjamin Fleischman cita le Talmud et la Torah. Il parla du devoir, de l'honneur et d'un Dieu miséricordieux. Puis ce fut le tour du révérend Frederick Ralston, l'aumônier du Sénat — il n'était pas en ville cette fameuse nuit, si bien qu'il avait évité une participation plus... silencieuse à la célébration d'aujourd'hui. Baptiste du Sud, et autorité éminente du clergé, Ralston évoqua la Passion du Christ dans le Jardin, puis son ami Richard Eastman, sénateur de l'Oregon, qui reposait dans la sacristie, et il se lança ensuite dans un éloge du président disparu, père de famille dévoué...

Il n'y avait aucun moyen satisfaisant d'affronter de telles choses..., pensa Ryan. Ç'aurait peut-être été plus facile si le pasteur, le prêtre ou le rabbin avaient eu le temps de s'asseoir avec les proches du défunt, mais ça n'avait pas été le cas, et il se demanda si...

Non, ce n'est pas satisfaisant, se répéta-t-il. Tout cela n'était que du théâtre! Et ça n'aurait pas dû l'être. Il y avait des *enfants,* là, et pour eux, ce n'était pas une représentation, c'était beaucoup plus simple : *papa* et *maman* avaient été arrachés à la vie par un acte insensé qui les privait d'un futur auquel ils avaient droit, qui les privait d'amour et de conseils et d'une chance de grandir normalement. Mark et Amy Durling étaient les seuls qui comptaient, ici, mais ce service funèbre, qui aurait dû les aider, ne leur était pas destiné. C'était un exercice politique fait pour rassurer la nation et renouveler la foi de la population en Dieu et sa confiance dans le monde et dans son pays, et peut-être que les gens qui suivaient la cérémonie grâce aux vingt-trois caméras disséminées dans la cathédrale en avaient besoin, en effet, mais d'autres avaient des besoins plus urgents, les enfants de Roger et d'Anne Durling, les grands fils de Dick Eastman, la veuve de David Kohn, et la famille de Marissa Henrik... Eux, oui, ils étaient réels, et maintenant leur chagrin passait après le pays ! *Au diable le pays* ! pensa Jack, soudain irrité par cette cérémonie, et en colère contre lui-même de ne pas l'avoir compris plus tôt, car, alors, il aurait pu essayer de changer les choses. Qui parlait pour ces deux enfants ? Oui, qui *leur* parlait ?

Trois membres du clergé, distingués et érudits, trois hommes bien, destinaient leurs prêches à la nation, mais devant eux se tenaient des enfants qui n'avaient eu droit qu'à quelques mots gentils et c'était tout. Il fallait s'adresser à *eux*, avec des mots qui les concernaient, évoquer leurs parents... Quelqu'un devait essayer, même si c'était impossible, bon sang ! Il était président des Etats-Unis, il avait un devoir vis-à-vis des millions de gens qui le regardaient en ce moment, mais il se souvenait aussi de cette époque où sa femme et sa fille s'étaient retrouvées à l'hôpital de Baltimore, entre la vie et la mort, et ça non plus n'avait pas été une foutue abstraction ! Voilà le problème : c'était pour ça qu'on s'était attaqué à sa famille, pour ça que tous ces gens étaient morts — parce que des fanatiques les avaient considérés comme des *abstractions* et non comme des êtres humains, avec une vie, des espoirs et des rêves, et des enfants... Son devoir, désormais, était de sauvegarder la nation. Il avait juré de « préserver, protéger et défendre la Constitution des Etats-Unis », et il s'y emploierait de son mieux. Mais le but de la Constitution était très simple — garantir les bienfaits de la liberté pour le *peuple*, et cela incluait les enfants. Le pays qu'il servait et le gouvernement qu'il tentait de conduire n'étaient ni plus ni moins qu'un mécanisme de protection des individus. Et ce devoir-là n'avait rien de symbolique. La réalité se trouvait à trois mètres de lui, deux enfants qui retenaient difficilement leurs larmes, tandis que Mike O'Leary s'adressait à un pays et non à une famille en deuil.

Les agents du Service secret surveillèrent la nef encore plus attentivement, car Swordsman était maintenant une cible idéale. En gagnant le lutrin, Jack constata que l'archevêque y avait laissé la chemise contenant le discours présidentiel, comme on le lui avait demandé. *Non*, décida-t-il. *Non !* Il saisit les deux côtés du meuble et se redressa. Son regard balaya brièvement l'assemblée, puis vint se poser sur les enfants de Roger et d'Anne Durling. La douleur qu'il lut dans leurs yeux lui brisa le cœur. Quelques « amis » anonymes leur avaient demandé d'être « courageux », sous prétexte que « papa et maman l'auraient voulu ». Mais supporter une telle douleur dans le silence et la dignité, ce n'était pas l'affaire d'un enfant.

Ça suffit, pensa Jack, *mon devoir commence ici*. Le premier devoir du fort était de protéger le faible.

— Mark, Amy, votre papa était mon ami, dit-il gentiment. Ça a été un honneur pour moi de lui obéir et de l'aider de mon mieux — mais, vous voyez, lui-même m'aidait sans doute encore davantage. Je sais que vous avez été obligés de vous habituer à l'idée que papa et maman avaient un travail important et jamais assez de temps à vous consacrer, mais je peux vous assurer que votre papa a fait de son mieux pour être à vos côtés, parce qu'il vous aimait plus que sa fonction de président, plus que tout au monde — excepté, peut-être, votre maman. Elle aussi, il l'adorait...

Quelles stupidités ! pensa Daryaei. Bien sûr qu'on devait aimer les enfants, mais ils grandissaient. Ils apprenaient et ils obéissaient, et puis, un jour, ils menaient leur vie d'adultes. Il devait reconnaître que le juif avait bien parlé, avec ses citations des textes sacrés que l'on retrouvait dans leur Torah et dans le saint Coran. Il aurait choisi un passage différent, mais c'était une question de goût personnel, n'est-ce pas ? La théologie le permettait. Ce fou de Ryan était en train de gaspiller ses chances de rassembler sa nation, de paraître fort et assuré, et donc de consolider son pouvoir sur son gouvernement. S'intéresser à des gosses en un tel moment !

Ses conseillers politiques doivent friser la crise cardiaque ! pensa le Premier ministre. Il leur faut certainement toute la maîtrise acquise au cours de leur longue vie politique pour garder un air serein. Elle décida alors d'afficher un peu de compassion. Après tout, Ryan aurait très bien pu l'observer, en cet instant, et elle était femme et mère — et elle devait le rencontrer plus tard dans la journée. Elle inclina légèrement la tête vers la gauche, de façon à mieux le voir. Peut-être que ça lui plairait... Dans une minute, elle sortirait un mouchoir de son sac et elle s'essuierait les yeux.

— J'aurais souhaité mieux connaître votre mère, poursuivait le président. Cathy et moi, nous attendions cela avec impatience. J'aurais voulu que Sally, Jack et Katie deviennent vos amis à tous les deux. Votre papa et moi, on en avait discuté. Mais je pense que maintenant ça ne se passera pas comme nous l'avions prévu.

Cette idée le frappa à l'estomac. Ils pleuraient, à présent, parce qu'il venait implicitement de leur faire comprendre qu'ils en avaient le droit. Lui-même, bien sûr, ne le pouvait pas. Il devait se montrer fort — pour eux.

— Vous aimeriez certainement connaître la raison de leur mort, poursuivit-il. Moi, je ne la sais pas, mes enfants. Je voudrais la savoir, pourtant. Et je n'ai encore trouvé personne qui soit capable de me la dire.

— Nom de Dieu ! réussit à dire Clark, de cette voix grincheuse d'un homme qui refoule un sanglot. (Tous les fonctionnaires importants de la CIA avaient la télévision dans leur bureau, et toutes les chaînes couvraient l'événement.) Ouais, moi aussi je me suis posé la question, mec.

— Tu sais quoi, John?

Chavez contrôlait mieux son émotion. Un homme se devait d'être calme en de pareils moments, pour que les femmes et les gosses puissent se reposer sur lui. Sa culture latine, du moins, le prétendait. Mais monsieur C. avait des réactions surprenantes. Comme toujours.

— Quoi, Domingo?

— Ce mec a des couilles. Ouais, on bosse pour quelqu'un qui en a.

John se retourna. Qui aurait cru ça? Deux officiers de la CIA pensant la même chose de leur président! Il était content de savoir qu'il avait compris Ryan dès la première rencontre. Il se demanda si Jack serait un bon président. Il ne réagissait pas comme les autres. Il se conduisait comme une personne *réelle*. Qui lui jetterait la pierre pour ça? se demanda-t-il.

— ... Je veux que vous sachiez que vous pouvez venir nous voir, Cathy et moi, quand vous voudrez. Vous n'êtes pas abandonnés. Vous ne le serez *jamais*. Votre famille est à vos côtés, et désormais la mienne le sera aussi, leur promit Ryan, depuis la chaire.

Il devait le leur dire. Roger était un ami, et on s'occupe des gosses de ses amis quand c'est nécessaire. Il l'avait déjà fait pour la famille de Buck Zimmer, et maintenant il allait recommencer pour celle de Roger.

— Je veux que vous soyez fiers de votre papa et de votre maman. Votre père était un homme bien, un ami fidèle. Il travaillait dur pour que le peuple américain vive mieux. C'était une tâche énorme, qui l'a empêché de passer davantage de temps avec vous, mais c'était un grand homme et les grands hommes font des choses importantes. Votre maman était toujours là, et elle aussi a fait de grandes choses. Mes enfants, gardez-les toujours dans votre cœur. Souvenez-vous de tout ce qu'ils vous ont dit, des jeux, des blagues, de tout ce qui permet aux parents de prouver leur amour à leurs enfants. Cela, vous ne le perdrez jamais. Jamais, leur assura Jack, dans l'espoir de soulager le coup que le destin venait de leur porter. (Il ne trouva rien de mieux à leur dire. Il était temps de conclure.) Mark, Amy, Dieu a décidé qu'Il voulait que votre papa et votre maman Le rejoignent. Il ne donne pas d'explications que nous puissions comprendre, et nous sommes incapables de Lui résister quand ça arrive...

La voix de Ryan, finalement, se brisa.

Très courageux de sa part de manifester ainsi ses émotions, pensa Koga. N'importe qui d'autre aurait pu prononcer les stupidités politiques habituelles, et la plupart l'auraient fait, dans n'importe quel pays, mais ce Ryan était différent. D'un point de vue politique, s'adresser à ces enfants était très malin. Du moins l'avait-il pensé au début. Mais ce n'était pas du tout ça : ce président était *d'abord* un homme. Ryan n'était pas un acteur, il se moquait de montrer de la force et de la détermination. Et Koga comprenait pourquoi ; mieux que les autres, peut-être, il savait de quoi Ryan était fait. Il l'avait deviné, dans son bureau, quelques jours plus tôt. Ryan était un samouraï. Il faisait son devoir, sans se soucier du jugement d'autrui. Le Premier ministre japonais espéra que ce n'était pas une erreur, tandis qu'il regardait le président des Etats-Unis descendre les marches et s'approcher des enfants Durling. Il les embrassa et tout le monde vit les larmes sur son visage. Autour de lui, Koga entendit certains chefs d'Etat sangloter, mais il savait bien que la plupart simulaient — ou, dans le meilleur des cas, que ces restes fugaces d'humanité seraient vite oubliés. Il regretta de ne pouvoir en faire autant, mais les règles de sa culture étaient sévères, d'autant plus qu'un de ses concitoyens était responsable de cette monstrueuse tragédie et qu'il devait assumer cette honte. A contrecœur, il *devait* jouer le jeu politique, alors que ce n'était pas le cas pour Ryan. Il se demanda si l'Amérique avait conscience de sa chance.

— Il n'a pas du tout prononcé le discours prévu, protesta le présentateur.

Ce discours avait été distribué à l'ensemble des chaînes généralistes, toutes les copies étaient déjà surlignées et découpées ; on était prêt à en citer les principaux passages, et à insister sur les points essentiels du message du président à la population. Au lieu de cela, le journaliste avait été obligé de prendre des notes, et il avait eu du mal, car il n'était plus un homme de terrain depuis longtemps.

— Vous avez raison, acquiesça le commentateur à contrecœur.

Les choses n'auraient tout simplement pas dû se passer ainsi. Sur son moniteur, il voyait Ryan qui serrait toujours les enfants Durling dans ses bras, et c'était trop long.

— J'imagine que le président a décidé que c'était un moment important pour eux..., ajouta-t-il.

— Et c'est certainement le cas, dit son collègue.

— Mais la fonction de M. Ryan est de gouverner une nation, reprit le commentateur en secouant la tête.

A l'évidence, il pensait à quelque chose qu'il ne pouvait pas formuler à l'écran : *Ce n'est pas une attitude présidentielle.*

A présent, on ne lisait plus que de la douleur dans leurs yeux. Jack savait que c'était bien s'ils se laissaient aller, mais c'était d'autant plus dur à regarder, car les enfants de cet âge n'étaient pas censés affronter ce genre de choses. On pouvait seulement essayer de soulager leur souffrance.

Jack retourna s'asseoir. Cathy l'observait, les larmes aux yeux, elle aussi. Elle ne pouvait rien dire, mais elle lui prit la main. Jack y vit un exemple supplémentaire de l'intelligence de sa femme.

— Que savons-nous d'elle?
— C'est une chirurgienne des yeux, et on prétend qu'elle est très bonne. (Il vérifia ses notes.) Les médias américains disent qu'elle continue à travailler malgré ses obligations officielles.
— Et leurs enfants?
— Je n'ai rien sur eux, mais je devrais pouvoir découvrir dans quelle école ils vont. (Notant le regard narquois de son interlocuteur, il précisa :) Si la femme n'a pas arrêté la médecine, j'imagine que les enfants fréquentent toujours la même école.
— Et comment ferez-vous?
— C'est facile. Tous les journaux américains sont accessibles par ordinateur. Ryan a fait l'objet de nombreux papiers. Je trouverai là-dedans ce dont j'ai besoin.

En fait, il avait commencé ses recherches, mais il n'avait encore rien sur la famille. Le monde moderne avait énormément facilité la vie d'un officier de renseignements. Il savait déjà l'âge de Ryan, sa taille, son poids, la couleur de ses yeux et de ses cheveux, et une bonne part de ses habitudes, sa nourriture et ses boissons favorites, les clubs de golf auxquels il appartenait, et toutes sortes de petits détails, dont aucun n'était inutile pour quelqu'un comme lui. Il n'eut pas besoin de demander à quoi pensait son patron. Ils avaient raté tous les deux cette occasion unique — ce rassemblement de la plupart des chefs d'Etat de la planète à la National Cathedral. Mais il y en aurait d'autres.

Un dernier cantique et ce fut terminé. Les soldats retournèrent chercher les cercueils et la procession recommença, mais en sens inverse. Mark et Amy s'étaient repris, soutenus par leur proches, et ils marchaient derrière la dépouille mortelle de leurs parents. Ensuite venait Jack, conduisant sa propre famille. Katie, que tout cela ennuyait, fut contente de bouger un peu. Jack Jr se sentait triste pour les enfants Durling. Sally paraissait inquiète. Jack se promit de parler de tout cela avec elle. En descendant l'allée centrale, il observa les visages qui l'entouraient et ne fut que légèrement surpris de constater que c'était lui qu'on regardait, pas les cercueils. Ça ne s'arrêtait jamais, n'est-ce pas ? Il se demanda dans quel genre de club il venait d'entrer. Il remarqua quelques expressions amicales, tout de même. Le prince de Galles, qui n'était pas un chef d'Etat, et était donc placé par le protocole derrière les autres — dont certains étaient de véritables voyous, mais cela n'entrait pas en ligne de compte —, lui adressa un hochement de tête chaleureux. Oui, lui il comprenait, pensa Jack. Il avait envie de consulter sa montre, il se sentait déjà épuisé par cette journée, qui venait pourtant juste de commencer. Mais on lui avait expliqué qu'un président ne faisait pas une chose pareille, car il n'avait pas besoin de montre. Ses collaborateurs étaient là pour lui rappeler son emploi du temps ; d'autres, en ce moment, les attendaient déjà avec leurs manteaux, à la porte de la cathédrale. Et puis il y avait Andrea Price et les membres de son détachement de protection. Et, à l'extérieur, une véritable armée d'agents pour veiller sur eux... Une voiture le conduirait à sa prochaine destination, où il remplirait ses devoirs officiels, avant d'être entraîné immédiatement vers la destination suivante, et ainsi de suite...

Mais il ne laisserait pas tout cela prendre le contrôle de son existence. Ryan fronça les sourcils à cette idée. Il ferait son boulot, mais il ne commettrait pas l'erreur de Roger et d'Anne. Il repensa à tous ces visages, dans la cathédrale : il avait peut-être été obligé d'entrer dans ce club, mais il ne leur ressemblerait jamais. Ce fut du moins ce qu'il se promit en cet instant.

8

NOUVEAU COMMANDEMENT

Heureusement, à Andrews, la fin de la cérémonie fut courte. Les cercueils étaient arrivés de la cathédrale dans un corbillard, tandis que les nombreux officiels regagnaient leurs ambassades respectives. L'Air Force One [1] attendait les Durling pour leur dernier voyage vers la Californie. Tout semblait bien plus informel, maintenant, même s'il y avait là une autre garde d'honneur pour saluer les cercueils recouverts du drapeau américain. La foule, surtout composée de membres de l'Air Force et d'autres personnels militaires qui avaient travaillé directement sous les ordres du défunt président, était moins importante. A la demande de la famille, les funérailles elles-mêmes seraient plus intimes et réservées aux parents, ce qui était probablement mieux pour tout le monde. Ce fut là, à Andrews, que retentirent les derniers *Ruffles and Flourishes* et *Hail to the Chief.* Mark se tint au garde-à-vous, la main sur le cœur, un geste qui serait certainement à la une de tous les hebdos. Un brave garçon, faisant de son mieux, et plus adulte qu'on ne l'aurait cru. Un élévateur embarqua les cercueils par la porte cargo. Puis la famille grimpa dans le VC-25 pour son ultime déplacement dans un avion qui n'aurait même pas l'indicatif d'appel présidentiel puisque le président en exercice n'était pas à son bord. Ryan suivit le décollage, tout comme les caméras de télévision, jusqu'à ce que l'appareil ne fût plus qu'un simple point dans le ciel. Un groupe de F-16 prit l'air en même temps, relevé de son devoir de surveillance de Washington. Ryan et les siens embarquèrent ensuite à bord d'un hélicoptère des Marines pour rentrer à la Maison-Blanche. Son équipage fut

1. L'avion présidentiel (*N.d.T.*).

aux petits soins avec les enfants. On offrit à Little Jack un insigne de l'unité, une fois qu'il eut bouclé sa ceinture. Dès lors, l'ambiance fut moins sombre. Les Marines du VMH-1 étaient en charge d'une nouvelle famille; la vie reprenait ses droits.

A la Maison-Blanche, le personnel était déjà au travail; on installait leurs affaires (celles des Durling avaient été déménagées au cours de la matinée), et on changeait quelques meubles; les Ryan dormiraient dès ce soir en ces lieux occupés pour la première fois par John Adams. Les enfants se collèrent aux hublots tandis que l'hélicoptère entamait sa descente. Leurs parents, eux, échangèrent un regard.

A ce moment-là, les choses prirent un autre tour. Dans des funérailles privées, ç'aurait été le début de la veillée mortuaire. On aurait essayé d'oublier sa tristesse, on se serait souvenu que Roger était un type formidable, et puis on aurait discuté des derniers événements de sa propre vie, de la scolarité des gosses, et des transactions pendant la morte-saison de base-ball... Ce fut aussi le cas ce jour-là — mais à une plus vaste échelle. Le photographe officiel de la Maison-Blanche les attendait sur la pelouse sud, tandis que l'hélicoptère se posait. On descendit les escaliers et un caporal des Marines se mit au garde-à-vous au bas des marches. Le président Ryan passa le premier, et rendit immédiatement son salut au soldat, tant les leçons de Quantico, Virginie, plus de vingt ans auparavant, étaient inscrites dans sa chair. Cathy sortit derrière lui, puis les enfants. Les agents du Service secret formaient une espèce de vague couloir qui leur montrait le chemin. Il y avait des caméras installées sur leur gauche, mais aucun journaliste ne leur lança la moindre question — pour cette fois. A l'intérieur du bâtiment, les Ryan furent entraînés vers les ascenseurs; ils retrouvèrent Arnie van Damm dans les appartements présidentiels du second étage.

— Monsieur le président.

— Dois-je me changer, Arnie ? demanda Jack en tendant son manteau à un valet de chambre.

Il se figea une seconde, surpris par la facilité de tout cela. Il était président, désormais, et il s'était mis automatiquement à agir en tant que tel. D'une certaine façon, c'était encore plus remarquable que tous les devoirs qu'il avait assumés jusqu'à présent.

— Non. Mais jetez un œil là-dessus.

Son secrétaire général lui tendit une liste des invités qui étaient déjà rassemblés dans le salon est, au premier. Jack la parcourut rapidement, au milieu du couloir. Les noms lui firent penser à des pays plutôt qu'à des individus particuliers, parmi lesquels certains étaient des amis, d'autres de simples connaissances, et d'autres encore de parfaits étrangers... Même après avoir été conseiller à la sécurité nationale, il ne savait pas tout ce qu'il aurait dû savoir à leur sujet. Pendant qu'il lisait, Cathy entraîna les enfants vers leur salle de bains, assistée par un agent du détachement. Ryan alla vérifier ses cheveux dans le miroir de la sienne. Il se donna tout seul un coup de peigne, sans l'aide de Mme Abbot, mais sous la surveillance de van Damm. *Je ne suis même pas tranquille ici*, pensa-t-il.

— Ça va durer combien de temps, Arnie ?

— Impossible à dire, monsieur.

Ryan se retourna et le considéra :

— Quand on est tous les deux, mon prénom c'est Jack, d'accord ? J'ai été désigné, mais pas consacré.

— D'accord, Jack.

— Les gosses doivent venir aussi ?

— Ça ajouterait une note sympa, oui... Jack, pour l'instant, vous avez plutôt fait du bon boulot.

— Ai-je rendu fous mes rédacteurs de discours ? demanda Jack, en sortant de la salle de bains tout en vérifiant sa cravate.

— Votre instinct vous a plutôt servi, mais la prochaine fois on peut vous écrire un texte de ce genre, si vous voulez.

Ryan y pensa un instant, et rendit sa liste à van Damm.

— Vous savez, ce n'est pas parce que je suis devenu président que j'ai cessé d'être humain.

— Jack, mettons-nous d'accord là-dessus, OK ? Vous n'avez plus le droit d'être simplement « humain », désormais. OK, vous avez eu quelques jours pour vous habituer à cette idée. Mais quand vous allez descendre ces escaliers, vous serez les Etats-Unis d'Amérique, et plus seulement un être humain. Et ça, c'est valable pour vous, pour votre femme et, à un certain degré, pour vos gosses.

Le secrétaire général de la Maison-Blanche eut droit à un long regard venimeux. Il l'ignora. C'était personnel, pas professionnel.

— Vous êtes prêt, monsieur le président ?

Jack acquiesça d'un signe de tête, se demandant si Arnie avait raison, et pourquoi son observation l'avait tellement mis en colère... mais aussi à quel point il devait le croire. Impossible à dire, avec Arnie. Il était, et resterait, une sorte de professeur, et comme la plupart des professeurs doués, il utilisait parfois des mensonges cruels pour exprimer une vérité plus profonde.

Don Russell arriva dans le couloir en tenant Katie par la main. Elle portait un ruban rouge dans les cheveux. Elle courut vers sa mère.

— Regarde ce qu'il a fait, oncle Don ! lui cria-t-elle.

Au moins, un membre du détachement de protection appartenait désormais à la famille, pensa Ryan.

— Peut-être que vous aimeriez les amener un instant aux toilettes, madame la présidente ? Il n'y en a pas au premier étage.

— Vraiment ?

Russell secoua la tête.

— Non, m'dame, on dirait bien qu'ils ont oublié ça quand ils ont construit ce bâtiment.

En mère dévouée, Caroline Ryan repartit donc avec les deux plus jeunes.

— Vous voulez que je la porte pour descendre,

m'dame ? lui demanda Russell avec un sourire de grand-père, quand elle revint. Ces escaliers sont un peu difficiles avec des talons hauts. Je vous la redonnerai en bas.

— D'accord.

Andrea Price annonça dans son micro :

— SWORDSMAN et sa famille quittent le deuxième étage et descendent au premier.

— Bien reçu, lui répondit un agent, au pied des marches.

Ils entendirent le brouhaha de la réception avant même d'avoir franchi le dernier coude des escaliers. Russell déposa Katie par terre, à côté de sa mère. Les agents se firent soudain étrangement invisibles, tandis que la First Family pénétrait dans le salon est.

— Mesdames et messieurs, annonça un major-dome, le président des Etats-Unis, le Dr Ryan, et sa famille.

Tout le monde se tourna vers eux pour les dévisager. Il y eut quelques brefs applaudissements. Cette fois, ils avaient l'air plutôt amicaux, pensa Jack, même s'il savait que certains cachaient bien leur jeu. Cathy et lui s'apprêtèrent alors à accueillir officiellement leurs invités.

Ils arrivèrent un par un, mais des chefs d'Etat leur présentèrent leurs épouses. Une fonctionnaire du protocole se tenait à côté de Ryan, et lui murmurait leur nom à l'oreille au fur et à mesure. Jack se demanda comment elle pouvait reconnaître tous ces gens. La procession qui passait devant lui n'était pas totalement le fruit du hasard. Les ambassadeurs des pays dont les chefs d'Etat avaient décidé de ne pas assister aux funérailles restaient un peu à l'écart, par petits groupes, en sirotant un Perrier citron, mais eux non plus ne dissimulaient pas leur curiosité professionnelle ; ils observaient le nouveau président *et* la façon dont il saluait les hommes et les femmes qu'il recevait.

— Le Premier ministre de Belgique, M. Arnaud, murmura la fonctionnaire du protocole.

Le photographe officiel recommença ses clichés, car il s'agissait de conserver une trace de chacune de ces présentations, et deux caméras en faisaient autant, quoique plus discrètement.

— Votre télégramme était très aimable, monsieur le Premier ministre, et il m'est parvenu à un moment difficile, dit Ryan en se demandant si sa sincérité était perceptible — et si Arnaud avait lu le texte en question.

Oui, bien sûr qu'il l'avait lu, même s'il ne l'avait sans doute pas rédigé lui-même, se dit-il.

— Votre discours aux enfants était très émouvant, et je suis certain que tous, ici, pensent comme moi, répliqua le Premier ministre, en le regardant droit dans les yeux et en serrant vigoureusement la main de Ryan pour en tester la fermeté.

Il était plutôt content de lui pour ce mensonge très bien tourné. Il avait effectivement parcouru le fameux télégramme et l'avait trouvé approprié, et il était ravi de la réaction de Ryan. La Belgique appartenait au camp allié, et Arnaud avait été soigneusement briefé par son responsable du renseignement militaire, qui avait travaillé avec Ryan lors de plusieurs conférences de l'OTAN, et avait toujours apprécié l'analyse que l'Américain faisait des Soviétiques — enfin, aujourd'hui, des Russes. On ne savait pas encore quel chef politique il serait, lui avait expliqué son collaborateur, mais c'était un brillant connaisseur de la situation internationale. Arnaud se fit sa propre idée du personnage, à présent, puis il salua sa femme.

— Docteur Ryan, j'ai beaucoup entendu parler de vous.

Il lui baisa la main, à la façon européenne, avec élégance. On ne lui avait pas dit que la First Lady était très belle, et combien ses mains étaient délicates. Bon, elle était chirurgien, n'est-ce pas ? C'était un rôle nouveau pour elle, et, même si elle avait encore l'air assez mal à l'aise, elle le jouait comme il fallait.

— Merci, monsieur Arnaud, répondit Cathy, informée de l'identité de ce gentleman par sa propre fonctionnaire du protocole, juste derrière elle.

Ces poignées de main, pensa-t-elle, étaient très théâtrales... mais sympas.

— Vos enfants sont des anges, ajouta Arnaud.

— C'est gentil à vous, lui répondit-elle.

Et il s'éloigna, immédiatement remplacé par le président du Mexique.

Les caméras étaient toujours autour d'eux, avec quinze journalistes. Le pianiste, dans le coin nord-est du salon, jouait des morceaux classiques très connus.

— Et vous connaissez le président depuis combien de temps ? demanda le Premier ministre du Kenya, ravi de croiser un amiral noir dans cette réception.

— Un bon moment, monsieur, répondit Robby Jackson.

— Robby ! Oh, excusez-moi, *amiral* Jackson, se reprit le prince de Galles en s'approchant.

— Capitaine. (Jackson lui serra chaleureusement la main.) Ça fait longtemps, monsieur.

Le Kenyan aperçut son alter ego de Tanzanie et le rejoignit, abandonnant les deux hommes.

— Comment il se débrouille, je veux dire, *vraiment* ? demanda le prince de Galles, ce qui attrista un peu Jackson.

Ami de Ryan ou pas, le prince avait une mission à remplir, Robby le savait. L'envoyer ici avait été une décision politique, et il devrait, de retour à l'ambassade de Sa Majesté britannique, dicter un compte rendu de ce contact. C'était son boulot. D'un autre côté, sa question nécessitait une réponse. Ils avaient brièvement travaillé ensemble, tous les trois, au cours d'une chaude nuit d'été mouvementée.

— Nous avons eu une courte réunion des chefs d'état-major par intérim, il y a deux jours, expliqua-t-il. Et il y a une session de travail demain. Jack sera OK, pensa pouvoir répondre le J-3.

Il mit une certaine conviction dans cette déclaration. Il le devait. Jack était maintenant le NCA — détenteur à ce titre de l'autorité nationale de commandement et responsable du PC de guerre nucléaire —, et la loyauté de Jackson à son égard était une obligation légale et un honneur, pas simplement une question d'amitié.

— Comment va votre femme ? s'enquit alors le prince de Galles, en considérant Sissy Jackson, qui discutait un peu plus loin avec Sally Ryan.

— Elle est toujours second piano de l'Orchestre national.

— Et qui est le premier ?

— Miklos Dimitri. Il a de plus grosses mains, expliqua Jackson.

Il décida qu'il serait malavisé de poser à son tour des questions sur la famille du prince.

— Vous vous êtes bien débrouillé dans le Pacifique, dit celui-ci.

— Oui. Heureusement, on n'a pas été obligés de tuer tous ces gens, répondit Jackson en regardant droit dans les yeux cet homme qui était presque son ami. A un moment, ça a vraiment cessé d'être une partie de plaisir, vous savez.

— Pourra-t-il faire ce boulot, Robby ? Vous le connaissez mieux que moi.

— Capitaine, il *doit* le faire, répondit Jackson, en considérant de loin son ami et commandant en chef, et sachant à quel point Jack détestait les mondanités. (A voir son nouveau président supporter les présentations officielles, il lui était impossible de ne pas repenser au passé.) Il lui est arrivé pas mal de choses depuis l'époque où il enseignait l'histoire à la Naval Academy, Votre Altesse, observa l'amiral dans un murmure.

Pour Cathy Ryan, l'essentiel était de protéger sa main. Curieusement, elle était plus habituée que son mari à ce genre d'exercices officiels. Chirurgienne en chef du Wilmer Ophtalmological Institute de Johns Hopkins, elle avait dû participer ces dernières années à de nombreuses soirées de collectes de fonds — une version haut de gamme de la mendicité —, et elle en avait souvent voulu à Jack de ne pas l'accompagner à ces petites sauteries. Et voilà qu'elle était là, de nouveau, avec des gens qu'elle ne connaissait pas, qu'elle n'aurait jamais l'occasion d'apprécier, et dont aucun ne soutiendrait ses programmes de recherche !

— Le Premier ministre indien, lui murmura sa fonctionnaire du protocole.

— Enchantée ! fit la First Lady en souriant.

La main de la politicienne indienne était d'une légèreté bienvenue.

— Vous devez être très fière de votre mari, lui dit celle-ci.

— J'ai toujours été fière de Jack.

Les deux femmes étaient de la même taille. Le Premier ministre avait le teint basané et elle plissait les yeux, derrière ses lunettes, remarqua Cathy. Elle avait sans doute besoin de changer de verres, et ceux qu'elle portait à présent devaient lui occasionner des maux de tête. Bizarre. Ils avaient pourtant quelques bons spécialistes, en Inde.

— Et vos enfants sont si mignons.

— Merci, répondit Cathy en souriant de nouveau, d'une façon un peu automatique, en réponse à une remarque de pure forme.

Cathy découvrit dans son regard quelque chose qu'elle n'aima pas. *Elle croit qu'elle est mieux que moi. Mais pourquoi donc ? Parce que c'est une politicienne et que je ne suis que médecin ?* Aurait-ce été différent si elle avait été avocate ? Non, probablement pas..., se dit-elle, avec la vitesse de réflexion qu'elle avait parfois lorsqu'une intervention chirurgicale risquait de mal tourner. Non, ce n'était pas ça. Cathy se souvint d'un soir, ici même, dans le salon est, avec Elizabeth Elliot. Ç'avait été pareil, avec elle : *Je suis mieux que vous à cause de ce que je suis et de ce que je fais.* SURGEON [1] — elle n'était pas

1. Chirurgienne (*N.d.T.*).

mécontente du nom de code que lui avait attribué le Service secret... — se plongea dans les yeux sombres de l'Indienne. Ce qu'elle y lut était encore pire. Elle lui lâcha la main. La file avançait.

Le Premier ministre indien se dirigea vers un serveur, et prit un jus de fruits sur son plateau. Elle se tourna alors vers son collègue Premier ministre de la République populaire de Chine. Levant discrètement son verre, elle lui adressa un signe de tête, sans un sourire. Le sourire était inutile. Le message de ses yeux était suffisamment clair.

— C'est vrai qu'ils vous ont surnommé SWORDS-MAN ? demanda le prince Ali ben Cheikh, les yeux pétillants de malice.

— Oui, et c'est à cause de votre cadeau, répondit Jack. Merci d'être venu.

— Mon ami, il y a un lien entre nous.

Son Altesse royale n'était pas tout à fait un chef d'Etat, mais avec la maladie actuelle de son souverain, Ali avait chaque jour davantage de responsabilités dans le royaume. On lui avait confié les Affaires étrangères et le service du renseignement. Il avait appris la politique internationale à Whitehall et l'espionnage avec le Mossad israélien, à la suite de l'une des contradictions les plus ironiques et les plus secrètes de l'histoire d'une partie du monde célèbre pour l'incohérence de ses imbrications. Dans l'ensemble, Ryan était satisfait de la promotion de son ami. Ali avait beaucoup à faire, mais il était capable.

— Vous n'avez jamais rencontré Cathy, n'est-ce pas ?

Le prince se tourna vers la First Lady.

— Non, mais je connais votre collègue, le Dr Katz. C'est lui qui a formé l'ophtalmologiste qui me suit. Je constate que votre mari a toutes les raisons d'être un homme heureux, docteur Ryan.

Et les Arabes étaient censés être froids, sans humour et irrespectueux envers les femmes ? pensa

Cathy. Pas cet homme-là, en tout cas. Le prince Ali lui serra la main doucement.

— Ah, oui, vous avez dû rencontrer Bernie en 1994, lui dit-elle.

Son hôpital avait en effet participé à la création de l'Institut ophtalmologique de Riyad, et Bernie était resté cinq mois là-bas pour y donner un certain nombre de conférences.

— Il a opéré un cousin à moi blessé dans un accident d'avion. Mon cousin a recommencé à voler. Ce sont vos enfants, là ?

— Oui, Votre Altesse.

Sur ses listes, celui-là serait inscrit parmi les types bien, se dit Cathy.

— Ça ne vous ennuie pas si je leur dis un mot ? demanda-t-il.

— Je vous en prie.

Après un signe de tête, le prince s'éloigna.

Caroline Ryan, pensa-t-il. *Intelligente et sensible. Un atout pour son mari, s'il est assez malin pour s'en servir...* Quelle tristesse que sa propre culture confiât si peu de responsabilités aux femmes ! Mais il n'était pas encore roi, il ne le serait peut-être jamais, et dans le cas contraire il y avait des changements qu'il pourrait introduire chez lui. Son pays avait encore pas mal de chemin à faire, même si beaucoup oubliaient les impressionnantes avancées qu'il avait connues en deux générations. Malgré tout, il y avait vraiment un lien entre Ryan et lui, et donc entre l'Amérique et le royaume.

Les enfants Ryan avaient l'air dépassés par la situation. C'était la plus petite, Katie, qui en profitait le plus ; elle buvait un jus de fruits, sous l'œil vigilant d'un agent du Service secret, tandis que quelques femmes de diplomates s'efforçaient de l'amadouer. Elle avait l'habitude d'être chouchoutée par tout le monde, comme les gosses de cet âge. Le fils, plus grand, était le plus perturbé, mais c'était normal pour un gamin qui n'était déjà plus un enfant, mais pas encore un homme. L'aînée — Olivia, d'après les documents qu'on lui avait fournis, mais que son père surnommait Sally — ne s'en tirait pas trop mal, alors qu'elle était à l'âge le plus difficile. Le prince Ali remarqua surtout qu'ils n'étaient pas habitués à tout ce cirque. Les Ryan avaient su les protéger de la vie officielle. Ils n'avaient pas cette expression ennuyée et arrogante habituelle aux gosses dans leur situation. On apprenait beaucoup sur les parents en observant leurs enfants. Il se pencha vers Katie. Elle eut d'abord un mouvement de recul à cause de son costume inhabituel — il avait eu peur de se transformer en glaçon, deux heures auparavant — mais, un instant plus tard, le sourire chaleureux du prince lui donna envie de lui caresser la barbe ; Don Russell se tenait à un mètre de là, comme un gros nounours veillant sur elle. Les deux hommes échangèrent un coup d'œil. Ali savait que Cathy Ryan les observait aussi. Comment mieux exprimer son amitié aux gens qu'en témoignant de la sollicitude à leurs enfants ? Dans le rapport qu'il rendrait à ses ministres, il les préviendrait de ne pas juger Ryan à son discours funèbre plutôt étrange. Que ce soit une façon inhabituelle de conduire un pays ne signifiait pas qu'il en était incapable.

Alors que beaucoup d'autres, dans cette pièce, l'étaient.

Sœur Jean-Baptiste avait fait de son mieux pour ignorer le problème, elle avait travaillé dans la chaleur jusqu'au soir, niant un malaise qui s'était bientôt transformé en une vraie douleur. Ça finirait par passer, comme tous les petits maux, espéra-t-elle. Elle avait attrapé la malaria pratiquement à son arrivée dans le pays, et cette saleté n'avait jamais disparu. Elle pensa d'abord qu'il s'agissait d'une nouvelle crise, mais ce n'était pas le cas. Puis elle se dit que sa fièvre n'était que la conséquence d'une de ces journées torrides habituelles au Congo, mais ce n'était pas ça non plus. Alors, elle se surprit à avoir peur. Elle avait soigné et consolé beaucoup de gens, mais elle n'avait jamais vraiment compris leur angoisse. Elle savait qu'ils étaient effrayés, et elle leur répondait par ses soins attentifs, sa gentillesse et ses prières. Mais à présent, pour la première fois, elle commençait à comprendre. Parce qu'elle pensait savoir ce qui lui arrivait. Aucun des autres n'avait tenu si longtemps, mais Benedict Mkusa était arrivé jusqu'ici, encore que ça ne lui ait guère été d'un grand secours. Il serait certainement mort d'ici ce soir, lui avait annoncé sœur Marie-Madeleine après la messe du matin. Trois jours plus tôt, elle aurait simplement soupiré et se serait consolée avec l'idée qu'il y aurait bientôt un autre ange au paradis. Mais pas cette fois. Cette fois, elle craignait fort qu'il n'y en ait *deux*.

Elle s'appuya contre le chambranle de la porte. Quelle erreur avait-elle commise ? Elle était bonne infirmière. Elle ne se trompait *jamais*. Bon.

Elle se rendit directement au laboratoire du bâtiment voisin en empruntant le passage couvert. Comme à l'accoutumée, le Dr Moudi était concentré sur son plan de travail. Il ne l'entendit pas entrer. Lorsqu'il se retourna, en se frottant les yeux après vingt minutes passées au-dessus de son microscope, il fut surpris de découvrir la sœur une manche relevée, avec un garrot en caoutchouc autour du bras et une aiguille plantée dans la veine. Elle venait de remplir son troisième tube de cinq centimètres et elle en attrapait un quatrième d'un geste sûr.

— Que se passe-t-il, ma sœur ?

— Docteur, je pense qu'il faut analyser immédiatement ces échantillons. Et, s'il vous plaît, mettez des gants neufs.

Moudi s'approcha et s'immobilisa à un mètre d'elle, tandis qu'elle retirait l'aiguille de son bras. Il observa son visage — comme les femmes de Qom, sa ville natale, elle était vêtue d'une façon très chaste. Ces religieuses étaient admirables : gaies,

travailleuses, et très dévouées à leur faux Dieu...
Dans ses yeux, plus clairement que dans les symptômes évidents que sa pratique lui permettait de
deviner, il vit qu'elle savait déjà.

— S'il vous plaît, asseyez-vous, ma sœur.

— Non... je dois...

— Ma sœur, dit le médecin d'un ton soudain plus
pressant, vous êtes une patiente, à présent. Vous
allez faire ce que je vous demande, hein ?

— Docteur, je...

Moudi lui parla plus gentiment. Il n'avait pas de
raison d'être dur avec cette femme. Elle ne méritait
pas ça.

— Ma sœur, après tous les soins et tout le
dévouement dont vous avez fait preuve envers les
malades de cet hôpital, permettez à un humble visiteur de vous rendre la pareille...

Sœur Jean-Baptiste lui obéit. Le Dr Moudi enfila
d'abord une paire de gants neufs. Puis il vérifia son
pouls, 88, sa pression sanguine, 138/90, et il prit sa
température, 39° — tous ces chiffres étaient élevés,
et les deux premiers étaient la conséquence du troisième et aussi de ce qu'elle pensait avoir attrapé.
Ç'aurait pu être n'importe quelle maladie, de la plus
bénigne à la plus grave, mais elle avait soigné ce
gamin, Mkusa, et le malheureux était mourant. Il
prit, prudemment, les tubes à essai et les posa sur
son plan de travail.

Moudi voulait être chirurgien. Il était le plus
jeune des quatre neveux du chef d'Etat de son pays.
Il avait vu ses frères partir à la guerre contre l'Irak.
Deux y avaient laissé la vie et le troisième en était
revenu mutilé, et il s'était suicidé quelques mois
plus tard. Lui, il avait pensé être chirurgien, le meilleur moyen de sauver la vie des guerriers d'Allah et
de leur permettre ainsi de continuer à se battre
pour Sa cause sacrée. Et puis il avait changé d'avis,
et il avait étudié les maladies infectieuses, car il y
avait différentes façons de défendre la Cause.

Après des années de patience, il touchait enfin au
but.

Il gagna le service des contagieux. La mort a une aura, il le savait. Dès que la sœur lui avait confié ses échantillons sanguins, il en avait envoyé un par express, soigneusement empaqueté, au Center for Disease Control d'Atlanta, Géorgie, Etats-Unis, le Centre de contrôle des maladies infectieuses. Puis il avait placé les trois autres au Frigidaire, dans l'attente de la suite des événements.

Le CDC fit preuve de son efficacité habituelle. Le télex était arrivé en quelques heures : c'était le virus Ebola Zaïre. Une identification suivie par une longue liste de mises en garde et d'instructions qui étaient totalement inutiles. Comme le diagnostic, en fait. Car peu de virus tuaient ainsi, et aussi vite.

Benedict Mkusa semblait avoir été maudit par Allah en personne, mais c'était impossible, Moudi le savait, puisque Allah était un Dieu de miséricorde qui ne faisait pas souffrir délibérément les innocents. Murmurer « C'était écrit » aurait été plus juste, mais à peine plus charitable pour le patient et pour ses parents. Ceux-ci étaient assis près de son lit, en vêtements de protection, et leur univers s'écroulait sous leurs yeux. Le garçon souffrait — c'était vraiment une agonie horrible. Certains de ses organes étaient déjà morts et pourrissants, tandis que son cœur essayait encore de pomper son sang et que son cerveau raisonnait... Seule une exposition massive aux radiations pouvait faire ça à un corps humain. Les effets étaient assez similaires. Les organes internes se nécrosaient. L'enfant était trop faible pour vomir, maintenant, mais il expulsait du sang par les intestins. Seuls ses yeux étaient encore à peu près normaux, même s'ils saignaient eux aussi. Des yeux noirs et tristes où se lisait l'incompréhension... Benedict fixait ses parents pour les supplier de s'occuper de lui, comme ils le faisaient depuis sa naissance. La salle empestait le sang, la sueur et d'autres fluides corporels.

Et puis le regard de l'enfant sembla se perdre dans le lointain. Le Dr Moudi lui ferma les yeux et murmura une prière à son intention. Allah, miséricordieux en toutes choses, se montrerait certainement bienveillant pour ce garçon, et Il l'accueillerait en Son paradis. Et le plus tôt serait le mieux.

La mort s'empara du jeune patient très lentement. Ses respirations douloureuses se firent plus superficielles, ses yeux, tournés vers ses parents, ne bougèrent plus, et les convulsions d'agonie n'agitèrent bientôt plus que ses extrémités — puis elles cessèrent totalement.

Sœur Marie-Madeleine, debout derrière eux, prit son père et sa mère par les épaules; le Dr Moudi s'approcha et posa son stéthoscope sur la poitrine de Benedict. Il entendit encore des gargouillements et comme de faibles déchirures, tandis que la nécrose détruisait les tissus, mais le cœur avait cessé de battre.

Il déplaça son vieil instrument pour en être sûr, puis il releva la tête.

— Il est mort, je suis désolé.

Il aurait pu ajouter que sa mort avait été plutôt clémente, par rapport à ce qui se passait généralement avec Ebola — si l'on en croyait les livres et les articles spécialisés sur le sujet. C'était sa première expérience directe du virus, et il l'avait déjà trouvée assez affreuse comme ça.

Les parents réagirent avec courage. Ils *savaient* depuis quarante-huit heures; c'était assez long pour accepter la chose mais pas assez pour que l'effet du choc se soit dissipé. Ils allaient partir et prier, il n'y avait rien d'autre à faire.

Le corps de Benedict Mkusa serait brûlé, et le virus avec lui. Le télex d'Atlanta avait été très clair sur ce point. Trop triste, vraiment.

Une fois les présentations terminées, Jack fit craquer ses doigts. Sa femme, elle, se massait les mains et respirait profondément.

— Tu veux quelque chose à boire? lui demanda-t-il.

— Quelque chose de léger. J'ai deux opérations demain matin. (Et ils n'avaient toujours pas trouvé un moyen pratique de l'emmener travailler!) Combien de ces machins-là va-t-on se payer?

— J'en sais rien, admit le président, même si le programme était fixé des mois à l'avance, et en majeure partie sans tenir compte de son avis.

Au fil des jours, il était de plus en plus étonné qu'on eût envie de se battre pour un tel poste, qui impliquait une succession sans fin de fonctions superflues. Mais, en un sens, elles étaient essentielles à ce boulot, justement. Et elles ne s'arrêtaient jamais. Un membre du personnel arriva avec des boissons non alcoolisées pour la First Lady et le président, prévenu par un autre serveur qui avait entendu ce qu'avait dit Cathy. Sur les serviettes en papier, on voyait un dessin de la Maison-Blanche avec, en dessous, les mots MAISON DU PRÉSIDENT. Cathy et Ryan le découvrirent en même temps et ils échangèrent un regard.

— Tu te souviens de la première fois où l'on a amené Sally à Disney World? demanda-t-elle.

Jack acquiesça d'un signe de tête. Leur fille venait juste d'avoir trois ans, et c'était peu de temps avant leur départ pour l'Angleterre... Le début d'un voyage qui, semblait-il, ne finirait jamais. Sally avait été fascinée par le château, au centre du Magic Kingdom, et elle n'avait pas cessé de le contempler, partout où ils allaient. Elle l'avait surnommé « la Maison de Mickey ». Bon, ils avaient leur propre château, désormais. Pour un temps, au moins. Sauf que le prix de location était plutôt élevé. Cathy se dirigea vers Robby et Sissy Jackson, qui discutaient avec le prince de Galles. Jack retrouva son secrétaire général.

— Comment va votre main? demanda Arnie.

— Je n'ai pas à me plaindre.

— Vous avez de la chance de ne pas être en campagne électorale. La plupart des gens estiment qu'une poignée de main amicale est un concours d'écrabouillage de doigts, un truc d'homme à homme et tout ça. Au moins, ceux-là savent se tenir.

Van Damm but une gorgée de Perrier et observa le salon. La réception se passait bien. Les chefs d'Etat, les ambassadeurs et les autres invités discutaient tranquillement. Quelques rires discrets quand on échangeait une plaisanterie. L'ambiance de la journée avait changé.

— J'ai passé combien d'examens, et j'en ai raté combien ? murmura Ryan.

— Vous voulez une réponse honnête ? Impossible à dire. Ils demandent tous quelque chose de différent. Souvenez-vous-en.

Et en plus, certains d'entre eux s'en foutaient royalement, pensa Arnie. Ils n'étaient là que pour des raisons de politique intérieure, mais en ces circonstances ç'aurait été maladroit de sa part de le rappeler à Ryan.

— Je m'en étais plus ou moins rendu compte, Arnie. Maintenant, je peux circuler ?

— Allez voir le Premier ministre indien, lui conseilla van Damm. Adler estime que c'est important.

— Compris.

Elle, au moins, il était capable de la reconnaître tout seul. Tant de visages, dans ce défilé, avaient immédiatement été flous, comme cela se produisait dans n'importe quelle réception importante. Ryan avait l'impression d'être un imposteur. Les politiciens étaient censés avoir la mémoire des noms et des visages. Mais pas lui. Existait-il une méthode quelconque pour l'acquérir ? Il tendit son verre à un serveur, s'essuya les mains avec une de ces serviettes si particulières, et se dirigea vers son invitée indienne. L'ambassadeur de Russie l'arrêta le premier.

— Monsieur l'ambassadeur, dit Jack.

Quelques instants plus tôt, Valeri Bogdanovitch Lermonsov l'avait salué dans le défilé, mais sans avoir le temps de lui parler. Ils se serrèrent la main de nouveau. Lermonsov, diplomate de carrière, était populaire dans la communauté locale de ses pairs. On prétendait qu'il avait appartenu au KGB pendant des années, mais Ryan pouvait difficilement le lui reprocher.

— Mon gouvernement souhaiterait savoir si une invitation à Moscou serait envisageable.

— Je n'y vois pas d'objection, monsieur l'ambassadeur, mais nous y étions il y a quelques mois à peine, et j'ai de nombreuses obligations en ce moment.

— Je n'en doute pas, mais mon gouvernement désire discuter de plusieurs questions d'intérêt mutuel.

A cette phrase codée, Ryan se tourna complètement vers le Russe.

— Oh?

— Je craignais, en effet, que vous n'ayez un problème d'emploi du temps, monsieur le président. Pourriez-vous, alors, recevoir un représentant personnel de notre gouvernement pour en discuter tranquillement?

Ça ne pouvait être qu'une seule personne, Jack le savait.

— Sergueï Nikolaïevitch?

— Vous le recevriez? insista son interlocuteur.

Ryan éprouva un bref instant d'inquiétude, sinon de panique. Sergueï Golovko était le directeur du RVS — la nouvelle incarnation, avec des effectifs réduits, du toujours formidable KGB. C'était aussi l'un des hommes les plus intelligents du gouvernement russe, et il bénéficiait de la confiance de l'actuel président de ce pays, Edouard Petrovitch Gruchavoï, un des rares chefs d'Etat à avoir encore plus de problèmes que Ryan... Gruchavoï gardait Golovko près de lui, comme Staline avec Beria, car il avait besoin d'un conseiller intelligent, expérimenté et sans pitié. La comparaison n'était pas vraiment juste, mais Golovko ne viendrait pas le voir pour lui donner la recette du bortsch. Des « questions d'intérêt mutuel » signifiaient généralement des affaires sérieuses ; s'adresser au président sans passer par le Département d'Etat était un clignotant supplémentaire, et l'insistance de Lermonsov rendait les choses encore plus graves.

— Sergueï est un vieil ami, lui répondit Jack avec un sourire amical. (*Ça fait longtemps qu'il m'a collé son pistolet sur la tempe.*) Il est toujours le bienvenu chez moi. Demandez à Arnie de fixer le rendez-vous.

— C'est promis, monsieur le président.

Ryan s'éloigna. Manifestement, le prince de Galles et le Premier ministre indien l'attendaient.

— Madame le Premier ministre. Votre Altesse, dit Ryan avec un léger mouvement de tête.

— Nous pensions qu'il serait important de clarifier un certain nombre de choses, dit-elle.

— Lesquelles ? demanda le président.

Il eut une petite contraction musculaire, car il savait ce qui allait suivre.

— Ce malheureux incident dans l'océan Indien, répondit le Premier ministre. Quel malentendu !

— Je suis... heureux d'apprendre que...

Même les militaires ont des congés, et les funérailles d'un président étaient une bonne occasion de se reposer. La Force bleue et l'OpFor eurent droit à une journée de liberté. Cela concernait aussi leurs commandants. La maison du général Diggs s'élevait au sommet d'une colline qui surplombait une vallée singulièrement désolée, mais c'était malgré tout une vue magnifique ; ce jour-là, le vent du Mexique réchauffait le désert, et ils purent faire un barbecue dans la cour protégée par des murs et des haies, à l'arrière de l'habitation.

— Vous avez rencontré le président Ryan ? demanda Bondarenko, en buvant une bière.

Diggs fit non de la tête, tout en retournant les hamburgers. Il attrapa sa sauce spéciale.

— Jamais. Mais je connais Robby Jackson. Il est J-3, maintenant. Et Robby en dit beaucoup de bien.

— C'est une coutume américaine, ce que vous faites là ? dit le Russe en indiquant d'un signe le réchaud à charbon de bois.

Diggs releva les yeux.

— C'est mon père qui m'a appris ça. Vous pouvez me passer ma bière, Gennadi ? Je déteste vraiment gaspiller des jours d'entraînement, mais...

Mais comme tout le monde, il aimait bien les vacances, aussi.

— Cet endroit est vraiment étonnant, Marion.

Bondarenko se retourna pour regarder la vallée. La zone de la base, toute proche, était typiquement américaine, avec son réseau de routes et ses bâtiments, mais plus loin, c'était vraiment autre chose. Presque pas de végétation, à part ces buissons créosotes qui ressemblaient à une flore extraterrestre. La terre était marron et même les collines semblaient mortes. Et pourtant, le désert était magnifique ; peut-être parce qu'il lui rappelait les montagnes du Tadjikistan ?

— Comment avez-vous gagné vos rubans, exactement, général ?

Diggs ne connaissait pas toute l'histoire. Son invité haussa les épaules.

— Les Moudjahidin ont décidé de visiter mon pays. C'était un centre de recherches secret. Il a été fermé, depuis — c'est une nation différente, désormais, comme vous le savez.

Diggs hocha la tête.

— Je suis dans l'infanterie motorisée, pas dans la physique nucléaire. Vous pouvez passer sur les trucs secrets.

— Je défendais l'immeuble où habitaient nos savants et leurs familles. J'avais sous mes ordres une section de gardes-frontières du KGB. Une compagnie de Moudjahidin nous a attaqués pendant la nuit, en pleine tempête de neige. Ça a été plutôt palpitant pendant une heure ou deux, admit le général.

Diggs avait aperçu certaines de ses cicatrices — il avait surpris son visiteur sous la douche, la veille.

— Ils étaient bons ? demanda-t-il.

— Les Afghans ? (Bondarenko grogna.) Valait mieux pas être capturé par eux. Ils n'avaient peur de rien, mais parfois ça se retournait contre eux. On savait quelles bandes avaient un chef compétent et lesquelles n'en avaient pas. Celle-là en avait un. Ils ont anéanti l'autre moitié du centre, et de mon côté (nouveau haussement d'épaules) on a eu une foutue chance. A la fin, on se battait au rez-de-chaussée du bâtiment. Le commandant ennemi dirigeait ses hommes avec courage, mais j'ai été meilleur tireur que lui.

— Héros de l'Union soviétique, fit remarquer Diggs, tout en vérifiant la cuisson de ses hamburgers.

Le colonel Hamm les écoutait en silence. C'était ainsi que les membres de cette communauté s'évaluaient les uns les autres — pas tant par ce qu'ils avaient accompli que par la façon dont ils le racontaient.

Le Russe eut un sourire.

— Marion, je n'ai pas eu le choix. Il n'y avait aucun moyen de s'enfuir et je savais ce qu'ils faisaient aux officiers russes qu'ils capturaient. Donc, on m'a donné une médaille et une promotion, et puis mon pays... comment dites-vous... s'est évaporé.

Ce n'était pas tout, bien sûr. Bondarenko était à Moscou pendant le coup d'Etat et, pour la première fois de sa vie, il avait dû prendre une décision morale, et il avait pris la bonne, attirant ainsi l'attention de plusieurs personnes aujourd'hui haut placées dans le gouvernement d'une nation nouvelle et plus petite.

— Et la résurrection de votre pays ? intervint le colonel Hamm. On peut être amis, maintenant ?

— *Da*. Vous parlez bien, colonel. Et vous êtes un bon commandant.

— Merci, monsieur. En fait, je reste surtout assis dans mon coin pendant que le régiment se dirige tout seul.

C'était un mensonge que tout véritable bon officier comprenait comme un genre spécial de vérité.

— Et, en plus, en employant une tactique de l'Union sov... de la Russie!

Cela choquait profondément le général russe.

— Mais ça marche, n'est-ce pas? dit Hamm en terminant sa bière.

Oui, ça marcherait, se promit Bondarenko. Ça marcherait pour eux, comme ç'avait été le cas pour les Américains, une fois qu'il serait rentré chez lui et qu'il aurait obtenu les soutiens politiques dont il avait besoin pour transformer radicalement les troupes russes. Même au plus fort des combats, quand elle avait chassé les nazis de Berlin, l'Armée rouge n'était qu'un instrument lourd et émoussé, jouant avant tout de sa masse. Il savait aussi la chance qu'ils avaient eue. Son ancien pays avait aligné le meilleur char du monde, le T-34, avec un moteur Diesel dessiné en France pour les dirigeables, un système de suspension mis au point par un Américain nommé J. Walter Christie, et adapté par de jeunes ingénieurs soviétiques. Ç'avait été l'une des rares fois, dans l'histoire de l'Union des républiques socialistes soviétiques où ses compatriotes avaient réussi à fabriquer un produit parmi les meilleurs du monde — et dans ce cas précis, ç'avait été le bon outil, au bon moment, sans lequel son pays aurait probablement disparu. Mais il n'était plus temps, pour la Russie, de dépendre de la chance et de l'effet de masse... Au début des années quatre-vingt, les Américains avaient trouvé la formule idéale : une petite armée professionnelle, avec des hommes choisis avec soin, hyperentraînés et hyperéquipés. L'OpFor du colonel Hamm, ce 11e régiment de cavalerie, était vraiment quelque chose d'unique. Son briefing, avant son voyage, lui avait donné une idée de ce qui l'attendait, mais il fallait le voir pour le croire! Sur le terrain adéquat, ce régiment pouvait affronter tout seul une division entière et la détruire en quelques heures. La Force bleue était loin d'être incompétente. Mais son commandant n'avait pas voulu venir déjeuner avec eux, aujourd'hui, préférant travailler avec les chefs de ses sous-unités, très malmenés dans l'affaire.

Il y avait beaucoup à apprendre, ici, mais les leçons que les Américains tiraient de ces entraînements étaient sans doute le plus important. Les officiers supérieurs étaient régulièrement humiliés, d'abord dans ces batailles simulées, puis dans les AAR, les « bilans après action », au cours desquels les officiers du Contrôle-Observation analysaient tout ce qui s'était produit, et lisaient les notes qu'ils avaient prises sur des fiches de diverses couleurs, comme des pathologistes hospitaliers.

— Je vous le dis, déclara Bondarenko après quelques secondes de réflexion, après ça, dans mon armée, nos hommes se seraient battus à poings nus pendant...

— Oh, on n'en a pas été loin au début, lui assura Diggs. Quand on a ouvert cette base, certains commandants ont été relevés de leurs fonctions pour avoir pris une déculottée, jusqu'au jour où, avec du recul, tout le monde a compris que c'était censé être vraiment dur, ici. C'est Peter Taylor qui a réussi à faire tourner correctement le NTC. Les gars de l'OC ont dû admettre qu'ils devaient se montrer plus diplomates et les visiteurs de la Force bleue qu'ils étaient là pour apprendre, mais je vous assure, Gennadi, aucune armée au monde n'inflige des humiliations à ses commandants comme nous, nous le faisons.

— C'est exact, monsieur, expliqua Hamm au Russe. L'autre jour, je discutais avec Sean Connolly — il a commandé le 10e ACR dans le désert du Néguev. Les Israéliens n'ont pas encore accepté le jeu. Ils gueulent toujours contre les analyses de l'OC.

— On n'arrête pas d'installer de nouvelles caméras, là-bas. (Diggs éclata de rire tout en disposant la viande sur une grande assiette.) Et des fois les

Israéliens ne veulent pas croire ce qui s'est passé, même après avoir visionné les cassettes !

— Ça fait toujours trop d'histoires, chez eux, acquiesça Hamm. Hé, moi je suis d'abord venu ici à la tête d'un escadron, et j'me suis fait botter le cul !

— Gennadi, après la guerre du Golfe, le 3ᵉ ACR a fait un séjour chez nous, pour sa période d'entraînement. Bon, vous vous en souvenez, il formait l'avant-garde de la 24ᵉ division de Barry McCaffrey...

— Et il a tout bousculé devant lui sur trois cent cinquante kilomètres en quatre jours, confirma Hamm.

Bondarenko acquiesça d'un signe de tête. Il avait étudié cette campagne en détail.

— Et donc, reprit Diggs, ce régiment se pointe deux mois plus tard, et il prend la branlée de sa vie. C'est ça, l'important, général. L'entraînement, ici, est *plus dur* que le combat. Aucun régiment au monde n'est plus malin, plus rapide et plus impitoyable que le « Blackhorse Cav » d'Ali Hamm ici présent...

— A part votre ancien 10ᵉ ACR « Buffalo », général, intervint Hamm.

Cette allusion au 10ᵉ arracha un sourire à Diggs. Il était habitué aux interruptions de Hamm, de toute façon.

— Exact, Ali. Toujours est-il que si on peut simplement tenir le choc face à l'OpFor, alors on est prêt à se battre contre n'importe qui en ce bas monde, même à trois contre un, et on est capable de l'expédier dans une autre dimension.

Bondarenko acquiesça d'un signe de tête, en souriant. Le petit état-major qui l'avait accompagné rôdait sur la base, discutait avec les officiers américains, apprenait et apprenait encore. Etre du mauvais côté du « trois contre un » n'était pas dans la tradition des armées russes, mais cela risquait de changer bientôt. La principale menace contre son pays, c'était la Chine, et s'il y avait une guerre un jour, elle se jouerait à l'extrémité lointaine d'une longue ligne de ravitaillement, contre une immense armée de conscription. La seule façon de répondre à cette menace, c'était de copier les méthodes des Américains. La mission de Bondarenko était de modifier entièrement la politique militaire de la Russie. Et il estimait qu'il était à l'endroit qu'il fallait pour ça.

Quelles conneries! pensa le président, tout en la gratifiant d'un sourire compréhensif. Difficile d'aimer l'Inde. Ils se prétendaient « la plus grande démocratie du monde », mais c'était faux. Professer les plus nobles principes ne les avait pas empêchés d'intervenir chez leurs voisins et de se doter d'armes nucléaires ; en demandant aux Américains de quitter l'océan Indien — « On l'appelle l'océan *Indien*, après tout », avait déclaré un jour un Premier ministre indien à un ambassadeur des Etats-Unis —, ils avaient décidé que la doctrine de la liberté maritime était modulable. Et c'était sûr, ils étaient prêts à envahir le Sri Lanka. Et aujourd'hui que leur stratégie avait été déjouée, ils prétendaient que l'idée ne les avait jamais effleurés. Mais on ne pouvait pas regarder un chef d'Etat dans les yeux, lui sourire et lui répondre : « Quelles conneries ! »

Non, ça ne se faisait pas, tout simplement.

Jack l'écouta avec patience, en sirotant un autre verre de Perrier qu'un employé anonyme était allé lui chercher... La situation au Sri Lanka était complexe et, hélas, cela provoquait des malentendus, et l'Inde le regrettait, et il n'était pas question d'hostilité, mais ne serait-ce pas mieux que les deux camps fassent machine arrière ? La flotte indienne était en train de regagner ses différentes bases, ses manœuvres terminées, avec quelques navires endommagés par la démonstration des Américains qui n'avait pas été exactement une partie de cricket — le Premier ministre formula ça plus brièvement.

Et que pense de vous le Sri Lanka ? s'interdit de demander Jack.

— Si seulement vous vous étiez mieux compris avec l'ambassadeur Williams..., fit observer Ryan tristement.

— Ça arrive, répondit le Premier ministre. Franchement, David est un homme agréable, mais je crains que le climat ne soit trop chaud pour son âge.

Elle n'aurait pas pu être plus directe pour demander à Ryan de le virer. Déclarer l'ambassadeur Williams *persona non grata* était trop radical. Ryan s'efforça de ne pas changer d'expression, mais en vain. Il regrettait de ne pas avoir Scott Adler à ses côtés, en ce moment.

— J'espère que vous imaginez que pour l'instant je ne suis vraiment pas dans une position où je peux décider de sérieux changements dans mon gouvernement.

— Je vous en prie, ce n'était pas ce que je suggérais. Je comprends pleinement votre situation. Mon espoir était de pouvoir régler au moins un problème supposé, pour vous faciliter la tâche.

Parce que, sinon, tu pourrais bien me la compliquer, n'est-ce pas ?

— Je vous en remercie, madame le Premier ministre. Peut-être que votre ambassadeur pourrait en discuter avec Scott Adler ?

— Je vous promets de lui en parler, dit-elle en serrant de nouveau la main de Ryan, avant de s'éloigner.

Jack attendit quelques secondes, puis il se tourna vers le prince de Galles.

— Votre Altesse, comment appelle-t-on ça, quand un responsable gouvernemental vous ment effrontément ? lui demanda le président avec un sourire ironique.

— De la diplomatie.

9

HURLEMENTS LOINTAINS

Golovko relut le rapport de l'ambassadeur Lermonsov, qui n'avait aucune sympathie pour son
sujet. Ryan semblait « tourmenté et mal à l'aise »,
« plus ou moins submergé » et « fatigué physique-
ment ». Bon, il fallait s'y attendre. Son discours, aux
funérailles du président Durling, n'était pas « présidentiel », estimait la communauté diplomatique
— tout comme, d'ailleurs, les médias américains,
dont les capacités de courtoisie venaient d'être
mises à rude épreuve. D'accord, ceux qui connaissaient Ryan le savaient sentimental, surtout à propos des enfants. Et Golovko le lui pardonnait volontiers, car les Russes étaient pareils. Mais Ryan
aurait dû agir autrement. Golovko avait lu plusieurs
fois le discours officiel qu'il n'avait pas prononcé —
c'était un bon discours, plein de promesses pour
tout le monde. Hélas, Ryan avait toujours été ce que
les Américains nommaient un « franc-tireur » (il
avait dû chercher ce terme dans un dictionnaire, et
il avait découvert qu'il s'agissait, au sens propre,
d'un cheval sauvage [1], ce qui lui correspondait
bien). Cela le rendait tout à la fois facile... et impossible à analyser. Ryan était américain, et les Américains avaient toujours été sacrément imprévisibles,
de son point de vue. Golovko, d'abord comme officier du renseignement sur le terrain, puis à l'état-
major après une ascension rapide, avait passé toute
sa vie professionnelle à essayer de deviner ce que
l'Amérique allait faire dans telle ou telle circonstance. Il s'était rarement trompé — uniquement parce qu'il avait toujours proposé trois solutions possibles dans ses rapports destinés à ses
supérieurs.

1. *Maverick,* en anglais *(N.d.T.).*

Mais, au moins, on pouvait prévoir qu'Ivan Emmetovitch Ryan était imprévisible... et Golovko avait la prétention de penser à Ryan comme à un ami — bon, c'était peut-être aller un peu loin, mais ils avaient joué le jeu, la plupart du temps des deux côtés opposés du terrain, et avec talent — Golovko en professionnel plus expérimenté, Ryan en amateur doué et encouragé par un système tolérant mieux les francs-tireurs. Oui, il y avait du respect entre eux.

A quoi penses-tu, Jack? murmura Serguëi pour lui-même. En ce moment, le nouveau président américain dormait, bien sûr, puisqu'il y avait huit heures de décalage entre Washington et Moscou, où le soleil se levait à peine sur une journée d'hiver qui serait courte.

L'ambassadeur Lermonsov n'avait pas été spécialement impressionné par Ryan, et Golovko joindrait ses propres notes à son rapport pour que son gouvernement n'accordât pas trop de crédit à cette évaluation. Ryan avait toujours été un ennemi de l'URSS beaucoup trop doué pour qu'on le prît à la légère. Lermonsov s'était attendu à voir Ryan se couler dans un moule, alors qu'Ivan Emmetovitch était d'une complexité peu habituelle. Chez eux, quelqu'un du genre de Ryan n'aurait pas survécu longtemps dans l'environnement « soviétique » qui baignait encore la république de Russie, et surtout dans les dédales de ses bureaucraties officielles. Ryan s'ennuyait vite, et la colère, même s'il la contrôlait parfaitement la plupart du temps, n'était jamais loin. Golovko avait souvent senti bouillonner l'Américain, mais il ne l'avait jamais vu exploser — il en avait seulement entendu parler par des histoires qui avaient filtré de la CIA et avaient fait leur chemin jusqu'à la place Dzerjinski [1]. Que Dieu lui vienne en aide à la tête d'un gouvernement !

Mais ce n'était pas le problème majeur de Golovko.

1. A Moscou, siège du RVS, l'ex-KGB (*N.d.T.*).

Il avait bien assez des siens. Il n'avait pas entièrement perdu le contrôle du Service des renseignements extérieurs — le président Gruchavoï avait peu de raisons de faire confiance à un organisme qui jadis avait été « l'Epée et le Bouclier du Parti », et il avait besoin de quelqu'un à qui se fier pour garder un œil sur ce prédateur pour l'instant muselé — et ce quelqu'un, c'était Golovko, bien entendu, qui faisait office aussi de principal conseiller de politique étrangère du président russe assiégé. Les difficultés internes de la Russie étaient si graves que le président ne pouvait pas évaluer correctement ce qui se passait à l'extérieur, et cela signifiait, du coup, qu'il suivait presque invariablement les avis de son espion. Le Premier ministre — avec ou sans titre, c'était ça, son poste — prenait son travail très au sérieux. Gruchavoï affrontait une hydre intérieure — comme cette ancienne bête mythique, de nouvelles têtes poussaient immédiatement à la place de celles que l'on coupait. Les responsabilités de Golovko étaient moins nombreuses mais plus vastes. Une part de lui-même souhaitait le retour du vieux KGB. Quelques années plus tôt, ç'aurait été un jeu d'enfant : il aurait décroché un téléphone et dit quelques mots, on aurait ramassé les criminels et ç'aurait été terminé — enfin, pas vraiment, mais les choses auraient été plus faciles. Plus prévisibles. Plus ordonnées. Et son pays avait besoin d'ordre. Mais la Deuxième Direction, la division de la police secrète, avait été dissoute et remplacée par un organisme indépendant, aux pouvoirs moins importants; du coup, le respect de la population — ou plutôt la peur, voire une terreur pure et simple à une époque pas si lointaine — avait disparu. Son pays n'avait jamais été aussi contrôlé que l'Ouest se l'imaginait, mais la situation était bien pire aujourd'hui. La république de Russie était au bord de l'anarchie, et ses citoyens tâtonnaient à la recherche de quelque chose nommé « démocratie ». C'était l'anarchie qui avait porté Lénine au pouvoir, car les Russes avaient besoin d'un gouvernement fort, et ils avaient d'ailleurs rarement connu autre chose, et si Golovko, lui, ne souhaitait rien de tel — en tant qu'officier supérieur du KGB, il savait quels ravages le marxisme-léninisme avait occasionnés à son pays —, il avait désespérément besoin d'une nation organisée, car les problèmes intérieurs entraînaient les problèmes extérieurs. Et, du coup, il connaissait de nombreuses difficultés à son poste officieux de Premier ministre pour la sécurité nationale. Il était blessé et se battait pour repousser les loups, tout en essayant de guérir en même temps...

Il éprouvait donc peu de pitié pour Ryan — peut-être son pays venait-il de recevoir un coup terrible, mais pour le reste il était solide. D'autres avaient sans doute une idée différente de la chose, mais Golovko savait qu'il avait raison. Voilà pourquoi il allait demander l'aide de Ryan.

La Chine. Les Américains avaient mis le Japon au pas, mais le véritable ennemi n'était pas le Japon. Son bureau était couvert de photographies aériennes prises récemment par un de leurs satellites de reconnaissance. Il y avait trop de divisions de l'Armée populaire de libération en manœuvres en même temps, et les régiments chinois de missiles nucléaires étaient toujours en état d'alerte avancée. La Russie s'était débarrassée de ses propres armes nucléaires balistiques — et ce, en dépit de la menace représentée par la Chine ; les banques américaines et européennes l'en avaient récompensée avec d'énormes prêts d'aide au développement, qui avaient donné l'impression, quelques mois plus tôt, que ce pari dangereux valait le coup. En outre, tout comme l'Amérique, elle pouvait encore équiper des missiles de croisière avec des têtes nucléaires, si bien que son handicap était plus théorique que réel. A condition, bien sûr, que les Chinois jouent le jeu avec les mêmes règles... En tout cas, ils maintenaient leur armée à un seuil de préparation très élevé, alors que les forces russes stationnées à l'est n'avaient jamais été aussi faibles. Pour se rassurer, Golovko se disait qu'avec l'élimination du Japon les Chinois ne feraient rien. *Sans doute* rien, se reprit-il. Les Américains étaient difficiles à comprendre, mais les Chinois étaient de vrais extra-terrestres, en comparaison. Il suffisait de se souvenir qu'ils étaient allés jusqu'à la mer Baltique, jadis. Comme la plupart des Russes, Golovko avait un profond respect pour l'Histoire. Il gisait là sur la neige, pensa-t-il de nouveau, et il tentait de repousser le loup avec son bâton, tout en essayant de guérir de ses blessures... Son bras était encore assez fort et son bâton assez long pour garder leurs crocs à distance. Mais s'il en arrivait un autre ? Un document, à côté de ses photographies satellite, était le signe avant-coureur de cette venue — comme un hurlement lointain sur l'horizon, du genre de ceux qui vous font frissonner au cœur de la nuit. Mais Golovko ne voyait pas aussi loin, car quand on est couché sur le sol, l'horizon paraît étonnamment proche.

Le plus curieux était que c'eût été si long.

Protéger une personne importante contre les tentatives d'assassinat était un exercice complexe, surtout lorsque ladite personne se moquait de se faire des ennemis. Ça aidait, d'être impitoyable. Enlever des gens en pleine rue était assez dissuasif. Supprimer non pas une seule personne, mais une famille entière, voire parfois une famille élargie, était encore plus efficace. On choisissait ceux qui devaient « disparaître » — la récente et malheureuse acception de ce terme était née en Argentine — avec l'aide des services de renseignements. Une façon courtoise de parler des indicateurs, payés en monnaie locale ou en miettes de pouvoir, ce qui était encore mieux. Ils rapportaient les moindres conversations « séditieuses », et raconter une simple blague sur la moustache de quelqu'un risquait d'être puni de mort. Bientôt, parce que c'était l'apanage des institutions, les indicateurs eurent un quota à remplir, et comme ceux-ci étaient des êtres humains comme tout le monde avec des sympathies et des antipathies, leurs rapports reflétaient souvent leurs sentiments personnels, voire leur jalousie, parce que le pouvoir de vie et de mort corrompait tout autant le faible que le puissant. En fin de compte, ce système de corruption généralisé était pris à son propre piège, et la logique de la terreur connaissait son aboutissement normal : un humble lapin, acculé par le renard, n'avait rien à perdre en se battant, et les lapins avaient des dents... et parfois de la chance.

Mais la terreur n'était pas suffisante. Il y avait aussi les mesures passives. Les procédures les plus simples, spécialement dans un Etat despotique, pouvaient compliquer les tentatives d'assassinat d'un homme important. Quelques cordons de police limitaient l'approche. La multiplication des voitures identiques dans lesquelles la cible pouvait se déplacer — il y en avait souvent une vingtaine dans ce cas précis — empêchait de savoir laquelle attaquer. Et comme une telle personne était très occupée, c'était à la fois pratique et plus prudent de disposer de quelques doubles qui se montraient, prononçaient un discours, et acceptaient de prendre des risques en échange d'une vie confortable — un peu comme une chèvre attachée à son piquet.

Et puis il y avait le choix de ses protecteurs — comment pêcher un poisson fiable dans un océan de haine ? La réponse évidente, ici, c'était de se tourner vers les membres de sa famille élargie, de leur procurer une vie totalement à la merci de votre survie, et finalement de les associer si étroitement à votre protection que votre mort aurait signifié beaucoup plus que la perte d'un travail gouvernemental très bien payé... Que la vie des gardes dépendît de celui qu'ils gardaient était une motivation extrêmement efficace.

En fait, tout ça se résumait à une seule chose : une personne est invincible parce qu'on pense qu'elle l'est, et sa sécurité est donc du domaine de l'esprit, comme d'ailleurs tous les autres aspects de l'existence.

Mais la motivation humaine est aussi du domaine de l'esprit, et la peur n'a jamais été la plus puissante des émotions. Tout au long de l'Histoire, les hommes ont risqué leur vie par amour, par patriotisme, pour des principes ou pour Dieu, au lieu de prendre leurs jambes à leur cou parce qu'ils avaient la trouille... Le progrès en dépend.

Le colonel avait oublié le nombre de fois où il avait risqué sa vie. Il l'avait fait juste pour être remarqué, juste pour avoir le droit de participer à un plan plus vaste, puis pour s'élever dans la hiérarchie. Il lui avait fallu longtemps pour approcher la Moustache. Huit ans exactement. Pendant toutes ces années, il avait torturé et assassiné des hommes, des femmes et des enfants, qu'il considérait d'un regard vide et sans pitié. Il avait violé des filles sous les yeux de leur père, des mères sous les yeux de leur fils. Il avait commis assez de crimes pour être cent fois damné, parce qu'il n'y avait pas d'autre moyen. Malgré sa religion, il avait bu de grandes quantités d'alcool pour impressionner un infidèle. Et tout cela, il l'avait fait au nom de Dieu, en priant pour être pardonné, en se répétant avec désespoir que c'était son destin mais que non, il n'avait trouvé aucun plaisir à tout ça, que les vies qu'il avait prises étaient des sacrifices nécessaires, que tous ces innocents seraient morts de toute façon, et que leurs assassinats servaient la sainte Cause. Il avait dû y croire sous peine de devenir fou. Il n'avait eu qu'un seul but : s'approcher suffisamment de la Moustache et bénéficier de sa confiance pour une mission qui durerait quelques secondes et serait immédiatement suivie par sa propre mort.

Il savait qu'il *était* ce que lui-même et tous ses pairs étaient entraînés à craindre par-dessus tout...

Leurs conférences, comme leurs beuveries, tournaient toujours autour de leur tâche et de ses dangers, et se résumaient à une seule angoisse : se retrouver face à un assassin solitaire et fanatique, décidé à jouer sa propre vie comme si elle ne valait pas plus qu'un jeton de poker... Un homme patient qui attendrait sa chance le temps qu'il faudrait, voilà l'ennemi que redoutait chaque officier de sécurité, ivre ou pas, en mission ou non, et jusque dans ses rêves... Et c'était la raison de toutes ces épreuves qui vous donnaient finalement le droit de protéger la Moustache. Pour arriver à ce poste, vous deviez d'abord être damné devant Dieu et devant les hommes, parce que quand vous y étiez, vous compreniez ce que ça signifiait vraiment.

Il avait surnommé sa cible « la Moustache ». Ce n'était plus un homme, mais un apostat devant Allah qui profanait l'islam sans même y penser, un criminel si monstrueux qu'il faudrait créer pour lui une chambre spéciale en Enfer. De loin, la Moustache semblait puissante et invincible, mais pas de près. Ses gardes du corps le savaient, parce qu'ils connaissaient tout de lui. Ils étaient témoins de ses doutes et de ses craintes, comme de ses cruautés mesquines envers les faibles. Il avait vu la Moustache tuer pour s'amuser, peut-être même simplement pour vérifier si son Browning fonctionnait ce jour-là. Il l'avait vu regarder par la vitre de l'une de ses nombreuses Mercedes blanches, repérer une jeune fille dans la rue, la montrer du doigt, donner un ordre, puis abuser de la malheureuse toute une nuit. Les plus chanceuses rentraient chez elles avec de l'argent — et déshonorées. Les autres étaient emportées par l'Euphrate, la gorge ouverte ; la Moustache en avait assassiné certaines de ses propres mains, celles qui défendaient un peu trop leur vertu. Mais s'il était très puissant, très intelligent et très rusé, et extrêmement cruel, il n'était pas invincible, non.

Et maintenant, son temps était venu de se présenter devant Allah.

La Moustache s'avança sous le vaste porche, au milieu de ses gardes du corps, et salua la foule le bras tendu. La population, qui s'était rassemblée précipitamment sur la place, lui hurla son adoration. A trois mètres de lui, le colonel sortit son automatique de son holster en cuir et logea une seule balle dans la nuque de sa cible. Le premier rang des spectateurs vit la balle ressortir par l'œil gauche du dictateur.

Ce fut l'un de ces moments privilégiés de l'Histoire où la terre s'arrête de tourner et où les cœurs cessent de battre. Tous ces gens qui venaient de crier leur loyauté à un homme déjà mort ne se souviendraient que d'un grand silence.

Le colonel n'eut besoin que d'une seule balle. C'était un tireur d'élite et il s'entraînait presque chaque jour. Son regard sans expression nota l'impact de son premier projectile. Il ne se retourna pas ; il avait décidé de ne pas se défendre : pourquoi tuer des camarades avec lesquels il buvait de l'alcool et violait des enfants, puisque d'autres s'en chargeraient bientôt ? Il n'eut même pas un sourire, et pourtant c'était plutôt drôle, n'est-ce pas ? La Moustache était en train de contempler une place noire de monde, une foule qu'il méprisait — et la seconde suivante il s'était retrouvé devant Allah, à se demander ce qui s'était passé...

L'impact de la première balle fit sursauter le colonel. Aucune douleur. Il était encore trop concentré sur sa cible, qui gisait à présent sur les pavés du porche, la tête défoncée, dans une mare de sang. Quand d'autres balles le touchèrent, il lui sembla étrange de ne rien ressentir, et à la dernière seconde il pria Allah de lui pardonner et de le comprendre, car il avait commis tous ses crimes au nom de son Dieu et de Sa justice.

A la fin, il n'entendit même plus les coups de feu — seulement les hurlements de la foule qui n'avait pas encore compris que son chef était mort.

— Qui est-ce ?

Ryan regarda sa montre. *Bon sang, il aurait volontiers profité des quarante minutes de sommeil qui lui restaient !*

— Monsieur le président, c'est le commandant Canon, du corps des Marines, lui annonça la voix inconnue, à l'autre bout du fil.

— Parfait, commandant, mais encore ?

Jack clignait des yeux. Il était brutal, mais l'homme comprendrait, sans doute.

— Monsieur, je suis l'officier de permanence aux Transmissions. Nous venons de recevoir un rapport ultrasecret. Le président de l'Irak a été assassiné il y a dix minutes.

— Source ? demanda Jack immédiatement.

— Le Koweït et l'Arabie Saoudite, monsieur. Ça s'est passé en direct à la télé irakienne, une manifestation quelconque, et nous avons des gens, là-bas, qui surveillent toutes leurs émissions. Nous recevons la cassette en liaison montante en ce moment même. Un coup de pistolet en pleine tête, à bout portant.

On ne sentait pas vraiment de regret dans le ton de l'officier. *Super, ils ont enfin descendu ce connard !* Mais bien sûr, il ne pouvait pas dire ça au président.

Et il fallait savoir qui étaient ces « ils ».

— OK, commandant. Quelle est la marche à suivre ?

La réponse ne tarda pas. Ryan raccrocha.

— Qu'est-ce qui se passe ? demanda Cathy.

Jack sortit du lit avant de répondre.

— Le président irakien vient d'être assassiné.

Elle faillit dire : « Parfait ! » mais elle se retint. La mort d'un tel individu n'était plus un concept aussi lointain qu'auparavant. C'était étrange de penser ça de quelqu'un qui rendait un service au monde en le quittant.

— C'est grave ?

— Je le saurai dans une vingtaine de minutes. (Il

toussa.) Quel bordel! J'étais spécialiste de ces zones-là, avant! Ouais, ça risque d'être très emmerdant.

Il passa à la salle de bains le premier, pendant que Cathy allumait la télévision de leur chambre; elle constata avec surprise que CNN n'annonçait rien, sinon des retards dans les aéroports. Mais Jack lui avait dit plusieurs fois à quel point les Transmissions de la Maison-Blanche étaient efficaces.

— Y a quelque chose? lui demanda son mari en revenant.

— Pas encore.

Jack se demanda où étaient ses vêtements et comment un président devait s'habiller. Il enfila sa robe de chambre et sortit dans le couloir. Un agent lui tendit trois journaux du matin.

En l'apercevant, Cathy se figea, comprenant un peu tard que des gens étaient restés derrière leur porte toute la nuit. Elle se retourna, avec cette espèce de sourire qu'elle avait lorsqu'elle trouvait du désordre dans la cuisine.

— Jack?

— Oui, chérie?

— Si je te tue, au lit, une de ces nuits, ces types avec leurs pétards me descendront tout de suite ou est-ce qu'ils attendront le matin?

Le vrai travail était fait à Fort Meade. La vidéo avait transité par un service d'écoute installé sur la frontière entre l'Irak et le Koweït, puis par un second en Arabie Saoudite, connus respectivement sous les noms de PALM BOWL et de STORM TRACK [1]. Ce dernier enregistrait toutes les transmissions de Bagdad, tandis que l'autre surveillait la partie sud-est du pays, autour de Bassora. De là, l'information voyageait par fibre optique jusqu'au petit immeuble

1. « Bol de palme » et « Passage de tempête » *(N.d.T.)*.

— mais sa taille était trompeuse... — de l'Agence nationale de sécurité dans la King Khalid Military City (KKMC), d'où elle était renvoyée par satellite au quartier général de la NSA.

Dans la salle de surveillance du QG, dix personnes alertées par l'un des officiers de garde étaient réunies autour d'un écran télé pour récupérer l'enregistrement, tandis que leurs supérieurs buvaient tranquillement du café dans un bureau séparé par une cloison vitrée.

— Ouais ! s'exclama un sergent de l'Air Force en voyant les images. C'est très net !

On échangea des signes de victoire. L'officier supérieur de permanence, qui avait déjà prévenu les Transmissions de la Maison-Blanche, manifesta sa satisfaction d'un mouvement de tête plus discret ; il relaya les signaux originaux et ordonna une amélioration numérique, qui prendrait quelques minutes — seules quelques images comptaient vraiment et ils avaient un superordinateur Cray pour s'en charger.

Pendant que Cathy préparait les enfants pour l'école et s'apprêtait à partir opérer les yeux de ses patients, Ryan se trouvait aux Transmissions et se faisait repasser au ralenti le film d'un meurtre... Son officier national de renseignements était encore à la CIA, où il achevait de réunir les informations du matin ; il les lui communiquerait au cours du debriefing qui suivrait. Le poste de conseiller à la sécurité nationale était vacant — un problème supplémentaire à régler aujourd'hui.

— Waouh ! fit le commandant Canon.

Le président retrouva ses anciens automatismes d'officier du renseignement.

— OK, dites-moi ce que nous savons.

— Monsieur, nous savons que quelqu'un a été tué, probablement le président irakien.

— Ou une doublure ?

— C'est possible, acquiesça Canon, mais STORM

TRACK fait état d'une soudaine recrudescence de transmissions VHS sur les réseaux de la police et de l'armée, et cette activité vient de Bagdad. (L'officier des Marines indiqua son écran d'ordinateur qui affichait en temps réel les « prises » des nombreux avant-postes de la NSA.) Il faudra un moment pour les traduire, mais mon métier, c'est l'analyse du trafic. Ça paraît très réel, monsieur. Je suppose que ça pourrait être un leurre, mais je ne... Ah, voilà !

Une première traduction s'inscrivait sur l'écran. Un document identifié comme émanant d'un réseau de commandement militaire irakien : *Il est mort, il est mort, metez votre régiment en état d'alete et préparez-vous à prendre osition en ville imédiatement — le destinataire est le régiment des opérations spéciales des Gurds replicans, à Salman Pak — la réponse est : Oui, je le fais, oui, je le fais, qui donne les odres, quels sont mes ordres...*

— Y a un paquet de coquilles, nota le président.

— Monsieur, c'est difficile de traduire et de saisir le texte en même temps. En général, nous corrigeons avant de...

— Du calme, commandant. Moi aussi, je tape avec trois doigts. Dites-moi ce que vous pensez de tout ça.

— Monsieur, je ne suis qu'un officier subalterne. C'est pour ça qu'on m'a confié la permanence de nuit et...

— Si vous étiez vraiment idiot, vous ne seriez pas là.

Canon hocha la tête et répondit :

— Il est en enfer, tout ce qu'il y a de mort, monsieur. L'Irak a besoin d'un nouveau dictateur. Nous avons les images, nous avons un trafic de transmissions qui correspond tout à fait à un événement inhabituel. Voilà mon évaluation. (Il s'interrompit et veilla à couvrir ses arrières, comme tout bon espion qui se respecte.) A moins que ne ce soit une manœuvre délibérée pour débusquer les traîtres au sein de son gouvernement. C'est possible mais peu vraisemblable. Pas de cette façon-là, en public.

— L'acte d'un kamikaze ?

— Oui, monsieur le président. Quelque chose que l'on ne peut faire qu'une seule fois et qui ne pardonne pas.

— Je suis d'accord. (Ryan alla jusqu'à la fontaine à café. Le Bureau des transmissions de la Maison-Blanche, essentiellement militaire, faisait son propre café. Jack servit deux tasses et, en revenant, en tendit une au commandant Canon, ce qui choqua tout le monde.) Du boulot rapide. Remerciez les gars qui ont fait ça, OK ?

— A vos ordres, monsieur.

— Bon, maintenant, je veux Adler ici le plus vite possible et le DCI [1]... Qui d'autre ? Les spécialistes de l'Irak à la CIA et au Département d'Etat. Il me faut aussi les estimations de la DIA [2] sur la situation actuelle de leurs forces. Voyez si le prince Ali est toujours en ville. Si c'est le cas, demandez-lui de rester. Il faudrait que je lui parle, si possible ce matin. Je me demande qui encore je...

Ryan ne termina pas sa phrase.

— Le CENTCOM [3], monsieur. Il aura les meilleurs spécialistes du renseignement militaire à Tampa, les plus familiers de cette zone, je veux dire.

— Convoquez-le. Et puis non, on réglera ça par téléphone, ça lui laissera le temps de se renseigner.

— D'accord, on s'en occupe, monsieur.

Ryan tapota l'épaule de l'officier, et s'en alla. Quand la lourde porte se fut refermée, le commandant Charles Canon s'exclama :

— Hé, on dirait que le NCA connaît son boulot !

— C'est vrai ce que j'ai appris ? demanda Price, en arrivant dans le couloir.

1. Le directeur central du renseignement, c'est-à-dire le directeur de la CIA, qui coiffe tous les services de renseignements du gouvernement *(N.d.T.)*.
2. *Défense Intelligence Agency*, l'Agence de renseignements militaires *(N.d.T.)*.
3. CINC-Central Command, commandant en chef US du Commandement central, c'est-à-dire le responsable de la planification des grandes zones militaires de la planète *(N.d.T.)*.

— Vous ne dormez donc jamais ? dit Ryan. (Puis, après réflexion, il ajouta :) Je veux que vous vous chargiez de cette histoire.

— Pourquoi moi, monsieur ? Je ne suis pas...

— Vous êtes censée vous y connaître en assassinats, n'est-ce pas ?

— Oui, monsieur le président.

— Pour l'instant, vous avez donc pour moi plus de valeur qu'un espion.

La nouvelle avait surpris Daryaei. Bien sûr, elle ne lui avait pas déplu — sauf, peut-être, que le moment était mal choisi. Il s'interrompit un instant, murmura une prière d'abord en remerciement à Allah, puis pour l'âme de l'assassin. *Assassin ?* Peut-être que « juge » aurait été un meilleur terme pour qualifier cet homme, un de ses nombreux combattants infiltrés en Irak, longtemps auparavant, pendant la guerre. Ils avaient presque tous disparu, éliminés sans doute d'une façon ou d'une autre. C'était lui qui avait eu l'idée de cette opération, pas assez spectaculaire pour les « professionnels » de son service de renseignements, issus, pour la plupart, de la Savak du shah ; entraînés par les Israéliens dans les années soixante et soixante-dix, ils étaient très efficaces, mais ils restaient fondamentalement des mercenaires, même s'ils affichaient leur ferveur religieuse et leur loyauté au nouveau régime. Ils avaient agi d'une façon « conventionnelle » pour une mission qui ne l'était pas : ils avaient distribué des pots-de-vin et approché les dissidents, mais ils avaient toujours échoué, et, pendant des années, Daryaei s'était demandé si Allah n'avait pas pris un malin plaisir à protéger la cible — mais c'était là l'expression d'un sentiment de désespoir, et non de la raison et de la foi, car lui aussi pouvait succomber à des faiblesses humaines. Les Américains avaient certainement tenté de l'abattre aussi, et sans doute à peu près de la même façon, en cherchant des responsables militaires qui se seraient emparés du pouvoir par un coup d'Etat, comme ça s'était vu si souvent dans d'autres parties du monde. Mais non, cette cible-là était trop maligne pour être éliminée ainsi, et chaque fois qu'on avait essayé, elle en était sortie renforcée, si bien que les Américains s'étaient plantés, comme d'ailleurs les Israéliens et tous les autres. *Mais pas moi.*

Après tout, cette tradition remontait à l'Antiquité. Un croyant qui opérait seul et ne reculait devant rien pour accomplir sa mission. Onze de ces hommes avaient été envoyés en Irak dans cet unique but, on leur avait demandé de vivre dans une clandestinité totale, on les avait entraînés à oublier leur identité, on les avait abandonnés à eux-mêmes, sans le moindre contact, sans aucun contrôle d'un officier de liaison, et toutes les traces de leur existence antérieure avaient été détruites, si bien que même un espion irakien infiltré dans ses propres services aurait été incapable de découvrir cette mission ultra-secrète. D'ici une heure, certains de ses amis allaient se précipiter dans son bureau pour remercier Dieu et louer la clairvoyance de leur chef. Peut-être. Mais eux non plus ne savaient pas tout, ne connaissaient pas tous les pions qu'il avait déplacés.

La numérisation des images de l'événement ne leur apporta pas grand-chose de plus. Sauf que désormais Ryan pouvait avoir une opinion plus pointue sur les diverses hypothèses.

— Monsieur le président, un type avec une station de travail Silicon Graphics aurait pu trafiquer ça, lui expliqua le NIO — l'officier national de renseignements. Vous avez déjà vu des trucages, au cinéma, et les films ont une bien meilleure résolution que la télévision. Aujourd'hui, on peut trafiquer presque n'importe quoi.

— Parfait, mais votre boulot, c'est de m'expliquer ce qui s'est réellement passé, remarqua Ryan.

Cela faisait huit fois, maintenant, qu'ils vision-
naient la cassette, et il en avait marre de voir défiler
la scène au ralenti.

— On ne peut rien dire avec une absolue certitude.

Peut-être était-ce le manque de sommeil de cette
dernière semaine. Ou le stress de ce boulot. Ou
l'obligation de gérer cette *seconde* crise. Ou le fait
que Ryan était encore, dans l'âme, un officier national de renseignements.

— Ecoutez-moi. Et je ne vous le répéterai pas !
s'exclama-t-il. Votre boulot, c'est pas de protéger
votre cul. C'est de protéger le mien !

— Je le sais, monsieur le président. C'est pour ça
que je vous ai communiqué toutes nos informations...

Ryan ne se donna pas la peine d'écouter le reste.
Il avait déjà entendu ce genre de discours plus
souvent qu'à son tour. Il avait même parfois
répondu de cette façon à ses supérieurs, lui aussi —
mais lui, au moins, il leur avait toujours proposé
une solution. Il se tourna vers son secrétaire d'Etat :

— Scott ?

— Ce salopard est aussi mort qu'un poisson
pêché hier, assura Adler.

— Qui n'est pas d'accord avec ça ? demanda alors
Jack à la cantonade.

Personne n'osa contredire Adler, ce qui était une
forme d'approbation. Même le NIO ne pouvait pas
s'opposer à l'opinion générale. Il avait exprimé son
sentiment, après tout. Toute erreur, désormais,
serait le problème du secrétaire d'Etat. Parfait.

— Qui est l'assassin ? demanda Andrea Price.

La réponse vint de l'officier de la CIA spécialiste
de l'Irak.

— Inconnu au bataillon. J'ai des hommes qui
visionnent les cassettes des précédentes apparitions
du dictateur pour s'assurer qu'il était déjà à ses
côtés. Ecoutez, selon toute vraisemblance, il s'agit
d'un officier supérieur de son détachement de protection, un colonel, et...

— ... Et je connais foutrement bien chaque membre de *mon* détachement, le coupa Andrea. Donc, il appartenait effectivement à ce service, ce qui signifie que ceux qui ont réussi ce coup se sont arrangés pour infiltrer quelqu'un assez près de la cible — et suffisamment convaincu pour accepter d'en payer le prix. Ça a dû leur prendre des années.

La suite de la cassette — qu'ils n'avaient visionnée que cinq fois — montrait l'homme qui s'écroulait, tué à bout portant. L'agent Price trouvait ça bizarre. A leur place, elle aurait attrapé ce type vivant. Les morts ne disent rien, et on pouvait toujours arranger une exécution. Ou alors, il avait été éliminé par les membres de la conspiration à laquelle il appartenait. Mais pouvait-il y avoir plusieurs assassins ? Andrea se dit que, dans une autre vie, elle poserait la question à Indira Gandhi. Un après-midi, dans un jardin, son propre détachement au complet s'était retourné contre elle... Pour Andrea, tuer la personne que vous aviez juré de défendre, c'était l'infamie absolue. Mais, bon, elle n'avait pas juré de protéger un type comme ça. Un autre détail, sur cet enregistrement, attira son attention.

— Vous avez remarqué sa gestuelle ?

— Que voulez-vous dire ? demanda Ryan.

— La façon dont il a sorti son revolver et dont il a tiré... Puis il s'est contenté de rester là, comme si ça ne le concernait plus. Ce gars a dû attendre sa chance patiemment. Il y a sans doute pensé pendant longtemps, très longtemps. Il en a rêvé. Il voulait que ce moment soit parfait. Il voulait en profiter avant de mourir. (Elle secoua la tête lentement.) Un tueur fanatique et déterminé.

En fait, Andrea s'amusait bien. Beaucoup de présidents avaient considéré les agents du Service secret comme de simples meubles, ou, au mieux, comme des animaux de compagnie. Ce n'était pas si souvent que le patron leur demandait leur opinion pour autre chose que des problèmes quotidiens du genre : où le méchant est-il caché ?

— Il est venu de l'extérieur du pays, poursuivit Andrea. C'est un gars avec un dossier vierge, sans le moindre contact avec l'opposition à Bagdad. Quelqu'un qui a fait son chemin à l'intérieur du système, lentement et avec grand soin.

— L'Iran..., murmura l'agent de la CIA. C'est la meilleure hypothèse, en tout cas. Motivation religieuse. Il savait qu'il n'avait aucun moyen de s'en tirer après avoir fait son coup. Donc, il se moquait de mourir. Ce n'est pas les Israéliens. Pas les Français. Et les British ne font plus ça non plus. Une rébellion intérieure est pratiquement impossible, vu leurs mesures de sécurité. Ce n'est donc ni une histoire d'argent ni une motivation personnelle ou familiale. Je crois aussi qu'on peut écarter la politique. Ça laisse la religion et ça signifie l'Iran.

— Je ne suis pas familière des questions de renseignement, mais quand je vois cette cassette, je suis d'accord, dit Andrea Price. On dirait qu'il prie, quand il le tue. Il veut que ce soit un moment parfait et il se moque de tout le reste.

— On a quelqu'un d'autre pour vérifier ça ? dit Ryan.

— Le FBI. Les types des sciences du comportement sont plutôt bons. On travaille tout le temps avec eux, répondit Price.

— Excellente idée, acquiesça monsieur CIA. On va battre la campagne pour identifier le tueur, mais on peut très bien avoir des informations fiables, et ne pas avancer.

— Mais pourquoi avoir choisi ce moment-là ? lui demanda Ryan.

— Si l'on convient que l'assassin était là depuis longtemps — on a assez de vidéos des apparitions publiques de sa cible pour le déterminer —, alors le choix du moment est en effet un problème.

— Oh, super, dit le président. Scott, qu'est-ce que vous en pensez ?

Le secrétaire d'Etat se tourna vers Bert Vasco, le responsable de l'Irak au Département d'Etat. Il savait tout sur ce pays.

— Monsieur le président, l'Irak est une nation musulmane où la population est en majorité chiite mais où la minorité sunnite détient le pouvoir par l'intermédiaire du parti Baas. On a toujours eu un problème parce que l'élimination de notre ami risquait de faire basculer le...

— Dites-moi seulement ce que j'ignore, l'interrompit Ryan.

— Monsieur le président, nous ne connaissons tout simplement pas la force des éventuels groupes d'opposition, là-bas. Le régime actuel a éliminé les mauvaises herbes avec beaucoup d'efficacité. Quelques opposants politiques se sont réfugiés en Iran. Mais aucun n'a d'envergure, ni de base politique solide. Deux radios émettent vers l'Irak depuis l'Iran. Nous avons les noms des transfuges qui s'en servent pour parler à leurs compatriotes. Aucun moyen de savoir combien de gens les écoutent. Le régime n'est pas vraiment populaire, ça, c'est clair. Mais nous n'avons aucune idée de l'organisation qui pourrait tirer profit de cet événement.

Le gars de la CIA acquiesça d'un signe de tête.

— Bert a raison. Notre ami était très bon pour repérer et éliminer ses ennemis potentiels. On a essayé d'aider les opposants pendant et après la guerre du Golfe, mais on n'a réussi qu'à augmenter les tueries. Personne, là-bas, n'a confiance en nous, c'est sûr.

Ryan but une gorgée de café et marqua son accord d'un mouvement de tête. Il avait fait ses propres recommandations en 1991, mais elles n'avaient pas été suivies. Il n'était qu'un jeunot, à l'époque.

— Quels choix avons-nous ? demanda-t-il alors.

— Honnêtement, aucun, répondit Vasco.

— On n'a personne sur place, confirma la CIA. Nos seuls collaborateurs, dans ce pays, sont chargés de surveiller le développement de leur armement nucléaire, chimique, et ainsi de suite. Personne ne s'occupe de la question politique. Dans ce domaine, on a davantage de gens en Iran. On peut les interroger. Mais en Irak, zéro.

Génial, pensa Jack. Un pays peut s'effondrer, ou pas, dans une des régions les plus sensibles du monde, et la nation la plus puissante de la planète ne peut rien faire d'autre que de suivre la couverture télévisée de l'événement !

— Arnie ?

— Oui, monsieur le président.

— Y a deux jours, on a annulé le rendez-vous de Mary Pat. Je veux la rencontrer aujourd'hui si on trouve un moment dans mon emploi du temps.

— Je vais voir ce qu'on peut faire, mais...

— *Mais* quand un truc comme ça arrive, le président des Etats-Unis est censé avoir autre chose que sa queue dans sa main ! (Il s'efforça de se calmer, puis ajouta :) Est-ce que l'Iran va bouger ?

10

POLITIQUE

Le prince Ali ben Cheikh était prêt à rentrer chez lui, dans son avion personnel, un Lockheed L-1011, ancien mais bien aménagé, lorsqu'il reçut l'appel de la Maison-Blanche. L'ambassade d'Arabie Saoudite n'était pas très loin du Kennedy Center, et il avait donc peu de chemin à faire dans sa limousine officielle, avec une sécurité presque aussi importante que celle de Ryan, constituée de membres du Service de protection diplomatique américain et de son propre détachement, des anciens membres du Special Air Service britannique. Les Saoudiens, comme toujours, n'hésitaient pas à dépenser beaucoup d'argent pour bénéficier de ce qu'il y avait de meilleur en toutes choses. Ali n'était pas un étranger à la

Maison-Blanche, et il connaissait Scott Adler qui l'accueillit et le précéda jusqu'au Bureau Ovale.

— Monsieur le président, dit Son Altesse royale en pénétrant dans la pièce.

— Merci d'être venu en catastrophe. (Jack lui serra la main et lui indiqua l'un des deux canapés. Quelqu'un avait eu la bonne idée d'allumer un feu dans la cheminée. Le photographe de la Maison-Blanche prit quelques clichés, puis fut congédié.) J'imagine que vous connaissez la nouvelle ?

— On ne le pleurera pas, mais le royaume est très soucieux, répondit Ali avec un sourire inquiet.

— Vous avez des informations que nous n'avons pas ? demanda Ryan.

— Non, nous avons été aussi surpris que tout le monde, répondit le prince en secouant la tête.

— L'Iran ? fit Ryan.

— Sans aucun doute.

— Ils vont faire quelque chose ?

Pendant un instant, on n'entendit plus que les craquements des bûches dans la cheminée, tandis que les trois hommes se considéraient en silence au-dessus du plateau et des tasses qu'ils n'avaient pas touchées. Le problème, évidemment, c'était le pétrole. Le golfe Persique était une espèce de doigt d'eau plongé dans une mer de pétrole. La plupart des réserves mondiales connues se trouvaient là, partagées entre le royaume d'Arabie Saoudite, le Koweït, l'Irak et l'Iran, et, dans une moindre mesure, les Emirats arabes unis, Bahreïn et le Qatar. L'Iran était le plus peuplé de tous ces pays, et de loin. Puis l'Irak. Les nations de la péninsule arabique étaient plus riches, mais la terre, au-dessus de cet or liquide, n'avait jamais été capable de nourrir leur population et c'était bien là la question, posée pour la première fois en 1991, lorsque l'Irak avait envahi le Koweït. Ryan avait souvent dit que la guerre n'était rien d'autre qu'un hold-up, et ç'avait été le cas de la guerre du Golfe. Prétextant une dispute territoriale mineure et des problèmes économiques tout aussi dérisoires, Saddam Hussein avait tenté d'un seul coup de doubler la richesse de son propre pays, puis il avait menacé de multiplier ses mises en attaquant l'Arabie Saoudite... La raison pour laquelle il s'était arrêté sur la frontière entre le Koweït et l'Arabie Saoudite resterait à jamais inexpliquée. En gros, tout ça était une histoire de pétrole et de dollars.

Mais ce n'était pas tout. Hussein, comme un *don* de la Mafia, n'avait pensé qu'à l'argent et au pouvoir politique qu'il procurait. L'Iran était un peu plus malin.

Toutes les nations du Golfe étaient islamiques, et plutôt deux fois qu'une. Bahreïn et l'Irak faisaient exception. A Bahreïn, le pétrole était presque épuisé, et ce pays, une cité-Etat séparée de l'Arabie Saoudite par une simple digue, avait à peu près la même fonction que le Nevada, dans l'ouest des Etats-Unis — c'était un endroit où l'on oubliait les règlements, où l'on pouvait boire, jouer, et s'abandonner à d'autres plaisirs, pas très loin de chez soi. L'Irak, lui, était un pays laïque et ne s'intéressait guère à sa religion d'Etat, ce qui expliquait largement la mort de son président après sa carrière longue et mouvementée.

Et cependant, la clé de la région était, et avait toujours été, la religion. L'Arabie Saoudite était le cœur de l'Islam. Le Prophète y était né. Les villes saintes de La Mecque et de Médine étaient le berceau d'un des plus puissants mouvements religieux du monde. Le problème, c'était moins le pétrole que la foi. L'Arabie Saoudite appartenait à la branche sunnite de l'islam et l'Iran à la branche chiite. Un jour, on avait expliqué à Ryan les différences entre les deux et, à l'époque, elles lui avaient semblé si minimes qu'il n'avait pas fait l'effort de s'en souvenir. Aujourd'hui, il le regrettait. Car c'était à cause d'elles que ces deux grandes nations étaient ennemies. Plus qu'une histoire d'argent, c'était une question de pouvoir spirituel. Et le pétrole n'en rendait le combat que plus intéressant pour les étrangers.

Le monde industriel dépendait de cet or noir. Tous les pays du Golfe craignaient l'Iran à cause de sa taille, de l'importance de sa population et de sa ferveur religieuse. Les sunnites s'inquiétaient des modifications qu'il apportait au véritable islam, et tous les autres de ce qui leur arriverait lorsque des « hérétiques » contrôleraient la région, parce que l'islam était un système complet de croyances, englobant la vie civile, la politique et l'ensemble des activités humaines. Pour les musulmans, le monde de Dieu, c'était la Loi. Pour les Occidentaux, cette zone assurait simplement la survie de leur économie. Pour les Arabes — l'Iran n'est pas un pays arabe —, il y avait une question plus fondamentale : la place de l'homme devant son Dieu.

— Oui, monsieur le président, répondit au bout d'un moment le prince Ali ben Cheikh, l'Iran va bouger.

Sa voix était admirablement calme, même si Ryan savait qu'en son for intérieur c'était tout le contraire. Les Saoudiens n'avaient jamais souhaité la chute du président irakien. C'était un ennemi, un apostat, un agresseur, d'accord, mais il jouait un rôle stratégique utile pour ses voisins. L'Irak était depuis longtemps un tampon entre l'Iran et les Etats du Golfe. Mais si le parti Baas disparaissait avec son dictateur, l'Irak pouvait revenir à sa religion, et des deux côtés de la frontière il y aurait une zone chiite — et le chef de la branche chiite de l'islam, c'était l'Iran.

Oui, l'Iran allait bouger parce qu'il s'y préparait depuis des années. La religion de Mahomet s'était développée jusqu'au Maroc à l'ouest et aux Philippines à l'est, et avec l'évolution du monde moderne elle était désormais présente partout. Grâce à ses richesses et à sa démographie, l'Iran était devenu la principale nation islamique de la planète : il avait attiré le clergé musulman pour étudier dans sa cité sainte de Qom, financé des mouvements politiques dans l'ensemble du monde arabe et fourni des armes aux populations islamiques qui avaient besoin d'aide — entre autres, aux Musulmans de Bosnie.

— *Anschluss...*, murmura Scott Adler.

Le prince Ali acquiesça d'un signe de tête.

— Nous avons un plan pour l'empêcher ? demanda Jack.

Mais il connaissait déjà la réponse. Non, personne n'en avait. Voilà pourquoi les Américains n'avaient poursuivi que des objectifs limités pendant la guerre du Golfe et n'avaient pas voulu renverser leur adversaire. Les Saoudiens, qui avaient défini la stratégie de ce conflit depuis le début, n'avaient pas permis aux Américains et à leurs alliés de foncer sur Bagdad, alors même que l'armée de Saddam une fois déployée au Koweït, la capitale irakienne était aussi exposée qu'un nudiste sur une plage. A l'époque, en suivant les événements à la télévision, Ryan s'était étonné qu'aucun journaliste ne remarquât qu'une vraie armée en campagne aurait ignoré le Koweït, se serait emparée de Bagdad et aurait attendu la reddition des Irakiens. Bon, tout le monde n'était peut-être pas capable de lire une carte.

— Votre Altesse, quelle influence pouvez-vous avoir là-dessus ? demanda Ryan.

— Concrètement ? Très peu. Nous leur tendrons une main amicale, nous leur prêterons de l'argent, et d'ici la fin de la semaine nous demanderons à l'Amérique et aux Nations unies de lever les sanctions pour améliorer leurs conditions économiques, mais...

— Oui, mais..., acquiesça Ryan. Votre Altesse, transmettez-nous les informations que vous aurez. Les engagements de l'Amérique vis-à-vis de la sécurité de votre royaume n'ont pas changé.

Ali acquiesça d'un signe de tête.

— Je le dirai à mon gouvernement.

— Travail de professionnel, observa Ding, en

regardant au ralenti la séquence optimisée par ordinateur. Sauf pour une petite chose.

— Ouais, c'est toujours mieux de profiter de son
pognon *avant* l'homologation de son testament.

Dans sa jeunesse, Clark avait été assez révolté
pour réagir comme ce tueur dont il venait de revoir
la mort en direct, mais l'âge l'avait rendu plus
prudent. Maintenant, Mary Pat voulait qu'il tentât
de nouveau de convaincre la Maison-Blanche
d'adopter le Plan bleu, et il étudiait quelques documents. Du moins essayait-il.

— John, tu connais un peu l'histoire des Assassins ? demanda Chavez en coupant la télévision
avec sa télécommande.

— J'ai vu le film, répondit Clark sans relever les
yeux.

— C'étaient des gars vraiment sérieux. Z'étaient
obligés. Quand on n'a que des sabres et des couteaux, faut réussir à s'approcher de sa cible pour
faire son boulot. Ce type leur ressemblait. Une vraie
bombe téléguidée à deux pattes — on y laisse sa
peau, mais, avant, on détruit son objectif. Les
Assassins ont fondé le premier Etat terroriste de
l'Histoire. J'imagine que le monde n'était pas
encore près pour assimiler ce concept, à l'époque,
mais cette petite cité-Etat contrôlait une région
entière simplement parce que ses tueurs étaient
capables d'éliminer qui ils voulaient.

— Merci pour la leçon d'histoire, Domingo,
mais...

— Pense à ça, John. S'ils ont pu arriver jusqu'à ce
type, ils sont capables d'atteindre n'importe qui. Y a
pas de régime de retraite pour les dictateurs, tu
sais ? La sécurité autour de lui était vraiment très,
très stricte, mais quelqu'un a quand même réussi à
faire passer un tueur qui l'a envoyé dans une autre
dimension. C'est effrayant, monsieur C.

Domingo Chavez était loin d'être un idiot, John
Clark le savait. Peut-être qu'il parlait avec un accent
à couper au couteau et que sa conversation était

bourrée de termes et de tou[...]
sorties tout droit du temps o[...]
l'armée, mais bon sang, Joh[...]
contré quelqu'un qui apprenai[...]
nait même à contrôler son [...]
Enfin, quand il en avait envie.

— Et alors? grommela-t-il. [...]
motivations différentes...

— John, je parle d'un poten[...]
d'une volonté politique de l[...]
patience qu'il leur a fallu. Ça a du prendre des
années. Je connaissais les agents dormants, mais
c'est la première fois que je vois un tueur dormant.

— C'est peut-être un type normal qui a pété les
plombs tout d'un coup et...

— ... et qui a voulu se suicider? Je ne crois pas,
John. Pourquoi ne pas avoir descendu ce salopard
un soir où il allait aux chiottes à minuit, et se tirer
ensuite? Non, non, monsieur C. Le Mohammed, là,
a voulu *dire* quelque chose. Et pas simplement lui,
d'ailleurs. Il a fait passer aussi un message de la
part de son chef.

Clark leva enfin les yeux, et réfléchit à la théorie
de Chavez. Tout autre fonctionnaire aurait pu ignorer ce genre d'observation, sous prétexte que cette
question n'était pas de sa compétence, mais il était
dévoué corps et âme à ses patrons justement parce
qu'il était incapable de voir où se trouvaient les
limites de ses activités. Et puis il se souvenait de sa
mission en Iran, au milieu d'une foule qui hurlait
« A mort l'Amérique! » à des prisonniers aux yeux
bandés qu'elle avait sortis sans ménagement de
l'ambassade US. Il se rappelait surtout les déclarations des Iraniens, après le lamentable échec de
l'opération Blue Light, et comment le gouvernement de Khomeyni avait failli se venger sur les
Américains et transformer une vilaine querelle en
vraie guerre. Depuis lors, les Iraniens trempaient
dans toutes les actions terroristes des quatre coins
du monde, et l'incapacité de l'Amérique à y faire
face n'avait rien arrangé.

[...]ingo, tu comprends pourquoi on a [...] d'avantage d'agents sur le terrain ?

[...]GEON avait une raison supplémentaire de ne [...] aimer la nouvelle fonction de son mari : elle n'avait pas pu lui dire au revoir. Il était avec quelqu'un — d'accord, il était obligé, après ce qu'elle avait vu aux infos du matin, et c'était son boulot, et elle aussi avait parfois quitté précipitamment la maison quand il y avait un problème à Hopkins. Mais elle n'aimait pas ça.

Elle considéra le cortège. Difficile d'appeler autrement ces six Suburban Chevrolet. Trois emmèneraient Sally (nom de code : SHADOW) et Little Jack (SHORTSTOP) à l'école. Les trois autres conduiraient Katie (SANDBOX)[1] à la crèche. Cathy Ryan admettait que c'était en partie de sa faute. Elle n'avait pas voulu bouleverser l'existence de ses enfants, ni les voir changer d'école et d'amis à cause de cette malédiction qui venait de s'abattre sur leur famille. Rien de tout cela n'était de leur faute. Elle avait été assez stupide pour donner son accord pour le nouveau poste de Jack — qui avait duré en tout et pour tout cinq minutes — et il lui fallait maintenant en accepter les conséquences.

— Bonjour, Katie !

Don Russell s'accroupit ; SANDBOX le serra dans ses bras et lui donna un bisou. Cathy ne put s'empêcher de sourire. Cet agent était une bénédiction. Il aimait vraiment les gosses. Katie et lui s'étaient immédiatement bien entendus. Cathy embrassa sa fille et salua son garde du corps. Une gamine qui avait besoin d'un garde du corps, c'était tout simplement monstrueux ! Mais elle se souvenait dans sa chair de ces terroristes qui les avaient attaquées, Sally et elle, et il lui fallait donc supporter ça aussi.

1. « Ombre », « Bloqueur » (au base-ball) et « Tas de sable » (N. d. T.).

Russell attacha Sandbox dans son siège, et le premier des trois véhicules démarra.

— Salut, *man*.

Sally traversait une période où sa mère était une amie que l'on n'embrassait plus. Cathy s'y était habituée, même si ça ne lui plaisait pas. C'était pareil avec Little Jack :

— A bientôt, *man*.

Mais John Patrick Ryan Jr était assez grand, maintenant, pour demander à être assis à l'avant — refusé, cette fois-ci. Leurs sous-détachements de protection avaient été augmentés, vu la façon... brutale dont la famille Ryan était arrivée à la Maison-Blanche. Au total, vingt agents étaient assignés à la sécurité des enfants pour l'instant. Ce chiffre diminuerait dans un mois ou deux, lui avait-on dit, et les gosses voyageraient dans des voitures normales et non plus des Suburban blindées. Quant à Surgeon, son hélicoptère l'attendait.

Bon sang, ça recommençait ! Merde ! Pourquoi avait-elle dit oui ? Le pire, c'est qu'elle était mariée à l'homme soi-disant le plus puissant du monde, et que lui-même et les siens devaient obéir aux ordres de leurs subordonnés !

— Je sais, doc. (C'était Roy Altman, *son* principal agent.) Satanée façon de vivre, n'est-ce pas ?

Cathy se retourna :

— Vous lisez dans les pensées ?

— Ça fait partie de mon boulot, m'dame. Je sais que...

— S'il vous plaît, je m'appelle Cathy.

Altman manqua de rougir. Plus d'une First Lady avait pris des airs de duchesse lorsque son époux avait accédé au poste suprême, et les enfants des politiciens n'étaient pas toujours marrants à protéger, mais les Ryan, tous les membres du détachement en convenaient, ne ressemblaient à personne. D'un côté, c'était une mauvaise nouvelle ; difficile, pourtant, de ne pas aimer ces gens-là.

Il lui tendit une chemise en papier kraft — son programme du jour.

— Deux interventions, puis des visites de routine, lui dit-elle.

Parfait, elle pourrait au moins faire de la paperasse pendant le vol. Pratique, non?

— Je sais. On s'est mis d'accord avec le professeur Katz pour qu'il nous prévienne. Comme ça, on peut tenir compte de vos impératifs professionnels quand on organise votre emploi du temps, expliqua Altman.

— Vous vous renseignez aussi sur mes patients? demanda Cathy, pensant faire de l'humour.

Raté.

— Oui. L'hôpital nous fournit les noms, les dates de naissance et les numéros de Sécurité sociale. Nous vérifions avec les dossiers médicaux et nos propres fichiers — euh, les gens sur lesquels nous devons garder un œil.

A cette nouvelle, Cathy lui jeta un regard mauvais, mais Altman ne se sentit pas visé personnellement. Quelques minutes plus tard, ils embarquaient dans l'hélicoptère. La First Lady constata que la télévision enregistrait l'événement, tandis que le colonel Hank Goodman lançait ses moteurs.

Au centre opérationnel du Service secret des Etats-Unis, à quelques blocs de là, le tableau de contrôle changea. L'affichage LED rouge indiquait que POTUS (le président des Etats-Unis) était à la Maison-Blanche, que FLOTUS (la First Lady des Etats-Unis) était en transit. SHADOW, SHORTSTOP et SANDBOX étaient suivis sur un tableau différent. Les mêmes informations furent transmises par liaison radio-numérique protégée à Andrea Price qui lisait la presse dans l'antichambre du Bureau Ovale. D'autres agents se trouvaient déjà à la St. Mary's Catholic School et à la crèche Giant Steps, toutes les deux près d'Annapolis, ainsi qu'au Johns Hopkins Hospital. La police de l'Etat du Maryland avait été informée que les enfants Ryan empruntaient la Route 50 et elle avait placé des voitures supplémentaires le long du trajet pour bien marquer la présence de la police. Au même moment, un autre hélicoptère des Marines suivait celui de Surgeon, et un troisième, avec une équipe dotée d'armes lourdes, surveillait les trois enfants. Si des assassins traînaient dans le coin, ils verraient forcément le déploiement de force. A l'intérieur des véhicules, les agents étaient en état d'alerte comme d'habitude, ils surveillaient les autres voitures et notaient leurs numéros pour vérifier si certaines ne se montraient pas un peu trop souvent. D'autres véhicules banalisés du Service secret menaient leurs propres contrôles. Les Ryan ne connaîtraient jamais l'importance du système de sécurité déployé autour d'eux, sauf s'ils posaient la question.

Une journée comme les autres commençait.

Inutile de se voiler la face. Elle n'avait pas besoin du Dr Moudi pour deviner la vérité. Les maux de tête et la fatigue avaient augmenté. Comme pour le jeune Benedict Mkusa, pensa-t-elle. Puis les douleurs avaient débuté, non pas dans les articulations, mais à l'estomac, comme l'approche d'une formidable tempête, et elle ne pouvait rien faire, sinon attendre et trembler pour la suite, car elle la connaissait déjà...

Les nausées empirèrent, et elle fut bientôt incapable d'y résister.

On l'avait installée dans l'une des rares chambres individuelles de l'hôpital. Le soleil brillait encore et le ciel était clair — une belle journée d'un été africain sans fin. Un goutte-à-goutte lui injectait une perfusion saline, des analgésiques légers et des éléments nutritifs pour lui redonner des forces, mais la partie était perdue d'avance. Sœur Jean-Baptiste était épuisée et elle souffrait tant que le simple fait de tourner la tête pour regarder les fleurs par la fenêtre lui demandait un effort surhumain.

Les premiers vomissements la prirent par surprise, mais elle réussit à attraper son bassin. Elle avait encore suffisamment l'œil professionnel pour voir le sang au moment où Marie-Madeleine le vida dans un conteneur spécial. Son amie portait une blouse stérile, des gants de caoutchouc et un masque. Elle était incapable de dissimuler son chagrin.

— Bonjour, ma sœur.

C'était le Dr Moudi, protégé de la même façon. Ses yeux noirs, au-dessus de son masque, étaient plus neutres. Il vérifia le tableau accroché au pied du lit. Le dernier relevé de température remontait à dix minutes. Elle grimpait toujours. Les résultats de ses analyses de sang venaient juste d'arriver d'Atlanta par télex. Sa peau claire était encore pâle, quelques heures plus tôt. Maintenant, elle était rouge et desséchée. Moudi pensa qu'il faudrait rafraîchir la malade avec de l'alcool, et peut-être plus tard avec des poches de glace, pour lutter contre la fièvre. Il croisa son regard. Elle savait. Mais il devait le lui annoncer.

— Ma sœur, lui dit-il. Votre échantillon de sang est positif. Ebola.

Un léger mouvement de tête

— Je vois, murmura-t-elle.

— Vous savez aussi, ajouta-t-il gentiment, que vingt pour cent des patients survivent à cette maladie. Il reste de l'espoir. Je suis un bon médecin. Sœur Marie-Madeleine est une infirmière formidable. Nous vous aiderons de notre mieux. Je vous demande simplement de ne pas vous laisser aller. Parlez à votre Dieu, ma sœur. Il devrait écouter quelqu'un d'aussi vertueux que vous.

Les mots lui venaient facilement, car après tout Moudi était un praticien compétent. Il se surprit à souhaiter sa survie.

— Merci, souffla-t-elle.

Moudi quitta la chambre, ôta ses vêtements de protection et les jeta dans le conteneur prévu à cet effet. Mentalement, il se rappela de demander au directeur de veiller au renforcement des mesures de sécurité. Cette infirmière devait être le dernier cas d'Ebola de cet hôpital. Une partie de l'équipe de l'OMS se rendait en ce moment même chez les Mkusa pour interroger les malheureux parents, leurs voisins et leurs amis, et essayer de découvrir comment le jeune Benedict avait pu être contaminé. L'hypothèse la plus vraisemblable était une morsure de singe.

Simple hypothèse, pourtant. On connaissait peu de chose sur le virus Ebola Zaïre. Il était sans aucun doute dans cette région depuis des siècles — une maladie mortelle de plus dans une zone qui n'en manquait pas. Trente ans auparavant, les médecins la décrivaient encore comme une simple « fièvre de la jungle ». On spéculait toujours sur l'hôte du virus. Beaucoup pensaient que c'était un singe, mais personne ne savait lequel — on en avait capturé des milliers pour essayer de le déterminer, mais en vain. On ne savait même pas si c'était vraiment une maladie tropicale — la première éruption correctement documentée de cette fièvre s'était produite à Marbourg, en Allemagne! Et l'on connaissait une affection très semblable aux Philippines.

Ebola apparaissait et disparaissait, comme un esprit malfaisant. Avec une périodicité apparente. Les épidémies se produisaient à des intervalles de huit à dix ans — mais ça aussi était sujet à caution. L'Afrique était si primitive! On avait beaucoup de raisons de penser que bon nombre de victimes contractaient la maladie et mouraient en quelques jours, sans même avoir le temps de demander l'assistance d'un médecin. La structure du virus et ses symptômes étaient plus ou moins connus, mais le mécanisme de la maladie restait un mystère. Cela inquiétait la communauté médicale, car Ebola Zaïre avait un taux de mortalité d'environ quatre-vingts pour cent. Une victime sur cinq survivait sans qu'on sache pourquoi.

Pour toutes ces raisons, Ebola était parfait.

Si parfait qu'il était l'un des organismes les plus dangereux de la planète pour l'être humain. On conservait d'infimes quantités du virus à Atlanta, à l'Institut Pasteur à Paris, et dans une poignée d'autres institutions, et les scientifiques les étudiaient dans des conditions dignes des romans de science-fiction, protégés par des espèces de combinaisons spatiales. Evidemment, on n'en savait pas assez sur Ebola pour commencer à travailler sur un vaccin. Les quatre variétés connues étaient trop différentes. La quatrième avait été découverte en Amérique à l'occasion d'un incident bizarre, mais cette souche-là, mortelle pour les singes, n'avait aucun effet sérieux sur les hommes, et là encore personne ne comprenait pourquoi. En ce moment même, à Atlanta, des chercheurs — Moudi en connaissait quelques-uns — étaient penchés sur leurs microscopes électroniques pour cartographier la structure de cette nouvelle variété afin de la comparer avec les autres souches connues. Ce travail prendrait des semaines et ne donnerait sans doute, comme les fois précédentes, que des résultats incertains. Tant que son hôte ne serait pas découvert, Ebola resterait un virus étranger, comme tombé d'une autre planète, mortel et mystérieux.

Parfait.

Le cas index, Benedict Mkusa, était mort, son corps avait été incinéré et le virus avait été détruit avec lui. Moudi avait conservé un petit échantillon sanguin, mais ce n'était pas suffisant. Il en allait tout autrement avec sœur Jean-Baptiste. Moudi réfléchit un moment, puis décrocha son téléphone pour appeler l'ambassade iranienne à Kinshasa. Il avait une mission à accomplir.

Mais il hésita avant de porter le combiné à son oreille. Et si Dieu entendait les prières de la religieuse ? C'était possible, pensa Moudi. Car cette femme de grande vertu avait prié autant que les vrais Croyants, dans sa ville natale de Qom, et elle avait consacré sa vie au service des malheureux dans le besoin. C'étaient là de dangereuses pensées. Si Allah entendait en effet les prières de la sœur,

270

rien n'arriverait de ce que lui-même avait l'intention de faire, maintenant. Mais dans le cas contraire ? Moudi coinça le combiné entre son épaule et son oreille et composa le numéro.

— Monsieur le président, on ne peut plus repousser l'échéance, désormais.

— Ouais, je sais, Arnie.

Curieusement, ça se résumait à un problème technique. Les corps devaient être identifiés, car une personne n'était pas morte tant que ce n'était pas écrit sur un bout de papier, et tant qu'elle ne l'était pas, s'il s'agissait d'un sénateur ou d'un député, son poste n'était pas libre, et il/elle ne pouvait être remplacé(e), et le Congrès restait une coquille vide. Les certificats de décès seraient publiés aujourd'hui, et dès l'heure suivante les gouverneurs « des divers Etats » appelleraient Ryan pour lui demander conseil ou pour le prévenir de ce qu'ils avaient décidé de leur propre chef. L'un d'entre eux, au moins, démissionnerait aujourd'hui et serait nommé au Sénat des Etats-Unis par son suppléant, un arrangement politique élégant, sinon évident, disait la rumeur.

Le volume des informations qu'il avait récupérées était stupéfiant. Le World Wide Web était encore peu utilisé, mais les médias commençaient à s'y intéresser de près car, pour la première fois, les données étaient moins « volatiles » qu'avant. C'était désormais une vraie bibliothèque de Babel toujours disponible pour les journalistes eux-mêmes, les étudiants, les simples curieux, et aussi pour ceux qui y trouvaient un intérêt plus strictement professionnel. Mieux, le nombre incroyable de personnes qui interrogeaient le Web à partir de mots clés rendait tout contrôle impossible.

Il était prudent, cependant — ou plutôt ses hommes l'étaient. Tous enquêtaient à partir de l'Europe, principalement depuis Londres, par des accès nouveaux à Internet utilisés simplement le temps du téléchargement des données ou par des ordinateurs d'université qui servaient à énormément de gens. Les mots clés RYAN JOHN PATRICK, RYAN JACK, RYAN CAROLINE, RYAN CATHY, ENFANTS RYAN, FAMILLE RYAN, et une multitude d'autres étaient des entrées possibles. Il y avait des milliers de réponses. Beaucoup étaient des fausses pistes, car « Ryan » était un nom assez courant, mais enquêter ainsi était relativement simple.

Les premiers extraits vraiment intéressants concernaient l'époque où Ryan, à vingt et un ans, était apparu pour la première fois sous les projecteurs — à Londres, justement. Il y avait même les photos et s'il fallait un certain temps pour les télécharger, ça valait le coup d'attendre. Surtout la première. Un jeune homme assis dans la rue, couvert de sang. Ça ne donnait pas des idées, ça? Le sujet, sur ce cliché, avait l'air à moitié mort, mais il savait que les blessés donnaient souvent cette impression. Il y avait aussi d'autres photos d'une voiture accidentée et d'un petit hélicoptère. Pour les années suivantes, les données sur Ryan étaient curieusement peu abondantes, essentiellement des informations sans grand intérêt sur son témoignage, non rendu public, devant le Congrès américain. D'autres documents concernaient les derniers temps de la présidence Fowler — tout de suite après la période de confusion initiale, on disait que Ryan avait empêché une frappe nucléaire... Et qu'il l'avait fait savoir à Daryaei, mais cette histoire n'avait jamais reçu de confirmation officielle, et Ryan ne l'avait jamais évoquée. Ça, c'était important. Ça donnait des indications sur l'homme. Mais on pouvait aussi le laisser de côté.

Sa femme, maintenant. Il y avait aussi beaucoup de choses parues sur elle, et un article indiquait même son numéro de téléphone à l'hôpital. Une chirurgienne douée. Un papier récent disait qu'elle continuait son travail. Excellent. On savait donc où la trouver.

Les enfants. La plus jeune était dans la même crèche que les deux autres avant elle. Il y avait une photo. Dans un article de fond sur le premier poste de Ryan à la Maison-Blanche, on trouvait le nom de l'école des deux grands...

Tout cela était vraiment incroyable. Il avait lancé cette recherche dans l'espoir de pêcher un certain nombre d'informations, et finalement il avait récupéré en un seul jour plus que ce que dix agents auraient pu rassembler en une semaine sur le terrain — en courant le risque de se faire repérer. Les Américains étaient vraiment dingues! Ils fournissaient presque la corde pour les pendre. Ils n'avaient aucune idée du secret ni de la sécurité. C'était une chose, pour un chef d'Etat, d'apparaître de temps en temps en public avec sa famille. C'en était une autre de laisser n'importe qui savoir ce qu'on n'avait pas besoin de connaître.

L'ensemble des documents — plus de deux mille cinq cents pages! — serait analysé par son équipe. Aucun ne permettait d'entreprendre une action. Ce n'étaient que des données. Pour l'instant...

— Vous savez, je crois que j'aime l'hélicoptère, dit Cathy Ryan à Roy Altman.

— Oh?

— Ça me stresse moins que de prendre le volant. Mais je ne crois pas que ça durera, ajouta-t-elle, en progressant dans la file d'attente du self-service.

— Sans doute que non, répondit Altman.

Il regardait sans cesse autour de lui, l'œil aux aguets; deux autres agents, dans la salle, faisaient de leur mieux pour passer inaperçus — mais en vain. Si le Johns Hopkins Hospital comptait au moins deux mille quatre cents médecins, c'était encore une espèce de village où tout le monde connaissait tout le monde, ou presque — et les toubibs ne se baladaient pas à tout bout de champ avec des revolvers... Altman se tenait toujours très près de Cathy Ryan, et cela ne semblait pas trop la déranger. Il était resté avec elle pour ses deux opérations de la matinée, et elle lui en avait expliqué chaque étape. Cet après-midi, elle avait ses visites, avec une demi-douzaine d'étudiants. Cette première expérience « pédagogique » d'Altman depuis qu'il faisait ce travail était beaucoup plus intéressante que la politique, un domaine qu'il en était venu à détester. Il nota aussi que SURGEON avait un appétit d'oiseau. A la caisse, elle paya leurs deux repas, malgré ses brèves protestations.

— Ici, c'est mon territoire, Roy.

Elle regarda autour d'elle et repéra l'homme avec lequel elle voulait déjeuner. Elle se dirigea vers lui, Altman sur les talons.

— 'Jour, Dave.

Le doyen James et son invité se levèrent.

— 'Jour, Cathy. Laissez-moi vous présenter un nouveau membre de la faculté, Pierre Alexandre. Alex, voici Cathy Ryan...

— Celle-là même qui...

— Je vous en prie, je suis toujours médecin et...

— ... qui vient de recevoir le prix Lasker, n'est-ce pas ?

Cathy eut un grand sourire.

— Oui, dit-elle.

— Félicitations, docteur, s'exclama Alexandre en lui tendant la main. (Cathy dut poser son plateau pour la serrer. Altman suivait la scène avec des yeux qui se voulaient neutres, mais exprimaient autre chose.) Vous, vous devez appartenir au Service secret, ajouta le médecin à son intention.

— Oui, monsieur. Roy Altman.

— Excellent. Une femme si belle et si brillante mérite une protection adéquate, déclara Alexandre. Je viens de quitter l'armée, monsieur Altman. J'ai vu des collègues à vous à Walter Reed. Lorsque la fille du président Fowler est rentrée du Brésil avec un virus tropical, c'est moi qui l'ai soignée.

— Alex travaille avec Ralph Foster, expliqua le doyen.

— Maladies infectieuses, précisa Cathy à son garde du corps.

Alexandre acquiesça d'un signe de tête.

— J'apprends les rudiments, pour l'instant. Mais j'ai une place de parking à moi, et du coup j'ai vraiment le sentiment de bosser ici.

— J'espère que vous êtes aussi bon prof que Ralph, dit Cathy.

— Un grand toubib, reconnut Alexandre. (Cathy décida qu'elle aimait bien le nouveau venu. Puis elle nota l'accent et les manières du Sud.) Ralph a fait un saut à Atlanta, ce matin.

— Y a un problème ? demanda-t-elle.

— On a peut-être un cas d'Ebola au Zaïre, un gamin de huit ans. On vient de recevoir un e-mail.

Cathy fronça les sourcils. C'était un domaine médical totalement différent du sien, mais comme tous les médecins elle parcourait le *Morbidity and Mortality Report,* et essayait de se tenir au courant. En médecine, on ne cessait jamais d'apprendre.

— Un seul ? murmura-t-elle.

— Ouaip, répondit Alexandre. Il semblerait que ce gosse ait été mordu par un singe. J'ai déjà été là-bas. Envoyé par Fort Detrick pour la dernière mini-épidémie de 1990.

— Avec Gus Lorenz ? demanda le doyen James.

— Non, Gus travaillait ailleurs, à l'époque. Le chef de notre équipe, c'était George Westphal, répondit Alexandre.

— Oh, oui, il...

— Il est mort, confirma Alexandre. Euh, on n'a rien dit, mais il l'a attrapé. C'est moi qui l'ai soigné. Vraiment pas drôle à voir.

— Quelle erreur a-t-il pu commettre ? s'enquit le doyen. Je ne le connaissais pas vraiment, mais Gus m'a dit que sa carrière était en pleine ascension. UCLA [1], si je me souviens bien.

1. L'université de Californie à Los Angeles (*N. d. T.*).

— George était brillant, oui, le meilleur spécialiste des structures cellulaires que j'aie jamais rencontré, et il était aussi prudent que nous tous, et pourtant il l'a chopé, et on n'a jamais su comment. Cette mini-épidémie a fait seize victimes. Deux femmes ont survécu, âgées d'une vingtaine d'années toutes les deux, et nous n'avons rien trouvé non plus de spécial à leur propos. Peut-être qu'elles ont simplement eu de la chance, dit Alexandre, sans y croire vraiment. (Ça arrivait, pour une raison ou pour une autre. Simplement, il n'avait pas découvert pourquoi, alors même que c'était son boulot.) Toujours est-il qu'on n'a eu que dix-huit cas. Un coup de bol, vraiment. On est restés là-bas six ou sept semaines. J'ai pris un fusil et je suis parti dans les bois, j'ai descendu une centaine de singes pour essayer de trouver un hôte. Des clous! Cette souche-là a été nommée Ebola Zaïre Mayinga. J'imagine qu'ils sont en train de faire des comparaisons avec le virus qui a tué ce gosse. Ebola est un salopard qui fuit comme une anguille.

— Un seul? répéta Cathy. Morsure de singe?

— Ouais. Mais on ne trouvera pas le singe en question. On ne le trouve jamais.

— C'est aussi grave que ça? demanda Altman, qui ne put s'empêcher de se joindre à la conversation.

— Quatre-vingts pour cent de mortalité, monsieur, répondit Alexandre. Voyez les choses comme ça : vous sortez votre revolver, vous me tirez en pleine poitrine à bout portant, et j'ai encore plus de chances de survivre que si je chope ce virus. (Il beurra son petit pain et se rappela qu'il devait rendre visite à la veuve de Westphal. Autant pour l'appétit.) Surtout avec les chirurgiens qu'on a à Halstead. On a plus de chances aussi avec la leucémie, et encore plus avec le lymphome [1]. Le sida, c'est pire, mais au moins il vous reste une dizaine

1. Tumeur cancéreuse du tissu lymphoïde (*N. d. T.*).

d'années à vivre. Le virus Ebola, pas plus de dix jours.

11

SINGES

Ryan avait publié deux livres d'histoire maritime et rédigé d'innombrables rapports pour la CIA. D'abord sur une machine à écrire, puis sur divers ordinateurs personnels. Il n'avait jamais pris plaisir à écrire — c'était un travail difficile —, mais il appréciait la solitude que cela procurait. Il était seul dans son petit monde, et personne ne le dérangeait tandis qu'il mettait ses pensées en ordre et les exprimait du mieux possible.

Mais désormais, c'était terminé.

La responsable de ses discours se nommait Callie Weston, une petite blonde maligne, très forte pour manier les mots, qui, comme une bonne partie de l'énorme équipe de la Maison-Blanche, était arrivée avec le président Fowler et s'était arrangée pour rester après lui.

— Vous n'avez pas aimé mon discours pour la cathédrale ? demanda-t-elle.

En plus, elle était insolente.

— Honnêtement, sur le moment j'ai décidé que je devais dire autre chose.

Jack se rendit compte soudain qu'il était en train de se justifier devant une quasi-inconnue.

— J'ai pleuré, avoua-t-elle. (Elle se tut pour faire son effet, tout en le jaugeant sans aucune gêne avec le regard d'un serpent venimeux.) Vous êtes différent.

— Que voulez-vous dire ?

— Le président Fowler m'a gardée avec lui parce

que, grâce à moi, il pouvait paraître moins coincé. Il était plutôt pisse-froid, le pauvre. Le président Durling ne m'a pas jetée parce qu'il n'avait personne de mieux sous la main. Mais j'ai tout le temps des problèmes avec le staff. Ils veulent réécrire mes discours, et moi je n'ai aucune envie de me faire remanier par des bons à rien. On se bagarre sans arrêt. Arnie m'a toujours défendue parce que j'ai fait mes études avec sa nièce préférée — et parce que je suis la meilleure dans ce boulot —, mais je suis probablement le principal problème de votre équipe. Il fallait que vous le sachiez.

C'était une explication honnête, mais elle n'avait pas répondu à sa question.

— Pourquoi suis-je différent ? répéta-t-il.

— Vous dites ce que vous pensez vraiment au lieu de dire ce que vous pensez que les gens s'imaginent vouloir entendre. Ça va être dur de bosser pour vous. Va falloir que j'apprenne à écrire comme j'aime et non plus comme je suis payée pour le faire. Et aussi que je m'adapte à votre façon de parler. Ça risque d'être coton.

Mais elle semblait prête à relever le défi.

— Je vois..., murmura Ryan.

Comme Callie Weston ne faisait pas partie du premier cercle du staff, Andrea Price, appuyée contre un mur du Bureau Ovale, observait la scène avec une expression impassible — du moins essayait-elle. Ryan commençait à la connaître : à l'évidence, Andrea n'aimait pas beaucoup Callie. Il se demanda pourquoi.

— Bon, qu'est-ce que vous pouvez me faire en deux heures ?

— Monsieur, ça dépend de ce que vous voulez dire, fit remarquer Callie.

Ryan le lui expliqua en quelques phrases. Elle ne prit pas de notes. Elle se contenta de l'écouter, puis elle sourit et constata :

— Ils vont vous massacrer. Vous le savez. Peut-être qu'Arnie ne vous a pas encore prévenu, mais c'est ça qui va arriver.

278

Cette remarque fit sursauter l'agent Price. Du coup, elle se redressa.

— Qu'est-ce qui vous dit que je souhaite conserver mon poste ?

Elle cligna des yeux.

— Excusez-moi. Je ne suis pas vraiment habituée à ça.

— Bon, ça pourrait être une conversation intéressante, mais je...

— J'ai lu un de vos livres, avant-hier. Votre style n'est pas génial — je veux dire qu'il n'est pas très élégant, mais c'est un jugement technique —, en revanche vous exprimez les choses clairement. Je vais donc adapter mon style ampoulé au vôtre. Des phrases courtes. Vous maîtrisez bien la grammaire. Ecole catholique, j'imagine. Vous ne racontez pas de conneries aux gens. Vous êtes franc. (Elle sourit.) Un discours de quelle longueur ?

— Disons quinze minutes.

— Je reviens dans trois heures, promit Callie en se levant.

Ryan acquiesça d'un signe de tête et la jeune femme sortit du bureau. Le président se tourna alors vers l'agent Price.

— Crachez le morceau, lui ordonna-t-il.

— C'est vraiment une emmerdeuse. L'année dernière elle a carrément agressé un membre du staff. Un garde a dû les séparer.

— Pour quelle raison ?

— Le gars avait dit quelque chose de méchant sur un de ses discours et avait laissé entendre que ses antécédents familiaux n'étaient pas très clairs. Il a démissionné le lendemain. Pas une grosse perte. Mais c'est une *prima donna* arrogante. Elle n'aurait pas dû dire ce qu'elle a dit.

— Mais si elle avait raison ?

— Monsieur, ce n'est pas mes affaires, mais...

— Elle a raison ?

— Vous êtes différent, monsieur le président, concéda Andrea, sans préciser si elle estimait que c'était un bien ou un mal, ce que Ryan ne lui demanda pas.

Il avait d'autres soucis. Il décrocha son téléphone. Une secrétaire répondit.

— Vous pouvez me passer George Winston au Columbus Group?

— Oui, monsieur le président.

Un instant plus tard, il demandait à George dans combien de temps il pouvait le rejoindre.

— Jack... Euh, monsieur le président, j'essaie de remettre mes rendez-vous et...

— Combien de temps?

Winston réfléchit une seconde.

— Je peux prendre le prochain train...

— Faites-moi savoir lequel. Quelqu'un vous attendra.

— OK, mais vous devez savoir que je ne peux pas...

— Si, vous pouvez. A bientôt, donc. (Ryan raccrocha.) Andrea, veillez à ce qu'un agent aille le chercher à la gare.

— Oui, monsieur le président.

Ryan décida que c'était agréable de donner des ordres auxquels on obéissait. On s'y habituait assez bien.

— Je n'aime pas les revolvers!

Elle s'était exprimée assez fort, et quelques têtes se retournèrent. Mais les enfants revinrent immédiatement à leurs feuilles et à leurs crayons. Il y avait un nombre inhabituel d'adultes autour d'eux, dont trois avec un écouteur à l'oreille. Ceux-là observèrent la mère « concernée ». Responsable du sous-détachement, Don Russell s'approcha d'elle.

— Bonjour. (Il lui montra sa carte du Service secret.) Puis-je vous aider?

— Vous avez besoin d'être ici?

— Oui, m'dame. Puis-je connaître votre nom, s'il vous plaît.

— Et pourquoi donc? demanda Sheila Walker.

— Eh bien, m'dame, c'est mieux de savoir à qui on parle, non ? répondit Russell.

Ça facilitait aussi les enquêtes sur ce genre de personnes...

— C'est Mme Walker, intervint Marlene Daggett, la directrice de la crèche Giant Steps.

— Oh, c'est votre garçon qui est là-bas, Justin, c'est ça ? dit Russell en souriant.

Le gamin de quatre ans construisait des tours avec des cubes, puis il les faisait s'écrouler, pour le plus grand plaisir des autres enfants.

— C'est simplement que je n'aime pas les armes, et particulièrement quand il y a des gosses.

— Madame Walker, avant tout, nous sommes des policiers. Nous sommes très prudents avec nos armes. *Secundo*, nos règlements nous imposent d'être armés tout le temps. *Tertio*, j'aimerais que vous considériez les choses de la façon suivante : avec nous, votre fils est beaucoup plus en sécurité ici qu'avant. Par exemple, vous n'avez plus à vous inquiéter que quelqu'un le kidnappe dans la cour...

— Pourquoi faut-il que cette fillette soit ici ?

Russell lui adressa un sourire compréhensif.

— Madame Walker, ce n'est pas Katie qui est devenue président. C'est son père. N'a-t-elle pas le droit de mener la vie d'un enfant normal, exactement comme votre petit Justin ?

— Mais c'est dangereux et...

— Pas tant que nous sommes dans le coin, lui assura-t-il.

— Justin !

Son fils se retourna et vit sa mère qui tenait sa veste. Du bout du doigt, il poussa légèrement les cubes et attendit que sa construction tombât comme un arbre qui s'abat.

— Une graine d'ingénieur, entendit Russell dans son écouteur. Je vérifie le numéro d'immatriculation de la voiture de la mère...

L'agent féminin qui venait de parler se trouvait à l'entrée. Russell lui donna son autorisation. D'ici vingt minutes, ils auraient un dossier de plus à éplucher. Ils découvriraient sans doute que Mme Walker était juste une emmerdeuse, mais si elle avait des problèmes psychologiques (possible) ou un casier judiciaire (peu vraisemblable), il faudrait s'en souvenir. Il vérifia la pièce, par pur automatisme, puis secoua la tête. SANDBOX était une gamine normale, au milieu d'enfants qui lui ressemblaient, et elle allait vivre une journée normale, avec un repas et une sieste, comme tous les autres... Mais ensuite elle rentrerait d'une façon très spéciale dans une maison qui l'était encore plus.

Mme Walker ramena son fils à leur voiture, un break Volvo, ce qui n'étonna personne, où elle l'attacha soigneusement dans son siège, à l'arrière. L'agent mémorisa son numéro d'immatriculation pour enquête, certaine que cela ne donnerait rien; mais il fallait le faire de toute façon, car il y avait toujours un petit risque que...

Tout lui revint soudain à l'esprit — oui, la raison pour laquelle ils se devaient d'être prudents. Les Ryan avaient mis leurs trois enfants dans cette même crèche, pas loin de Ritchie Highway, au-dessus d'Annapolis. Des types avaient surveillé les lieux depuis le 7-Eleven [1], de l'autre côté de la route, puis ils avaient suivi la vieille Porsche de SURGEON et, sur le pont de l'autoroute 50, ils lui avaient tendu une jolie embuscade, avant de tuer un policier dans leur fuite. Le Dr Ryan était enceinte de SHORTSTOP à ce moment-là. Tout cela produisait un étrange effet sur l'agent spécial Marcella Hilton. De nouveau célibataire — elle était divorcée deux fois et n'avait jamais eu d'enfant —, le fait de se retrouver brusquement au milieu de tous ces gosses lui donnait des palpitations, malgré tout son professionnalisme. Elle pensa que ce devait être une histoire d'hormones, ou qu'elle avait peut-être simplement envie d'en avoir un à elle... En tout cas, l'idée qu'on

1. Chaîne d'épiceries-bazars ouvertes la nuit *(N.d.T.)*.

pouvait délibérément faire du mal à des gamins lui glaçait le sang.

Cet endroit était trop vulnérable. Et ça ne posait vraiment pas de problème à certaines personnes de s'attaquer à des gosses. Le 7-Eleven était toujours en face. Le sous-détachement de protection de SANDBOX comptait six agents, à présent. D'ici deux semaines, il redescendrait à trois ou quatre. Le Service secret n'était pas cette agence toute puissante que l'on s'imaginait. Oh, bien sûr, il avait des muscles et une capacité d'enquête que peu de gens soupçonnaient. Le Service secret des Etats-Unis était la seule agence fédérale qui pouvait frapper à la porte de n'importe qui et entrer pour « questionner » amicalement tout citoyen représentant une éventuelle menace — à partir d'un témoignage utilisable ou non devant une cour de justice. Le but d'un tel entretien était de faire savoir audit citoyen qu'on le tenait sérieusement à l'œil, et bien que cela ne fût pas tout à fait vrai — le Service n'avait que douze cents agents sur l'ensemble du territoire —, cette simple pensée était suffisante pour fiche la trouille à quelqu'un qui avait dit un mot de trop.

Mais ces gens-là n'étaient pas le danger principal. Tant que les agents faisaient correctement leur travail, ce genre de menace occasionnelle n'était pas d'une extrême gravité. Après une visite du Service secret, les fauteurs de troubles passaient presque toujours la main. Non, la *vraie* menace venait de ceux dont on n'entendait pas du tout parler. Ceux-là auraient pu être impressionnés par une démonstration de force massive, mais c'était trop onéreux, trop répressif, trop voyant pour ne pas attirer l'attention et la critique. Et même alors... Marcella se souvenait d'un autre événement, des mois après l'attentat contre SURGEON et SHADOW. *Une équipe entière*, pensa-t-elle. C'était désormais une étude de cas à la Secret Service Academy, à Beltsville. On avait même utilisé la maison des Ryan pour tourner une reconstitution de l'affaire. Chuck Avery — un agent très expérimenté — et tous ses hommes s'étaient fait avoir. Elle était nouvelle, à l'époque, et elle avait étudié ce qui s'était mal passé ; et elle avait frissonné en constatant à quel point ç'avait été facile pour cette équipe de faire une petite erreur, aggravée par la malchance et un mauvais timing.

— Ouais, je devine à quoi tu penses...

Elle se retourna ; Don Russell était sorti prendre l'air et sirotait un café dans un gobelet en plastique. Un autre agent l'avait remplacé à l'intérieur.

— Tu connaissais Avery ? lui demanda-t-elle.

— Il avait deux années d'avance sur moi à Beltsville. Il était malin, et prudent, et il tirait sacrément bien. Il a descendu un des types, à trente mètres, dans l'obscurité, deux balles dans la poitrine. (Il secoua la tête.) On n'a pas droit à la moindre erreur, dans ce métier, Marci.

Elle eut de nouveau un frisson, du genre à vous donner envie de toucher votre arme, juste pour vous assurer qu'elle est bien là et que vous êtes prêt à faire votre boulot. Et dans le cas présent, vous vous rappeliez alors à quel point une gamine pouvait être mignonne, et vous vous disiez que même si vous étiez touchée, vous vous arrangeriez pour que votre dernier acte conscient sur cette planète soit de placer chacune de vos balles dans la tête de ces salopards. Puis vous cligniez des yeux et l'image s'effaçait.

— C'est une fillette magnifique, Don.

— J'ai en rarement vu des laides, acquiesça Russell.

Ils regardèrent autour d'eux — l'autoroute, les arbres, et le 7-Eleven de l'autre côté de Ritchie Highway, se demandant ce qu'ils avaient bien pu oublier, et quels crédits ils auraient pour installer des caméras de surveillance.

George Winston avait l'habitude d'être attendu. C'était un avantage. On descendait de l'avion — c'était presque toujours un avion — et quelqu'un venait à votre rencontre avant de vous conduire à une voiture dont le conducteur connaissait le chemin le plus rapide pour vous emmener à votre destination. On ne s'engueulait pas avec Hertz, on ne se fatiguait pas avec les plans, on ne se perdait pas. Ça coûtait très cher, bien sûr, mais ça valait le coup, parce que le temps était une denrée rare, et on n'en avait pas beaucoup à gaspiller... Le Metroliner le déposa sur le quai n° 6 d'Union Station. Il avait eu le temps de lire et il avait fait un petit somme réparateur entre Trenton et Baltimore. Il récupéra son manteau et sa mallette et se dirigea vers la portière. Au passage, il donna un pourboire au responsable des premières.

— Monsieur Winston ? lui demanda un inconnu.
— Exact.

L'homme lui montra un porte-carte en cuir prouvant qu'il était bien un agent fédéral. Winston remarqua que le haut du manteau de son collègue, à une dizaine de mètres de lui, n'était pas boutonné.

— Suivez-moi, s'il vous plaît, monsieur.

Ils se mirent en route, comme trois hommes d'affaires pressés se rendant à une importante réunion.

Il avait maintenant une énorme masse de documents imprimés car c'était beaucoup plus simple de travailler sur un support papier que sur un ordinateur — ils avaient du mal à en trouver qui fonctionnaient correctement dans leur langue. Vérifier les informations ne serait pas difficile. D'autres articles de presse les confirmeraient ou non. Et il pourrait aussi faire passer une ou deux fois une voiture devant certains endroits, ou faire surveiller certaines routes. Cela présentait peu de danger. Le Service secret américain était certainement prudent et consciencieux, mais pas omnipotent. Ce Ryan avait une famille, une femme qui travaillait, des enfants qui allaient à l'école ; et Ryan lui-même avait un emploi du temps. A la Maison-Blanche, ils étaient en sécurité, mais ils en sortaient souvent.

Ça se résumait en fait à une question de financement et de planification. Il avait besoin d'un sponsor.

— Il vous en faut combien ? demanda le vendeur.

— Vous en avez combien ? répliqua l'acheteur potentiel.

— Au moins quatre-vingts. Peut-être une centaine, répondit le vendeur en buvant une gorgée de bière.

— Quand ?

— Dans une semaine, ça ira ? (Ils se trouvaient à Nairobi, capitale du Kenya et principal centre de ce commerce très particulier.) Recherches biologiques ?

— Oui, mes clients sont des savants ; ils ont un projet intéressant en cours.

— Quel genre de projet ?

— Je n'ai pas le droit de le dire, répondit le client, comme on pouvait s'y attendre.

Il ne donnerait aucune information non plus sur ses commanditaires. Le vendeur n'eut pas de réaction particulière, et d'ailleurs il se fichait bien de tout ça. Sa curiosité était humaine, pas professionnelle.

— Et si vos services nous satisfont, nous en achèterons davantage.

L'appât habituel. Le vendeur acquiesça d'un signe de tête et se lança dans son marchandage.

— Vous devez comprendre que c'est une entreprise qui occasionne des frais. Il faut que je rassemble mes hommes. Ils doivent trouver les bêtes que vous désirez. Et puis il y a le problème de la capture et du transport, les licences d'exportation, les complications administratives courantes.

Par là, il signifiait les pots-de-vin. Le commerce des singes verts africains s'était développé, ces dernières années. Beaucoup de sociétés les utilisaient pour diverses expériences — généralement terribles pour ces animaux. Les singes verts africains n'étaient pas une espèce en voie de disparition, mais même dans le cas contraire, le vendeur s'en serait moqué. C'était une ressource nationale, pour ce pays, comme l'était le pétrole pour les Arabes, et on les échangeait contre des devises fortes. Il n'éprouvait aucun sentiment à leur égard. Ils mordaient et crachaient et se révélaient généralement de détestables petits mendiants, même si les touristes, à Treetops, les trouvaient « mignons ». Ils ravageaient aussi les cultures des paysans et, pour cette raison, tout le monde les haïssait.

— Tout ça ne nous concerne pas, dit l'acheteur. En revanche, nous sommes pressés. Vous verrez que nous saurons nous montrer généreux en échange d'un service sérieux.

— Ah.

Le vendeur termina sa bière, leva la main et claqua des doigts pour en commander une autre. Il donna un prix incluant ses frais généraux, la paie des chasseurs, des douaniers, d'un ou deux policiers, et aussi d'un fonctionnaire du gouvernement, plus son propre bénéfice, bien entendu, qui, par rapport à la situation de l'économie locale, était plutôt conséquent.

— C'est d'accord, répondit l'acheteur, le temps d'avaler une gorgée de sa boisson sans alcool.

C'était presque décevant. Le vendeur adorait marchander, comme tous les Africains. Il avait à peine commencé à expliquer à quel point son métier était difficile...

— C'est un plaisir de faire des affaires avec vous, monsieur. Appelez-moi, disons... dans cinq jours ?

L'autre acquiesça d'un hochement de tête. Il termina son verre et s'en alla. Dix minutes plus tard, il téléphona à son ambassade, pour la troisième fois ce jour-là — et pour la même raison. Il ne pouvait pas le savoir, mais des coups de fil semblables avaient été passés en Ouganda, au Zaïre, en Tanzanie et au Mali.

Jack se souvint de la première fois où il était entré dans le Bureau Ovale. On remarquait d'abord les fenêtres, surtout si c'était une journée ensoleillée. Leur épaisseur les faisait paraître vertes, un peu comme les verres d'un aquarium destiné à un poisson très spécial. Ensuite, on voyait le vaste bureau de chêne. Il était intimidant, tout particulièrement si le président y était assis et qu'il vous attendait.

— George, dit-il en tendant la main.

— Monsieur le président, répondit Winston aimablement, ignorant les deux agents du Service secret, derrière lui, prêts à lui sauter dessus pour un geste de trop.

Ils étaient absolument silencieux, mais il sentait leurs regards peser sur sa nuque, un peu comme des rayons laser. Il serra tout de même la main de Ryan et s'arrangea pour lui adresser un sourire un peu forcé. Il ne connaissait pas beaucoup Ryan, même s'ils avaient fait du bon boulot ensemble pendant le conflit japonais. Avant cela, ils s'étaient croisés plusieurs fois lors de diverses mondanités. Il appréciait le travail de Ryan, discret mais efficace. Tout ce temps qu'il avait passé dans le renseignement n'était pas totalement gaspillé.

— Asseyez-vous, dit Jack en indiquant l'un des deux canapés. Mettez-vous à l'aise. Comment s'est passé votre voyage ?

— Comme d'habitude.

Un steward de la marine apparut comme par enchantement et leur versa deux tasses de café. Le café était excellent et la porcelaine décorée d'or, magnifique.

— J'ai besoin de votre aide, dit Ryan.

— Je n'ai jamais voulu entrer au service du gouvernement, Jack, répondit immédiatement Winston, d'un ton rapide.

Ryan n'avait même pas touché sa tasse.

— C'est justement pour ça que j'ai fait appel à vous. George, j'ai une équipe à reconstituer. Je prononce un discours ce soir. Peut-être que vous apprécierez ce que je vais dire. Avant tout j'ai besoin de quelqu'un pour les Finances. A la Défense tout va bien pour le moment. Le Département d'Etat est en de bonnes mains avec Adler. Mais le Trésor est tout en haut de la liste des ministères que je dois confier à quelqu'un de nouveau. Et il faut que cette personne-là soit efficace. Vous l'êtes. Vous n'avez rien à vous reprocher ? lui demanda-t-il à brûle-pourpoint.

— Quoi ? Tout mon argent, je l'ai gagné tout ce qu'il y a de plus légalement, se hérissa Winston, jusqu'au moment où il comprit que c'était ce que Ryan attendait de lui.

— Parfait. J'ai besoin de quelqu'un qui bénéficie de la confiance des milieux financiers. Vous l'avez. Quelqu'un qui sache comment fonctionne vraiment le système. C'est votre cas. Qui voie ce qui est cassé et ordonne des réparations. Quelqu'un qui ne soit pas un politicien mais un professionnel au-dessus des passions partisanes. Vous répondez à tous ces critères, George. Et, avant tout, je cherche un gars qui détestera son boulot autant que je déteste le mien.

— Qu'entendez-vous exactement par là, monsieur le président ?

Ryan s'appuya quelques secondes contre son dossier et ferma les yeux avant de poursuivre :

— J'ai commencé à travailler pour le gouvernement à trente et un ans. Je me suis tiré une fois, et je me suis pas mal débrouillé à la Bourse, mais ils m'ont récupéré et me voilà. (Il rouvrit les yeux.) Tout le temps où j'ai été à l'Agence, j'ai exploré les rouages du gouvernement et vous savez quoi ? Je n'ai jamais aimé ça. J'ai commencé à la Bourse, et j'étais pas trop mauvais, là-bas, vous vous souvenez ? J'avais pensé enseigner, après avoir fait fortune. Mon premier amour, c'est l'histoire, et je me suis imaginé que je pourrais donner des cours, étudier et écrire, comprendre comment fonctionnent les choses et transmettre mes connaissances. J'y suis presque arrivé, et même si ça n'a pas tourné comme je le souhaitais, j'ai beaucoup étudié et beaucoup appris. Et donc, George, je vais rassembler une équipe.

— Pour faire quoi ?

— Votre travail sera de mettre de l'ordre aux Finances. Vous avez une théorie monétaire et fiscale.

— Indépendamment de toute question politique ? se sentit-il obligé de demander.

— Ecoutez, George. Je ne sais pas comment on fait pour être un politicien et je n'ai pas le temps de m'y intéresser. Je n'ai jamais aimé ce jeu-là. Ni la plupart des gens qui le jouent. J'ai juste continué à servir mon pays de mon mieux. Parfois ça a marché, et parfois non. Je n'ai pas eu le choix. Vous vous rappelez la façon dont ça a commencé. On a essayé de nous tuer, ma famille et moi. Je ne voulais pas me laisser entraîner là-dedans, mais bon Dieu, j'ai appris que *quelqu'un* devait faire le boulot. Je ne vais pas m'en charger tout seul, et je ne remplirai pas tous les postes vacants avec des types qui viendront pointer le matin et se contenteront de faire tourner la machine, OK ? Je veux des gens qui ont des idées, pas des politiciens avec de simples emplois du temps.

Winston reposa sa tasse et essaya de ne pas faire de bruit avec la soucoupe. Il constata avec surprise que sa main ne tremblait pas. L'importance de ce que Ryan lui proposait dépassait largement le poste qu'il avait vraiment eu l'intention de refuser. Ce travail l'obligerait à se couper de ses amis — enfin, pas vraiment, mais cela signifiait qu'il ne prendrait pas de décisions importantes en fonction des contributions de campagne versées au président par certaines sociétés de Bourse, en échange de certains passe-droits. C'est comme ça que le jeu avait toujours fonctionné, et si lui-même s'en était tenu à l'écart, il en avait discuté souvent avec ceux qui faisaient marcher le système selon cette bonne vieille formule parce que c'était l'habitude.

— Merde, murmura-t-il, comme à lui-même. Vous êtes sérieux ?

Fondateur du Columbus Group, une grosse société d'investissement, il remplissait des fonctions si fondamentales que peu de gens y pensaient, sauf ceux qui étaient dans le coup. Des millions de personnes, directement ou non, lui confiaient leur argent et cela lui donnait la possibilité théorique d'être un voleur sur une échelle gigantesque. Mais il ne pouvait pas faire une chose pareille. D'abord, parce que c'était illégal et que l'on courait le risque de se retrouver un moment à l'ombre, dans un logement fédéral insalubre, et avec des voisins très médiocres par-dessus le marché. Mais la véritable raison, c'est que ces épargnants attendaient de vous que vous soyez honnête *et* malin, et donc vous gériez leur argent exactement comme si c'était le vôtre, voire même un peu mieux, parce qu'ils ne pouvaient pas prendre les mêmes risques qu'un homme riche. Ou vous étiez un homme d'honneur, ou vous ne l'étiez pas, et l'honneur, avait écrit un jour un scénariste de Hollywood, est un cadeau qu'on se fait à soi-même. Ce n'était pas un mauvais aphorisme, pensa Winston. Ça rapportait aussi, bien entendu. Vous faisiez correctement votre boulot et les gens vous récompensaient, mais la *vraie* satisfaction c'était de jouer le jeu honnêtement. L'argent était seulement la conséquence de quelque chose de plus important, car l'argent était passager, mais pas l'honneur.

— Politique fiscale ?

— On doit reconstituer le Congrès avant, vous vous en souvenez ? fit remarquer le président. Mais c'est OK.

Winston prit une profonde inspiration.

— C'est un sacré boulot, Ryan.

— C'est à moi que vous dites ça ? répondit Jack avec une certaine brusquerie, avant de se rattraper avec un grand sourire.

— Ça ne me créera pas que des amis.

— Vous devenez chef du Service secret, du même coup. Ils vous protégeront, n'est-ce pas, Andrea ?

L'agent Price n'avait pas l'habitude d'intervenir dans ce genre de conversations, mais elle craignait de devoir s'y faire, désormais.

— Euh, oui, monsieur le président.

— Tout ça marche si mal, observa Winston.

— Alors changez-le, lui dit Ryan.

— Ça risque d'être sanglant.

— Offrez-vous un balai-éponge. Je désire que vous fassiez le ménage dans votre ministère, que vous le restructuriez, et que vous le dirigiez comme une entreprise rentable. A vous de voir comment vous y prendre. Même chose pour la Défense. Le principal problème, là, c'est l'administration. Je cherche un bon gestionnaire capable d'éliminer la bureaucratie. C'est la question principale qui se pose à toutes les agences gouvernementales.

— Vous connaissez Tony Bretano ? demanda Winston.

— Le type de TRW ? Il s'occupait de leur division satellite.

En effet, Ryan se souvenait de son nom, car on avait proposé un jour un poste important au Pentagone à ce gars-là, et il l'avait refusé. Beaucoup de gens bien déclinaient ce genre de propositions. Il fallait que ça change.

— Lockheed-Martin va le récupérer dans deux semaines, d'après mes informations. Voilà pourquoi l'action Lockheed a légèrement grimpé. En deux ans, il a augmenté les bénéfices de TRW de cinquante pour cent, pas mal pour un ingénieur censé n'y connaître que dalle en gestion. Je joue de temps en temps au golf avec lui. Il faut l'entendre hurler sur les contrats avec le gouvernement.

— Dites-lui que je veux le voir.

— Mais la direction de Lockheed lui laisse les mains libres pour...

— C'est ça, l'idée, George, dit Ryan.

— Et pour mon boulot ? Qu'est-ce que je dois faire ? La règle, c'est...

— Je sais. Vous serez secrétaire d'Etat par intérim jusqu'à ce qu'on puisse officialiser la chose.

Winston acquiesça d'un signe de tête.

— OK. Mais j'ai besoin d'un certain nombre de
personnes avec moi.

— Il n'est pas dans mes intentions de vous dire
comment travailler. Je veux juste que le boulot soit
fait, George. Et que vous m'en parliez d'abord à
moi. Je ne veux pas l'apprendre par les journaux.

— Je commence quand?

— Le bureau est vide, à l'heure actuelle, répondit
Ryan.

— Il faut que j'en parle à ma famille.

— Vous savez, George, il y a le téléphone, dans
cette maison... Je sais qui vous êtes. Je sais ce que
vous faites. J'aurais pu suivre le même chemin,
mais je n'ai jamais trouvé très... satisfaisant de
gagner simplement du fric. Démarrer de rien, ça
c'est autre chose. OK, gérer des capitaux, c'est
important. Je n'aime pas ça, mais je n'ai jamais eu
envie non plus de devenir médecin. Je sais que vous
avez souvent raconté autour d'un verre, que cette
ville va complètement à vau-l'eau. Je vous donne
votre chance, là. Y en aura pas d'autre, George. Personne n'aura plus jamais la possibilité d'être secrétaire au Trésor en dehors de toutes considérations
politiques. Jamais. Vous ne pouvez pas refuser ça,
parce que si vous le faites, vous ne vous le par-
donnerez jamais.

Winston se demanda comment il avait pu se faire
coincer si adroitement dans une pièce ovale...

— Vous devenez un politicien, Jack.

— Andrea, vous avez un nouveau patron,
annonça le président.

L'information qu'il y aurait une communication
présidentielle ce soir-là bouscula un emploi du
temps soigneusement calculé, mais seulement pour
une journée. En revanche, c'était plus difficile de
coordonner cet événement avec *l'autre*. Le timing

était essentiel en politique, et ils venaient de travailler une semaine là-dessus. Ce n'étaient que des conjectures, mais ce n'étaient pas les premières, et en général elles avaient été bonnes, sinon Edward J. Kealty ne serait pas là où il était; mais comme tous les joueurs invétérés, ils ne faisaient jamais confiance à la table ni aux adversaires, et chaque décision suscitait des questions.

Ils s'étaient même interrogés sur le bien-fondé de cette opération. Pas du point de vue politique mais du point de vue moral. Et ç'avait été un grand moment pour ces politiciens chevronnés. Son mensonge les avait aidés, bien sûr. Ils savaient qu'il savait qu'ils savaient qu'il leur avait menti, mais ça faisait partie du jeu. Dans le cas contraire, il aurait triché.

— Donc, vous n'avez pas démissionné, Ed? lui demanda son chef de cabinet.

Il voulait que le mensonge fût bien clair, de façon à pouvoir dire à tout le monde que c'était la vérité révélée, d'après ce qu'il en savait.

— J'ai toujours ma lettre, répondit l'ex-sénateur et ex-vice-président — et c'était là que le bât blessait —, en tapotant la poche de sa veste. Brett Hanson et moi, on en a discuté et on a décidé que les termes de ma lettre devaient être plus précis. Je devais donc revenir le voir le lendemain avec une autre mouture, et ça aurait été réglé tranquillement — mais qui aurait pu penser que...

— Vous auriez pu simplement oublier tout ça.

— J'aurais bien aimé pouvoir, répondit Kealty, d'une voix pénétrée, après un moment de réflexion qui avait l'air sincère. (Tout ceci était aussi le fruit d'une longue pratique.) Mais, bon Dieu, l'avenir du pays est en jeu! Ryan n'est pas un mauvais bougre, je le connais depuis des années. Mais il n'a aucune expérience des affaires gouvernementales.

— Il n'y a aucune loi, à ce sujet, Ed. La Constitution ne dit absolument rien là-dessus, et même si c'était le cas, il n'y a plus de Cour suprême pour statuer sur ce point, intervint le conseiller juridique de Kealty, son ex-assistant parlementaire. C'est strictement politique. Mais ça ne sera pas beau, fut-il obligé d'ajouter. Pas beau du tout...

— C'est bien toute la question, nota le chef de cabinet. Nous faisons ceci pour des raisons qui n'ont rien à voir avec la politique. Nous le faisons dans l'intérêt du pays. Ed sait que c'est un suicide politique.

... Suivi d'une résurrection immédiate et glorieuse, en direct sur CNN.

Kealty se leva et fit les cent pas dans la pièce. Il parlait avec de grands gestes :

— Laissons la politique en dehors de tout ça, bon sang ! Le gouvernement a été détruit ! Qui va le reconstruire ? Ryan est un espion de la CIA. Il ne sait *rien* de l'art de gouverner. Nous avons une Cour suprême à désigner, une politique à conduire. Un Congrès à reconstituer. Le pays a besoin d'un chef, et Ryan n'a pas la moindre idée de ce que c'est. Je creuse peut-être ma propre tombe politique, mais quelqu'un doit prendre des risques pour protéger notre nation !

Personne n'éclata de rire. Le plus étrange est que cela ne leur vint même pas à l'idée. Les deux membres de son état-major, qui accompagnaient Kealty depuis plus de vingt ans, étaient tellement arrimés à ce mât politique qu'ils n'avaient pas le choix, de toute façon. Ce petit moment théâtral était aussi nécessaire que les interventions du chœur dans Sophocle ou l'invocation à la Muse dans Homère. On se devait de respecter la *poésie* de la politique. Il était question ici du pays, des besoins du pays, et du devoir d'Ed vis-à-vis de celui-ci et de la nation tout entière sur plus d'une génération, car il assumait cette tâche depuis tout ce temps, et il savait comment fonctionnait le système, et seul quelqu'un comme lui pouvait le sauver quand il s'effondrait. Le gouvernement et la nation ne faisaient qu'un, après tout. Et il avait consacré sa vie au service de cette idée.

Kealty y croyait. Pas moins que ses deux lieute-
nants. Il aurait été bien incapable de dire, désormais, à quel point il faisait tout ça par ambition
personnelle, car une croyance devenait un fait
lorsqu'on avait passé une vie entière à la professer.
Le pays avait parfois tendance à prendre des voies
de traverse mais, tel un évangéliste qui n'a pas
d'autre choix que de supplier les gens de revenir
dans le chemin de la Vraie Foi, Kealty avait le
devoir de ramener le pays à ses racines politiques,
qu'il avait adoptées au cours de cinq mandats au
Sénat et une période plus brève comme vice-président. Les médias, qui l'aimaient pour ses idées, sa
foi et son parti, l'avaient surnommé « la Conscience
du Sénat » pendant plus de quinze ans.

Ç'aurait été bien de les consulter avant de
prendre cette décision-là, comme il l'avait déjà fait
assez souvent, les informant sur un projet de loi ou
sur un amendement et leur demandant leur avis —
ils adoraient ça. Mais, pas cette fois. Là, il fallait
jouer serré. Il ne pouvait pas donner l'impression
qu'il voulait se faire bien voir. Au contraire, éviter
délibérément cette manœuvre légitimerait d'autant
son action. De la noblesse. Voilà l'image qu'il fallait
donner. La seule chose à considérer, maintenant,
c'était le timing. Et là-dessus, ses contacts dans les
médias pouvaient l'aider.

— A quelle heure ? demanda Ryan.
— Huit heures et demie, heure de New York,
répondit van Damm. Il y a deux émissions spéciales, ce soir, sur l'actualité de la semaine, et ils
nous ont demandé de nous adapter à ça.

Ryan aurait pu manifester sa mauvaise humeur à
ce sujet, mais il ne le fit pas. On lisait pourtant clairement ses pensées sur son visage.

— Ça signifie qu'un maximum de gens de la côte
Ouest vous écouteront dans leur voiture, expliqua
Arnie. On a les cinq réseaux généralistes, plus CNN
et C-SPAN. Ce n'est pas habituel, vous savez. C'est

un cadeau. Ils ne sont pas obligés de vous diffuser sur toutes les chaînes. Ils font ça pour les discours politiques...

— Bon sang, Arnie, ce n'est *pas* un discours politique, c'est...

— Monsieur le président, faudra vous faire à cette idée, d'accord ? Chaque fois que vous allez pisser un coup, c'est politique. Vous ne pouvez pas l'éviter. Même l'absence de position politique est une position politique.

Arnie faisait de son mieux pour éduquer son nouveau patron. Celui-ci écoutait attentivement, mais il n'entendait pas toujours.

— OK. Le FBI pense que je peux annoncer leurs découvertes ?

— J'ai parlé à Murray il y a une vingtaine de minutes. Il est d'accord. J'ai demandé à Callie de le rajouter immédiatement dans votre discours.

Elle aurait pu prétendre à un bureau un peu mieux que ça. En tant que principale rédactrice des discours présidentiels, elle aurait pu demander et obtenir un ordinateur plaqué or sur un socle en marbre de Carrare. Au lieu de quoi elle travaillait sur un Mac Classic vieux de dix ans, parce que c'était son porte-bonheur et que le petit écran ne la dérangeait pas. L'endroit avait dû servir de toilettes ou de débarras à l'époque où la salle des Traités indiens était vraiment utilisée pour la signature desdits traités. Le bureau avait été fabriqué dans une prison fédérale et son fauteuil était peut-être confortable, mais il avait au moins trente ans. La pièce était haute de plafond, ce qui lui permettait de fumer, en violation des règles fédérales et de celles de la Maison-Blanche. Le jour où quelqu'un avait essayé de l'en empêcher, un agent du Service secret avait été obligé de l'éloigner de force du type, sinon elle lui aurait arraché les yeux. Qu'elle n'eût pas été renvoyée sur-le-champ était un signal à l'intention du reste du personnel de l'Old Executive Office

Building. Certains membres de l'équipe présidentielle étaient intouchables. Et Callie Weston était de
ceux-là.

Elle n'avait pas de fenêtre. Elle n'en voulait pas.
La réalité, pour elle, c'était son ordinateur et ses
photographies sur les murs. Il y avait celle de son
chien, un bobtail nommé Holmes (pas Sherlock
mais Oliver Wendell, car elle admirait la prose de
cet Américain d'Olympus, un honneur qu'elle accor-
dait à peu d'écrivains). Les autres représentaient
des personnages politiques, amis et ennemis, qu'elle
regardait constamment. Derrière elle se trouvaient
une petite télé et un magnétoscope, la première
généralement branchée sur C-SPAN ou sur CNN. Le
magnétoscope lui servait à visionner des cassettes
de discours écrits par d'autres et prononcés un peu
partout. Le discours politique, estimait-elle, était la
forme de communication suprême. Il fallait à Sha-
kespeare deux ou trois heures pour exprimer ses
idées dans ses pièces. A Hollywood aussi, ou à peu
près. Elle, elle avait quinze minutes au minimum et
quarante-cinq au maximum, et ses mots devaient
porter. Elle devait convaincre le citoyen moyen, le
politicien expérimenté et le journaliste le plus
cynique. Elle étudiait Ryan, en ce moment, elle se
passait et se repassait ce qu'il avait dit le soir de son
accession au pouvoir, puis ses interviews télévisées
du lendemain. Elle observait ses yeux et ses gestes,
sa tension, sa ferveur, ses positions, sa gestuelle.
Elle aimait bien ce qu'elle voyait, d'un point de vue
abstrait. Elle aurait fait confiance à ce gars-là s'il
avait été conseiller financier. Mais il avait encore
beaucoup à apprendre pour devenir politicien, et
quelqu'un devait le lui enseigner — ou peut-être
pas? Elle se posa la question. Peut-être justement
qu'en n'étant pas un politicien...

Réussite ou pas, ce serait un plaisir. Pour la première fois un plaisir, oui, et pas seulement un travail.

Personne ne voulait l'admettre, mais elle était l'un

des membres les plus perspicaces de l'équipe. Fowler l'avait compris, et Durling aussi, c'est pourquoi ils avaient supporté ses excentricités. Le responsable politique du staff la haïssait, la traitait comme une fonctionnaire utile mais mineure, et il était furieux parce qu'elle pouvait traverser la rue et se rendre directement au Bureau Ovale vu que le président avait davantage confiance en elle qu'en beaucoup d'autres. Quelqu'un, un jour, avait finalement laissé entendre que le président avait une raison spéciale de la convoquer — les gens de sa région d'origine n'avaient-ils pas la réputation d'avoir des mœurs quelque peu dissolues... Elle se demandait si le quelqu'un en question était encore capable de bander à l'heure actuelle. L'agent l'avait empêchée d'arranger le visage de ce petit con, mais il avait été trop lent pour arrêter son genou. Arnie avait expliqué au gars que son retour au « centre du pouvoir » serait compromis par une accusation de harcèlement sexuel et qu'il le mettait sur la liste noire. Elle aimait bien Arnie.

Et elle aimait aussi le discours qu'elle venait d'écrire. Quatre heures au lieu des trois promises, beaucoup d'efforts pour douze minutes et vingt secondes — elle les faisait toujours un peu plus courts parce que les présidents avaient tendance à parler lentement. La plupart. Ryan devrait apprendre aussi. Elle lança l'impression en trois exemplaires, Helvetica 14. Quelques-uns de ces salopards de politiciens jetteraient un coup d'œil sur son travail et essaieraient d'y apporter des corrections. Ça lui posait moins de problèmes aujourd'hui qu'avant. Quand l'imprimante s'arrêta, elle agrafa les pages et décrocha le téléphone.

— Weston pour voir le Boss, dit-elle à la secrétaire qui s'occupait des rendez-vous.

— On vous attend.

Tout était pour le mieux.

Moudi constata que Dieu n'avait pas entendu ses

prières. Mais bon, la chance était contre elle ! Mettre en balance la foi religieuse et les connaissances scientifiques était tout autant un problème pour Moudi que pour ses collègues chrétiens ou païens. C'était toujours la même vieille question : si Dieu était un Dieu de miséricorde, pourquoi l'injustice existait-elle ? Ç'aurait été un bon sujet de discussion avec son imam...

On nommait ça pétéchies, le terme savant pour les ecchymoses sous-épidermiques — et elles étaient maintenant très visibles sur sa peau pâle d'Européenne du Nord. Ces saintes femmes n'utilisaient pas de miroir, qu'elles considéraient comme une vanité dans leur univers religieux, et aujourd'hui c'était tout aussi bien. Moudi admirait ça aussi, même s'il ne comprenait pas exactement cette obsession particulière. Mais bon, mieux valait qu'elle ne vît pas les taches rouges sur son visage. Elles étaient affreuses — pis encore : c'étaient les signes avant-coureurs de la mort.

La température était montée à 40° 2, maintenant, et elle aurait été encore plus élevée sans les poches de glace posées sous ses aisselles et sur sa nuque. Son regard était indifférent et son corps terrassé par la fatigue due à la fièvre. Les pétéchies trahissaient des hémorragies internes. Ebola est une fièvre hémorragique qui détériore les tissus à un niveau très basique — le sang se répand dans l'ensemble du corps et finalement le cœur s'arrête quand il n'y en a plus assez dans le système circulatoire. Tel était, en gros, le mécanisme mortel — restait encore à découvrir comment il se produisait. Rien ne pouvait plus l'arrêter, à présent. Vingt pour cent environ des malades survivaient ; d'une façon ou d'une autre, leur système immunitaire s'arrangeait pour retrouver des forces et vaincre l'invasion virale. Comment était-ce possible, voilà une autre question non résolue. En revanche, Moudi était sûr que la sœur serait dans les quatre-vingts autres pour cent.

Il prit son pouls. Même avec les gants il sentit que sa peau était chaude, et sèche et... flasque. Ça commençait. Le terme technique était nécrose systémique. Le corps mourait. Le foie serait le premier, sans doute. Pour une raison que personne ne comprenait, Ebola avait une affinité mortelle avec cet organe. Même ceux qui s'en sortaient avaient ensuite des problèmes hépatiques chroniques.

La douleur était atroce. Moudi ordonna d'augmenter les doses de morphine en intraveineuse. Au moins cela atténuerait-il la douleur, ce qui était charitable pour le patient et plus sûr pour l'équipe médicale. Un malade qui avait trop mal se débattait et présentait un risque pour ceux qui l'entouraient, car il saignait énormément. Son bras était attaché pour protéger l'aiguille de la transfusion. Même avec cette précaution, elle paraissait mal piquée, mais la changer serait tout à la fois dangereux et difficile, tant le tissu de l'artère était déjà dégradé.

Sœur Marie-Madeleine restait au chevet de son amie ; ses yeux étaient tristes au-dessus du masque qui protégeait son visage. Ils échangèrent un regard et la sœur fut surprise de la sympathie qu'elle lut sur le visage du médecin, car Moudi avait la réputation d'être un homme froid.

— Priez avec elle, ma sœur, lui dit-il. Moi, j'ai des choses à faire, à présent.

Et au plus vite, d'ailleurs. Il sortit de la chambre tout en commençant à se débarrasser de sa blouse de protection, qu'il abandonna dans le conteneur adéquat. Toutes les aiguilles utilisées dans ce bâtiment allaient dans des conteneurs spéciaux pour les « piquants-coupants » à éliminer — la désinvolture des Africains vis-à-vis de ces précautions était la cause de la première flambée importante d'Ebola en 1976. Cette souche avait été nommée Ebola Mayinga, du nom d'une infirmière qui avait attrapé le virus, probablement par imprudence. Ils avaient fait des progrès, depuis, mais l'Afrique restait l'Afrique.

De retour dans son bureau, il passa un autre coup de téléphone. Ça allait commencer, maintenant. Il ne savait pas exactement ce qui se passerait, mais il était décidé à le comprendre de son mieux, et il se plongea dans la littérature sur la question.

— Je vais vous sauver.

La remarque fit rire Ryan et grimacer Andrea Price. Arnie se contenta de tourner la tête et de l'observer un instant. Le secrétaire général remarqua qu'elle ne portait toujours pas la tenue de circonstance. Même les secrétaires dépensaient davantage en vêtements que Callie Weston.

Le président Ryan lui fut silencieusement reconnaissant pour la taille de caractère qu'elle avait choisie. Il n'aurait besoin ni de mettre ses lunettes ni de s'abaisser à demander à quelqu'un d'imprimer le texte en plus gros. Alors qu'en général il lisait vite, cette fois il prit tout son temps.

— Une modification ? dit-il un instant plus tard.

— Laquelle ? demanda Weston avec méfiance.

— On a un nouveau secrétaire aux Finances. George Winston.

— Le milliardaire ?

— Bon, j'aurais pu choisir un clodo sur un banc public, mais j'ai pensé que quelqu'un qui connaissait les marchés financiers, ça pouvait être utile.

— On dit « sans-abri », Jack, fit remarquer Arnie.

— Vous avez fait du bon travail, madame Weston.

Callie savait qu'elle pouvait prendre un avion à Dulles jusqu'au LAX[1], louer une voiture et se présenter chez Paramount. Dans six mois elle aurait une maison sur les collines de Hollywood, une Porsche qu'elle garerait sur sa place de parking réservée de Melrose Boulevard, et le fameux ordinateur plaqué or. Mais non. La planète entière était

1. Los Angeles International Airport *(N.d.T.)*.

peut-être une scène de théâtre, mais le rôle pour lequel elle écrivait était le plus grand et le plus brillant. Le public ne la connaissait pas, mais elle savait que ses écrits changeaient le monde.

12

FACE AUX CAMÉRAS

Ryan avait pris un dîner léger, pour calmer ses crampes d'estomac, puis il avait ignoré sa famille tandis qu'il lisait et relisait son discours. Il y avait apporté quelques légères modifications au crayon, essentiellement des détails stylistiques mineurs, et Callie n'avait pas protesté. La version finale fut imprimée pour le président, et une autre chargée électroniquement sur le téléprompteur. Callie Weston s'assura que les deux versions étaient identiques. Il n'était pas rare que quelqu'un fît des changements au dernier moment, mais Weston n'était pas dupe et elle surveillait son travail comme une lionne ses lionceaux.

Mais la réplique la plus affreuse — et prévisible — vint de van Damm :

— Jack, c'est le discours le plus important que vous ayez jamais prononcé. Détendez-vous et faites-le.

— Doux Jésus ! Merci beaucoup, Arnie.

Son chef d'état-major était un entraîneur qui n'avait jamais joué sur le terrain, et il avait beau être un expert, il ne savait pas ce que c'était de se retrouver face aux batteurs.

Les caméras étaient installées, la caméra principale, et une autre de secours, pratiquement neuve, celle-là ; toutes les deux étaient équipées d'un téléprompteur. Les projecteurs étaient en place, eux aussi, et pendant toute la durée du discours, la silhouette du président se découperait sur les fenêtres de son bureau, comme un daim sur une crête, une angoisse supplémentaire pour les agents du Service secret, même si ces vitres étaient capables d'arrêter des balles de mitrailleuse de calibre 50. Le détachement de protection connaissait l'ensemble de l'équipe télévisée, mais il la contrôla quand même, ainsi que le matériel. Tous les Américains étaient au courant. On avait fait les annonces nécessaires dans les émissions de début de soirée. C'était un exercice de routine, excepté pour le président, pour lequel tout cela était nouveau et vaguement effrayant.

Il s'était attendu à ce que son téléphone sonnât, mais pas à cette heure-ci. Peu de personnes avaient le numéro de son cellulaire. Trop dangereux, bien sûr, d'utiliser un téléphone normal. Le Mossad continuait à faire disparaître ses adversaires. La paix récente, au Moyen-Orient, n'avait pas encore modifié les vieilles habitudes, et les Israéliens avaient vraiment des raisons de le détester. Ils avaient réussi à tuer un de ses collègues d'une façon particulièrement astucieuce, par l'intermédiaire de son cellulaire. Ils avaient d'abord mis son appareil hors service avec un signal électronique, puis ils s'étaient arrangés pour lui en faire récupérer un autre... avec dix grammes d'explosif dissimulé dans son boîtier plastique. Le dernier appel, c'était du moins ce qu'on racontait, lui avait été passé par le chef du Mossad lui-même : « Allo, c'est Ali ben Jakob. Ecoute bien, mon ami. » A ce moment, l'Israélien avait appuyé sur la touche #. Un joli coup, mais qui ne marcherait qu'une fois.

En entendant la sonnerie, il ouvrit les yeux et jura. Il s'était couché à peine une heure plus tôt.

— Oui.

— Contacte Youssef.

Et la communication fut coupée. Comme mesure de sécurité supplémentaire, l'appel était passé par plusieurs « fusibles », et le message lui-même était trop court pour laisser la moindre chance aux petits génies du renseignement électronique au service de ses nombreux ennemis. La procédure finale était encore plus futée. Il composa immédiatement un autre numéro et répéta ces deux simples mots. Un adversaire très doué qui aurait suivi le message à travers les fréquences cellulaires l'aurait probablement pris pour un « fusible » parmi d'autres. Ou peut-être pas. Toutes ces mesures de sécurité étaient désormais une sérieuse entrave à la vie quotidienne d'un clandestin, d'autant qu'on ne savait jamais ce qui était efficace — jusqu'au jour où on mourait de causes naturelles, ce qui ne valait guère mieux.

En grommelant de plus belle, il se leva, s'habilla et sortit. Sa voiture l'attendait. Son chauffeur était l'ultime fusible. Accompagné de deux gardes du corps, il se rendit dans un endroit sûr. Israël était peut-être en paix, et l'OLP elle-même avait beau être devenue une des composantes d'un régime démocratiquement élu, toutes sortes de gens opéraient encore à Beyrouth. A leur arrivée, ils virent le signal prévu — des fenêtres allumées et d'autres éteintes dessinaient un motif particulier — qui lui indiquait qu'il pouvait descendre de voiture et pénétrer dans l'immeuble sans danger. Enfin, il en serait sûr dans une trentaine de secondes... Mais il était trop endormi pour s'en soucier. La peur devient fatigante quand elle dure une vie entière.

Il trouva le café attendu, fort et doux-amer, sur la simple table en bois. On échangea des salutations, et la conversation commença.

— Il est tard.

— Mon vol a été retardé, expliqua son hôte. Nous avons besoin de vos services.

— Pour quoi faire ?

La réponse le surprit :

— On pourrait appeler ça de la diplomatie.

Et l'homme lui expliqua l'affaire.

— Dix minutes, entendit le président.

Nouvelle séance de maquillage. Il était vingt heures vingt. Ryan était installé. Mary Abbot apporta les dernières retouches à sa coiffure, ce qui accentua son impression d'être un acteur et non un... politicien ? Non, pas ça. Il refusait cette appellation, malgré tout ce que pouvaient raconter Arnie et les autres. Par la porte ouverte, à sa droite, il voyait Callie Weston debout à côté du bureau des secrétaires. Elle lui adressa un sourire et un signe de tête pour masquer son propre malaise. Elle avait écrit un chef-d'œuvre, et il allait être prononcé par un novice ! Mme Abbot contourna le bureau et vint se placer de façon à cacher quelques projecteurs et observer ainsi son travail avec l'œil d'un téléspectateur : ça allait. Ryan s'efforçait de ne pas gigoter dans son fauteuil, sachant qu'il allait bientôt recommencer à suer sous son maquillage et que ça le démangerait et qu'il ne pourrait pas se gratter, parce qu'un président ne gigotait pas et ne se grattait pas. Il y avait probablement des gens, dans ce pays, qui pensaient qu'un président n'allait pas aux toilettes, qu'il ne se rasait pas ou peut-être même qu'il ne laçait pas ses chaussures.

— Cinq minutes, monsieur. Vérification du micro.

— Un, deux, trois, quatre, cinq, dit Ryan, consciencieusement.

— Merci, monsieur le président, lança le réalisateur depuis la pièce à côté.

Ryan avait parfois réfléchi à ce genre de situation. Ces présidents qui faisaient leurs discours officiels — une tradition qui remontait au moins à Franklin Roosevelt et à ses « causeries au coin du feu », dont il avait d'abord entendu parler par sa mère — semblaient toujours sûrs d'eux et très à l'aise, et il s'était demandé comment ils y parvenaient. Lui, c'était tout le contraire. Du coup, il était encore plus tendu. Les caméras tournaient probablement déjà, pour permettre aux réalisateurs de s'assurer qu'elles fonctionnaient, et quelque part un magnétoscope enregistrait l'expression de son visage et la façon dont ses mains jouaient avec les feuilles posées devant lui. Il se demanda si le Service secret conservait aussi cette bande ou s'il faisait confiance aux gens de la TV... Il était prêt à parier, ici, tout de suite, que le Service secret avait quelque part une très longue cassette de toutes les « gaffes » présidentielles.

— Deux minutes.

Les deux caméras étaient équipées de téléprompteurs. C'était un dispositif ancien. Un petit écran de télé était fixé devant chacune d'elles, mais avec l'image inversée, de gauche à droite, parce que juste au-dessus était placé un miroir incliné. La lentille de la caméra filmait à travers ce miroir, pendant que le président voyait défiler son allocution. C'était une sensation très étrange de parler à une caméra invisible pour communiquer avec des millions de gens qui n'étaient pas vraiment là. En fait, il s'adressait à son propre discours... Ryan hocha la tête tandis que l'on faisait passer son texte très vite pour s'assurer que le système de défilement fonctionnait.

— Une minute. Tenez-vous prêt.

OK. Ryan remua sur son siège. Devait-il poser les bras sur son bureau ? Garder les mains sur ses genoux ? On lui avait dit de ne pas s'appuyer contre le dossier de son fauteuil, sous prétexte que c'était une attitude à la fois trop nonchalante et trop arrogante, mais il avait tendance à gigoter pas mal, car il avait mal au dos s'il restait immobile trop longtemps — ou bien était-ce simplement une idée ? C'était un peu tard pour y réfléchir. La peur lui nouait l'estomac. Il essaya de roter, et se retint *in extremis*.

— Quinze secondes.

La peur céda la place à quelque chose qui ressemblait à de la panique. Il ne pouvait plus reculer, maintenant. Il devait faire son boulot. C'était important. *Et merde !*

Une minute plus tôt, les présentateurs des différentes chaînes généralistes avaient rappelé aux téléspectateurs ce qu'ils savaient déjà. Les émissions de la soirée étaient un peu décalées à cause d'une intervention présidentielle. A travers tout le pays, bon nombre de gens appuyèrent sans doute sur leur télécommande pour passer sur une chaîne câblée dès qu'ils virent sur leur écran le Grand Sceau des Etats-Unis d'Amérique. Ryan respira profondément, serra les lèvres et fixa la caméra la plus proche. La lumière rouge s'alluma. Il compta jusqu'à deux et se lança.

— Bonsoir. Mes chers compatriotes, je m'adresse à vous ici pour vous informer de ce qui s'est produit à Washington cette dernière semaine, et de quoi vont être faits les prochains jours.

« Avant tout, le FBI, le secrétariat à la Justice, le Service secret, le Bureau national de la sécurité des transports, et d'autres organismes fédéraux ont enquêté sur les circonstances entourant la tragique disparition de tant de nos amis, et ce avec l'aide de la police nationale japonaise et de la police montée canadienne, toutes les deux dignes d'éloges. Nous communiquerons ce soir à la presse un dossier complet là-dessus, que vous lirez demain matin dans vos journaux. Pour l'instant, laissez-moi vous donner les principaux résultats de ces diverses enquêtes.

« Le crash du 747 de la Japan Airlines sur le Capitole a été l'acte délibéré d'un seul homme. Il se nommait Torajiro Sato. Nous savons qu'il avait perdu un frère et un fils au cours de notre conflit avec ce pays. A l'évidence, cela l'a gravement perturbé et il a décidé de se venger.

« A Vancouver, juste avant le décollage, le capitaine Sato a assassiné son copilote, un collègue avec lequel il travaillait pourtant depuis des années. Puis il a pris l'air et a poursuivi son vol, tout seul, avec un cadavre attaché sur le siège d'à côté.

Ryan s'interrompit, les yeux fixés sur le téléprompteur où un signal lui indiqua qu'il devait tourner la page devant lui. Il avait l'impression d'avoir une boule de coton dans la bouche.

— Bon, comment pouvons-nous en être sûrs ?

« Premièrement, les identités du capitaine Sato et de son copilote ont été établies par le FBI, à l'aide de tests ADN. Des examens menés par la police japonaise ont donné des résultats identiques. Un laboratoire indépendant a alors comparé ces deux séries de tests avec les siens, et, là encore, les résultats ont correspondu. La possibilité d'une erreur est virtuellement égale à zéro.

« Le FBI et la police montée canadienne ont interrogé les autres membres de l'équipage restés à terre, à Vancouver : ils sont certains que le capitaine Sato se trouvait à bord de cet appareil. Des passagers américains et des fonctionnaires du ministère canadien des Transports l'ont reconnu aussi — au total, plus de cinquante personnes l'ont vu. Nous avons en outre les empreintes du capitaine Sato sur le plan de vol qu'il a trafiqué. Et les analyses vocales des bandes enregistrées dans le cockpit confirment son identité.

« Deuxièmement, ces mêmes bandes nous donnent l'heure précise du meurtre du copilote. Nous y entendons même le capitaine Sato lui-même s'excuser auprès de sa victime. Nous n'avons plus ensuite que sa seule voix, sur les enregistrements du cockpit.

« Nous avons la preuve, poursuivit-il, que celui-ci est mort au moins quatre heures avant le crash. Le malheureux a été tué d'un coup de couteau en plein cœur. Il n'a donc certainement rien à voir avec la suite et n'est que la première innocente victime d'un acte monstrueux. Il laisse derrière lui une femme enceinte et je vous demande de penser à la perte qu'elle a subie, et de vous souvenir d'elle et de sa famille dans vos prières.

« La police japonaise a apporté son entière collaboration au FBI, mettant à sa disposition les résultats de son enquête et lui permettant de mener ses propres interrogatoires des différents témoins. Nous possédons à présent l'emploi du temps détaillé du capitaine Sato au cours des deux dernières semaines de son existence. Nous n'avons aucune preuve qu'il s'agisse là d'une conspiration criminelle, ni que ce dément ait pu être l'instrument d'un plan plus vaste de son gouvernement ou d'un groupe quelconque. Ces enquêtes se poursuivront jusqu'à ce que nous ayons retourné la moindre pierre et soulevé la moindre feuille, jusqu'à ce que toutes les hypothèses, même les plus folles, aient été pleinement vérifiées, mais les informations que nous possédons déjà seraient suffisantes pour convaincre un jury et c'est la raison pour laquelle je peux vous les communiquer aujourd'hui.

Jack se tut un instant, et s'autorisa à se pencher légèrement en avant.

— Américaines, Américains, le conflit entre notre pays et le Japon est bel et bien terminé. Ceux qui en sont la cause se retrouveront bientôt devant un tribunal. Mogataru Koga, le Premier ministre japonais, me l'a promis personnellement.

« M. Koga est un homme d'honneur et de courage. Je peux vous révéler aujourd'hui, et pour la première fois, qu'il a lui-même été kidnappé et a failli être assassiné par les criminels qui sont à l'origine de ce conflit entre nos deux nations. Il a été libéré par des agents américains, assistés par des fonctionnaires japonais, au cours d'une opération spéciale au cœur de Tokyo, et après son sauvetage il a pris beaucoup de risques personnels pour mettre fin au plus vite à ce conflit, évitant ainsi de plus grands dommages à nos deux pays. Sans lui, les deux camps auraient probablement perdu beaucoup d'autres vies. Je suis fier de dire qu'aujourd'hui Minoru Koga est mon ami.

« Il y a quelques jours, immédiatement après son arrivée aux Etats-Unis, nous nous sommes rencontrés en privé, ici même, dans ce bureau. Puis nous nous sommes rendus ensemble sur les ruines du Capitole et nous avons prié. Je n'oublierai jamais ce moment.

« J'étais au Capitole, moi aussi, lorsque l'avion s'est écrasé. Je me trouvais alors dans le tunnel qui sépare le House Office Building et le Capitole, avec mon épouse et mes trois enfants. J'ai vu un mur de flammes se ruer vers nous, s'arrêter et refluer. Cette image restera toujours gravée dans mon esprit.

« La paix entre l'Amérique et le Japon est désormais pleinement rétablie. Nous n'avons plus — et nous n'aurons plus jamais — de querelles avec les citoyens de ce pays. Je vous demande à vous tous d'oublier toute la haine que vous pourriez ressentir encore envers les Japonais, aujourd'hui et pour toujours.

Nouvelle pause. Il tourna une autre page du discours, devant lui.

— A présent, une tâche majeure nous attend. Un homme, un fou, a cru pouvoir occasionner des dommages fatals à notre pays. Il s'est trompé. Nous avons enterré nos morts. Longtemps, nous pleurerons leur perte. Mais nos deux nations ont survécu et les amis disparus au cours de cette horrible nuit seraient d'accord avec nous.

« Thomas Jefferson a dit que l'arbre de la liberté a souvent besoin de sang pour pousser. Eh bien, le sang a été versé, et à présent l'arbre doit continuer à croître. L'Amérique est une nation qui regarde vers l'avenir, pas vers le passé. Aucun d'entre nous ne peut modifier le cours de l'Histoire. Mais nous pouvons apprendre d'elle, nous pouvons construire sur nos succès passés et corriger nos erreurs.

« Pour le moment, je peux vous assurer que notre pays est en sécurité. Notre armée fait son devoir partout dans le monde et nos ennemis potentiels le savent pertinemment. Ces événements ont été un coup dur pour notre économie, mais elle a survécu, et elle est toujours la plus puissante du monde. L'Amérique est toujours là et notre futur s'écrit à l'aube de chaque nouveau jour.

« J'ai nommé aujourd'hui George Winston secrétaire au Trésor par intérim. George dirige une importante société new-yorkaise d'investissements, dont il est le fondateur. C'est un self-made-man — à l'image de l'Amérique, qui elle aussi s'est faite toute seule. Je désignerai bientôt d'autres membres du cabinet, et à chaque fois je vous en informerai immédiatement.

« George ne peut pas être pour le moment secrétaire de cabinet à part entière, du moins jusqu'à ce que nous ayons de nouveau un Sénat des Etats-Unis, dont les membres sont chargés par la Constitution de conseiller et d'accepter de telles nominations. Choisir de nouveaux sénateurs, c'est le travail des gouverneurs de nos différents Etats. Dès la semaine prochaine, ceux-ci décideront des personnes qui conviennent pour ces postes.

A présent, c'était le moment de vérité. Il se pencha de nouveau en avant et hocha lentement la tête, espérant que ce n'était pas trop théâtral.

— Je m'appelle Jack Ryan. Mon père était policier. J'ai commencé dans les Marines, au service du gouvernement, juste après avoir obtenu ma licence au Boston College. Je n'ai pas été Marine très longtemps. J'ai été blessé dans un accident d'hélicoptère et mon dos m'a posé des problèmes pendant des années. A trente et un ans, des terroristes ont croisé ma route. Beaucoup d'entre vous connaissent cette histoire et sa conclusion, mais ils ne savent pas que c'est pour cette raison que je me suis remis une nouvelle fois au service du gouvernement. Jusque-là, je ne me plaignais pas de mon sort. J'ai d'abord travaillé comme opérateur en Bourse, puis j'ai abandonné cette activité pour revenir à mes premières amours : l'histoire ; j'ai enseigné l'histoire — j'adorais enseigner — à la Naval Academy, et je pense que j'aurais aimé rester là-bas pour toujours, exactement comme mon épouse, Cathy, aime travailler en chirurgie et vivre aux côtés de son mari et de ses enfants. Nous aurions été parfaitement heureux de continuer à vivre ainsi.

« Mais ça n'a pas été possible. Quand les terroristes se sont attaqués à ma femme et à ma fille, j'ai décidé qu'il me fallait les protéger. Je n'ai pas tardé à me rendre compte que ce n'était pas seulement ma famille qui avait besoin de protection, et que j'avais quelque talent pour certaines choses, si bien que je suis revenu au service du gouvernement, laissant derrière moi ma passion de l'enseignement.

« Je sers mon pays — c'est-à-dire vous tous — depuis maintenant quelques années, mais je n'ai jamais été un politicien, et comme je l'ai expliqué aujourd'hui à George Winston dans mon bureau, je n'ai pas le temps d'apprendre à le devenir. En revanche j'ai passé presque toute ma vie à travailler au service de l'Etat, et je crois connaître un peu son fonctionnement.

« Américaines, Américains, nous ne pouvons plus agir aujourd'hui comme avant. Nous devons aller de l'avant. Et nous en sommes capables.

« Un jour, John Kennedy nous a dit : "Ne vous demandez pas ce que votre pays peut faire pour vous, mais ce que vous pouvez faire pour votre pays." Ce sont de sages paroles, mais nous les avons oubliées. Pensons-y de nouveau. Notre nation a besoin de chacun d'entre nous.

« Moi, j'ai besoin de votre aide pour faire mon travail. Si vous pensez que je peux y arriver tout seul, vous vous trompez. Si vous pensez que le gouvernement, au complet ou non, peut prendre soin de vous dans tous les domaines, vous vous trompez. Ça ne se passe pas comme ça. C'est vous tous, hommes et femmes qui m'écoutez, qui êtes les Etats-Unis d'Amérique. Je travaille pour vous. Ma fonction est de "préserver, protéger et défendre" la Constitution des Etats-Unis, et je suis décidé à m'y employer de mon mieux, mais vous faites partie de l'équipe au même titre que moi.

« Le gouvernement s'occupe de ce dont nous ne pouvons pas nous charger nous-mêmes, la défense du pays, l'application de la loi, la gestion des catastrophes. C'est précisément ce que dit la Constitution. Ce document, celui que j'ai juré de défendre, constitue un ensemble de règles édictées par un petit groupe d'hommes assez ordinaires. Ils n'étaient même pas tous avocats, et cependant ils ont rédigé le texte politique le plus important de l'histoire humaine. Je souhaite que vous y réfléchissiez. C'étaient des gens assez ordinaires et ils ont réalisé quelque chose d'extraordinaire. Il est inutile d'être magicien pour participer au gouvernement.

« Il me faut un nouveau Congrès pour travailler avec moi. Le Sénat sera reconstitué le premier, car les gouverneurs vont pouvoir désigner sans tarder les quatre-vingt-onze hommes et femmes que nous avons perdus la semaine dernière. La Chambre des représentants, cependant, a toujours été la Maison du Peuple, et il est de votre devoir de choisir, en mettant un bulletin de vote dans l'urne, ceux qui y siégeront.

« J'ai donc une requête à vous faire, ainsi qu'à nos cinquante gouverneurs. Je vous en prie, ne m'envoyez pas des politiciens! Nous n'avons plus le temps de travailler ainsi. J'ai besoin de gens qui fassent des choses réelles dans le monde réel. J'ai besoin de gens qui ne rêvent pas de vivre à Washington. De gens qui ne viendront pas ici juste pour faire tourner le système, mais qui accepteront de grands sacrifices personnels pour me rejoindre et effectuer une tâche essentielle, puis qui retourneront chez eux et reprendront une vie normale.

« Je veux des ingénieurs qui sachent comment les choses sont fabriquées. Des médecins capables de soigner les malades. Des policiers conscients de ce que cela signifie lorsqu'un criminel viole vos droits civils. Je veux des paysans qui produisent une véritable nourriture dans de vraies fermes. Des gens qui n'aient pas peur de se salir les mains, qui remboursent leurs emprunts, élèvent leurs enfants et s'inquiètent de l'avenir... Des gens qui aient conscience de travailler pour nous tous, et non pour leur propre compte. Voilà ce que je veux. Voilà ce dont j'ai besoin. Et je pense que c'est aussi ce que souhaitent un grand nombre d'entre vous.

« Une fois que ces nouveaux élus seront ici, votre rôle sera de les garder à l'œil, de vous assurer qu'ils ne vous tromperont pas et qu'ils tiendront leurs engagements. C'est *votre* gouvernement. Beaucoup vous l'ont déjà dit, mais moi je le pense vraiment. Expliquez à vos gouverneurs ce que vous attendez d'eux le jour où ils nommeront les sénateurs, et vous, ensuite, choisissez dans le même esprit les membres de la Chambre des représentants. Ce sont les élus qui décident de vos impôts et de la façon dont ils sont dépensés. Mais c'est *votre* argent, pas celui de l'Etat. C'est *votre* pays. Le gouvernement est à *votre* service.

« Quant à moi, je vais essayer de constituer le meilleur cabinet possible, avec des collaborateurs qui connaissent leur affaire, qui ont fait un vrai travail et ont obtenu de vrais résultats. Chacun d'eux recevra les mêmes consignes de ma part : prendre en charge son ministère, fixer des priorités et veiller à ce que chaque administration fonctionne avec efficacité. C'est un impératif essentiel, et vous avez déjà entendu ce refrain. Mais le président que je suis n'a pas mené de campagne électorale pour parvenir à ce poste. Je n'ai personne à payer de retour, pas de récompenses à distribuer, pas de promesses secrètes à tenir. Je ferai vraiment tout mon possible pour remplir mes fonctions au mieux de mes capacités. Je n'aurai peut-être pas toujours raison, mais quand je me tromperai, ce sera à vous et aux personnes que vous allez choisir de me le dire, et je vous écouterai, vous comme elles.

« Je vous rendrai compte régulièrement de la situation et de ce que fait votre gouvernement.

« Je vous suis reconnaissant de m'avoir accordé votre attention. Je ferai mon boulot. J'ai besoin que vous fassiez le vôtre.

« Je vous remercie. Bonsoir.

Jack attendit et compta jusqu'à dix pour être sûr que les caméras étaient éteintes. Puis il prit son verre d'eau et essaya de boire, mais sa main tremblait tellement qu'il faillit le renverser. Ryan considéra ses doigts avec une rage silencieuse. Pourquoi tremblaient-ils maintenant ? Le plus dur était fait, non ?

— Hé, vous n'avez pas vomi ni rien ! dit Callie Weston, surgissant à côté de lui comme par enchantement.

— Et c'est bien ?

— Oh oui, monsieur le président. Vomir en direct à la télévision a tendance à agacer les spectateurs, lui répondit-elle en s'esclaffant.

A cet instant, Andrea Price rêva de lui mettre son automatique sous le nez.

Arnie van Damm paraissait inquiet. Il n'avait aucun moyen de détourner le président de la voie qu'il s'était tracée, il le savait. La mise en garde habituelle à laquelle les présidents étaient sensibles — *Si vous souhaitez être réélu, tenez compte de ce que je vous dis !* — ne s'appliquait tout simplement pas ici. Comment protéger quelqu'un qui se moquait de la seule chose qui comptait ?

Kealty et ses deux collaborateurs virent la façade de la Maison-Blanche apparaître un instant sur l'écran, puis céder la place au studio de la chaîne.

— ... Eh bien, voilà une déclaration politique des plus intéressantes, fit observer Tom, le présentateur, de la voix sans expression d'un joueur de poker. En tout cas, je constate que cette fois-ci le président s'en est tenu à l'allocution prévue.

— Intéressant et spectaculaire, acquiesça John, le commentateur. Nous n'avons guère l'habitude de ce genre de discours présidentiel.

— John, pourquoi le président Ryan tient-il tellement à s'entourer de gens sans expérience politique pour l'aider à conduire le gouvernement ? N'avons-nous pas besoin au contraire de personnes expérimentées pour remettre le système sur ses rails ? demanda Tom.

— C'est une question que beaucoup de monde se posera, et tout spécialement dans cette ville...

— Un peu, mon neveu ! observa le chef de cabinet de Kealty, devant l'écran.

— ... surtout que M. Ryan doit bien le savoir, poursuivait John, et dans le cas contraire, son secrétaire général, Arnold van Damm, l'un des politiciens les plus habiles de Washington, a dû le lui expliquer très clairement.

— Et que pensez-vous de la première nomination de son cabinet, George Winston ?

— Winston dirige le Columbus Group, une société d'investissements dont il est le fondateur. Il est immensément riche, comme M. Ryan nous l'a dit, c'est un self-made-man. Bon, nous avons besoin d'un secrétaire au Trésor qui connaisse le monde de la finance, et c'est sûrement le cas de M. Winston, mais beaucoup vont lui reprocher...

— ... d'être un homme d'argent, dit Kealty.

— ... et d'avoir trop de contacts à l'intérieur du système, conclut John. D'être un homme du sérail.

— Comment pensez-vous que le Washington officiel réagira à ce discours ? demanda Tom.

— *Quel* Washington officiel ? grogna Ryan.

C'était une première. Les deux livres qu'il avait publiés avaient été plutôt bien accueillis par la critique, mais il avait dû attendre plusieurs semaines pour connaître les commentaires. C'était probablement une erreur d'écouter les analyses à chaud... Mais impossible de l'éviter. Le plus difficile était de suivre toutes les chaînes généralistes en même temps.

— Jack, le « Washington officiel » c'est cinquante mille avocats et lobbyistes, lui fit remarquer Arnie. Ils ne sont peut-être ni élus ni nommés, mais ils sont foutrement « officiels ». Et c'est aussi les médias.

— Je vois, dit Ryan.

— ... Nous avons besoin de professionnels expérimentés pour remettre la machine en marche. Voilà ce qu'on va dire, et un grand nombre de gens dans cette ville seront d'accord avec ça, poursuivit John.

— Et que pensez-vous de ses révélations sur la guerre contre le Japon et sur le crash ?

— Intéressant d'apprendre que le Premier ministre Koga a été kidnappé par ses propres compatriotes et sauvé par des Américains, répondit l'analyste. J'aimerais bien en savoir davantage là-dessus. Félicitons le président pour sa volonté affirmée d'arranger les choses entre notre pays et le Japon. Les médias ont reçu une photographie en même temps que le texte du discours du président. (Sur l'écran apparut un cliché montrant Ryan et Koga au Capitole.) Un vrai moment d'émotion immortalisé par le photographe de la Maison-Blanche...

— Mais le Capitole est toujours en ruine, John, et il nous faudra de bons architectes et des ouvriers qualifiés pour le reconstruire. De même, je pense que des amateurs ne seront pas capables de rétablir le gouvernement. (Tom se tourna pour fixer la caméra.) Vous venez donc d'entendre le premier discours officiel du président Ryan, et nous aurons bientôt d'autres informations à vous donner. Maintenant, nous retrouvons notre programme habituel...

— On tient notre thème, Ed ! (Le chef de cabinet de Kealty se leva et s'étira.) C'est ça qu'on développera. On expliquera que c'est la raison pour laquelle vous avez décidé de revenir dans l'arène politique, même si votre réputation doit en souffrir.

— Décrochez votre téléphone et mettez-vous au boulot, ordonna Edward J. Kealty.

— Monsieur le président, finalement...

— Mary Pat, on se connaît depuis combien de temps, tous les deux ?

318

— Au moins dix ans, répondit Mme Foley.

— Nouvelle règle présidentielle, ou mieux : décret présidentiel. Après l'heure, lorsque nous buvons un verre, mon nom est Jack.

— *Muy bien, jefe* [1], observa Chavez, avec humour, mais aussi avec prudence.

— L'Irak ? demanda immédiatement Ryan.

— La situation est calme, mais on sent une grande tension, expliqua Mary Pat. Nous avons peu d'informations, mais nous savons au moins que le pays est bouclé. L'armée contrôle les rues, et les gens restent chez eux devant la télévision. On enterre notre ami demain. Aucune idée de la suite. Nous avons un agent en Iran assez bien placé dans les sphères politiques. L'assassinat a été une surprise totale, et il n'a rien entendu de spécial, hormis les prières habituelles à Allah pour qu'il accueille notre ami.

— A condition que Dieu veuille bien de lui... Ça a été du beau boulot, intervint Clark, parlant en expert. Assez typique, du point de vue de leur culture. Un martyr se sacrifiant pour la Cause. Le placer là a dû leur prendre des années, mais Daryaei est du genre patient. Bon, vous l'avez rencontré. Parlez-nous de lui, Jack.

— Le regard le plus méchant que j'aie jamais vu, répondit Jack doucement, en sirotant son xérès. Cet homme a la haine dans le sang.

— Il va faire quelque chose, c'est sûr et certain. (Clark buvait un Wild Turkey à l'eau plate.) Les Saoudiens doivent être un peu sur le gril, avec tout ça.

— C'est le moins qu'on puisse dire, intervint Mary Pat. Ed est là-bas pour quelques jours, et c'est ce qu'il a constaté. Leur armée est en état d'alerte maximum.

— Et c'est tout ce que nous avons, résuma le président.

1. Très bien, chef *(N.d.T.)*.

— En pratique, oui. On récupère beaucoup de communications radio, mais que des machins prévisibles. Le couvercle est bien vissé, mais en dessous la marmite bout. C'est normal. Nous avons augmenté notre couverture par satellite, bien sûr...

— OK, Mary Pat, crachez le morceau, ordonna Jack, qui n'avait pas envie d'entendre parler de photos satellite en cet instant.

— Je veux accroître mes effectifs.

— De combien ? demanda Ryan.

Elle prit une profonde inspiration. C'était inhabituel de voir Mary Patricia Foley tendue à ce point.

— Du triple. Nous avons au total six cent cinquante-sept agents de terrain. Je veux atteindre les deux mille au cours des trois prochaines années.

Elle prononça tout cela très vite, en surveillant la réaction de Ryan sur son visage.

— Approuvé. Si vous pouvez trouver un moyen d'y arriver sans augmentation de personnel.

— C'est facile, Jack, fit observer Clark avec un petit gloussement. Virez deux mille ronds-de-cuir, et en plus vous ferez des économies.

— Ces gens-là ont des familles, John, répondit Ryan.

— La DI et la DA [1] bénéficient d'une satanée protection de l'emploi. Vous le savez : vous y avez été. Ça vaudrait le coup rien que pour diminuer les problèmes de parking ! Des retraites anticipées permettraient de régler la chose en douceur...

Ryan réfléchit une seconde.

— Il me faut quelqu'un pour manier la hache. MP, vous pourriez supporter d'être une fois de plus sous les ordres d'Ed ?

— C'est la situation habituelle, Jack, constata Mme Foley, avec un pétillement dans ses yeux d'un bleu profond. Ed est plus fort que moi pour les

---

1. DI : *Directorate of Intelligence,* Direction du renseignement. DA : *Direction of Administration,* Direction de l'administration.

questions administratives, mais j'ai toujours été meilleure que lui sur le terrain.

— Plan bleu ?

Ce fut Clark qui répondit :

— Oui, monsieur. Je veux des flics. De jeunes inspecteurs ou des policiers en uniforme. Vous savez pourquoi. Ils sont déjà bien entraînés. Et ils connaissent la rue.

— D'accord. (Ryan hocha la tête.) Mary Pat, la semaine prochaine, je vais accepter avec regret la lettre de démission du DCI, et je vais nommer Ed à sa place. Qu'il me présente un plan d'accroissement des effectifs pour les Opérations et un plan de dégraissage de la DI et de la DA. Je l'approuverai en temps voulu.

— Super ! s'exclama Mme Foley en levant son verre de vin pour porter un toast à son commandant en chef.

— Il y a autre chose, dit Ryan. John ?

— Oui, monsieur ?

— Lorsque Roger m'a demandé de prendre la vice-présidence, je lui ai soumis une requête.

— Laquelle ?

— Je veux exprimer mon pardon, en tant que président, à un certain John T. Kelly. Ce sera fait d'ici quelques mois. Vous auriez dû me dire que mon père était chargé de votre affaire.

Pour la première fois depuis très longtemps, Clark devint blanc comme un linge.

— Comment êtes-vous au courant ?

— C'était dans les dossiers personnels de Jim Greer. Ils m'ont été transmis il y a quelques années. Mon père s'occupait de ce cas, je m'en souviens très bien. Toutes ces femmes assassinées. Je me rappelle à quel point ça l'avait perturbé, et combien il avait été content d'oublier tout ça. Il n'en a jamais parlé, mais je connaissais ses sentiments à ce sujet. (Jack considéra son verre et fit tourner ses glaçons.) Si vous voulez mon avis, je crois qu'il serait heureux de ma décision, heureux de savoir que vous n'avez pas coulé avec le bateau.

— Doux Jésus... !

— Vous méritez de récupérer votre nom. Je ne peux pas pardonner ce que vous avez fait. Je n'en ai pas le droit. Peut-être que je le pourrais en tant que personne privée. Mais vous méritez de récupérer votre nom, monsieur Kelly.

— Merci, monsieur.

— C'est tout ? demanda Jack. J'aimerais aller retrouver ma famille avant que les gosses ne soient au lit.

— Le Plan bleu est donc approuvé ?

— Oui, MP. Dès que votre mari m'aura fourni un programme précis.

Jack se leva et se dirigea vers la porte. Ses invités l'imitèrent.

— Monsieur le président ? dit soudain Ding Chavez.

— Oui ? répondit Ryan en se retournant.

— Que va-t-il se passer pour les primaires ?

— Comment ça ?

— J'ai fait un saut à la fac, aujourd'hui, et le Dr Alpher m'a expliqué que tous les candidats sérieux des deux partis ont été tués la semaine dernière, et que le dépôt des candidatures est passé. Personne ne peut plus s'inscrire. Nous sommes dans une année d'élections et personne ne se présente. La presse n'a pas encore évoqué la question.

Même l'agent Price cligna des yeux. Mais tout le monde saisit l'importance du problème.

— A Paris ?

— Le professeur Rousseau, de l'Institut Pasteur, pense avoir mis au point un traitement. C'est expérimental, mais c'est sa seule chance, expliqua Moudi.

Ils se trouvaient dans le couloir, devant la chambre de sœur Jean-Baptiste, vêtus tous les deux de « combinaisons spatiales » en plastique bleu ; ils transpiraient abondamment, en dépit des boîtes de contrôle de leur environnement accrochées à leur ceinture. Leur patiente était en train de mourir et sa longue agonie serait d'une horreur absolue. Benedict Mkusa avait eu de la chance. Pour une raison ou pour une autre, Ebola s'était attaqué à son cœur plus tôt que prévu, et l'enfant était mort beaucoup plus vite. Mais ce serait différent pour la religieuse. Les analyses sanguines montraient que le foie avait été atteint mais que l'évolution était lente. Les enzymes cardiaques étaient normales. Ebola progressait en elle inexorablement. Son système gastro-intestinal était littéralement décomposé. Elle vomissait et expulsait du sang, dans des douleurs terribles, mais le corps se défendait de son mieux. Un combat titanesque, quoique voué à l'échec, avec pour seule récompense une souffrance accrue, contre laquelle la morphine commençait déjà à s'avérer inefficace.

— Mais comment pourrions-nous...

Sœur Marie-Madeleine n'eut pas besoin de finir sa phrase. La seule ligne régulière pour Paris était exploitée par Air Afrique, mais ni cette compagnie ni aucune autre n'accepterait de transporter un malade contaminé par Ebola, pour des raisons évidentes. Tout cela convenait au Dr Moudi.

— Je peux régler le problème du transport. Ma famille est riche. Je louerai un avion privé. Ça nous permettra de prendre plus facilement toutes les précautions nécessaires.

— Je ne sais pas. Il faudrait que je..., hésita Marie-Madeleine.

— Je ne vais pas vous mentir, ma sœur. Elle va sans doute mourir de toute façon, mais s'il reste une dernière chance, c'est avec le professeur Rousseau. J'ai été son élève, et s'il dit qu'il a trouvé quelque chose, c'est que c'est vrai. Laissez-moi m'en occuper, insista-t-il.

L'avion en question était un G-IV Gulfstream, et en ce moment il atterrissait à Rashid Airfield, à l'est d'un large méandre du Nahr Dejlah — le nom arabe du Tigre. Le numéro minéralogique, près de la queue de l'appareil, indiquait une immatriculation en Suisse, où il était la propriété d'une compagnie commerciale qui payait ses impôts rubis sur l'ongle. L'intérêt officiel du gouvernement suisse s'arrêtait là. Le vol avait été rapide et sans intérêt — Beyrouth, Téhéran, Bagdad.

Sa véritable identité était Ali Badrayn, et s'il avait vécu et travaillé sous différents pseudonymes, il avait finalement repris son nom parce que c'était un patronyme d'origine irakienne. Sa famille avait émigré pour profiter des prétendues perspectives économiques de la Jordanie, mais elle avait été emportée, comme tout le monde, dans la tourmente qu'avait connue la région — une situation qui ne s'était pas améliorée, loin de là, quand leur fils avait décidé de rejoindre le mouvement visant à détruire Israël. La menace qu'y avait perçue le roi de Jordanie, et l'expulsion des fauteurs de troubles qui avait suivi, avaient ruiné la famille de Badrayn. Mais celui-ci ne s'en était guère soucié à l'époque.

Aujourd'hui, pourtant, il tenait à son vrai nom. L'existence d'un terroriste était devenue de plus en plus difficile au fil des années, et même s'il était l'un des meilleurs dans ce domaine très particulier, surtout pour rassembler des informations, son engagement ne lui avait pas rapporté grand-chose à part la haine éternelle du service de renseignements le plus impitoyable au monde. A présent, un peu de confort et de sécurité auraient été les bienvenus. Peut-être que cette mission les lui procurerait... Son identité irakienne et ses activités lui avaient permis de nouer des contacts dans toute la région. Il avait fourni des informations au service de renseignements irakien et leur avait livré deux personnes qu'ils souhaitaient éliminer. Cela lui avait ouvert des portes, et c'était la raison de sa présence ici.

L'avion s'immobilisa sur la piste et le copilote alla à l'arrière pour faire descendre les escaliers. Une voiture vint se garer à côté de l'appareil et Badrayn s'engouffra dedans. Elle redémarra aussitôt.

— La paix soit avec vous, dit-il à l'homme assis à côté de lui à l'arrière de la Mercedes.

— La paix ? grogna le général. Le monde entier se plaint qu'on n'en ait pas assez !

Manifestement, il n'avait pas dormi depuis la mort de son président, constata Badrayn. Ses mains tremblaient, à cause de tout le café qu'il avait bu, ou peut-être de l'alcool. C'était certainement déstabilisant de penser à la semaine à venir en se demandant si on vivrait assez longtemps pour en voir la fin. D'un côté, il fallait rester éveillé. De l'autre, on avait envie d'oublier. Ce général avait une femme et des enfants et une maîtresse. Bon, c'était sans doute leur cas à tous.

— Ce n'est pas une situation facile, mais les choses sont sous contrôle, non ? fit Badrayn.

Le regard de son interlocuteur fut une réponse suffisante. Mais si le président avait simplement été blessé, cet homme aujourd'hui serait mort pour n'avoir pas su repérer son agresseur. Il pouvait au moins se consoler avec ça. Etre le chef du renseignement d'un dictateur est un métier dangereux où l'on se fait bon nombre d'ennemis. Il avait vendu son âme au diable et s'était dit qu'il ne paierait jamais sa dette. Comment un homme si brillant pouvait-il être si idiot ?

— Pourquoi êtes-vous là ? demanda abruptement le général.

— Pour vous offrir un pont d'or.

13

VRAIMENT FAIT POUR ÇA

Des chars avaient pris position dans les rues, et les chars étaient quelque chose de « sexy » pour les gens de l'« imagerie aérienne » qui les observaient et les comptaient. Ils avaient trois satellites de reconnaissance de classe KH-11 en orbite, dont l'un, vieux de onze ans, s'éteignait doucement. Cela faisait longtemps qu'il n'avait plus de combustible pour manœuvrer, et l'un de ses panneaux solaires était si abîmé qu'il n'aurait même pas fait fonctionner une lampe électrique, mais il était encore capable de prendre des photos avec trois de ses caméras et de les transmettre à l'avion de communications géosynchrone qui survolait l'océan Indien. Celles-ci arrivaient moins d'une seconde plus tard dans divers bureaux d'interprétation, dont un de la CIA.

— Idéal pour réduire la délinquance..., ricana l'analyste en regardant sa montre et en ajoutant huit heures.

OK, il était dans les dix heures du matin « Lima », c'est-à-dire heure locale. On aurait dû voir des gens qui travaillaient, se déplaçaient, se rencontraient aux terrasses des restaurants autour de leur affreux café. Mais pas aujourd'hui. Pas avec des chars dans les rues. On n'apercevait que de rares passants, surtout des femmes, qui avaient des courses à faire. Les tanks étaient stationnés environ tous les cent mètres sur les principales artères, et aussi à chaque rond-point, soutenus par des véhicules légers postés dans les rues voisines. De petits groupes de soldats tenaient les intersections. Les photos montraient qu'ils étaient armés de fusils, mais elles ne permettaient de voir ni leur rang ni leur unité.

— Faites un décompte, lui demanda son superviseur.

— Oui, monsieur.

— L'analyste ne se plaignit pas, vu qu'il avait déjà compté les tanks. Il les avait même classés, surtout grâce à leur canon principal. On déterminait ainsi combien de tanks avaient fait mouvement depuis leurs camps respectifs, que l'on connaissait. Ces informations avaient sans doute leur importance pour certaines personnes, même si, depuis dix ans qu'on menait cette surveillance, on constatait que l'armée irakienne, malgré ses erreurs et ses défauts, maîtrisait suffisamment les problèmes de maintenance pour que son matériel continuât à rouler. Sa puissance de feu, en revanche, avait diminué, comme on l'avait découvert pendant la guerre du Golfe. Mais, l'analyste le savait, quand on voyait un char, il fallait présumer qu'il fonctionnait. C'était plus prudent. Il se pencha sur sa visionneuse et repéra une voiture blanche, probablement une Mercedes, sur la Nationale 7. Une étude plus précise des photos lui aurait indiqué que ce véhicule se rendait au champ de courses Sibaq' al-Mansur, où il aurait découvert d'autres automobiles du même genre — mais on lui avait seulement demandé de s'occuper des tanks.

Les variations climatiques saisonnières de l'Irak sont plus impressionnantes qu'ailleurs. En cette matinée de février, alors que le soleil était déjà haut dans le ciel, la température dépassait à peine le zéro, mais en plein été un bon quarante-six degrés à l'ombre n'était pas rare. Badrayn constata que les officiers étaient vêtus de leur uniforme d'hiver en laine, avec de hauts cols et de gros galons dorés. La plupart fumaient, et tous avaient l'air inquiet. Son hôte le présenta à ceux qui ne le connaissaient pas encore. Il ne fit pas l'effort de leur souhaiter « la paix soit avec vous », car ils ne semblaient pas d'humeur pour le traditionnel salut islamique. Leur allure était étonnamment occidentale et laïque. Comme leur chef disparu, ils ne souscrivaient qu'en paroles à leur religion, même s'ils se demandaient sans doute aujourd'hui si les promesses de damnation éternelle pour une vie de péchés étaient vraies ou non, sachant que certains d'entre eux ne tarderaient pas à avoir une réponse à cette question. Cette éventualité les avait même assez inquiétés pour leur faire quitter leurs bureaux et venir jusqu'à

327

ce champ de courses pour entendre ce que Badrayn avait à leur dire.

Son message était simple.

— Comment pouvons-nous vous croire ? demanda le responsable de l'armée de terre, lorsqu'il eut terminé.

— C'est mieux pour tout le monde, non ?

— Vous vous attendez à ce que nous abandonnions notre mère patrie pour... *lui ?* voulut savoir un commandant de corps, refoulant avec difficulté sa frustration et sa colère.

— La décision vous incombe, général. Si vous préférez rester ici et vous battre pour ce qui vous appartient, c'est votre choix. On m'a demandé de vous transmettre un message, et je l'ai fait comme un honnête courtier..., répondit calmement Badrayn.

Aucune raison de se stresser pour ce genre de choses, après tout.

— Avec qui sommes-nous censés négocier ? intervint le chef de l'armée de l'air irakienne.

— Vous pouvez me donner votre réponse, mais comme je vous l'ai déjà expliqué, il n'y a rien à négocier. L'offre est honnête, n'est-ce pas ?

« Généreuse » aurait été un terme plus approprié. Ils sauvaient leur peau, et celle de leurs proches, et en plus ils s'en allaient les poches pleines. Leur président avait mis d'énormes sommes de côté, dont on n'avait encore presque rien récupéré. Ils pouvaient avoir des visas et des passeports de n'importe quel pays de la planète. Le service des renseignements irakien, aidé par l'atelier de gravure, aux Finances, faisait preuve depuis longtemps de ses compétences en ce domaine particulier.

— Vous avez sa parole devant Dieu que vous n'aurez aucun problème, où que vous alliez, avait promis Badrayn.

Et ils devaient prendre cette affirmation au sérieux. Le commanditaire de Badrayn était leur ennemi. Il était aussi dur et aussi malveillant que n'importe qui sur cette terre — mais c'était aussi un homme de Dieu, quelqu'un qui n'évoquait pas Son nom à la légère.

— Quand vous faut-il notre réponse ? s'enquit le chef de l'armée de terre, d'un ton plus courtois que ses collègues.

— Demain, ça irait, ou même après-demain. Plus tard, je ne sais pas, répondit Badrayn. Mes instructions s'arrêtent là.

— Et les dispositions ?

— Vous êtes autorisés à les fixer vous-mêmes, si elles sont raisonnables.

Mais la décision qu'il leur demandait de prendre était plus difficile qu'on ne l'imaginait. Le patriotisme de tous ces généraux n'était pas d'un genre habituel : ils aimaient surtout leur pays parce qu'ils le contrôlaient. Ils y exerçaient un vrai pouvoir de vie ou de mort, une drogue bien plus puissante que l'argent, l'une des rares choses pour lesquelles un homme acceptait de risquer sa vie et son âme. Ils pensaient — ils espéraient — que l'un d'entre eux pourrait relancer la machine en reprenant la présidence du pays, tandis que, tous ensemble, ils calmeraient le jeu et continueraient comme avant. Bien sûr, ils seraient obligés de s'ouvrir un peu à l'extérieur, et de laisser les inspecteurs des Nations unies et d'autres organismes internationaux effectuer les contrôles qu'ils voulaient, mais avec la mort de leur chef, ils avaient une chance de repartir de zéro, même si le reste du monde n'était pas dupe : il n'y aurait rien de nouveau sous le soleil. C'étaient les règles du jeu planétaire. Une promesse de temps en temps, quelques allusions à la démocratie et aux élections, et leurs anciens ennemis se mettraient en quatre pour leur donner leur chance. C'était là une motivation supplémentaire. Pendant toutes ces années, ils ne s'étaient pas réellement sentis en sécurité. Tous avaient des amis qui étaient morts, soit des propres mains de leur défunt chef, soit dans des circonstances « mystérieuses » — l'accident d'hélicoptère avait les faveurs de leur ex-bien-aimé président. Aujourd'hui, ils pourraient peut-être profiter plus tranquillement de leur pouvoir... De l'autre côté, on leur proposait une existence indolente à l'étranger. Chacun d'eux bénéficiait déjà de tout le luxe dont un homme pouvait rêver, avec le pouvoir en prime. Ils claquaient des doigts, et les gens qui accouraient n'étaient pas de simples serviteurs, mais des soldats...

Il y avait pourtant un problème : rester ici serait le coup de poker le plus risqué de toute leur vie. Aujourd'hui, leur pays était plus contrôlé que jamais, et il y avait une raison à cela : ce peuple qui avait hurlé son amour au leader défunt, que pensait-il vraiment ? Une semaine avant, cela n'avait aucune importance, mais maintenant c'était différent. Les soldats qu'ils commandaient appartenaient à cette marée humaine. Lequel de leurs chefs, à présent, avait suffisamment de charisme pour s'emparer des rênes du pays ? Lequel avait le soutien du parti Baas ? Lequel pourrait régner par la force de sa volonté ? En cet instant, ils échangeaient des regards et se posaient tous la même question : *qui d'entre nous ?*

C'était ça, la question fondamentale : parce que celui d'entre eux qui en aurait été *vraiment* capable, celui-là serait déjà mort, probablement dans un tragique « accident d'hélicoptère ». Et une dictature ne se dirigeait pas avec un conseil d'administration ! Même s'ils se sentaient forts, ils s'observaient et constataient leurs faiblesses réciproques. Leurs jalousies personnelles les mèneraient à leur perte. Les intrigues et les rivalités entraîneraient de tels troubles en leur sein que la main de fer indispensable pour contrôler le peuple se déliterait sans doute en l'espace de quelques mois. Ils avaient déjà connu ça, et le résultat final était prévisible — ils se retrouveraient devant un peloton d'exécution formé de leurs propres soldats.

Ces hommes n'avaient pas d'autre morale que

celle du pouvoir. Mais le pouvoir absolu n'était valable que pour un seul d'entre eux. Les autres avaient besoin d'être unis autour de quelque chose, une règle imposée par un supérieur, ou un dessein commun, quelque chose en tout cas qui leur offrît une perspective collective. Aucun d'eux ne semblait capable de jouer le rôle d'un chef, et leur groupe n'avait aucune vision fédératrice. Ils ne croyaient en rien. Ils pouvaient commander depuis l'arrière, mais pas diriger de l'avant. Au moins étaient-ils assez intelligents pour s'en rendre compte. Voilà pourquoi Badrayn était venu à Bagdad.

Il les observait et devinait leurs pensées, malgré leurs visages impassibles. Un homme courageux se serait exprimé avec assurance, marquant ainsi son autorité sur leur groupe. Mais les plus courageux étaient morts depuis longtemps, éliminés par quelqu'un de plus audacieux et de plus brutal qu'eux — et Badrayn pouvait donc leur transmettre aujourd'hui cette offre généreuse. Il connaissait déjà leur réponse, et eux aussi la connaissaient. Le président irakien assassiné n'avait laissé personne pour le remplacer, mais c'était toujours ainsi avec les hommes qui ne croyaient en rien, sinon en eux-mêmes.

Le téléphone sonna à six heures cinq, cette fois. Ça ne dérangeait pas Ryan de se lever avant sept heures — il en avait pris l'habitude depuis des années, mais à cette époque-là il se rendait à son travail en voiture. Aujourd'hui, un simple ascenseur le séparait de son bureau, et il avait pensé profiter de ce gain de temps pour dormir un peu plus. Surtout que rien ne l'empêchait, jadis, de faire un petit somme à l'arrière de sa voiture officielle.

— Monsieur le président ?

Jack fut surpris d'entendre la voix d'Arnie.

— Qu'y a-t-il ?

— Des ennuis.

Le vice-président Edward J. Kealty n'avait pas dormi de la nuit, mais à le voir personne ne l'aurait deviné. Rasé de frais, l'œil clair et les épaules en arrière, il pénétra dans l'immeuble de CNN accompagné de sa femme et de ses collaborateurs; il fut accueilli par un réalisateur qui les fit entrer rapidement dans un ascenseur. Ils échangèrent les plaisanteries habituelles, sans plus. Puis le politicien regarda droit devant lui, comme pour convaincre les portes d'acier qu'il savait ce qu'il allait faire. Et il y réussit.

Les coups de fil préliminaires avaient été passés au cours des trois heures précédentes — et d'abord au président de la chaîne, un vieil ami, qui avait été foudroyé par la nouvelle, pour la première fois de sa carrière. On pouvait toujours espérer des accidents spectaculaires d'avion ou de train, ou des crimes particulièrement affreux — les catastrophes sur lesquelles la chaîne prospérait —, mais on n'avait qu'une seule fois dans sa vie une information de ce genre! Deux heures plus tôt, il avait appelé Arnie van Damm, un autre de ses vieux amis, parce qu'un journaliste devait toujours assurer ses arrières; en outre, le président de CNN aimait son pays, même s'il ne l'exprimait que rarement, et il n'avait pas la moindre idée de ce que donnerait cette histoire. Puis il avait contacté le correspondant de la chaîne pour les affaires juridiques; ce dernier, qui n'avait pas réussi à devenir avocat, était aussi, maintenant, en communication avec un de ses amis, un professeur de la Georgetown University Law School.

Puis le président de CNN appela Kealty qu'on avait installé dans le salon réservé aux invités.

— Tu es vraiment sûr de ce que tu fais, Ed? se sentit-il obligé de demander.

— Je n'ai pas le choix. Je préférerais ne pas être là.

Une réponse prévisible.

— C'est ton enterrement. J'y serai, ajouta le président avant de raccrocher.

Mais, d'une certaine façon, il était ravi. Ce serait une foutue histoire et c'était le boulot de CNN d'annoncer les nouvelles, point final.

— Arnie, dites-moi si c'est une blague ou si je suis en train de rêver ?

Ils se trouvaient dans un salon du premier étage. Jack avait enfilé à la va-vite les vêtements qui lui étaient tombés sous la main. Van Damm n'avait même pas sa cravate et Ryan remarqua qu'il avait deux chaussettes différentes. Mais le pire, c'était qu'il paraissait secoué. Jack ne l'avait encore jamais vu ainsi.

— Je pense qu'il faut patienter, répondit van Damm.

La porte s'ouvrit et ils se retournèrent.

— Monsieur le président ? dit un homme dans la cinquantaine en entrant dans la pièce.

Vêtu d'un complet-veston, il était grand et avait l'air anxieux. Andrea le suivait. Elle aussi avait été informée de la nouvelle.

— Je vous présente Patrick Martin, annonça Arnie.

— Division de la police criminelle au secrétariat à la Justice, c'est ça ? dit Jack en se levant pour lui serrer la main.

Il lui indiqua le plateau où se trouvait le café.

— Oui, monsieur. J'ai travaillé sur le crash avec Dan Murray.

— Pat est l'un de nos meilleurs avocats, expliqua le secrétaire général de la Maison-Blanche. Il donne aussi des conférences sur le droit constitutionnel à l'Institut George Washington.

— Bon, qu'est-ce que vous pensez de tout ça ? demanda le président, qui semblait toujours hésiter entre la stupéfaction et l'incrédulité.

— Je crois qu'il faut attendre ce qu'il va dire.

Une réponse d'avocat.

— Vous travaillez depuis combien de temps à la Justice ? s'enquit alors Jack en retournant s'asseoir.

— Vingt-trois ans. Et avant, j'ai bossé quatre ans pour le FBI.

Martin se servit une tasse de café et décida de rester debout.

— Nous y voilà..., fit van Damm en remettant le son de la télévision.

— Mesdames et messieurs, le vice-président Edward J. Kealty se trouve avec nous aujourd'hui dans notre bureau de Washington.

Le responsable politique de CNN donnait l'impression lui aussi d'avoir été tiré du lit, et il avait l'air vraiment ébranlé par l'événement. Ryan nota que de tous les gens qu'il avait vus depuis ce matin, c'était Kealty qui semblait le moins secoué.

— Monsieur, vous avez une déclaration très étonnante à nous faire, poursuivit le journaliste.

— En effet, Barry. Je dois dire, d'abord, que je n'ai jamais vécu quelque chose d'aussi difficile, en plus de trente ans de vie publique. (La voix de Kealty était calme et maîtrisée, lente et claire, pleine d'une douloureuse sincérité.) Comme vous le savez, le président Durling m'a demandé de démissionner à cause de mon inconduite lorsque j'étais sénateur. Barry, ce n'est un secret pour personne que ma vie personnelle n'a pas toujours été aussi exemplaire qu'elle aurait dû l'être. C'est vrai aussi de beaucoup de monde, dans ce milieu, mais cela n'excuse rien. Lorsque Roger et moi en avons discuté, nous sommes tombés d'accord sur le fait que le mieux pour moi était de démissionner. Ça lui permettait de choisir quelqu'un d'autre pour les élections à venir. Son intention était de prendre John Ryan comme vice-président par intérim.

« C'était parfait pour moi. Je suis dans la vie publique depuis très longtemps, et l'idée de me retirer pour jouer avec mes petits-enfants et peut-être enseigner un peu me plaisait beaucoup. J'ai donc accepté la requête de Roger dans l'intérêt de — eh bien, vraiment, dans l'intérêt du pays. Mais, en réalité, je n'ai jamais démissionné...

— D'accord, dit le correspondant politique, en levant les mains comme pour bloquer une balle de base-ball. Il me semble que nous devons être très clairs à ce sujet, monsieur. Que s'est-il passé exactement ?

— Barry, je me suis rendu au Département d'Etat. Voyez-vous, la Constitution spécifie que lorsque le président ou le vice-président donne sa démission, celle-ci doit être présentée au secrétaire d'Etat. J'ai donc rencontré en privé le secrétaire d'Etat Hanson pour en discuter. J'avais effectivement préparé ma lettre de démission, mais le texte ne convenait pas et Brett Hanson m'a demandé de le réécrire. Je suis rentré chez moi pour le faire. Je devais la lui présenter de nouveau le lendemain.

« Aucun de nous, bien sûr, ne s'attendait à ce qui allait arriver. Comme vous le savez, beaucoup de mes amis, avec lesquels j'ai travaillé tant d'années, ont été littéralement *soufflés* par cet acte brutal et lâche. Mais, du coup, je n'ai effectivement jamais démissionné. (Kealty baissa les yeux un instant, en se mordant la lèvre, puis il reprit :) Barry, ce n'était pas un problème pour moi. J'ai donné ma parole au président Durling et j'avais l'intention de la respecter.

« Mais, maintenant, je ne peux plus. Non, je ne peux plus. Laissez-moi vous expliquer pourquoi.

« Je connais Jack Ryan depuis dix ans. C'est un homme bien, un homme courageux, et il a servi honorablement le pays, mais, hélas, ce n'est pas la personne qui convient pour soigner les blessures de notre nation. Et ce qu'il a dit hier soir, en essayant de parler au peuple américain, le prouve. Comment pouvons-nous attendre que le gouvernement fonctionne de nouveau si nous n'avons pas des gens expérimentés pour occuper les places laissées vacantes ?

— Mais c'est lui, le président, n'est-ce pas ? demanda Barry, qui avait du mal à croire à ce qu'il entendait.

— Barry, il ne sait même pas conduire correctement une enquête ! Rappelez-vous ce qu'il a dit hier soir à propos de ce crash. Il s'est à peine écoulé une semaine, et il annonce qu'il sait déjà ce qui s'est passé ! Qui peut croire une chose pareille ? demanda Kealty d'un ton plaintif. Qui supervise tout ça ? Qui conduit vraiment ces investigations ? A qui ces gens rendent-ils compte ? Et nous aurions des conclusions au bout d'une semaine ? Comment le peuple américain pourrait-il gober ce truc-là ? Lors de l'assassinat du président Kennedy, ça a pris des mois. L'enquête a été conduite par le président de la Cour suprême. Et pourquoi ? Parce que nous devions avoir des certitudes, voilà pourquoi.

— Pardonnez-moi, monsieur le vice-président, mais vous n'avez pas vraiment répondu à ma question.

— Ryan n'a jamais été vice-président, Barry, parce que je n'ai jamais démissionné. A aucun moment le poste n'a été vacant, et la Constitution ne nous autorise à n'avoir qu'un seul vice-président. Il n'a même pas prêté le serment associé à cette fonction.

— Mais...

— Vous pensez que ça me fait plaisir ? Je n'ai pas le choix. Comment pouvons-nous reconstruire le Congrès et l'exécutif avec des... amateurs ? Hier soir, M. Ryan a supplié les gouverneurs de choisir des sénateurs sans la moindre expérience du gouvernement ! Comment des lois pourraient-elles être rédigées par des gens qui ne connaissent rien à ce métier ? Barry, je ne me suis encore jamais suicidé en public. Ma tombe politique est ouverte devant moi, mais je dois penser au pays avant tout. Je le dois...

La caméra cadra son visage en gros plan. On y lisait une angoisse sincère. Les larmes n'étaient pas loin.

— Il a toujours été bon, à la télé..., fit remarquer Arnie.

— J'ai vraiment du mal à croire tout ça, murmura Ryan au bout d'un instant.

— Il faut bien, pourtant, répliqua Arnie. Pat, nous avons besoin de quelques conseils juridiques.

— Avant tout, envoyez quelqu'un au Département d'Etat pour fouiller le bureau de Hanson.

— Le FBI ? demanda van Damm.

— Oui, répondit Martin avec un signe de tête. Vous ne trouverez rien, mais il faut quand même commencer par là. Vérifiez ensuite les appels téléphoniques et les blocs-notes. Puis lancez les interrogatoires. Ce sera problématique. Hanson et sa femme sont morts, ainsi que le président et Mme Durling. Eux, très vraisemblablement, connaissaient les faits. Je m'attends à ce que nous trouvions très peu de preuves tangibles et guère plus de preuves indirectes utiles.

— Roger m'a dit que...

— Déposition sur la foi d'autrui, le coupa immédiatement Martin. Vous me dites que quelqu'un vous a dit ce qui lui a été dit par quelqu'un d'autre... Pas très utile devant un tribunal.

— Poursuivez..., murmura Arnie.

— Monsieur, là-dessus, on n'a ni loi ni rien qui fasse jurisprudence.

— Et il n'y a plus de Cour suprême pour prendre une décision, fit remarquer Ryan. (Après un silence tendu, il ajouta :) Et si c'était la vérité ?

— Monsieur le président, la question n'est pas que ce soit ou non la vérité, répondit Martin. A moins que nous ne puissions prouver qu'il ment, ce qui est peu vraisemblable, son histoire se tient. Maintenant, en imaginant que vous ayez un nouveau Sénat et que vous fassiez vos nominations à la Cour suprême, tous les membres de celle-ci devront se récuser eux-mêmes parce que vous les aurez choisis. Ce qui ne nous laisse probablement aucune solution juridique.

— Mais s'il n'y a pas de lois là-dessus ? demanda le président.

Mais l'était-il, président ?

— Exactement. C'est le meilleur de l'histoire,

répondit tranquillement Martin, essayant de réfléchir. Voyons. Un président ou un vice-président n'est plus en fonction dès qu'il ou elle démissionne. La démission prend effet lorsque le détenteur du poste apporte la preuve de celle-ci — une lettre suffit — au fonctionnaire adéquat. Mais celui qui l'a reçue est mort, et nous avons toutes les chances de découvrir que ladite preuve a disparu. Le secrétaire d'Etat Hanson a probablement appelé le président pour l'informer de la démission de Kealty...

— Il l'a fait, confirma van Damm.

— Mais le président Durling est mort, lui aussi. Son témoignage aurait eu valeur de preuve, mais ce ne sera pas le cas non plus. Retour à la case départ.

Martin avait du mal à leur expliquer la situation tout en réfléchissant aux subtilités de la législation. On aurait dit un échiquier sans cases avec des pièces disposées au hasard...

— Mais..., protesta van Damm.

— La liste des appels nous prouvera qu'il y a bien eu un coup de fil, l'interrompit Patrick Martin. Parfait. Mais Hanson peut très bien avoir dit, en effet, que la lettre était mal formulée et qu'ils régleraient ça le lendemain. C'est de la politique, pas une affaire de loi. Tant que Durling était président, Kealty devait s'en aller, à cause de...

— De l'enquête pour harcèlement sexuel, dit Arnie, qui avait compris où il voulait en venir.

— C'est ça, monsieur. Il a même abordé le sujet dans sa déclaration télé ; il a tout fait pour désamorcer la bombe, n'est-ce pas ?

— Nous sommes revenus au point de départ, observa Ryan.

— Oui, monsieur le président.

La réponse arracha à Ryan un sourire désabusé.

— Super de savoir que quelqu'un y croit.

L'inspecteur O'Day et trois autres agents du quartier général garèrent leur voiture juste devant l'immeuble. Lorsqu'un garde en uniforme arriva pour protester, O'Day lui montra sa carte d'identité d'un geste brusque et continua son chemin. Il la sortit de nouveau au contrôle de sécurité.

— Je veux que votre chef me retrouve au sixième dans une minute, ordonna-t-il au garde. Je me fiche de ce qu'il est train de faire. Demandez-lui de venir immédiatement.

A ces mots, lui et son équipe se dirigèrent vers les ascenseurs.

Les agents qui l'accompagnaient avaient été pris plus ou moins au hasard à l'OPR, le Bureau de la responsabilité professionnelle, le Département des affaires internes du FBI, composé d'enquêteurs expérimentés dont la mission de contrôle était de veiller à ce que le FBI restât « propre ». Un jour, l'un d'eux avait même mis sur le gril un ancien directeur. La charte de l'OPR était de ne rien respecter hormis la loi. Curieusement, à la différence des autres services similaires au sein des diverses forces de police de la ville, il avait conservé le respect des agents de terrain.

Le garde, au dernier étage, avait été prévenu par celui de la réception. C'était George Armitage, ce matin, dont les horaires de service étaient différents de ceux de la semaine précédente.

— FBI, annonça, O'Day, dès que les portes de l'ascenseur s'ouvrirent. Où est le bureau du secrétaire d'Etat ?

— Par ici, monsieur, répondit Armitage en précédant les quatre hommes dans le couloir.

— Qui a utilisé les lieux ? demanda l'inspecteur.

— Nous nous préparons à y installer M. Adler. Nous allions déménager les affaires de M. Hanson et...

— Donc plusieurs personnes sont entrées et sorties d'ici ?

— Oui, monsieur.

O'Day n'avait pas imaginé que l'équipe médico-légale lui serait utile, mais on l'appellerait, de toute façon. S'il y avait jamais eu une enquête à conduire selon les règles strictes, c'était bien celle-là.

— OK, nous devons interroger tous ceux qui se sont trouvés dans ce bureau, depuis la dernière fois où Hanson l'a quitté. Les secrétaires, les portiers, tout le monde.

— Le personnel ne sera pas là avant une demi-heure.

— OK. Voulez-vous bien nous ouvrir ?

Armitage s'exécuta. Ils traversèrent le secrétariat et pénétrèrent dans le bureau lui-même. Les agents s'immobilisèrent, se contentant de regarder autour d'eux. Puis l'un d'eux alla se mettre en faction à la porte.

— Merci, monsieur Armitage, dit O'Day en lisant son nom sur sa plaque nominative. OK, pour le moment nous traiterons cet endroit comme s'il s'agissait du lieu d'un crime. Personne n'entre ni ne sort sans notre permission. Nous avons besoin d'une pièce où mener nos interrogatoires. Je voudrais que vous me dressiez une liste complète de tous ceux que vous avez vus ou dont vous avez appris la présence dans ce bureau, si possible avec la date et l'heure.

— Les secrétaires auront ça, dit Armitage.

— Nous voulons la vôtre aussi. (O'Day considéra le couloir et eut l'air ennuyé.) Nous avons demandé au chef de votre service de nous rejoindre. Où est-il, d'après vous ?

— En général, il n'arrive pas ici avant huit heures.

— Pourriez-vous l'appeler, s'il vous plaît ? Nous avons besoin de lui parler immédiatement.

— D'accord, monsieur.

Armitage était étonné. Que se passait-il ? Il n'avait pas regardé les informations à la télé, ce matin-là, et personne ne lui avait annoncé le dernier coup de théâtre. De toute façon, il s'en fichait. Cinquante-cinq ans, et bientôt la retraite, après trente-deux ans au service du gouvernement — il voulait juste terminer son boulot et s'en aller.

— Bien joué, Dan, dit Martin au téléphone. (Les trois hommes se trouvaient dans le Bureau Ovale, à présent. L'avocat raccrocha et se tourna vers eux.) Murray a envoyé là-bas un de ses inspecteurs, Pat O'Day. Un type bien, familier des situations difficiles. Il est assisté par des gars de l'OPR (Martin leur expliqua brièvement ce que c'était), ce qui n'est pas idiot du tout. Ils sont au-dessus des querelles partisanes. Mais, à présent, Murray ne doit plus s'occuper de cette affaire.

— Pourquoi ? demanda Ryan, qui essayait toujours de se mettre a niveau.

— C'est vous qui l'avez nommé directeur par intérim. Moi non plus d'ailleurs, je ne peux pas être impliqué davantage là-dedans. Il vous faut quelqu'un d'autre pour mener l'enquête. Il doit être futé, irréprochable, et absolument indépendant des partis. Sans doute un juge, ajouta Martin. Le président d'une cour d'appel itinérante [1], par exemple. Beaucoup d'entre eux sont très bons.

— Vous avez une idée ? intervint Arnie.

— Un autre que moi doit vous fournir un nom. Je n'insisterai jamais assez sur ce point, cette enquête doit être au-dessus de tout soupçon. Messieurs, c'est de la Constitution des Etats-Unis que nous parlons ici. (Martin fit une pause. Il fallait leur donner quelques explications.) C'est la Bible, pour moi, d'accord ? Pour vous aussi, bien sûr, mais moi j'ai commencé comme agent du FBI. J'ai travaillé surtout sur les droits civiques. Tous ces salopards, dans le Sud. Les droits civiques sont essentiels et je l'ai appris devant les cadavres de gens morts en essayant de défendre ces droits pour d'autres gens qui ne les connaissaient même pas. OK, j'ai quitté le FBI, je suis entré au barreau, je suis resté un peu dans le privé, mais je pense que j'ai toujours été un

1. Juridiction fédérale, échelon intermédiaire entre les cours de district et la Cour suprême. Il y en a onze pour l'ensemble des Etats-Unis *(N.d.T.)*.

flic dans l'âme, alors je suis revenu là-dedans. A la Justice, j'ai bossé comme chef de bureau, j'ai été dans l'espionnage, et aujourd'hui je viens de prendre la tête de la Criminelle. Cette histoire est importante, pour moi. Il faut la traiter le plus correctement possible.

— Nous le ferons, lui promit Ryan. Mais ce serait bien de savoir comment.

Martin laissa échapper un grognement.

— Comme si j'avais une réponse! Je n'en ai pas, au moins sur le fond du problème. Pour la forme, ça doit apparaître totalement limpide, aucun doute. C'est impossible, mais il faut quand même essayer. Voilà pour le côté juridique. Je vous laisse le côté politique.

— OK. Et l'enquête sur le crash?

Cette fois, Martin sourit.

— Ça me fout en rogne, monsieur le président. Je n'aime pas qu'on me dise comment travailler. Si Sato était encore vivant, je pourrais le traîner devant un tribunal aujourd'hui même. Et il n'y aurait pas de surprises. Le truc que Kealty a raconté à propos de l'affaire Kennedy, c'est de la mauvaise foi. On traite ce genre d'affaires en menant une enquête approfondie, pas en la transformant en un cirque bureaucratique. J'ai fait ça toute ma vie. Ce cas est assez simple — énorme mais simple — et, en pratique, c'est bouclé. C'est la police montée canadienne qui nous a le plus aidés. Ils ont fait un beau boulot : une tonne de preuves corroborantes, l'heure, le lieu, les empreintes ; ils ont retrouvé tous les gens de l'avion pour les interroger. Quant à la police japonaise, doux Jésus! elle aurait fait n'importe quoi pour nous! Ils sont tellement furieux de ce qui s'est passé. Ils ont cuisiné tous les conspirateurs encore vivants. On n'a pas besoin de connaître leurs méthodes d'interrogatoire. Leur façon de travailler, ce n'est pas notre problème. Je suis prêt à défendre ce que vous avez déclaré hier soir. A répéter tout ce que nous savons.

— Faites-le cet après-midi, lui demanda van Damm. Je veillerai à ce que vous ayez la couverture médiatique qui convient.

— Oui, monsieur.

— Donc, vous ne pourrez pas vous occuper de cette affaire Kealty ? murmura Jack.

— Non, monsieur. J'insiste : vous devez être au-dessus de tout soupçon.

— Mais vous pouvez m'aider ? poursuivit le président Ryan. J'ai besoin d'un conseiller juridique.

— Ça, vous avez le droit, oui, monsieur le président, je le ferai.

— Vous savez, Martin, à la fin de ce...

Ryan interrompit sèchement son secrétaire général, sans même laisser à l'avocat le temps de réagir.

— Non, Arnie. Pas de ça. Je ne jouerai pas à ce jeu-là ! Monsieur Martin, je me range à votre avis. Nous traiterons cette histoire dans la plus stricte légalité. Nous avons des professionnels pour cela et ils le feront très bien. J'en ai marre des spécialistes de ceci et de cela. Si nous pensons que nos fonctionnaires sont incapables de faire correctement leur boulot, alors qu'est-ce qu'ils foutent avec nous ?

Van Damm gigota dans son fauteuil.

— Jack, vous êtes un naïf.

— Ecoutez, Arnie, on fait tourner le gouvernement avec des « spécialistes » de la politique depuis des décennies, et vous voyez ce que ça a donné ! (Ryan se leva et fit les cent pas dans le bureau — une prérogative présidentielle.) J'en ai assez. Qu'est-il donc arrivé à l'honnêteté, Arnie ? Et à la vérité ? C'est un foutu jeu, tout ça, et le but de ce jeu n'est pas de faire ce qui convient, c'est de *rester* ici. Que je sois damné si je perpétue une pratique que je déteste ! (Il considéra Pat Martin.) Parlez-moi de cette affaire du FBI, dans le Sud.

Martin cligna des yeux, ne voyant pas pourquoi cette histoire revenait soudain sur le tapis, mais il s'exécuta.

— Une sale affaire. Des militants des droits

civiques ont été assassinés par des membres du Klu Klux Klan local, dont deux flics du coin. Bien sûr, l'enquête n'avançait pas, si bien que le Bureau a dû s'en mêler, conformément aux statuts de la Commission du commerce entre Etats et à la loi sur les droits civiques [1]. Dan Murray et moi, on étaient des bleus, à l'époque. J'étais à Buffalo, à ce moment-là. Lui, à Philadelphie. Ils nous ont fait descendre pour travailler avec Big Joe Fitzgerald, un des inspecteurs volants de Hoover. J'étais présent quand ils ont découvert les cadavres. Pas beau à voir. (Martin se souvenait encore de la puanteur.) Tout ce qu'ils voulaient, c'était que les citoyens s'inscrivent sur les listes électorales, on les a assassinés à cause de ça, et les flics du coin ne bougeaient pas le petit doigt. Ce genre de trucs, ça n'a plus rien d'abstrait quand vous voyez des choses comme ça. Ça devient sacrément réel quand vous vous retrouvez face à des corps enterrés depuis deux semaines. Ces salopards du KKK avaient violé la loi et ils avaient flingué des citoyens qui faisaient quelque chose que la Constitution considère comme un *droit*. Bon, on les a coincés et on les a mis sous les verrous.

— Et pourquoi, monsieur Martin? demanda Jack.

La réponse fut exactement celle qu'il attendait.

— Parce que j'avais prêté serment, monsieur le président, voilà pourquoi.

— Moi aussi, monsieur Martin.

Et ce n'était pas pour jouer à leur foutu jeu.

D'une certaine façon, les signaux étaient équivoques. L'armée irakienne utilisait des centaines de fréquences radio, principalement des bandes

---

1. L'*Interstate Commerce Commission* : une des grandes commissions indépendantes contrôlant les secteurs fondamentaux de l'économie américaine (N.d.T).

VHS-FM, et le trafic, bien qu'inhabituel, n'avait rien de spécial par son contenu. Il y avait des milliers de messages, au moins cinquante qui arrivaient à la fois, et Storm Track commença à manquer de traducteurs pour les suivre tous. Les circuits de commandement des officiers supérieurs étaient bien connus, mais ils étaient cryptés, ce qui signifiait que les ordinateurs de la KKMC devaient jouer avec les signaux pour donner un sens à ce qui ressemblait à des parasites. Heureusement, un certain nombre de transfuges étaient arrivés avec des spécimens de cryptage, et d'autres franchissaient la frontière avec des séquences de codage quotidiennes — tous généreusement récompensés par les Saoudiens.

L'utilisation des radios avait augmenté. Les officiers supérieurs irakiens se souciaient sans doute moins des interceptions électroniques étrangères que de l'espionnage de leurs lignes téléphoniques. Ce simple détail en disait long aux responsables de la surveillance — ils préparaient un document qui remonterait jusqu'au DCI à l'intention du président.

Storm Track ressemblait à la plupart des stations de ce genre. Un immense ensemble d'antennes, surnommé « Elephant Cage » à cause de sa forme circulaire, détectait et localisait les signaux, tandis que les immenses antennes-fouets étaient chargées d'autres tâches. Cette station d'écoute avait été construite en toute hâte durant la préparation de l'opération Tempête du désert pour rassembler des renseignements tactiques qui devaient servir aux unités militaires alliées, puis on l'avait agrandie parce que la région restait sensible. Les Koweïtiens avaient édifié une station identique, Palm Bowl. Du coup, on les remerciait en leur communiquant une bonne partie des « prises » de Storm Track.

— Et de trois, dit un technicien de Palm Bowl en lisant son écran. Trois officiers supérieurs irakiens se rendent au même champ de courses... Un peu tôt pour parier sur les poneys, n'est-ce pas ?

— Une réunion? demanda sa lieutenante.

C'était une station militaire, et le technicien, sergent depuis quinze ans, en savait bien plus sur ce boulot que sa nouvelle patronne. Au moins la lieutenante était-elle assez futée pour poser les questions qu'il fallait.

— On dirait bien, m'dame.

— Et pourquoi à cet endroit?

— C'est au centre-ville et pas dans un immeuble officiel. Si vous voulez voir votre chéri, vous faites pas ça à la maison, n'est-ce pas? (La photo changea, sur l'écran.) OK, on en a décodé une autre. Le chef de leur force aérienne est là aussi — il y était, plutôt. L'analyse du trafic semble indiquer que la réunion s'est terminée il y a environ une heure. Dommage que les déchiffrages ne soient pas plus rapides.

— Contenu?

— Juste où ils vont et quand, m'dame. Rien de substantiel. Rien sur la raison de leur rencontre.

— C'est quand, les funérailles, sergent?

— Au coucher du soleil.

Ryan décrocha le téléphone. On connaissait l'origine de l'appel d'après la ligne qui s'éclairait. Là, c'étaient les Transmissions.

— Oui?

— Commandant Canon, monsieur. Les Saoudiens nous envoient des infos. Les gens du renseignement essaient d'en décoder le sens. Ils m'ont demandé de vous prévenir.

— Merci.

Ryan raccrocha.

— Vous voyez, ce serait bien s'il n'arrivait qu'une chose à la fois. Il se passe quelque chose en Irak, mais ils ne savent pas encore quoi, expliqua-t-il à ses invités. J'imagine qu'il faut que je m'en préoccupe. Je fais quoi d'autre, maintenant?

— Ordonnez au Service secret de placer le vice-président Kealty sous protection, suggéra Martin.

De toute façon il y a droit, selon la loi, en tant qu'ancien vice-président — pour six mois? demanda-t-il à Andrea Price.

— Exact, monsieur.

14

DU SANG DANS L'EAU

L'appareil officiel d'Ed Foley, un avion-cargo C-141B Lockheed — les pilotes militaires le surnommaient la « benne à ordures » —, était gros et laid. L'histoire de l'énorme caravane qu'il transportait était intéressante : construite par la société Airstream, elle était prévue, à l'origine, pour accueillir les astronautes d'Apollo de retour de mission. Celle-ci, qui était l'installation de secours, n'avait jamais servi. Elle permettait désormais aux fonctionnaires importants de voyager avec à peu près le même confort que s'ils étaient chez eux, et était presque exclusivement utilisée par les officiers supérieurs du renseignement. De cette façon, ils se déplaçaient d'une manière anonyme et confortable. L'Air Force avait un grand nombre de ces Starlifter en service, et celui de Foley, vu de l'extérieur, se fondait dans la masse — gros, vert et laid.

L'appareil atterrit à Andrews juste avant midi, après un vol épuisant de soixante-dix heures — douze mille kilomètres et deux ravitaillements aériens. Foley avait voyagé avec une petite équipe de trois hommes, dont deux officiers de protection et de sécurité, des SPO. La possibilité de se doucher à bord avait amélioré l'humeur de tout le monde, et ils avaient pu dormir sans être dérangés par les transmissions qui avaient commencé à arriver quelques heures plus tôt. Lorsque l'avion-cargo s'immobilisa sur la piste et que les portes s'ouvrirent, Ed Foley s'était rafraîchi et avait été informé de la situation. Bref, une sorte de miracle. Et c'était encore mieux car sa femme était là pour l'accueillir avec un baiser. Le personnel au sol de l'Air Force se demanda ce qui pouvait bien se passer. En revanche, l'équipage de l'avion était trop fatigué pour s'en soucier.

— Salut, chéri !

— Faudrait vraiment qu'on voyage ensemble une fois dans ce coucou, lui dit son mari avec une lueur malicieuse dans les yeux. (La seconde suivante, il était redevenu sérieux.) La situation en Irak ?

— Y a quelque chose. Au moins neuf, mais probablement plus de vingt officiers supérieurs viennent de tenir une réunion clandestine. On ne sait pas de quoi ils ont parlé, mais c'était sûrement pas pour choisir le menu de la veillée mortuaire. (Ils montèrent à l'arrière de la voiture et elle lui tendit un dossier. Un moment plus tard, elle ajouta :) T'as une promotion, au fait.

— Quoi ? s'exclama Ed, relevant la tête des documents où il était déjà plongé.

— DCI. Nous lançons le Plan bleu, et Ryan veut que tu le défendes au Capitole. Moi, je reste DDO et je pourrai gérer ma boutique comme je l'entends, n'est-ce pas, chéri ?

Elle lui adressa un sourire gentil, puis elle lui expliqua leur second problème.

John Clark avait son propre bureau à Langley, et son ancienneté lui garantissait une vue sur le parking et les arbres, au-delà, ce qui était toujours mieux qu'un cube sans fenêtre. Il partageait même une équipe de secrétaires avec quatre autres officiers supérieurs de terrain. Par bien des côtés, Langley était pour lui une terre étrangère. Officiellement, il était officier instructeur à « la Ferme ». Il passait de temps en temps au quartier général pour apporter des rapports, s'informer de ses nouvelles missions, mais il n'aimait pas cet endroit. Tous les QG avaient une odeur particulière. Les crétins qui y travaillaient voulaient faire les choses à leur façon. Surtout pas d'irrégularité. Ça ne les gênait pas de se taper des heures supplémentaires et, du coup, de rater leurs émissions télé préférées. Ils n'appréciaient ni les surprises ni les données qui les obligeaient à réfléchir. C'était la même queue bureaucratique que dans toutes les agences de renseignements, sauf qu'à la CIA, la queue était si hypertrophiée que c'était elle qui agitait le chien... Le phénomène était courant — mais en attendant, quand les choses tournaient mal, c'était *lui* qui risquait sa vie sur le terrain, et s'il se faisait tuer un jour, il ne serait qu'un mémo parmi des tas d'autres, vite classé et vite oublié par les responsables des SNIE, les estimations spéciales du renseignement national [1] qui se basaient la plupart du temps sur les articles de presse.

— T'as eu les nouvelles, ce matin, monsieur C. ? demanda Chavez d'un air détaché en pénétrant dans le bureau.

— J'suis arrivé à cinq heures.

Il lui montra une chemise où était inscrit PLAN BLEU. Comme il détestait la paperasse, il travaillait avec une extraordinaire énergie pour s'en débarrasser au plus vite.

— Mets CNN, alors.

John suivit son conseil, s'attendant à une nouvelle histoire qui surprendrait son agence.

Et il l'eut, en effet, mais ce n'était pas tout à fait ce qu'il s'était imaginé.

— Mesdames et messieurs, le président.

Il lui fallait se montrer en public dès que possible.

---

1. Evaluations officielles établies en quelques jours sur toutes les questions urgentes intéressant la sécurité nationale *(N.d.T.)*.

Tout le monde était d'accord là-dessus. Ryan pénétra dans la salle de presse, s'installa sur le podium et consulta ses notes. C'était plus facile que de regarder cette pièce, petite et miteuse, construite sur l'ancienne piscine. Les huit rangs de six sièges étaient tous occupés, il l'avait remarqué en entrant.

— Merci de vous être déplacés si tôt, dit Jack, le plus calmement possible. Des événements récents en Irak affectent la sécurité d'une région d'un intérêt vital pour l'Amérique et ses alliés. Nous apprenons sans tristesse la mort du président irakien. Comme vous le savez, cet individu est responsable de deux guerres d'agression, de l'élimination brutale d'une partie de la minorité kurde de son pays et de la violation des droits les plus fondamentaux de ses citoyens.

« Avec ses ressources en pétrole, sa solide infrastructure industrielle et son importante population, l'Irak devrait être un pays prospère. Il manque seulement à ce pays un gouvernement qui réponde aux besoins de ses habitants. Nous espérons que la disparition de son dictateur lui offrira cette chance.

Jack leva les yeux de ses notes et poursuivit :

— L'Amérique tend donc une main amicale à l'Irak. Nous souhaitons normaliser nos relations avec cette nation et mettre définitivement fin aux hostilités entre elle et ses voisins du Golfe. J'ai demandé au secrétaire d'Etat par intérim, Scott Adler, de prendre contact avec le gouvernement irakien et de lui proposer une réunion où nous discuterons de questions d'intérêt mutuel. Dans l'hypothèse où le nouveau régime accepterait d'évoquer la question des droits de l'homme et d'organiser des élections libres, l'Amérique pourrait envisager la levée des sanctions économiques et le rétablissement de relations diplomatiques normales.

« Il y a eu assez d'hostilités. Une région qui possède de telles richesses naturelles ne doit pas être un lieu de discorde, et l'Amérique et ses amis des

Etats du Golfe acceptent de jouer un rôle de médiateur pour aider au retour de la paix et de la stabilité dans cette zone. Nous attendons une réponse favorable de Bagdad pour prendre les premiers contacts.

Le président Ryan plia sa feuille.

— Ici s'achève ma déclaration officielle. Des questions ?

Cela prit un dixième de seconde.

— Monsieur, ce matin, comme vous le savez, lança le correspondant du *New York Times*, le vice-président Edward Kealty a déclaré que c'était lui, le président, et pas vous. Qu'avez-vous à dire à ce sujet ?

— L'allégation de M. Kealty est sans fondement et sans la moindre valeur, répondit Jack froidement. Question suivante.

Il avait refusé ce jeu, et voilà qu'il était condamné à le jouer ! Personne n'était dupe de la raison de sa présence ici. Le communiqué qu'il venait de lire aurait pu tout aussi bien être diffusé par son secrétariat de presse ou par le porte-parole officiel du Département d'Etat. Au lieu de quoi il était là, sous les projecteurs, à observer les journalistes, et il se sentait un peu dans la peau d'un chrétien dans la fosse aux lions.

— Droit de suite — et s'il n'avait pas vraiment démissionné ? insista le *Times*, couvrant les cris de ses collègues.

— Il a *vraiment* démissionné. Dans le cas contraire, je n'aurais pas pu être nommé. Donc votre question n'a pas de sens.

— Mais si c'était la vérité, monsieur ?

— Ce n'est pas le cas. (Ryan respira profondément, comme Arnie le lui avait appris, et il poursuivit avec ce qu'Arnie lui avait dit de dire.) M. Kealty a démissionné à la demande du président Durling. Vous savez tous pourquoi. Il faisait l'objet d'une enquête du FBI, lorsqu'il était sénateur, concernant une... agression sexuelle... pour ne pas dire (ce que

Ryan s'empressa de dire) le viol de l'une de ses collaboratrices au Sénat. Sa démission a été négociée avec l'accusation pour lui éviter des poursuites judiciaires. (Ryan se tut un instant et fut étonné de constater que les journalistes avaient l'air stupéfaits.) Vous savez qui est votre président. Maintenant, est-ce que nous pouvons revenir aux affaires du pays?

— Qu'allez-vous faire à ce propos? demanda ABC.

— Vous voulez dire à propos de Kealty ou de l'Irak? répliqua Ryan.

Le ton de sa voix indiquait quelle réponse il souhaitait.

— A propos de l'affaire Kealty, monsieur.

— J'ai demandé au FBI d'ouvrir une enquête. J'attends son rapport d'ici ce soir. A part ça, nous avons beaucoup d'autres tâches.

— Droit de suite..., insista ABC. Sur vos déclarations d'hier soir que vous reproche le vice-président Kealty... voulez-vous vraiment des gens sans expérience pour...

— Oui. *Primo*, qui connaît aujourd'hui le fonctionnement du Congrès? Plus grand monde. Les rares survivants, des gens qui ont eu la chance de s'être trouvés ailleurs ce soir-là. Mais qui, à part eux? Ceux qui ont été battus aux dernières élections? Vous souhaitez qu'ils reviennent? Je veux des gens qui sachent *faire* des choses, et j'estime que c'est ce dont le pays a besoin. La vérité, c'est que ce gouvernement est inefficace par nature. Et nous n'augmenterons pas son efficacité en choisissant des individus qui ont toujours été à son service. Les pères fondateurs souhaitaient des législateurs citoyens, et non une caste de gouvernants, et je pense donc respecter les intentions des auteurs de notre Constitution. Ensuite?

— Mais qui prendra la décision? interrogea le *Los Angeles Times*.

Il n'était pas nécessaire de préciser de quelle décision il s'agissait.

— Elle est prise, lui répondit Ryan. Merci d'être venus. Si vous voulez bien m'excuser, j'ai du pain sur la planche pour aujourd'hui.

Il récupéra le texte de sa déclaration préliminaire et s'éloigna.

— Monsieur Ryan! hurlèrent une bonne douzaine de voix.

Ryan franchit la porte. Arnie l'attendait.

— Pas mal, étant donné les circonstances.

— Sauf pour une chose, grommela Ryan. Aucun d'entre eux ne m'a dit « monsieur le président ».

Moudi prit l'appel, qui ne dura que quelques secondes. Ensuite, il retourna à la chambre d'isolement. Avant d'y pénétrer, il enfila une combinaison protectrice et vérifia soigneusement le plastique, à la recherche d'éventuels accrocs. Elle était fabriquée par une société européenne, sur le modèle de la Racal américaine. Le plastique épais, d'un bleu clair incongru, était renforcé par du Kevlar. Le bloc de ventilation pendait à sa ceinture en toile, dans son dos. Elle pompait l'air filtré à l'intérieur de la combinaison et ce, avec une légère surpression, de sorte qu'une déchirure n'aurait pu laisser entrer l'air extérieur. On ne savait pas si Ebola était aérogène, c'est-à-dire transmissible par l'air ou pas, et personne ne voulait être le premier cobaye à prouver que c'était le cas. Il ouvrit la porte et entra. Sœur Marie-Madeleine était là, protégée comme lui, veillant son amie.

— Bon après-midi, ma sœur, dit-il en décrochant de sa main gantée le tableau, au pied du lit.

Température : 41° 4 — et ce malgré la glace. Pouls rapide à 115. Respiration : 24, et superficielle. La pression sanguine commençait à descendre à cause des hémorragies internes. La patiente avait reçu quatre unités de sang supplémentaire — et en avait probablement perdu autant, surtout l'intérieur de son corps. Sa chimie sanguine s'affolait. Il ne pouvait pas prescrire davantage de morphine sans risquer un arrêt respiratoire. Sœur Jean-Baptiste était encore à demi consciente, alors que la drogue aurait dû la plonger dans un état comateux, mais elle souffrait trop pour cela.

Sœur Marie-Madeleine l'observa à travers le plastique de son masque, avec dans les yeux un désespoir que sa religion, pourtant, interdisait. Tous les deux, ils avaient assisté à toutes sortes d'agonies — malaria, cancer, sida. Mais aucune n'était plus cruelle et brutale que celle qu'entraînait Ebola. Le virus frappait si vite que le patient ne pouvait même pas se préparer à cette idée, un peu comme un accident de la circulation, mais qui vous aurait laissé tout le temps de souffrir. Si le diable existait, alors Ebola était son cadeau au monde. Médecin ou non, Moudi chassa cette pensée. Même le diable avait son utilité.

— L'avion est en route, annonça-t-il à sœur Marie-Madeleine.

— Que va-t-il se passer ?

— Le professeur Rousseau a suggéré un traitement radical. Nous allons remplacer entièrement son sang. Nous nettoyons son système vasculaire avec du sérum physiologique oxygéné, puis nous lui injectons un sang chargé d'anticorps Ebola qui, théoriquement, devraient aussitôt s'attaquer au virus partout à la fois.

La religieuse réfléchit un instant. Ce n'était pas une méthode aussi révolutionnaire qu'on aurait pu le penser. Ce genre d'intervention remontait à la fin des années 60. On l'utilisait alors dans le traitement des méningites très avancées. Ce n'était cependant pas une technique anodine. Elle nécessitait un appareil de pontage cœur-poumon.

A cet instant, sœur Jean-Baptiste écarquilla les yeux. Elle regardait dans le vide et l'avachissement de son visage disait son agonie. Elle n'était peut-être même plus consciente. Simplement, on ne pouvait pas rester les yeux fermés lorsque la douleur était si terrible. Moudi considéra le goutte-à-goutte de morphine. Si la souffrance avait été la seule considération, il aurait pu augmenter encore la dose de drogue et prendre le risque de tuer la patiente par charité. Mais il n'en avait pas le droit. Il devait la garder vivante ; son destin était sans doute cruel, mais ce n'était pas lui qui l'avait choisi.

— Je dois venir avec elle, annonça calmement Marie-Madeleine.

— Impossible, répondit Moudi.

— C'est une règle de notre ordre. Je ne peux pas la laisser voyager sans être accompagnée par l'une d'entre nous.

— C'est dangereux, ma sœur. La déplacer est un risque supplémentaire. Dans l'avion, nous allons respirer de l'air en circuit fermé. Inutile de vous exposer à ce risque. Sa vertu n'est pas le problème, ici.

Et une seule victime était suffisante pour ses desseins...

— Je n'ai pas le choix, assura la religieuse.

Moudi hocha la tête. Il n'avait pas décidé non plus de la destinée de cette femme, n'est-ce pas ?

— Comme vous voulez, murmura-t-il.

L'appareil se posa à Jomo Kenyatta International Airport, à une quinzaine de kilomètres de Nairobi, et il roula jusqu'au terminal cargo. Ce vieux 707 avait appartenu à la flotte personnelle du shah. Deux camions l'attendaient. Le premier s'approcha en marche arrière, jusqu'à la porte de queue, sur son flanc droit ; celle-ci s'ouvrit dès que les roues du véhicule furent calées.

Il y avait cent cinquante cages de singes verts africains à charger. Tous les ouvriers noirs avaient enfilé des gants. Les singes, comme s'ils devinaient leur destin, étaient particulièrement mauvais, et ils ne rataient aucune occasion de mordre et de griffer. Ils hurlaient, urinaient et déféquaient à qui mieux mieux.

A l'intérieur de l'appareil, l'équipage observait l'opération, mais à distance, sans la moindre envie d'y participer. Le Coran ne considérait peut-être pas ces petites créatures bruyantes et méchantes comme impures, mais elles étaient tout de même assez détestables, et après ce voyage ils allaient devoir nettoyer et désinfecter à fond leur avion. L'opération dura une heure et demie. Les cages furent rangées et fixées, puis les Noirs redescendirent de l'avion et furent payés en liquide; ils étaient ravis d'avoir fini. Un camion-citerne prit la place de leur véhicule.

— Excellent, dit l'acheteur au vendeur.

— On a eu de la chance. Un ami avait un gros approvisionnement prêt à partir, mais son client a traîné pour trouver l'argent. Et donc...

— Je comprends. Dix pour cent, ça ira ?

— OK, dit le vendeur.

— Parfait. Vous aurez un second chèque demain matin. A moins que vous ne préfériez du liquide ?

Les deux hommes se retournèrent au moment où le 707 allumait ses réacteurs. Quelques minutes plus tard, l'appareil décollait pour Entebbe, Ouganda.

— Ça sent mauvais, ce truc-là, dit Bert Vasco en lui rendant le dossier.

— Expliquez-vous, lui ordonna Mary Pat.

— Je suis né à Cuba. Mon père m'a raconté la nuit où Batista a foutu le camp. Ses généraux ont eu une petite réunion, puis ils ont embarqué dans des avions, rapidement et discrètement, pour les endroits où se trouvaient leurs comptes en banque. Et après eux, le déluge !

Vasco, fonctionnaire du secrétariat aux Affaires étrangères, aimait bien donner un coup de main à la CIA, sans doute en raison de ses origines cubaines. Il estimait que la diplomatie et le renseignement étaient plus efficaces lorsqu'ils collaboraient. Mais tout le monde n'était pas d'accord là-dessus, à Foggy Bottom [1]. C'était leur problème. Ils n'avaient jamais été chassés de leur patrie, eux.

— Vous pensez que c'est la même chose ici ? demanda Mary Pat, devançant Ed d'une demi-seconde.

— Oui.

— Vous en êtes assez sûr pour le dire au président ? intervint Ed Foley.

— Lequel ? fit Vasco. Vous devriez entendre ce qu'ils racontent, chez nous. Le FBI vient d'investir le dernier étage. C'est le coup de pied dans la fourmilière... Mais oui, je peux. C'est juste une impression, mais je crois qu'elle est bonne. Maintenant, il faudrait savoir qui discutait avec eux — s'il y avait quelqu'un. On n'a personne sur place, hein ?

Les Foley considérèrent leurs chaussures, ce qui était une réponse en soi.

— Les allégations de M. Ryan prouvent qu'il a appris plus vite les sales côtés de la politique que les bons, dit Kealty d'un ton plus empreint de tristesse que de colère. Sincèrement, je m'attendais à mieux de sa part.

— Donc vous niez ces allégations ? demanda le journaliste d'ABC.

— Bien sûr. Ce n'est un secret pour personne que j'ai eu, jadis, un problème d'alcool, mais je l'ai réglé. Et c'est vrai également que ma conduite a parfois été discutable, mais ça aussi ça a changé, avec l'aide de mon Eglise et l'amour de mon épouse, ajouta-t-il en pressant la main de celle-ci, qui le regardait avec une tendre compassion et une expression d'indéfectible soutien. Ça n'a vraiment rien à voir avec la question qui nous occupe. Les intérêts de notre pays ont la priorité. Les animosités personnelles n'ont pas leur place ici, Sam. Nous sommes censés être au-dessus de ça.

1. Surnom du secrétariat aux Affaires étrangères (N.d.T.).

— Espèce de connard! s'exclama Ryan.

— On va pas s'amuser, dit van Damm.

— Il peut gagner, Arnie?

— Ça dépend. Je ne sais pas exactement quel jeu il joue.

— ... parce que moi aussi, j'aurais des choses à raconter sur ce M. Ryan, mais pour le moment le pays a besoin de stabilité, pas de discorde. Le peuple américain attend un chef — un chef éprouvé, avec de l'expérience.

— Arnie, quelles chances a ce...

— Je me rappelle qu'il aurait pu baiser un serpent, si quelqu'un le lui avait présenté dans le bon sens... Jack, souvenez-vous de ce que disait Allen Drury : nous sommes dans une ville où nous ne traitons pas avec des gens réels, mais avec leur réputation. La presse aime Ed. Elle l'a toujours aimé. Lui. Et sa famille. Et sa conscience sociale...

— Mon cul!

Ryan avait presque crié.

— Jack, vous allez m'écouter! Vous voulez être le président? Alors vous *n'avez pas le droit* de vous mettre en colère! N'oubliez jamais ça! Lorsque le président ne se contrôle plus, le peuple meurt... Vous avez vu comment ces choses-là arrivent. Les gens veulent être sûrs que vous êtes maître de vous *à tout moment,* pigé?

Ryan déglutit, puis acquiesça d'un signe de tête. De temps en temps quand même, c'était bien de piquer une crise, et ça, les présidents en avaient le droit. Mais restait à savoir quand, et cette leçon-là, il ne l'avait pas encore apprise.

— D'accord, expliquez-moi ça.

— Vous êtes le président. Agissez en tant que tel. Faites votre boulot. Ce que vous avez dit à la conférence de presse était parfait. La revendication de Kealty est sans fondement. Le FBI est en train de la vérifier, mais elle ne compte pas. Vous avez prêté serment, vous vivez ici, et c'est comme ça. Kealty ne compte pas et il finira par disparaître tout seul.

Mais si vous y pensez trop, ça lui donne une légitimité.

— Et les médias?

— Laissez-les se débrouiller et ils feront ce qu'il faut.

— Tu rentres chez toi aujourd'hui, Ralph?

Augustus Lorenz et Ralph Forster avaient le même âge et la même profession. Tous les deux avaient commencé leur carrière médicale dans l'armée américaine, l'un comme médecin inspecteur, l'autre comme spécialiste de médecine interne. Affectés au Commandement d'assistance militaire pour le Vietnam (MAC-V) à l'époque de Kennedy, c'est-à-dire bien avant l'escalade de la guerre, ils avaient découvert ensemble dans le monde réel des choses qui étaient à leur programme mais qu'ils avaient allégrement sautées dans les *Principles of Internal Medicine.* Là, au bout du monde, des maladies tuaient des êtres humains. Enfants de l'Amérique urbaine, ils se souvenaient des victoires de la médecine sur la pneumonie, la tuberculose et la poliomyélite. Comme beaucoup de gens de leur génération, ils croyaient que les maladies infectieuses étaient jugulées. Mais dans les forêts d'un Vietnam encore relativement en paix, ils avaient constaté le contraire, et ils avaient vu des jeunes gens, tant américains que vietnamiens, mourir sous leurs yeux de virus qu'ils ne connaissaient pas et qu'ils ne savaient pas combattre. Une nuit, au Caravelle Bar, ils avaient décidé que ça ne devait plus se passer ainsi, et parce qu'ils étaient des idéalistes et des savants, ils étaient retournés sur les bancs de la faculté de médecine. Et, finalement, Forster s'était retrouvé à Johns Hopkins et Lorenz au Centre de contrôle des maladies infectieuses à Atlanta, où il dirigeait le Département des agents pathogènes. Entre-temps, les deux amis avaient parcouru plus de kilomètres en avion que certains commandants de bord, et ils s'étaient retrouvés dans des endroits encore plus exotiques que ceux que fréquentaient les photographes du *National Geographic*, à la poursuite de choses trop petites pour être vues, mais trop mortelles pour être ignorées.

— Vaudrait mieux, avant que le nouveau gamin ne s'installe dans mon département, répondit Forster.

Le candidat au Nobel eut un petit rire.

— Alex est plutôt bon. Je suis content qu'il ait quitté l'armée. On s'est payé quelques belles parties de pêche ensemble, au Brésil, quand ils... (Dans le laboratoire de haute sécurité, un technicien effectua un dernier réglage sur le microscope électronique.) Là! dit Lorenz. Voilà notre ami.

Certains l'avaient surnommé « la Houlette du Berger ». Lorenz trouvait qu'il ressemblait plutôt à une croix ansée, mais les deux comparaisons étaient fausses. Parce qu'il n'avait rien de beau. Pour les deux hommes, c'était le diable incarné. Le filament vertical, l'acide ribonucléique (ARN), contenait le code génétique du virus. A son sommet se trouvait toute une série de structures protéiniques spiralées, dont on n'avait pas encore compris la fonction; elles déterminaient probablement le mode d'action de la maladie. *Probablement*. Ils ne le savaient toujours pas, malgré vingt ans d'études intensives.

Cette saloperie n'était même pas « vivante » au sens strict du terme, mais ça ne l'empêchait pas de tuer. Un organisme vivant possédait à la fois un ARN et un ADN, mais un virus avait seulement l'un ou l'autre. Il restait en sommeil jusqu'au moment où il était en contact avec une cellule. Et là, sa vie meurtrière commençait, comme une espèce de monstre extraterrestre attendant une occasion, car il ne pouvait renaître, croître et se multiplier qu'avec l'aide d'un autre organisme, qu'il détruirait et dont il devrait s'échapper pour trouver une nouvelle victime.

Ebola était vraiment minuscule et d'une impressionnante simplicité. Mais, théoriquement, un seul virus pouvait tuer, se développer, migrer et tuer de nouveau... Encore et encore...

La mémoire collective de la médecine n'était pas aussi longue que les deux hommes l'auraient souhaité. En 1918, la grippe espagnole, sans doute une forme de pneumonie, avait ravagé le monde pendant neuf mois, tuant au moins vingt millions de personnes — si ce n'est plus —, et parfois si rapidement que certaines de ses victimes s'étaient couchées en pleine forme le soir et ne s'étaient pas réveillées au matin. Si les symptômes étaient désormais parfaitement répertoriés, la science médicale n'avait toujours pas compris la maladie elle-même, si bien que personne ne connaissait les raisons de cette épidémie — au point même que, dans les années 1970, des victimes présumées de cette « grippe », enterrées dans le permafrost d'Alaska, avaient été exhumées par des scientifiques qui pensaient y trouver des spécimens de virus sur lesquels travailler. C'était une bonne idée, mais elle n'avait rien donné. Puis la communauté médicale avait « oublié » cette affection, et la plupart de ses membres estimaient que si elle venait à réapparaître, elle serait vaincue avec les traitements modernes.

Les spécialistes des maladies infectieuses n'en étaient pas aussi sûrs. Cette « grippe », comme le sida, comme Ebola, était probablement causée par un virus, et le succès médical contre les virus était précisément...

Egal à zéro.

On pouvait prévenir certaines maladies virales grâce aux vaccins, mais une fois qu'il était attaqué, le système immunitaire d'un patient gagnait ou non la bataille, et les meilleurs médecins ne pouvaient rien faire, sinon rester au chevet du malade et compter les points. C'était la seule explication de l'invraisemblable lenteur de l'identification du sida et de ses implications mortelles par la communauté médicale. Lorenz et Forster travaillaient aussi sur le sida, un virus pathogène exotique de plus dont nous avait fait cadeau la jungle africaine.

— Gus, je me demande parfois si on arrivera jamais à éliminer ces saloperies.

— Un jour ou l'autre, Ralph.

Lorenz abandonna son microscope — en fait, un moniteur informatique. Il aurait volontiers fumé une bonne pipe. Les deux hommes regardèrent sur l'écran les structures protéiniques compliquées.

— Ça, c'est celui de l'enfant, murmura-t-il. Mettez l'autre, Kenny.

— Oui, docteur, répondit le technicien par l'interphone.

Un instant plus tard, une seconde image surgit à côté de la première.

— Ouais, grommela Forster. Ils se ressemblent vraiment.

— Et celui-là, c'est l'infirmière. (Lorenz appuya sur le bouton de l'interphone.) OK, Kenny, lancez l'ordinateur.

L'image informatique des deux échantillons apparut ; l'ordinateur en fit pivoter un pour le placer dans la même position que l'autre, puis il les superposa. Ils correspondaient très exactement.

— Au moins, il n'a pas muté, dit Forster.

— Il n'a pas eu le temps. Deux patients. Ils ont fait un bon boulot d'isolement, là-bas. Peut-être qu'on a eu de la chance, cette fois. On a testé les parents du gosse. Ils ne semblent pas contaminés, c'est du moins ce que dit le télex. Rien non plus dans le voisinage. L'équipe de l'OMS vérifie la zone. Le train-train habituel : les singes, les chauves-souris, les insectes. Jusqu'à présent, rien. C'est peut-être simplement une anomalie, un cas isolé. (C'était là plus un espoir qu'un jugement.) Je vais jouer un peu avec celui-là. J'ai commandé quelques singes. Je veux le cultiver, l'introduire dans des cellules, et ensuite, Ralph, j'étudierai son évolution minute par minute. Je compte prendre un échantillon toutes les minutes dans les cellules infectées, faire des coupes, les brûler aux UV, les geler dans de l'azote liquide, et les mettre sous le microscope. Je veux voir comment se comporte l'ARN du virus. Y a un problème de séquençage, ici... Je ne peux pas exactement expliquer à quoi je pense. Mais j'ai une idée, je crois. Bon sang !

L'hypothèse pour laquelle il venait de recevoir des fonds était plus compliquée que ça, bien sûr, et ils le savaient tous les deux. La même procédure expérimentale devrait être répétée un bon millier de fois s'il voulait obtenir une lecture correcte du fonctionnement du virus, et encore, ce n'étaient là que les données de base. Chaque échantillon serait examiné et cartographié. Cela risquait de prendre des années, mais si Lorenz avait raison, on aurait finalement une première description de l'action du virus et de la façon dont sa chaîne ARN affectait une cellule vivante.

— Nous avons une approche assez semblable à Baltimore, dit Forster.

— Ah bon ?

— Ça fait partie du projet génome. On tente de décrypter l'ensemble des interactions. Comment ce petit salopard attaque la cellule au niveau moléculaire. Comment il se multiplie sans fonction d'édition particulière dans le génome. Il y a des choses à apprendre, ici. Mais le problème est si complexe ! Il faut formuler les questions avant même de pouvoir commencer à chercher les réponses ! Et ensuite, on a besoin d'un génie de l'informatique qui programme une machine pour analyser tout ça.

Les sourcils de Lorenz se soulevèrent légèrement.

— Et vous en êtes où ?

— On en est encore à écrire sur le tableau noir avec un bout de craie..., répondit Forster en haussant les épaules.

— Bon, quand j'aurai mes singes, je te tiendrai

au courant de nos avancées. Les échantillons de tissus devraient au moins nous éclairer un peu.

C'étaient des funérailles à grand spectacle, avec une distribution toute trouvée — des millions de personnes qui hurlaient leur loyauté à un mort et dissimulaient soigneusement leurs vraies pensées. On avait l'impression qu'ils se retenaient de regarder autour d'eux et se demandaient ce qui allait leur tomber dessus maintenant. Et puis, il y avait le cercueil sur l'affût de canon, les soldats aux fusils retournés, le cheval sans cavalier, d'autres soldats qui marchaient au pas — tout cela récupéré sur la TV irakienne par STORM TRACK et retransmis à Washington.

— J'aurais aimé voir davantage de visages, dit doucement Vasco.

— Oui, reconnut le président.

Ryan ne souriait pas, mais il en avait bien envie. Au fond de lui, il était toujours un officier de renseignements. Il voulait des données brutes, non manipulées et présentées par d'autres. Dans le cas présent, il voyait l'événement en direct, avec ses analyses à ses côtés, et c'était parfait.

En Amérique, une génération plus tôt, on aurait nommé ça un happening. Les gens se montraient et s'exprimaient parce que c'était ce qu'on attendait d'eux. Une véritable marée humaine couvrait le stade, mais ceux qui n'y voyaient rien... oh, une nouvelle caméra répondit à cette question. Des écrans géants retransmettaient la manifestation à tout le monde. Deux rangées de généraux marchaient au pas derrière l'affût de canon.

— Jusqu'où pensez-vous qu'ils iront ? demanda Ryan.

— Difficile à dire, monsieur le président.

— C'est Bert, n'est-ce pas ?

— Oui, monsieur.

— Bert, je peux téléphoner à l'un de mes officiers

nationaux de renseignements si je veux qu'on me réponde qu'on ne sait pas.

Vasco tiqua, comme prévu. Puis il se décida. Quelle importance, après tout ?

— Huit sur dix vont se tirer.

— Curieux pari. Expliquez-moi ça.

— L'Irak n'a plus rien à quoi se raccrocher. On ne dirige pas une dictature en petit comité, pas longtemps en tout cas. Aucun d'entre eux n'a assez de couilles pour s'emparer du pouvoir tout seul. S'ils restent et que le gouvernement change, ça ne sera pas à leur avantage. Ils finiront comme l'état-major du shah — contre un mur. Ils vont peut-être se défendre, mais j'en doute. Ils ont certainement un paquet de fric planqué quelque part. Siroter des daiquiris sur une plage, c'est moins rigolo que d'être général, mais ça vaut foutrement mieux que de manger les pissenlits par la racine. Et ils ont des familles, eux aussi.

— Donc, nous devons tabler sur un régime totalement nouveau en Irak ? demanda Jack.

— Oui, monsieur, répondit Vasco en acquiesçant d'un signe de tête.

— L'Iran ?

— Je pense, fit Vasco, mais on n'a vraiment pas assez d'informations pour prédire quoi que ce soit. J'aimerais pouvoir vous en dire davantage, monsieur, mais ce serait de pures spéculations.

— C'est bon, pour le moment, dit Ryan. (En réalité, ça ne l'était pas, mais Vasco lui avait donné tout ce qu'il pouvait. Le président se tourna vers les Foley :) Qu'est-ce qu'on peut faire ?

— Pas grand-chose, répondit Ed. Je suppose qu'on pourrait envoyer quelqu'un là-bas, ou demander à l'un des nôtres d'y aller depuis l'Arabie Saoudite, mais qui rencontrer ? Aucun moyen de deviner qui tient les rênes du pays.

— Si quelqu'un les tient.., ajouta Mary Pat en regardant les généraux défiler.

Aucun d'eux ne marchait en tête de leur groupe.

— Que voulez-vous dire ? demanda l'acheteur.

— Vous ne m'avez pas payé à temps, expliqua le vendeur, qui termina sa première bière avec un renvoi. J'ai trouvé quelqu'un d'autre.

— Mais je ne n'ai que deux jours de retard ! protesta le client. Un problème administratif pour le transfert des fonds.

— Vous avez l'argent, maintenant ?

— Oui !

— Alors, je vais vous trouver quelques singes. (Il claqua dans ses doigts pour attirer l'attention du jeune serveur. Un planteur anglais n'aurait pas fait mieux, dans ce même bar, cinquante ans auparavant.) Ce n'est pas aussi difficile que ça, vous savez. Une semaine ? Moins ?

— Mais le CDC en a besoin immédiatement. L'avion est déjà en route.

— Je ferai de mon mieux. Je vous en prie, expliquez-leur qu'à l'avenir, s'ils veulent les livraisons prévues, ils doivent régler leurs factures à temps. (Le serveur arriva avec la bière. Il le remercia et ajouta :) La même chose pour mon ami, s'il vous plaît.

Il pouvait se le permettre, avec l'argent qu'il venait d'encaisser.

— Ce sera long ? demanda l'acheteur.

— Je vous l'ai dit : une semaine. Peut-être moins.

Le client n'avait pas le choix, du moins pas au Kenya. Il décida de boire sa bière et de parler d'autre chose. Puis il appellerait la Tanzanie. Après tout, les singes verts étaient « abondants » dans toute l'Afrique. C'était loin d'être la pénurie...

Hélas, quarante-huit heures plus tard, il apprenait le contraire. Il y avait en effet un problème d'approvisionnement, mais ça ne durerait que quelques jours, le temps que les piégeurs repèrent d'autres colonies de ces sales bêtes aux longues queues.

15

LIVRAISONS

— Alors? demanda le président Ryan, après avoir renvoyé ses derniers visiteurs.

— La lettre, si elle a existé, a disparu, monsieur, répondit l'inspecteur O'Day. L'information la plus importante jusqu'à présent, c'est que le secrétaire Hanson n'était pas très scrupuleux sur les procédures de protection des documents. Nous tenons ça du responsable de la sécurité du Département d'Etat. Il dit qu'il lui a plusieurs fois donné des conseils à ce sujet. Mes collaborateurs sont en train d'interroger diverses personnes pour déterminer qui est entré dans son bureau. On partira de là.

Ryan se souvenait en effet que Hanson était un excellent diplomate, mais qu'il n'avait jamais écouté grand monde.

— Qui dirige l'enquête?

— M. Murray a chargé l'OPR de continuer les investigations, indépendamment du FBI. Ça signifie que je suis hors jeu, moi aussi, parce que dans le passé je vous ai présenté directement les conclusions de nos enquêtes. Aujourd'hui, c'est ma dernière implication directe dans cette affaire.

— Le règlement, rien que le règlement, hein?

— Monsieur le président, impossible de faire autrement, répondit l'inspecteur, avec un signe de tête. Ils seront assistés par les agents de la Division juridique. Ces gars-là, licenciés en droit, sont les chiens de garde légaux de la maison. De bons éléments. (Après un instant de réflexion, O'Day ajouta :) Qui a pénétré dans le bureau du vice-président?

— Ici, vous voulez dire?

— Oui.

Ce fut Andrea Price qui répondit :

— Personne, récemment. Il n'a plus été utilisé depuis son départ. Sa secrétaire l'a suivi et...

— Vérifiez la machine à écrire. Si jamais elle fonctionnait avec un ruban...

— Mais bien sûr ! (Elle faillit se précipiter vers la porte, puis :) Attendez. Ce sont vos hommes qui...

— Je les appellerai, promit O'Day. Désolé, monsieur le président. J'aurais dû y penser plus tôt. Vous voulez bien apposer les scellés sur la porte pour nous ?

— C'est comme si c'était fait, dit Andrea.

Le vacarme était insupportable. Les singes sont des animaux très sociables qui vivent, en général, dans des groupes comptant jusqu'à quatre-vingts individus, principalement à la lisière des forêts bordant les grandes savanes, car c'est plus facile pour eux de descendre des arbres et de chercher de la nourriture dans les zones découvertes. Mais au cours de ces cent dernières années, ils avaient changé leurs habitudes et avaient appris à lancer des razzias sur les fermes, dont les propriétaires éliminaient les prédateurs. Un singe vert africain était un morceau de choix pour un léopard ou une hyène, mais les veaux encore plus, et les fermiers devaient donc les protéger. Cette situation avait entraîné un curieux chaos écologique. Pour sauver leur bétail, les exploitants agricoles éliminaient les prédateurs, légalement ou pas. Du coup, les populations de singes croissaient rapidement et s'attaquaient aux céréales et aux autres cultures qui nourrissaient les hommes et leurs troupeaux. L'affaire se compliquait encore quand on savait que les singes se nourrissaient aussi des insectes qui détruisaient les récoltes, si bien que les écologistes locaux s'opposaient à leur destruction. Mais pour les paysans, c'était plus simple : on mangeait le bétail, on était tué. On mangeait les récoltes, on était tué aussi. Les parasites étaient trop petits pour être visibles, mais pas les singes, si bien que peu de fermiers protestaient lorsque les piégeurs arrivaient.

De la famille des *Cercopithecus*, le singe vert africain a des moustaches jaunes et un dos vert doré. Il vit une trentaine d'années — surtout en captivité, où il ne craint pas les prédateurs — et il est très sociable. Les colonies sont constituées de familles de femelles, que les mâles rejoignent pour des périodes allant de quelques semaines à quelques mois. L'abondance de femelles, à la saison des amours, permet à tous les mâles de s'en donner à cœur joie — mais là, aujourd'hui, dans l'avion, c'était loin d'être le cas. Les cages individuelles des singes étaient entassées comme dans un camion transportant des poulets, mâles et femelles confondus ; certaines de celles-ci étaient en chaleur, mais totalement inaccessibles. Ajoutées aux odeurs inconnues de l'appareil et à l'absence d'eau et de nourriture, ces conditions de transport affreuses déclenchèrent une véritable émeute, mais celle-ci ne pouvant pas se régler par des combats en règle, il en résultait un hurlement de rage collectif de centaines d'individus qui couvrait le bruit des réacteurs du JT-8 filant vers l'est au-dessus de l'océan Indien.

L'équipage avait fermé la porte du poste de pilotage et gardait ses écouteurs sur les oreilles. Cela atténuait le vacarme, mais pas l'odeur fétide qui avait envahi le système de circulation d'air, donnant la nausée aux hommes et excitant davantage les animaux.

Le pilote, un homme à l'invective facile, avait épuisé ses jurons et il était fatigué de supplier Allah de rayer ces horribles petites créatures de la surface de la terre ; il colla son masque à oxygène sur son nez, regrettant de ne pas pouvoir ouvrir les portes de la soute pour dépressuriser l'avion, éliminer les singes et chasser la puanteur. Il se serait peut-être senti mieux s'il avait su que les singes, eux, avaient deviné qu'ils étaient promis à un sort horrible.

Badrayn les rencontra de nouveau dans un bunker des transmissions, qui n'avait pas été détruit car il était dissimulé au cœur d'un bâtiment industriel, un atelier de reliure, plus exactement, qui fabriquait toujours quelques livres. Cet endroit et une poignée d'autres avaient survécu à la guerre contre les Etats-Unis simplement parce que les services de renseignements américains s'étaient trompés. Deux « bombes intelligentes » — ou bombes guidées par laser — avaient pris pour cible l'immeuble d'en face. On voyait encore le cratère là où les Américains croyaient qu'était situé ce bunker. On pouvait tirer une leçon de cette histoire, pensa Badrayn. Cinq mètres de béton renforcé au-dessus de sa tête. Cinq mètres ! Du solide, construit sous la surveillance d'ingénieurs allemands bien payés. Pas la moindre fissure nulle part. Et pourtant, l'unique raison pour laquelle cet endroit tenait encore debout était que les Américains avaient bombardé le mauvais côté de la rue !

C'étaient des hôtes parfaits. Un colonel s'occupait de lui. Deux sergents allèrent leur chercher des amuse-gueule et des boissons. Badrayn avait suivi les funérailles à la télévision. Une cérémonie aussi prévisible qu'une série policière américaine. On devinait à l'avance comment ça allait finir. Les Irakiens, comme la plupart des peuples de la région, étaient des gens passionnés, surtout lorsqu'ils étaient rassemblés en grand nombre et qu'on les encourageait à se laisser aller. On les menait facilement par le bout du nez. Mais quelle était la part de sincérité dans ces manifestations ? Des informateurs se cachaient toujours parmi la foule et repéraient ceux qui ne poussaient aucune acclamation ou qui ne se lamentaient pas. Les services de sécurité qui n'avaient pas pu sauver leur ancien président étaient encore en activité et tout le monde le savait.

Ils arrivèrent seuls, par deux, ou par petits groupes qui s'étaient déplacés dans les mêmes voitures pour discuter de choses que leurs collègues devaient savoir. On ouvrit un beau meuble en bois qui révéla des bouteilles et des verres et on viola allégrement les lois de l'islam sur l'alcool. Badrayn, lui, s'en moquait. Il se servit de la vodka, qu'il avait appris à aimer vingt ans plus tôt à Moscou.

Ils étaient plutôt silencieux pour des hommes si puissants, et surtout pour des gens qui venaient d'assister aux funérailles de quelqu'un qu'ils n'avaient jamais aimé. Ils sirotaient leurs boissons — principalement du scotch — et s'observaient. La télévision était toujours allumée et la station locale rediffusait la procession funèbre, tandis que le commentateur louait la vertu inégalée de leur chef disparu. Les généraux regardaient et écoutaient. Ils n'étaient pas tristes — ils avaient peur. Car leur univers s'était écroulé.

Le chef du service de renseignements que Badrayn avait déjà rencontré plus tôt dans la journée arriva le dernier; lui avait l'air en forme, car il avait eu le temps de se reposer un moment à son quartier général. Les autres se tournèrent vers lui et il répondit à leur question muette :

— Tout va bien, mes amis.

Pour l'instant. Une précision inutile, bien sûr.

Badrayn se garda bien de prendre la parole. Il savait être éloquent, pourtant. Au fil des ans, il avait dû motiver bon nombre de personnes, et il savait comment s'y prendre, mais ici, le silence était encore la meilleure stratégie. Il se contenta donc de les observer et attendit, conscient que ses yeux en disaient plus long que n'importe quel discours.

— Je n'aime pas ça, grommela finalement l'un d'entre eux.

Personne ne protesta : celui qui avait pris la parole n'avait fait qu'exprimer ce que tout le monde pensait.

— Qu'est-ce qui nous dit que nous pouvons avoir confiance en votre patron? demanda le chef des gardes républicains.

— Il vous a donné sa parole au nom de Dieu,

répondit Badrayn, en posant son verre. Si vous le souhaitez, une délégation de quelques-uns d'entre vous peut embarquer dans un avion pour le rencontrer. Dans ce cas, je resterai ici en tant qu'otage. Mais si c'est ce que vous souhaitez, il faut agir rapidement.

Ça aussi, ils le savaient. Ce qu'ils craignaient pouvait se produire à n'importe quel moment. Il y eut un nouveau silence. Ils touchaient à peine à leurs verres, maintenant.

— Je me suis marié tard, dit finalement le responsable de la force aérienne. (Jusqu'à la quarantaine, il avait vécu l'existence des pilotes de chasse — plus sur terre que dans le ciel.) J'ai de jeunes enfants. Je suppose que nous connaissons tous les conséquences probables pour nos familles si les choses... se passaient mal.

Sacrément malin de transformer leur fuite en sacrifice héroïque..., pensa Badrayn.

La promesse devant Dieu de Daryaei ne les convainquait pas totalement. Il y avait fort longtemps qu'ils n'avaient pas pénétré dans une mosquée, sauf pour se faire photographier en pleines dévotions.

— Je présume que l'argent n'est pas un problème, dit Badrayn, à la fois pour s'assurer que c'était bien le cas et aussi pour les obliger à réfléchir à cet aspect de la question.

Plusieurs d'entre eux se tournèrent vers lui avec une expression presque amusée qui valait toutes les réponses. Seuls les comptes officiels irakiens étaient gelés depuis longtemps... Après tout, la nationalité d'un compte bancaire était interchangeable, et ce d'autant plus facilement qu'il était important. Chacun de ces hommes, Badrayn le savait, avait accès à des sommes à neuf chiffres en monnaies fortes, sans doute des dollars ou des livres, et ce n'était pas le moment de se demander à qui cet argent avait appartenu.

Une autre question les tracassait : où aller et comment y arriver sans encombre. Badrayn le lisait sur leurs visages, mais il ne pouvait rien faire pour l'instant.

Lui seul était en position d'apprécier l'ironie de la situation, car l'ennemi qu'ils craignaient et dont ils mettaient en doute la bonne foi était vraiment décidé à apaiser leurs craintes et à tenir sa parole.

— Vous en êtes sûr ? dit Daryaei.

— La conjoncture est idéale ou presque, répondit son visiteur, avant de lui expliquer pourquoi.

Même pour un saint homme qui croyait en la volonté de Dieu, la soudaine convergence de tous ces événements était trop belle pour être vraie, et pourtant c'était le cas — ou, du moins, le semblait-il.

— Et ?

— Et nous avançons conformément au plan prévu.

— Excellent, dit Daryaei.

Mais ça ne l'était pas. Il aurait de loin préféré gérer séparément les trois situations qui se développaient en même temps, car il aurait pu mieux concentrer sur chacune sa formidable intelligence. Mais on ne faisait pas toujours ce qu'on voulait, et peut-être que c'était un signe ? Bon, il n'avait pas le choix. C'était étrange de se sentir coincé par des événements qu'il avait lui-même contribué à déclencher.

Le plus difficile fut de convaincre ses collègues de l'OMS. Ce ne fut possible que parce que les nouvelles n'étaient pas trop mauvaises, jusqu'à présent. Benedict Mkusa, le « cas index » ou « patient zéro », selon la terminologie que l'on choisissait, était mort et son cadavre avait été brûlé. Une équipe de quinze personnes avait fouillé la zone autour de sa maison familiale et n'avait rien trouvé. Bien sûr, la période critique n'était pas encore terminée — le temps d'incubation normal du virus Ebola Zaïre était de quatre à dix jours, encore que l'on connût des cas atypiques de deux jours et de dix-neuf jours —, mais aujourd'hui la seule autre malade connue se trouvait ici, dans une chambre d'isolement. De son vivant, Mkusa était un naturaliste en herbe qui passait la majeure partie de son temps dans la brousse, aussi avaient-ils envoyé une équipe dans la forêt tropicale pour capturer des rongeurs, des chauves-souris et des singes afin d'essayer une fois encore de découvrir l'« hôte » du virus mortel. Mais ce coup-ci, ils espéraient avoir de la chance. Le cas index avait été amené directement à l'hôpital car ses parents, des gens instruits et aisés, préféraient le voir soigner par des professionnels de la santé plutôt que de s'en occuper eux-mêmes ; ce faisant, ils avaient probablement sauvé leur propre vie — même s'ils attendaient toujours la fin de la période d'incubation avec une angoisse presque plus grande que leur chagrin d'avoir perdu leur fils... Cependant, comme l'équipe de l'OMS espérait que cette flambée d'Ebola s'arrêterait à ces deux victimes, elle considéra d'un bon œil la proposition du Dr Moudi.

Il y eut des objections, bien sûr. Les médecins zaïrois voulaient soigner sœur Jean-Baptiste chez eux. Et ils avançaient un solide argument pour cela : c'étaient eux qui avaient la meilleure expérience du virus — même si, jusqu'à présent, ça n'avait guère servi les malades ; en outre, pour des raisons politiques, l'OMS préférait éviter de les offenser. On avait déjà connu quelques malheureux incidents, les professionnels locaux n'appréciant pas l'« air supérieur » des Européens. Les deux camps avaient raison : certains médecins africains étaient excellents, d'autres vraiment nuls, et d'autres encore très ordinaires. L'argument décisif fut que Rousseau, à Paris, était un véritable héros de la communauté médicale internationale, un savant doué et un clinicien qui se donnait à fond et n'acceptait pas l'idée que les maladies virales soient incurables. Fidèle en cela à la tradition de Pasteur, il était résolu à prouver le contraire. Il avait essayé la ribavirine et l'interféron pour traiter Ebola, sans grands résultats. Son dernier pari théorique était fou et sans doute voué à l'échec, mais il s'était avéré relativement prometteur avec les singes, et le professeur voulait le tester sur un sujet humain, dans des conditions contrôlées très soigneusement. Son traitement avait peu de chances de déboucher sur une véritable application clinique, mais il fallait bien commencer par quelque chose.

Le facteur déterminant, comme on pouvait s'y attendre, fut l'identité de la malade. De nombreux membres de l'équipe de l'OMS appréciaient sœur Jean-Baptiste depuis la dernière flambée d'Ebola à Kikwit. Elle s'était rendue là-bas en avion pour superviser le travail des infirmières locales, et les médecins étaient des êtres humains comme tout le monde — ils réagissaient différemment lorsqu'ils connaissaient leur patient. Si bien que, finalement, le Dr Moudi eut l'autorisation de transporter sa malade à Paris.

Le transfert fut assez compliqué. On préféra un camion à une ambulance, qui serait ensuite plus facile à désinfecter. La sœur fut soulevée dans une épaisse feuille de plastique et posée sur un chariot que l'on roula dans le couloir. Et tandis que sœur Marie-Madeleine et le Dr Moudi l'emmenaient jusqu'à la sortie, un groupe de techniciens vêtus de « combinaisons spatiales » aspergeaient le sol et les murs et l'air lui-même avec du désinfectant, répandant dans leur sillage un brouillard chimique à l'odeur nauséabonde.

Sœur Jean-Baptiste, à qui l'on avait administré de fortes doses de sédatif, était attachée et enveloppée avec soin, pour éviter les pertes de sang contaminé. La feuille de plastique, sous elle, avait été pulvérisée avec le même produit chimique, et si le virus avait réussi à s'échapper, il se serait retrouvé dans un environnement hostile. Tout en poussant le chariot,

Moudi se traitait de fou de prendre de tels risques. Ils émergèrent à l'air libre, sur l'aire de chargement où arrivaient les approvisionnements de l'hôpital. Le camion était déjà là, et son chauffeur, fermement planté derrière son volant, ne se retourna même pas pour les observer — mais peut-être qu'il les surveillait dans son rétroviseur... L'intérieur avait été désinfecté de la même façon, et une fois les portes fermées et le chariot fixé, le camion démarra avec une escorte de police et gagna l'aéroport voisin sans jamais dépasser les trente kilomètres à l'heure. Heureusement que le trajet fut bref, car le soleil était encore haut dans le ciel et le véhicule ne tarda pas à se transformer en véritable étuve. L'odeur du désinfectant franchit le système de filtration de leurs combinaisons. Mais ils avaient l'habitude.

Le G-IV était arrivé de Téhéran à peine deux heures plus tôt. On l'avait entièrement vidé, et on n'y avait laissé que deux sièges et un lit de camp. Moudi sentit le camion s'arrêter, puis tourner et repartir en marche arrière. Les portes s'ouvrirent et le soleil les éblouit.

On les attendait, bien sûr. Deux infirmières, en surblouses de protection. Un prêtre et d'autres personnes, un peu plus loin. Tous priaient, tandis qu'on soulevait la patiente dans sa feuille de plastique et qu'on la transportait lentement à bord de l'avion d'affaires peint en blanc. Cinq minutes plus tard, elle était attachée sur un lit de camp, et le personnel au sol se retira. Moudi l'examina avec soin. Son pouls était rapide et sa tension artérielle continuait à descendre. Cela l'inquiéta. Il devait la maintenir en vie le plus longtemps possible.

Une fois qu'il fut assis et qu'il eut bouclé sa ceinture, il regarda par son hublot et découvrit avec mauvaise humeur qu'une caméra de télévision filmait leur avion. Au moins les journalistes étaient-ils restés à distance, pensa-t-il, en entendant le premier turbo du G-IV s'allumer. Par le hublot de l'autre côté du couloir central, il vit l'équipe de nettoyage qui commençait à désinfecter le camion. C'était un peu excessif, tout de même. Ebola était certes mortel, mais il était fragile ; les rayons ultra-violets et la chaleur le tuaient instantanément. Voilà pourquoi aussi la recherche de son « hôte » était si frustrante. Ebola ne pouvait pas vivre tout seul, mais on n'avait toujours pas trouvé la créature vivante qui l'hébergeait et qu'il récompensait en ne s'attaquant pas à elle. Cette créature qui hantait le continent africain, Moudi avait espéré la découvrir et l'utiliser, mais cet espoir était toujours resté vain. Aujourd'hui, pourtant, ce qu'il avait était presque aussi bien — une patiente dont le corps servait de nourriture au virus. Toutes les précédentes victimes d'Ebola avaient été brûlées ou enterrées dans des sols saturés de produits chimiques, mais celle-là connaîtrait un destin différent.

Le Gulfstream décolla et se dirigea vers le nord. La première partie du trajet, quatre mille six cents kilomètres, ne durerait que six heures.

Un autre G-IV pratiquement identique avait déjà atterri à Benghazi, en Libye, et en ce moment on briefait son équipage sur les procédures d'urgence.

— Des cannibales...

Holbrook secoua la tête avec incrédulité. Il s'était levé très tard, car il avait veillé une bonne partie de la nuit pour écouter toutes sortes de gens, sur C-SPAN, discuter de la situation confuse du Congrès, après l'allocution de ce Ryan. Cela dit, ce n'était pas un mauvais discours. Il avait entendu pire. Que des mensonges, évidemment, comme dans n'importe quelle émission de télé. Un type doué l'avait rédigé dans le but de faire passer les messages qu'il fallait. Le talent de ces gens-là était impressionnant. Depuis des années, les Mountain Men essayaient de mettre au point un argumentaire qui leur aurait permis de convaincre les Américains de la justesse de leur point de vue. Ils avaient fait des efforts, mais ils n'avaient toujours pas trouvé la formule idéale. Leurs théories étaient bonnes, bien sûr, tout le monde le savait. Le problème, c'était l'emballage. Seuls le gouvernement et son allié, Hollywood, pouvaient s'offrir des gens capables de développer les idées qui déformaient les esprits des pauvres idiots sans qu'ils s'en rendent compte.

Mais à présent, la discorde régnait dans le camp ennemi.

Ernie Brown, qui était venu réveiller son ami, coupa le son de la télévision.

— J'imagine que l'un d'eux est de trop dans cette ville, Peter.

— Tu penses qu'il y en a un qui se fera descendre d'ici le coucher du soleil? demanda Holbrook.

— J'espère.

Le commentaire juridique qu'ils venaient d'entendre dans l'émission politique de CNN était aussi bordélique qu'une marche des nègres sur Washington pour l'augmentation de l'aide sociale.

— Bon, la Constitution ne dit pas ce qu'il faut faire dans un cas pareil, reprit Ernie. Le mieux serait de régler ça avec un calibre 44 sur Pennsylvania Avenue.

Peter tourna la tête et sourit :

— Ouais, ça serait magnifique.

— Trop américain..., grommela Brown, qui aurait pu ajouter que Ryan s'était effectivement déjà trouvé dans une telle situation.

Tous les deux, ils se rappelaient vaguement une histoire de ce genre, à Londres. Et, à la vérité, ils avaient été fiers de voir un Américain montrer aux Européens comment se servir d'un revolver — les étrangers n'en savaient pas un pet là-dessus, n'est-ce pas? Aussi nuls qu'à Hollywood. Dommage que Ryan ait mal tourné. Ce qu'il avait raconté dans son discours, la raison pour laquelle il était entré au gouvernement — toujours le même baratin. C'étaient des escrocs et des menteurs, tous autant qu'ils étaient. Brown secoua la tête.

— Peter? On a une crise constitutionnelle, d'accord?

— Ouais, fit Holbrook, c'est ce que répètent tous ces mecs à la télé.

— Et ça vient d'empirer, d'accord?

— Avec l'histoire de Kealty? Oui, on dirait bien.

— Et si... hum...

Ernie Brown se tut, fixant la télévision silencieuse. Holbrook savait que son ami prenait son temps pour réfléchir, mais que ça valait souvent la peine d'attendre.

Le 707 atterrit à l'aéroport international de Téhéran-Mahrabad, bien après minuit. Les membres de l'équipage ressemblaient à des zombis — ils avaient volé durant trente-six heures d'affilée, bien au-delà du temps limite de sécurité de l'aviation civile, et la nature de leur cargaison n'avait pas arrangé les choses. Les trois hommes étaient d'une humeur si massacrante qu'ils avaient même échangé des insultes pendant la longue phase de descente. Mais l'appareil toucha le sol sans problème avec un bruit sourd, à leur grand soulagement. Le pilote secoua la tête et se frotta le visage d'une main fatiguée, tout en terminant son roulage, entre les lumières bleues du taxiway. Cet aéroport était aussi le quartier général de l'armée de terre et de l'aviation militaire iranienne. L'avion vira et se dirigea vers la vaste piste de l'armée de l'air; le 707 avait une immatriculation civile, mais c'était en réalité un avion militaire. Des camions l'attendaient. Il s'immobilisa, le mécanicien coupa les réacteurs et le pilote mit les freins de parking. Les trois hommes échangèrent un regard.

— Un long voyage, mes amis, murmura le pilote, en guise d'excuse.

— Si Dieu le veut, on aura droit à une bonne nuit de sommeil, maintenant, répondit le mécanicien, montrant ainsi qu'il acceptait la perche tendue par son commandant de bord, dont il avait été le principal souffre-douleur pendant le vol.

Ils étaient tous trop épuisés pour une nouvelle dispute et de toute façon, au réveil, ils ne se souviendraient plus de la raison de leur querelle.

Otant leurs masques à oxygène, ils respirèrent de nouveau la lourde odeur pestilentielle de l'appareil, et firent de leur mieux pour résister à l'envie de vomir, tandis que l'on ouvrait la porte arrière du cargo. Ils ne pouvaient pas encore sortir, car les cages bloquaient le passage. Et, à moins de se faufiler par les fenêtres — ce qui était indigne d'eux —, ils devraient attendre, comme les passagers de n'importe quel terminal international.

Les soldats s'occupèrent du déchargement, une tâche d'autant plus ingrate que personne n'avait prévenu leur commandant qu'il devait leur faire distribuer des gants. Il y avait une poignée en fil de fer sur le dessus des cages, et les singes, au comble de l'excitation, essayaient d'attraper et de griffer les mains qui passaient à leur portée. Certains soldats donnaient des coups sur les barreaux, espérant ainsi effrayer les animaux pour les obliger à se tenir tranquilles. Les plus malins enlevèrent leur blouson et s'en servirent pour se protéger.

Le bruit était infernal. Il faisait à peine dix degrés cette nuit-là à Téhéran; on était loin des températures auxquelles les singes étaient habitués, ce qui n'améliora pas leur humeur. Ils hurlèrent de plus belle, et les pistes résonnèrent des échos de leurs cris. Quand le déchargement fut enfin terminé, la porte de la cabine s'ouvrit et l'équipage put examiner l'état de l'appareil. L'odeur mettrait des semaines à disparaître, ils en étaient sûrs, et le nettoyage allait être vraiment pénible, mais ils préféraient ne pas y penser pour le moment. Ils descendirent par la queue, et rejoignirent les voitures garées un peu plus loin.

Les singes entamèrent alors leur troisième ou quatrième voyage en camion, qui les mena cette fois jusqu'à Hasanabad, où l'on attendait depuis longtemps leur arrivée. Dans cette station expérimentale, propriété d'Etat, on testait de nouvelles variétés de plantes et d'engrais; on avait espéré que les productions cultivées ici permettraient de nourrir ses animaux, mais c'était l'hiver et, hélas, rien ne poussait pour l'instant. On avait donc fait venir plusieurs camions de dattes du sud-est du pays. Les singes sentirent l'odeur des fruits dès que leur véhicule s'arrêta devant l'immeuble de béton à trois étages, leur destination finale. Cela les excita encore plus, car ils n'avaient reçu ni eau ni nourriture depuis qu'ils avaient quitté leurs forêts. Ils avaient maintenant l'espoir d'un bon repas — le dernier repas d'un condamné l'était toujours.

Le Gulfstream G-IV se posa à Benghazi à l'heure prévue sur son plan de vol. Vu les circonstances, le voyage n'avait pas été trop désagréable. Même l'air au-dessus du Sahara avait été moins agité que d'habitude. Sœur Jean-Baptiste était restée pratiquement inconsciente tout le temps, et d'une certaine façon sa situation avait été plus confortable que celle des quatre autres occupants de l'avion, qui, dans leurs combinaisons de protection, n'avaient même pas pu boire une gorgée d'eau.

On n'ouvrit pas les portes de l'avion. Des camions-citernes se garèrent le long de l'appareil et leurs chauffeurs fixèrent leurs manches aux valves des réservoirs de ses longues ailes blanches. Le Dr Moudi était nerveux et pleinement réveillé. Sœur Marie-Madeleine sommeillait. Elle était aussi âgée que leur malade, et elle avait peu dormi, ces derniers jours, car elle s'était occupée de son amie. *Dommage*, pensa-t-il, sourcils froncés, tout en regardant par le hublot. C'était injuste. En son for intérieur, il ne haïssait plus ces gens. Jadis, oui, il avait éprouvé ce genre de sentiment, estimant que tous les Occidentaux étaient les ennemis de son pays. Mais pas ces deux femmes, non. Leur patrie d'origine était neutre vis-à-vis de la sienne. Elles avaient consacré leur vie au service du vrai Dieu, et il avait été surpris de découvrir que toutes les deux respectaient ses prières et ses dévotions personnelles.

Mais il ne pouvait pas se permettre de telles pensées. Il avait une tâche à accomplir, et ces deux sœurs en étaient les instruments ; le destin de l'une avait été décidé par Allah, et l'autre avait choisi le sien elle-même. C'était comme ça. Les camions-citernes s'éloignèrent et les turbopropulseurs redémarrèrent. Les pilotes étaient pressés, et lui aussi l'était, car il voulait se libérer au plus vite de la part la plus affreuse de sa mission pour ne plus s'occuper que de son aspect technique. Il avait des raisons de se réjouir. Après toutes ces années parmi les païens, dans la chaleur des tropiques, sans une seule mosquée à des kilomètres à la ronde... A devoir avaler une nourriture épouvantable, souvent avariée, en se demandant à chaque fois si elle était pure ou pas... Tout ça était derrière lui, désormais. Bientôt, il pourrait se consacrer au service de son Dieu et de son pays.

Deux appareils roulèrent jusqu'à la piste principale nord-sud, en tressautant sur les dalles de béton mises à mal par l'épouvantable chaleur du désert, l'été, et la fraîcheur des nuits d'hiver. Le premier des deux avions était en tous points identique à celui de Moudi, hormis une simple différence de chiffre dans son code de queue. Il décolla et fila plein nord. Le G-IV de Moudi le suivit, mais dès qu'il eut rentré son train, il partit vers le sud-est, vers le Soudan, et se perdit dans l'immense nuit du désert.

Le premier obliqua légèrement vers l'ouest, et pénétra dans le corridor aérien international qui menait à la côte française. En temps voulu, il passerait à proximité de l'île de Malte, dont la station radar contrôlait le trafic de l'aéroport de La Valette et de la Méditerranée centrale. Son équipage appartenait à l'armée de l'air iranienne et, habituellement, il transportait des sommités du monde politique ou des affaires — un travail sans risque, bien payé, mais ennuyeux. Cette nuit, ce serait différent. Le copilote surveillait à la fois la carte posée sur ses genoux et son système de navigation GPS. Trois cent cinquante kilomètres avant Malte, à une altitude de croisière de trente-neuf mille pieds, il nota le hochement de tête du pilote et afficha alors 7711 sur son transpondeur radar.

— La Valette Approche, La Valette Approche, ici November-Juliet-Alpha, Mayday, Mayday, Mayday.

A La Valette, le contrôleur repéra immédiatement la triple signature sur son écran. Au centre de contrôle du trafic, ç'aurait dû être une permanence tranquille avec, normalement, peu de vols à suivre — une nuit de routine comme les autres... Il ouvrit son micro et fit signe à son superviseur de le rejoindre.

— Juliet-Alpha, La Valette, déclarez-vous une urgence, monsieur ?

— La Valette, Juliet-Alpha, affirmatif. Nous sommes un vol d'évacuation sanitaire en route pour Paris, venant du Zaïre. Nous venons de perdre le turbo numéro deux et nous avons des problèmes électriques, en attente...

— Juliet-Alpha, La Valette, en attente, monsieur. (L'écran indiquait que l'altitude de l'avion en question diminuait — 390, 380, 370...) Juliet-Alpha, La Valette, je note votre perte d'altitude.

Le ton de la voix, dans son casque, changea.

— Mayday, Mayday, Mayday ! Les deux turbos hors service, les deux turbos hors service. Tentons de les relancer. Ici Juliet-Alpha.

— Votre cap de pénétration La Valette est de trois-quatre-trois, je répète vecteur direct La Valette trois-quatre-trois. Sommes en attente, monsieur.

Pour toute réponse, le contrôleur ne reçut qu'un « Roger » laconique et saccadé. A présent, l'altitude affichée était de 330.

— Que se passe-t-il ? demanda le superviseur.

— Il annonce que ses deux turbos sont morts, et il descend rapidement.

Un écran d'ordinateur indiquait que l'appareil était un Gulfstream et confirmait le plan de vol.

— Il plane bien, dit le superviseur, optimiste.

Altitude 310, constatèrent-ils. Non, le G-IV ne planait pas aussi bien que ça.

— Juliet-Alpha, La Valette.

Rien.

— Juliet-Alpha, ici La Valette Approche.

— Qu'est-ce qu'il...

Le superviseur vérifia lui-même l'écran. Pas d'autre avion dans la zone, et de toute façon, on ne pouvait rien faire d'autre que de regarder.

Pour simuler une urgence en vol, le mieux était de faire tourner ses turbopropulseurs au ralenti. Le risque était d'en faire trop à la radio, mais ce ne serait pas leur cas. En fait, ils ne diraient plus rien du tout. Le pilote appuya sur le manche pour accentuer son angle de descente, puis il tourna à bâbord comme pour obliquer vers Malte. Ça devrait rassurer les gens de la tour de contrôle, pensa-t-il, alors qu'il passait vingt-cinq mille pieds en descente. C'était une mission sympa, en fait. Il avait été pilote de chasse, jadis, et il regrettait les délicieuses sensations qu'on avait à freiner brusquement et à virer sur l'aile dans le ciel. Une descente à cette allure aurait paniqué ses passagers. Mais, pour lui, c'était exactement ça, voler.

— Il doit être très lourd, dit le superviseur.

— Se rendait à Paris-Charles-de-Gaulle. (Le contrôleur haussa les épaules et grimaça.) Il a juste fait le plein à Benghazi.

— Problème de carburant?

Un autre haussement d'épaules en guise de réponse.

C'était un peu comme de regarder mourir quelqu'un en direct à la télévision, et d'autant plus horrible que les chiffres d'altitude des échos alphanumériques dégringolaient en cliquetant comme une machine à sous.

Le superviseur décrocha un téléphone.

— Contactez les Libyens. Voyez s'ils peuvent envoyer un appareil de sauvetage. Nous avons un avion qui ne va pas tarder à plonger dans le golfe de Syrte.

— La Valette Approche, ici USS *Radford*, vous nous recevez ? Terminé.

— *Radford*, La Valette.

— On a votre contact sur le radar. On dirait qu'il tombe drôlement vite...

C'était la voix d'un enseigne de vaisseau première classe, de garde au CIC [1], cette nuit-là. Le *Radford*, un vieux destroyer de classe Spruance, se rendait à Naples après des manœuvres avec la marine égyptienne. En cours de route, il avait l'ordre de pénétrer dans le golfe de Syrte, pour affirmer la liberté de navigation, un exercice presque aussi vieux que le navire lui-même. Ce qui avait été dans les années 80 une cause d'agitation considérable et avait entraîné deux sérieuses batailles aériennes, n'était plus aujourd'hui qu'une routine ennuyeuse — dans le cas contraire, le *Radford* n'aurait pas été tout seul en ces eaux. Si ennuyeuse même que l'équipe du CIC écoutait les fréquences radio civiles pour ne pas s'endormir.

— Contact à quatre-vingts nautiques à l'ouest de notre bâtiment, ajouta l'enseigne de vaisseau. Nous le suivons au radar.

— Pouvez-vous répondre à une demande de sauvetage ?

— La Valette, je viens de réveiller le commandant. Laissez-nous un moment pour nous organiser, mais on peut essayer, terminé.

— Il tombe comme une pierre, rapporta le sousofficier qui observait l'écran principal. Vaudrait mieux qu'on se grouille, les gars.

1. Poste d'information de combat *(N.d.T.)*.

— La cible est un avion d'affaires Gulfstream-IV. Passant seize mille pieds en descente rapide, les informa La Valette.

— Merci, c'est à peu près ce que nous avons, dit l'enseigne de vaisseau. Sommes en attente.

— Qu'est-ce qui s'passe? demanda le commandant, qui arriva vêtu d'un simple pantalon kaki et d'un T-shirt. (On le lui expliqua.) OK, dit-il immédiatement, faites démarrer l'hélico. (Puis il décrocha un téléphone hurleur [1].) Passerelle, CIC, ici le commandant. En avant toute. Venez à droite au nouveau cap...

— Deux-sept-cinq, mon commandant, lui indiqua le radariste. La cible est dans le deux cent soixante-quinze et à quatre-vingt-trois nautiques.

— Nouveau cap deux cent soixante-quinze, ordonna le commandant.

— A vos ordres, mon commandant. En virage droite vers le deux cent soixante-quinze, en avant toute, répéta l'officier chef de quart.

Sur la passerelle, le timonier de garde abaissa les manettes de télécommande des moteurs, envoyant ainsi du carburant supplémentaire dans les énormes turbines à gaz GE du bâtiment. Le *Radford* vibra et sa poupe s'enfonça légèrement tandis qu'il accélérait. Le commandant considéra le spacieux poste d'information de combat. Le personnel était désormais sur le qui-vive. Les radaristes ajustaient leurs instruments. On changea l'échelle de l'écran principal pour mieux suivre l'avion qui piquait.

— Branle-bas de combat, ordonna-t-il.

Autant profiter de l'occasion pour s'entraîner un peu. En trente secondes, chacun, à bord, se ruait à son poste.

Il faut être très prudent lorsqu'on descend au-

1. Téléphone de marine, appelé ainsi à cause de sa sonnerie désagréable (*N.d.T.*).

dessus de l'océan, la nuit. Le pilote du G-IV surveillait avec grand soin son altitude et sa vitesse. C'était facile d'entrer en collision avec l'eau. Ça aurait certes servi les desseins de leur mission — mais elle n'était tout de même pas censée être parfaite à ce point. Dans quelques secondes, ils seraient sortis de l'écran radar de La Valette et ils pourraient commencer à redresser l'appareil. La seule chose qui l'intéressait, maintenant, c'était la présence possible d'un navire, là, en bas. Mais il ne voyait aucun sillage de bateau sur la surface de l'océan.

— J'y suis..., annonça-t-il, lorsque l'avion passa cinq mille pieds en descente.

Il tira doucement sur le manche. A La Valette, ils noteraient peut-être le changement de son allure de descente grâce à son transpondeur, s'ils recevaient toujours un signal, mais même dans ce cas-là, ils penseraient qu'après avoir piqué pour rétablir l'écoulement de l'air dans ses réacteurs — ce qu'il avait de mieux à faire pour essayer de les relancer —, il tentait maintenant de se remettre à l'horizontale pour se poser sur une mer calme.

— On l'a perdu, dit le contrôleur.

Le point, sur l'écran, clignota plusieurs fois, revint un instant, puis s'éteignit.

Le superviseur fit un signe de tête et prit son micro.

— *Radford*, ici La Valette. Juliet-Alpha a disparu de notre écran. Dernière lecture d'altitude, six mille, et en descente, cap trois-quatre-trois.

— La Valette, Roger, nous l'avons toujours, à quatre mille cinq cents pieds maintenant, allure de descente un peu ralentie, cap trois-quatre-trois, répondit l'officier du CIC.

A deux mètres de lui, le commandant discutait avec le chef du détachement aérien du *Radford*. Il faudrait plus de vingt minutes pour faire décoller leur hélicoptère SH-60B Seahawk. L'appareil était en vérification avant vol ; ensuite, on le monterait sur la plate-forme. Son pilote se tourna pour observer l'écran radar.

— La mer est calme. S'il est malin, il pourra peut-être s'en tirer. Il faut essayer de toucher l'eau parallèlement à la houle. OK, on s'en occupe, mon commandant.

A ces mots, il quitta le CIC et se dirigea vers l'arrière.

— On l'a perdu sous l'horizon, annonça le radariste. Il vient juste de passer quinze cents pieds en descente. On dirait bien qu'il a plongé.

— Avertissez La Valette, ordonna le commandant.

Le G-IV se stabilisa à cinq cents pieds, selon la radiosonde. Le pilote savait qu'il ne pouvait pas descendre plus bas sans risque. Il remit alors ses turbopropulseurs à la vitesse de croisière et vira à gauche, vers le sud — direction la Libye. Il avait tous les sens en alerte, à présent. Voler à cette altitude au-dessus de l'eau était difficile en toute circonstance, et encore plus la nuit, mais ses ordres avaient été clairs — même s'il ne les comprenait pas. Il était rapide, en tout cas. Il volait maintenant à un peu plus de trois cents nœuds, et il retrouverait l'aérodrome militaire dans une quarantaine de minutes, où il referait le plein avant de redécoller pour quitter la zone.

L'USS *Radford* passa aux postes d'aviation cinq minutes plus tard, et changea légèrement de cap — de cette façon, le vent soufflerait de la bonne direction sur le pont, pour le décollage de l'hélico. Le système de navigation tactique du Seahawk intégra les données du CIC du navire. Il allait effectuer des recherches sur un cercle de quinze nautiques de diamètre, selon une procédure longue et fastidieuse

— mais essentielle. Des gens étaient tombés à l'eau, et les secourir était la première et la plus ancienne loi de la mer. Dès que l'hélicoptère s'éloigna, le destroyer revint un peu à gauche et fonça avec ses quatre moteurs à pleine puissance — trente-quatre nœuds. Le commandant avait déjà envoyé à Naples par radio son rapport sur la situation et il avait sollicité l'assistance supplémentaire de tout bâtiment se trouvant dans les parages. Il n'y avait aucun navire américain dans les environs immédiats, mais un escorteur italien allait arriver du sud, et même l'aviation militaire libyenne demanda des informations.

Le G-IV « perdu » se posa au moment même où l'hélicoptère de l'US Navy atteignait la zone des recherches. L'équipage descendit de l'appareil pour se rafraîchir et manger un morceau, tandis qu'on refaisait le plein. Un transporteur quadri-turbopropulseur AN-10 Cub, de fabrication russe, se préparait à participer au sauvetage. Aujourd'hui, les Libyens coopéraient à des missions de ce genre, dans l'espoir de réintégrer ainsi la communauté internationale. Leurs chefs militaires ne connaissaient pratiquement rien non plus de l'opération en cours. Les dispositions avaient été prises par téléphone, et celui qui avait organisé toute l'affaire savait seulement que deux appareils allaient atterrir pour refaire leur plein de carburant, et qu'ils repartiraient immédiatement. Une heure plus tard, les deux G-IV redécollèrent pour un vol de trois heures à destination de Damas. A l'origine, on avait pensé les rapatrier directement sur leur base habituelle, en Suisse, mais le pilote avait fait remarquer que deux appareils de la même compagnie effectuant un trajet identique à peu près au même moment risquaient d'attirer l'attention. Pendant sa montée, il vira vers l'est.

Au-dessous de lui, sur sa gauche, dans le golfe de Syrte, il fut surpris d'apercevoir les lumières clignotantes d'un hélicoptère. Des gens perdaient du temps et brûlaient du carburant en de vaines recherches. Cette pensée l'amusa; il atteignit son altitude de croisière et se détendit, laissant le pilotage automatique se charger de la suite du vol.

— On est arrivés ?

Moudi tourna la tête. Il était en train de changer la bouteille du goutte-à-goutte de la malade. Sous son casque en plastique, sa barbe naissante le démangeait. Il comprit que sœur Marie-Madeleine était gênée aussi de ne pouvoir se laver. Son premier geste, en se réveillant, fut de passer ses mains sur son visage — mais le plastique l'en empêcha.

— Pas encore, ma sœur. Bientôt. S'il vous plaît, reposez-vous. Je m'en occupe.

— Non, non, vous devez être très fatigué, docteur Moudi, dit-elle en se levant.

— Je suis plus jeune et plus en forme que vous, répliqua le médecin avec un signe de la main.

Il remplaça la bouteille de morphine. Heureusement, sœur Jean-Baptiste était toujours trop abrutie par les sédatifs pour poser un problème.

— Quelle heure est-il ? demanda Marie-Madeleine.

— L'heure de vous rendormir. Vous vous occuperez de votre amie lorsque nous débarquerons. Là, d'autres médecins pourront me relever. S'il vous plaît, économisez vos forces. Vous en aurez besoin.

C'était vrai.

La religieuse ne répondit pas. Habituée à suivre les ordres des médecins, elle tourna la tête, récita sans doute une prière, et referma les yeux. Lorsque Moudi fut certain qu'elle sommeillait de nouveau, il alla jusqu'au cockpit.

— Ce sera encore long ?

— Quarante minutes. On arrivera avec un peu d'avance car on a eu des vents favorables, répondit le copilote.

— Avant l'aube, donc ?

— Oui.

— C'est quoi sa maladie? demanda le commandant de bord, sans se retourner.

— Vaut mieux que vous ne le sachiez pas, lui
assura Moudi.

— Elle va mourir?

— Oui, et l'avion devra être désinfecté de fond en
comble avant toute autre utilisation.

— C'est ce qu'on nous a dit.

Il haussa les épaules, sans imaginer à quel point
son chargement était effrayant. Moudi le savait, lui.
La feuille de plastique, sous sa patiente, devait
maintenant ressembler à une véritable piscine de
sang contaminé. Il faudrait être extrêmement
prudent en la débarquant.

Badrayn était heureux de ne pas avoir bu, à la différence des autres, dans le bunker. Ça faisait dix
heures, pensa-t-il, en consultant sa montre.

Dix heures qu'ils discutaient et se disputaient
comme des chiffonniers!

— Il sera d'accord avec ça? demanda le
commandant des gardes.

— Ce n'est pas du tout déraisonnable, répliqua
Ali Badrayn.

Cinq mollahs viendraient à Bagdad et seraient les
otages sinon de la bienveillance, du moins de la
parole de leur chef. Les officiers supérieurs échangèrent des regards et hochèrent la tête les uns après
les autres.

— Nous acceptons, reprit le commandant des
gardes, parlant au nom du groupe.

Ils laissaient derrière eux des centaines d'officiers
moins gradés pour affronter la suite, mais c'était le
cadet de leurs soucis. Au cours de cette intermi-
nable discussion, ils avaient à peine abordé le sujet.

— J'ai besoin d'un téléphone, dit alors Badrayn.

Le chef du renseignement le conduisit dans une
pièce voisine. Il y avait toujours eu, ici, une ligne
directe avec Téhéran. Les communications
n'avaient jamais été totalement interrompues,

même pendant les hostilités. C'était une tour hertzienne. A l'autre bout, il y avait un câble à fibres optiques dont les transmissions ne pouvaient être interceptées. Sous l'œil vigilant de l'officier irakien, il composa le numéro qu'il avait appris par cœur plusieurs jours auparavant.

— C'est Youssef. J'ai des nouvelles, annonça-t-il à la personne qui répondit.

— Attendez un instant, s'il vous plaît.

Daryaei, comme tout le monde, n'aimait pas être réveillé tôt, d'autant qu'il avait peu dormi, ces derniers jours. Il cligna des yeux, le temps de plusieurs sonneries, avant de décrocher le téléphone posé sur sa table de nuit.

— Oui?

— C'est Youssef. Ils ont accepté. On a besoin de cinq amis.

Qu'Allah soit remercié! pensa Daryaei. Toutes ces années de guerre et de paix portaient leurs fruits en cet instant. Non, non, c'était prématuré. Il y avait encore beaucoup à faire. Mais le plus difficile était passé, à présent.

— Quand commençons-nous? demanda-t-il.

— Aussi vite que possible.

— Merci, je n'oublierai pas.

Il était parfaitement réveillé, maintenant. Il en oublia même ses prières, et c'était la première fois depuis de nombreuses années. Mais Dieu comprendrait que Son œuvre devait être réalisée rapidement.

Comme elle devait être épuisée..., pensa Moudi. Les deux religieuses se réveillèrent lorsque l'appareil atterrit. On sentit les secousses habituelles quand il freina. Un clapotement fit comprendre à Moudi qu'il ne s'était pas trompé : sœur Jean-Baptiste avait perdu beaucoup de sang. Bon, il l'avait au moins amenée vivante jusqu'ici. Ses yeux étaient ouverts, désorientés comme ceux d'un bébé, fixés sur le plafond arrondi de la cabine. Marie-Madeleine regarda un moment par les hublots, mais elle ne vit qu'un aéroport — ils se ressemblaient tous dans le monde entier, et surtout la nuit. Finalement, l'avion s'immobilisa et la porte s'ouvrit.

Cette fois encore, ils allaient voyager en camion. Quatre personnes montèrent dans l'avion, tous en tenue protectrice. Moudi détacha les sangles qui retenaient sa patiente, indiquant d'un geste à l'autre infirmière de ne pas bouger. Avec d'infinies précautions, les quatre médecins militaires soulevèrent la solide feuille plastique par les coins et se dirigèrent vers la sortie. Moudi vit quelque chose couler sur le siège au dossier rabattu qui avait servi de lit à sa malade. Il décida de ne pas s'en soucier : de toute façon, l'équipage avait reçu des ordres suffisamment clairs. Lorsque sœur Jean-Baptiste fut installée dans le camion, Moudi et Marie-Madeleine descendirent à leur tour l'escalier. Ils ôtèrent leurs masques et respirèrent l'air frais à pleins poumons. Il prit une gourde à l'un des soldats qui entouraient l'avion et la tendit à la religieuse, puis en récupéra une autre pour lui. Ils burent un bon litre d'eau avant de monter dans le camion. Moudi aperçut un 707, mais il ne savait pas que peu de temps auparavant il transportait les singes dont ils auraient besoin.

— Je ne connais pas Paris — enfin, j'y ai juste fait escale à plusieurs reprises, dit Marie-Madeleine, en regardant autour d'elle, avant qu'on rabattît la bâche du camion.

Dommage, mais vous n'aurez jamais cette chance, ma sœur.

16

LES RATS QUITTENT LE NAVIRE...

— Ya que dalle, ici, observa le pilote.

Le Seahawk, qui effectuait des cercles à mille pieds d'altitude, examinait la surface avec un radar de recherches assez puissant pour détecter des débris — il était prévu pour repérer un périscope de sous-marin. Il ne trouva en tout et pour tout qu'une bouteille de Perrier ballottée par les vagues. Avec leurs lunettes de vision nocturne, les deux hommes d'équipage auraient dû voir quelque part une nappe huileuse et brillante de carburéacteur. Rien non plus.

— Il a fallu qu'il touche la surface très violemment pour ne laisser aucune trace ! répondit le copilote dans le téléphone de bord.

— A moins qu'on ne cherche pas au bon endroit...

Le pilote vérifia son système de navigation tactique. Ils étaient pourtant là où il fallait. Il ne leur restait qu'une heure de carburant. Il était temps de songer au retour sur le *Radford* qui, lui aussi, à présent, ratissait la zone. Les projecteurs avaient un petit air théâtral, dans les ténèbres d'avant l'aube ; on se serait cru dans un film sur la Seconde Guerre mondiale. Le Cub libyen qui tournait autour d'eux pour les aider réussissait surtout à leur casser les pieds.

— Rien du tout ? demanda le contrôleur du *Radford*.

— Négatif. On ne voit rien, je répète : rien, là en bas. Reste une heure de carburant, à vous.

— Une heure de carburant, noté, confirma le *Radford*.

— Mon commandant, la dernière direction de la cible était le cap trois-quatre-trois, vitesse deux cent quatre-vingt-dix nœuds, allure de descente trois mille pieds-minute... S'il n'est pas là, je suis incapable d'expliquer pourquoi, dit un officier spécialiste des opérations, en tapant du doigt sur la carte.

Le commandant but une gorgée de son café et haussa les épaules. Sur le pont, l'équipe de sauvetage et d'incendie était prête. Deux nageurs, en combinaison de plongée, attendaient près d'une chaloupe avec son équipage. Il y avait autant de vigies que de jumelles disponibles, à la poursuite de feux stroboscopiques ou de n'importe quoi d'autre, et le sonar cherchait les signaux à haute fréquence de la balise de détresse de l'avion. Cet instrument, conçu pour résister à un choc très violent, s'activait automatiquement lorsqu'il était exposé à l'eau de mer, et sa batterie pouvait fonctionner plusieurs jours. Le sonar du *Radford* était assez sensible pour détecter cette foutue balise à trente nautiques à la ronde, et il se trouvait exactement sur la zone de chute calculée par les radaristes. Ni ce bâtiment ni son équipage n'avaient jamais effectué ce genre de sauvetage, mais ses hommes s'y entraînaient régulièrement, et chacune des procédures avait été suivie aussi sérieusement que le souhaitait le commandant.

— USS *Radford*, USS *Radford*, ici La Valette Approche, à vous.

Le commandant prit son micro.

— La Valette, ici *Radford*.

— Avez-vous quelque chose ? A vous.

— Négatif, La Valette. Notre hélico a survolé toute la zone, rien à signaler pour l'instant.

Ils avaient déjà demandé à Malte les données corrigées sur le dernier cap et la vitesse de l'avion, mais celui-ci avait disparu du radar civil avant même d'échapper à la couverture plus précise du destroyer. Les deux hommes soupirèrent, chacun à un bout de leur liaison radio. Ils savaient ce qui allait se passer, maintenant. On poursuivrait les recherches pendant une journée, pas plus, pas moins, et on ne trouverait rien, et c'était comme ça.

Un télex était déjà parti pour le constructeur de l'appareil, l'informant qu'un de ses avions s'était perdu en mer. Les représentants de Gulfstream se rendraient à Berne pour examiner les dossiers de l'entretien du G-IV et diverses autres données, dans l'espoir de recueillir un indice quelconque. Ils ne découvriraient rien et tout ça se retrouverait dans la colonne « Inconnu » du grand livre de quelqu'un. Mais il fallait jouer le jeu jusqu'au bout, et puis cela faisait toujours un bon entraînement pour l'équipage de l'USS *Radford*...

Ce fut l'odeur, sans doute, qui fit comprendre à Marie-Madeleine que quelque chose ne tournait pas rond. Le voyage, depuis l'aéroport, fut rapide. Il faisait toujours nuit, quand ils arrivèrent. Leur premier souci fut de transférer sœur Jean-Baptiste dans le bâtiment. Ensuite, seulement, Moudi et elle se débarrassèrent de leur combinaison de protection. L'infirmière lissa ses cheveux courts et respira profondément, puis elle regarda autour d'elle. Ce qu'elle vit la surprit. Moudi se rendit compte de son trouble et il l'entraîna à l'intérieur sans lui laisser le temps de dire un mot.

Alors, l'odeur les frappa, une odeur africaine familière, qui s'expliquait par l'arrivée des singes quelques heures plus tôt — rien, vraiment, qui aurait pu faire penser à Paris ou à un endroit comme l'Institut Pasteur... Et puis Marie-Madeleine se rendit compte que les panneaux, sur les murs, n'étaient pas écrits en français. Elle n'avait aucun moyen de savoir ce qui se passait — elle se sentait perdue et se posait des questions. Un soldat apparut, la prit par le bras et l'entraîna — et comme elle ne comprenait toujours pas ce qui lui arrivait, elle ne protesta pas. Elle se retourna et vit un homme barbu en tenue chirurgicale, dont l'air mécontent augmentait encore sa confusion.

— Qu'est-ce qui se passe? Qui est-ce? demanda le directeur du projet.

— Leur religion leur interdit de voyager seules, expliqua Moudi. Pour protéger leur chasteté. Sans elle, je n'aurais pas pu venir ici avec notre patiente.

— Vivante? demanda le directeur, qui n'était pas là à leur arrivée.

— Oui, répondit Moudi, avec un mouvement de tête. On devrait pouvoir la garder avec nous encore trois ou quatre jours.

— Et celle-là?

Moudi esquiva la question :

— Ce n'est pas à moi de décider.

— Nous pourrions avoir une autre...

— Non! protesta Moudi. Ce serait un acte barbare. Dieu s'oppose à de telles pratiques.

— Et pas à ce que nous avons prévu de faire, peut-être? répliqua le directeur.

A l'évidence, Moudi était resté trop longtemps dans la brousse. Mais ça ne valait pas la peine de se disputer. Ils n'avaient besoin que d'un seul porteur du virus Ebola.

— Allez vous désinfecter, ensuite nous monterons la voir, ordonna le directeur.

Moudi gagna donc la salle réservée aux médecins, au deuxième étage. Il constata avec surprise que sa combinaison de protection avait survécu au voyage — pas le moindre accroc. Il s'en débarrassa dans une grosse poubelle en plastique, puis il alla prendre une douche dont l'eau chaude contenait un désinfectant — qu'il sentit à peine — et il s'offrit cinq minutes de bonheur. Ensuite il passa une tenue médicale propre. Un infirmier avait posé à son intention une combinaison neuve dans la pièce à côté, une Racal américaine bleue, cette fois, qui sortait juste de sa boîte. Il l'enfila. Le directeur, vêtu de la même façon, l'attendait dans le couloir, et les deux hommes se dirigèrent vers les salles de soins.

Il n'y en avait que quatre, derrière des portes étanches et gardées. Ce centre de recherches dépendait de l'armée. Tous les médecins étaient des militaires, et les infirmiers — pas de femmes, ici — avaient fait l'expérience du champ de bataille. La sécurité était draconienne, comme on pouvait s'y attendre. Moudi et le directeur avaient déjà été contrôlés au rez-de-chaussée. Le garde appuya sur les boutons pour débloquer les portes, qui s'ouvrirent avec un sifflement hydraulïque ; ils constatèrent que la fumée de la cigarette du soldat était aspirée dans le sas. Parfait, le système de ventilation fonctionnait correctement. Les deux hommes avaient un étrange préjugé contre leurs compatriotes. A leur avis, ç'aurait été préférable si la construction de ces installations avait été confiée à des ingénieurs étrangers — on appréciait les Allemands au Moyen-Orient, pour ce genre de travail —, mais l'Irak avait commis cette erreur, et en avait subi les conséquences. Les Allemands, qui étaient des gens méthodiques, archivaient les plans de tout ce qu'ils bâtissaient, si bien que la plupart de leurs projets avaient été réduits en poussière par les bombardements américains... Et donc, si le matériel iranien était importé en grande partie, les bâtiments étaient de construction locale. Leur vie dépendait de la qualité de chacun des sous-systèmes installés ici, mais ils n'y pouvaient rien. Les secondes portes du sas ne s'ouvraient que si les premières étaient fermées. Ça marchait. Le directeur les actionna et ils avancèrent.

Sœur Jean-Baptiste était dans la dernière salle, à droite. Trois infirmiers étaient avec elle. Ils lui avaient déjà ôté tous ses vêtements, révélant ainsi au grand jour les progrès de la mort. Ce qu'ils avaient vu les avait bouleversés, car son état était bien plus affreux que celui de n'importe quel blessé sur un champ de bataille. Ils lui avaient fait une toilette rapide, puis ils l'avaient couverte, respectueux de la pudeur féminine comme le voulait leur culture.

Le directeur examina le goutte-à-goutte de morphine, et le diminua immédiatement d'un tiers.

— Il faut la garder en vie le plus longtemps possible, expliqua-t-il.

— La douleur..., commença Moudi.

— Nous n'y pouvons rien, répondit froidement son patron.

Il faillit faire des reproches à Moudi, mais il se retint. Il était médecin, lui aussi, et il savait qu'il était difficile de considérer ses patients avec froideur. Femme âgée, constata-t-il, abrutie par la morphine, respiration trop lente à son goût. On avait branché l'électrocardiogramme, et il fut surpris de constater à quel point son cœur continuait de fonctionner correctement. Bien. Sa pression sanguine était basse, comme prévu, et il ordonna deux unités de sang supplémentaires par le goutte-à-goutte. Plus elle avait de sang, et mieux c'était.

Les infirmiers étaient parfaitement entraînés. Tout ce que la sœur avait à son arrivée avait déjà été mis dans un sac, puis dans un second, qu'on avait transporté à l'incinérateur à gaz. La gestion du virus serait ici leur préoccupation principale. Cette femme était leur bouillon de culture. Jusqu'à présent, on se contentait de prélever quelques centilitres de sang à ces malades, pour analyse, et puis ils mouraient, et leur cadavre était brûlé ou enterré dans un sol saturé de produits chimiques.

Mais pas cette fois.

Cette fois, ils posséderaient bientôt une énorme quantité de virus, et ils en fabriqueraient encore plus.

— Comment a-t-elle été contaminée, Moudi?

— Elle soignait le cas index.

— Le nègre?

— Oui, dit Moudi, avec un signe de tête.

— Elle a fait quelle erreur?

— On n'en sait rien. Je lui ai posé la question quand elle était encore lucide. Elle n'a pas piqué cet enfant, et elle a toujours été très prudente avec les aiguilles... C'était une infirmière expérimentée, répondit Moudi machinalement. (Il était trop fatigué pour faire autre chose que de rapporter ce qu'il savait. Le directeur apprécia.) Elle avait déjà été confrontée au virus Ebola, à Kikwit et ailleurs. Elle connaissait les procédures de sécurité.

— Transmission aérogène ? demanda le directeur.

Ç'aurait été trop beau pour être vrai.

— Le CDC pense qu'il s'agit d'un sous-type Ebola Mayinga. Vous vous rappelez que cette souche a reçu le nom d'une infirmière dont la contamination est restée inconnue.

Le directeur fixa Moudi.

— Vous êtes sûr de ce que vous dites ?

— Non, je ne suis sûr de rien, en ce moment, mais j'ai aussi interrogé notre équipe hospitalière. Elle est formelle : sœur Jean-Baptiste n'a fait aucune injection à notre cas index. Alors, il s'agit peut-être d'un cas de transmission aérogène, pourquoi pas ?

On connaissait si peu de chose sur le virus Ebola Zaïre... On savait simplement que la maladie était transmissible par le sang et les autres fluides corporels, et même par contact sexuel — ce qui était totalement théorique, puisqu'une victime d'Ebola n'était pas vraiment en état de s'envoyer en l'air... On estimait que le virus avait peu de chances d'essaimer à partir d'un hôte vivant, car une fois exposé à l'air, il mourait très vite. Pour cette raison, on pensait que la maladie ne se diffusait pas dans l'air ambiant, à la différence de la pneumonie ou d'autres affections plus communes. Mais il y avait aussi des cas atypiques à chaque épidémie. La malheureuse infirmière Mayinga avait donné son nom à une souche qui l'avait tuée d'une façon qu'on n'avait jamais expliquée. Avait-elle menti ou oublié quelque chose ? Avait-elle dit la vérité et immortalisé ainsi un sous-type d'Ebola capable de survivre assez longtemps à l'air libre pour se transmettre comme un simple rhume ?

Dans l'affirmative, sœur Jean-Baptiste était l'hôte d'une arme biologique qui ferait trembler le monde.

Et ils jouaient aux dés avec la Mort en personne...

La moindre erreur serait fatale. Le directeur considéra la gaine du système de climatisation. L'air pur qui sortait du conduit était acheminé à travers deux cents mètres de tuyauterie, après être passé par une chambre de tranquillisation, où il était soumis à un puissant rayonnement ultraviolet dont la fréquence de radiations, on le savait, détruisait n'importe quel virus. En outre, les filtres étaient imprégnés de produits chimiques, entre autres d'acide phénique. Ensuite, l'air était rejeté à l'extérieur, où l'on pouvait compter sur d'autres facteurs environnementaux pour empêcher le développement desdits virus. Les filtres étaient religieusement changés toutes les douze heures, le fonctionnement des ultraviolets était constamment surveillé, et le laboratoire « stérile » était maintenu en basse pression, pour éviter toute fuite. Pour le reste, pensa Moudi, ils dépendaient de leurs combinaisons.

Le directeur était médecin, lui aussi ; il avait fait ses études médicales à Paris et à Londres, mais il n'avait plus traité de patient depuis des années. Au cours de cette dernière décennie, il s'était consacré à la biologie moléculaire, et plus particulièrement à l'étude des virus. Il en connaissait sur eux plus que n'importe qui — c'est-à-dire encore assez peu. Il savait les multiplier, par exemple, et, à présent, il avait devant lui un bouillon de culture idéal — un être humain transformé par le destin en une usine de fabrication de l'organisme le plus mortel que l'homme eût jamais connu... Cette femme avait peut-être été une infirmière efficace, s'il en croyait Moudi, mais c'était du passé, et il n'y avait aucune raison de s'attacher à quelqu'un qui serait mort d'ici trois jours, quatre au maximum. Plus longtemps elle durerait, et mieux ce serait, pour que l'usine continuât son travail, utilisant ce corps humain comme matière première et faisant de la plus belle création d'Allah un redoutable fléau.

Quant à leur *autre* problème, il avait donné des ordres tandis que Moudi était sous la douche.

On avait conduit sœur Marie-Madeleine à une salle de bains et on lui avait fourni des vêtements propres. Elle se lava, tout en continuant à se demander ce qui se passait. Où était-elle ? Elle était toujours trop troublée pour être vraiment effrayée, trop désorientée pour comprendre ce qui lui arrivait. Une longue douche lui remit un peu les idées en place, puis elle décida d'aller retrouver le Dr Moudi pour lui demander des explications. *Oui, voilà ce que je vais faire*, pensa-t-elle en se rhabillant. Sa surblouse médicale la rassurait, et elle avait toujours son rosaire, qu'elle avait même gardé sous la douche. Une fois vêtue, elle pensa que la prière l'aiderait. Alors, elle s'agenouilla.

Elle n'entendit pas la porte s'ouvrir derrière elle.

Le soldat des forces de sécurité avait des ordres. Il aurait pu agir quelques minutes plus tôt, mais violer l'intimité d'une femme nue aurait été un acte odieux, et de toute façon elle ne risquait pas de lui échapper. Il fut heureux de la trouver en prière, le dos tourné. Oui, c'était bien. A un condamné, on laissait toujours une chance de s'adresser à Allah — le contraire était un péché. Tout était donc pour le mieux, pensa-t-il, en levant son automatique 9 mm. Elle était en train de parler à son Dieu...

Quand il eut terminé, il rangea son arme dans son holster et ordonna aux deux infirmiers, qui attendaient à l'extérieur, de faire un peu de ménage. Il avait déjà tué des gens, auparavant ; il avait éliminé des ennemis de l'Etat — c'était son devoir, un devoir parfois désagréable, mais son devoir tout de même. Cette fois-ci, pourtant, il en était sûr, il avait envoyé une âme à Allah. C'était bizarre de se sentir bien après une exécution.

Tony Bretano était arrivé dans un avion d'affaires de la TRW. En fait, il n'avait pas encore décidé d'accepter l'offre du conseil d'administration de Lockheed-Martin, et Ryan apprit avec plaisir que l'information de George Winston était incorrecte.

Cela prouvait au moins qu'il n'était pas au courant de tout...

— J'ai déjà dit « non » auparavant, monsieur le président, déclara immédiatement Bretano.

— Oui, deux fois, répondit Ryan avec un signe de tête. Pour la présidence de l'ARPA [1], et pour le poste de secrétaire adjoint à la Technologie. Votre nom a été prononcé aussi pour la direction du NRO [2], mais finalement, ils ne vous ont pas téléphoné.

— J'étais au courant, répliqua Bretano.

Manifestement, sa petite taille le complexait, à en juger par sa combativité. Il parlait avec l'accent d'un natif de Little Italy, à Manhattan, malgré de nombreuses années passées sur la côte Ouest — et cela renseignait aussi Ryan. Cet homme restait attaché à ses origines, en dépit de deux diplômes du MIT, où il aurait tout aussi bien pu prendre l'accent de Cambridge.

— Et vous avez refusé ces offres parce que c'était la merde de ce côté-ci du fleuve, c'est ça ?

— Ouaip. Trop de bide et pas assez de dents. Si je gérais mes affaires comme ça, mes actionnaires me lyncheraient. La bureaucratie de la Défense...

— Réglez-lui son compte pour moi...

— C'est impossible.

— Ne me servez pas ce genre de discours, Bretano ! Tout ce que l'homme peut faire, il peut le défaire. Si vous ne pensez pas avoir ce qu'il faut pour ce boulot, alors, d'accord, vous me le dites et vous pouvez retourner chez vous.

— Attendez une minute...

— Non. Vous avez entendu mon discours à la télé, et je ne vais pas le répéter maintenant. J'ai besoin de mettre un peu d'ordre dans certaines

---

1. *Advanced Research Projects Agency :* Agence des projets de recherche avancée *(N.d.T.)*.

2. *National Reconnaissance Organization :* Service national de reconnaissance, c'est-à-dire l'organisme américain qui s'occupe des satellites espions *(N.d.T.)*.

choses, et pour ça il me faut les personnes adéquates. Et si ce n'est pas vous, tant pis, je trouverai
quelqu'un qui sera assez costaud pour...

— *Costaud ?* fit Bretano en sursautant. *Costaud ?*
J'ai des infos pour vous, monsieur le président...
Figurez-vous que mon père vendait des fruits sur
une charrette à bras ! La vie ne m'a jamais fait de
cadeau ! (Il se tut en voyant Ryan éclater de rire ; il
eut l'air songeur un instant, puis se mit à rire à son
tour.) Ah, bravo..., ajouta-t-il plus calmement, sur
un ton de PDG — ce qu'il était.

— George Winston m'a assuré que vous aviez du
cran. En dix ans, on n'a pas eu un seul secrétaire à
la Défense à peu près décent. Bon, quand je me
trompe, j'ai besoin de gens qui me le disent. Mais je
ne crois pas être dans l'erreur à votre sujet.

— Qu'est-ce que vous voulez exactement ?

— Lorsque je décroche mon téléphone, il doit y
avoir un résultat... Si j'envoie des gamins dans un
endroit dangereux, je veux être sûr qu'ils sont correctement équipés, entraînés et soutenus. On doit
avoir peur de nous. Ça facilite beaucoup la vie du
Département d'Etat. Quand j'étais gosse, à Baltimore Est, et que je voyais un flic remonter Monument Street, j'étais certain de deux choses. Primo,
que ce n'était pas une bonne idée de lui chercher
des noises, et secundo que je pouvais compter sur
lui pour m'aider en cas de pépin.

— En d'autres termes, vous voulez un produit clé
en main...

— Exact.

— Ça va pas être facile, dit Bretano, prudent.

— Choisissez une bonne équipe pour préparer
un plan de restructuration qui réponde à nos
besoins. Puis remodelez le Pentagone.

— Et j'aurai combien de temps pour ça ?

— Deux semaines, pour la première partie.

— Trop court.

— Ne me dites pas ça. On prend tellement de
temps à étudier les choses que je suis surpris que le

papier sur lequel on imprime toutes ces élucubrations n'ait pas encore réussi à épuiser tous les arbres de ce pays... Bon sang, je les connais, les menaces extérieures! Vous vous souvenez? C'était mon boulot, avant. Il y a un mois, on était en pleine guerre et on tirait la langue parce qu'on ne savait plus où on allait. On a eu de la chance. Mais je ne veux plus dépendre de la chance. Débarrassez-nous de la bureaucratie. Comme ça, quand on devra faire certaines choses, ça sera fait. A vrai dire, je veux que ce soit réglé avant même qu'on en ait besoin! Et personne ne sera plus assez fou pour s'en prendre à nous. Maintenant, ma question est la suivante : êtes-vous à la hauteur, docteur Bretano?

— Ça va être sanglant.

— Ma femme est toubib, j'ai l'habitude, répondit Jack.

— La priorité, c'est d'avoir un bon service de renseignements.

— Je sais ça aussi. On a déjà commencé à remettre de l'ordre à la CIA. George devrait être parfait aux Finances. Et je suis en train d'étudier une liste de juges, pour la Justice. J'ai dit tout ça à la télé. Je monte une équipe. Je désire que vous en soyez. Moi aussi, j'ai fait mon chemin tout seul. Vous pensez que deux personnes comme nous seraient arrivées si loin, autrement? C'est le moment de se rembourser, Bretano.

Ryan s'appuya contre son dossier, plutôt satisfait de sa formule.

Impossible de résister à ça, Bretano le savait.

— Je commence quand?

Ryan consulta sa montre :

— Demain matin, ça vous irait?

L'équipe de maintenance arriva juste après l'aube. L'appareil était gardé par des militaires pour éloigner les curieux, même si cet endroit était beaucoup plus sûr que la plupart des aéroports internationaux, en raison de la présence de l'armée de l'air iranienne. La longue liste de procédures notée sur son clipboard étonna un peu le chef d'équipe, mais sans plus. Les avions de ce genre bénéficiaient toujours d'un traitement de faveur, parce que leurs utilisateurs se prenaient pour des élus de Dieu... A vrai dire, il s'en fichait. Il connaissait son boulot, et les précautions supplémentaires qu'on lui demandait étaient inutiles. Ses hommes étaient consciencieux. Le document de maintenance indiquait qu'il fallait changer deux instruments du cockpit, et les deux pièces étaient prêtes, toujours dans leur emballage de sortie d'usine. Il faudrait les étalonner après les avoir installées. Pendant ce temps, deux membres de son équipe feraient le plein et une vidange. Les autres s'occuperaient de la cabine, sous sa surveillance.

Ils venaient juste de se mettre au travail lorsqu'un capitaine arriva avec de nouveaux ordres qui, comme on pouvait s'y attendre, contredisaient les premiers. Il fallait remonter rapidement les sièges, car le G-IV devait redécoller au plus vite. L'officier ne précisa pas sa destination, et le chef d'équipe ne prit pas la peine de lui poser la question. Il dit à son mécanicien de se dépêcher de finir de travailler sur le tableau de bord : pas compliqué, car c'étaient des modules. Un camion arriva avec les sièges ôtés deux jours plut tôt, et l'équipe de nettoyage aida à les transporter et à les remettre en place avant de les laver. Le chef se demanda pourquoi on les avait démontés, mais ce n'était pas à lui de poser ce genre de questions, et de toute façon la réponse n'aurait certainement pas eu grande signification. Dommage que tout le monde soit à la bourre... Ç'aurait été plus simple de nettoyer l'appareil à vide. Au lieu de quoi, on replaça rapidement les quatorze sièges, ce qui lui redonna un petit air d'avion de ligne, mais en plus confortable. Ils avaient été essuyés à sec dans le hangar, et on avait vidé les cendriers. Un traiteur livra la nourriture pour la cuisine et le G-IV fut bientôt envahi d'employés qui se marchaient sur les pieds ; dans la confusion qui en résulta, le travail ne fut pas fait correctement, mais le contremaître n'y était pour rien. Le nouvel équipage arriva avec ses cartes et ses plans de vol, et il trouva un mécanicien en train de travailler sur les instruments numériques du moteur. Le pilote, qui n'avait aucune patience avec ces gens-là, l'observa d'un air furieux tandis qu'il finissait son travail ; pour sa part, le mécanicien se souciait comme d'une guigne de ce que pouvaient penser les pilotes. Il fixa le dernier raccord, se dégagea de sous le panneau en se tortillant, et lança un programme de vérification pour s'assurer que tout fonctionnait correctement, sans même un regard aux aviateurs qui ne manqueraient pas de l'insulter méchamment s'il faisait la moindre erreur... Il n'était pas encore sorti du cockpit que le copilote prenait sa place et exécutait le même programme de vérification. Lorsqu'il descendit de l'avion, le mécanicien comprit les raisons de cette précipitation.

Ils étaient cinq, qui attendaient sur la piste, l'air impatient et important ; ils observaient le Gulfstream blanc, et semblaient sur des charbons ardents. Le mécanicien et tous ses collègues connaissaient les noms de ces hommes, car on les voyait souvent à la télévision. Ils saluèrent ces mollahs avec déférence, et redoublèrent d'efforts, si bien qu'ils ne terminèrent pas toutes leurs tâches. Comme on ordonna à l'équipe de nettoyage de quitter l'avion au plus vite, elle ne donna que quelques coups de chiffon ici ou là, une fois les sièges réinstallés. Les VIP embarquèrent immédiatement et se dirigèrent vers l'arrière de la cabine pour discuter. L'équipage actionna les turbopropulseurs, et les gardes et les camions eurent à peine le temps d'évacuer la piste avant le début du roulage.

En atterrissant à Damas, l'équipage du second appareil de cette petite flotte commerciale apprit qu'il avait ordre de retourner immédiatement à

Téhéran. Il jura, mais obéit, limitant son temps au sol à une quarantaine de minutes avant de redécoller à nouveau. Le vol pour l'Iran serait bref.

A PALM BOWL, tout le monde était très occupé. Il se passait quelque chose : cela se voyait à tout ce qui ne se passait pas, justement. Le trafic sur les canaux de fréquence cryptés utilisés par les officiers supérieurs irakiens avait atteint son maximum, puis il était retombé à zéro. En ce moment, il était carrément silencieux. A la KKMC, en Arabie Saoudite, les ordinateurs cherchaient à pénétrer les systèmes de brouillage, contrôlés par microprocesseur, des radios militaires irakiennes. C'était toujours très long. La technologie du cryptage, jadis réservée aux pays riches, était désormais facilement disponible à n'importe quel citoyen des Etats-Unis ou des autres pays techniquement avancés, grâce au développement des ordinateurs personnels, si bien que les plus petites nations disposaient aujourd'hui d'appareils performants pour protéger leurs communications. La Malaisie, par exemple, avait des codes presque aussi difficiles à pénétrer que ceux de la Russie — sans parler de l'Irak. Les systèmes de codage des radios tactiques étaient bien sûr un peu plus simples et encore accessibles, mais on devait tout de même faire appel à l'ordinateur Cray que l'on avait installé dans le royaume saoudien quelques années plus tôt.

PALM BOWL ayant été entièrement financé par le gouvernement du Koweït, celui-ci méritait bien un retour d'ascenseur. Il avait donc droit aux « prises » de la NSA, l'Agence nationale de sécurité. Et ce n'était que justice.

— Ils parlent de leurs familles..., s'exclama à haute voix un sergent de l'US Air Force.

PALM BOWL avait déjà enregistré des informations personnelles sur ce réseau, et appris beaucoup de choses intimes sur les habitudes des généraux irakiens, plus quelques blagues crues traduisibles ou non en anglais, mais ça c'était une première.

— Evacuation..., fit remarquer le sergent-chef à côté de lui. Ils fichent le camp. Lieutenant! appelat-il. On a du nouveau!

L'officier de garde travaillait sur autre chose. Le radar de l'aéroport international du Koweït, installé depuis la guerre, était très puissant et fonctionnait sur deux modes, un pour les contrôleurs aériens civils et l'autre pour l'aviation militaire koweïtienne. Pour la seconde fois en deux jours, un avion d'affaires arrivé d'Iran se dirigeait vers Bagdad. Son trajet et son code transpondeur étaient identiques au premier. Les deux capitales n'étaient séparées que de six cent cinquante kilomètres, juste assez pour que ce soit rentable pour un appareil commercial de monter à une altitude de croisière — il faisait ainsi des économies de carburant non négligeables et, par la même occasion, frôlait leur couverture radar. Un AWACS E-3B patrouillait aussi dans cette zone, mais il communiquait ses informations directement à la KKMC et non à PALM BOWL. Du coup, les espions militaires de la station au sol se faisaient un devoir de battre le personnel aérien à son propre jeu, d'autant que souvent celui-ci appartenait aussi à l'US Air Force. La lieutenante nota mentalement l'information, puis appela son sergent.

— C'est quoi, ça?

Il fit défiler sur son écran la traduction de plusieurs conversations décryptées et lui indiqua les horaires du doigt.

— Là, on a un certain nombre de gars qui s'tirent, m'dame.

Un commandant koweïtien les rejoignit. Ismaël Sabah, un lointain parent de la famille royale, avait fait ses études à Dartmouth. Le personnel américain l'aimait bien. Pendant la guerre, il était resté au Koweït et avait combattu au sein d'un mouvement de résistance — l'un des plus efficaces. Dans la clandestinité, il avait réuni des informations sur les mouvements et la position des unités militaires irakiennes, qu'il avait communiquées par téléphone cellulaire à un réseau civil saoudien, de l'autre côté de la frontière, et les Irakiens n'avaient jamais pu le repérer. A cette époque, il avait perdu trois membres proches de sa famille. Cette expérience lui avait beaucoup appris — entre autres, la haine du pays qui se trouvait au nord du sien. C'était un homme calme et intelligent, dans les trente-cinq ans, et qui semblait chaque jour plus malin. Il se pencha pour lire les traductions sur l'écran.

— Comment dites-vous, chez vous ? Les rats quittent le navire ?

— Vous le pensez aussi, monsieur ? demanda le sergent, sans laisser le temps à sa lieutenante de formuler la question.

— Pour l'Iran ? demanda celle-ci. Je sais que c'est l'impression que ça donne, mais ça n'a pas de sens, n'est-ce pas ?

Le commandant Sabah grimaça.

— Pendant la guerre, replier leur force aérienne en Iran n'avait guère de sens non plus, et pourtant les Iraniens ont gardé les avions et renvoyé les pilotes chez eux. Vous devriez étudier davantage la culture locale, lieutenante.

J'ai surtout appris que rien ici n'avait beaucoup de sens..., pensa-t-elle, mais, bien sûr, elle ne pouvait pas répondre une chose pareille.

— Quoi d'autre ? demanda encore Sabah.

— La surveillance radar indique un vol de Mah-rabad à destination de Bagdad, avec un code d'avion d'affaires, répondit la lieutenante.

— Oh, le même que l'autre jour ? fit Sabah.

— Oui, commandant.

Sabah alluma une cigarette. Puisque PALM BOWL était, techniquement, une installation koweïtienne, on avait le droit de fumer, ici. Il n'avait pas un grade élevé, mais ça ne l'empêchait pas de jouer un rôle important dans les services de renseignements de son pays.

— Quel est votre avis ? demanda-t-il à la cantonade.

Il s'était déjà fait le sien.

— Vous l'avez dit, monsieur. Ils fichent le camp, répondit le sergent-chef.

Le commandant Sabah fut encore plus précis.

— Dans quelques heures, ou quelques jours, l'Irak n'aura plus de gouvernement, et l'Iran se frotte les mains...

— Ça sent mauvais, murmura le sergent-chef.

— Le terme « catastrophe » me vient à l'esprit, observa Sabah doucement.

Le Gulfstream se posa sans problème à Bagdad après soixante-cinq minutes de vol depuis Téhéran, nota Badrayn en consultant sa montre. La porte s'ouvrit, les cinq passagers descendirent, et on les reçut avec une courtoisie de pure forme — qu'ils retournèrent avec la même hypocrisie. Aussitôt, un petit convoi de Mercedes les conduisit secrètement à des appartements somptueux préparés pour eux au centre-ville — où ils seraient assassinés, bien sûr, si les choses tournaient mal. Dès que les voitures eurent démarré, deux généraux, flanqués chacun d'un garde du corps, et accompagnés de leurs femmes et de leurs enfants, sortirent du terminal VIP et se dirigèrent vers le G-IV, où ils embarquèrent aussitôt. Le copilote referma les portes et lança les turbopropulseurs, le tout en moins de dix minutes, à en croire la Seiko de Badrayn. L'avion roula immédiatement vers la piste pour son voyage de retour jusqu'à l'aéroport de Mahrabad. Tout ça manquait de discrétion, et le personnel de la tour de contrôle allait forcément se rendre compte de quelque chose. C'était le problème, avec la sécurité, Badrayn le savait. Impossible de garder certaines choses secrètes, ce genre d'opérations, en tout cas. Il aurait mieux valu utiliser un vol commercial et considérer les généraux comme les passagers d'un vol normal. Hélas, il n'existait aucune ligne régulière entre les deux pays, et les généraux, de toute façon, auraient refusé un traitement aussi plébéien. Si bien que les gens de la tour de contrôle savaient désormais qu'un vol spécial était arrivé et reparti dans des circonstances inhabituelles, tout comme les employés du terminal qui avaient courbé l'échine devant les deux hommes. Pour ce vol-là, ça n'avait pas grande importance. Mais pour les suivants, si.

Maintenant, peut-être que tout ça ne signifiait rien dans le Grand Ordre des choses... Désormais, il n'y avait plus moyen d'arrêter les événements qu'il avait lui-même contribué à déclencher. Mais d'un point de vue professionnel, la gestion de cette opération choquait Ali Badrayn, car il avait toujours préféré garder secret tout ce qu'il faisait.

Avec un haussement d'épaules, il retourna au terminal VIP. Bon, ce n'était pas grave, et avec ce qu'il venait de réussir, il avait gagné la gratitude d'un homme très puissant à la tête d'un pays important, et ce en disant à des gens ce qu'ils savaient déjà et en les aidant à prendre une décision qu'ils étaient obligés de prendre.

La vie était parfois si curieuse...

— C'est le même. Doux Jésus, il n'est pas resté longtemps au sol.

Le trafic radio de cet appareil fut isolé sans trop de difficulté et renvoyé dans les casques d'un linguiste de l'armée. Le langage international de l'aviation était l'anglais, mais dans cet avion-là, on parlait farsi. Probablement une mesure de sécurité qui soulignait l'importance de ce vol. Cela dit, à part le choix de la langue, les échanges radio étaient parfaitement ordinaires. A cela s'ajoutait le fait que l'avion n'était pas resté assez longtemps au sol pour refaire le plein, ce qui indiquait que toute cette opération avait été planifiée. Ce n'était guère surprenant étant donné les circonstances, mais néanmoins très révélateur. A présent, un AWACS suivait aussi cet appareil au-dessus de l'extrémité nord-ouest du golfe Persique. L'affaire, signalée par PALM BOWL, avait été jugée assez grave pour qu'on modifiât l'itinéraire de routine du E-3B, escorté maintenant par quatre F-15 Eagle saoudiens. Les équipes du renseignement électronique iraniennes et irakiennes allaient le noter et savoir que quelqu'un s'intéressait à ce qui se passait — et se demander pourquoi, parce qu'elles n'en connaissaient sans doute pas beaucoup plus.

Le jeu était toujours aussi fascinant : chaque camp — en ce moment, ils étaient trois — cherchait des informations et pensait que l'autre en avait plus que lui, alors qu'en réalité aucun des trois ne savait rien !

A bord du G-IV, on parlait arabe. Les deux généraux discutaient à voix basse, d'un air nerveux, à l'arrière de l'appareil, et le vacarme des turbopropulseurs couvrait leur conversation. Leurs épouses restaient silencieuses, encore plus inquiètes qu'eux, tandis que les enfants lisaient ou dormaient. Les deux gardes du corps étaient les moins bien lotis : ils savaient que si quelque chose tournait mal en Iran, leur vie serait inutilement sacrifiée. L'un d'eux, assis au milieu de la cabine, s'aperçut que son siège était tout mouillé. C'était épais et... rougeâtre. Du jus de tomate, ou quelque chose comme ça, probablement. Il alla aux toilettes, se lava les mains, et revint avec une serviette pour essuyer son siège. Il retourna la jeter dans les W-C avant de se rasseoir, puis il contempla les montagnes par le hublot, se demandant s'il verrait un autre lever de soleil.

Il ne pouvait pas savoir qu'il n'avait plus que vingt jours à vivre.

— Et voilà, dit le sergent-chef. Il s'agit du général

adjoint de leur armée de l'air et du commandant du second corps d'armée irakien — plus leurs familles.

Le décryptage leur avait pris un peu plus de deux heures.

— Il y en aura d'autres ? demanda la lieutenante de l'USAF.

Elle apprend vite, pensèrent les autres espions.

— C'est possible, acquiesça d'un signe de tête le commandant Sabah. Il faudra vérifier si un autre avion décolle de Mahrabad quand celui-là se sera posé.

— Quelle destination ?

— Ah, lieutenant. C'est la question, n'est-ce pas ?

— Le Soudan, dit le sergent-chef.

Il était en poste dans ce pays depuis deux ans, et c'était sa seconde affectation à PALM BOWL.

— Je ne parierais pas contre vous là-dessus, sergent, observa Sabah avec un clin d'œil. On aura confirmation de tout ça quand on connaîtra le cycle des vols décollant de Bagdad.

Et en effet, il n'avait pas encore le moyen de se faire une idée précise de la situation, même s'il avait déjà signalé à ses supérieurs qu'il se passait quelque chose d'inhabituel. Et les Américains ne tarderaient pas à se poser les mêmes questions.

Vingt minutes plus tard, en effet, un rapport préliminaire partait de la KKMC pour Fort Meade, Maryland, où, avec le décalage horaire, il arriva juste après minuit. De là, on le transmit par fibres optiques à Mercury, le service de surveillance des communications de la CIA à Langley, Virginie, puis, aux étages supérieurs de l'immeuble de cet ancien quartier général, au centre opérationnel, pièce 7-F-27. A chaque étape, l'information fut communiquée telle quelle, parfois avec l'évaluation du bureau en question, de sorte que les officiers nationaux de renseignements, responsables de multiples surveillances, pouvaient y ajouter leurs propres commentaires tout en utilisant le travail de leurs prédécesseurs. Le problème, en temps de crise, c'était qu'on ne pouvait plus faire la différence entre l'information et ses analyses.

L'officier national de renseignements de garde à la CIA se nommait Ben Goodley; il était NIO depuis peu, et il avait droit aux pires horaires de service, justement parce qu'il était nouveau. Il fit preuve de son bon sens habituel en s'adressant à son spécialiste de secteur et en lui communiquant la sortie papier dès qu'il eut fini de la lire.

— Ils se tirent, murmura celui-ci à la troisième page du document.

Ce n'était pas une surprise, mais ce n'était pas drôle pour autant.

— C'est sérieux? demanda Goodley.

— Mon garçon (l'homme avait vingt ans de plus que lui), ils ne vont pas à Téhéran pour faire du lèche-vitrines.

— SNIE? fit Goodley, faisant référence aux « estimations spéciales du renseignement », documents officiels réservés aux situations exceptionnelles.

— Je crois que oui. Le gouvernement irakien part en couilles.

Goodley se leva.

— OK, on s'y met illico.

17

RENAISSANCE

C'est connu, les choses importantes n'arrivent jamais quand il faut. Que ce soit la naissance d'un enfant, ou une urgence nationale, on dirait toujours qu'à ce moment-là les gens censés s'en occuper sont au lit ou en vacances. Dans ce cas précis, il n'y avait vraiment rien à faire. Ben Goodley découvrit que la CIA n'avait personne sur place pour confirmer l'information, et son pays avait beau être particulièrement concerné par cette région, on ne pouvait rien entreprendre. Les médias n'avaient pas encore connaissance des derniers développements, et, comme toujours ou presque, la CIA resterait muette là-dessus tant qu'ils ne se manifesteraient pas, accréditant ainsi un peu plus dans l'esprit du public l'idée que les journalistes étaient aussi efficaces que le gouvernement pour mettre le doigt sur les problèmes. Ce n'était pas toujours le cas, bien sûr, mais plus fréquent que ne l'aurait souhaité Goodley.

Le SNIE serait court. Inutile de pontifier, avec pareil contenu, et on pouvait présenter les faits rapidement. Goodley et son spécialiste de la zone le rédigèrent en une demi-heure. Une imprimante en tira une copie papier pour leur propre service, et un modem le transmit aux agences gouvernementales concernées. Là-dessus, les deux hommes retournèrent au centre opérationnel.

Golovko faisait de son mieux pour retrouver le sommeil. L'Aeroflot venait d'acheter dix nouveaux Boeing 777 pour ses liaisons internationales avec New York, Chicago et Washington. Ils étaient beaucoup plus confortables et plus sûrs que les avions soviétiques qu'il utilisait depuis tant d'années, mais ça ne l'emballait guère de voler si loin avec seulement deux réacteurs, de fabrication américaine ou pas, au lieu des quatre habituels. Les sièges, au moins, étaient très bons en première classe, et tout de suite après le décollage on avait servi une grande marque russe de vodka. La combinaison des deux lui avait permis de dormir cinq heures et demie, puis la désorientation habituelle à ce genre de voyage l'avait réveillé en sursaut au-dessus du Groenland, alors que son garde du corps, à côté de lui, réussissait à rester au pays des rêves de sa profession.

Jadis, les choses ne se seraient pas passées ainsi, Sergueï Nikolaïevitch le savait. Il aurait utilisé un avion spécial, bourré de matériel de communication, et il aurait été tenu au courant, presque en temps réel, de la marche du monde grâce aux tours de transmission, à l'extérieur de Moscou, qui lui auraient immédiatement répercuté les informations intéressantes. Et quelque chose était effectivement en train de se produire, c'était forcé, pensa-t-il dans la bruyante obscurité de l'avion. Voilà le plus frustrant. On se rend à une réunion importante parce qu'on s'attend à un événement grave, et bien sûr celui-ci arrive pendant qu'on est en route, peut-être pas totalement injoignable, mais incapable en tout cas d'en discuter avec ses principaux collaborateurs... L'Irak et la Chine. Heureusement, une grande distance séparait ces deux points chauds... Mais Golovko pensa aussitôt qu'il y avait une distance encore plus grande entre Washington et Moscou — une nuit entière de vol dans un appareil avec seulement deux réacteurs. Il se retourna sur son siège et essaya de se rendormir. Il aurait besoin d'être en pleine forme, à son arrivée.

Le plus difficile n'était pas de les faire sortir d'Irak. Non, le plus dur serait le transfert entre l'Iran et le Soudan. Les avions iraniens n'avaient plus le droit depuis longtemps de survoler le royaume saoudien, hormis les charters de pèlerins pour La Mecque, au moment du *hajj* [1]. Les appareils commerciaux devaient contourner la péninsule Arabique, puis remonter la mer Rouge avant de filer à l'ouest, vers Khartoum, ce qui triplait le temps et la distance de ce voyage... Le second trans-

1. Le grand pèlerinage annuel durant le *dhou al hijja*, le douzième mois de l'année musulmane *(N.d.T.)*.

fert entre l'Irak et l'Iran ne pourrait avoir lieu que lorsque les deux premiers généraux seraient arrivés en Afrique *et* auraient vu leurs résidences préparées à la hâte à leur intention *et* les auraient trouvées correctes *et* auraient passé un coup de fil avec le mot de code confirmant que tout allait bien. Ç'aurait été tellement plus pratique de les embarquer tous ensemble dans un seul avion pour un unique trajet Bagdad-Téhéran-Khartoum! Il n'avait pas été possible non plus d'opter pour un itinéraire aérien plus court Bagdad-Khartoum par la Jordanie, car cela impliquait de passer tout près d'Israël, une perspective qui déplaisait fortement aux généraux irakiens... Et la nécessité du secret compliquait encore les choses.

Quelqu'un d'autre que Daryaei aurait peut-être trouvé cela rageant. Il était debout, seul, à la fenêtre d'une portion, condamnée pour l'occasion, du terminal principal, et il observait le G-IV qui venait de s'immobiliser; il vit ses portes s'ouvrir, des gens en descendre très vite et se précipiter vers l'escalier d'un autre avion, tandis que des bagagistes transféraient le peu d'affaires qu'ils emportaient, sans aucun doute des bijoux et divers objets de valeur, facilement transportables, pensa le saint homme. Quelques minutes plus tard, ce second appareil commençait son roulage.

Une folie, vraiment, de s'être déplacé jusqu'ici pour un spectacle aussi banal, mais cela représentait aussi vingt ans d'efforts et, même s'il était un homme de Dieu, Mahmoud Haji Daryaei était encore suffisamment humain pour avoir envie de voir de ses propres yeux le fruit de son travail. Cet instant lui avait coûté une vie entière, et la tâche n'était encore réalisée qu'à moitié! Et le temps filait à une telle rapidité...

Il semblait défiler encore plus vite lorsqu'on avait dépassé soixante-dix ans..., pensa Daryaei. Il considéra ses mains, avec leurs rides et leurs cicatrices, dont certaines n'avait rien de naturel. La Savak, la police secrète du shah, entraînée par Israël, lui avait brisé deux doigts. Aujourd'hui encore, il se souvenait de la douleur. Et encore plus du jour du châtiment de ses deux tortionnaires. Il n'avait pas dit un mot, il s'était contenté de les observer, de rester là comme une statue, lorsqu'on les avait emmenés au poteau d'exécution. C'étaient de simples fonctionnaires de la Savak, ils avaient obéi aux ordres ; à l'époque, ils se moquaient bien de savoir qui il était et ils n'avaient pas de raisons particulières de le haïr. Un mollah était venu prier avec eux, parce que c'était un crime d'empêcher quelqu'un de se réconcilier avec Allah avant de paraître devant lui.

Tant d'années à la poursuite acharnée de ce seul but ! L'ayatollah Khomeyni s'était exilé en France, mais pas Daryaei. Lui, il était resté dans l'ombre, coordonnant et dirigeant les opérations pour son chef. Il avait été arrêté, puis relâché parce qu'il n'avait rien dit, et ses proches collaborateurs non plus. Une erreur de la part du shah — une parmi beaucoup d'autres. Cet homme avait finalement succombé à son indécision. Trop libéral pour le clergé islamique et trop réactionnaire pour ses commanditaires occidentaux, cherchant en vain un équilibre entre ces deux attitudes, dans une partie du monde où l'on n'avait que deux possibilités. Une seule, en fait, se reprit Daryaei, tout en voyant le Gulfstream décoller. L'Irak avait essayé l'autre route, celle qui s'éloignait du monde de Dieu, et ça lui avait rapporté quoi ? Saddam Hussein avait déclaré la guerre à l'Iran, qu'il croyait faible et sans leader, et il n'était arrivé à rien. Ensuite, il s'était attaqué au Koweït, et son échec avait été encore pire — et tout ça, dans la seule quête du pouvoir temporel.

Daryaei n'avait jamais perdu son dessein de vue, exactement comme Khomeyni ; l'ayatollah était mort, mais sa mission lui avait survécu. Daryaei était tourné vers le nord et son objectif se trouvait devant lui — les cités saintes de La Mecque et de Médine... et Jérusalem.

Chef de l'Etat en titre, il avait de grandes ambitions, pas pour lui-même, bien sûr. Son humble existence touchait à sa fin, mais il avait encore une immense tâche devant lui. L'islam s'étendait de l'extrême ouest de l'Afrique à l'extrême est de l'Asie, sans compter les poches de Vraie Foi dans l'Europe occidentale, et cependant, depuis plus d'un millénaire, il n'avait jamais eu un chef unique avec un unique objectif. Daryaei en souffrait. Il n'y avait qu'un Dieu et qu'une Parole, et Allah devait être malheureux que Sa Parole fût si tragiquement incomprise... Il fallait y remédier — alors on changerait le monde et on amènerait l'humanité tout entière à Dieu. Mais pour cela...

Hélas, le monde était un instrument imparfait, avec des règles imparfaites, pour des hommes imparfaits — mais Allah l'avait fait ainsi, et c'était comme ça. Et puis il y avait ceux qui s'opposaient à Lui, croyants et non-croyants confondus, et cela ne mettait pas Daryaei en colère — ça l'attristait plutôt. Il ne haïssait ni les Saoudiens ni les peuples de l'autre extrémité du golfe Persique. Ils étaient croyants, eux aussi, et en dépit de leurs différences, ils n'avaient jamais interdit aux Iraniens l'accès à La Mecque. Mais leur voie n'était pas la bonne, et c'était comme ça. Ils s'étaient enrichis et ils étaient corrompus, et cela devait être corrigé. Daryaei prendrait le contrôle de La Mecque pour réformer l'islam. Il lui fallait donc conquérir le pouvoir temporel, ce qui signifiait aussi se faire des ennemis. Mais ce n'était pas nouveau — et il venait de remporter sa première grande victoire.

Si seulement ça n'avait pas été aussi long! Daryaei invoquait souvent la patience, mais sa mission était celle d'une vie tout entière; or il avait soixante-douze ans, et il ne voulait pas mourir, comme son maître, en laissant une tâche inachevée. Lorsque son moment serait venu de regarder Allah en face, il voulait lui parler d'accomplissement, de l'exécution du travail le plus noble jamais accompli par un homme — la réunification de la Vraie Foi... Daryaei était décidé à réussir. Et parce que son dessein était si pur et si brillant, et qu'il lui restait si peu de temps, il ne s'était jamais demandé dans quelles ténèbres il devrait s'enfoncer pour y parvenir.

Parfait. Il regagna sa voiture. Le processus était lancé.

Les spécialistes du renseignement ne sont pas payés pour croire aux coïncidences ; ils avaient des cartes et des pendules pour prévoir les événements. Ils connaissaient parfaitement le rayon d'action du G-IV. L'AWACS qui tournait dans le ciel définit sa trajectoire qui partait de Téhéran et se dirigeait vers le sud.

— Soudan..., confirma le commandant Sabah.

Il avait pensé aussi au Brunei, mais non, c'était trop loin de la Suisse, et l'argent était forcément en Suisse.

Là-dessus, un signal satellite fut envoyé aux Etats-Unis, toujours à la CIA, où l'on réveilla un officier supérieur qui répondit simplement « oui » à une simple question. Cette réponse fut relayée jusqu'à PALM BOWL, par courtoisie pour les Koweïtiens. Ensuite, ce ne fut plus qu'une question de temps.

A Khartoum, le personnel de la CIA était réduit — juste un chef de station et deux officiers de terrain, ainsi qu'une secrétaire qu'ils partageaient avec le Bureau des transmissions de la NSA. Mais ce chef était efficace, et il avait recruté un certain nombre de citoyens du cru qui lui servaient d'agents. Le gouvernement soudanais avait peu de chose à cacher, et il était trop pauvre pour présenter un quelconque intérêt. Il avait jadis profité de sa position géographique pour jouer l'Est contre l'Ouest, récupérant ainsi de l'argent, des armes et diverses faveurs, et puis l'URSS s'était effondrée, et, avec elle, la lutte pour le pouvoir qui avait bénéficié au tiers monde pendant deux générations. Aujourd'hui, les Soudanais ne dépendaient plus que de leurs propres ressources, qui étaient maigres. Leurs chefs se prétendaient islamiques et, en proclamant haut et fort ce mensonge, ils réussissaient à obtenir une aide de la Libye, de l'Iran et de quelques autres pays, en échange de quoi ils étaient tenus de mener la vie dure aux animistes du sud du pays — au risque de voir se lever cette fois une *vraie* vague islamique dans leur propre capitale, menée par des gens qui connaissaient le peu de dévotion de leurs chefs et souhaitaient les remplacer par des musulmans purs et durs.

Voilà pourquoi le personnel de l'ambassade américaine menait une vie des plus imprévisibles. Parfois Khartoum était tranquille, lorsque les agitateurs fondamentalistes étaient sous contrôle ; et parfois non, quand on ne les maîtrisait plus. En ce moment, on était dans une période calme, et les officiers américains des Affaires étrangères avaient surtout à s'inquiéter de la situation à l'extérieur du pays, assez déplorable pour que l'on considérât un poste dans cette ambassade comme l'un des moins enviables de la planète — indépendamment même de la menace terroriste. Mais pour le chef de station, cela signifiait aussi un espoir d'avancement rapide. Sa femme et ses deux gosses étaient restés en Virginie, la plupart des résidents américains jugeant la situation trop instable ici pour faire venir leur famille. Surtout avec le sida qui devenait une menace suffisante pour les empêcher de profiter de la vie nocturne, sans parler de la difficulté qu'il y avait à se procurer du sang non contaminé en cas de blessure... Le médecin militaire de l'ambassade gérait tout ça du mieux qu'il pouvait.

Mais le chef de station se moquait de tout ça. Il avait eu droit à une conséquente augmentation de salaire en acceptant ce poste. Et il s'était bien débrouillé : il avait désormais un agent particulièrement bien placé au ministère des Affaires étrangères soudanais qui informait l'Amérique de tout ce que faisait ce pays.

Ce nouveau problème, il décida de s'en occuper lui-même. Il vérifia les horaires et les distances sur ses cartes, il déjeuna tôt, puis il fila à l'aéroport, à quelques kilomètres de la ville. La sécurité, ici, était digne de l'habituelle nonchalance africaine ; il trouva une place de parking à l'ombre. C'était plus facile de surveiller le terminal privé que celui réservé au public, surtout avec une lentille de 500 mm. Il eut même le temps de vérifier que son ouverture était correcte. Les gens de la NSA l'appelèrent sur son téléphone cellulaire pour le prévenir que l'avion n'allait pas tarder, ce que confirma l'arrivée de plusieurs voitures officielles. Il se souvenait bien des deux clichés faxés par Langley. Deux importants généraux irakiens, n'est-ce pas ? Avec la mort de leur patron, ce n'était pas vraiment étonnant... Lorsque le G-IV tout blanc se posa, dans les habituels nuages de fumée noire, il fit quelques photos pour s'assurer que son appareil fonctionnait correctement. Son seul problème, à présent, était de savoir si l'endroit où il stationnerait lui permettrait de faire des clichés des passagers qui en descendraient. Le Gulfstream s'immobilisa, ses portes s'ouvrirent, et le chef de station commença à mitrailler. *Clic... Clac...* Il reconnut l'un des hommes, et l'autre était sans doute sa seconde cible. Le transfert ne dura que quelques minutes. Les voitures officielles démarrèrent et le fonctionnaire de la CIA ne se demanda pas où elles allaient. Son agent, aux Affaires étrangères soudanaises, le lui dirait. Il rentra à l'ambassade. Tandis qu'un de ses collaborateurs s'occupait du développement de la pellicule, il appela Langley.

— On a notre confirmation ! annonça Goodley, qui finissait son tour de permanence. Deux généraux irakiens se sont posés à Khartoum il y a une cinquantaine de minutes. Les rats quittent le navire !

— Ça donne du poids à notre SNIE, Ben, fit remarquer le spécialiste de la zone. J'espère qu'ils tiendront compte de notre travail.

Le NIO sourit :

— Ouais, le suivant s'en occupera.

Les analystes, dont la journée de travail commençait, se débrouilleraient avec ça.

— Ça sent pas bon..., grommela le spécialiste.

Mais il n'y avait pas besoin d'être un espion pour le deviner.

— Les photos seront bientôt prêtes, annonça un officier des communications.

Le premier appel devait être pour Téhéran. Daryaei avait demandé à son ambassadeur de veiller à ce que tout se passât pour le mieux. L'Iran prenait en charge la totalité des frais, et fournissait les meilleurs logements, avec le maximum de confort dont disposait le Soudan. L'ensemble de l'opération ne coûterait d'ailleurs pas très cher, mais ces butors étaient à un sou près, et on avait déjà transféré électroniquement dix millions de dollars américains — une misère — pour mettre un peu d'huile dans les rouages... Un coup de fil de l'ambassadeur iranien confirma que le premier rendez-vous s'était bien passé et que l'avion était sur le chemin du retour.

Parfait. Les généraux irakiens allaient peut-être lui faire confiance, maintenant. Personnellement, il aurait été ravi d'éliminer ces ordures, et ça n'aurait guère été difficile, vu les circonstances, mais il avait donné sa parole, et, en outre, ses désirs n'entraient pas en ligne de compte, ici. Lorsqu'il raccrocha, son ministre des Transports était en train d'appeler pour avoir un avion supplémentaire afin d'accélérer les transferts. Autant se dépêcher.

Badrayn travaillait dans le même sens. Leur opération allait se savoir, sans doute d'ici moins de vingt-quatre heures. Les généraux laissaient derrière eux des gens trop importants pour survivre aux bouleversements à venir, mais pas assez cependant pour bénéficier de la sollicitude des Iraniens. Ceux-là, des colonels et des généraux de brigade, n'avaient aucune envie de jouer le rôle de chèvres sacrificielles et d'assouvir la rage naissante de la populace. Mais ils étaient sur le pont d'un navire en feu, au large d'une côte inhospitalière, et ils ne savaient pas nager...

Ryan s'était fait à cette routine. Et c'était même plus facile avec les coups discrets frappés à sa porte qu'avec le radio-réveil qui avait rythmé le début de ses journées pendant vingt ans. Il se levait, enfilait sa robe de chambre, allait ouvrir et récupérait ses journaux et son emploi du temps de la journée. Ensuite, il passait dans la salle de bains, puis il se rendait au salon jouxtant la chambre à coucher présidentielle, tandis que sa femme, quelques minutes plus tard, se réveillait à son tour.

Ce matin, il ne commença pas par les quotidiens. Même si le *Washington Post* n'était pas toujours aussi bon que les documents officiels qui l'attendaient sur la table du petit déjeuner, il ne parlait pas uniquement des affaires gouvernementales et lui permettait donc de se faire une idée des nouvelles du monde dans d'autres domaines. Mais cette fois, il lut d'abord le SNIE, agrafé dans une chemise en papier kraft.

Bon sang, ç'aurait pu être pire! pensa-t-il. Au moins, ils ne l'avaient pas réveillé pour lui annoncer une chose sur laquelle il ne pouvait avoir aucune influence. Il vérifia son emploi du temps. OK, Scott Adler venait discuter de l'Irak avec lui, et aussi ce Vasco. Parfait. Vasco semblait connaître son affaire. Quoi d'autre? Il parcourut la page en diagonale. Sergueï Golovko? C'était aujourd'hui? Ensuite, rapide conférence de presse pour annoncer la nomination de Tony Bretano comme secrétaire à la Défense, avec une liste de questions possibles à ce sujet, et des instructions d'Arnie — ignorer l'affaire Kealty.

— 'Jour, Jake.

Il l'embrassa sur les lèvres et lui sourit.

— 'Jour, mon amour.

— Le monde tourne encore? demanda-t-elle en se servant un café.

Cela signifiait que la First Lady n'avait pas d'opération, aujourd'hui : elle ne buvait jamais de café un jour d'intervention, car elle ne pouvait pas prendre le risque que la caféine fît trembler ses mains, même légèrement, lorsqu'elle incisait l'œil d'un patient.

Cette image avait toujours fait frémir Jack, même si sa femme travaillait avec un laser, désormais.

— Le gouvernement irakien s'est écroulé, répondit-il.

Elle eut un petit rire.

— Ce n'était pas déjà arrivé la semaine dernière?

— C'était le premier acte. Là, on en est au troisième.

— C'est grave? dit-elle en mâchant tranquillement son toast.

— Ça se pourrait. Tu fais quoi, aujourd'hui?

— Consultations. Visites de contrôle. Réunion de budget avec Bernie.

— Hum.

Jack parcourut l'*Early Bird*, les coupures de presse des principaux journaux du matin. Cathy, elle, jetait un coup d'œil au programme de la journée de son mari.

— Golovko? murmura-t-elle. Je l'ai rencontré à Moscou, non?

Le président sourit.

— Il m'en a beaucoup voulu, à une époque, quand j'ai aidé le directeur du KGB à passer à l'Ouest.

— Jack, je ne sais jamais quand tu blagues ou pas.

Jack réfléchit à la question. D'un point de vue technique, la First Lady était une citoyenne comme une autre. Et c'était encore plus vrai dans le cas de Cathy, une chirurgienne qui s'intéressait à peu près autant à la politique qu'à la sexualité de groupe. Mais son jugement était aussi valable que le sien, et si elle n'était pas une spécialiste des relations internationales, elle prenait chaque jour des décisions qui affectaient directement la vie de ses patients. Si elle se plantait, ils perdaient la vue...

— Cathy, je pense en effet qu'il est temps que je te dise certaines choses que j'ai gardées pour moi, toutes ces années. Oui, Golovko m'a collé un pistolet sur la tempe, un jour, sur une piste de l'aéroport de Moscou, parce que j'avais aidé deux Russes importants à quitter le pays, dont son chef, au KGB.

— Où est-il, maintenant ? demanda-t-elle, se souvenant des cauchemars qui avaient longtemps tourmenté son mari, quelques années plus tôt.

— Quelque part à Washington, répondit-il, je ne sais plus exactement où.

Cathy nota que Jack lui racontait ça, à présent, sur un ton aussi dégagé que s'il lui avait annoncé le score d'un match de base-ball. *Oui*, pensa-t-elle, *j'aimerais vraiment connaître toutes ces histoires...*

— Papa ! cria Katie en entrant dans le salon. Maman !

Du coup, la routine du matin changea et leur fit oublier le reste du monde. Katie était déjà habillée pour partir à l'école et, comme la plupart des jeunes enfants, elle était de bonne humeur au réveil.

— Bonjour, grommela Sally, qui arriva ensuite, visiblement contrariée.

— Qu'est-ce qu'il y a ? lui demanda Cathy.

— Tous ces gens partout ! On peut pas faire un pas sans qu'ils vous surveillent ! ronchonna-t-elle, en prenant un verre de jus de fruits sur le plateau. C'est comme de vivre à l'hôtel, mais en moins intime.

— C'est quoi, ton interro, aujourd'hui ? demanda

Cathy, comprenant le signal que sa fille lui envoyait.

— Maths, dit Sally.

— T'as révisé?

— Oui, 'man.

Jack préféra ignorer ce problème et servit les céréales de Katie, qui avait une prédilection pour les Frosted Flakes. Little Jack fit son entrée en dernier et alluma immédiatement la télé, zappant sur Cartoon Channel pour sa dose de *Road Runner* et de *Coyote*. Katie approuva.

Pendant ce temps, le NIO personnel de Ryan mettait la touche finale à son debriefing du matin... Dans la chambre présidentielle, un valet préparait les vêtements de Potus et Flotus... Les voitures attendaient les enfants pour les conduire à l'école... Les officiers de la police d'Etat du Maryland vérifiaient la route d'Annapolis... Et les Marines faisaient chauffer leur hélico pour se rendre à Baltimore — ce problème-là n'avait pas encore été réglé.

La machine tout entière s'était remise en marche.

Gus Lorenz était venu tôt au bureau parce qu'il attendait un coup de fil d'Afrique. Il demanda où étaient ses singes. Son courtier expliqua au médecin américain que comme le CDC avait eu des problèmes de virement bancaire, quelqu'un d'autre avait acheté la cargaison; il fallait maintenant en capturer d'autres dans la brousse. Ça prendrait peut-être une semaine, ajouta-t-il.

Lorenz grommela. Il avait espéré commencer ses nouvelles expérimentations ces jours-ci. Il nota la nouvelle date sur son bloc-notes, tout en se demandant qui, bon sang, avait bien pu acheter autant de singes verts africains? Rousseau lançait-il une nouvelle étude à Paris? Il décida de l'appeler un peu plus tard dans la matinée, après la réunion de l'équipe. La seconde victime de l'Ebola avait été tuée dans un accident d'avion, annonçait un télex de l'OMS. Triste, vraiment... Mais la bonne nouvelle, c'était qu'on n'en avait pas recensé d'autres ; il s'était écoulé assez de temps depuis la contamination du patient deux pour espérer maintenant que cette mini-épidémie était terminée, se dit-il. Bonne nouvelle, oui. Ce dernier virus était proche de la souche d'Ebola Zaïre Mayinga qui se trouvait sous son microscope électronique, le pire des sous-types de ce virus. Et son hôte, un rongeur par exemple, se promenait peut-être encore là-bas, en Afrique, en attendant d'infecter quelqu'un d'autre. Ou alors il s'était fait écraser par un camion... Il haussa les épaules. C'était possible, après tout.

Maintenant qu'on avait réduit son goutte-à-goutte de morphine, la patiente numéro deux, à Hasanabad, avait retrouvé une semi-conscience. Assez pour ressentir la souffrance, mais pas assez pour comprendre ce qui se passait.

Elle avait l'impression que son corps tout entier était tordu, écrasé et brûlé en même temps. Elle voulut bouger, juste pour déplacer un instant la douleur, mais lorsqu'elle essaya de se mouvoir, elle constata que ses membres étaient immobilisés par des sangles en Velcro. C'était une insulte pire, peut-être, que tout le reste. Elle essaya de protester, ce qui déclencha immédiatement une violente nausée et des haut-le-cœur. Voyant cela, un cosmonaute vêtu de sa combinaison bleue fit basculer son lit — elle se demanda quel genre de lit c'était — pour lui permettre de vomir dans un seau, et elle s'aperçut qu'elle crachait un vilain sang noir. Elle en oublia son martyre un instant, et elle comprit qu'elle ne survivrait pas, que la maladie était trop avancée, que son corps partait en charpie. Elle souhaita la mort, alors, parce qu'elle avait trop mal et que sa fin devait être rapide si elle ne voulait pas perdre la foi. Elle aurait bien voulu un prêtre à ses côtés... Elle aurait voulu... Où était donc Marie-Madeleine ? Etait-elle condamnée à mourir toute seule ? Elle observa les combinaisons spatiales, espérant découvrir des regards familiers derrière ces masques. Les yeux qu'elle vit avaient l'air compatissants, mais elle ne les connaissait pas. Elle ne comprenait pas non plus leur langue.

Le médecin pratiqua la prise de sang avec une extrême prudence. Il vérifia d'abord que son bras était correctement attaché. Puis il demanda à un collègue de le tenir quand même, en veillant bien à garder ses deux mains à distance de l'aiguille. Avec un signe de tête, il piqua alors la veine, et il eut de la chance, cette fois-ci, car il la trouva du premier coup. Il lui prit cinq centilitres d'un sang anormalement noir, puis ôta le tube, le rangea dans une boîte en plastique et recommença l'opération trois fois. Il retira l'aiguille et posa une gaze sur la piqûre, qui continuerait de saigner. Son collègue lâcha le bras de la patiente et nota qu'à l'endroit où il l'avait tenue, la peau était bizarrement décolorée. Le premier médecin militaire referma la boîte d'échantillons de sang et quitta la chambre, tandis que le second pulvérisait sur ses gants et sur ses bras de la teinture d'iode diluée. On les avait prévenus que leur tâche était très risquée, mais ils avaient eu du mal à le croire, malgré toutes les explications, les films et les diapos. Maintenant, ils prenaient la chose très au sérieux et priaient pour que la mort emportât cette femme vers sa destination choisie par Allah. C'était trop affreux de voir son corps se décomposer ainsi sous leurs yeux. L'idée même d'être témoin de cet horrible voyage aurait ébranlé le cœur le plus endurci. Ils n'avaient jamais rien vu de tel. Cette femme se liquéfiait littéralement de l'intérieur.

Le médecin finissait de nettoyer sa combinaison, quand un hurlement de douleur de la malheureuse le fit sursauter — on eût dit le cri d'un enfant torturé par le diable en personne.

On transporta les échantillons sanguins avec d'infinies précautions jusqu'au laboratoire de haute sécurité, au bout du couloir. Moudi et le directeur du projet étaient dans leurs bureaux — leur présence là-bas n'était pas nécessaire.

— C'est si fulgurant! s'exclama le directeur, impressionné, en secouant la tête.

— Oui, acquiesça Moudi, ça submerge le système immunitaire comme un raz de marée.

L'image du microscope électronique, sur l'écran de l'ordinateur, montrait l'invasion des virus en forme de houlette de berger. On voyait bien quelques anticorps, de pauvres moutons au milieu de meutes de loups... Ebola attaquait et détruisait les cellules sanguines. S'ils avaient pu prélever des échantillons de tissus des organes principaux, ils auraient constaté que leurs humeurs prenaient la consistance du caoutchouc et charriaient de minuscules cristaux envahis de virus. Ç'aurait été d'un intérêt scientifique certain d'effectuer un examen laparoscopique de l'abdomen, pour noter exactement le genre de dégâts que cette maladie occasionnait à un être humain, à certains intervalles de temps, mais ils auraient risqué ainsi d'accélérer le décès de leur patiente — ce qu'ils ne souhaitaient pas.

Dans ses vomissements, les fragments de tissus de son tube digestif supérieur étaient morts. Une bonne partie de son corps l'était déjà, en fait; ces morceaux se détachaient et étaient éliminés par l'organisme qui luttait vainement pour survivre. Le sang infecté serait centrifugé et congelé pour une utilisation ultérieure. Chaque goutte était utile, et on continuait donc à lui en prélever. Un test de routine des enzymes cardiaques montra que son cœur, à la différence de ce qui s'était passé pour le cas index, fonctionnait encore normalement.

— Etrange comme la maladie est capable de changer de mode d'agression, observa le directeur tout en parcourant la sortie papier de l'imprimante.

Moudi détourna les yeux. Il avait l'impression d'entendre les hurlements de douleur de sœur Jean-Baptiste à travers les murs de béton du bâtiment...

Ç'aurait été un acte de charité de lui injecter vingt centilitres de potassium ou d'ouvrir à fond le goutte-à-goutte de morphine pour la tuer en provoquant un arrêt respiratoire.

— Pensez-vous que l'enfant africain avait un problème cardio-vasculaire antérieur ? lui demanda son patron.

— Peut-être, mais nous n'avions aucun diagnostic à ce sujet.

— La fonction hépatique diminue rapidement, comme on pouvait s'y attendre. (Le directeur étudia les données sanguines. Tous les chiffres étaient bien en deçà, de la normale, sauf ceux du cœur, et encore...) C'est un cas d'école, Moudi.

— En effet.

— Cette souche de virus est encore plus virulente que ce que j'avais imaginé. (Il leva les yeux.) Vous avez bien travaillé.

Oh, oui.

— ... Tony Bretano est diplômé du MIT, en mathématiques et en physique optique. Ses états de service dans l'industrie sont impressionnants, et il sera, je pense, un secrétaire à la Défense particulièrement efficace, dit Ryan, à la fin de sa déclaration. Des questions ?

— Monsieur, le vice-président Kealty...

— L'*ancien* vice-président, reprit Ryan. Il a démissionné. Que ce soit clair.

— Mais il prétend le contraire, fit remarquer le correspondant du *Chicago Tribune*.

— Et s'il racontait qu'il a eu une grande discussion avec Elvis Presley, vous le croiriez ? demanda Ryan, espérant que cette blague, préparée à l'avance, passerait bien. (Il surveilla la réaction des journalistes. Cette fois encore, ils occupaient les quarante-huit sièges, et vingt autres, en plus, étaient debout derrière eux. Sa remarque méprisante les étonna. Certains se permirent même un sourire.) Allez-y, posez vos questions, ajouta-t-il.

— *Monsieur* Kealty a demandé à une commission juridique d'établir les faits. Que répondez-vous à ça ?

— Le FBI, la principale agence d'investigation du gouvernement, est chargé de cette affaire. Les faits, quels qu'ils soient, doivent être établis avant qu'on puisse porter un jugement impartial. Mais nous devinons tous ce qui va arriver, je pense : Ed Kealty a démissionné, et vous savez pourquoi. Pour respecter le processus constitutionnel, j'ai demandé au FBI de s'occuper de ça, mais mes conseillers juridiques sont formels. M. Kealty peut bien raconter tout ce qu'il veut. Moi, pendant ce temps, j'ai du travail. Question suivante ?

— Monsieur le président... (Jack hocha légèrement la tête pour montrer qu'il appréciait cette formule de la part du *Miami Herald*)... dans votre discours, l'autre soir, vous avez affirmé que vous n'étiez pas un politicien. Vous avez pourtant des responsabilités politiques. Le peuple américain veut connaître votre avis sur un certain nombre de points essentiels.

— C'est normal. Lesquels ? demanda Jack.

— L'avortement, pour commencer, poursuivit la journaliste du *Herald* — qui était une femme libérée. Quelle est précisément votre position à ce sujet ?

— J'y suis opposé, dit Ryan, répondant ce qu'il pensait vraiment, sans prendre le temps de réfléchir. Je suis catholique, comme vous le savez sans doute, et sur cette question morale, j'estime que mon Eglise a raison. Cependant, *Roe v. Wade* [1] est la loi du pays, jusqu'à ce que la Cour suprême la reconsidère, et le président n'a pas le droit d'ignorer les décisions des tribunaux fédéraux. Cela me met dans une position assez inconfortable, mais en tant

---

1. L'arrêt de la Cour suprême légalisant l'avortement en 1973, du nom de Jane Roe, la plaignante, contre les Wade County Health Authorities (*N.d.T.*).

que président des Etats-Unis, je dois faire mon devoir en conformité avec la loi. J'ai prêté serment.

Pas mal, Jack, songea-t-il.

— Donc vous vous opposez au droit des femmes à choisir ? insista la journaliste du *Herald,* qui avait senti l'odeur du sang.

— A choisir quoi ? dit Ryan, toujours à l'aise. Vous savez, quelqu'un a essayé d'assassiner mon épouse alors qu'elle était enceinte de notre fils, et ce jour-là ma fille aînée a failli mourir à l'hôpital. J'estime que la vie est une chose très précieuse, et j'ai appris cette leçon dans les pires des circonstances. J'espère que les femmes y penseront avant de décider d'avorter.

— Ça ne répond pas à la question, monsieur.

— Je ne peux pas empêcher les femmes de le faire. Que cela me plaise ou pas, c'est la loi. Le président ne peut pas violer la loi.

C'était évident, non ?

— Mais lorsque vous choisirez les juges de la Cour suprême, ce point essentiel interviendra-t-il dans votre décision ? Aimeriez-vous voir modifier *Roe v. Wade* ?

— Je n'aime pas cette loi, je vous l'ai dit. Je pense que c'est une erreur. Et je vais vous expliquer pourquoi. La Cour suprême s'est mêlée d'un problème qui relève du domaine législatif. La Constitution n'aborde pas cette question, et pour toutes les affaires sur lesquelles elle est muette, ce sont les législatures fédérales et de l'Etat qui rédigent nos lois. (Il estima que cette leçon d'instruction civique se présentait plutôt bien.) Quant aux nominations à la Cour suprême, j'essaierai de trouver les meilleurs juges. Nous devrions bientôt régler cela. La Constitution est la Bible des Etats-Unis d'Amérique, et les juges de la Cour suprême sont des théologiens qui décident de sa signification. Leur mission n'est pas d'en rédiger une autre, mais d'interpréter celle qui existe. Lorsqu'on a besoin d'un changement de la Constitution, on a un mécanisme pour ça. On l'a déjà utilisé plus d'une vingtaine de fois...

— Et vous ne choisirez donc que des *strict constructionists* [1] qui rejetteront sans doute *Roe v. Wade*...

Il avait l'impression de parler à un mur. Il fit une pause avant de répondre :

— J'espère choisir les meilleurs juges que je trouverai. Je ne les interrogerai pas sur tel ou tel problème particulier.

Le journaliste du *Boston Globe* se leva.

— Monsieur le président, et si la vie de la mère est en danger ? L'Eglise catholique dit...

— La réponse à votre question est évidente. C'est la vie de la mère qui passe avant tout.

— Mais l'Eglise dit...

— Je ne parle pas au nom de l'Eglise catholique. Comme je vous l'ai dit tout à l'heure, je ne peux pas violer la loi.

— Mais vous voudriez bien qu'on la change, fit remarquer le *Boston Globe*.

— Oui, je pense que ce serait bien pour tout le monde si cette question était renvoyée devant les législatures d'Etat. Ainsi, les représentants élus du peuple pourraient rédiger des lois en accord avec la volonté de leur électorat.

— Mais dans ce cas-là, indiqua le *San Francisco Examiner*, on aurait des tas de lois différentes à travers le pays, et dans certains Etats, l'avortement serait illégal...

— Seulement si l'électorat le souhaite. C'est ainsi que fonctionne la démocratie.

— Et que deviennent les femmes pauvres ?

— Ce n'est pas à moi de le dire, répondit Ryan, sentant venir la colère, et se demandant maintenant comment il avait bien pu se fourrer dans ce guêpier.

— Soutiendriez-vous alors un amendement constitutionnel contre l'avortement ? insista le correspondant de l'*Atlanta Constitution*.

1. Ceux-ci respectent le texte de la Constitution à la lettre et se refusent à toute interprétation de l'esprit de la loi (*N.d.T.*).

435

— Non, je ne crois pas qu'il s'agisse d'une question constitutionnelle. Je pense que c'est typiquement du domaine législatif.

— Donc, résuma le *New York Times*, vous êtes personnellement opposé à l'avortement pour des raisons morales et religieuses, mais vous ne toucherez pas au droit des femmes; vous avez le projet de nommer des juges conservateurs à la nouvelle Cour suprême, qui casseront probablement *Roe v. Wade*, mais vous ne soutiendrez pas un amendement constitutionnel interdisant la liberté de choix. (Le journaliste sourit.) C'est exactement *votre* position sur cette question, monsieur?

Ryan secoua la tête, pinça les lèvres, et ravala ce qu'il avait envie de répondre à cet insolent.

— Je pense que j'ai été assez clair. On passe à la suite, peut-être?

— Merci, monsieur le président! lança d'une voix forte un journaliste connu, qui avait remarqué les gestes frénétiques d'Arnold van Damm.

Ryan quitta le podium l'air perplexe, et disparut dans le couloir. Le secrétaire général de la Maison-Blanche l'attrapa par le bras et le poussa presque contre le mur, et cette fois le Service secret ne bougea pas le petit doigt.

— Ah, bravo, Jack, vous venez de réussir à foutre en rogne tout le pays!

— Comment? répondit le président, de plus en plus étonné.

— Je veux dire que vous ne faites pas le plein de votre voiture avec une cigarette au bec, merde! Doux Jésus! Vous savez ce que vous avez fait? (Arnie se rendait bien compte qu'il ne *savait* pas, en effet.) Les pro-avortement pensent désormais que vous allez vous attaquer à leurs droits. Et les opposants, que vous vous foutez de leur problème. C'était parfait, Jack. En cinq minutes, vous avez réussi à vous mettre à dos l'ensemble de ce foutu pays!

A ces mots, van Damm fila comme un ouragan,

laissant le président planté devant la porte de la salle du cabinet, de peur de se mettre *vraiment* en colère s'il ajoutait autre chose.

— Qu'est-ce qu'il raconte ? demanda Ryan.

Les agents du Service secret ne répondirent pas. La politique, ça ne les concernait pas — et en outre ils étaient partagés sur la question, comme le reste de la population.

C'était comme enlever une friandise à un bébé. La surprise passée, le bébé se mettait à hurler.

— BUFFALO SIX, ici GUIDON SIX, à vous.

Le lieutenant-colonel Herbert Masterman — Duke, le Duc, pour ses pairs — était debout sur « Mad Max II », son char de commandement Abrams M1A2, micro dans une main et jumelles dans l'autre. Devant lui, sur une quinzaine de kilomètres carrés de la zone d'entraînement du Néguev, étaient déployés les tanks Merkava et les transports de troupes de la 7ᵉ brigade blindée israélienne, tous avec des lumières jaunes clignotantes et de la fumée violette montant de leurs tourelles. La fumée était une innovation des Israéliens. Lorsque les chars étaient touchés dans une bataille, ils brûlaient, et donc les récepteurs MILES déclenchaient le marqueur lorsqu'ils enregistraient une « frappe » laser. Dans l'autre camp, quatre des chars de Masterman et six de ses véhicules de reconnaissance chenillés M3 Bradley étaient « morts », pas plus.

— GUIDON, ici BUFFALO, répondit le colonel Sean Magruder, le commandant du 10ᵉ régiment de cavalerie blindée « Buffalo ».

— Je pense que cette partie-là est pratiquement terminée, colonel, à vous. La nasse déborde.

— Roger, Duke. Rendez-vous à l'AAR. Dans quelques minutes, on va se retrouver avec des Israéliens qui en auront vraiment plein le cul.

Heureusement que la liaison radio était cryptée.

— J'arrive, monsieur.

Masterman sauta de sa tourelle, tandis que son

HMMWV démarrait. Le char vira et se dirigea vers son camp.

La situation était idéale. Masterman se sentait dans la peau d'un footballeur qui pouvait jouer tous les jours. Il commandait le 1er escadron « Guidon » du 10e ACR. On aurait dû le nommer bataillon, mais la cavalerie était différente, jusqu'au jaune des pattes d'épaules des hommes et au rouge et blanc des étendards de l'unité.

— Z'avez encore distribué des coups de pied aux fesses, monsieur ? demanda son chauffeur, tandis que Masterman allumait un cigare cubain.

— Des agneaux à l'abattoir, Perkins..., répondit-il en buvant quelques gorgées d'eau minérale.

Des chasseurs F-16 israéliens passèrent à une centaine de pieds au-dessus d'eux, dans un hurlement de réacteurs, manifestant ainsi leur fureur pour ce qui était arrivé au sol. Sans doute que certains d'entre eux avaient eu des problèmes avec les « tirs » simulés des SAM. Car aujourd'hui Masterman avait positionné avec grand soin ses véhicules lanceurs Stinger-Avenger et, vrai, ils s'étaient comportés exactement comme il le souhaitait. Dur pour les autres.

La Star Wars Room locale ressemblait comme deux gouttes d'eau à celle de Fort Irwin. L'écran d'affichage principal était un peu plus petit, et les fauteuils plus confortables, et ici, on avait le droit de fumer. Il pénétra dans le bâtiment en ôtant la poussière de ses treillis couleur chocolat comme Patton à Bastogne. Les Israéliens les attendaient.

Intellectuellement, ils savaient sans doute à quel point cet exercice était important pour eux. D'un point de vue émotionnel, c'était autre chose. Le 7e blindé israélien était aussi fier que n'importe quel régiment de la planète. En 1973, pratiquement seul, il avait arrêté un corps entier de chars syriens sur les hauteurs du Golan, et leur actuel général était lieutenant, à l'époque. Il n'était pas habitué à perdre, et il venait de voir la brigade dans laquelle il avait grandi se faire anéantir en trente affreuses minutes.

— Général, dit Mastermann en tendant la main à l'homme qui semblait abattu par son échec.

L'Israélien hésita une seconde avant de la serrer.

— Rien de personnel, monsieur, c'est juste le boulot, intervint le lieutenant-colonel Nick Sarto, qui commandait le 2e Escadron « Bighorn » et s'était contenté de jouer le rôle du marteau sur l'enclume de Masterman. Avec le 7e blindé israélien entre les deux.

— Messieurs, on peut commencer ? demanda le responsable des OC, les contrôleurs-observateurs.

Afin de ménager les susceptibilités de l'armée israélienne, l'équipe des OC était composée pour moitié d'officiers américains et israéliens, et il aurait été difficile de dire lequel des deux groupes était le plus ennuyé.

On repassa d'abord la vidéo de l'engagement. Les véhicules israéliens en bleu avancèrent dans la vallée peu profonde à la rencontre de la ligne de reconnaissance de « Guidon », qui se replia rapidement, mais pas vers les positions de défense du reste de l'escadron. Pensant qu'il s'agissait d'un piège, le 7e blindé israélien manœuvra à l'ouest, de façon à envelopper l'ennemi — et il se retrouva face à une ligne solide de tanks enterrés, tandis que l'escadron « Bighorn » arrivait de l'est beaucoup plus vite que prévu — si vite, même, que le 3e escadron « Dakota » de Doug Mills, le régiment de réserve, n'eut même pas la possibilité de participer à la poursuite.

Toujours la même bonne vieille leçon... Le général israélien avait essayé de deviner les positions de ses ennemis, au lieu de charger ses unités de reconnaissance de les situer avec précision.

Tandis qu'il visionnait la vidéo, il avait l'air de se dégonfler comme un ballon. Les Américains n'avaient pas envie de rire. Ils étaient tous passés par là, eux aussi, même si c'était plus agréable de se trouver du côté du vainqueur.

— Vos unités de reconnaissance ne se sont pas assez avancées, Benny, dit l'OC israélien le plus gradé, avec diplomatie.

— Les Arabes ne se battent pas comme ça ! répliqua Benjamin Eitan.

— Et pourtant si, monsieur, intervint Masterman. C'est la tactique des Russes, et ce sont eux qui les ont entraînés, souvenez-vous. On les pousse dans la nasse et on referme la grille. Bon sang, général, c'est exactement ce que vous avez fait avec vos Centurions, en 1973 ! J'ai lu le bouquin que vous avez consacré à cette guerre, ajouta l'Américain.

Cette allusion détendit immédiatement l'atmosphère. Entre autres choses, les officiers américains devaient s'entraîner à la diplomatie, ici. Le général Eitan réussit à sourire.

— J'ai fait ça ?

— Sûr et certain. Vous avez écrasé ce régiment syrien en quarante minutes, si je me souviens bien.

Eitan était ravi du compliment, même s'il savait que les OC avaient rappelé ça pour calmer sa mauvaise humeur.

Ce n'était pas un hasard si Magruder, Masterman, Sarto et Mills étaient là. Tous les quatre, ils avaient participé à une bataille difficile pendant la guerre du Golfe, où trois régiments du 2ᵉ Cav « Dragoon » étaient tombés par hasard sur une brigade d'élite irakienne dans des conditions météo très défavorables — leur aviation n'avait pas pu intervenir, ni même les prévenir de la présence de l'ennemi parce que le temps était vraiment trop mauvais — et ils l'avaient anéantie en quelques heures. Les Israéliens le savaient, et ils ne pouvaient donc pas reprocher à ces soldats américains d'être des intellectuels s'amusant à des jeux théoriques.

Les résultats de cet « engagement » n'avaient rien d'inhabituel non plus. Eitan n'était à la tête de son unité que depuis un mois, et il découvrait, comme d'autres officiers israéliens avant lui, que l'entraînement des Américains était encore plus implacable que les vraies batailles. Dure leçon pour les Israéliens, qu'ils n'apprenaient que lorsqu'ils visitaient la NTA, la zone d'entraînement du Néguev. Leur point faible, c'était l'orgueil, le colonel Magruder le savait. Et le boulot de l'OpFor, ici comme en Californie, c'était de régler ce genre de problèmes. Parce que l'orgueil d'un général coûtait la vie à ses soldats.

— D'accord, dit le chef OC américain. Quel enseignement tiret-on de ça ?

Qu'on baise pas les soldats du Buffalo..., pensèrent les trois responsables d'escadron, mais ils gardèrent cette réflexion pour eux. Marion Diggs avait rétabli la réputation incisive du régiment pendant son commandement ici, avant de rentrer diriger Fort Irwin. Malgré tous les soucis qu'elles causaient à l'armée israélienne sur le terrain de jeux de la NTA, les troupes du 10ᵉ ACR étaient très populaires ici. Avec deux escadrilles de chasseurs F-16, elles représentaient la contribution américaine à la sécurité d'Israël, d'autant qu'elles avaient porté l'entraînement des forces de l'Etat hébreu à un niveau qu'elles n'avaient plus connu depuis que l'armée israélienne avait pratiquement perdu son âme dans les collines et les villages du Liban. Eitan apprendrait, et il apprendrait vite. D'ici la fin de sa période d'exercice à la NTA, il leur donnerait certainement du fil à retordre. *Peut-être*, pensèrent les trois commandants d'escadron. Leur boulot, ce n'était pas de faire des cadeaux.

— Je me souviens quand vous m'avez assuré que la démocratie était merveilleuse, monsieur le président, fit joyeusement Golovko, en franchissant la porte du Bureau Ovale.

— Vous m'avez vu à la télé ce matin, j'imagine, se força à répondre Ryan.

— A une époque, ces journalistes auraient été condamnés à mort pour cette insolence.

Derrière eux, Andrea Price entendit ce que disait

le Russe et elle se demanda comment ce gars-là avait le culot de titiller ainsi son président.

— Eh bien, ce n'est pas notre genre, ici, dit Jack en s'asseyant. Ça sera tout pour le moment, Andrea. Serguëi et moi sommes de vieux amis.

Ce devait être une conversation privée. Il n'y avait même pas de secrétaire pour prendre des notes, même si, évidemment, des micros cachés enregistraient tout pour une transcription ultérieure. Le Russe le savait. L'Américain savait qu'il le savait, mais l'absence de toute autre personne dans la pièce était une sorte d'hommage à son visiteur, et de ça aussi le Russe était conscient. Jack se demanda de combien de symboles il était censé tenir compte pour une simple réunion informelle avec un représentant étranger.

Lorsque la porte se referma sur Andrea, Golovko le remercia.

— Bon sang, nous sommes de vieux amis, non ? dit Ryan.

— Quel superbe ennemi vous étiez ! répliqua Golovko avec un sourire.

— Et maintenant ?

— Comment votre famille se fait-elle à la situation ?

— A peu près aussi bien que moi, admit Jack. Mais vous avez eu trois heures à l'ambassade pour vous renseigner sur tout ça.

Golovko acquiesça d'un signe de tête ; comme toujours, Ryan était parfaitement informé de cette réunion, si secrète fût-elle. L'ambassade russe n'était qu'à quelques pâtés de maisons, en haut de la 16e Rue, et Serguëi était venu à pied jusqu'à la Maison-Blanche, un moyen tout simple pour ne pas attirer l'attention dans une ville où les fonctionnaires se déplaçaient dans des voitures de fonction.

— Je ne pensais pas que l'Irak s'effondrerait si vite…, dit Golovko.

— Nous non plus. Mais ce n'est pas la raison de votre présence ici, Serguëi Nikolaïevitch, n'est-ce pas ? La Chine ?

— Vos photos-satellite sont aussi précises que les nôtres, j'imagine. Leur armée est à un niveau d'alerte inhabituellement élevé.

— Nos spécialistes ne sont pas d'accord à ce sujet, avoua Ryan. C'est peut-être une surenchère pour mettre la pression sur Taiwan. Ils ont déjà fait ça avec leur marine.

— Leur marine n'est pas encore prête pour des opérations de combat, mais leur armée oui — et leurs fusées aussi. Mais ils ne franchiront pas le détroit de Formose, monsieur le président.

Du coup, la raison de ce voyage devenait évidente. Jack considéra, par la fenêtre, le Washington Monument, au milieu de ses drapeaux. Que disait George, déjà ? Qu'on devait éviter les imbroglios des alliances étrangères ? Mais le monde était bien plus simple, de son temps, où il fallait deux mois pour traverser l'Atlantique...

— L'Amérique ne verrait pas d'un bon œil la Chine agresser la Russie, dit Ryan. Un tel conflit aurait des effets très néfastes sur la stabilité mondiale et ralentirait aussi vos progrès vers la démocratie. L'Amérique souhaite que la Russie devienne une démocratie prospère. Nous avons été ennemis assez longtemps. Maintenant, nous devrions être amis, et l'Amérique désire que ses amis soient en sécurité et en paix.

— Ils nous haïssent, ils convoitent ce que nous avons, poursuivit Golovko, que la déclaration de Ryan ne satisfaisait pas.

— Sergueï, le temps où les nations volaient ce qu'elles ne pouvaient pas gagner est désormais révolu. C'est de l'histoire ancienne et ça ne se reproduira pas.

— Mais s'ils nous attaquent quand même ?

— Nous nous en occuperons si ça arrive, Sergueï, répondit le président. Nous devons prévenir de telles actions. S'il apparaît qu'ils envisagent vraiment de faire une chose pareille, nous leur conseillerons de reconsidérer la question. Nous y veillerons.

— Je ne crois pas que vous les compreniez, murmura Sergueï.

Nouvelle tentative, se dit Jack. Les Russes avaient l'air vraiment inquiets.

— Vous pensez que quelqu'un en est capable ? Et qu'eux-mêmes savent ce qu'ils veulent ?

Les deux officiers de renseignements — ils se considéraient toujours comme tels, tous les deux — échangèrent un regard professionnel amusé.

— C'est bien le problème, admit Golovko. J'essaie d'expliquer à mon président qu'il est difficile de prévoir le comportement de gens qui ne savent pas où ils en sont. Et puis, il y a aussi les questions de personnalité. La Chine est dirigée par des vieux avec des idées de vieux, Ivan Emmetovitch. La psychologie joue ici un rôle essentiel...

— Mais aussi l'histoire, la culture, et l'économie et le commerce... Et je n'ai pas encore eu l'occasion de les regarder dans le blanc des yeux. Je ne suis pas très calé en ce qui concerne cette partie du monde, rappela Ryan à son invité. J'ai passé ma vie à essayer de vous comprendre, vous.

— Vous serez donc de notre côté ?

Ryan secoua la tête.

— C'est encore trop tôt et trop hypothétique pour envisager une chose pareille... Mais oui, nous ferons tout ce qui est en notre pouvoir pour éviter un conflit entre la République populaire de Chine et la Russie. Si cela se produit, vous emploierez des armes atomiques. Je le sais. Vous le savez. Et je pense qu'ils le savent aussi.

— Ils n'y croient pas.

— Sergueï, personne n'est stupide à ce point. (Ryan se promit de discuter de tout ça avec Scott Adler qui connaissait la région beaucoup mieux que lui. Il était temps maintenant de refermer ce dossier, et d'en ouvrir un autre.) L'Irak. Que disent les vôtres ?

Golovko grimaça.

— Notre réseau est tombé il y a trois mois. Vingt

personnes abattues ou pendues — après avoir été torturées, bien sûr. Nos autres hommes encore là-bas ne nous racontent pas grand-chose, mais il semble que les généraux se préparent à bouger.

— Les deux premiers sont arrivés au Soudan, ce matin, lui dit Ryan.

Ce n'était pas si souvent qu'il réussissait à surprendre Golovko.

— Si rapidement ?

Ryan hocha la tête et lui passa les photographies prises à l'aéroport de Khartoum.

— Ouaip.

Golovko les examina ; il ne connaissait pas ces visages, mais ce n'était pas grave. Les informations transmises à ce niveau de pouvoir, comme aujourd'hui, n'étaient jamais trafiquées. Même avec des ennemis, ou d'anciens ennemis, une nation se devait d'être honnête sur certaines choses. Il rendit les clichés à Jack.

— C'est l'Iran, alors, murmura-t-il. Nous avons encore quelques personnes là-bas, mais nous n'avons rien appris, ces derniers jours. Un terrain dangereux pour opérer, comme vous le savez. Nous estimons que Daryaei est impliqué dans cet assassinat, mais nous n'avons aucune preuve.

— Vous ne pouvez rien faire, là non plus, c'est ça ?

— Rien, en effet, Ivan Emmetovitch. Aucun moyen d'intervenir là-bas, pas plus que vous.

18

DERNIER AVION

La navette suivante décolla plus tôt que prévu. Le troisième avion d'affaires de la société-écran fut rapatrié d'Europe et, après un changement d'équipage, il fut prêt avec trois heures d'avance. Cela signifiait que le premier des G-IV pouvait partir pour Bagdad, prendre deux autres généraux et revenir. Badrayn avait l'impression d'être devenu un agent de voyages ou un régulateur d'aéroport, en plus de son rôle inhabituel de diplomate. Il espérait que ça ne durerait pas trop longtemps. Ça risquait d'être dangereux d'embarquer dans le dernier avion, car celui-ci pouvait être descendu par un feu traçant. Des gens resteraient au sol pour affronter la suite, et Badrayn savait qu'il serait parmi eux... dans un pays où le système judiciaire ne faisait pas le détail. Bon, pensa-t-il avec un haussement d'épaules, la vie était dangereuse, de toute façon, et il était bien payé. Ils lui avaient au moins indiqué qu'il y aurait un autre transfert d'ici trois heures, et un quatrième cinq heures plus tard. Dix ou onze en tout, soit encore trois jours au rythme actuel, et trois jours étaient parfois aussi longs qu'une existence entière.

Au-delà des limites de l'aéroport, l'armée irakienne tenait toujours les rues, mais ça n'allait pas tarder à changer, maintenant. Ces appelés, et même la garde d'élite, étaient dehors depuis plusieurs jours, à faire les cent pas, et ils allaient commencer à s'interroger : *Que se passe-t-il exactement ?* Au début, il n'y aurait pas de réponse. Leurs sergents leur diraient de s'en tenir aux ordres, répétant ce que leur avaient dit leurs officiers de compagnie, eux-mêmes briefés par leurs chefs de bataillon, et ainsi de suite en remontant la chaîne de commandement... Sauf qu'à un certain moment il n'y aurait plus personne pour répondre à cette question, ni pour ordonner à celui qui la posait de s'asseoir et de se taire. Et à ce stade-là, la question redescendrait la chaîne de commandement. Une armée est capable de sentir ce genre de phénomène, comme une épine dans le pied envoie immédiatement une douleur au cerveau. Et si l'épine est sale, alors l'infection s'étend au corps tout entier. Les généraux étaient censés le savoir — mais là, il leur arrivait quelque chose de dingue : ils l'oubliaient. Pas plus compliqué que ça. Ils oubliaient que les villas, les serviteurs et les voitures n'étaient pas un don du ciel, mais un confort temporel qui pouvait s'évanouir aussi vite qu'un brouillard matinal. Ils étaient encore plus effrayés par Daryaei que par leur propre peuple, et c'était une folie. Badrayn aurait pu trouver cela simplement ennuyeux — si sa vie n'avait pas dépendu de la leur.

Le siège, du côté droit de la cabine, était encore humide. Cette fois, il était occupé par la fille la plus jeune du général qui, quelques minutes plus tôt, commandait encore la 4ᵉ division motorisée des gardes, et discutait à présent avec un de ses collègues de l'aviation. L'enfant sentit l'humidité sur sa main et, étonnée, se mit à se lécher, jusqu'au moment où sa mère s'en aperçut et l'envoya se laver. Puis elle se plaignit au steward iranien qui les accompagnait. Celui-ci installa les enfants ailleurs et nota de faire nettoyer ou de changer le siège à Mahrabad. La tension était un peu retombée, désormais. Les deux premiers officiers arrivés à Khartoum avaient annoncé que tout allait bien. Une section de l'armée soudanaise gardait la vaste maison qu'ils partageaient, et tout paraissait en ordre. Les généraux avaient décidé d'apporter une « contribution » d'une certaine importance au Trésor du pays, pour assurer leur sécurité pendant le peu de temps — espéraient-ils — qu'ils passeraient ici. Le chef du renseignement, resté à Bagdad, était au téléphone, en ce moment. Il appelait ses nombreux contacts dans diverses parties du monde pour leur trouver un endroit sans problème où refaire leur vie. *La Suisse ?* se demandaient-ils. Un pays « froid », en termes de climat et de culture, mais ils y seraient à l'abri ; et l'anonymat était réservé à ceux qui avaient beaucoup d'argent à investir.

— Qui possède trois G-IV, là-bas ?

— Les appareils sont immatriculés en Suisse, lieutenant, indiqua le commandant Sabah, qui venait tout juste de l'apprendre.

On avait relevé les numéros de queue sur les photos de Khartoum, et on les avait facilement vérifiés grâce à une base de données informatique.

— C'est une société commerciale, poursuivit-il. Elle a aussi quelques turbopropulseurs plus petits qui volent en Europe. Faudra faire d'autres recherches pour en savoir davantage.

On mettrait quelqu'un là-dessus, mais il devinait à peu près ce qu'on découvrirait. Probablement une société d'import-export, plus une boîte aux lettres qu'autre chose, peut-être avec un petit entrepôt, qui faisait de temps en temps quelques vraies affaires, quoique négligeables, pour donner le change. Elle aurait un compte de taille moyenne dans une banque commerciale, et ferait appel aux services d'un cabinet juridique pour s'assurer qu'elle obéissait scrupuleusement à tous les règlements locaux ; ses employés sauraient exactement comment se comporter — la Suisse était un pays respectueux des lois — et comment conserver tout en ordre ; et le reste serait introuvable, parce que les Suisses n'ennuient pas les gens qui déposent de l'argent dans leurs coffres et ne violent pas leurs lois.

Sabah connaissait les deux généraux arrivés à Khartoum, et il connaîtrait sans doute aussi les suivants. *Dommage,* pensa-t-il. Il aurait aimé les traîner devant un tribunal, et tout spécialement un tribunal koweïtien. Ils étaient moins gradés à l'époque où l'Irak avait envahi son pays et ils avaient certainement participé aux pillages. Le commandant Sabah se souvenait comment, à l'époque, il avait rôdé dans les rues, le plus discrètement du monde et l'air aussi inoffensif que possible, alors que certains de ses compatriotes s'étaient lancés dans une résistance plus active — courageuse, mais très dangereuse. La plupart avaient été capturés et assassinés, ainsi que leurs familles ; ceux qui avaient survécu étaient désormais des héros et on les avait largement récompensés. Ils avaient opéré grâce aux informations rassemblées par Sabah. Mais le commandant n'était pas jaloux. Les siens étaient suffisamment riches et il avait aimé ce rôle d'espion.

Les généraux qui s'enfuyaient inquiétaient cependant moins le commandant que ceux qui les remplaceraient.

— Eh bien, c'était une prestation plutôt faible, j'en ai peur, malgré tout le respect que je dois à M. Ryan, déclara Ed Kealty, interviewé aux informations de la mi-journée de CNN. Le Dr Bretano est avant tout un industriel du privé ; il s'est toujours tenu à l'écart du service public. J'étais là lorsqu'il a refusé une importante fonction gouvernementale — pour pouvoir rester où il était et gagner beaucoup d'argent, je suppose... C'est un homme doué, un ingénieur de grand talent, se permit d'ajouter Kealty avec un sourire tolérant, mais certainement pas un secrétaire à la Défense, non.

— Que pensez-vous de la position du président Ryan sur l'avortement, monsieur ? lui demanda Barry.

— Barry, c'est bien le problème. Il n'est pas réellement le président, répondit Kealty d'un ton très professionnel. Et il faut remédier à ça. Son manque de compréhension du peuple américain saute aux yeux dans cette récente conférence de presse. *Roe v. Wade* est la loi du pays. Il n'avait pas à dire autre chose. Il n'est pas nécessaire que le président aime ou non les lois, mais en revanche il doit les faire respecter. Bien sûr, pour un fonctionnaire de son niveau, c'est moins une preuve d'insensibilité vis-à-vis des femmes et de leurs droits qu'une marque d'incompétence pure et simple. Ryan n'avait qu'à écouter ce que ses conseillers lui disaient, mais même de ça, il est incapable ! Cet homme est incontrôlable, conclut Kealty. Et ce genre de personne n'a pas sa place à la Maison-Blanche.

— Mais votre revendication...

Kealty leva la main et lui coupa la parole.

— Ce n'est pas une *revendication*, Barry. C'est un fait. Je n'ai jamais démissionné. Je n'ai jamais quitté la vice-présidence. Si bien que lorsque Roger Durling est mort, je suis devenu président. Nous devons nommer immédiatement une commission juridique qui examinera ce problème constitutionnel et décidera lequel de nous est *vraiment* le président. Et M. Ryan l'acceptera s'il se soucie de son pays ; dans le cas contraire, c'est qu'il estime passer avant le bien de la nation. Maintenant, je tiens à ajouter que je crois sincèrement que Jack Ryan agit en toute bonne foi. C'est un homme honorable, et, jadis, il s'est montré courageux. Hélas, aujourd'hui, il est en pleine confusion, comme nous l'avons constaté lors de la conférence de presse de ce matin.

— Vous voyez comme il est bon à ce jeu-là, Jack ? fit observer van Damm en baissant le son.

Ryan bondit presque de son fauteuil.

— Merde, Arnie ! c'est exactement ce que j'ai dit ! J'ai même dû le répéter deux ou trois fois — c'est la loi et je ne peux pas violer la loi. *C'est ce que j'ai dit !*

— Et vous vous souvenez de ce que *moi*, je vous ai dit, à propos de la colère ?

Le secrétaire général attendit que Ryan fût un peu moins rouge, puis il remonta le son.

— ... le plus inquiétant, cependant, expliquait Kealty, c'est la déclaration de Ryan sur la future Cour suprême. Il est très clair qu'il veut revenir en arrière sur un grand nombre de questions — l'avortement, par exemple, qu'il considère comme un « point essentiel ». Pour ça, il n'a qu'à nommer que des *strict constructionists*. Qui sait s'il ne voudra pas aussi modifier les lois antidiscriminatoires et Dieu sait quoi encore ! Nous nous trouvons, hélas, dans une situation où le président en exercice a un pouvoir immense, particulièrement au niveau des tribunaux. Et ce que nous avons appris aujourd'hui de ses intentions — eh bien, c'est tout bonnement effrayant, n'est-ce pas ?

— Est-ce que je vis sur une planète différente, Arnie ? voulut savoir Jack. C'est une journaliste, pas moi, qui a prononcé la formule « point essentiel » pour mes nominations ; c'est la même journaliste, pas moi, qui a parlé de *strict constructionists*.

— Jack, ce n'est pas ce que vous dites qui compte. C'est ce que le peuple entend, répondit Arnie.

— Quels dégâts craignez-vous que le président Ryan puisse faire, alors ? demanda Barry.

Arnie secoua la tête, admiratif. Kealty venait d'embobiner Barry en direct à la télévision, et Barry avait réagi à la perfection, formulant sa phrase de façon à bien montrer qu'il appelait toujours Ryan « le président », alors que la question elle-même ne manquerait pas de semer le doute dans l'esprit du public. Pas étonnant que Kealty ait tant de succès auprès des femmes...

— Dans une situation comme celle-ci, alors que le gouvernement est décapité ? Ça pourrait prendre des années pour recoller les morceaux, répondit Kealty avec la gravité du médecin de famille en qui on a toute confiance. Il n'est certainement pas malfaisant. Mais il est incapable de remplir les fonctions de président des Etats-Unis. Il ne sait pas, Barry.

— Nous nous retrouvons tout de suite après quelques pages de publicité, annonça Barry en fixant la caméra.

Arnie en avait assez entendu et il n'avait nulle envie de regarder les spots publicitaires. Il éteignit la télévision avec la télécommande.

— Monsieur le président, dit-il, je n'étais pas inquiet jusqu'à présent, mais maintenant je le suis. (Une pause.) Demain, certains éditorialistes seront d'accord pour dire qu'une commission juridique est nécessaire et vous n'aurez pas d'autre choix que d'accepter.

— Attendez une minute. La loi ne dit pas que...

— La loi ne dit *rien,* vous vous souvenez? Et même dans le cas contraire, il n'y a plus de Cour suprême pour trancher. Nous sommes en démocratie, Jack. C'est le peuple qui décidera qui est le président. Et la volonté du peuple sera influencée par les journalistes, et pour travailler les médias, vous ne serez jamais aussi bon que ce gars-là.

— Ecoutez, Arnie, Kealty a démissionné. Le Congrès m'a confirmé comme vice-président, Roger a été tué et je suis devenu président. C'est ça, la loi, et je dois m'y conformer. J'ai prêté serment. Je n'ai jamais sollicité ce satané boulot, mais je n'ai pas l'habitude de fuir les responsabilités et ce n'est pas aujourd'hui que je commencerai!

Et il y avait autre chose : Ryan méprisait Edward Kealty. Il n'aimait pas ses idées politiques, il n'aimait pas son air supérieur d'ancien de Harvard, il n'aimait pas sa vie privée, et encore moins la façon dont il traitait les femmes.

— Vous savez ce que c'est que ce gars-là, Arnie? lança Jack d'une voix rageuse.

— Oui. Un proxénète, un magouilleur, un arnaqueur. Il n'a aucune conviction. Il n'a jamais fait de droit, mais il a aidé à rédiger des milliers de lois. Il n'est pas médecin, mais il a fixé la politique nationale de santé. Il a été politicien professionnel toute sa vie, et toujours aux frais des contribuables. Il n'a jamais produit le moindre bien ou service dans le secteur privé, mais il a passé son temps à décider du taux des impôts et de la façon de les dépenser. Les seuls Noirs qu'il ait jamais rencontrés, c'est les bonnes qui nettoyaient sa chambre quand il était gosse, mais il est le champion des droits des minorités. C'est un hypocrite. Un charlatan. Et il va gagner si vous ne reprenez pas vos esprits, monsieur le président, conclut Arnie. Parce qu'il sait comment jouer le jeu, et pas vous.

Le patient, indiquait le dossier médical, avait voyagé en Extrême-Orient en octobre, et il s'était offert à Bangkok les services sexuels qui font la célébrité de la ville. Quand il était capitaine dans un hôpital militaire de ce pays tropical, Pierre Alexandre en avait profité lui aussi, une fois, et ça ne lui avait posé aucun problème de conscience. Il était jeune et tout fou, à l'époque. Mais c'était avant le sida. Et là, il venait d'annoncer à ce Blanc de trente-six ans qu'il était séropositif, qu'il ne pouvait plus avoir de rapports non protégés avec sa femme et que celle-ci devait passer un test au plus vite. Oh, elle était enceinte ? Alors il faudrait faire le test immédiatement. Dès demain, si possible.

Alexandre se sentait un peu dans la peau d'un juge, mais au moins, quand un juge prononçait une sentence de mort, c'était pour un crime sérieux et le condamné pouvait faire appel. Ce pauvre type, là, n'était coupable de rien, sinon de s'être trouvé à douze fuseaux horaires de chez lui, sans doute ivre et solitaire... C'était peut-être simplement l'attrait de l'exotisme, et Alex lui-même se souvenait à quel point ces jeunes Thaïlandaises, avec leurs airs de gamines, étaient séduisantes... Il lui avait dit aussi que les choses changeraient peut-être un de ces jours. Impossible de lui enlever tout espoir. Et d'ailleurs, cet espoir existait réellement, n'est-ce pas ? Un certain nombre de gens compétents travaillaient là-dessus — dont lui-même —, et la découverte capitale pouvait avoir lieu demain, qui sait...

Ou dans un siècle.

— Vous avez l'air triste, dit une voix féminine, à côté de lui.

Il leva les yeux.

— Docteur Ryan ?

— Bonjour. Je pense que vous connaissez Roy. (Elle fit un petit geste avec son plateau, en direction de la table. La salle de restaurant était bondée, aujourd'hui.) Ça ne vous dérange pas ?

— Je vous en prie, répondit-il en se relevant à demi.

— Mauvaise journée ? murmura-t-elle.

— Un cas de souche E.

— HIV, Thaïlande ? Il est arrivé chez nous, maintenant ?

— Mais vous lisez vraiment la presse médicale, on dirait, fit-il en se forçant à sourire.

— Il faut bien que je garde le contact avec mes collègues. Souche E ? Vous êtes sûr ? demanda Cathy.

— J'ai refait le test moi-même. Voyage d'affaires, en Thaïlande. Sa femme est enceinte, ajouta Alex.

Le professeur Ryan grimaça : ça faisait beaucoup, en effet.

— Sida ? demanda Roy Altman.

Le reste du détachement de protection de SUR-GEON était dispersé dans la salle de restaurant. Ils auraient nettement préféré la voir manger dans son bureau, mais le Dr Ryan leur avait expliqué que c'était ici que les médecins de Hopkins échangeaient leurs informations, et qu'elle ne voulait pas changer ses habitudes. Aujourd'hui, maladies infectieuses. Demain, pédiatrie, ou autre chose...

— Souche E, expliqua Alexandre avec un mouvement de tête. En Amérique et en Afrique, c'est surtout la souche B.

— Quelle est la différence ? ajouta Roy.

— La souche B est assez difficile à attraper, répondit Cathy. Il faut un contact direct avec des produits sanguins. Ça arrive aux drogués qui partagent leurs seringues, ou au cours de relations sexuelles. Mais presque toujours chez les homosexuels, car ils ont des lésions tissulaires du fait de déchirures ou de maladies vénériennes plus conventionnelles.

— Sans parler du manque de chance — un cas sur cent, pas plus, dit Alexandre, poursuivant les explications de Cathy. On pense que la souche E, qui vient de Thaïlande, privilégie la transmission hétérosexuelle. C'est manifestement une version plus vigoureuse de notre vieil ami.

— Le CDC a déjà établi des statistiques ? demanda la First Lady.

— Non, il leur faut encore quelques mois, c'est du moins ce qu'on m'a dit il y a deux semaines.

— C'est grave ? murmura Altman, qui pensa que, décidément, la protection de Surgeon tournait aux cours du soir !

— Ralph Forster est allé là-bas il y a cinq ans pour se rendre compte des dégâts. Vous connaissez l'anecdote, Alex ? dit Cathy.

— Pas dans le détail.

— Le voyage de Ralph est payé par le gouvernement, déplacement officiel et tout ça, et quand il descend de l'avion, le fonctionnaire thaïlandais vient le chercher à la douane, l'emmène à la voiture et lui demande : « Vous voulez des filles pour cette nuit ? » Là, il a compris qu'il y avait un vrai problème.

— Je veux bien le croire, dit Alex. Les chiffres sont effrayants, monsieur Altman. Aujourd'hui, près du tiers de leurs jeunes sous les drapeaux, là-bas, sont séropositifs. Et principalement avec une souche E. (Les implications de cette situation étaient évidentes.) C'est beaucoup, n'est-ce pas ?

— Mais ça signifie que...

— Oui, ça peut vouloir dire que dans cinquante ans la Thaïlande n'existera plus, annonça Cathy d'une voix neutre dissimulant l'horreur qu'elle éprouvait. On finira par vaincre le cancer. Mais ces maudits virus, c'est une autre paire de manches.

— La solution, docteur Ryan, viendra de la compréhension des interactions précises entre les gènes du virus et sa cellule hôte, et ça ne devrait tout de même pas être si difficile ! Les virus sont des saletés vraiment minuscules. Ils ne peuvent pas faire autant de choses que ça, rien à voir avec la complexité du génome humain au moment de la conception, par exemple. Une fois que nous aurons compris ça, nous les vaincrons.

Alexandre, comme la plupart des chercheurs, était optimiste.

— Donc on étudie la cellule humaine ? fit Altman, intéressé par la question.

Alexandre secoua la tête.

— On travaille à un niveau infiniment plus petit. On en est au génome, maintenant. C'est comme démonter une machine inconnue : à toutes les étapes on essaie de piger comment marche chaque partie prise séparément, et tôt ou tard la machine sera entièrement démantibulée et on saura où va chaque morceau, et à quoi il sert. Voilà sur quoi on travaille en ce moment.

— Vous savez à quoi ça va se résumer ? demanda Cathy. A un problème de mathématiques.

— C'est aussi ce que dit Gus, à Atlanta, poursuivit Alexandre. Au niveau le plus basique, le code génétique humain est composé de quatre acides aminés, étiquetés A, C, G et T. Tout est déterminé par la façon dont ces lettres — les acides, je veux dire — s'enchaînent. Des séquences différentes signifient des choses et des interactions différentes, et sans doute que Gus a raison : celles-ci sont définies mathématiquement. Le code génétique porte bien son nom : c'est un *code*. On peut le déchiffrer.

— Sauf que personne n'a encore été assez malin pour ça, observa Cathy Ryan. C'est le *home run* [1], Roy. Un jour, quelqu'un nous donnera la clé pour vaincre toutes les maladies. *Toutes*. Et le pot d'or, au pied de cet arc-en-ciel, ce sera l'immortalité médicale — et, qui sait, l'immortalité humaine.

— Et on sera tous au chômage, s'exclama Alexandre, et surtout vous, Cathy. L'un des premiers trucs qu'on supprimera grâce au génome humain, c'est la myopie. Puis le diabète et...

— Vous serez au chômage avant moi, professeur, répliqua Cathy avec un sourire malicieux. Je suis chirurgienne, vous vous souvenez ? J'aurai toujours des traumatismes à soigner. Mais, oui, tôt ou tard, nous remporterons cette bataille.

---

1. Au base-ball, le coup de batte qui permet au batteur de marquer le point en faisant un tour complet en une seule fois (*N.d.T.*).

Maintenant, elle les insultait, principalement en français, mais aussi en flamand. Les médecins militaires iraniens ne comprenaient ni l'un ni l'autre. Moudi parlait suffisamment bien le français pour savoir que ses imprécations abominables n'étaient pas le produit d'un esprit lucide. Le cerveau était atteint. Le cœur aussi était attaqué, et le docteur avait donc l'espoir que la mort ne tarderait pas. Ce délire était sans doute une bénédiction pour elle. Peut-être que son âme s'était déjà séparée de son corps. Peut-être qu'en ne sachant plus où elle était, qui elle était, ce qui n'allait pas, la douleur ne l'atteignait plus. Cette illusion rassurait un peu le médecin.

Le visage de la patiente était ravagé par les exanthèmes, comme si on l'avait battue. Moudi ne savait pas si ses yeux fonctionnaient toujours. Ils étaient pleins de sang, et si elle y voyait encore, ce n'était plus pour longtemps. Les sangles qui la retenaient, même doublées de mousse plastique, lui avaient entamé la peau. Les tissus de son système vasculaire eux aussi se décomposaient et le goutte-à-goutte fuyait dans son lit ; tous ces liquides étaient plus toxiques que le pire des poisons. Les deux médecins avaient vraiment peur de la toucher, à présent, gants et combinaisons de protection ou pas. Moudi vit qu'ils avaient apporté dans la pièce un seau de teinture d'iode diluée. L'un d'eux y trempa ses gants, mais ne les sécha pas pour bénéficier d'une barrière chimique de protection supplémentaire. De telles précautions étaient inutiles — les gants étaient suffisants —, mais comment leur reprocher d'avoir peur ?

La nouvelle équipe arriva. Tandis qu'il se dirigeait vers la porte, l'un des deux médecins se retourna et adressa une prière silencieuse à Allah pour qu'il reprît cette femme avant son prochain tour de garde, dans huit heures... Un militaire iranien, vêtu du même vêtement protecteur, les entraîna jusqu'à la zone de décontamination où ils n'ôteraient leurs combinaisons que lorsqu'elles auraient été désinfectées. Puis ils prendraient une douche à base de produits chimiques, tandis que les combinaisons seraient brûlées dans l'incinérateur du rez-de-chaussée. Moudi ne doutait pas que ces procédures seraient suivies à la lettre.

S'il avait possédé une arme, ici et maintenant, il l'aurait tuée — et tant pis pour les conséquences. Quelques heures plus tôt, une simple injection d'air aurait eu le même résultat, provoquant une embolie fatale, mais l'effondrement de son système vasculaire était tel que ce n'était plus du tout certain, désormais. Cette petite femme travaillait de longues heures chaque jour depuis quarante ans, et, curieusement, elle y avait gagné une santé de fer, et paradoxalement c'était sa constitution solide qui rendait son calvaire effroyable. Le corps qui avait soutenu si longtemps son âme courageuse n'avait pas renoncé à se battre, malgré la vanité de ses efforts.

— Allez, venez, Moudi, vous n'êtes pas idiot à ce point..., murmura le directeur, derrière lui.

— Que voulez-vous dire ? répondit Moudi, sans se retourner.

— Si elle était encore dans son hôpital, en Afrique, vous croyez que ce serait très différent ? Ne s'occuperaient-ils pas d'elle de la même façon que nous dans l'espoir de la garder en vie le plus longtemps possible ? Sa religion condamne l'euthanasie, vous vous en souvenez ? En fait, on la soigne mieux ici, ajouta-t-il avec raison, mais d'une voix neutre, avant de vérifier le tableau, au pied du lit. Cinq litres de sang. Excellent.

— Nous pourrions...

— Non, le coupa le directeur en secouant la tête. On attend que le cœur s'arrête, puis on la vide de son sang. On prélève le foie, les reins et la rate, et c'est là que commence notre vrai travail.

— Quelqu'un devrait au moins prier pour le repos de son âme.

— Vous le ferez, Moudi. Vous êtes un bon docteur. Vous vous souciez même d'une infidèle. Vous pouvez en être fier. Nous l'aurions sauvée, si ç'avait été possible.

— Pourquoi infligeons-nous à...

— ... à une incroyante, lui rappela le directeur. Quelqu'un qui éprouve de la haine pour notre pays et pour notre foi, qui crache sur les paroles du Prophète. En dehors de cela, je suis d'accord pour dire que c'était une femme vertueuse. Allah sera miséricordieux avec elle, j'en suis sûr. Vous n'avez pas choisi son destin. Moi non plus.

Il devait s'assurer que Moudi continuerait son travail, car ce jeune homme était un médecin vraiment brillant. Trop, peut-être.

Le directeur remercia Allah d'avoir passé ces dix dernières années dans des laboratoires. Sinon, il aurait peut-être succombé aux mêmes faiblesses humaines.

Badrayn insista. Trois généraux, cette fois. Tous les sièges étaient occupés ; il y avait même deux jeunes enfants attachés ensemble sur l'un d'entre eux. Ils avaient enfin compris. Ils ne pouvaient pas faire autrement. Il le leur avait expliqué en leur montrant la tour de contrôle, dont le personnel avait suivi tous les vols et avait forcément deviné ce qui se passait, maintenant. Et éliminer ces gens-là n'aurait servi à rien, parce qu'il restait leurs familles, et si on avait arrêté aussi leurs familles, leurs voisins auraient été au courant, n'est-ce pas ?

Ils étaient d'accord.

Utilisons un avion de ligne, la prochaine fois ! avait-il envie de dire à Téhéran, mais quelqu'un aurait refusé, quelle que soit la gravité de la situation. Côté iranien ou côté irakien. Alors il n'avait plus qu'à attendre — et à s'inquiéter. Il aurait pu se soûler, mais ce n'était pas une bonne idée. Peut-être qu'il mourrait bientôt et, pécheur ou non, il était musulman et il voulait affronter correctement la mort. Et donc, il but surtout du café et resta près du téléphone, se disant que la caféine ferait simplement trembler ses mains, rien d'autre.

— C'est vous, Jackson ? demanda Tony Bretano.

Il avait passé la matinée avec les responsables par intérim du secrétariat à la Défense. A présent, il voulait rencontrer ceux qui travaillaient sur le terrain.

— Oui, monsieur. J-3. J'imagine que je suis votre officier d'opérations, répondit Robby en s'asseyant, sans son habituelle liasse de documents, cette fois.

— Quelle est la gravité de la situation ?

— Eh bien, notre déploiement actuel est plutôt léger. Nous avons deux porte-avions dans l'océan Indien pour garder un œil sur l'Inde et le Sri Lanka. Deux bataillons d'infanterie légère sont en route pour les Mariannes, afin d'y rétablir notre autorité et contrôler le retrait des Japonais. C'est surtout politique, et nous ne nous attendons pas à avoir le moindre problème avec eux. Nos forces aériennes basées là-bas ont été rappelées aux Etats-Unis pour être remises en état. Cet aspect des opérations contre le Japon s'est bien passé.

— Vous voulez que j'accélère la production des F-22 et que je relance celle des B-2, alors ? C'est ce que l'Air Force recommande.

— Nous venons de prouver que le Stealth multiplie considérablement notre capacité d'intervention, monsieur. Plus nous en aurons, mieux ce sera.

— Je suis d'accord. Et pour le reste ? demanda Bretano.

— Nous sommes beaucoup trop faibles — partout. Aujourd'hui, par exemple, nous ne pourrions plus intervenir au Koweït, comme en 1991. Nous n'avons plus la même force de projection à l'extérieur. Vous savez quelle est ma tâche ? Voir comment faire ce que nous avons à faire...

— Mickey Moore m'a dit beaucoup de bien du plan que vous avez mis au point et exécuté contre le Japon, répondit le secrétaire à la Défense.

— Le général Moore est très gentil. Oui, ça a marché, mais on a travaillé avec trois fois rien, et ce n'est pas ainsi que les forces américaines sont censées intervenir en cas de problème. Je peux improviser s'il le faut, mais c'est pas mon truc. Tôt ou tard, je me planterai, ou quelqu'un se plantera et nous finirons avec des morts chez nous.

— Je suis d'accord avec ça aussi, dit Bretano en mordant dans son sandwich. Le président m'a laissé les mains libres pour régler les problèmes de ce ministère et faire les choses à ma façon. J'ai deux semaines pour tout réorganiser.

— Deux semaines ?

Jackson aurait pâli, s'il en avait été capable.

— Jackson, depuis quand êtes-vous dans l'armée ? demanda le secrétaire à la Défense.

— Disons trente ans.

— Parfait. Si vous ne pouvez pas régler ça dès demain, c'est que vous n'êtes pas l'homme qu'il me faut. Mais je vous donne dix jours, ajouta Bretano avec générosité.

— Monsieur, je suis aux Opérations, je ne travaille pas pour Manpower et...

— Exactement. C'est ainsi que je vois les choses : Manpower répond aux demandes que définissent les Opérations. Les décisions, ici, sont prises par les patrons, pas par les comptables. Quand on construit quelque chose, ce sont les ingénieurs qui ont le dernier mot. Ici, les patrons indiquent ce dont ils ont besoin et les comptables s'arrangent pour faire entrer ça dans leur budget. Il y a toujours des bagarres, mais c'est le résultat final qui fait la décision.

Jackson s'efforça de ne pas sourire.

— Paramètres ? dit-il.

— Imaginez la menace la plus grave, la crise la plus sérieuse, et mettez sur pied une force qui permette de la gérer.

Ce qui ne serait même pas suffisant, ils le savaient tous les deux. Aujourd'hui, Jackson venait de l'admettre, l'Amérique n'avait plus les moyens de monter des opérations de déploiement de grande envergure. Sa marine n'était plus que la moitié de ce qu'elle était dix ans plus tôt. C'était encore pire avec l'armée de terre. L'Air Force était toujours puissante, mais elle aussi avait été réduite de moitié. Les Marines étaient parfaitement entraînés, mais c'était une force expéditionnaire qui se déployait dans l'idée que les renforts ne tarderaient pas, et son armement était très léger. Le placard n'était pas complètement vide, mais cette diète forcée n'avait pas été spécialement bénéfique.

— Donnez-moi deux jours pour travailler là-dessus. Nous y arriverons.

— Jackson? J'ai étudié vos opérations dans le Pacifique. Avec un de mes collaborateurs de chez TWR, Skip Tyler, on a regardé les cartes et analysé les événements jour après jour. Très impressionnante, votre tactique. La guerre, ce n'est pas simplement une affaire de puissance de feu, c'est aussi de la psychologie, comme dans la vie. On gagne parce qu'on a les meilleurs dans son camp. Les canons et les avions, ça compte, mais la cervelle encore plus. Je suis un bon directeur de société, et un bon ingénieur, je crois. Mais pas un combattant. Je vous écouterai, parce que vous et vos collègues, vous savez comment vous battre. Je vous défendrai chaque fois qu'il le faudra. En échange, je veux que vous me demandiez ce dont vous avez *vraiment* besoin, et pas ce dont vous rêvez. Nous pouvons éliminer la bureaucratie. Ça, c'est le boulot de Manpower. Chez TRW, je me suis débarrassé de tas de gens inutiles. C'est une société d'engineering, et aujourd'hui, elle est dirigée par des ingénieurs. Vous voyez ce que je veux dire?

— Je crois, monsieur.

— Dix jours. Moins si vous pouvez. Appelez-moi quand vous serez prêt.

— Clark, répondit John en décrochant le combiné de sa ligne directe.

— Holtzman, dit la voix à l'autre bout du fil.

John sursauta en entendant ce nom.

— Je suppose que je pourrais vous demander comment vous avez eu mon numéro, mais que vous refuseriez de révéler vos sources...

— Exact, acquiesça le journaliste. Vous vous souvenez de ce dîner, chez Esteban ?

— Vaguement, mentit Clark. Ça fait longtemps.

Il y avait effectivement eu un dîner, mais le magnéto qui enregistrait cette ligne n'avait pas besoin de le savoir.

— Je vous en dois un. Ce soir, ça vous dirait ?

— Je vous rappelle, dit Clark avant de raccrocher.

Il contempla son bureau. *Merde, qu'est-ce qui se passe ?* pensa-t-il.

— Allez, vous savez bien que ce n'est pas ce qu'a déclaré le président, dit van Damm au correspondant du *New York Times*.

— C'est pourtant ce qu'il a voulu dire, Arnie, répondit le journaliste. Vous le savez. Et lui aussi.

— Ménagez-le. Ce n'est pas un politicien, fit remarquer le secrétaire général de la Maison-Blanche.

— J'y peux rien, Arnie. Il a accepté le boulot. Il doit jouer le jeu.

Arnold van Damm acquiesça d'un signe de tête. Son interlocuteur avait raison, bien sûr. C'était le jeu, en effet. Mais d'un autre côté, il avait tort aussi. Lui-même s'était peut-être trop attaché au président Ryan, au point de reprendre à son compte certaines de ses théories loufoques. Les médias étaient devenus si puissants qu'ils *décidaient* de ce que disaient les gens. Et ils s'en donnaient à cœur joie. Ils étaient capables de faire ou de défaire n'importe qui dans cette ville. Ils définissaient les règles. Et celui qui les violait s'exposait à de graves représailles.

Ryan était un naïf, impossible de le nier. A sa décharge, on pouvait dire qu'il n'avait pas sollicité son poste actuel. Il s'était retrouvé là par accident. On ne l'avait pas *élu*. Mais les médias non plus, et Ryan, au moins, avait la Constitution pour définir ses devoirs...

— Bon, le président n'a pas l'intention de s'attaquer à *Roe v. Wade*. Il n'a jamais dit ça. Et il ne nommera à la Cour suprême ni des activistes de gauche ni des activistes de droite, et je pense que vous le savez tous.

— Donc Ryan ne sait pas ce qu'il raconte?

Le large sourire désinvolte du journaliste était révélateur. Il présenterait cet entretien comme une tentative, de la part d'un haut responsable de l'administration, d'« amortir » les choses, de « clarifier » — autrement dit de rectifier — les déclarations du président; oui, voilà ce que son article dirait.

— Pas du tout. Vous l'avez mal compris.

— Ça m'a semblé plutôt clair, Arnie.

— C'est parce que vous êtes habitué aux discours des politiciens professionnels. Notre nouveau président parle sans prendre de gants. En fait, je crois que j'aime bien ça, poursuivit van Damm. (Il mentait : l'attitude de Ryan le rendait fou.) Et ça pourrait d'ailleurs vous simplifier la vie, à vous aussi. Vous n'aurez plus besoin de lire dans le marc de café. Vous n'aurez qu'à prendre des notes. Nous sommes tous d'accord sur le fait que ce n'est pas un politicien, mais vous le traitez comme si c'en était un. Et si vous écoutiez ce qu'il dit vraiment?

Ou repassez-vous la vidéo... Mais il garda cette réflexion pour lui. Il avançait en terrain miné, à présent. S'adresser aux médias, c'est un peu comme caresser un chat inconnu. On ne sait jamais quand il va vous griffer.

— Allez, Arnie, vous êtes l'homme le plus honnête de cette ville. Bon sang, vous auriez fait un excellent médecin de famille. Nous savons tous ça. Mais, bon, Ryan n'y connaît que dalle. Son discours à la National Cathedral. Ces déclarations délirantes dans le Bureau Ovale. Il est à peu près aussi présidentiel que le responsable du Rotary, à Bumfuck [1], Iowa.

— Qui décide de ce qui est présidentiel et de ce qui ne l'est pas ? demanda Arnie.

— A New York, c'est moi. (Le journaliste sourit de plus belle.) Pour Chicago, il faudra demander à quelqu'un d'autre.

— C'est le président des Etats-Unis.

— Ce n'est pas ce que prétend Ed Kealty, et lui, au moins, il *agit* en président.

— Ed n'est plus dans la course. Il a démissionné. Hanson a appelé Roger pour le lui dire et il m'a prévenu. Bon sang, vous l'avez même annoncé !

— Mais quelle raison aurait-il de...

— Oui, quelle raison aurait-il de soulever la moindre jupe qui passe à sa portée ? répondit Arnie. *Super,* pensa-t-il, *voilà que je perds le contrôle des médias !*

— Ed a toujours été un homme à femmes. Et il va mieux depuis qu'il ne boit plus. Tout ça n'a jamais eu d'influence sur son travail, dit le correspondant du *Times* à la Maison-Blanche. (Comme son journal, c'était un chaud partisan du droit des femmes.) Votre président doit faire ses preuves.

— Que dira le *Times* ?

— Je vous envoie une copie de l'édito, promit le journaliste.

Il ne pouvait plus supporter ça. Il décrocha le téléphone et composa les six chiffres tout en considérant l'obscurité, à l'extérieur. Il y avait des nuages. Une nuit froide et glacée dont il ne verrait peut-être pas la fin.

1. Enculage *(N.d.T.).*

— Oui, répondit une voix à la première sonnerie.

— C'est Badrayn. Ce serait plus pratique si le prochain avion était plus gros.

— Nous avons un 737 en réserve, mais j'ai besoin d'une autorisation pour vous l'envoyer.

— Je m'en occupe.

Les informations télévisées lui avaient mis la puce à l'oreille. Encore plus anodines que d'habitude, sans un seul sujet politique. Dans un pays où l'on parlait plus volontiers de politique que du temps qu'il faisait ! Mais le plus inquiétant, ç'avait été ce reportage sur une ancienne mosquée chiite, en état de délabrement avancé. Le journaliste se lamentait, parlait de la longue et honorable histoire de ce bâtiment, et passait sous silence le fait qu'on l'avait abandonnée parce qu'elle servait de lieu de réunion à un groupe accusé, peut-être avec raison, de comploter contre le grand chef politique adoré et, évidemment, déjà oublié. Pis encore, le reportage montrait cinq mollahs devant la mosquée, qui, sans même regarder la caméra, désignaient de la main les carrelages bleus, presque effacés, sur un mur, et discutaient probablement des futurs travaux de réfection. C'étaient les cinq otages arrivés d'Iran ! On n'apercevait pas un seul soldat dans le champ de la caméra, et les visages d'au moins deux de ces mollahs étaient bien connus du public irakien. Quelqu'un avait eu un contact avec les responsables de cette chaîne de télévision. Si les journalistes et le reste du personnel voulaient conserver leur boulot et leur tête, il était temps de regarder la réalité en face. Cette brève séquence permettrait-elle au téléspectateur moyen de reconnaître ces visiteurs et de saisir le message ? Répondre à cette question pouvait s'avérer dangereux.

Le peuple, sans doute, s'en fichait. Mais pas les colonels, ni les commandants. Ni les généraux qui n'étaient pas sur la bonne liste. Bientôt, ils sauraient. Certains d'entre eux étaient même certainement déjà au courant. Ils avaient décroché leurs téléphones et avaient d'abord appelé leurs supérieurs pour savoir ce qui se passait. A certains, on avait servi des mensonges; d'autres n'avaient eu aucune réponse. Alors, ils avaient réfléchi. Ils avaient contacté des gens. D'ici les douze prochaines heures, ils auraient échangé des informations et pris de graves décisions. Ils étaient associés au régime qui s'écroulait. Ils ne pouvaient pas s'enfuir, ils n'avaient aucun endroit où se réfugier et pas d'argent pour le faire. Ils étaient bien forcés de rester. Leurs rapports avec l'ancien régime signifiaient, pour beaucoup d'entre eux, une sentence de mort. D'autres avaient peut-être une chance. Pour survivre, ils feraient ce que font les criminels du monde entier. Ils tâcheraient de sauver leur peau en offrant un plus gros poisson qu'eux. Ça se passait toujours ainsi. Les colonels lâcheraient les généraux.

Ce que ceux-ci finirent par comprendre.

— Il y a un 737 disponible. Suffisamment de place pour tout le monde. Il pourrait être là dans quatre-vingt-dix minutes, leur expliqua Badrayn.

— Ils ne vont pas nous assassiner à l'aéroport de Mahrabad? demanda avec inquiétude le chef d'état-major adjoint de l'armée irakienne.

— Vous préférez mourir ici? répliqua simplement Badrayn.

— Et si c'était un piège?

— C'est un risque à courir. Dans ce cas, les cinq mollahs qu'on a vus à la télévision vont mourir aussi.

Ce qui était un mensonge, bien sûr. Parce que l'exécution aurait été de la responsabilité de troupes loyales à des généraux déjà morts... Or, ce genre de loyauté n'existait pas, pas ici. Et tout le monde en avait plus ou moins conscience. La décision de prendre des otages avait été un geste instinctif, que quelqu'un avait déjà détourné — peut-être le colonel qui commandait les hommes chargés de garder les mollahs? Cela signifiait que le parti Baas était déjà retourné. Tout allait trop vite, à présent. Tuer les otages n'aurait servi à rien. Les généraux étaient condamnés, s'ils restaient ici.

Tout était déjà décidé. Et ils ne l'avaient pas compris. Mais bon, s'ils avaient été vraiment compétents, leur chef bien-aimé les aurait déjà éliminés depuis longtemps...

— D'accord, répondit enfin le plus gradé d'entre eux.

— Merci, dit Badrayn en décrochant de nouveau son téléphone et en composant le même numéro.

Les dimensions de la crise constitutionnelle dans laquelle se retrouve l'Amérique n'étaient pas évidentes jusqu'à hier. Le problème semble technique, mais le fond ne l'est pas.

John Patrick Ryan est un homme capable, mais reste à savoir s'il a, ou non, les qualités qu'il faut pour mener à bien sa tâche présidentielle. Les premières indications sont loin d'être convaincantes. Gouverner n'est pas un boulot d'amateur.

La crise à laquelle doit faire face le pays est une crise sérieuse. Jusqu'à présent, M. Ryan a fait ce qu'il fallait pour rétablir la stabilité du gouvernement. Sa nomination par intérim de Daniel Murray à la tête du FBI, par exemple, est un choix acceptable. De même, George Winston est sans doute aussi un bon choix pour les Finances, même s'il n'a aucune culture politique. Scott Adler, un homme de grand talent, et fonctionnaire de longue date des Affaires étrangères, est peut-être le membre le plus doué de l'actuel cabinet...

Ryan sauta les deux paragraphes suivants.

... Le vice-président Kealty, quels que soient ses fautes personnelles, sait gouverner, et ses positions modérées sur la plupart des problèmes nationaux offriraient une base solide jusqu'aux prochaines élections. Mais sa revendication est-elle justifiée ?

— C'est embêtant ? demanda Ryan, a propos de cet éditorial, qui paraîtrait dans le *New York Times* du lendemain.

— Ils le connaissent; vous, ils ne vous connaissent pas, répondit Arnie. (Le téléphone sonna. Il décrocha.) C'est Ed Foley, monsieur le président. Il dit que c'est important.

— OK... Ed? Je branche le haut-parleur, dit Jack en appuyant sur le bouton approprié et en raccrochant le combiné. Arnie vous entend.

— C'est sûr, à présent, dit Foley. L'Iran prépare quelque chose. Un gros coup. J'ai un enregistrement télé pour vous, si vous avez le temps.

— Envoyez-le.

Un circuit de télévision protégé, par fibres optiques, d'où on pouvait recevoir le Pentagone et divers services, était installé dans le Bureau Ovale. Jack prit la télécommande dans un tiroir et alluma l'écran. Le programme ne dura que quinze secondes, puis il le repassa une deuxième fois et il y eut enfin un arrêt sur image.

— Qui sont ces gens? demanda Jack.

Foley lui donna leurs noms. Ryan en connaissait deux.

— D'importants conseillers de Daryaei, expliqua le DCI. Ils sont à Bagdad et quelqu'un a décidé de le faire savoir. OK, les principaux généraux se sont enfuis. Maintenant, nous avons cinq mollahs iraniens qui parlent à la télé nationale irakienne de reconstruire une importante mosquée. Demain, ils hausseront le ton.

— Rien de nos gens sur place?

— Rien.

— J'ai un gros truc, dit un officier à bord de l'AWACS. (Il lut à haute voix l'affichage alphanumérique.) Colonel, j'ai ce qui me paraît être un vol non prévu d'un 737, qui a décollé de Mahrabad en direction de Bagdad, route deux-deux-zéro, vitesse quatre-cinq-zéro nœuds, à vingt mille pieds. PALM BOWL fait état d'un trafic vocal crypté en direction de Bagdad.

A l'arrière, le commandant de l'appareil vérifia

son écran. Le lieutenant avait raison. Il alluma sa radio pour faire son rapport à la KKMC.

Ils arrivèrent ensemble. Ils devaient attendre depuis longtemps, pensa Badrayn. Autant les faire embarquer au plus vite.

D'une certaine façon, c'était plutôt amusant de voir ces hommes si puissants se retrouver dans cette situation... Une semaine plus tôt, ils se pavanaient, sûrs de leur position et de leur pouvoir, avec leurs multiples décorations sur leurs chemises kaki, preuves de leurs actions héroïques. Du pipeau, bien entendu. Oh, certains d'entre eux, peut-être, avaient conduit une fois ou deux des soldats sur le champ de bataille. L'un ou l'autre avait peut-être même tué un ennemi — c'est-à-dire ces individus auxquels, aujourd'hui, ils confiaient leur sécurité, car ils craignaient encore plus leurs propres concitoyens.

A présent, ils formaient de petits groupes inquiets, qui ne pouvaient même pas se fier à leurs gardes du corps. Surtout pas à eux !

En dépit du danger qu'il courait lui aussi, Badrayn ne pouvait s'empêcher d'apprécier l'ironie de la situation. Toute sa vie, il s'était battu pour connaître un moment pareil. Depuis combien d'années rêvait-il de voir des officiers israéliens dans un aéroport comme celui-ci fuyant leur pays, pour un destin incertain, vaincus grâce à lui ? Mais était-ce vraiment si drôle ? En plus de trente ans, tout ce qu'il avait accompli, c'était la destruction d'un pays *arabe* ? Pendant ce temps, l'Etat d'Israël était toujours debout, sous la protection de l'Amérique. Et lui, il jouait simplement aux chaises musicales avec ceux qui détenaient le pouvoir dans la région du golfe Persique.

Il fuyait comme eux, admit Ali Badrayn. Il avait échoué dans la mission de sa vie et il avait accepté un boulot de mercenaire. Et maintenant ? Au moins ces généraux avaient-ils de l'argent de côté et un endroit confortable où vivre. Lui, il n'avait rien — à part ses échecs, derrière lui. Il jura et se rassit, juste à temps pour voir une énorme forme sombre se poser sur la piste la plus proche. Un garde du corps, à la porte, leur fit un signe. Le 737 fut là deux minutes plus tard. Il n'avait pas besoin de refaire le plein. L'escalier camionné s'arrêta en même temps que l'avion, et il fut en place avant même l'ouverture de la porte — et les généraux, leurs familles, leurs gardes du corps et leurs maîtresses sortirent dans le crachin glacé. Badrayn leur emboîta le pas. Les Irakiens se bousculaient presque pour grimper dans l'escalier. En haut, un membre de l'équipage en uniforme les attendait, accueillant avec un sourire mécanique des gens qu'il avait toutes les raisons de haïr. Ali monta à son tour, une fois que les marches furent dégagées. Sur la plate-forme, il se retourna. Ç'avait été inutile de se dépêcher autant : aucun camion militaire n'était en vue. Et quand les soldats arriveraient, ils ne trouveraient qu'un salon d'embarquement vide. Il secoua la tête et pénétra dans l'avion. L'homme referma la porte derrière lui.

19

RECETTES

— Ça fait un bail, monsieur Clark.

— Oui, monsieur Holtzman, acquiesça John, qui se souvenait parfaitement de n'avoir jamais donné son nom au journaliste.

Ils étaient à la même table que la fois précédente, au fond de l'établissement, près du juke-box. Esteban était un restaurant familial sympathique, pas très loin de Wisconsin Avenue, bénéficiant de la proximité de Georgetown University.

— Où est votre ami ?

— Il est occupé, aujourd'hui.

En fait, Ding avait quitté le bureau assez tôt, et il était rentré à Yorktown pour emmener Patsy dîner, mais Holtzman n'avait pas besoin d'être au courant. Il était clair, à son expression, qu'il en savait déjà bien assez.

— Bon, que puis-je faire pour vous ? ajouta l'officier de terrain.

— On avait passé un petit marché, si vous vous rappelez.

Clark acquiesça d'un signe de tête.

— Je n'ai pas oublié. Pour cinq ans. Le délai n'est pas encore écoulé.

La réponse ne l'étonna pas, pourtant.

— Les choses changent.

Holtzman consulta le menu. Il aimait la nourriture mexicaine, même si ce n'était pas toujours réciproque.

— Un marché est un marché, dit Clark.

Il l'observa par-dessus la table avec ce genre de regard que ses interlocuteurs avaient souvent du mal à soutenir.

— Ça ne tient plus. Katryn est fiancée à un quelconque chasseur de renards à Winchester.

— Je ne savais pas, admit Clark, qui ne s'en souciait pas plus que ça.

— C'était bien ce que je pensais. Vous n'êtes plus un SPO. Ça vous plaît d'être revenu sur le terrain ?

— Si c'est de ça que vous voulez que je vous parle, vous savez parfaitement que je ne peux...

— Et c'est vraiment dommage, le coupa le journaliste. Ça fait deux ans, maintenant, que je me renseigne sur vous. Vous avez une sacrée réputation, et on dit que votre partenaire a aussi un bel avenir devant lui. C'était vous, au Japon, ajouta Holtzman avec un petit sourire. C'est vous qui avez sauvé Koga.

John dissimula sa véritable inquiétude sous un air dédaigneux.

— Comment avez-vous bien pu inventer ça ? s'exclama-t-il.

— J'ai interviewé Koga. Une équipe de deux sauveteurs, m'a-t-il raconté. Un gros et un petit. Koga a décrit vos yeux — bleus, durs, passionnés. Et il a ajouté que vous parliez d'une façon raisonnable. (Nouveau sourire.) La dernière fois qu'on a discuté, vous m'avez dit que j'aurais fait un bon espion. (Le serveur arriva avec leurs bières.) Je ne révélerai pas votre identité. Je ne fais pas ce genre de choses. Pour trois raisons : c'est pas bien, c'est illégal et je n'ai aucune envie d'emmerder quelqu'un comme vous. (Il but une gorgée de bière.) Je suis certain qu'un jour j'écrirai un livre sur vous. Si la moitié de ces histoires sont vraies...

— Super, essayez d'avoir Val Kilmer pour jouer mon rôle dans le film.

— Il est trop mignon. (Holtzman secoua la tête avec un grand sourire.) Nick Cage a un meilleur regard. Bon, voilà pourquoi je voulais vous voir... (Il s'interrompit un instant.) Ryan a fait sortir son père — je ne sais pas exactement comment. Vous, vous êtes allé sur la plage et vous avez emmené Katryn et sa mère en bateau jusqu'à un de vos sous-marins nucléaires. Mais c'est pas ça qui m'intéresse.

— C'est quoi, alors ?

— C'est Ryan, le héros silencieux. (Robert Holtzman apprécia la surprise qu'il lut dans les yeux de Clark.) J'aime ce type. Je veux l'aider.

— Pourquoi ? dit John, se demandant s'il pouvait lui faire confiance.

— Ma femme, Libby, en a appris un paquet sur Kealty. On a publié ça trop tôt, et on ne peut pas le resservir, aujourd'hui. C'est le pire salopard de cette ville. Tout le monde ne pense pas la même chose dans ce métier, mais Libby a parlé à deux de ses victimes. Avant, un type pouvait passer au travers, et spécialement si on le considérait comme « progressiste ». Mais plus aujourd'hui. Enfin, la plupart du temps, se reprit-il. Attention, je ne suis pas sûr non plus que Ryan soit le gars qui convienne à ce poste, hein, mais il est honnête. Il essaiera de faire ce qu'il faut. Comme disait Roger Durling, c'est un type bien dans la tempête. Je veux vendre cette idée à mes rédacteurs en chef.

— Et comment vous débrouillerez-vous ?

— J'écris un article sur un truc vraiment important qu'il a fait pour son pays. Quelque chose d'assez ancien. Bon sang, Clark, il a sauvé les Russes ! Il s'est opposé à un coup de force, chez eux, qui nous aurait sans doute valu dix années de plus de guerre froide ! Ça, c'est une sacrée histoire ! Et il n'en a jamais parlé à personne. Nous veillerons à ce qu'il soit clair que Ryan n'a jamais rien laissé filtrer là-dessus. On ira le voir avant de publier ça, et vous savez ce qu'il me dira...

— De garder votre papier dans un tiroir, fit Clark.

De qui Holtzman tenait-il tout ça ? Du juge Arthur Moore ? De Bob Ritter ? Auraient-ils craché le morceau ? En temps normal, sa réponse aurait été un « *non* » énergique, mais aujourd'hui ? Aujourd'hui, il n'en était plus si sûr. Quand ils parviennent à un certain niveau de pouvoir, les gens pensent que violer leur parole fait partie de leur devoir...

— Cette histoire est trop bonne pour ne pas la sortir. Cette enquête m'a pris des années. Le public a le droit de savoir quel genre de type est assis dans le Bureau Ovale, et surtout si c'est l'homme qui convient, poursuivit le journaliste.

A l'évidence, Holtzman était du genre à persuader une religieuse de quitter les ordres.

— Bob, vous ne connaissez pas la moitié de tout ça. (Clark se tut, ennuyé d'en avoir déjà trop dit. Oh, et puis, merde !) OK, dites-moi ce que vous savez à propos de Jack.

On s'était mis d'accord sur le fait qu'on garderait le même appareil et, au grand soulagement des deux parties, qu'on ne resterait pas une minute de trop en Iran. Le 737 n'avait cependant pas la même autonomie que les G-IV plus petits, et on décida de refaire le plein au Yémen. Les Irakiens ne bougèrent pas de l'avion à Mahrabad, mais Badrayn descendit lorsque l'on approcha une rampe — sans le moindre mot de remerciement de la part de ces gens qu'il venait de sauver. Une voiture l'attendait. Il ne se retourna pas. Les généraux appartenaient déjà à son passé, et lui au leur.

Le véhicule l'emmena en ville. Juste un chauffeur, qui roulait en prenant son temps. La circulation était fluide, à cette heure-ci de la nuit. Quarante minutes plus tard, ils s'arrêtèrent devant un immeuble de deux étages, gardé par des militaires. *Il vit donc à Téhéran, maintenant?* pensa Badrayn. Lui seul descendit de la voiture. Un homme en uniforme vérifia son identité à l'aide d'une photographie, et lui fit signe d'entrer. A l'intérieur, un autre garde — un capitaine, à en croire les trois cordons de ses pattes d'épaules — le fouilla. Puis on le conduisit à l'étage jusqu'à une salle de conférences. Il était trois heures du matin, heure locale.

Daryaei était assis dans un fauteuil confortable. Il ne lisait pas son Coran, mais des feuilles agrafées en haut à gauche, un résumé des briefings gouvernementaux.

— Que la paix soit sur vous, dit Ali Badrayn.

— Et sur vous, répondit Daryaei, pas aussi mécaniquement que Badrayn ne l'aurait cru.

Le vieil homme se leva et lui donna l'accolade. Son visage était bien plus détendu que Badrayn ne l'aurait pensé. Fatigué, certainement, puisque le religieux avait dû passer une ou deux journées difficiles, mais âgé ou pas, il avait l'air revigoré par les événements.

— Vous allez bien? s'enquit Daryaei avec une sollicitude non feinte, en lui indiquant un fauteuil.

Ali prit une profonde inspiration tout en s'asseyant.

— A présent, oui. Mais je me suis demandé combien de temps la situation à Bagdad resterait stable.

— Il n'y avait rien à gagner à la discorde. Mes amis me disent que cette vieille mosquée a besoin de réparations.

— Il y a beaucoup à faire, répondit Ali prudemment, qui n'avait pas mis les pieds dans une mosquée depuis fort longtemps, ce qui aurait sans doute déplu à Daryaei.

— En effet. (Mahmoud Haji Daryaei retourna à son fauteuil, et posa les documents à côté de lui.) Vos services nous ont été très utiles. Vous avez eu des difficultés ?

Badrayn secoua la tête.

— Pas vraiment, non. Ces hommes avaient peur, mais j'y étais préparé. Vos propositions étaient généreuses. Ils n'avaient pas d'autre choix. J'espère que vous n'allez pas..., se permit de demander Ali.

Daryaei secoua la tête.

— Non, ils pourront aller en paix.

Et cela, si c'était vrai, était une surprise — mais Ali n'en laissa rien voir. Daryaei avait peu de raisons d'aimer ces gens-là. Ils avaient tous participé à la guerre Iran-Irak et étaient responsables de la mort de milliers de soldats de son pays, une blessure qui n'était toujours pas cicatrisée. Tant de jeunes gens sacrifiés ! C'était à cause de cette guerre que l'Iran ne jouait plus de rôle majeur à l'échelle internationale depuis des années. Mais cela allait bientôt changer...

— Puis-je vous demander ce que vous allez faire maintenant ? dit Badrayn.

— L'Irak est un pays malade depuis si longtemps. Eloigné de la Vraie Foi, perdu dans les ténèbres...

— Et étranglé par l'embargo, ajouta Badrayn, curieux de voir comment Daryaei allait réagir.

— Il est temps que cela cesse, reconnut Daryaei.

Quelque chose, dans son regard, dit qu'il savait gré à Badrayn de sa remarque. Oui, c'était la bonne tactique à adopter. Une concession à l'Ouest. L'embargo, alors, serait levé. La nourriture affluerait, et la population adulerait le nouveau régime.

— L'Amérique sera un problème, dit Ali. Et d'autres nations plus proches de vous.

— Nous y songeons, répondit Daryaei tranquillement.

Rien de plus logique. Il réfléchissait sans doute à tout ça depuis des années, et aujourd'hui, il devait se sentir invincible. Il avait toujours pensé qu'Allah était de son côté. Et peut-être l'était-il, en effet. Mais les miracles se réalisent plus facilement lorsqu'on les prépare.

— J'ai observé le nouveau président américain, dit Badrayn.

— Oh, fit Daryaei, en le regardant un peu plus fixement.

— Ce n'est pas compliqué de recueillir des informations, aujourd'hui. Les médias américains sont très accessibles. J'ai un certain nombre de gens qui travaillent là-dessus, en ce moment. (Badrayn conserva une voix neutre. Ce n'était pas difficile, vu son état de fatigue.) C'est fou à quel point ils sont vulnérables.

— En effet. Expliquez-vous.

— L'homme de la situation, pour l'Amérique, c'est ce Ryan. C'est évident, non ?

— Pour changer l'Amérique, il faut une convention constitutionnelle, dit Ernie Brown, après plusieurs jours de réflexions silencieuses.

Peter Holbrook appuya d'un coup sec sur la commande de son projecteur de diapositives. Il avait fait trois films du Capitole et plusieurs autres de bâtiments connus, dont la Maison-Blanche — il n'avait pas pu s'empêcher de jouer un peu au touriste. Il grommela. Une de ses diapos était à l'envers dans le chariot.

— Ça fait pas mal de temps qu'on en parle, acquiesça-t-il, en sortant le chariot du projecteur. Mais comment peux-tu...

— Facile. S'il n'y avait pas de président, et aucun moyen d'en choisir un autre suivant la Constitution, alors il se passerait forcément quelque chose, n'est-ce pas?

— Tuer le président? ricana Peter. Lequel?

C'était le problème. Pas besoin d'être un spécialiste de la NASA pour s'en rendre compte. Ils se souvenaient des mesures de sécurité de la Maison-Blanche. On tuait un des deux et le Service secret construirait autour de l'autre un mur qu'on ne pourrait défoncer qu'avec une bombe atomique. Et les Mountain Men n'en avaient pas. Ils préféraient les armes américaines traditionnelles, les fusils, par exemple. Mais même les fusils avaient leurs limites. On avait planté beaucoup d'arbres sur la pelouse sud de la Maison-Blanche, et le bâtiment était protégé aussi par des bermes de terre habilement dissimulées. On ne l'apercevait qu'à l'extrémité d'une seule avenue, au-delà de la fontaine. Tous les immeubles alentour appartenaient au gouvernement, et sur leur toit, il y avait toujours des gens avec des jumelles — et des fusils. Le Service secret américain défendrait à tout prix « son » président — un type au service du peuple dont les gardes ne faisaient pas confiance au peuple, bravo! Jadis, Teddy Roosevelt avait fait ouvrir les portes de la Maison-Blanche et il avait serré les mains de citoyens ordinaires pendant des heures. Aucune chance pour que ça se reproduise!

— Les deux en même temps. J'imagine que Ryan sera la cible la plus difficile, non? fit Brown. C'est lui qui bénéficie de la protection la plus sérieuse. Kealty, lui, doit se déplacer pas mal, discuter avec ces connards de journalistes, et il n'est pas aussi bien défendu.

— OK, ce que tu dis est sensé, répondit Holbrook en remettant son chariot.

— Et donc si on trouve un moyen de se faire Ryan, éliminer Kealty sera un jeu d'enfant. (Brown sortit son téléphone cellulaire de sa poche.) Facile à coordonner.

— Continue.

478

— Ça veut dire s'informer sur son emploi du temps, apprendre ses habitudes, et choisir notre moment.

— Ça coûtera cher, fit observer Holbrook, en passant la diapo suivante — une vue très banale, prise par quantité de touristes depuis le sommet du Washington Monument, par la petite fenêtre nord donnant sur la Maison-Blanche.

Ernie Brown en avait pris une, lui aussi, et il en avait fait faire un agrandissement par un photographe du coin. Il l'avait étudiée pendant des heures, puis, à l'aide d'une carte, il avait vérifié l'échelle et s'était lancé dans des calculs approximatifs.

— Le plus cher, ce sera d'acheter la toupie à béton et de louer un local pas très loin de la ville.

— Quoi?

— J'ai trouvé l'endroit, Peter. Et je sais comment réussir le coup. C'est juste une question de timing, maintenant.

Elle ne vivrait pas jusqu'au matin, estima Moudi. Ses yeux étaient grands ouverts. Mais que voyaient-ils? Par chance, elle était enfin au-delà de la souffrance. Cela arrivait parfois. Il avait déjà constaté ça chez des cancéreux au stade terminal, et c'était toujours le signe avant-coureur de la mort. Il ne comprenait pas pourquoi, car la neurologie n'était pas sa spécialité. Le corps savait ce qui arrivait et qu'il n'était plus temps de se battre. Ou peut-être qu'il était simplement trop endommagé pour réagir...

Sœur Jean-Baptiste laissait encore échapper des gémissements — qu'on entendait mal à travers la Racal. Leur rythme était si régulier que le médecin se demanda si ce pouvait être des prières. Sans doute que oui, décida-t-il. Une fois sa raison détruite, la seule chose qui lui restait, c'était le souvenir d'heures infinies de prières et de la discipline qui avait commandé son existence, et dans sa folie elle s'y était réfugiée, parce que son esprit n'avait plus d'autre endroit où aller. Elle se racla la gorge, s'étrangla, ses murmures se firent soudain plus nets. Moudi se pencha au-dessus d'elle pour écouter.

— ... Mère de... Dieu, priez pour... nous, pauvres... pécheurs...

Oh, c'était celle-là. Oui, évidemment, c'était sa prière préférée.

— Ne luttez plus, ma sœur. Votre heure est venue. Ne luttez plus.

Même si elle était aveugle, elle bougea la tête et fixa son regard sur lui. C'était un réflexe, le médecin le savait. Le visage se tournait instinctivement vers une source de bruit et les yeux, dont les muscles fonctionnaient toujours, se dirigeaient dans la direction adéquate.

— Docteur Moudi? Vous êtes là?

Les mots étaient prononcés lentement, et pas très distinctement, mais ils étaient encore compréhensibles.

— Oui, ma sœur, je suis là.

Il lui prit la main, abasourdi. *Elle était donc toujours lucide?*

— Merci... de... m'avoir ai...dée... Je prierai... pour vous.

Et elle le ferait *vraiment*. Il en était certain. Il lui tapota la main doucement, et augmenta le goutte-à-goutte de morphine. C'était assez. Ils ne pouvaient plus lui injecter davantage de sang, de toute façon. Il regarda autour de lui. Les deux médecins militaires étaient assis dans un coin de la chambre, satisfaits de le voir s'occuper de la patiente à leur place. Il s'approcha d'eux :

— Appelez le directeur. Vite.

— Tout de suite, répondit l'un, ravi de quitter cet enfer.

Moudi compta jusqu'à dix et s'adressa à l'autre :

— Des gants neufs, s'il vous plaît, dit-il en tendant les mains.

Le second sortit à son tour. Moudi pensa qu'il avait une minute, peut-être deux. Le plateau de médicaments, dans le coin, était suffisant pour ce qu'il voulait faire. Il remplit une seringue de vingt centilitres de morphine, puis il revint à côté de son lit, planta l'aiguille dans le dos de la main gauche de la mourante et injecta le produit.

— Ça vous aidera à dormir, lui dit-il en reculant.

Il ne la regarda même pas pour voir si elle lui répondait. Il jeta la seringue dans le conteneur rouge prévu à cet effet, et quand le militaire revint avec la paire de gants, il ne se rendit compte de rien.

Moudi enfila les nouveaux gants et retourna près du lit. Sœur Jean-Baptiste avait fermé les yeux pour la dernière fois. L'écran de l'ECG indiquait que son cœur n'allait pas tarder à abandonner la partie. Il pensa qu'elle devait prier dans son dernier sommeil. Bon, il était sûr, au moins, qu'elle ne souffrait plus. La morphine avait certainement déjà trouvé son chemin jusqu'au cerveau.

Sa poitrine montait et descendait encore — avec difficulté. De plus en plus irrégulièrement. Les battements cardiaques s'accélérèrent. Quand la respiration s'arrêta, le cœur continua un instant, tant il était solide, puis après quelques ultimes traces sur l'écran de surveillance, il cessa de fonctionner, lui aussi. A présent, l'alarme de l'EGK sonnait sans discontinuer. Moudi la coupa. Il se retourna et vit ses deux collaborateurs échanger un regard de soulagement.

— Déjà? demanda le directeur en entrant dans la pièce et en considérant la ligne plate, sur l'EGK.

— Le cœur. Hémorragie interne.

Moudi n'avait pas besoin d'en dire davantage.

— Je vois, murmura le directeur. Nous sommes prêts, alors?

— Oui, monsieur.

Le directeur fit un signe aux médecins militaires, qui avaient une dernière tâche à accomplir. L'un d'eux arrangea la feuille de plastique de manière à éviter les fuites, et l'autre débrancha le goutte-à-goutte et les fils de l'EGK. Tout cela fut fait rapidement, et lorsque la patiente fut emballée comme un simple morceau de chair torturée, ils débloquèrent les roues de son lit et l'emmenèrent. Ils reviendraient ensuite désinfecter la chambre pour s'assurer qu'il n'y avait plus rien de vivant sur les murs, le plancher ou le plafond.

Moudi et le directeur les suivirent à l'« autopsie », une salle voisine dans la même zone confinée. Il y avait là une table en inox, à côté de laquelle ils placèrent le lit. Ils découvrirent le corps et le firent rouler sur la table, à plat ventre. Les deux médecins, qui les observaient, avaient enfilé une surblouse chirurgicale au-dessus de leur combinaison de protection — plus par habitude que par nécessité. Puis les soldats soulevèrent les feuilles de plastique par les coins, et lui donnèrent une forme de U pour verser dans un conteneur le sang qui s'y était accumulé. Environ un demi-litre, estimèrent-ils. Avec d'infinies précautions, ils jetèrent alors le plastique dans une grosse poubelle, placée sur un chariot, qu'ils emmenèrent directement à l'incinérateur. Ils étaient très nerveux, mais ils ne laissèrent pas une seule goutte s'échapper.

— Parfait, dit le directeur.

Il appuya sur un bouton et la table d'autopsie se releva à une extrémité. Par réflexe professionnel, il toucha du bout des doigts les carotides de la sœur pour s'assurer qu'il n'y avait plus de pouls. Lorsque le corps fut à un angle de vingt degrés, il sectionna les deux artères et les deux veines jugulaires avec un gros scalpel. Sous l'effet de la gravité, le sang se déversa sur la table, et fut canalisé dans des sillons jusqu'à un tuyau d'écoulement. Pendant les quelques minutes qui suivirent, quatre litres de sang furent récupérés dans un conteneur en plastique. Moudi vit le corps qui pâlissait très vite. Un instant plus tôt, la peau était tachetée de rouge et de violet.

Elle semblait disparaître sous ses yeux — mais c'était sans doute le fruit de son imagination. Un laborantin vint chercher le conteneur et le posa sur un petit chariot pour le déplacer. Personne n'avait envie de porter une chose comme ça, même sur une courte distance.

— Je n'ai jamais ouvert une victime du virus Ebola, remarqua le directeur, qui venait de saigner la sœur sans le moindre sentiment d'humanité, comme il aurait abattu un agneau.

Ils devaient encore se montrer prudents, cependant. En pareil cas, seules deux mains travaillaient dans le champ chirurgical, et Moudi laissa ce soin au directeur, qui avait commencé les incisions larges et profondes. Des rétracteurs en inox permirent d'écarter les muscles. Moudi s'en occupa, tout en surveillant les mouvements du scalpel du directeur. Une minute plus tard, le rein gauche était visible. Ils attendirent le retour des médecins militaires. L'un d'eux posa un plateau sur la table, à côté du cadavre. Moudi était révolté par ce qu'il voyait, à présent. Le virus Ebola détruisait les tissus. Le rein était à demi liquéfié, et lorsque son patron commença à le prélever, il s'ouvrit comme un horrible pudding brun-rouge. Le directeur émit un grognement de désapprobation. Il savait à quoi s'attendre, mais il l'avait oublié.

— Incroyable ce qui arrive aux organes, n'est-ce pas ?

— Le foie sera comme ça aussi, dit Moudi. Mais la rate...

— Je sais, la rate aura la consistance d'une brique. Attention à vos mains, Moudi, l'avertit le directeur.

Il prit un nouveau rétracteur — l'instrument avait la forme d'une petite pelle à grains — pour retirer le fragment de rein restant. Il le posa sur le plateau. Il fit un geste de la tête et le médecin militaire l'emporta immédiatement au labo. Le rein droit vint plus facilement. Une fois les muscles et les vaisseaux sanguins sectionnés, le directeur décida de le retirer à la main. Il resta relativement intact dans ses doigts — jusqu'au moment où ils le posèrent sur le plateau. Là, il se déforma et éclata. Les deux médecins ne risquaient rien, vu l'épaisseur de leurs gants doublés, mais ils eurent quand même un mouvement de recul.

— Venez ici, ordonna le directeur avec un geste bref. (Les deux militaires s'approchèrent.) Mettez-la sur le dos.

Ils obéirent. La prenant par les épaules et par les genoux, ils la retournèrent le plus vite possible. Du sang et des tissus éclaboussèrent leurs combinaisons. Ils reculèrent immédiatement, et restèrent le plus loin possible de la table.

— Je veux encore le foie et la rate, puis ce sera tout, expliqua-t-il à Moudi, en levant les yeux. Ensuite, on met le corps dans un sac et on l'emmène directement à l'incinérateur. Et on désinfecte cette pièce plutôt deux fois qu'une.

Les yeux de sœur Jean-Baptiste était grands ouverts. Moudi prit une serviette et la posa sur son visage, tout en murmurant une prière pour son âme, que le directeur entendit.

— Mais oui, Moudi, elle est certainement au paradis, désormais! On peut continuer, maintenant? demanda-t-il avec brusquerie.

Il pratiqua la profonde incision habituelle en forme de Y pour ouvrir le thorax, avec la même violence que lorsqu'il l'avait saignée; il dégagea les différentes couches rapidement, davantage comme un boucher que comme un chirurgien. Ce qu'ils découvrirent choqua même l'insensible directeur.

— Comment a-t-elle réussi à vivre si longtemps dans cet état? murmura-t-il.

Moudi eut l'impression qu'on avait versé de l'acide à l'intérieur de son corps. Ses organes étaient déformés. La couche de tissus de surface était... dissoute. L'abdomen n'était plus qu'une mare de sang noir. Toutes les perfusions qu'ils lui avaient faites, pensa Moudi. Elle n'en avait même pas perdu la moitié. Incroyable.

— Aspiration! commanda le directeur.

Un médecin militaire apparut à son côté, avec un tube en plastique branché sur une fiole à vide. Le son était obscène. Le processus dura dix bonnes minutes. Moudi et le directeur s'étaient un peu éloignés, tandis que le militaire promenait son tube partout, comme une femme de ménage passant l'aspirateur. Trois autres litres de sang riche en virus pour le labo.

Le corps était censé être un « temple de vie », comme l'enseignait le saint Coran. Et celui-là s'était transformé... en quoi? En une usine de mort encore plus abominable que l'immeuble dans lequel ils se trouvaient. Il vit les mains du directeur dégager le foie, avec plus de soin qu'auparavant. Peut-être avait-il été effrayé par le sang de la cavité abdominale? Là encore, les vaisseaux furent sectionnés et le tissu conjonctif dégagé. Puis le directeur reposa ses instruments, et sans y être invité Moudi sortit l'organe et le posa sur un plateau, qu'on emporta immédiatement.

— Je me demande pourquoi la rate se comporte si différemment, murmura le directeur.

Au rez-de-chaussée, d'autres infirmiers étaient déjà au travail. On alla chercher les cages entassées dans l'entrepôt. Les singes verts avaient été nourris et ils se remettaient peu à peu du choc de leur voyage. Cela réduisait d'autant leur besoin de griffer, de mordre et d'attaquer les mains gantées qui les déplaçaient. Mais leur panique revint dès qu'ils se retrouvèrent dans une nouvelle pièce inconnue. Pour cette partie de l'opération on traitait dix cages à la fois. Une fois dans la chambre d'exécution, dont les portes étaient soigneusement fermées, les singes comprenaient vite le sort qui leur était réservé. On plaçait la cage sur la table, on ouvrait la porte et on introduisait un bâton avec une boucle métallique à son extrémité. La boucle était serrée d'un coup sec autour du cou de l'animal, qui se brisait avec un affreux craquement. Le singe se raidissait une seconde, puis devenait tout mou, les yeux toujours ouverts. Le même instrument permettait de sortir l'animal mort de la cage. Et lorsque la boucle était desserrée, on lançait le cadavre à un soldat, qui l'emportait dans la pièce d'à côté. Les autres singes assistaient à tout cela, et hurlaient leur rage à la face des soldats, mais leurs cages étaient trop petites pour leur permettre d'échapper au garrot. Certains, tout au plus, réussirent à passer un bras à l'intérieur, mais c'était inutile — le membre se brisait en même temps que le cou. Assez intelligents pour comprendre ce qui leur arrivait, les singes verts n'avaient d'autre ressource que de hurler. Le vacarme gênait les soldats, mais sans plus.

Dans la salle voisine, cinq équipes d'infirmiers travaillaient sur cinq tables différentes. L'animal mort était maintenu par des attaches fixées à son cou et en haut de sa queue. Un soldat, avec un couteau à lame recourbée, tranchait le bas du dos en remontant le long de la colonne vertébrale, tandis que l'autre effectuait une incision perpendiculaire et tirait la peau. Le premier prélevait alors les reins et les tendait au second, et tandis que les petits organes allaient dans un conteneur spécial, il détachait le corps et le jetait dans une grosse poubelle en plastique pour une future incinération. Lorsqu'il se retournait et reprenait son couteau, son collègue avait déjà attaché une autre bête sur la table. L'opération durait environ quatre minutes. L'ensemble des singes fut traité en quatre-vingt-dix minutes. Ils avaient des raisons de se presser : toute la matière première dont ils avaient besoin était sujette à des processus biologiques. Ils firent passer les organes récupérés par des sas à doubles battants ouverts dans les murs donnant dans le laboratoire de haute sécurité.

Là, le travail se faisait à un rythme différent. Tous, dans cette vaste salle, étaient vêtus de la combinaison de protection bleue, et leurs mouvements étaient lents et prudents. On les avait entraînés et soigneusement briefés, et le peu qui avait été omis au cours de leur formation venait de leur être raconté, dans tous ses horribles détails, par ceux, choisis par tirage au sort, qui s'étaient occupés de la patiente occidentale à l'étage au-dessus. Lorsque quelque chose devait être déplacé, on l'annonçait par haut-parleurs et tout le monde s'écartait.

On avait versé le sang dans un bac chauffant où de l'air circulait en faisant des bulles. Les reins des singes, deux grands seaux pleins, furent passés dans une broyeuse — pas très différente, en fait, d'un mixeur de cuisine — qui les réduisit en une espèce de bouillie ; celle-ci fut ensuite étalée sur de larges récipients et mélangée à des substances nutritives liquides. Puis on y ajouta le sang. Ils utilisèrent environ la moitié de leurs réserves pour cette opération. Ils conservèrent le reste, divisé en plusieurs conteneurs en plastique, dans un congélateur refroidi par de l'azote liquide. Le laboratoire de haute sécurité était chaud et humide, un peu comme dans la jungle. L'éclairage était faible et dispensé par des tubes fluorescents équipés d'un écran de protection qui arrêtait le rayonnement ultraviolet. Les virus n'aimaient pas les UV. Ils avaient besoin d'un environnement adéquat pour se développer, et les reins des singes verts étaient exactement ce qu'il leur fallait. Des aliments, une température adéquate, une humidité correcte, et juste une pincée de haine.

— Vous en avez appris des choses ! s'exclama Daryaei.

— C'est grâce à leurs médias, à leurs journalistes, expliqua Badrayn.

— Tous des espions ! observa le mollah.

— Beaucoup le pensent, dit Ali avec un sourire.

Mais c'est faux. Ce sont... comment définir ça... des espèces de hérauts du Moyen Age. Ils voient ce qu'ils voient et ils disent ce qu'ils voient. Ils ne sont loyaux envers personne, hormis envers eux-mêmes et leur profession. Oui, c'est vrai qu'en un sens ce sont des espions, mais ils espionnent *tout le monde*, et avant tout leur propre peuple. C'est dingue, je l'admets, et pourtant c'est ainsi.

— Ils croient en quelque chose ?

C'était le point le plus difficile à comprendre, pour son hôte.

— Ça, mystère... (Nouveau sourire.) Oh, certes, les journalistes américains sont fidèles à Israël, mais ça aussi, c'est exagéré. Comme des chiens, ils sont capables de s'attaquer à n'importe qui, de mordre n'importe quelle main, même si elle les caresse. Ils cherchent, ils trouvent, ils racontent. Et donc, j'ai pu apprendre tout ce que je voulais sur ce Ryan — sa maison, sa famille, les écoles fréquentées par ses enfants, le numéro de téléphone du bureau de sa femme, tout.

— Et si certaines de ces informations étaient des mensonges ? demanda Daryaei d'un air soupçonneux.

Il s'occupait de l'Occident depuis longtemps, et pourtant la vraie nature de ses journalistes lui était trop... étrangère pour qu'il fût capable de la saisir correctement.

— Tout est facilement vérifiable. L'endroit où travaille sa femme, par exemple. Je suis certain qu'on trouvera une personne digne de foi, dans cet hôpital. Il faudra simplement lui poser quelques questions innocentes. Leur maison ; eh bien, elle sera gardée. Pareil pour les enfants. Le fonctionnement de ces gens est une énigme. Ils doivent bénéficier d'une protection pour se déplacer, mais celle-ci est très repérable et elle révèle où ils sont et qui ils sont. Avec les informations que j'ai rassemblées, nous savons par où commencer.

Badrayn essayait de faire des remarques courtes et simples. Ce n'était pas que Daryaei fût un imbécile, loin de là, mais il vivait en ermite. Lui, au cours de toutes ces années passées au Liban, il avait vu et appris beaucoup de choses, et c'était un avantage. Et surtout, il avait compris qu'il lui fallait un commanditaire. Mahmoud Haji Daryaei, peut-être ? Cet homme avait des plans. Il avait besoin de gens pour les exécuter. Et pour une raison ou une autre, il n'avait pas une totale confiance en ses collaborateurs. Badrayn ne voulait pas savoir pourquoi. C'était une chance, un point c'est tout.

— Ils sont bien protégés ? demanda le mollah, en caressant sa barbe.

— Très bien, répondit Badrayn, trouvant la question bizarre et se promettant de s'en souvenir. Les agences américaines sont très efficaces. Le problème de la criminalité, en Amérique, ne vient pas de leur incompétence. Simplement, ils ne savent pas quoi faire de leurs prisonniers une fois qu'ils les ont attrapés. Quant à leur président... (Badrayn se pencha en arrière un instant)... il est entouré par un groupe superentraîné de tireurs d'élite, très motivés et tout à fait dévoués... (Il avait ajouté cela pour voir si les yeux de son interlocuteur changeraient. Daryaei était fatigué, et quelque chose passa dans son regard, en effet.) A part ça, la protection vaut ce qu'elle vaut. Les procédures sont simples. Vous n'avez pas besoin de mon avis là-dessus.

— Et la vulnérabilité de l'Amérique ?

— Totale. Leur gouvernement est en plein chaos. Mais ça aussi, vous le savez.

— Difficile de prendre la mesure de ces Américains..., dit Daryaei d'un air songeur.

— Leur puissance militaire est formidable. Leur volonté politique est imprévisible, comme quelqu'un que nous... connaissions tous les deux l'a appris à ses dépens. Les sous-estimer serait une grave erreur. L'Amérique est comme un lion endormi, qu'on doit traiter avec soin et respect.

— Comment vaincre un lion ?

Cette question prit Badrayn au dépourvu l'espace de quelques secondes. A l'occasion d'une mission en Tanzanie, il avait passé une journée en brousse avec un colonel des services de renseignements de ce pays. Il avait vu un vieux lion qui venait pourtant de réussir à tuer une proie. Apercevant une bande d'hyènes, le Tanzanien arrêta leur Jeep Zil de fabrication soviétique et tendit une paire de jumelles à Badrayn, en lui conseillant d'observer la scène, sous prétexte qu'elle lui apprendrait quelque chose sur les capacités des insurgés. Badrayn n'avait jamais oublié la leçon. Le gros lion était toujours puissant et impressionnant à regarder, même de loin. Les hyènes étaient plus petites, un peu de la taille d'un chien, et elles se déplaçaient vite, avec leur arrière-train aplati. Elles se rassemblèrent d'abord à une vingtaine de mètres du lion, qui essayait de manger. Puis elles formèrent un cercle autour de lui : celle qui était derrière lui avança rapidement et s'empara d'un morceau de viande ; quand le lion se retourna, rugit et la poursuivit sur quelques mètres, elle se replia précipitamment — tandis qu'au même moment, une autre hyène lui volait, elle aussi, de la viande. Contre une telle stratégie, aussi puissant fût-il, le roi de la savane ne pouvait pas protéger sa prise, et en quelques minutes il se trouva sur la défensive, incapable, même, de courir correctement, car il y avait toujours une hyène derrière lui pour le mordre, le forçant à se déplacer d'une manière à la fois pathétique et comique, ses fesses rasant le sol... Finalement, le lion s'en alla sans un rugissement, sans même se retourner, tandis que les hyènes s'emparaient de sa proie, en poussant leurs étranges hurlements qui ressemblaient à des rires, comme si elles trouvaient amusant de lui avoir volé son butin. Le fort avait été vaincu par le faible. Le lion continuerait à vieillir et à décliner, et un jour il ne pourrait même plus échapper à une attaque des hyènes. Tôt ou tard, avait conclu le Tanzanien, les hyènes les auraient tous.

Badrayn fixa de nouveau Daryaei et répondit simplement :

— C'est faisable.

20

REMANIEMENTS ADMINISTRATIFS

Les trente nouveaux élus étaient réunis dans le salon Est — que des hommes, constata-t-il avec surprise, accompagnés de leurs épouses. En s'avançant dans la pièce, Jack considéra leurs visages. Certains lui plurent, et d'autres non. Les premiers avaient l'air aussi effrayés que lui. C'étaient les seconds qui l'inquiétaient, ceux qui souriaient, sûrs d'eux.

Que faire avec ces gens ? Même Arnie n'en savait rien, lui qui avait pourtant réfléchi à diverses approches. Se montrer ferme et les intimider ? Oui, pensa Ryan, et les journaux de demain raconteraient qu'il se prenait pour le roi Jack 1er. Jouer la décontraction ? Aussitôt, on le traiterait de chiffe molle, incapable d'assumer sa position de chef. Ryan était en train d'apprendre à craindre les médias. Jusqu'à présent, ça n'avait pas été son problème. Simple rouage du système, on l'avait largement ignoré. Même comme conseiller à la sécurité nationale du président Durling, on l'avait considéré comme la poupée ventriloque du président. Mais la situation était très différente, aujourd'hui, et la moindre de ses paroles pouvait être interprétée — et elle le serait. Washington avait perdu depuis longtemps toute capacité d'objectivité. Tout était politique, et la politique était idéologie, et l'idéologie se résumait à des préjugés personnels plutôt qu'à une quête impartiale de la vérité. Mais où tous ces gens avaient-ils donc été élevés pour que la vérité comptât si peu pour eux ?

Ryan n'avait pas vraiment de philosophie politique à lui, voilà le problème. Il croyait dans les choses qui fonctionnaient, produisaient les résultats promis et permettaient de régler ce qui n'allait pas. Et en ce domaine, peu importaient, pour lui, les différences entre démocrates et républicains. Les bonnes idées aboutissaient, même si certaines pouvaient sembler folles. Et les mauvaises ne donnaient rien, même si quelques-unes paraissaient judicieuses. Hélas, à Washington, on ne pensait pas ainsi. Dans cette ville, les idéologies étaient vraiment des *faits;* si les idées de son propre camp échouaient, on refusait de l'accepter, et encore moins si celles de ses adversaires réussissaient — ç'aurait été le comble de l'horreur. Chacun aurait plus facilement renié Dieu que son idéologie.

Jack considéra leurs visages, se demandant quel pouvait être leur bagage politique. C'était peut-être une faiblesse de sa part de ne pas comprendre comment fonctionnait ce système, mais il avait toujours vécu dans un monde où les erreurs entraînaient la mort de personnes réelles. Pour lui, les victimes avaient des noms et des visages. Pour les politiciens, c'étaient des abstractions bien plus lointaines que les idées auxquelles ils tenaient tellement.

— J'ai l'impression d'être un animal dans un zoo, observa Caroline Ryan à l'intention de son mari, avec un sourire charmeur.

Elle était rentrée à toute vitesse — grâce à l'hélicoptère — pour enfiler une robe blanche sexy et mettre à son cou un collier en or qu'il lui avait offert pour Noël... quelques semaines avant l'attentat terroriste sur l'autoroute 50, à Annapolis.

— Avec des barreaux dorés..., répondit son mari avec un sourire aussi faux qu'un billet de trois dollars.

— Un lion et une lionne? Un paon et sa femelle? Ou deux lapins de laboratoire attendant qu'on leur mette du shampooing dans les yeux? demanda-t-elle, tandis que leurs invités applaudissaient à leur entrée.

— Ça dépend du visiteur, ma chérie.

Ryan et Cathy, main dans la main, marchèrent jusqu'au micro.

— Mesdames et messieurs, bienvenue à Washington...

Ryan dut patienter jusqu'à la fin d'une nouvelle salve d'applaudissements. Il sortit de sa poche quelques fiches sur lesquelles était toujours noté ce que les présidents devaient dire. Callie Weston les lui avait préparées, avec des caractères suffisamment gros pour qu'il n'eût pas besoin de ses lunettes. Malgré tout, il s'attendait à avoir la migraine — il avait une crise tous les jours, en ce moment, avec la masse de documents qu'il devait ingurgiter.

— Notre pays a des besoins importants, reprit-il. Vous êtes là pour la même raison que moi, pour y répondre. Vous avez désormais une tâche que beaucoup d'entre vous n'avaient jamais imaginée et que vous êtes un certain nombre à n'avoir pas voulue...

Flatteries inutiles, bien sûr, mais ils avaient envie d'entendre ce genre de choses, ou plus exactement qu'on les vît les entendre sur C-SPAN, dont les caméras étaient installées dans les coins du salon. Trois personnes seulement, parmi eux, n'étaient pas des politiciens professionnels ; entre autres, un gouverneur qui avait laissé son poste à son adjoint et était venu à Washington pour finir la législature d'un sénateur du parti adverse. Le crash du 747 allait changer le rapport de force au Sénat, parce que la couleur politique de trente-deux des chambres législatives d'Etat ne correspondait pas à celle du Congrès.

— Et c'est bien, poursuivit Ryan. Une longue et honorable tradition de citoyens au service de leur nation remonte au moins à Cincinnatus, le citoyen romain qui répondit trois fois à l'appel de son pays, puis retourna à ses champs, à sa famille et à son travail. L'une de nos grandes villes a reçu son nom en son honneur, ajouta Jack, avec un signe de tête au nouveau sénateur de l'Ohio, qui habitait Dayton, pas très loin de Cincinnati.

« Vous ne seriez pas ici si vous n'aviez pas compris nos principaux besoins. Mais mon message essentiel, aujourd'hui, c'est que nous devons tous avancer main dans la main. Nous n'avons pas le temps de nous chamailler et notre pays non plus. (D'autres applaudissements l'interrompirent. Il adressa un sourire reconnaissant à son auditoire et hocha la tête.) Sénateurs, vous verrez que vous travaillerez facilement avec moi. Ma porte vous sera toujours ouverte et je sais comment répondre au téléphone. Je suis prêt à discuter avec vous de tous les problèmes, à écouter tous les points de vue. Je n'ai pas juré de préserver, protéger et défendre d'autres règles que la Constitution.

« Tous les citoyens des régions d'où vous venez attendent de nous que nous menions à bien notre tâche. Pas que nous nous battions pour être réélus : ils veulent que nous nous défoncions pour eux. Nous sommes à leur service, et non le contraire. Nous avons un devoir à remplir en leur nom. Robert E. Lee a déclaré un jour que "devoir" était le plus beau mot de notre langue. Aujourd'hui, il est encore plus beau et plus important, parce que aucun d'entre nous n'a été élu au poste qu'il occupe. Nous représentons le peuple d'une démocratie, mais nous sommes tous arrivés ici d'une façon totalement imprévue. Notre devoir personnel n'en est-il pas encore plus grand ?

Nouveaux applaudissements.

— Il n'y a pas de plus belle responsabilité que celle que le destin vient de nous confier. Nous ne sommes pas des nobles du Moyen Age dotés par la naissance d'un haut rang et d'un grand pouvoir. Nous sommes les serviteurs et non les maîtres. Nous vivons dans la tradition de géants. Henry Clay, Daniel Webster, John Calhoun et bien d'autres membres de votre chambre du Congrès doivent être nos modèles. L'Union est entre nos mains. Lincoln disait que l'Amérique était le dernier — et le meilleur — espoir de l'humanité, et au cours de ces vingt dernières années, notre nation a prouvé qu'il avait raison. L'Amérique est toujours une expérience, une idée collective, un ensemble de règles nommé « Constitution », auxquelles nous avons tous fait serment d'allégeance, à Washington et ailleurs. C'est ce bref document qui fait notre spécificité. Notre pays n'est pas seulement une bande de terre et de rochers entre deux océans. C'est une idée et des lois que nous respectons tous. C'est cela qui fait notre différence et, en nous y tenant, nous tous qui nous trouvons aujourd'hui dans cette pièce, nous pouvons être sûrs que le pays que nous transmettrons à nos successeurs sera identique à celui qui nous a été confié, et, je l'espère, légèrement amélioré. Et maintenant... (Ryan se tourna vers le président de la cour d'appel des Etats-Unis du quatrième district, le juge d'appel le plus ancien du pays, qui venait de Richmond)... il est temps pour vous tous de rejoindre notre équipe.

Williams Staunton s'approcha du micro. Les sénateurs posèrent la main gauche sur la Bible tenue par leur épouse et levèrent la droite.

— Je... donnez votre nom...

Ryan constata que les nouveaux sénateurs prêtaient serment dans les règles. Tout cela, au moins, semblait assez solennel. Certains des nouveaux législateurs embrassèrent la Bible, soit par conviction religieuse personnelle, soit parce qu'ils se trouvaient dans le champ des caméras. Puis ils prirent leur femme dans leurs bras, dont la plupart étaient aux anges. Tout le monde retint son souffle un moment, en échangeant des regards, puis une fois que les caméras furent éteintes, le personnel de la Maison-Blanche fit son apparition avec des boissons. Maintenant, le vrai travail commençait. Ryan prit un verre de Perrier et s'avança dans la pièce, souriant malgré la fatigue — et la gêne qu'il ressentait à accomplir ses devoirs politiques.

D'autres clichés arrivèrent. La sécurité, à l'aéroport de Khartoum, ne s'était pas améliorée et, cette fois, trois officiers de renseignements américains prirent des photos des passagers qui sortaient de l'avion. Etonnant que la presse ne se fût encore rendu compte de rien. Un flot de voitures officielles — la totalité sans doute du parc que pouvait aligner ce pays pauvre — emporta les nouveaux venus. Lorsque le débarquement fut terminé, le 737 roula vers l'est et les espions rentrèrent à leur ambassade. Deux d'entre eux restèrent à proximité des résidences assignées aux généraux irakiens — cette information avait été fournie au chef de station de la CIA par son contact au ministère des Affaires étrangères du Soudan. Les photos en question furent faxées aux Etats-Unis par satellite, depuis l'ambassade. A Langley, Bert Vasco identifia tous les fuyards, assisté par deux officiers du bureau de la CIA et en se servant d'un certain nombre de photos d'identité tirées des fichiers de l'Agence.

— Et voilà, annonça-t-il. On a tous les chefs militaires, mais pas un seul civil du parti Baas.

— On sait donc qui sera sacrifié, observa Ed Foley.

— Ouaip, répondit Mary Pat en hochant la tête. Ça donne une chance aux officiers restés en place de manifester leur loyauté au nouveau régime en les arrêtant et en les faisant passer en jugement. Bon sang! Ça va trop vite.

Leur chef de station, à Riyad, s'était mis sur son trente et un, mais il n'avait personne à rencontrer. Et la même chose était vraie pour certains diplomates saoudiens qui avaient monté à la hâte un programme d'incitations fiscales pour l'hypothétique nouveau régime irakien. Désormais, il serait inutile.

Ed Foley secoua la tête d'un air admiratif.

— Je ne pensais pas que ça se passerait comme ça. Tuer notre ami, d'accord, mais réussir à convaincre si vite et si tranquillement les chefs de se tirer, qui aurait imaginé ça?

— Je suis d'accord, monsieur Foley, répondit Vasco. Quelqu'un a dû négocier l'affaire, mais qui?

496

— Continuez à vous renseigner, les gars, dit Ed Foley aux officiers du département, avec un sourire désabusé. Je veux tout ce que vous trouverez et dès que possible.

Ce mélange brun-rouge de sang humain et de bouillie de reins de singes, marinant dans des récipients en verre peu profonds, ressemblait à une espèce de brouet de sorcière. Il n'y avait plus grand-chose à faire à ce stade de l'opération, sinon surveiller les conditions environnementales — et de simples instruments analogiques s'en chargeaient. Moudi et le directeur entrèrent dans la salle, vêtus de leur combinaison protectrice, pour vérifier les chambres de culture scellées. La moitié du sang de sœur Jean-Baptiste avait été congelé, au cas où ils échoueraient dans leur première tentative de reproduction du virus Ebola Mayinga. Ils contrôlèrent aussi les systèmes de ventilation à plusieurs étages, car désormais l'immeuble était vraiment une usine de mort. Alors que, dans cette salle, on essayait de donner au virus toutes les chances de se multiplier, de l'autre côté de la porte, les médecins militaires aspergeaient de produit chimique chaque centimètre carré, pour s'assurer qu'il ne s'échapperait pas. Si bien que les arrivées d'air des chambres de culture étaient, elles aussi, filtrées avec soin.

— Vous pensez qu'il pourrait s'agir d'une souche aérogène ? demanda le directeur.

— Comme vous le savez, Ebola Zaïre Mayinga a reçu le nom d'une infirmière qui a été contaminée alors qu'elle avait pris toutes les mesures de protection habituelles. La patiente numéro deux (c'était plus facile pour Moudi de ne plus prononcer le nom de sœur Jean-Baptiste) était une infirmière efficace qui avait une grande expérience de ce virus. Elle n'avait fait aucune injection à son malade et ne savait pas comment elle avait pu contracter le virus. Je pense donc que c'est possible, oui.

— Ce serait très utile, Moudi, murmura le directeur, mais d'une voix si basse que le jeune médecin eut du mal à l'entendre. Nous devons le vérifier, ajouta le vieil homme.

Moudi se demanda s'il ne s'était pas trop avancé. La patiente numéro deux avait peut-être commis une erreur qu'elle aurait oubliée ? Mais non, il avait examiné son corps pour voir si elle avait une blessure quelconque et sœur Marie-Madeleine en avait fait autant ; elle n'avait quand même pas pu *lécher* des sécrétions du jeune Benedict Mkusa... Cela signifiait donc que la souche Mayinga survivait dans l'air pendant une brève période, et qu'ils possédaient peut-être ici une arme d'une puissance inégalée dans l'histoire de l'humanité, encore pire que les armes nucléaires ou chimiques. Une arme capable de se reproduire toute seule et qui serait propagée par ses propres victimes, encore et encore, jusqu'au moment où l'épidémie s'éteindrait d'elle-même. Elle cesserait. Toutes les épidémies le faisaient. Elle ne pouvait pas échapper à la règle. N'est-ce pas ?

N'est-ce pas ?

Moudi voulut se frotter le menton, mais son masque de plastique l'en empêcha. En fait, il ne connaissait pas la réponse à cette question. Au Zaïre et dans les quelques autres pays africains touchés par cette abominable maladie, les épidémies étaient terribles, mais elles s'arrêtaient toutes seules — en dépit des conditions environnementales idéales qui protégeaient les souches du virus et leur permettaient de survivre. Mais, d'un autre côté, le Zaïre était un pays arriéré, avec des voies de communication lamentables et aucun moyen de transport efficace. Cette maladie tuait les gens sans leur laisser le temps de se déplacer. Ebola décimait des villages entiers, mais guère plus. Personne, en revanche, ne savait ce qui se produirait dans un pays plus développé. Théoriquement, quelqu'un pouvait contaminer, disons, un vol international à destination de l'aéroport Kennedy. Les voyageurs changeraient d'avion. Peut-être alors, qu'ils dissémineraient immédiatement la maladie juste en toussant et en éternuant... ou peut-être pas. En fait, ça n'avait pas d'importance, car beaucoup bougeraient de nouveau les jours suivants, pensant avoir attrapé la grippe, et là, ils propageraient le virus.

Le développement d'une épidémie était surtout une question de temps et de hasard. Plus vite elle se diffusait à partir d'un foyer, plus rapides étaient les instruments de cette diffusion, et mieux elle se répandait dans une population donnée. Il y avait des modèles mathématiques là-dessus, mais ils étaient théoriques et il existait une multitude de variables individuelles dont chacune pouvait affecter l'indice global de mortalité. Dire que l'épidémie s'éteindrait à un moment ou à un autre était correct. Mais la question était « quand » et de cette question dépendait le nombre de personnes infectées avant l'instauration de mesures de protection efficaces. Un pour cent, dix pour cent ou cinquante pour cent d'un pays donné ? L'Amérique n'était pas une société provinciale — tout le monde était en contact avec tout le monde. Un virus en suspension dans l'air avec une incubation de trois jours... Moudi ne connaissait aucun modèle mathématique là-dessus. La récente épidémie zaïroise la plus mortelle à Kikwit avait fait moins de trois cents victimes, mais elle avait débuté par un malheureux mineur, puis sa famille avait été touchée, puis ses voisins. Pour déclencher une épidémie plus grave, il suffisait d'augmenter le nombre de cas index. Alors, le développement d'Ebola Zaïre Mayinga *America* serait peut-être si important qu'il annulerait l'effet des mesures de contrôle traditionnelles. Il débuterait non plus par un homme et une famille, mais par des centaines de personnes et de familles — ou des milliers ? Et au moment même où les Américains se demanderaient s'ils n'avaient pas un problème de santé publique, la maladie serait déjà passée à l'échelon supérieur, avec à peu près un million de porteurs. A ce moment-là, les installations sanitaires seraient débordées...

... Et il n'y aurait peut-être aucun moyen d'arrêter tout ça. Personne ne connaissait les conséquences possibles d'une infection de masse déclenchée de manière délibérée dans une société dont les membres étaient très mobiles. Ses répercussions pouvaient être planétaires. Mais sûrement que non..., estima Moudi, en observant les bacs en verre à travers le plastique de son masque. La première génération de cette maladie était passée d'un hôte inconnu à un jeune garçon. La seconde génération n'avait fait qu'une seule victime aussi — et cela grâce à la chance et à ses propres compétences médicales. La troisième se développait devant ses yeux. Son étendue était encore inconnue. Mais c'étaient les générations quatre, cinq, six et peut-être sept qui détermineraient l'avenir d'un pays tout entier — l'ennemi du sien.

Son travail lui poserait moins de problèmes, désormais. Car les Américains les haïssaient et se méfiaient de leur foi. Ils avaient des noms et des visages, bien sûr, mais il ne les verrait pas, et ils étaient à plusieurs milliers de kilomètres. Il suffirait de couper la télé.

— Oui, répondit Moudi au directeur, on pourrait le vérifier assez facilement.

— Ecoutez, dit George Winston à trois nouveaux sénateurs, si le gouvernement fédéral fabriquait des voitures, un pick-up Chevrolet coûterait quatre-vingt mille dollars et devrait s'arrêter tous les cinq cents mètres pour faire le plein. Vous connaissez votre boulot. Moi aussi. On peut faire mieux.

— C'est aussi terrible que ça ? demanda le sénateur du Connecticut.

— Je peux vous montrer les chiffres de comparaison. Si Detroit travaillait ainsi, on serait tous au volant de voitures japonaises, répondit Winston, en plantant son doigt dans la poitrine de son interlocuteur et en se promettant de se débarrasser de sa

Mercedes 500SEL ou au moins de la laisser au garage.

— C'est comme si on avait un seul véhicule de police pour surveiller tout l'est de Los Angeles, disait au même moment Tony Bretano à cinq autres sénateurs, dont deux venaient de Californie. Je n'ai même pas les forces nécessaires pour couvrir un seul MRC, un conflit régional majeur, expliqua-t-il aux nouveaux élus et à leurs épouses. Alors que nous sommes censés — sur le papier, je veux dire — être capables d'en gérer deux en même temps, plus une mission de maintien de la paix quelque part ailleurs. D'accord ? La priorité absolue, à la Défense, est de reconfigurer nos forces pour que nos combattants aient la priorité et que le reste de l'armée les soutienne et pas le contraire. Les comptables et les avocats sont utiles, mais on en a suffisamment aux Finances et à la Justice. Moi, je m'occupe des flics et on en manque dans les rues.

— Mais où trouverons-nous l'argent pour ça ? demanda un jeune sénateur du Colorado.

— Le Pentagone n'est pas l'Agence pour l'emploi. Souvenez-vous-en. Bon, la semaine prochaine j'aurai une évaluation complète de ce dont nous avons besoin, et tous ensemble nous essaierons de trouver un moyen de nous l'offrir au moindre coût.

— Qu'est-ce que je vous avais dit ? murmura Arnie van Damm en passant derrière Ryan. Laissez-les faire ça pour vous. Contentez-vous d'être aimable avec tout le monde.

— Ce que vous avez expliqué était vrai, monsieur le président, déclara le nouveau sénateur de l'Ohio, en buvant un bourbon à l'eau plate, maintenant que les caméras étaient éteintes. Vous savez, un jour, au lycée, j'ai fait un petit exposé sur Cincinnatus et...

— Eh bien, veillons toujours à faire passer le pays avant tout, répondit Jack.

— Comment réussissez-vous à assurer vos fonctions et... je veux dire..., demanda à Cathy la femme du sénateur du Wisconsin..., vous faites toujours de la chirurgie ?

— Et je continue aussi à enseigner, ce qui est encore plus important, répondit Cathy en hochant la tête. (Elle aurait préféré se trouver dans leurs appartements et étudier les dossiers de ses patients. Mais bon, elle se rattraperait demain, dans l'hélicoptère.) Je ne cesserai jamais de travailler. Je rends la vue à des aveugles. Parfois, j'ôte moi-même leurs bandages, et leur expression, à ce moment-là, est la chose la plus merveilleuse au monde. La plus merveilleuse..., répéta-t-elle.

— Encore plus que moi, ma chérie ? demanda Jack en passant son bras autour de ses épaules.

Ça pourrait marcher, pensa-t-il. Callie et Arnie leur avaient demandé de les séduire.

Le processus était enclenché. Le colonel chargé de surveiller les cinq mollahs les avait suivis à l'intérieur de la mosquée, et, sous le coup de l'émotion, il avait fait ses dévotions avec eux. Ensuite, le plus âgé des religieux s'était adressé à lui, avec douceur et courtoisie, abordant un passage du Coran particulièrement connu, de façon à trouver un terrain d'entente. Du coup, le colonel s'était souvenu de sa jeunesse et de son propre père, un homme honorable et pieux. C'était ainsi que l'on avait un vrai contact avec les gens ; le lieu ou la culture importaient peu. On les faisait parler, on les comprenait et on choisissait le meilleur moyen de poursuivre la conversation. Le mollah, membre du clergé iranien depuis plus de quarante ans, avait passé sa vie à conseiller les gens sur leur foi et sur leurs interrogations, et il réussit facilement à communiquer avec son gardien, un homme censé avoir prêté serment de le tuer, lui et ses quatre compagnons, si ses supérieurs lui en donnaient l'ordre. Mais en choisissant quelqu'un réputé fidèle, les généraux en fuite avaient été un peu trop... efficaces, parce que les individus vraiment loyaux sont des hommes de réflexion et de principe et ils se montrent sensibles à des idées mieux démontrées que celles auxquelles ils adhèrent. Et là, il n'y avait aucun doute : l'islam avait une longue et vénérable histoire, ce qui n'était pas le cas du régime moribond que le colonel avait juré de défendre.

— Ce devait être vraiment dur de se battre dans les marais, dit le mollah, un moment plus tard, lorsque la conversation en vint aux relations entre leurs deux pays.

— La guerre est mauvaise. Je n'ai jamais éprouvé le moindre plaisir à tuer, admit le colonel.

C'était comme une confession, et soudain ses yeux se remplirent de larmes et il lui raconta certaines de ses actions au cours de ces années. Il comprenait, à présent, que même s'il n'avait jamais aimé son devoir, son cœur s'était endurci ; et finalement, il en était venu à ne plus savoir distinguer l'innocent du coupable, le juste du corrompu, et il avait fait ce qu'on lui demandait parce que c'était ce qu'on lui demandait, et non l'action la meilleure. Il l'expliqua à son interlocuteur.

— L'homme faute souvent, répondit l'Iranien, mais avec les préceptes du Prophète, nous trouvons toujours le chemin d'un Dieu de miséricorde. L'homme oublie ses devoirs, mais Allah se souvient toujours du sien. (Il posa sa main sur le bras du colonel.) Je pense que vos prières, aujourd'hui, ne sont pas terminées. Tous les deux, nous allons nous adresser à Allah et tous les deux nous chercherons la paix de votre âme.

Ensuite, ce fut facile. Lorsqu'il apprit que les généraux fuyaient le pays, le colonel eut deux bonnes raisons de collaborer. D'abord, il n'avait aucune envie de mourir. Et ensuite, il était tout à fait disposé à suivre la volonté de son Dieu pour rester vivant et coopérer. Afin de prouver sa bonne foi, il rassembla deux compagnies qui vinrent se placer sous les ordres des mollahs. Ça ne posa aucun problème aux soldats — tout ce qu'ils avaient à faire, c'était d'obéir à leurs officiers.

L'aube se levait, à Bagdad. Les portes d'une vingtaine de grandes maisons furent enfoncées. Certains de leurs occupants étaient réveillés, d'autres plongés dans un sommeil alcoolique, d'autres encore étaient prêts à partir et cherchaient un endroit où se réfugier et comment s'y rendre. Tous comprenaient un peu trop tard ce qui se passait autour d'eux, dans une ville où une erreur d'une minute faisait la différence entre une vie prospère et une mort violente. Peu d'entre eux résistèrent, et le seul qui faillit réussir à s'échapper fut pratiquement coupé en deux par une rafale d'AK-47, tout comme sa femme. La plupart furent emmenés, pieds nus, et la tête basse, jusqu'aux camions qui les attendaient, sachant comment cette tragédie se terminerait pour eux.

Ces radios tactiques n'étaient pas cryptées et de faibles signaux VHS furent enregistrés, cette fois à STORM TRACK, qui était plus proche de Bagdad. Des noms furent prononcés, plusieurs fois, tandis que les équipes de ramassage rendaient compte de leur mission à leurs supérieurs, ce qui facilita la tâche des services ELINT — les renseignements électroniques — sur la frontière et à la KKMC. Les officiers de garde prévinrent leurs superviseurs, et des dépêches classées « urgent » furent transmises par satellite.

Ryan venait juste de raccompagner les derniers sénateurs lorsque Andrea Price s'approcha.

— Mes chaussures me font un mal de chien, disait Cathy, et j'ai une opération à...

Elle s'interrompit.

— On a une communication FLASH, monsieur, annonça Andrea.

— L'Irak ? demanda Jack.

— Oui, monsieur le président.

Ryan embrassa sa femme.

— Je monte dans un moment.

Cathy acquiesça d'un signe de tête. Comment faire autrement? Elle se dirigea vers l'ascenseur. Les enfants étaient déjà couchés. Les deux plus grands avaient fini leurs devoirs, sans doute aidés par leurs gardes du corps. Jack gagna l'aile ouest et pénétra dans la salle de crise.

— Expliquez-moi, ordonna-t-il.

— C'est commencé, dit Ed Foley, dont le visage apparaissait sur la télévision murale.

La télévision nationale irakienne salua cette nouvelle journée — et la nouvelle réalité. Ce fut évident lorsque les journalistes des actualités commencèrent par invoquer le nom d'Allah, ce qui s'était déjà produit, mais jamais avec cette ferveur. Le major, à PALM BOWL, se retourna et fit un signe de la main :

— Commandant Sabah?

— Oui, répondit l'officier koweïtien avec un hochement de tête, tout en approchant.

Il n'avait jamais vraiment douté de la suite des événements. Ses supérieurs, eux, avaient émis des réserves. C'était toujours ainsi, car ils n'étaient pas aussi proches que lui de leurs ennemis; en outre leurs analyses passaient d'abord par le filtre de la politique. La digue avait cédé. Et on n'avait plus la moindre chance d'enrayer le processus si tant est qu'on l'eût jamais eue.

L'armée irakienne avait repris le contrôle de la situation, expliqua le présentateur. On avait constitué un tribunal révolutionnaire. Ceux qui s'étaient rendus coupables de crimes contre le peuple (une expression passe-partout qui ne signifiait pas grand-chose, mais que tout le monde comprenait) avaient été arrêtés et ils seraient jugés. Avant tout, le pays devait rester calme. On avait décidé que cette journée serait fériée. Seuls les fonctionnaires des principaux services publics travailleraient. Le reste des citoyens avait droit à un jour de prière et de réconciliation. Quant au monde extérieur, le nouveau régime lui promettait la paix. Il avait une journée pour y réfléchir.

Daryaei, lui, y réfléchissait depuis longtemps. Il avait dormi trois heures avant ses prières matinales. Plus il vieillissait, moins il avait besoin de sommeil. Peut-être le corps comprenait-il que, puisqu'il ne restait plus beaucoup de temps, il n'avait plus vraiment le droit de dormir. Mais il avait rêvé de lions. De lions morts. Les lions avaient été aussi les symboles du régime du shah, et Badrayn avait eu raison — on pouvait tuer les lions. Jadis, à l'époque classique, les lions d'Iran — on disait la Perse, alors — avaient été chassés jusqu'à l'extinction. Les lions symboliques, représentant la dynastie Pahlavi, avaient eux aussi été éliminés. Il avait joué un rôle là-dedans. Ça n'avait pas toujours été beau à voir. Il avait personnellement ordonné et supervisé une atrocité — le bombardement d'un théâtre bondé où les spectateurs s'intéressaient plus à la décadence occidentale qu'à la foi islamique. Des centaines de personnes avaient trouvé la mort, une mort horrible, mais... mais c'était nécessaire — ç'avait fait partie du combat qui avait ramené son pays et son peuple sur le chemin de la Vraie Foi, et s'il regrettait cet incident particulier, et priait régulièrement pour expier les vies qui avaient alors été prises, il ne regrettait rien du reste. Il était un instrument de la foi, et le saint Coran lui-même parlait de la nécessité de la guerre sainte pour la défense de la foi.

La Perse avait offert un autre cadeau au monde — le jeu d'échecs, qu'il avait appris dans son enfance. L'expression « échec et mat » venait du farsi *shah mat* — le roi est mort —, ce que Daryaei avait aidé à accomplir dans la vie réelle, et s'il ne jouait plus à ce jeu depuis longtemps, il se souvenait qu'un bon joueur est capable de prévoir quatre coups d'avance, voire davantage. La situation en Irak, jusqu'à ce matin, avait ressemblé à une partie d'échecs. L'autre joueur — en fait, ils étaient nombreux — avait couché son roi et s'était enfui. C'était encore plus agréable lorsqu'un adversaire ne pouvait pas s'échapper, mais il s'agissait ici de vaincre, pas de prendre du plaisir aux événements, et vaincre signifiait penser plus vite et plus loin que celui qui était en face de vous, si bien que le coup suivant était vraiment une surprise, que l'adversaire se sentait harcelé et désorienté, qu'il lui fallait du temps pour réagir — or, dans une partie d'échecs, comme dans la vie, le temps était limité. C'était l'esprit qui comptait, pas le corps.

Et c'était pareil avec les lions, semblait-il. Même le plus puissant pouvait être vaincu par des créatures plus faibles, si le moment et la situation étaient bien choisis — et c'était là tout à la fois la leçon et la tâche de ce jour. Quand il eut terminé ses prières, Daryaei appela Badrayn. Ce jeune homme était un tacticien doué et un excellent collecteur d'informations. Il avait besoin d'être dirigé par un stratège entraîné, mais avec des conseils, il se révélerait très utile.

Après une heure de débat entre experts, on avait décidé que le président ne pouvait absolument rien faire. Il fallait attendre et voir... N'importe qui en aurait été capable, mais les experts américains pouvaient attendre et voir un peu plus vite que tout le monde, du moins en étaient-ils persuadés. Ils le feraient à la place du président, bien sûr, si bien que Ryan quitta la salle de crise, monta l'escalier et sortit un instant pour regarder la pluie tomber sur la pelouse sud. La journée promettait d'être venteuse.

Ryan se retourna et sourit à Andrea Price.

— Vous travaillez plus dur que moi, agent Price, et vous êtes...

— ... une femme ? dit-elle avec un sourire fatigué.

— Mon chauvinisme mâle est donc si visible ? Je

vous demande pardon, m'dame. Désolé, je voulais juste une cigarette. J'ai arrêté il y a des années — Cathy m'a forcé la main. Plus d'une fois, reconnut-il avec humour. C'est pas toujours facile d'être marié avec un toubib.

— C'est pas facile d'être marié tout court, répondit Andrea, qui avait épousé son travail, après deux échecs amoureux.

Son problème, si on pouvait appeler ça ainsi, c'était de se vouer à son métier comme seul un homme, pensait-on, pouvait le faire. C'était quelque chose d'assez simple, mais qu'un avocat, puis un publicitaire n'avaient pas réussi à comprendre.

— Pourquoi faisons-nous ça, Andrea ? demanda Ryan.

L'agent spécial Price n'avait pas non plus la réponse. Le président était forcément une figure paternelle, pour elle. Il était l'homme censé posséder les solutions, mais après toutes ces années passées dans le détachement de protection, elle savait bien que non. Son père avait toujours su répondre, lui, ou du moins l'avait-elle pensé, dans sa jeunesse. Puis elle avait grandi, elle était entrée au Service secret où elle avait fait rapidement son chemin, et par la même occasion elle avait perdu, d'une façon ou d'une autre, le sens de l'existence. Aujourd'hui, elle était au sommet de sa carrière, à côté du « père » de la nation — et elle avait seulement appris que la vie ne permettait pas de savoir tout ce qu'on voulait savoir. Son boulot était dur. Celui de Ryan l'était infiniment plus, et peut-être que cet homme honorable, John Patrick Ryan, n'était pas à sa place à la présidence des Etats-Unis ? Peut-être que le premier salopard venu aurait mieux convenu à ce poste...

— Pas de réponse ? (Ryan sourit en contemplant la pluie.) Je pense que vous êtes censée dire que *quelqu'un* doit le faire. Doux Jésus, je viens juste d'essayer de séduire trente nouveaux sénateurs. Séduire ! répéta-t-il. Comme si c'étaient des filles et que j'étais le genre de gars à faire ça — et j'ai pas la moindre idée de ces choses-là, putain ! (Il se tut brusquement et secoua la tête, surpris par ce qu'il venait de dire.) Désolé, excusez-moi.

— Il n'y a pas de mal, monsieur le président. J'ai déjà entendu ce mot, avant, et même dans la bouche d'autres présidents.

— Qui vous questionnez, vous, quand vous en avez besoin ? Avant, je pouvais parler à mon père, à mon prêtre, à James Greer quand je bossais pour lui, ou à Roger, jusqu'à ces dernières semaines. Et aujourd'hui, tout le monde me parle *à moi*. Vous savez, à Quantico, ils m'ont appris qu'un chef était solitaire. Bon sang, c'était vraiment pas une blague !

— Vous avez une femme super, monsieur, fit remarquer Andrea Price, enviant leur couple.

— Normalement, il y a toujours quelqu'un de plus malin que vous. La personne que vous allez interroger quand vous n'êtes pas sûr de vous. Et maintenant, c'est moi qu'on vient voir ! Mais je ne suis pas assez malin. (Il se tut un instant, puis il répondit à la remarque d'Andrea concernant Cathy.) Vous avez raison, mais elle est suffisamment occupée pour que je ne la dérange pas avec mes propres problèmes.

— C'est vrai que vous êtes un chauviniste mâle, patron ! dit Andrea en riant.

Il tourna la tête vivement, surpris.

— Je vous demande pardon, Price ? répondit-il d'une voix qui parut très contrariée — et il éclata de rire à son tour. S'il vous plaît, ne répétez pas ça à la presse !

— Monsieur, je ne leur dis même pas où sont les toilettes !

Le président bâilla.

— C'est quoi, le programme, pour demain ?

— Eh bien, vous restez au bureau toute la journée. J'imagine que la question irakienne fichera en l'air votre matinée. Moi, je partirai tôt, et je rentrerai dans l'après-midi. J'ai prévu de vérifier les

509

mesures de sécurité concernant vos enfants. Et puis on a une réunion pour trouver un autre moyen que l'hélico pour emmener Surgeon à son travail.

— C'est marrant, n'est-ce pas ? dit Ryan.

— Une Flotus avec un vrai boulot, le système n'a jamais vraiment prévu ça.

— Un vrai boulot, vous pouvez le dire ! Depuis dix ans, elle gagne plus d'argent que moi — à part l'époque où je m'amusais à la Bourse. Les journaux ne m'ont pas encore jeté ça à la figure. C'est un grand médecin.

Andrea Price se rendit compte que ses pensées commençaient à vagabonder. Il était épuisé. Ça arrivait même à des présidents — c'était justement pour ça qu'elle était là.

— D'après Roy, ses patients l'adorent. Bon, je revois la protection de vos gosses ; simple routine, monsieur — je suis responsable de toute votre famille. L'agent Raman restera avec vous pratiquement toute la journée. Il monte en grade. Il se débrouille de mieux en mieux.

— Celui qui m'a fait enfiler le manteau pour me déguiser en pompier, la première nuit ? demanda Jack.

— Vous aviez deviné ? dit Andrea Price.

Avant de s'éloigner, le président eut un sourire fatigué, et une petite lueur de malice passa dans ses yeux bleus.

— Je ne suis pas aussi idiot que ça, Andrea.

Non, décida-t-elle finalement, *ç'aurait été beaucoup moins bien d'avoir pour président le premier salopard venu.*

21

RELATIONS

Patrick O'Day était veuf. Il s'était marié sur le tard, et puis sa vie avait changé d'une façon particulièrement cruelle et brutale. Sa femme, Deborah, était comme lui un agent du FBI; elle était chargée des expertises à la Division laboratoire, ce qui l'obligeait à voyager beaucoup — jusqu'à ce fameux après-midi où son avion pour Colorado Springs s'était écrasé pour des raisons encore indéterminées à ce jour... Sa première mission après son congé de maternité. Leur fille, Megan, était alors âgée de quatorze semaines.

Aujourd'hui, Megan avait deux ans et demi, et l'inspecteur O'Day se demandait toujours comment lui parler de sa mère. Il avait des vidéos et des photos, mais les lui montrer en lui disant « Voilà maman » ne lui donnerait-il pas le sentiment que la vie était... artificielle? Quel effet cela aurait-il sur son développement? Ce mauvais coup du destin avait fait de lui un père dévoué corps et âme à sa fille, et ce au sommet d'une carrière professionnelle au cours de laquelle il avait réglé au moins six affaires de kidnapping. Un mètre quatre-vingt-dix, cent kilos de muscles. Il avait renoncé à sa moustache à la Zapata pour satisfaire aux exigences du quartier général, mais, dur parmi les durs, sa façon d'être avec sa fille aurait bien fait rire ses collègues. Il coiffait chaque matin ses longs cheveux blonds, après l'avoir habillée de vêtements colorés et chaussée de minuscules tennis. Pour Megan, papa était un gros ours protecteur qui se découpait sur le ciel bleu et la soulevait en l'air pour lui permettre de passer ses bras autour de son cou.

— Ouille! s'exclame le papa. Tu me serres trop fort!

— Je t'ai fait mal? demanda Megan avec une fausse inquiétude.

C'était le rituel du matin.

Le papa sourit :

— Non, pas cette fois.

Il sortit de la maison, ouvrit la portière de son pick-up boueux, attacha sa fille avec soin dans son siège-baquet, et posa entre eux son panier-repas et sa couverture. Il était six heures et demie, et ils partaient pour la nouvelle crèche. O'Day ne pouvait pas démarrer sans jeter un dernier coup d'œil à Megan, le portrait craché de sa mère, et à chaque fois il se mordait les lèvres, fermait les yeux et secouait la tête pour refouler ses larmes.

Cette crèche était plus pratique pour lui, vu son itinéraire, et ses voisins lui avaient dit qu'elle était formidable pour leurs jumeaux. Il tourna à gauche, sur Ritchie Highway, et trouva l'endroit, juste en face d'un 7-Eleven, où il pourrait boire un café avant de prendre l'autoroute 50. *Giant Steps* — un joli nom.

Sacrée façon de gagner sa vie, pensa-t-il en se garant. Marlene Daggett était là tous les matins à six heures pour s'occuper des enfants des bureaucrates qui se traînaient jusqu'au centre-ville dans les embouteillages. Elle sortit même pour accueillir les nouveaux venus.

— Bonjour, monsieur O'Day ! Et voici Megan ! lança-t-elle avec un enthousiasme étonnant pour cette heure si matinale.

Megan avait l'air inquiète. Elle regarda son père. Mais, en se retournant, elle eut une belle surprise.

— Elle s'appelle Megan, elle aussi, expliqua la directrice. C'est ton ourse et elle attendra ton arrivée tous les jours.

— Oh..., murmura la fillette en s'emparant de la créature à la fourrure marron et en la serrant dans ses bras. Bonjour !

Mme Daggett considéra l'agent du FBI avec une expression qui disait : « Ça marche à tous les coups. » Puis elle lui demanda :

— Vous avez sa couverture ?

— Oui, m'dame, répondit O'Day, en lui tendant aussi les formulaires qu'il avait remplis la veille au soir.

Megan n'avait pas de problèmes médicaux, aucune allergie aux médicaments, au lait ou à un quelconque aliment ; oui, en cas d'urgence, on pouvait la transporter à l'hôpital du secteur ; numéros de son travail et de son récepteur d'appels, numéros de ses parents et des parents de Deborah... Giant Steps avait l'air bien organisée. O'Day ne savait d'ailleurs pas à quel point elle l'était, car il y avait un détail que Mme Daggett n'avait pas été autorisée à lui dire — le Service secret avait vérifié son identité.

— Eh bien, mademoiselle Megan, je pense qu'il est temps pour nous d'aller jouer et de nous faire quelques nouveaux amis. (Elle se tourna vers O'Day.) Nous veillerons sur elle.

Pat remonta dans son pick-up avec le petit pincement au cœur qu'il ressentait chaque fois qu'il laissait sa fille, et il s'arrêta de l'autre côté de la route devant le 7-Eleven pour s'offrir un café. Il avait une conférence à neuf heures sur les nouveaux développements de l'enquête sur le crash — à présent, ils mettaient les barres aux t et les points sur les i —, puis il se taperait une longue journée de tâches administratives qui, au moins, lui permettraient de venir rechercher sa fille à l'heure prévue. Quarante minutes plus tard, il se gara devant le quartier général du FBI, à l'angle de la 10e Rue et de Pennsylvania Avenue. Son poste d'inspecteur itinérant lui donnait droit à une place de parking réservée. Ce matin, il se rendit directement au stand de tir.

Tireur d'élite depuis son passage chez les boy-scouts, il avait été aussi « chef-instructeur armement » dans différents services du FBI, ce qui signifiait qu'il avait supervisé l'entraînement des autres agents — une part importante de la vie d'un flic.

Les lieux étaient rarement occupés à cette heure-ci — il était sept heures vingt-cinq —, et il prit deux boîtes de balles creuses fédérales de 10 mm pour son Smith & Wesson 1076 automatique, deux cibles « Q » standard, et un casque antibruit. Les cibles en question étaient de simples panneaux de carton blanc avec l'esquisse des parties vitales du corps humain. Elles avaient à peu près la taille et la forme des bidons de lait des fermiers, avec la lettre « Q » en leur centre, à l'emplacement du cœur. Il attacha la cible au clip du « va-et-vient », régla la distance à neuf mètres et appuya sur le bouton de démarrage. La position de la cible était programmable ; en arrivant à l'emplacement choisi, elle tourna latéralement et, du coup, on ne vit plus que sa tranche. O'Day plaça alors le minuteur sur « mouvement aléatoire » et regarda droit devant lui, laissant ses mains pendre le long du corps. Il y avait un méchant, là. Un vrai méchant. Il était acculé. Il avait dit à des indics qu'il ne retournerait jamais en taule et qu'on ne le reprendrait pas vivant. Au cours de sa longue carrière, l'inspecteur O'Day avait souvent entendu ce refrain et il avait presque toujours donné à son gibier la possibilité de tenir parole — mais à chaque fois, ces salopards lâchaient leur arme, mouillaient leur pantalon ou même fondaient en larmes lorsqu'ils étaient confrontés à un danger véritable, loin des fanfaronnades autour d'une bière ou d'un joint. Mais ce méchant-là était sérieux. Il avait pris un otage. Un gosse, peut-être... Sa petite Megan. A cette pensée, O'Day plissa les yeux. Elle avait un revolver sur la tempe. A ce moment-là, dans les films, le méchant vous disait de jeter votre arme, mais si vous le faisiez, vous étiez un flic mort avec un otage mort. Donc, vous parlementiez avec votre méchant. Vous vous montriez calme, raisonnable et conciliant, et vous attendiez qu'il se détende, juste un peu, juste assez pour éloigner son arme de la tête de l'enfant. Ça pourrait prendre des heures, mais tôt ou tard...

... Le minuteur fit entendre un déclic et la cible pivota pour faire face à l'agent. La main droite de

Patrick O'Day se déplaça très vite et sortit son revolver de son holster. En même temps, il recula le pied droit, se tourna à demi et s'accroupit légèrement, et ses deux mains se rejoignirent sur la crosse du Smith & Wesson au moment où il le levait. Quand le guidon fut aligné sur la tête de la cible « Q », son doigt appuya deux fois sur la détente, si vite que les deux étuis des cartouches furent projetés en l'air presque en même temps. Ce « coup double », O'Day le pratiquait depuis tant d'années que les deux détonations n'en firent qu'une et que leur écho se répercutait à peine contre les protections d'acier du mur du fond, quand les deux étuis rebondirent sur le sol en béton — mais il y avait déjà deux trous dans la tête de la cible, à moins de trois centimètres l'un de l'autre, juste entre les deux yeux, si elle en avait eu. Elle tomba en avant, moins d'une seconde après avoir pivoté, simulant assez bien la chute du salopard en question.

— Je pense que vous les avez eus, Texan.

O'Day se retourna, arraché à ses sombres pensées par une voix familière.

— Bonjour, directeur ! dit-il.

— Salut, Pat. (Dan Murray bâilla, un casque antibruit à la main.) Z'êtes plutôt rapide. Scénario de prise d'otage, n'est-ce pas ?

— J'essaie de m'entraîner à la pire des situations...

— Avec votre gamine, hein ? (Murray hocha la tête. Ils faisaient tous la même chose, car l'otage devait être suffisamment important dans leur esprit.) Parfait, vous l'avez eu. Remontrez-moi ça, voulez-vous ? ordonna le directeur.

Il souhaitait revoir la technique de O'Day. On apprenait toujours quelque chose dans ces cas-là. L'inspecteur s'exécuta et, cette fois, il y eut un trou irrégulier dans le front virtuel de la cible. Murray était impressionné, alors même qu'il se considérait lui-même comme un tireur d'élite.

— Faut que je pratique davantage, grommela-t-il.

Ensuite, O'Day modéra un peu son entraînement. Si on faisait mouche avec sa première balle de la journée — les *quatre* premières, là! —, c'était qu'on avait pigé le truc. Deux minutes et vingt coups de feu plus tard, la tête de la cible ressemblait à une couronne. Murray, dans le couloir voisin, s'entraînait à la « technique Jeff Cooper » — deux balles rapides dans la poitrine, suivies d'une autre dans la tête. Lorsque les deux hommes furent convaincus que leurs cibles étaient bien mortes, ils revinrent au travail de la journée.

— Du nouveau? demanda le directeur.

— Non, monsieur. On attend des interrogatoires complémentaires sur l'affaire JAL, mais rien de bien excitant.

— Et pour Kealty?

O'Day haussa les épaules. Il n'avait plus le droit de se mêler de l'enquête de l'OPR, mais il recevait cependant un compte rendu quotidien. Il fallait bien faire un rapport à quelqu'un pour une affaire de cette importance, et si ce dossier était désormais de la compétence de l'OPR, les informations arrivaient aussi sur le bureau du directeur du FBI, par l'intermédiaire de son principal inspecteur volant.

— Dan, beaucoup de monde est entré et sorti du bureau de Hanson, et n'importe qui peut avoir piqué cette lettre, si elle a existé, ce que les nôtres auraient tendance à croire. Hanson en a parlé à pas mal de gens — du moins c'est ce que ces gens-là nous ont déclaré.

— Je pense que cette histoire va se tasser, observa Murray.

Une nouvelle journée commençait.

Les enfants étaient partis. Cathy aussi. Ryan sortit de ses appartements en costume-cravate; ses chaussures avaient été cirées par un valet de chambre; sa veste était boutonnée, quelque chose d'inhabituel chez lui, du moins jusqu'à son installation en ces lieux. Son seul problème, c'était qu'il ne parvenait toujours pas à considérer cet endroit comme *sa* maison. Ça ressemblait plutôt à un hôtel, ou à l'une de ces résidences pour VIP qu'il fréquentait lorsqu'il voyageait pour l'Agence — même si la décoration était plus belle et le service bien meilleur.

— Bonjour, monsieur le président.

— C'est vous, l'agent Raman ? demanda-t-il.

— Oui, monsieur, répondit Aref Raman.

Un mètre quatre-vingt-six et une solide carrure. Davantage le genre haltérophile que coureur de fond, pensa Ryan, mais cela venait peut-être du gilet pare-balles que portaient la plupart des membres du détachement de protection. Dans les trente-cinq ans, estima-t-il. Plutôt bel homme, si on aimait le type méditerranéen, avec un sourire timide et des yeux du même bleu que ceux de Surgeon.

— Swordsman se déplace, annonça Raman dans son micro. Vers son bureau.

— Raman ? D'où vient votre nom ? demanda Jack tandis qu'ils se dirigeaient vers l'ascenseur.

— Mère libanaise, père iranien. Ils se sont réfugiés ici en 79, quand le shah a eu ses problèmes. Papa était proche du régime.

— Vous devez donc avoir une opinion sur la situation en Irak ? dit le président.

— Monsieur, j'ai pratiquement oublié ma langue maternelle. (Il sourit.) En revanche, si vous voulez mon avis sur les finales de la NCAA [1], là, oui, je suis votre homme.

L'ascenseur de la Maison-Blanche était vieillot, avec des finitions intérieures Arts déco et des boutons noirs usés sur lesquels le président n'avait pas le droit d'appuyer. Raman s'en chargea pour lui.

— Vous avez fait quelles études ? demanda encore le président.

---

1. La National College Athletic Association, qui régit le sport universitaire américain *(N. d. T.)*.

— J'ai commencé mon droit à Duke, et puis j'ai compris que je n'avais pas envie de devenir avocat. En fait, je me disais que les criminels ne devraient avoir aucun droit; j'ai donc pensé qu'il valait mieux que je sois flic, alors j'ai rejoint le Service secret.

— Vous êtes marié?

Ryan voulait connaître les gens qui l'entouraient. D'abord, c'était une question de politesse. Et puis toutes ces personnes avaient juré de défendre sa vie et celle de sa famille; aussi, il ne pouvait pas les traiter comme de simples employés.

— Je n'ai jamais trouvé la fille qui convenait — du moins jusqu'à présent.

— Musulman?

— Mes parents le sont, mais lorsque j'ai vu tous les ennuis que leur causait la religion, eh bien... (Il eut un grand sourire.) Si vous posez la question à mes amis, ils vous diront que ma seule religion, c'est le basket-ball.

— Votre prénom, c'est Aref, c'est ça?

— En fait, tout le monde m'appelle Jeff. Plus facile à prononcer..., répondit Raman au moment où la porte s'ouvrait.

Il se plaça immédiatement devant Ryan, pour lui faire un rempart de son corps. Un membre de la Division en uniforme et deux autres du détachement étaient là. Raman les connaissait de vue tous les trois. Il hocha la tête à leur intention et ouvrit le chemin à Ryan. Le petit groupe tourna vers l'ouest, dépassant le couloir latéral qui donnait sur le bowling et les ateliers.

— OK, Jeff, on a une journée facile, aujourd'hui.

Il n'avait pas besoin de le lui préciser, bien sûr, puisque le Service secret connaissait son emploi du temps avant lui.

— Moi, peut-être, répondit Raman.

Ils l'attendaient dans le Bureau Ovale. Bert Vasco, Scott Adler, les Foley et une autre personne se levèrent à son entrée. On avait déjà vérifié qu'ils ne dissimulaient sur eux ni arme ni matériel nucléaire.

— Ben ! s'exclama Jack.

Le président posa ses journaux sur son bureau et les rejoignit pour leur serrer la main.

— Monsieur le président, fit le Dr Ben Goodley avec un grand sourire.

— C'est Ben qui a préparé ce briefing, expliqua Ed Foley.

Comme tous ces visiteurs n'étaient pas des collaborateurs habituels du président, Raman resterait dans la pièce pour le cas où l'un d'eux aurait tenté d'étrangler Ryan en sautant par-dessus la table basse. On n'avait pas toujours besoin d'une arme à feu pour tuer. En quelques semaines de pratique intensive, une personne normalement constituée pouvait devenir un spécialiste en arts martiaux capable d'assassiner quelqu'un. Voilà pourquoi le détachement de protection avait des revolvers, mais aussi des *Asp,* des matraques de police constituées de segments d'acier qui s'emboîtaient. Raman observa ce Ben Goodley, un officier national de renseignements, qui tendait au président les documents du briefing. Comme beaucoup de membres du Service secret, Raman avait le droit de pratiquement tout entendre. L'autocollant « RÉSERVÉ AU PRÉSIDENT » sur un dossier particulièrement sensible ne devait pas être pris au pied de la lettre. Il y avait presque toujours quelqu'un avec POTUS dans son bureau, et si les membres du détachement de protection affirmaient, même entre eux, qu'ils ne s'intéressaient pas à tout ça, cela signifiait seulement qu'ils n'en parlaient jamais. Ne pas entendre et ne pas se souvenir, c'était différent. Les flics n'étaient pas payés pour oublier ce genre de choses, et encore moins pour les ignorer.

De ce point de vue, pensa Raman, il était l'espion parfait. Entraîné par les Etats-Unis d'Amérique pour faire respecter la loi, il s'était conduit brillamment sur le terrain — surtout, au début, dans des affaires de contrefaçon. C'était un tireur d'élite et un enquêteur très organisé. Se souvenir de tout était utile dans ce métier, et c'était son cas. Sa mémoire photographique lui avait finalement permis d'entrer dans le détachement de protection du président, dont les agents devaient être capables de reconnaître instantanément un visage parmi les photos qu'ils emmenaient avec eux lorsque le Boss prenait un bain de foule. A l'époque de l'administration Fowler, il avait été détaché par le bureau de Saint Louis pour surveiller un dîner donné pour collecter des fonds, et ce soir-là il avait identifié et arrêté un homme suspecté de vouloir s'en prendre au président et qui, en effet, avait un automatique de calibre 22 caché dans sa poche. Raman avait évacué cet individu si discrètement et avec une telle habileté que la presse n'avait même pas été au courant du transfert du sujet dans un asile de l'Etat du Missouri. Lorsqu'il avait étudié cette affaire, le directeur du Service secret des Etats-Unis de l'époque avait décidé que le jeune agent était fait pour le détachement de protection présidentiel, si bien que Raman avait été muté dans ce service peu de temps après la nomination de Roger Durling. En tant que petit nouveau, il s'était payé des heures et des heures de garde, longues et ennuyeuses, il avait couru à côté de la limousine du président, mais il était monté en grade, et plutôt rapidement pour quelqu'un de son âge. Il avait accepté toutes ces épreuves sans se plaindre, faisant simplement remarquer, de temps en temps, qu'un immigrant comme lui connaissait l'importance de l'Amérique. Et ç'avait été facile pour lui, beaucoup plus que la mission que son frère — ethnique, pas biologique — venait de mener à bien à Bagdad... Les Américains aimaient *vraiment* les étrangers. Ils étaient loin d'être idiots, mais ils n'avaient pourtant pas encore appris qu'il était impossible de lire dans un *autre* cœur humain...

— On n'a personne sur le terrain, reconnut Mary Pat.

— Nos interceptions sont bonnes, pourtant, dit

Ben Goodley. L'Agence nationale de sécurité a fait un boulot parfait. Tous les chefs du parti Baas sont en taule, et je ne crois pas qu'ils en ressortiront, sinon les pieds devant.

— Donc le gouvernement de l'Irak est décapité? dit Ryan.

— Oui, répondit Bert Vasco d'une voix assurée. Un conseil militaire a pris le pouvoir, composé de colonels et de jeunes généraux. Hier après-midi, on les a vus aux côtés d'un mollah iranien. Ce n'est pas un hasard. Au mieux, l'Irak et l'Iran vont se rapprocher. Au pire, fusionner. On le saura dans quelques jours, deux semaines au maximum.

— Et du côté saoudien? demanda Ryan.

— Ils sont dans tous leurs états, Jack, dit Ed Foley. J'ai eu un contact avec le prince Ali, il y a moins d'une heure. Ils ont bricolé un système d'aide — entre parenthèses, une somme si énorme qu'elle aurait pu rembourser notre dette nationale! — pour essayer... d'acheter le nouveau régime irakien. Ils ont monté ça dans la nuit, la plus grosse lettre de crédit jamais signée au monde, et personne n'a répondu au téléphone! Ça leur a fait un choc, à Riyad. L'Irak avait toujours été d'accord pour parler affaires. Mais c'est fini, maintenant.

Tous les Etats de la péninsule Arabique avaient la trouille à cause de ça, Ryan le savait. En Occident, on oubliait que les Arabes étaient, avant tout, des hommes d'affaires. Pas des idéologues, pas des fanatiques, pas des cinglés — juste des hommes d'affaires. Leur tradition maritime était antérieure à l'islam, ce dont on ne se souvenait qu'à travers les remakes de *Sindbad le Marin*. Et de ce point de vue-là, ils étaient assez proches des Américains, malgré les différences de langue, de vêtements et de religion. Comme les Américains, ils comprenaient mal les pays qui refusaient de commercer, de trouver des moyens de s'entendre et d'organiser des échanges. L'Iran, par exemple, depuis que l'ayatollah Khomeyni en avait fait une théocratie, après les importantes relations commerciales entre les Etats-Unis et le shah. « Ils ne sont pas comme nous » était le principal sujet d'inquiétude de toutes les cultures, à travers le monde. « Ils ne sont *plus* comme nous » effrayait encore plus les Etats du Golfe, car, en dépit de leurs différences politiques, il avait toujours existé entre eux des moyens de normalisation et de communication...

— Et à Téhéran ? demanda Jack.

— Les médias célèbrent ces changements, répondit Ben Goodley. Offres de paix et d'amitié — la routine, quoi, mais pas davantage. C'est le point de vue officiel. Officieusement, en revanche, on intercepte toutes sortes de communications. A Bagdad, on demande des instructions et à Téhéran, on en donne. Pour le moment, en Iran, on estime qu'il faut laisser la situation se développer. Les tribunaux révolutionnaires arriveront ensuite. On voit beaucoup de religieux, à la télévision, qui prêchent l'amour et la liberté, le refrain habituel... Mais quand les procès et les exécutions commenceront, il y aura un grand vide.

— Et alors l'Iran prendra le pouvoir, ou fera de l'Irak une marionnette au bout de ses fils, intervint Vasco, qui feuilletait les dernières interceptions radio. Goodley a sans doute raison. Je n'avais pas encore eu le temps de jeter un œil aux transmissions SIGINT [1]. Pardonnez-moi, monsieur le président, mais je me suis plutôt occupé du côté politique. Tout ça est plus révélateur que je ne le pensais.

— Vous voulez dire que c'est encore pire que ce que j'imagine ? demanda le NIO.

Vasco fit oui de la tête, sans même regarder son interlocuteur.

— Les Saoudiens ne vont pas tarder à nous demander de leur tenir la main, intervint Scott Adler. Qu'est-ce que je leur dis ?

1. Branche du renseignement chargée d'intercepter et de décrypter les communications radio (N. d. T.).

La réponse de Ryan fut si immédiate qu'il en fut étonné lui-même.

— Notre engagement vis-à-vis du royaume saoudien n'a pas changé. S'ils ont besoin de nous, nous serons là.

Avec ces deux phrases, pensa Jack une seconde plus tard, il venait d'engager la puissance et la crédibilité des Etats-Unis envers un pays non démocratique situé à onze mille kilomètres de là... Adler, heureusement, vint à sa rescousse.

— Je suis d'accord avec vous, monsieur le président. On n'a pas d'autre solution. (Tout le monde acquiesça d'un signe de tête, même Ben Goodley.) Mais on peut encore avancer tranquillement. Le prince Ali comprend que nous ne plaisantons pas, et il saura en convaincre son roi.

— Ensuite, dit Ed Foley, il faudra briefer Tony Bretano. Il est plutôt bon, au fait. Il sait écouter. Vous avez prévu une réunion de cabinet à ce sujet?

— Non. Je crois qu'on doit traiter cette affaire en évitant les vagues, répondit Ryan. L'Amérique observe ces développements régionaux avec attention, mais n'a pas de raisons de s'exciter. Scott, c'est vous qui vous occuperez de la presse.

— D'accord, répondit le secrétaire d'Etat.

Le président demanda alors à Ben Goodley :

— Qu'est-ce qu'ils vous font faire, à Langley, en ce moment?

— Monsieur le président, ils m'ont nommé officier supérieur de surveillance au centre opérationnel.

— Vous êtes à bonne école. (Ryan se tourna vers le DCI.) Ed, je vous prends ce gars-là. J'ai besoin d'un NIO qui parle le même langage que moi. Ben, vos horaires vont simplement être pires. Pour l'instant, vous pouvez vous installer dans mon ancien bureau, au coin du couloir. Au moins la nourriture est bien meilleure ici, lui promit-il.

Pendant tout ce temps, Aref Raman était resté immobile, appuyé contre le mur blanc, son regard allant d'un visiteur à l'autre. On lui avait enseigné à ne faire confiance à personne, hormis à la femme et aux enfants du président. A personne d'autre. En revanche, tout le monde, bien sûr, avait confiance en lui, y compris les supérieurs qui l'avaient entraîné à se comporter ainsi. Il fallait bien se raccrocher à quelque chose.

Ce n'était vraiment qu'une question de timing. Son éducation américaine et son entraînement lui avaient appris la patience — il saurait attendre l'occasion de faire ce qu'il fallait. Mais aujourd'hui, des événements de l'autre côté du globe précipitaient le mouvement. Raman pensa qu'il avait besoin de conseils. Sa mission n'était plus cette tâche hypothétique qu'il avait promis de mener à bien deux décennies plus tôt. Si n'importe qui était capable de tuer à peu près qui il voulait, seul un assassin très doué pouvait éliminer la *bonne* personne au *bon* moment, pour servir un dessein plus vaste. Et ça, c'était le plus difficile, si bien que Raman décida qu'au bout de vingt ans il pouvait faire une entorse à sa clandestinité, après tout. C'était un danger, mais pas très grave, estima-t-il.

— Votre objectif est audacieux, dit Badrayn tranquillement, même si, au fond de lui, il était tout sauf calme.

Parce que c'était en réalité une situation... ahurissante.

— Les résignés n'ont rien, répondit Daryaei qui, pour la première fois, avait expliqué la mission de sa vie à quelqu'un n'appartenant pas à son petit cercle de religieux.

Ils discutaient d'un plan qui changerait la face du monde. Daryaei y travaillait et y réfléchissait depuis plus d'une génération. C'était le point culminant de son existence, la réalisation d'un rêve... S'il le menait à bien, un tel dessein placerait son nom à côté de celui du Prophète.

L'unification de l'islam. C'était ce qu'il avait expliqué à ses proches fidèles.

Badrayn, lui, voyait le côté temporel de la question. La création d'un nouveau super-Etat au centre du golfe Persique, avec un pouvoir économique immense, une population très importante, autosuffisant et capable aussi de s'étendre vers l'Asie et vers l'Afrique... C'était peut-être le souhait du prophète Mahomet, encore qu'il ne prétendît pas savoir ce que le fondateur de sa religion avait souhaité ou pas. Il laissait ça à des gens comme Daryaei. Pour lui, c'était simplement un jeu de pouvoir. La religion ou l'idéologie permettaient juste de définir l'identité de l'équipe. Et cette équipe était la sienne parce qu'il était né ici et qu'il avait jadis étudié avec soin le marxisme et avait décidé que ce n'était pas suffisant pour mener à bien ce genre de tâche.

— C'est possible, dit Badrayn, après quelques secondes de réflexion.

— C'est un moment historique unique, ajouta Daryaei. Le Grand Satan — il préférait éviter les clichés idéologiques, mais c'était parfois difficile — est diminué. Le Petit Satan s'est écroulé, et ses républiques islamiques sont prêtes à tomber entre nos mains. Elles ont besoin d'une identité, et la Sainte Foi n'est-elle pas la meilleure ?

— C'est exact, acquiesça Badrayn avec un hochement de tête.

L'effondrement de l'Union soviétique et son remplacement par la pseudo-Confédération des Etats indépendants avaient créé un vide qui n'était toujours pas comblé. Le flanc sud des républiques était encore économiquement lié à Moscou... un peu comme des charrettes tirées par un cheval à l'agonie. Ces petites nations avaient toujours été en rébellion larvée, car leur religion les coupait de cet empire athée. Aujourd'hui, elles se débattaient pour établir leur propre identité économique afin de se séparer une fois pour toutes d'un pays moribond auquel elles n'avaient jamais vraiment appartenu. Mais elles n'avaient pas les moyens de survivre seules. Elles avaient besoin d'un nouveau guide pour le prochain millénaire. Et, pour asseoir son leadership, celui-ci devait avoir beaucoup d'argent — plus la bannière unificatrice de la religion et de la culture déniées par les marxistes-léninistes. En échange, les républiques fourniraient des terres, des hommes... et des ressources.

— L'obstacle, c'est l'Amérique, mais vous n'avez pas besoin que je vous le rappelle, observa Badrayn. Et l'Amérique est trop vaste et trop puissante pour être détruite.

— J'ai déjà rencontré ce Ryan. Mais dites-moi d'abord ce que vous pensez de lui.

— Ce n'est ni un idiot ni un lâche, répondit Badrayn. Il est plutôt doué pour les opérations de renseignements. Très instruit. Les Saoudiens et les Israéliens ont confiance en lui. (Ces deux pays comptaient, en un tel moment.) Et les Russes le connaissent bien et le respectent.

— Quoi d'autre ?

— Ne le sous-estimez pas. Ne sous-estimez jamais l'Amérique. Nous savons, tous les deux, ce qui arrive à ceux qui le font.

— Mais quelle est sa situation actuelle ? insista Daryaei.

— Le président Ryan travaille dur pour reconstituer son gouvernement. C'est une tâche immense, mais les Etats-Unis sont un pays fondamentalement stable.

— Et le problème de succession ?

— J'avoue qu'il m'échappe un peu, reconnut Badrayn. Je n'ai pas vu assez d'émissions d'informations pour bien saisir ces subtilités.

— J'ai rencontré Ryan, répéta Daryaei, révélant finalement ses propres pensées. C'est un sous-fifre, rien de plus. Il semble fort, mais c'est une impression. S'il l'était vraiment, il réglerait son problème en tête à tête avec ce Kealty. Il a trahi, n'est-ce pas, celui-là ? Mais l'important n'est pas là. Ryan est un homme. L'Amérique est un pays. Les deux peuvent être attaqués, en même temps, et de différentes façons.

— Le lion et les hyènes..., murmura Badrayn.

Il expliqua alors ce à quoi il pensait.

Daryaei apprécia tant cette idée qu'il ne se formalisa pas de la métaphore.

— Pas d'attaque majeure, mais des tas d'escarmouches ? demanda le religieux.

— Ça a déjà marché.

— Et que penseriez-vous de plusieurs attaques majeures ? Contre l'Amérique et contre Ryan. Si Ryan disparaissait ? Que se passerait-il alors, mon jeune ami ?

— A l'intérieur de leur système de gouvernement, ce serait le chaos. Mais je vous conseille la prudence. Et la recherche d'alliés. Plus les hyènes sont nombreuses, plus elles harcèlent le lion. Quant à s'en prendre personnellement à Ryan, poursuivit Badrayn, le président des Etats-Unis est une cible difficile, bien protégée et bien informée.

— C'est ce qu'on m'a dit, répondit Daryaei. (Ses yeux noirs étaient sans expression.) Quels alliés devrions-nous avoir, d'après vous ?

— Vous avez bien étudié le conflit entre le Japon et les Etats-Unis ? répondit Badrayn. Vous êtes-vous demandé pourquoi certains gros chiens n'ont pas aboyé ?

L'un d'entre eux était le plus affamé de tous. Il fournirait une meute intéressante.

— C'était peut-être juste une panne ?

Autour de la table, les représentants de Gulfstream discutaient avec des fonctionnaires de l'aviation civile suisse et l'envoyé de la société propriétaire des appareils. Ses dossiers indiquaient que leur avion avait bénéficié d'un entretien correct, confié à une firme locale. Toutes les pièces venaient de fournisseurs agréés. L'opérateur suisse chargé de la maintenance n'avait pas connu un seul accident depuis dix ans et il était contrôlé par l'organisme gouvernemental qui, aujourd'hui, supervisait l'enquête.

— C'est possible, acquiesça un des responsables de Gulfstream.

Les boîtes noires étaient solides, mais elles ne survivaient pas toujours à un crash, parce que chaque accident était différent. Les recherches de l'USS *Radford* n'avaient pas permis de repérer ses impulsions sonar. Sans elles, la mer était trop profonde, à cet endroit, pour une recherche aléatoire — et il y avait le problème des Libyens, qui ne voulaient pas de navires étrangers dans leurs eaux territoriales. Pour un avion de ligne, on aurait pu insister, mais pas pour un jet d'affaires avec deux membres d'équipage et trois passagers, dont l'un était atteint d'une maladie mortelle.

— Sans ces informations, on ne peut pas dire grand-chose, ajouta-t-il. Ils ont annoncé une défaillance de moteur : ça peut signifier un mauvais carburant ou une négligence au niveau de la maintenance...

— Je vous en prie ! protesta le responsable de l'entretien.

— Je parle d'un point de vue théorique. Ça peut être aussi une erreur de pilotage. Sans les données brutes, on est coincés.

— Le pilote avait quatre mille heures de vol. Et le copilote plus de deux mille..., répéta pour la cinquième fois de l'après-midi le représentant du propriétaire de l'appareil.

Ils avaient tous la même idée en tête. Le fabricant devait se défendre bec et ongles. La sécurité était essentielle pour les constructeurs d'avions d'affaires, car la compétition entre eux était encore plus dure que dans le domaine des gros appareils. Les acheteurs de ce genre de jouets de luxe avaient une bonne mémoire et, s'ils ne s'intéressaient guère aux raisons techniques des crashes, ils n'oubliaient jamais la perte d'un avion et de ses passagers.

Le directeur de la société de maintenance ne voulait surtout pas, lui non plus, être impliqué dans un accident. La Suisse possédait beaucoup de terrains d'atterrissage, et un grand nombre de jets d'affaires. Il risquait de perdre d'importants contrats à cause de ce genre de problème, sans parler des ennuis qu'il aurait avec le gouvernement suisse pour violation des règlements de l'aviation civile.

Le président de la firme qui utilisait cet avion avait moins à perdre qu'eux, en termes de réputation, mais son amour-propre l'empêchait d'assumer une responsabilité aussi grave sans véritable cause.

Tant qu'on n'avait pas récupéré la boîte noire, aucune des parties ne pouvait être formellement accusée de cet accident. Ils échangèrent des regards, autour de la table. Ils pensaient la même chose : même les gens bien faisaient des erreurs, mais ils l'admettaient rarement, surtout quand ils n'y étaient pas obligés. Le représentant du gouvernement avait parcouru les documents et constaté avec satisfaction que tout était correct. Ensuite, il discuterait avec le constructeur des turbopropulseurs et essaierait de se procurer un échantillon du carburant, ce qui serait bien plus difficile.

Et, en fin de compte, ils n'en sauraient pas plus qu'au début. Gulfstream raterait une ou deux ventes. Le responsable de la maintenance resterait un moment dans le collimateur du gouvernement. Et la société commerciale achèterait un nouvel appareil. Par correction, ce serait un Gulfstream identique, dont elle confierait la gestion à la même société de maintenance. Comme ça, tout le monde serait content, même le gouvernement suisse.

Un inspecteur volant était mieux payé qu'un agent de terrain, et c'était plus drôle que de rester collé derrière un bureau. Patrick O'Day râlait quand même de devoir passer la majeure partie de ses journées à lire les rapports des agents ou de leurs secrétaires. Beaucoup d'autres fonctionnaires vérifiaient les incohérences des données, mais il était obligé d'y jeter un œil lui aussi et il prenait des notes, que *sa* secrétaire mettait en ordre pour *ses* rapports au directeur Murray... Les vrais agents, pensait-il, ne tapaient pas à la machine. En tout cas, c'était sans doute ce qu'auraient dit ses instructeurs, à Quantico. Ce jour-là, il termina tôt ses réunions à Buzzard's Point et décida qu'on n'avait plus besoin de lui, au quartier général. L'enquête était entrée dans la zone des rendements décroissants. Ils n'avaient plus que des interrogatoires confirmant de « nouvelles » informations déjà vérifiées dans de volumineux documents référencés.

— J'ai toujours détesté cette partie-là du travail, dit l'ADIC Tony Caruso.

C'était le moment où l'avocat du ministère public avait ce qu'il lui fallait pour arracher une condamnation, mais, comme tout avocat qui se respecte, il en voulait toujours plus — pensant sans doute que le meilleur moyen de faire condamner un criminel était de faire mourir d'ennui le jury.

— Même pas la moindre donnée contradictoire. L'affaire est dans le sac, Tony, assura O'Day. (Ils étaient amis depuis longtemps.) Je vais passer à autre chose.

— T'as de la chance. Comment va Megan ?

— Je l'ai mise dans une nouvelle crèche — Giant Steps, Ritchie Highway.

— Ah, c'est la même..., observa Caruso. Ouais, je crois.

— Quoi ?

— Les gosses des Ryan. Oh, t'étais pas là quand ces salopards l'ont attaquée.

— Ah, la proprio des lieux ne m'a rien dit... Mais bon, je comprends ça, n'est-ce pas ?

— Nos petits copains sont un peu coincés sur cette question. J'imagine que le Service l'a briefée sur ce qu'elle avait le droit de raconter ou pas.

— Il y a probablement un ou deux agents qui aident les gosses à faire de la peinture avec les doigts..., grommela O'Day.

Il réfléchit une seconde à tout ça. Cet employé au 7-Eleven, de l'autre côté de la route... Lorsqu'il avait pris son café, ce matin, il se souvenait d'avoir pensé que ce type était un peu trop propre sur lui pour ce boulot. *Hum...* Demain, il vérifierait s'il avait une arme. Le gars avait sans doute fait la même chose avec lui aujourd'hui. Par simple courtoisie professionnelle, il lui montrerait sa carte d'identification, avec un clin d'œil et un hochement de tête.

— Ouais, et ils sont largement trop diplômés pour le baby-sitting, ajouta Caruso. Mais, bon sang, ça ne peut pas faire de mal de savoir que l'endroit où tu mets ta gosse est... surveillé.

— Pardi. (O'Day se leva.) Bon, je crois que je vais filer la chercher.

— Saleté de quartier général! Huit heures par jour, grommela le sous-directeur responsable du bureau local de Washington.

— C'est toi qui as voulu devenir un gros bonnet, Don Antonio, tu te rappelles?

Pat se sentait libéré chaque fois qu'il quittait son boulot. L'air avait une meilleure odeur à son départ qu'à son arrivée. Il regagna son pick-up et nota que personne ne s'en était approché. L'avantage de la boue. Il ôta sa veste de costume — il prenait rarement la peine d'emporter un manteau — et enfila son vieux blouson d'aviateur en cuir, qui avait plus de dix ans et était juste assez usé pour être confortable. Puis il se débarrassa de sa cravate. Une dizaine de minutes plus tard, il roulait sur l'autoroute 50 en direction d'Annapolis, un peu avant la première vague de banlieusards, en écoutant C&W à la radio. Le trafic était fluide, aujourd'hui, et il se gara sur le parking de Giant Steps juste au début des infos; cette fois, il essaya de repérer les véhicules officiels. Le Service secret était plutôt malin. Comme celles du Bureau, leurs immatriculations étaient choisies au hasard, et il avait même appris à éviter les modèles minables et les peintures neutres qui permettaient de détecter au premier coup d'œil les voitures de police banalisées. Il en trouva tout de même deux, et ses soupçons furent confirmés lorsqu'il se gara à côté de l'une d'elles et aperçut sa radio en se penchant. Il décida alors de regarder s'ils noteraient qu'il était armé. Mais même s'ils étaient nuls, ils avaient certainement déjà vérifié son identité grâce aux documents remis à Mme Daggett, ce matin, ou même avant. Il existait une forte rivalité professionnelle entre le FBI et le Service secret des Etats-Unis, l'USSS. En fait, le FBI avait été formé à l'origine avec une poignée d'agents du Service secret. Mais le FBI avait continué à se développer et, au fil du temps, il avait accumulé beaucoup plus d'expérience que lui dans les enquêtes criminelles. Ce qui ne voulait pas dire que le SS n'était pas sacrément efficace, encore que *très coincé*, comme Tony Caruso l'avait noté avec justesse. Mais, bon, il possédait sans doute aussi les meilleures baby-sitters du monde.

Il traversa le parking, son blouson fermé, et remarqua le grand type, sur le pas de la porte principale. Il le dépassa, un père comme un autre venant récupérer sa progéniture. Dans la crèche elle-même, il suffisait de voir les costumes et les écouteurs. Ouaip, deux agents féminins avec des tuniques longues qui dissimulaient des automatiques 9mm SigSauer.

— Papa ! cria Megan en se levant.

A côté d'elle se trouvait une autre fillette du même âge et de même allure. L'inspecteur se dirigea vers elles et se pencha pour regarder les coloriages de la journée.

— Excusez-moi, dit quelqu'un derrière lui.

Il sentit une main légère qui tapotait son automatique sous son blouson.

— Vous savez bien qui je suis, grommela-t-il sans se retourner.

— Oh, maintenant, oui !

Et puis O'Day reconnut la voix. Il pivota et se retrouva en face d'Andrea Price.

— Z'avez été rétrogradée ? lui demanda-t-il en l'examinant.

532

Les deux autres agents féminins, au milieu des enfants, le surveillaient aussi, alertées par le renflement sous son blouson. *Pas mal*, pensa O'Day. Elles avaient dû l'observer avec soin, car son épais blouson cachait parfaitement son arme. Toutes les deux gardaient la main à proximité de leur revolver, en dépit des tâches éducatives auxquelles elles se livraient, et leur regard n'aurait semblé détendu qu'à un non-initié.

— Je suis seulement de passage, répondit Andrea. Je vérifie nos dispositions de sécurité pour les trois gosses du président.

— C'est Katie, dit Megan pour présenter sa nouvelle amie. Et lui, c'est mon papa.

— Eh bien, bonjour, Katie. (Il se baissa pour lui serrer la main, puis se releva.) C'est... ?

— SANDBOX, la fille du président des Etats-Unis, confirma Andrea.

— Et le gars de l'autre côté de la rue ? demanda O'Day.

Le travail d'abord.

— Il y en a deux. Ils se relaient.

— Elle ressemble à sa mère, dit Pat, à propos de Katie Ryan.

Et, histoire d'être poli, il sortit sa carte professionnelle et la lança à l'agent la plus proche, Marcella Hilton.

— Consciencieux, hein ? Vous nous avez mis à l'épreuve, c'est ça ? demanda Andrea Price.

— Votre homme, à la porte, savait qui j'étais à mon arrivée. Il est venu pour moi de derrière le bâtiment, non ?

— Don Russell. Et vous avez raison, mais...

— Mais on n'est jamais trop prudent, acquiesça l'inspecteur O'Day. Ouais, OK, je l'admets, je voulais voir à quel point vous étiez vigilants. Hé, maintenant y a aussi ma gamine, ici. Cet endroit est une cible, désormais...

Et merde ! ajouta-t-il pour lui-même.

— Alors, on a réussi l'exam ?

— Un de l'autre côté de la route, au moins trois ici. J'imagine que vous en avez trois autres à une centaine de mètres... Vous voulez que je trouve la Suburban et les armes lourdes ?

— Faudra chercher avec soin, parce qu'on les a bien planquées.

Elle jugea inutile de lui parler de l'agent qu'il n'avait pas repéré.

— J'en suis sûr, Price, dit O'Day, digérant l'information tout en regardant encore un peu autour de lui.

Il y avait aussi deux caméras de télévision, sans doute installées depuis peu. Ce qui expliquait la légère odeur de peinture et l'absence de traces de doigts sur les murs. L'immeuble était probablement aussi truffé d'électronique qu'un flipper.

— Je dois admettre que vous savez y faire. C'est parfait, conclut-il.

— Du nouveau sur le crash ? s'enquit Andrea.

— Pas vraiment. On étudie des interrogatoires supplémentaires, cet après-midi, au bureau de Washington. Les rares contradictions sont trop mineures pour compter. La police montée canadienne fait un sacré bon boulot. Pareil pour les Japs. Je crois qu'ils ont cuisiné tous ceux qui ont croisé Sato depuis le jardin d'enfants. Ils ont même retrouvé deux hôtesses de l'air dont il avait été l'amant. Cette enquête est bouclée, Price.

— Andrea, répondit-elle.

— Pat.

Et ils échangèrent un sourire.

— C'est quoi, votre arme, Pat ?

— Un Smith 1076. Ça vaut mieux que vos 9mm de gonzesse, répondit-il d'un ton légèrement supérieur.

O'Day croyait aux gros trous dans les cibles — et si nécessaire, dans les gens. Le Service secret avait sa propre politique d'armement et, en ce domaine, O'Day était sûr que les conceptions du Bureau étaient meilleures. Andrea ne releva pas.

— Vous voulez être gentil? La prochaine fois, montrez votre badge à l'agent à la porte. Ça ne sera pas forcément toujours le même.

Elle ne lui demanda même pas de laisser son arme dans son pickup. Bon sang, *ça* c'était de la courtoisie professionnelle!

— Alors, comment il se débrouille? fit-il.

— SWORDSMAN?

— Dan, euh, le directeur Murray, pense le plus grand bien de lui. Ils se connaissent depuis longtemps. Comme Dan et moi.

— Un sacré boulot, mais vous savez... Murray a raison, j'ai rencontré des hommes pires que lui. Il est plus malin qu'il ne le laisse voir.

— A l'époque où je le fréquentais, il savait écouter.

— Mieux que ça : il pose des questions! (Ils se retournèrent en même temps en entendant un gamin crier; leurs regards balayèrent la pièce de la même façon, puis ils considérèrent de nouveau les deux fillettes qui se partageaient leurs crayons pour leurs œuvres d'art respectives.) La vôtre et la nôtre semblent bien s'entendre, ajouta Price.

La nôtre, pensa Pat. Ça disait tout. Le vieux malabar, à l'entrée, c'était Russell, avait-elle dit. Le chef du sous-détachement, sans doute, et sûr que c'était un agent expérimenté. Ils avaient choisi les plus jeunes, des femmes toutes les deux, pour l'intérieur de la crèche, parce qu'elles étaient moins repérables au milieu du personnel féminin. Elles étaient certainement bonnes, elles aussi, mais pas aussi bonnes que Russell. *La nôtre* était le mot clé. Comme des lionnes autour de leurs petits.

— Andrea, je suis sûr que vous connaissez votre boulot. Mais pourquoi êtes-vous si nombreux?

— C'est vrai que nous sommes en sureffectif, reconnut Andrea Price. On y réfléchit. On a pris un sale coup au Capitole, vous savez? Et y en aura pas d'autre, pas tant que je serai responsable du détachement, et si la presse n'est pas contente, qu'elle aille se faire foutre!

Elle parlait même comme un vrai flic.

— M'dame, c'est parfait pour moi. Bon, avec votre permission, je vais rentrer à la maison et faire des macaronis au fromage.

Megan avait presque terminé son chef-d'œuvre. Il était difficile de voir la différence entre les deux fillettes, du moins au premier coup d'œil. Ça l'inquiéta un peu, mais, bon, le Service secret était là.

— Où vous entraînez-vous ? demanda-t-il, sans avoir besoin de préciser *à quoi*.

— On a un stand dans l'ancienne poste, à côté de la Maison-Blanche, répondit-elle. Toutes les semaines. Aucun agent ici ne manque de pratique, et je dirais que personne n'est meilleur que Don.

— Vraiment ? (Les yeux de O'Day brillèrent.) Faudra que je voie ça un jour.

— Chez vous ou chez moi ? s'enquit Andrea, dont le regard pétillait aussi.

— Monsieur le président, M. Golovko sur la trois.

C'était la ligne directe. Sergueï Nikolaïevitch faisait encore son intéressant.

Jack pressa le bouton :

— Oui, Sergueï ?

— Iran.

— Je sais, dit le président.

— Vous avez appris quoi ? demanda le Russe, dont les bagages étaient déjà prêts pour son départ.

— On en saura davantage dans une dizaine de jours.

— Je suis d'accord. J'offre ma coopération.

Ça devenait une habitude, se dit Jack. Mais il fallait d'abord réfléchir à la question.

— J'en discuterai avec Ed Foley. Quand serez-vous rentré chez vous ?

— Demain.

— Appelez-moi à ce moment-là.

Etonnant de pouvoir parler aussi efficacement avec un ancien ennemi... Il faudrait apprendre au

Congrès à en faire autant, pensa-t-il avec un petit sourire. Il se leva et alla jusqu'au secrétariat.

— J'ai droit à un casse-croûte avant mon prochain rendez-vous ?

— Bonjour, monsieur le président, dit Andrea Price. Vous avez une minute ?

Ryan lui fit signe d'approcher, tandis que sa secrétaire numéro deux appelait le mess.

— Oui ?

— Je voulais juste vous dire que j'ai vérifié les dispositions de sécurité pour vos enfants. C'est du solide.

Si c'était censé faire plaisir à POTUS, il n'en montra rien. Mais c'était compréhensible. *Hé, on a suffisamment de gardes du corps pour vos gosses !* Mais dans quel monde vivait-on ?

Deux minutes plus tard, elle discuta avec Raman, qui allait quitter son poste — il était arrivé à cinq heures du matin. Rien à signaler, comme d'habitude. Une journée tranquille, à la Maison-Blanche.

Le jeune agent récupéra sa voiture. Il montra son passe au planton, à l'entrée principale, et attendit l'ouverture de la porte blindée, une porte assez solide pour arrêter un char d'assaut. Puis il franchit les barricades de béton de Pennsylvania Avenue qui, peu de temps auparavant, était encore à cet endroit une voie publique. Il prit la direction de Georgetown, où il possédait un loft, mais il ne rentra pas directement chez lui ; il tourna sur Wisconsin Avenue, puis à nouveau à droite pour trouver une place de stationnement.

Plutôt amusant que l'homme fût un marchand de tapis. Tant d'Américains pensaient que les Iraniens étaient soit terroristes, soit marchands de tapis, soit médecins marrons ! Celui-là avait quitté la Perse — mais peu d'Américains faisaient le rapprochement entre les tapis persans et l'Iran, comme s'il s'agissait de deux pays distincts — plus de quinze ans auparavant. Sur le mur se trouvait une photographie de son fils qui, expliquait-il à ceux qui le questionnaient, avait été tué au cours de la guerre Iran-Irak. Et c'était vrai. Il ajoutait qu'il haïssait le gouvernement de son pays natal. Et ça, en revanche, c'était faux. C'était un agent dormant. Il n'avait jamais eu le moindre contact avec quiconque en rapport avec Téhéran, même indirectement. Les Américains l'avaient peut-être vérifié. Mais sans doute que non. Il n'appartenait à aucune association, il n'avait jamais participé à aucune manifestation — il se contentait de diriger une affaire prospère. Comme Raman, il ne fréquentait même pas de mosquée. Lorsque celui-ci franchit la porte de sa boutique, il se demanda seulement quel genre de tapis intéresserait ce visiteur inconnu... Au lieu de quoi Raman, ayant constaté qu'ils étaient seuls dans le magasin, vint directement au comptoir.

— La photo sur le mur. Il vous ressemble. Votre fils ?

— Oui, répondit l'homme, avec une tristesse qui ne l'avait jamais quitté. Il est mort à la guerre.

— Beaucoup ont perdu des fils dans ce conflit. C'était un garçon religieux ?

— Cela compte-t-il désormais ? demanda le marchand, clignant des yeux sous l'effet de la surprise.

— Oui, toujours, dit Raman d'un ton parfaitement neutre.

Là-dessus, les deux hommes allèrent jusqu'à la pile de tapis la plus proche. Le propriétaire souleva le coin de quelques-uns.

— Je suis en position, dit Raman. Je demande des instructions de minutage.

Raman n'avait pas de nom de code. Et les paroles qu'ils avaient échangées n'étaient connues que de trois hommes. Le vendeur ne savait rien de plus, sinon qu'il devait répéter à quelqu'un les neuf mots qu'il venait d'entendre, attendre une réponse et la transmettre à cet inconnu.

— Vous voulez bien remplir une carte, pour mon fichier de clients ?

Raman s'exécuta. Il nota le nom et l'adresse d'une

personne réelle, trouvés dans un annuaire de la Maison-Blanche, dont le numéro de téléphone était identique au sien, hormis un seul chiffre. Une marque au-dessus du sixième chiffre indiquait au vendeur où ajouter 1 à 3 pour faire 4 et connaître ainsi son numéro exact. C'était un excellent stratagème qu'un Israélien avait appris à son instructeur de la Savak, plus de vingt ans auparavant, et qu'il n'avait jamais oublié.

22

FUSEAUX HORAIRES

Les dimensions du globe terrestre et la localisation des zones de troubles étaient des inconvénients majeurs. Les Etats-Unis se couchaient au moment où d'autres parties du monde se réveillaient — une situation d'autant plus ennuyeuse qu'un pays qui avait huit ou neuf heures d'avance sur l'Amérique prenait en ce moment des décisions auxquelles le reste de la planète devait réagir... Par ailleurs, la CIA avait peu d'agents et de fonctionnaires capables d'anticiper ce qui arrivait. Du coup, STORM TRACK et PALM BOWL rapportaient principalement ce que disaient la presse et la télévision locales. Et donc, tandis que le président des Etats-Unis dormait, des gens se démenaient pour collecter et analyser des informations. Mais les rapports qu'il lirait à son réveil auraient déjà une journée de retard, et leurs conclusions seraient sujettes à caution. Quant aux meilleurs agents de renseignements, à Washington, ils étaient trop gradés pour accepter des horaires de nuit — ils avaient des familles, après tout — et eux aussi devaient être briefés avant de se prononcer sur le sujet, ce qui impliquait des discussions et des débats, et retardait d'autant la présentation d'informations vitales pour la sécurité nationale. En termes militaires, on disait « avoir l'initiative » : être le premier à faire un mouvement, physique, politique ou psychologique.

Et c'était encore mieux si l'autre camp démarrait la course huit heures plus tard...

Moscou avait seulement une heure de retard par rapport à Téhéran et se situait dans le même fuseau horaire que Bagdad, mais ici, le RVS, le Service des renseignements extérieurs — l'ex-KGB —, était hélas dans la même position que la CIA : tous ses réseaux avaient été pratiquement démantelés dans les deux pays. Pour les Russes, pourtant, le problème était plus « proche », d'une certaine façon, ainsi que Sergueï Golovko l'apprendrait lorsque son avion se poserait à Cheremetievo, l'aéroport international de Moscou.

Le principal sujet du moment, c'était la réconciliation. D'après les informations du matin, en Irak, le nouveau gouvernement de Bagdad avait informé les Nations unies que toutes les équipes d'inspection internationales étaient désormais autorisées à visiter l'ensemble des installations du pays, et cela, sans la moindre interférence — l'Irak insistait même sur l'urgence de ces contrôles; il s'agissait d'éliminer tous les obstacles à la reprise des relations commerciales avec lui. Pour le moment, les voisins iraniens commençaient à fournir des camions de vivres, suivant en cela la vieille règle islamique de charité envers les nécessiteux, ajoutait le présentateur. Et ceci, pour répondre à la volonté exprimée par l'Irak de réintégrer la communauté internationale. Une copie vidéo — réalisée à PALM BOWL — des émissions de la télévision de Bassora montrait le premier convoi de véhicules chargés de farine qui descendait la route en lacets de Shahabad et pénétrait en territoire irakien au pied des montagnes séparant les deux pays. Sur d'autres extraits, on voyait les gardes-frontières irakiens qui leur faisaient signe d'avancer, tandis que leurs collègues iraniens contemplaient les choses, l'air placide. Personne n'était armé.

A Langley, on compta les camions, et on calcula le tonnage de leur cargaison et la quantité de pain qui en résulterait. On en conclut qu'il aurait fallu des cargos entiers de farine pour nourrir la population et que, pour le moment, ces livraisons restaient donc très symboliques. Mais les symboles étaient essentiels, ici, et on était en train de charger des navires, justement, comme l'indiquaient plusieurs satellites américains. Les fonctionnaires des Nations unies à Genève — trois heures seulement de décalage horaire par rapport à Bagdad — accueillirent les demandes de l'Irak avec satisfaction et donnèrent des ordres immédiats à leurs équipes d'inspecteurs sur le terrain ; des Mercedes les attendaient, que des voitures de police escortèrent jusqu'aux premiers bâtiments à visiter notés sur leurs listes. Des équipes de télévision les suivirent partout, et les personnels de ces installations, très amicaux, se montrèrent ravis d'être enfin autorisés à leur dire tout ce qu'ils voulaient savoir ; ils leur suggérèrent même des solutions pour démanteler une unité de fabrication d'armes chimiques déguisée en usine d'engrais.

Finalement, ce fut l'*Iran* qui demanda une réunion extraordinaire du Conseil de sécurité pour étudier la levée des ultimes sanctions commerciales. D'ici deux semaines, l'alimentation moyenne des Irakiens aurait augmenté d'au moins cinq cents calories. L'impact psychologique de la chose était facile à imaginer. Et le pays qui restaurait une vie normale dans cette nation riche en pétrole mais isolée sur la scène internationale était son ancien ennemi, l'Iran — qui justifiait son aide par des motifs religieux.

— Demain, il y aura des distributions gratuites de pain à la porte des mosquées, prédit le commandant Sabah.

Il aurait même pu citer les passages du Coran qui accompagneraient l'événement, mais ses collègues américains n'étaient pas des spécialistes de l'islam et ils n'auraient sans doute pas saisi l'ironie de la chose.

— Vos prédictions, monsieur ? lui demanda l'officier supérieur américain.

— Unification des deux pays, répondit Sabah d'un ton grave. Et c'est pour bientôt.

Inutile, donc, de se demander pourquoi l'Irak acceptait enfin de livrer ses dernières usines d'armements : en ce domaine, l'Iran avait déjà tout ce qu'il fallait.

La magie n'existe pas : c'est juste un terme qu'on emploie pour décrire quelque chose de si parfait qu'on n'a pas d'explication toute prête pour en rendre compte. La technique la plus simple des prétendus « magiciens » consiste à distraire le public avec les mouvements visibles d'une main (généralement en gant blanc), tandis que la seconde travaille. Et les Etats recourent aux mêmes tours de passe-passe. Les camions arrivaient, on chargeait les bateaux, on convoquait les diplomates, et les Américains qui se réveillaient essayaient de comprendre où ils en étaient. C'était le soir à Téhéran.

Badrayn eut des contacts efficaces, comme à son habitude, et ce qu'il ne put pas faire lui-même, il le laissa à Daryaei. L'avion d'affaires, avec des immatriculations civiles, décolla de Mahrabad et vira vers l'est ; il se dirigea d'abord vers l'Afghanistan, puis fila vers le Pakistan, deux heures de vol qui l'amenèrent jusqu'à l'obscure ville chinoise de Rutog, sur la frontière entre le Pakistan, le Cachemire et l'Inde, dans les monts Kunlun. Il y avait là un aérodrome militaire avec une seule bande d'atterrissage, où étaient stationnés quelques chasseurs MIG de fabrication locale. L'endroit était idéal pour tout le monde, à mille kilomètres seulement de New Delhi, et à trois mille kilomètres de Pékin, même si on était en territoire chinois. Les trois appareils se posèrent à quelques minutes d'intervalle, peu après le coucher de soleil, et ils roulèrent jusqu'à l'extrémité du terrain. Des véhicules militaires vinrent chercher leurs occupants et les conduisirent à la salle d'alerte des pilotes des MIG. L'ayatollah Mahmoud Haji Daryaei était habitué à des installations plus propres ; pis encore, elles empestaient le porc cuit, une habitude alimentaire chinoise qui lui donnait la nausée. Il s'efforça de ne pas y penser. D'autres croyants, avant lui, avaient dû traiter avec des païens et des infidèles.

Le Premier ministre indien se montra cordiale. Elle avait déjà rencontré Daryaei à une conférence sur le commerce régional et l'avait trouvé renfermé et misanthrope. Elle constata que cela n'avait guère changé.

Zhang Han San arriva le dernier ; l'Indienne le connaissait aussi. C'était un homme rondelet qui avait l'air jovial — jusqu'à ce que l'on regardât ses yeux de plus près. Personne ne savait exactement quelles étaient ses attributions. Il parlait pourtant avec autorité et, puisque son pays était le plus puissant des trois, les deux chefs d'Etat ne se sentirent donc pas insultés de devoir traiter avec un simple ministre sans portefeuille. La réunion se fit en anglais.

— Pardonnez-moi de n'avoir pas été là pour votre arrivée, dit Zhang. Je regrette sincèrement cette... entorse au protocole.

On servit du thé, et quelques sandwiches légers. On n'avait pas eu le temps non plus de préparer un vrai repas.

— Pas de problème..., répondit Daryaei. La précipitation a des inconvénients. Personnellement, je vous suis très reconnaissant d'avoir accepté de me rencontrer en ces circonstances spéciales. (Il se tourna vers le Premier ministre indien.) Et à vous aussi, madame, d'avoir bien voulu vous joindre à nous. Que Dieu bénisse cette réunion ! conclut-il.

— Mes félicitations pour la façon dont les choses se déroulent en Irak, dit Zhang. (Il avait conscience que Daryaei était le maître du jeu ; l'Iranien venait d'ailleurs de rappeler très habilement qu'il était à l'origine de ce rendez-vous.) Ce doit être très satisfaisant pour vous, après tant d'années de discorde entre vos deux pays...

Oui, pensa l'Indienne, en buvant son thé, *c'est malin d'éliminer cet homme à un moment si favorable.*

— Comment vous aider ? demanda-t-elle alors, en laissant là encore l'initiative à l'Iran, au grand déplaisir — silencieux — de leur interlocuteur chinois.

— Vous avez vu ce Ryan récemment, dit Daryaei. Votre avis sur lui m'intéresse.

— Un bien petit homme pour une tâche de cette ampleur, répondit-elle. Son discours lors des funérailles, par exemple. Il aurait mieux convenu à une cérémonie privée. On attend d'un chef d'Etat des prises de position plus générales. A la réception qui a suivi, je l'ai trouvé nerveux et mal à l'aise. Sa femme est arrogante — c'est une chirurgienne, vous savez. Ces gens-là se croient supérieurs.

— J'ai rencontré Ryan il y a quelques années, dit Daryaei, et je pense la même chose de lui.

— Mais il est à la tête d'un grand pays, fit remarquer Zhang.

— Vraiment ? demanda Daryaei. L'Amérique l'est-elle toujours ? D'où vient la grandeur d'une nation, sinon de la force de son chef ?

Les deux autres comprirent immédiatement que c'était là le vrai sujet de leur réunion.

Doux Jésus, murmura Ryan pour lui-même, *quelle solitude !*

Cette pensée lui revenait souvent, et surtout quand il se retrouvait seul dans son bureau aux murs arrondis et aux portes de dix centimètres d'épaisseur. Il ne quittait plus ses lunettes, maintenant — comme Cathy le lui avait conseillé —, mais ça avait à peine diminué ses maux de tête. Ces quinze dernières années, il avait toujours été obligé de lire beaucoup, mais cette migraine permanente était nouvelle, en revanche. Il fallait peut-être en parler à Cathy, ou à un autre médecin ? Mais non. C'était juste le stress de son boulot, et il allait devoir apprendre à vivre avec.

C'est ça, juste le stress ? Tu paries ? Et le cancer est une maladie comme une autre ?

Il étudiait un document préparé par son équipe politique. Amusant, sinon réconfortant, qu'elle ne sût pas quoi lui conseiller. Ryan s'était toujours considéré comme « indépendant » et il n'avait jamais répondu aux sollicitations de l'un ou l'autre des deux bords. Pourtant, un président était censé être non seulement membre d'un parti, mais *chef*. Aujourd'hui, la situation des deux partis était encore plus catastrophique que celle du gouvernement. Chacun avait un président — qui ne savait sur quel pied danser, en ce moment. Pendant quelques jours, on avait considéré comme acquis que Ryan appartenait au parti de Roger Durling, mais la presse venait seulement de découvrir la vérité, au grand désagrément de l'establishment washingtonien. Le document qu'il lisait, écrit par quatre analystes politiques professionnels, était... vaseux, comme il s'y attendait. Il aurait pu dire lequel des quatre avait rédigé tel ou tel paragraphe. Le tout se résumait à une lutte acharnée entre eux. Même son service de renseignements était capable de faire mieux, se dit Jack, en jetant le document à la poubelle.

Il allait pourtant devoir participer à des débats publics ou, au moins, prononcer quelques discours. Les conseils de son équipe politique étaient on ne peut plus obscurs. Maintenant qu'il s'était planté en beauté sur la question de l'avortement, il allait être obligé de s'expliquer sur des tas de problèmes : sur les mesures de « discrimination positive », le système de soins, l'aide sociale, en passant par les impôts, l'environnement et Dieu sait quoi encore ! Une fois qu'il aurait pris ses décisions sur ces questions-là, Callie Weston lui écrirait une série de discours qu'il prononcerait, à Seattle, à Miami et ailleurs — à part Hawaii et l'Alaska, des Etats sans grande importance politique...

— Pourquoi est-ce que je ne peux pas simplement rester ici pour travailler, Arnie ? demanda-t-il à son secrétaire général, dès que celui-ci arriva.

— Parce que votre travail est *à l'extérieur*, monsieur le président, répondit Arnie. Parce que, comme vous l'avez dit vous-même, c'est « une fonction de commandement ». Nous sommes bien clairs, là ? (Il eut un petit rire sardonique.) Et « commander » signifie diriger des soldats, ou, dans le cas présent, des citoyens.

— Et ça vous plaît ? demanda Jack en se frottant les yeux, sous ces lunettes qu'il détestait.

— A peu près autant qu'à vous, dit Arnie — une remarque que son interlocuteur méritait.

— Désolé, murmura Jack.

— La plupart des personnes qui ont vécu ici ont sincèrement voulu échapper à ce musée et rencontrer des êtres humains en chair et en os. Bien entendu, ça rend nerveux des gens comme Andrea qui, sans aucun doute, préféreraient vous garder ici, au fond d'un placard, vingt-quatre heures sur vingt-quatre. Mais même sans ça, vous avez déjà l'impression d'être en prison, pas vrai ?

— Seulement quand je suis réveillé.

— Sortez, alors. Rencontrez du monde. Expliquez-leur ce que vous pensez et ce que vous souhaitez. Bon sang, peut-être qu'ils vous écouteront ! Peut-être même qu'ils vous diront ce qu'ils ont dans le ventre, eux, et que vous apprendrez quelque chose à cette occasion ! De toute façon, vous ne pourrez jamais être un vrai président si vous ne le faites pas.

Jack lui montra le texte qu'il avait balancé à la poubelle.

— Vous avez lu ce genre de truc?

— Ouaip, fit Arnie avec un mouvement de tête.

— Que des conneries.

— C'est un document politique. Depuis quand la politique est-elle cohérente ou sensée? Tous les gens avec qui je travaille depuis vingt ans ont eu des problèmes d'allaitement maternel. Sans doute qu'ils ont été nourris au biberon.

— *Quoi?*

— Demandez à Cathy. C'est une théorie comportementale que les adeptes du New Age adorent. Tous les politiciens ont été nourris au biberon. Maman ne leur a jamais donné le sein, elle ne les a jamais aimés comme il fallait, et ils se sont sentis rejetés et tout ça, et du coup, pour compenser, ils courent partout en faisant des discours, et ils racontent aux gens ce qu'ils veulent entendre de façon à recevoir de l'amour en échange, cet amour que leur maman leur a refusé — sans parler des types du genre de Kealty qui, pour les mêmes raisons, ont besoin de baiser tout le temps... Les enfants nourris au sein, eux, grandissent correctement et deviennent, oh, des médecins, je suppose, ou peut-être des rabbins...

— Et merde! cria presque le président.

Son secrétaire général eut un sourire.

— Vous savez, poursuivit van Damm, j'ai fini par comprendre ce qui nous a vraiment manqué quand nous avons construit ce pays... Un bouffon de cour. Donnons-lui un poste au cabinet. Vous voyez, un nain — euh, pardon, un individu de petite taille — vêtu d'un collant multicolore et coiffé d'un drôle de chapeau plein de clochettes. Vous lui refilez un petit tabouret dans un coin — bon, évidemment, y a pas de coin, ici, mais on fera comme si — et tous les quarts d'heure, il saute sur votre bureau et vous agite son hochet sous le nez, juste pour vous rappeler que vous devez aller pisser, comme le commun des mortels. Z'avez pigé, maintenant, Jack?

— Non, rétorqua le président.

— Espèce de nigaud! Que diable! ce boulot peut être marrant! Sortir et rencontrer vos concitoyens, c'est amusant! Découvrir ce qu'ils souhaitent est important, certes, mais il y a aussi de l'euphorie dans tout ça! Ils désirent vraiment vous aimer, Jack. Vous soutenir. Savoir ce que vous pensez. Et, avant tout, ils veulent s'assurer que vous êtes l'un des leurs — et vous savez quoi? Vous êtes effectivement le premier président depuis sacrément longtemps à l'être vraiment! Alors remuez-vous, et jouez le jeu, merde!

Arnie n'eut pas besoin d'ajouter qu'il ne pouvait pas reculer parce que son agenda était déjà en béton.

— Y a des gens qui n'apprécieront pas ce que je dis, Arnie, et il n'est pas question que je raconte des histoires juste pour lécher le cul de certaines personnes ou pour qu'on vote pour moi.

— Parce que vous avez cru que tout le monde vous aimerait? répliqua van Damm, d'un air ironique. La plupart des présidents se sont contentés de cinquante et un pour cent. Je vous ai passé un savon à cause de vos déclarations sur l'avortement — et pourquoi? Parce que vous avez été confus.

— Non, pas du tout, j'ai...

— Vous voulez bien écouter votre prof ou non?

— Allez-y, ronchonna le président.

— Pour commencer, à peu près quarante pour cent des gens votent démocrate et quarante pour cent républicain. Et ces quatre-vingts pour cent ne changeraient pas d'opinion, même dans une compétition électorale entre Adolf Hitler et Abraham Lincoln, ou Roosevelt, si vous préférez.

— Mais...

— Mais pourquoi le ciel est bleu, Jack? poursuivit Arnie avec exaspération. C'est comme ça, tout simplement, d'accord? Ça laisse vingt pour cent d'électeurs qui passent d'un parti à l'autre. Peut-être que ce sont eux, les vrais « indépendants » — comme vous. Ces vingt pour cent-là contrôlent la destinée du pays et si vous voulez que les choses se passent à votre façon, c'est eux que vous devez convaincre. Maintenant, j'en viens au côté rigolo de l'affaire : ces vingt pour cent se fichent pas mal de ce que vous pensez. (Il accompagna ce paradoxe d'un sourire désabusé.) Les quatre-vingts pour cent qui votent selon la ligne de leur parti ne s'intéressent pas vraiment à vous. Ils votent pour leur parti parce qu'ils croient en lui, ou peut-être pour faire comme papa et maman. La raison de leur choix ne compte pas vraiment. C'est comme ça, faut s'adapter. Bon, ce sont donc les vingt derniers pour cent qui comptent. Et ceux-là se soucient moins de ce que vous pensez que de ce que vous *êtes*. Et là, vous avez l'avantage, monsieur le président. Politiquement parlant, vous êtes autant à votre place dans ce bureau qu'un gamin de trois ans dans une armurerie, mais vous, au moins, vous êtes un sacré personnage. C'est là-dessus qu'on jouera.

Ryan fronça les sourcils à cette expression, mais il lui fit signe de poursuivre.

— Contentez-vous d'expliquer vos idées aux gens. Soyez simple. Les meilleures idées s'expriment avec simplicité et efficacité. Soyez cohérent. Ces vingt pour cent veulent être sûrs que vous croyez vraiment à ce que vous dites. Jack, respectez-vous quelqu'un qui dit ce qu'il pense, même si vous n'êtes pas d'accord avec lui ?

— Bien sûr, c'est ce...

Arnie termina la phrase à sa place.

— ... ce à quoi on s'attend de quelqu'un de normal. Idem pour mes vingt pour cent. Ils vous respecteront et vous soutiendront, même s'ils ne sont pas toujours d'accord avec vous. Et pourquoi ça ? Parce qu'ils constateront que vous savez ce que vous voulez. Et qu'ils souhaitent que l'occupant de ce bureau ait du caractère et soit un homme intègre. Parce que, en cas de problème, on peut faire confiance à un tel homme pour essayer au moins d'agir comme il faut.

« Le reste n'est qu'une question d'emballage. Et ne crachez pas là-dessus, OK ? Il n'y a pas de honte à exprimer intelligemment ses arguments. Dans votre livre sur Halsey, *Fighting Sailor* [1], vous avez chiadé votre style pour exposer vos idées, d'accord ? (Le président acquiesça d'un signe de tête.) Eh bien, c'est pareil ici — sauf que, bon sang, elles sont autrement plus importantes et que vous devez les emballer avec encore plus de talent !

Le secrétaire général de la Maison-Blanche estima que la leçon se passait plutôt bien.

— Arnie, avec lesquelles êtes-vous d'accord ?

— Pas avec toutes. Je pense que vous avez tort sur la question de l'avortement — une femme a le droit de choisir. Je ne partage pas vos opinions sur la « discrimination positive » et sur un certain nombre d'autres choses, mais je n'ai jamais douté une seule minute de votre intégrité, monsieur le président. Ce n'est pas mon rôle de vous dire ce qu'il faut croire, mais vous savez écouter, et ça, c'est important. J'aime ce pays, Jack. Ma famille s'est enfuie de Hollande et a traversé la Manche quand j'avais trois ans. Je me souviens encore que j'ai rendu tripes et boyaux ce jour-là.

— Vous êtes juif ? demanda Ryan, surpris.

Il ne s'était jamais posé de questions sur l'Eglise qu'Arnie pouvait fréquenter — ou pas.

— Non. Willem, mon père, était dans la Résistance et il a été dénoncé par un traître infiltré par les Allemands. On s'est échappés juste à temps. Dans le cas contraire, il aurait été tué et ma mère et moi on aurait fini dans le même camp qu'Anne Frank. Après la guerre, il a décidé de s'installer ici et j'ai grandi en entendant parler du vieux continent et de la spécificité de l'Amérique. Et je suis devenu ce que je suis aujourd'hui pour protéger ce système. Quelle est la spécificité de l'Amérique ? La Constitution, je pense. Les gens changent, les gouverne-

1. *Le Marin qui se bat (N. d. T.).*

ments et les idéologies changent, mais la Constitution ne bouge pratiquement pas. Moi aussi, j'ai prêté serment, comme vous, sauf que moi c'est un serment vis-à-vis de moi-même, de mon père et de ma mère. Je n'ai pas besoin d'être d'accord avec vous sur tout, Jack. Je sais seulement que vous essaierez de faire ce qui vous semble le mieux ; et mon boulot, c'est de vous protéger pour que vous y parveniez. Ça signifie aussi que vous devrez m'écouter et que vous serez parfois obligé de faire des choses que vous n'aimez pas, mais votre tâche actuelle, monsieur le président, a ses propres règles. Et vous êtes obligé de les suivre, conclut tranquillement van Damm.

— Jusqu'à présent, je m'en suis tiré comment, Arnie ? demanda Ryan, qui venait de recevoir la leçon la plus importante de la semaine.

— Pas trop mal, mais ça pourrait être encore mieux. Pour l'instant, Kealty n'est pas encore une vraie menace. Vous montrer à l'extérieur, et paraître présidentiel le marginalisera davantage encore. Autre chose. Dès que vous serez sur le terrain, les gens vont se mettre à vous poser des questions sur votre réélection. Qu'est-ce que vous leur répondrez ?

Ryan secoua la tête gravement.

— Je ne voulais vraiment pas de ce boulot, Arnie. Que quelqu'un d'autre me remplace quand...

— Dans ce cas, vous êtes foutu. Personne ne vous prendra au sérieux. Vous n'aurez pas les hommes et les femmes que vous voulez au Congrès. Vous serez paralysé et incapable de réaliser ce que vous avez prévu. Vous serez politiquement inefficace. Et l'Amérique ne peut pas se le permettre, monsieur le président. Les gouvernements étrangers — qui, eux, sont dirigés par des politiciens, ne l'oubliez pas — ne vous feront pas confiance et cela aura des conséquences sur la sécurité nationale, à court et à long terme. Et donc que direz-vous quand les journalistes vous poseront la question ?

Le président se sentait dans la peau d'un lycéen levant la main.

— Que je n'ai pas encore pris ma décision ?

— Parfait. En ce moment, vous travaillez à reconstituer le gouvernement et vous envisagerez ce problème de réélection en temps utile. Moi, de mon côté, je laisserai entendre que vous pensez rester et que vous estimez que votre principal devoir est envers votre pays, mais quand les médias vous interrogeront là-dessus, vous vous contenterez de répéter votre position originelle. Cela enverra aux gouvernements étrangers, et aussi aux Américains, un message qu'ils comprendront et qu'ils prendront au sérieux. D'un point de vue pratique, les primaires présidentielles des deux partis ne choisiront pas les candidats marginaux qui n'ont pas laissé leur peau au Capitole. Ils voteront pour des délégations indépendantes. Peut-être même qu'on vous demandera de faire une déclaration à ce sujet. Je m'en occuperai avec Callie.

Arnie van Damm ne précisa pas que les médias *adoreraient* ça. Peu de journalistes avaient rêvé de couvrir deux conventions politiques aussi totalement ouvertes. Au moins quarante pour cent des gens, et sans doute davantage, s'opposeraient de toute façon aux positions de Ryan. Le plus drôle, c'était que ces vingt pour cent dont il lui avait rebattu les oreilles couvraient l'ensemble du spectre politique — comme lui, ce qui les intéressait, ce n'était pas l'idéologie mais l'honnêteté. Même s'ils n'étaient pas d'accord avec lui sur telle ou telle question, ils voteraient pour lui. Ils l'avaient toujours fait, car le bien du pays passait avant leurs préjugés ; hélas, ils participaient d'un système qui, la plupart du temps, leur faisait choisir des gens qui n'avaient pas leur conception de l'honneur. Ryan n'avait pas encore bien compris l'occasion qui s'offrait là, et c'était sans doute mieux ainsi, parce que s'il y pensait trop, il tenterait peut-être d'en tirer parti, et il ne saurait pas comment s'y prendre.

Les meilleurs pouvaient se planter, et Ryan n'était pas différent du commun des mortels. C'était d'ailleurs la raison d'être de gens comme Arnold van Damm : ils guidaient à la fois de l'intérieur et de l'extérieur du système. Il considéra son président et nota son désarroi. Il essayait de donner un sens à tout cela ; il y parviendrait sans doute parce qu'il savait écouter. Mais, bien sûr, il passerait à côté de la conclusion évidente. Seul Arnie, et peut-être Callie, était capable de se projeter si loin dans le futur. Au cours des semaines précédentes, Arnie avait décidé que Ryan avait l'étoffe d'un vrai président.

Son boulot était désormais de s'assurer que Jack resterait à la Maison-Blanche.

— Nous ne pouvons pas faire une chose pareille, protesta le Premier ministre indien. La marine américaine nous a récemment donné une leçon.

— Et plutôt sévère, acquiesça Zhang. Mais les dégâts subis par vos navires ne sont pas irrémédiables. Ils seront réparés d'ici deux semaines.

Le Premier ministre indien le considéra avec surprise. Ce n'était pas tous les jours qu'un pays étranger avec lequel, qui plus est, on avait été en guerre vous faisait comprendre qu'il avait des agents infiltrés chez vous ! Elle-même n'était au courant de l'état de sa flotte que depuis quelques jours. Les réparations absorbaient une grosse part du budget, et ç'avait été son principal souci cette année.

— L'Amérique n'est qu'une façade, un colosse aux pieds d'argile, intervint Daryaei. Vous l'avez dit vous-même, madame le Premier ministre : le président Ryan est un bien petit homme pour une tâche comme la sienne. Augmentons encore l'ampleur et les difficultés de sa tâche, et l'Amérique ne pourra plus se mêler de nos affaires, du moins assez longtemps pour que nous réussissions à atteindre nos objectifs. Le gouvernement américain est paralysé et il le restera pour les quelques semaines à venir. Nous n'avons qu'à le bloquer davantage.

— Et de quelle façon? demanda l'Indienne.

— Il y a un moyen tout simple : en multipliant ses engagements extérieurs et en nous en prenant en même temps à sa stabilité intérieure. Dans le premier cas, de simples démonstrations de votre part suffiront; moi, je m'occupe du second. Et il est préférable, je pense, que vous n'en sachiez pas plus sur mes intentions.

S'il l'avait pu, Zhang aurait cessé de respirer pour mieux réfléchir. Il rencontrait rarement quelqu'un de plus impitoyable que lui, et il ne souhaitait pas savoir, en effet, ce que Daryaei avait derrière la tête. Il préférait voir une autre nation que la sienne commettre un acte de guerre.

— Poursuivez, dit-il, en cherchant une cigarette dans sa veste.

— Chacun de nous représente un pays avec de grandes capacités et de grands besoins. La Chine et l'Inde sont très peuplées et il leur faut de l'espace et des ressources. Moi, j'aurai bientôt des ressources, les moyens financiers qui les accompagnent et le contrôle de leur distribution. La République islamique unie — la RIU — va devenir une grande puissance, comme vous, qui l'êtes déjà. L'Ouest domine l'Est depuis trop longtemps. (Daryaei fixa Zhang.) Au nord de notre territoire, tout est en décomposition. Il y a là plusieurs millions de croyants qui attendent leur libération; il y a là, aussi, des richesses et des espaces qui vous intéressent. Je vous les laisse, si, en échange, vous me laissez ceux où vivent ces croyants. (Puis, au Premier ministre indien :) Au sud de chez vous, il y a un continent vide avec les ressources et les espaces qui vous sont nécessaires. En échange de votre aide, je pense que la République islamique unie et la République populaire de Chine pourront vous offrir leur protection. J'attends de vous deux simplement une coopération tranquille, sans risque direct.

Le Premier ministre indien se fit la remarque qu'elle avait déjà entendu ce genre de discours, peu de temps auparavant, mais ses besoins, en effet, n'avaient pas changé. Le représentant chinois proposa immédiatement une manœuvre de diversion — sans grand risque pour son pays. Cela c'était déjà produit. L'Iran — pardon, la RIU — prendrait tous les vrais risques, qui paraissaient d'ailleurs particulièrement bien calculés. Il se promit, à son retour à Pékin, de vérifier lui-même les rapports des forces.

— Comme vous le voyez, je ne vous demande aucun engagement pour l'instant, poursuivit Daryaei. Je souhaite seulement vous voir étudier ma proposition — informelle — d'alliance.

— Le Pakistan ? répondit le Premier ministre indien, avec un geste des mains que Zhang trouva stupide.

— Islamabad est une marionnette américaine depuis trop longtemps. Impossible de lui faire confiance, répondit immédiatement Daryaei, qui avait déjà réfléchi à cette question, mais n'avait pas imaginé que l'Inde sauterait si facilement le pas.

Cette femme haïssait les Américains autant que lui, pensa-t-il. Parfait, la « leçon » administrée à sa flotte, selon sa propre expression, avait dû la blesser encore plus que ce que ses diplomates lui avaient dit. Un tel orgueil était typiquement féminin. Et c'était une faiblesse, aussi. Excellent. Il jeta un coup d'œil à Zhang.

— Nous n'avons que des accords commerciaux avec le Pakistan, et, en tant que tels, ils sont modifiables, fit observer le Chinois, ravi, lui aussi, de la fragilité de son homologue indienne.

Après tout, elle était la seule responsable de ce qui lui arrivait. Elle avait engagé des forces pour soutenir la stupide agression du Japon contre l'Amérique, tandis que la Chine n'avait pas bougé le petit doigt et n'avait pris aucun risque. Les supérieurs de Zhang, encore plus prudents que lui, n'avaient rien objecté à cette stratégie. Et aujourd'hui, de nouveau, ce serait quelqu'un d'autre qui prendrait les risques, et l'Inde ne serait qu'un soutien « pacifique », et la Chine n'aurait rien à faire, sinon rejouer une vieille carte politique qui semblerait n'avoir aucun rapport avec cette nouvelle RIU et n'être qu'une façon de « tester » le nouveau président américain. D'autant que Taiwan était toujours un problème. C'était drôle, vraiment. L'Iran était motivé par la religion ; l'Inde par l'avidité et la colère ; la Chine, elle, avait une vision à long terme, au-delà des émotions, et elle s'intéressait à l'essentiel — mais avec prudence, comme toujours. Les desseins de l'Iran sautaient aux yeux, et si Daryaei était prêt à déclencher une vraie guerre pour cela, pourquoi ne pas le regarder faire, en toute sécurité, et en souhaitant sa réussite ? Pas question d'impliquer son pays pour le moment. Inutile d'être si impatient. L'Indienne, elle, était si pressée qu'une évidence lui avait échappé : si Daryaei réussissait dans son entreprise, le Pakistan ferait la paix avec la RIU, et peut-être même la rejoindrait-elle. Et l'Inde, alors, serait isolée et vulnérable. Bon, c'était dangereux d'être un vassal — et encore plus si l'on aspirait à jouer dans la cour des grands, mais sans les moyens d'y parvenir. Il fallait être prudent dans le choix de ses alliés. La gratitude, entre nations, était une fleur de serre : elle se fanait facilement lorsqu'elle était en contact avec l'extérieur.

Le Premier ministre indien fit un signe de tête, ravie sans doute de sa victoire prochaine sur le Pakistan, et n'ajouta rien.

— En tout cas, mes amis, conclut Daryaei, je vous remercie d'avoir accepté de me rencontrer, et avec votre permission, je vais vous laisser, à présent.

Ils se levèrent tous les trois. Ils échangèrent des poignées de main, et se dirigèrent vers la porte. Quelques minutes plus tard, l'avion de Daryaei tournait à l'extrémité du terrain d'aviation militaire cahoteux. Le mollah considéra le pot de café et décida de s'abstenir. Il voulait dormir quelques heures avant ses prières matinales. Mais d'abord...

— Vos prédictions étaient tout à fait correctes.

— Les Russes appellent ça des « conditions objectives », expliqua Badrayn, à l'autre bout du fil. Ce sont des athées, et ils le resteront, mais leur formulation des problèmes est toujours assez précise. C'est pourquoi j'ai appris à rassembler si soigneusement les informations.

— J'ai vu ça. Votre prochaine tâche sera de mettre au point pour moi les grandes lignes de certaines opérations...

Daryaei raccrocha, se laissa aller contre son dossier et ferma les yeux. Il se demanda s'il rêverait de lions morts.

Même s'il souhaitait revenir à la médecine clinique, Pierre Alexandre n'aimait pas spécialement ça — tout au moins cette obligation de traiter des gens qui ne survivraient pas. En ce moment, trois de ses patients avaient développé un sida, trois homosexuels, dans la trentaine — qui, tous, avaient moins d'une année à vivre. Alexandre était un pratiquant, et il n'approuvait pas l'homosexualité, mais personne ne méritait de mourir de cette façon. Qui plus est, il était médecin, et non un Dieu qui jugeait, assis sur son trône.

Un praticien devait compartimenter sa vie. Ses trois malades seraient encore là demain et aucun d'eux n'aurait besoin de lui au cours de la nuit. Les oublier n'avait rien de cruel. C'était juste une question d'organisation du travail, et leurs vies, même s'ils n'avaient pas d'espoir, dépendaient aussi de sa capacité à laisser de côté leurs corps affaiblis et à retourner à ses recherches sur les virus qui les attaquaient.

— Le Dr Lorenz vous a rappelé d'Atlanta, l'informa sa secrétaire.

— Dès qu'il fut dans son bureau, il composa le numéro direct de son collègue.

— Gus ? C'est Alex, à Hopkins. J'ai eu ton message.

— Que voulais-tu ? C'est toi qui m'as téléphoné, n'est-ce pas ? dit Lorenz, qui n'en était pas sûr — preuve supplémentaire qu'il était surmené.

— Oui, c'est moi, Gus. Ralph me dit que tu lances une nouvelle étude sur la structure d'Ebola, à partir de ces deux cas au Zaïre, exact ?

— Ouais, j'aurais dû, sauf que quelqu'un m'a piqué mes singes, répondit avec aigreur le directeur du CDC. La cargaison de remplacement n'arrivera que dans un jour ou deux, c'est du moins ce qu'ils m'ont promis.

— Un cambriolage ? demanda Alexandre.

Les laboratoires qui menaient ces expériences avaient parfois ce genre de problèmes, en effet : les défenseurs des droits des animaux tentaient d'y pénétrer et de libérer leurs cobayes. Un jour ou l'autre, si on n'y prenait pas garde, un de ces cinglés partirait avec un singe sous le bras et découvrirait plus tard que la bête avait la fièvre de Lassa — ou pire encore. Merde ! Comment les scientifiques auraient-ils pu étudier ces foutus virus sans utiliser d'animaux ? Voilà pourquoi le CDC, Hopkins, et tous les autres laboratoires de recherche avaient des gardes armés pour protéger les cages des singes. Et même celles des *rats*.

— Non, grommela Gus. Ils ont été... détournés en Afrique. Quelqu'un est en train de s'amuser avec *mes* singes, en ce moment. Mais, bon, ça ne me fait perdre qu'une semaine. Quelle importance quand on bosse là-dessus depuis quinze ans ?

— Ton échantillon de virus est frais ?

— Il vient du cas index. Identification positive, Ebola Zaïre, souche Mayinga. On en a un aussi de la seconde malade, mais celle-là a disparu...

— Quoi ? s'exclama Alexandre, immédiatement inquiet.

— En mer, dans un accident d'avion. Ils l'emmenaient à Paris pour voir Rousseau. Il n'y a pas d'autres victimes. Cette fois, on dirait bien qu'on est passés entre les balles, pour changer..., assura Lorenz à son jeune collègue.

— Super, grommela celui-ci.

Mieux vaut crever dans un accident d'avion plutôt que de continuer à saigner partout, pensa-t-il avec la grossièreté habituelle aux soldats.

— Bon, pourquoi tu m'as appelé ? fit Gus.

— Fonction polynomiale, répondit Alex.

— Comment ?

— Quand tu vas cartographier celui-là, pense à faire une analyse mathématique de sa structure.

— J'y réfléchis depuis un moment, avoua Lorenz. Mais là, je veux examiner le cycle de reproduction et...

— Exactement, Gus, la nature mathématique de l'interaction. J'en parlais à midi avec une collègue, ici — une chirurgienne de l'œil, tu imagines ? Elle a dit un truc intéressant. Si les acides aminés ont une valeur mathématique quantifiable, et ils *doivent* en avoir une, alors leur façon de réagir avec un autre codon nous apprendra peut-être quelque chose. Si c'est une équation, comme tu l'as pensé, le truc, c'est de la résoudre, d'ac ? Comment fera-t-on ? OK, Ralph m'a parlé de ton travail sur son cycle. Je pense que t'es sur quelque chose. Si on réussit à dresser la carte de l'ARN du virus, et celle de l'ADN hôte, alors...

— On le tient ! s'exclama Gus. Les interactions nous diront quelque chose sur la valeur des éléments dans la fonction polynomiale...

— Et du coup on aura des informations sur le mode de reproduction de cette saleté et peut-être...

— Peut-être qu'on saura comment l'attaquer, conclut Gus. (Un silence, puis :) Alex, c'est vraiment bien.

— T'es le meilleur pour ce boulot, Gus, et c'est toi qui as mis en place cette expérience, de toute façon.

— Il me manque quelque chose cependant.

— Comme toujours..., grommela Pierre Alexandre.

— Donne-moi un jour ou deux pour réfléchir à tout ça, et je te rappelle, Alex.

— A bientôt, mon cher, dit le professeur Alexandre en raccrochant.

Il pensa avoir fait son devoir pour aujourd'hui, dans le domaine de la science médicale. Mais ce n'était presque rien, et c'était vrai en effet qu'il leur manquait encore quelque chose dans leur grand jeu de piste.

23

EXPÉRIENCES

Il fallut plusieurs jours pour tout mettre en place. Le président Ryan dut rencontrer une autre fournée de nouveaux sénateurs — certains Etats avaient été un peu lents pour s'organiser, car plusieurs gouverneurs avaient mis sur pied des sortes de comités d'évaluation des candidats. Ce fut une surprise pour beaucoup de politiciens de Washington, qui s'attendaient à voir désigner de la même façon que d'habitude les remplaçants au Sénat — mais il se trouva que le discours de Ryan avait produit un certain effet. Huit gouverneurs s'étaient rendu compte que cette situation était unique et ils avaient donc changé de méthode, ce qui leur valut les louanges des journaux locaux, sinon la totale approbation de la presse nationale.

Le premier déplacement politique de Jack fut expérimental. Il se leva tôt, embrassa sa femme et ses enfants, et grimpa dans un hélicoptère sur la pelouse sud, un peu avant sept heures du matin.

Dix minutes plus tard, il embarqua dans l'Air Force One (VC-25A dans la terminologie du Pentagone), un 747 très modifié réservé aux voyages présidentiels. Au moment où Ryan s'installa à bord, le pilote — un colonel — faisait ses annonces prévol. En se retournant, POTUS découvrit au moins quatre-vingts journalistes installés dans les sièges de cuir encore plus moelleux que ceux des premières classes de l'aviation commerciale — un certain nombre d'habitués ne mettaient même plus leur ceinture, car, en général, l'Air Force One voguait dans le ciel comme un paquebot sur une mer tranquille.

— Par ici, monsieur, lui indiqua Andrea Price.

Dans l'Air Force One, la cabine du président se trouve à l'avant du pont principal ; elle est équipée de sièges « normaux » — mais très confortables — et de deux canapés qui peuvent se transformer en lits pour les longs voyages. Son agent principal veilla à ce que Ryan attachât sa ceinture. Les invités pouvaient ne pas respecter les règlements — l'USSS se fichait pas mal de la sécurité des journalistes — mais pas POTUS. Andrea fit alors un signe à un membre d'équipage de l'Air Force, qui décrocha un téléphone et annonça au pilote qu'il pouvait décoller. On lança les réacteurs. Même si Jack avait presque oublié sa peur de l'avion, c'était l'instant où il fermait les yeux et disait une prière silencieuse (quand il était plus jeune, il la murmurait) pour la sécurité de tous les gens présents à bord — Dieu aurait pu trouver égoïste le fait de ne prier que pour lui-même. L'appareil commença son roulage plus vite qu'un 747 normal. Il n'était pas très lourd et ressemblait vraiment à un avion, pas à un train quittant la gare.

— OK, dit Arnie, tandis que le nez de l'appareil se levait. (Le président évita de serrer les bras de son fauteuil, comme il le faisait généralement à ce moment-là.) Un voyage facile, ce coup-ci. Indianapolis-Oklahoma City et retour à la maison pour le dîner. Les foules seront amicales et à peu près aussi réactionnaires que vous, ajouta-t-il avec un clin d'œil. Vous n'avez donc pas vraiment de souci à vous faire.

L'agent spécial Price, qui était assise dans la même cabine que son président pour le décollage, détestait entendre ce genre de choses. Le secrétaire général de la Maison-Blanche, Arnie van Damm — CARPENTER pour le Service secret, tandis que Callie Weston était CALLIOPE — n'avait pas vraiment conscience des problèmes de l'USSS. Pour lui, le danger était politique, y compris après le crash du 747 sur le Capitole. *Remarquable*, pensa-t-elle. A quelques mètres derrière eux, l'agent Raman s'était installé dans un siège faisant face à la porte, pour le cas où un journaliste se serait pointé avec un revolver en guise de stylo. Six agents supplémentaires étaient à bord pour garder un œil sur tout ce beau monde, même sur les membres d'équipage en uniforme, et une section était déjà en place dans les deux villes où se rendait le président, aux côtés d'une quantité astronomique de policiers locaux. A la base de l'Air Force de Tinker, à Oklahoma City, l'USSS surveillait le camion-citerne, pour le cas où quelqu'un aurait tenté de trafiquer le carburéacteur qui servirait à refaire le plein de l'avion présidentiel. Un transporteur C-5B Galaxy avait atterri à Indianapolis avec les voitures du cortège présidentiel. Promener POTUS, c'était un peu comme déplacer le cirque Barnum, sauf que dans ce dernier cas personne ne risquait d'assassiner le trapéziste.

L'agent Price nota que Ryan revoyait son texte. Les discours rendaient toujours les présidents nerveux. Ils n'avaient pas le trac mais s'inquiétaient de la façon dont on accueillerait leur allocution. Price ne put s'empêcher de sourire. Ryan, lui, ne se souciait pas du fond, mais de la forme de son intervention. Bon, il apprendrait, et sa chance, c'était Callie Weston ; c'était peut-être la pire des emmerdeuses, mais elle écrivait de foutus bons discours.

— Petit déjeuner ? proposa l'hôtesse de l'air,

maintenant que l'avion avait atteint sa vitesse de croisière.

— Je n'ai pas faim, merci, répondit le président en secouant la tête.

— Apportez-lui du jambon et des œufs, des toasts et du déca, ordonna van Damm.

— N'essayez jamais de parler l'estomac vide, lui conseilla Callie. Vous pouvez me croire.

— Et pas trop de vrai café. La caféine risque de vous faire sauter en l'air. Lorsqu'un président s'adresse à ses concitoyens, expliqua Arnie pour sa leçon du matin, il est... Callie, vous m'aidez, là ?

— Rien de dramatique, pour aujourd'hui. Z'êtes juste le voisin futé qui va voir le type de la maison d'à côté parce qu'il a besoin d'un conseil. Amical. Raisonnable. Calme. « Doux Jésus, Fred, j'crois vraiment qu'vous devriez faire ça de cette façon-là... », expliqua Weston, les sourcils levés.

— Le médecin de famille sympa qui dit à un type d'y aller mollo sur les matières grasses et peut-être de faire un peu plus de golf — un exercice censé être rigolo, et tout ça..., ajouta le secrétaire général. C'est comme ça tout le temps, dans la vie réelle.

— A part que ce matin, c'est devant quatre mille personnes, c'est ça ? demanda Ryan.

— Plus les caméras de C-SPAN. Et ce sera dans tous les bulletins d'information du soir..., dit Arnie.

— ... Et CNN le retransmettra en direct parce que c'est votre première allocution dans le pays, ajouta Callie, qui estima inutile de lui mentir.

Doux Jésus ! pensa Jack, en se replongeant dans son texte.

— Vous avez raison, Arnie. Vaut mieux que je prenne du déca. (Il releva brusquement la tête.) Y a des fumeurs, ici ?

L'hôtesse de l'air de l'Air Force se retourna.

— Je vous en offre une, monsieur ?

Jack acquiesça d'un air un peu honteux.

Elle lui tendit une Virginia Slim et lui donna du feu avec un gentil sourire. Ce n'était pas tous les jours qu'on avait la chance de rendre un service si personnel à son commandant en chef. Ryan avala une bouffée et grommela :

— Si vous le dites à ma femme, sergent...

— C'est notre secret, monsieur, répondit-elle avant de s'éloigner vers l'arrière de l'appareil pour aller chercher le petit déjeuner.

Mais elle était déjà ravie de sa journée.

Le liquide avait une couleur horrible, rouge foncé avec un soupçon de marron. Ils avaient surveillé le processus au microscope électronique sur des échantillons. Les reins des singes étaient composés de cellules particulières, hautement spécialisées, que le virus Ebola adorait pour une raison inconnue, un peu comme un gourmand la mousse au chocolat. Ç'avait été à la fois fascinant et affreux à voir. Les virus pénétraient dans les cellules et se reproduisaient immédiatement dans cette biosphère tiède et riche. On se serait cru dans un film de S-F, sauf que là, c'était réel. Ce virus, comme tous les autres, dépendait d'un « hôte » qui lui donnait les moyens d'agir et signait ainsi sa propre mort. Ebola ne possédait qu'un brin d'ARN. Or, la mitose cellulaire nécessitait à la fois de l'ARN et de l'ADN. Les cellules rénales possédaient les deux, et lorsque le virus y pénétrait, il détournait leur métabolisme à son profit et commençait son invasion. L'énergie dont il avait besoin était fournie par les cellules des reins qui étaient, bien entendu, totalement détruites au cours du processus. Le mode de multiplication du virus était un microcosme du développement de la maladie dans une communauté humaine : elle débutait lentement puis connaissait une accélération géométrique — 2... 4... 16... 256... 65 536 — jusqu'à épuisement de toutes les substances nutritives ; ne restaient plus, alors, que les virus. A ce moment-là, ils entraient en phase de repos et attendaient l'occasion suivante. On avait toutes sortes de fausses images d'Ebola : il saisissait sa chance quand il pouvait, il tuait sans pitié, il cherchait des victimes... Tout ça, c'étaient des stupidités anthropomorphiques, Moudi et ses collègues le savaient. Le virus ne pensait pas. Il n'était pas particulièrement malveillant. Il se contentait de manger, de se reproduire et d'entrer en repos. Mais, de même qu'un ordinateur n'est qu'un assemblage de connexions électriques juste capable de faire la différence entre le 1 et le 0, mais plus vite et avec plus d'efficacité que ses utilisateurs humains, de même l'extraordinaire faculté d'adaptation d'Ebola lui permet de se reproduire si rapidement que le système immunitaire du corps humain, pourtant un mécanisme de défense implacable, est débordé, comme par une armée de fourmis carnivores. Là réside aussi la faiblesse historique d'Ebola : il est *trop* efficace. Il tue son hôte *trop* vite pour lui laisser le temps de contaminer quelqu'un d'autre. En outre, il est adapté à un écosystème très spécifique. Ebola ne résiste pas longtemps à l'air libre, et seulement dans un environnement comme la jungle. Pour cette raison, et puisqu'il ne peut survivre dans un hôte humain sans l'éliminer en dix jours (ou moins), il a évolué lentement — et il n'est pas passé à l'étape suivante, la diffusion aérogène.

C'était, du moins, ce que tout le monde pensait — ou plutôt « espérait », se dit Moudi. Une souche mutante Ebola répandue par aérosol aurait été extraordinairement mortelle. Peut-être qu'ils la possédaient, aujourd'hui : Ebola Mayinga, qu'on soupçonnait d'être transmissible par voie aérienne. Mais encore fallait-il le prouver.

La congélation à l'azote liquide, par exemple, détruisait la plupart des cellules humaines. Lorsqu'elles gelaient, l'expansion de l'eau — qui constitue la majeure partie de la masse cellulaire — faisait éclater leur paroi. Mais Ebola était trop primitif pour ça. Trop de chaleur le tuait. Les ultra-violets le tuaient. Les micro-changements de son environnement chimique le tuaient. Mais si vous lui offriez un endroit sombre et glacé pour dormir, il était ravi de plonger dans un sommeil profond.

Ils travaillèrent avec une « boîte à gants [1] ». C'était une petite pièce à l'environnement très contaminé — et donc très contrôlé — délimitée par des parois de Lexan, un plastique transparent capable de résister à l'impact d'une balle de revolver. Deux d'entre elles étaient équipées de stations de travail (en fait, de simples trous découpés dans le plastique) où était fixée une paire de gants en caoutchouc très épais. Moudi ponctionna dix centilitres du liquide riche en virus et le transféra dans un récipient. La lenteur de l'opération venait moins de sa dangerosité que de la gêne occasionnée par les gants. Une fois le récipient scellé, il le passa au directeur qui le plaça dans un petit sas. Lorsque celui-ci fut refermé, ce qu'indiquait une lumière connectée à un lecteur de pression, il fut aspergé avec un aérosol désinfectant — du phénol dilué — pendant trois minutes, jusqu'à ce que l'on fût certain que l'air et le conteneur pouvaient être libérés sans danger. Aucun d'eux, malgré tout, ne toucha ce conteneur à mains nues et, en dépit de la sécurité de la « boîte à gants », les deux médecins avaient revêtu des combinaisons de protection pour cette tâche. Le directeur posa le conteneur jusqu'à la table de travail, trois mètres plus loin.

Pour les besoins de leur expérience, la bombe aérosol qu'ils avaient choisie était un de ces appareils insecticides qu'on actionnait et qu'on laissait par terre, le temps que le produit se répande tout seul. Elle avait été démontée, nettoyée trois fois à la vapeur, puis remontée. Les parties en plastique avaient posé un problème, mais on l'avait réglé quelques mois plus tôt. C'était un objet grossier. Les versions produites à la chaîne seraient plus... élégantes. Ils n'avaient besoin que de quelques centi-

---

1. Ou PSM3, poste de sécurité microbiologique de classe 3 (*N.d.T.*).

litres pour leur expérience. Le liquide saturé en Ebola fut injecté dans le conteneur en inox, que l'on revissa, puis qu'on arrosa de désinfectant. Celui qui avait servi au transfert serait incinéré.

— Voilà, dit le directeur. Nous sommes prêts.

A l'intérieur de la bombe aérosol, Ebola était toujours congelé — mais plus pour très longtemps. L'azote s'évaporerait assez vite et l'échantillon se dégèlerait. A ce moment-là, le reste de l'expérience serait en place, les deux médecins ôteraient leur combinaison protectrice et iraient dîner.

Le pilote, un colonel, posa l'avion avec un talent consommé : comme c'était la première fois qu'il transportait le nouveau président, il avait quelque chose à prouver. Pendant le roulage, Ryan vit par les hublots des milliers de personnes qui l'attendaient. *Tous ces gens pour me voir ?* se demanda-t-il. *Bon sang !* De l'autre côté d'une barrière grillagée assez basse, ils agitaient les couleurs du drapeau national, le rouge, le blanc et le bleu. On approcha la rampe. L'hôtesse de l'air qui lui avait offert une cigarette lui ouvrit la porte.

— Vous en voulez une autre ? lui murmura-t-elle.

Ryan lui sourit :

— Peut-être plus tard. Et merci, sergent.

— Prêts pour le Boss, entendit Andrea Price à la radio.

C'était le responsable de l'équipe avancée. Andrea adressa un hochement de tête à Ryan.

— Le spectacle commence, monsieur le président.

Ryan prit une profonde inspiration et sortit dans la lumière brillante du Middle West.

Suivant le protocole, il devait d'abord s'avancer seul. Il avait à peine franchi la porte qu'une ovation s'éleva. Des gens qui ne savaient pratiquement rien de lui ! Manteau boutonné, cheveux coiffés en arrière et fixés avec de la laque malgré ses protestations, Ryan descendit les marches. Il se sentait davantage dans la peau du clown de service que dans celle du président des Etats-Unis. Quand il prit pied sur la piste, un major de l'Air Force lui adressa un salut qu'il lui retourna avec beaucoup d'allure. Nouvelle ovation. Des agents du Service secret, déployés autour de lui, surveillaient les environs. La première personne à s'approcher de lui fut le gouverneur de l'Etat.

— Bienvenue en Indiana, monsieur le président ! (Il lui serra vigoureusement la main.) Nous sommes honorés de cette première visite officielle.

Ils avaient mis les petits plats dans les grands, pour ce déplacement. Une compagnie de la Garde nationale était alignée devant lui. La fanfare entonna *Ruffles and Flourishes,* puis immédiatement *Hail to the Chief,* et Ryan se sentit dans la peau du parfait imposteur. Avec le gouverneur à sa gauche et légèrement en retrait, il s'avança sur le tapis rouge. Les soldats de la Garde nationale présentèrent les armes, et il posa sa main sur son cœur en passant devant eux tout en les observant, un geste qui était un souvenir de sa jeunesse. A présent, il était leur commandant en chef, pensa-t-il. Il pouvait leur ordonner de partir sur un champ de bataille : il se devait donc de les regarder en face. Rasés de frais, jeunes et fiers, exactement comme lui-même une bonne vingtaine d'années plus tôt, ils étaient là pour lui. Et il devrait toujours être là pour eux. *Ouais,* se dit-il, *n'oublie jamais ça.*

— Puis-je vous présenter quelques citoyens, monsieur le président ? lui demanda le gouverneur.

Ryan acquiesça d'un signe de tête et le suivit vers la barrière.

— On y va, il serre des mains, annonça Andrea dans sa radio.

C'était le pire moment, pour les agents du détachement de protection. Price, Raman et trois de ses collègues ne quittaient pas POTUS d'une semelle et surveillaient la foule derrière leurs lunettes noires, à l'affût d'une arme, d'une expression bizarre, d'un visage correspondant aux photographies qu'ils avaient mémorisées, de tout ce qui pouvait sortir de l'ordinaire...

Ils sont si nombreux..., se dit Jack. Ils n'avaient jamais eu l'occasion de voter pour lui, et jusqu'à très récemment ils ne connaissaient même pas son nom ! Pourtant, ils étaient là. Certains étaient peut-être des employés du gouvernement, ravis de profiter d'une demi-journée de congé, mais ceux qui avaient des enfants dans les bras ? L'expression de tous ces gens stupéfia le président qui n'avait jamais vécu pareille expérience. Ils tendaient désespérément leurs mains vers lui, et il en serrait le plus possible, tout en avançant et en essayant d'entendre ce qu'ils disaient au milieu de toute cette cacophonie. « Bienvenue en Indiana ! », « Comment allez-vous ? », « Monsieur le président ! », « Nous avons confiance en vous ! », « Bon boulot, jusqu'à présent ! », « Nous sommes avec vous ! »...

Ryan tenta de leur répondre, sans réussir grand-chose de plus qu'un « merci » répété cent fois. Surpris par la chaleur du moment, il en oublia la douleur de sa main. Finalement, il dut s'éloigner et agita le bras, ce qui déclencha une nouvelle ovation.

Merde, qu'est-ce que je fous ici ? se demanda-t-il, tout en se dirigeant vers la portière grande ouverte de sa limousine.

Ils étaient dix, dans les sous-sols de l'immeuble. Que des hommes. Un seul d'entre eux était un prisonnier politique, coupable d'apostasie. Les autres étaient des gens tout à fait indésirables, quatre assassins, un violeur, deux pédophiles — plus deux voleurs multirécidivistes qui, selon la loi coranique en vigueur dans leur nation, auraient dû avoir la main droite coupée. Ils se trouvaient dans une pièce à l'atmosphère contrôlée, attachés au pied de leur lit par des menottes de cheville. Ils avaient tous été condamnés à mort, hormis les deux voleurs qui devaient être simplement mutilés, et qui le savaient et se demandaient donc ce qu'ils faisaient là avec les huit autres. Leur régime alimentaire, ces dernières semaines, avait été particulièrement sévère, assez pour les épuiser et réduire leur degré de vigilance. Quand la porte s'ouvrit, l'un d'eux frottait doucement d'un doigt ses gencives douloureuses qui saignaient.

C'était quelqu'un dans une combinaison de protection bleue qu'ils n'avaient encore jamais vu. Cet homme — dont ils avaient du mal à distinguer le visage à travers son masque de plastique — posa un conteneur cylindrique sur le sol de béton, ôta le chapeau de plastique bleu et appuya sur un bouton. Puis il sortit précipitamment. À peine la porte s'était-elle refermée derrière lui que le conteneur émit un sifflement et commença à cracher une espèce de vapeur dans la pièce.

L'un des prisonniers se mit à hurler, pensant qu'il s'agissait d'un gaz mortel; il plaça son drap sur le bas de son visage pour se protéger. Celui qui était le plus près de l'appareil fut plus lent à réagir, et lorsque le nuage l'entoura, il regarda autour de lui sans savoir quoi faire. Les autres s'attendirent à le voir immédiatement tomber raide mort. Quand ils constatèrent que ce n'était pas le cas, ils manifestèrent plus de curiosité que de crainte. Quelques minutes plus tard, tout était rentré dans l'ordre. Les lumières s'éteignirent et ils se couchèrent.

— On le saura dans trois jours, dit le directeur en coupant la vidéo de surveillance de la pièce. Le système de vaporisation semble fonctionner correctement. En revanche, on a un problème avec le système de retardement. Dans la version de série, il faudra qu'il nous laisse — combien? Cinq minutes, je pense.

Trois jours, pensa Moudi. Dans soixante-douze heures ils auraient une idée de l'horreur qu'ils avaient semée...

Malgré tout le cérémonial et tout l'argent

dépensé, malgré la perfection du planning, Ryan se retrouva assis sur une simple chaise pliante en métal, qui lui faisait mal aux fesses. Il était installé derrière une balustrade en bois, couverte de drapeaux rouge, blanc et bleu, et doublée par une plaque d'acier censée arrêter les balles. Le podium, lui, était blindé avec de l'acier *et* du Kevlar. Le Kevlar, plus résistant et plus léger, le protégerait à peu près à partir des épaules. Le complexe sportif universitaire, un vaste gymnase, était bondé jusqu'au chapiteau, comme diraient sans doute les journalistes — ce qui signifiait simplement que tous les sièges étaient occupés. Surtout des étudiants, mais c'était difficile à dire. Les nombreux projecteurs dirigés sur Ryan l'empêchaient de voir la foule. Il était arrivé par l'arrière du bâtiment, par un vestiaire qui sentait la sueur, car le président devait toujours emprunter le chemin le plus direct pour entrer dans un bâtiment public et en sortir. Le cortège présidentiel avait pris l'autoroute, mais dans les rues de la ville, c'est-à-dire à peu près un quart du trajet, beaucoup de gens lui avaient fait des signes de bienvenue depuis les trottoirs, tandis que le gouverneur lui chantait les louanges de sa cité et du Hoosier State [1]. Jack pensa un instant lui demander l'origine de ce surnom, puis décida de n'en rien faire.

Le gouverneur avait repris la parole, après trois autres orateurs — un étudiant, le président de l'université et le maire. Ryan avait fait de son mieux pour les écouter, mais ils avaient dit à peu près la même chose... et pratiquement que des mensonges. C'était comme s'ils parlaient de quelqu'un d'autre, un président virtuel aux vertus génériques et satisfaisant à des tâches décrites avec inexactitude. Peut-être que les rédacteurs de leurs discours ne s'intéressaient qu'aux problèmes locaux ? décida Ryan.

1. Surnom de l'Indiana, littéralement « l'Etat des péquenots » *(N.d.T.)*.

— ... et j'ai le grand honneur de vous présenter le président des Etats-Unis !

Le gouverneur se tourna vers lui, avec un geste dans sa direction. Ryan se leva, s'approcha du podium, lui serra la main. Il posa le texte de son discours devant lui et hocha la tête pour un remerciement embarrassé à la foule qu'il voyait à peine. Les huiles du coin étaient aux premiers rangs, sur le terrain de basket-ball en bois. En d'autres temps et d'autres circonstances, ç'auraient été les principaux bailleurs de fonds du parti. Aujourd'hui, Ryan ne savait pas. Ils appartenaient peut-être aux deux partis. Il se souvint alors que les plus gros contributeurs donnaient de l'argent *aux deux camps,* pour se couvrir et s'assurer un accès au pouvoir quel que fût le gagnant. Ils étaient probablement en train de se demander comment ils allaient financer *sa* campagne.

— Je vous remercie, monsieur le gouverneur, pour ce préambule.

Il indiqua les gens installés sur l'estrade à côté de lui ; il énuméra leurs noms en les lisant sur la liste, à la première page de son discours, autant de « chers amis » qu'il ne reverrait plus jamais, et dont les visages s'illuminaient juste parce qu'il prononçait leur nom dans l'ordre prévu.

— Mesdames et messieurs, je n'étais jamais venu en Indiana, mais après avoir goûté à votre accueil, j'espère que ce ne sera pas la dernière fois...

On aurait dit que quelqu'un avait agité le panneau « APPLAUDIR », comme dans une émission télé. Il avait simplement dit une vérité, suivie par quelque chose qui pouvait être, ou pas, un mensonge ; ils auraient dû le savoir, mais ils s'en moquaient éperdument. Là, soudain, Jack Ryan apprit quelque chose d'important.

Bon Dieu, c'est comme une drogue..., pensa-t-il, comprenant tout à coup pourquoi tant de gens se lançaient dans la politique. Personne à sa place n'aurait pu entendre ces ovations, voir ces visages ravis et ne pas adorer cet instant — il le ressentit malgré son trac et cette impression qu'il avait d'être extérieur à tout ça. Ces quatre mille spectateurs étaient des « concitoyens », tous égaux à lui devant la loi, mais eux estimaient que lui, il était différent. Il était l'*incarnation* des Etats-Unis d'Amérique. Il était leur président, et plus encore — il personnifiait leurs espoirs, leurs désirs, l'image de leur propre nation, et c'était à cause de cela qu'ils étaient capables d'aimer quelqu'un qu'ils ne connaissaient pas, de célébrer chacune de ses paroles, d'espérer qu'il les regarderait dans les yeux une brève seconde. Il n'avait jamais eu l'expérience d'un tel pouvoir. Il pouvait faire ce qu'il voulait de cette foule. Voilà pourquoi des hommes consacraient leur vie à essayer d'accéder à la présidence — pour de tels moments d'apothéose.

Mais pourquoi pensaient-ils qu'il était si différent d'eux ? Qu'est-ce qui faisait de lui quelqu'un de spécial, dans leur esprit ? Il était pourtant le même homme qu'un mois ou un an plus tôt. Il n'avait pas beaucoup plus de connaissances et il n'était certainement pas plus sage. C'était la même personne, seul son travail avait changé, et s'il était entouré de tous les signes extérieurs de ses nouvelles fonctions, protégé par ses gardes du corps et submergé par cette vague d'amour qu'il n'avait jamais sollicitée, il n'était rien d'autre que le produit de deux parents, d'une enfance, d'une éducation, et d'un certain nombre d'expériences, exactement comme eux. Toute cette aura dont ils le paraient était pure illusion. Cela n'avait rien à voir avec la réalité. La réalité, en cet instant, c'étaient des mains moites crispées sur le podium blindé, c'était un discours écrit par quelqu'un d'autre — et un homme conscient de ne pas être à sa place là, même si ce moment était très agréable...

Bon, je fais quoi, maintenant ? se demanda le président des Etats-Unis, tandis que la salve d'applaudissements diminuait. Il ne correspondrait jamais à la vision qu'ils avaient de lui. Il était quelqu'un de bien, du moins le croyait-il, mais pas un homme exceptionnel, non, et la présidence était un poste, une fonction gouvernementale, avec des responsabilités définies par James Madison, et, comme toute chose en cette vie, une simple transition entre passé et futur.

Jack prit une profonde inspiration et se mit à parler comme il le faisait lorsqu'il enseignait l'histoire à Annapolis.

— Je suis là, aujourd'hui, pour évoquer l'Amérique...

Au-dessous de lui étaient alignés six agents du Service secret, les yeux dissimulés par des lunettes noires, si bien que le public ne pouvait deviner s'il était surveillé ou non. Des individus dont on ne voyait pas le regard étaient toujours plus inquiétants. Ils gardaient les mains serrées devant eux et, grâce à leurs écouteurs et à leur micro radio, ils restaient en contact les uns avec les autres tout en contrôlant la foule. Au fond du gymnase, d'autres agents observaient les lieux avec des jumelles ; ils savaient que l'amour pour le président n'était pas forcément partagé par tout le monde et que certaines personnes souhaitaient tuer ceux qu'ils aimaient. Pour cette raison, on avait installé des détecteurs de métaux portables à toutes les entrées. Pour cette raison encore, des malinois belges avaient fouillé le bâtiment à la recherche d'explosifs. Et en ce moment, l'USSS observait tout, exactement comme des fantassins, dans une zone de combat, scrutaient les ombres du regard pour repérer un éventuel ennemi.

— ... et la puissance de l'Amérique ne réside pas à Washington, mais dans l'Indiana, et au Nouveau-Mexique, et partout où les Américains vivent et travaillent. Ce n'est pas nous, à Washington, qui sommes l'Amérique. C'est vous... (La voix du président résonnait dans les haut-parleurs — un système pas très bon, estimaient les agents, mais toute

574

cette opération avait été organisée un peu précipi-tamment.) Et nous sommes à votre service.

Nouvelle ovation.

Les régies vidéo, dans les camions garés devant le gymnase, retransmettaient l'allocution par satellite. Aujourd'hui, les journalistes, au fond de la salle, prenaient des notes, même s'ils avaient reçu le texte complet du discours et l'assurance — écrite — que le président prononcerait vraiment celui-là. Ils savaient aussi que c'était Callie Weston qui l'avait écrit ; elle en avait déjà parlé avec plusieurs d'entre eux. Ils observaient les réactions de la foule, ce qui était plus facile pour eux que pour Ryan, vu qu'ils n'avaient aucun projecteur dans les yeux.

— ... C'est une obligation que nous partageons, parce que si l'Amérique nous appartient, alors la responsabilité de la gestion de notre pays commence ici, et non à Washington.

Nouveaux applaudissements.

— Un beau discours, dit Tom Donner au com-mentateur, John Plumber.

— Et le président a été bon, répondit John Plum-ber. J'ai parlé avec le responsable de la Naval Aca-demy. Il m'a dit que c'était un excellent professeur, à l'époque.

— Un public idéal, aussi. Surtout des adoles-cents. Et il n'a pas abordé les problèmes politiques majeurs.

— Alors, docteur Ryan, ça vous plaît d'être la First Lady ? demanda Krystin Matthews avec un sourire chaleureux.

— Je ne sais pas encore, répondit Cathy.

L'interview se déroulait à Hopkins, dans l'espèce de cagibi qui servait de bureau à Cathy et donnait sur le centre de Baltimore. Il y avait tout juste de la place pour une table et trois fauteuils (un pour le médecin, un pour le patient et le troisième pour la personne qui l'accompagnait), et avec tout ce déploiement de projecteurs et de caméras, elle se sentait comme prise au piège.

— Voyez-vous, ça me manque de ne plus pouvoir cuisiner pour ma famille, ajouta-t-elle.

— Vous êtes chirurgienne et votre mari attend de vous que vous fassiez aussi la cuisine? intervint la seconde journaliste de NBC, avec un étonnement proche de l'indignation.

— J'ai toujours aimé ça. C'est un bon moyen de me relaxer quand je rentre à la maison. (*Plutôt que de regarder la télé*, pensa le professeur Catherine Ryan — qui préféra garder cette réflexion pour elle. Elle avait dû passer quinze minutes à se coiffer et à se maquiller et il y avait des patients qui l'attendaient.) Et, en plus, il paraît que je suis plutôt douée.

Ah, dans ce cas, c'était différent. Sourire mielleux:

— Quel est le repas favori du président?

Cathy lui rendit son sourire.

— Facile. Steak, pommes de terres au four, épis de maïs grillé, et ma célèbre salade d'épinards. Bon, je sais, le médecin que je suis me dit que c'est un peu lourd en cholestérol. Jack se débrouille bien avec les grillades. En fait, il est plutôt bricoleur. Il accepte même de tondre la pelouse.

— Revenons à cette nuit où votre fils est né, cette horrible nuit où les terroristes...

— Je n'ai pas oublié, dit Cathy d'une voix très calme.

— Votre mari a tué des gens. Vous êtes médecin. Quelle impression cela vous fait-il?

— Jack et Robby Jackson — il est amiral, à présent; Robby et sa femme Sissy sont nos meilleurs amis — ont fait ce qu'ils devaient, ou bien nous serions morts, cette nuit-là. Je n'aime pas la violence. Je suis chirurgien. La semaine dernière, j'ai soigné un homme qui avait perdu la vue au cours d'une rixe, dans un bar pas très loin d'ici.

Mais ce que Jack et Robby ont fait est différent. Mon mari s'est battu pour nous protéger, Sally et moi — et Little Jack, qui n'était pas encore né, à l'époque.

— Vous aimez la médecine ?

— J'adore mon travail, oui. Je n'y renoncerais pour rien au monde.

— Mais, en général, une First Lady...

— Je sais ce que vous allez dire. Écoutez, je ne suis pas la femme d'un politicien. Je suis médecin. Je fais de la recherche scientifique, et je travaille dans le meilleur institut ophtalmologique de la planète. J'ai des patients qui m'attendent, en ce moment. Ils ont besoin de moi, mais, vous savez, moi aussi j'ai besoin d'eux. Mon travail, c'est moi. Mais je suis aussi une épouse et une mère, et je suis plutôt satisfaite de ma vie.

— Quelle sorte d'homme est votre mari ?

— Eh bien, difficile d'être objective, n'est-ce pas ? Je l'aime. Il a risqué sa vie pour moi et pour nos enfants. Chaque fois que ça a été nécessaire, il était là. Et je fais la même chose pour lui. C'est ce que signifient l'amour et le mariage. Jack est intelligent. Honnête. Je pense que c'est un anxieux. Parfois, il se réveillait au milieu de la nuit — ça, c'était chez nous, je veux dire —, et il regardait la pluie par la fenêtre pendant un bon moment. Je ne crois pas qu'il sache que je suis au courant.

— Ça lui arrive encore ?

— Pas depuis un bon bout de temps. A présent, il est plutôt crevé lorsqu'il vient se coucher. Il n'a jamais travaillé autant.

— A propos de ses autres fonctions gouvernementales, à la CIA par exemple, on dit que...

Cathy l'interrompit d'un geste de la main.

— Je n'ai pas l'autorisation d'en parler. Je ne sais pas, et d'ailleurs je ne veux pas savoir. C'est pareil pour moi : je n'ai pas le droit de discuter d'informations confidentielles concernant mes patients ni avec Jack, ni avec quelqu'un d'extérieur à mon service.

— Nous aimerions vous voir avec des patients et...

Flotus secoua la tête.

— Non, c'est un hôpital, ici, pas un studio de télévision. C'est moins une question de vie privée pour moi que pour mes patients. Pour eux, je ne suis pas la First Lady. Je suis le Dr Ryan, pas une vedette. Je suis médecin et chirurgien. Pour mes étudiants, je suis un professeur.

— On dit même que vous êtes l'un des meilleurs chirurgiens du monde dans votre domaine, ajouta Krystin Matthews, juste pour voir la réaction de son interlocutrice.

Cathy sourit.

— Je viens de recevoir le Lasker Prize, et le respect de mes collègues est une récompense qui a, pour moi, davantage de valeur que l'argent, mais vous voyez, ce n'est pas ça qui compte le plus. Parfois, après une opération importante, c'est moi qui ôte les bandages de mon patient dans une chambre obscure, puis nous remettons progressivement l'électricité et je vois son expression... J'ai opéré ses yeux, ils fonctionnent de nouveau, et ce que je lis sur son visage, c'est... Bon, personne ne pratique la médecine pour de l'argent, en tout cas pas ici, à Hopkins. Nous sommes ici pour soigner les gens, moi pour leur rendre la vue, et quand ça marche, c'est un peu comme si Dieu vous tapait sur l'épaule et vous disait : « Bravo. » Voilà pourquoi je ne renoncerai *jamais* à la médecine, expliqua Cathy Ryan avec fougue, sachant que son témoignage serait diffusé ce soir, et espérant qu'un gosse en dernière année de lycée la verrait et l'entendrait et qu'il aurait envie de se lancer dans la médecine grâce à elle. Qu'au moins cette perte de temps serve à quelque chose...

Bonne séquence, pensa Krystin Matthews, mais avec seulement deux minutes et demie d'antenne, ils ne pourraient hélas pas l'utiliser. Ils passeraient plutôt la partie où elle disait qu'elle détestait être la First Lady.

Quant au reste, tout le monde savait déjà ce que pensaient les toubibs.

24

EN SECRET

Ils regagnèrent l'avion sans problème. Le gouverneur s'en alla. Les gens qui s'étaient rassemblés sur les trottoirs pour saluer son arrivée étaient retournés à leurs occupations, et ceux qui restaient faisaient leurs courses en se demandant sans doute ce que signifiaient ces sirènes — et en râlant peut-être à cause du vacarme. Ryan se laissa aller contre son dossier, épuisé par la fatigue qui le submergeait après tout ce stress.

— Bon, comment j'ai été ? demanda-t-il, en regardant l'Indiana défiler par sa vitre à cent dix kilomètres à l'heure.

— Parfait, répondit Callie Weston. Vous avez parlé comme un prof.

— J'ai été prof, avant, dit le président.

Et, avec un peu de chance, je pourrais le redevenir, pensa-t-il.

— C'était bien pour ce genre de discours, mais en d'autres occasions, il faudra montrer davantage d'enthousiasme, observa Arnie.

— Une chose à la fois, dit Callie au secrétaire général de la Maison-Blanche.

— Même allocution en Oklahoma, d'accord ? demanda Potus.

— A part de légers changements, oui. Souvenez-vous simplement que vous avez changé d'Etat. Même texte sur les ouragans, mais c'est le football, ici, pas le basket-ball, dit Callie.

— Eux aussi ont perdu deux sénateurs, mais ils

ont encore un membre de la Chambre des représentants, et il sera sur l'estrade avec vous, le prévint van Damm.

— Comment a-t-il fait ? demanda Jack d'un air absent.

— Il était sans doute allé se coucher, ce soir-là, répondit Arnie brièvement. Vous annoncerez un contrat pour la base de l'Air Force de Tinker. Ça signifie à peu près cinq cents nouveaux emplois, et les journaux locaux seront contents.

Ben Goodley ne savait pas s'il était ou non le nouveau conseiller à la sécurité nationale. Dans l'affirmative, il était un peu jeune pour cette fonction, mais le président qu'il servait connaissait très bien les affaires étrangères. Cela faisait de lui plus un secrétaire spécial qu'un conseiller, mais il s'en moquait. Il avait beaucoup appris lors de son bref passage à Langley, et il était rapidement monté en grade ; il avait été un des plus jeunes à obtenir la carte tant convoitée de NIO, car il savait comment exploiter les informations et il avait les connaissances géopolitiques nécessaires pour repérer les choses importantes. Il adorait travailler avec le président Ryan. Il savait qu'il pouvait se montrer direct avec le Boss, et que Jack — il pensait toujours à lui ainsi, même s'il ne pouvait plus l'appeler par son prénom — lui dirait ce qu'il pensait. Cette nouvelle expérience serait enrichissante, et surtout, elle n'avait pas de prix pour quelqu'un qui rêvait de devenir DCI grâce à son mérite personnel et non grâce à des intrigues politiciennes.

Sur le mur en face de son bureau, une pendule indiquait la position du soleil dans le monde entier. Il l'avait demandée le jour même de son arrivée — et, à son grand étonnement, elle lui avait été amenée la nuit suivante, au lieu de se perdre dans le dédale des services administratifs. Il avait entendu dire que la Maison-Blanche était l'une des rares institutions gouvernementales qui fonctionnaient vraiment, et le diplômé de Harvard qu'il était, au service de l'Etat depuis environ quatre ans, ne l'avait pas cru. C'était une bonne surprise, et sa nouvelle pendule lui offrait une information immédiate bien plus efficace que la véritable batterie d'horloges « normales » que l'on trouvait dans certains bureaux — il tenait ce truc de son passage au centre opérationnel de la CIA. On voyait tout de suite où il était midi et quelle heure il était dans le reste du monde. Mieux encore, on savait instantanément si quelque chose se produisait à une heure inhabituelle ; c'était encore plus efficace que le bulletin du SIGINT, le service de renseignements qui décryptait les communications radio étrangères.

Et « inhabituelle », elle l'était, ça oui, l'information qu'il venait de recevoir sur son fax personnel connecté à son STU-4 — Secure Téléphone Unit, téléphone à ligne protégée.

L'Agence nationale de sécurité diffusait régulièrement un résumé de ses activités à travers le monde. Son centre de surveillance était dirigé par des officiers supérieurs, et si leurs points de vue étaient plus techniques et moins politiques que le sien, ils étaient loin d'être idiots. Ben connaissait plusieurs d'entre eux personnellement et il appréciait leurs capacités. Le colonel de l'US Air Force qui avait dirigé le centre de surveillance de la NSA toute cette semaine n'avait pas l'habitude d'importuner les gens pour des bagatelles. Lorsqu'il signait quelque chose, ça valait généralement la peine d'être lu.

Le FLASH concernait l'Irak. Goodley vérifia sa pendule. Le soleil était déjà couché, là-bas. Le temps de se reposer, pour certains, et d'agir pour d'autres. Cette action-là serait du genre à durer toute la nuit, ce qui était parfait pour des gens qui ne voulaient pas être dérangés et souhaitaient voir le nouveau jour se lever sur une situation radicalement différente.

— Bon sang ! s'exclama Goodley.

Il relut le fax, puis décrocha son téléphone et appuya sur la touche de numérotation #3.

— Bureau du directeur, répondit une voix de femme dans la cinquantaine.

— Goodley pour Foley.

— Patientez un instant, s'il vous plaît, docteur Goodley. (Puis :) Salut, Ben.

— Bonjour, directeur. (Il jugeait peu convenable d'appeler le DCI par son prénom. Il retournerait probablement travailler à Langley d'ici moins d'un an, et pas comme un simple fonctionnaire du sixième étage.) Vous avez la même chose que moi ?

Le papier, qui sortait juste de l'imprimante, était encore tiède.

— Sur l'Irak ?

— Exact.

— Vous avez dû prendre le temps de le lire deux fois, Ben. Je viens juste de dire à Bert Vasco de rappliquer en vitesse.

Ils pensaient tous les deux que le service Irak de la CIA était faible, alors que ce gars du Département d'Etat était très calé sur la question.

— C'est brûlant, dit Ben.

— Je suis d'accord, répondit Ed Foley. Merde, ils se remuent, là-bas ! Donnez-moi une heure, ou peut-être une heure et demie.

— Je pense que le président doit être informé, dit Goodley, d'une voix qui dissimulait — ou du moins le croyait-il — le sentiment d'urgence qu'il ressentait.

— On n'a pas assez d'infos pour l'instant. Il a besoin d'en savoir davantage. Ben ? ajouta le DCI.

— Oui, directeur ?

— Jack ne va pas vous tuer pour avoir été patient, et de toute façon on n'a rien d'autre à faire que d'attendre pour voir comment ça va tourner. Souvenez-vous, Ben, il ne faut pas le surcharger d'informations partielles. Il n'a pas le temps de tout voir. Et ce qu'il voit doit être concis. C'est ça, votre boulot, expliqua Foley. Ça vous prendra quelques semaines pour le comprendre. Je vous aiderai, poursuivit le DCI, ce qui rappela à Goodley à quel point il était jeunot.

— OK.

Foley raccrocha.

Goodley relut le bulletin de la NSA, puis le téléphone sonna.

— Docteur Goodley.

— Docteur, ici le bureau du président, annonça une secrétaire. J'ai M. Golovko sur la ligne privée de M. Ryan. Vous prenez l'appel?

— Oui, répondit-il, tout en pensant : *Oh, merde!*

— Vous pouvez parler, ajouta-t-elle en basculant la communication.

— Ben Goodley à l'appareil.

— Golovko. Qui êtes-vous?

— Je suis le conseiller provisoire à la sécurité nationale pour le président.

Et moi, je vous connais..., pensa-t-il.

— Goodley? Ah oui, cet officier de renseignements qui vient juste d'apprendre à se servir d'un rasoir! Mes félicitations pour la promotion.

Astuce impressionnante, même si Goodley savait que le Russe avait un dossier sur son bureau avec tous les détails sur lui, jusqu'à la pointure de ses chaussures. Golovko ne pouvait pas avoir une aussi bonne mémoire. Goodley était à la Maison-Blanche depuis assez longtemps — et le RVS avait simplement fait son travail.

— Il faut bien que quelqu'un réponde aux différents téléphones, monsieur le Premier ministre. (La roublardise fonctionnait dans les deux sens. Golovko n'était pas vraiment Premier ministre, même s'il agissait comme tel, et d'un point de vue technique, c'était un secret. La réplique était un peu faiblarde, mais c'était mieux que rien.) Que puis-je pour vous?

— Vous êtes au courant de mes arrangements avec Ivan Emmetovitch?

— Oui, monsieur.

— Parfait. Alors dites-lui qu'un nouveau pays est en train de naître. Il se nommera la République islamique unie. Il n'englobera pour l'instant que l'Iran et l'Irak, mais je soupçonne qu'il continuera à s'agrandir.

— Jusqu'à quel point cette information est-elle crédible, monsieur ?

Autant être poli. Le Russe se sentirait plus important.

— Jeune homme, je n'en parlerais pas à votre président si je n'étais pas sûr qu'elle l'était, dit Golovko. (Il ajouta généreusement :) Mais je comprends que vous soyez obligé de me poser la question. Vous n'avez pas besoin de connaître l'origine de ce rapport. Mes sources sont suffisamment sérieuses pour que je vous le transmette en toute confiance. D'autres renseignements devraient suivre. Et vous, vous avez des indications similaires ?

La question glaça Goodley qui se mit à considérer fixement un endroit vide de son bureau. Il n'avait pas de consignes à ce sujet. Oui, il savait que le président Ryan avait évoqué une « coopération » avec Golovko, qu'il en avait discuté aussi avec Ed Foley, et qu'ils avaient décidé de poursuivre dans ce sens. Mais personne ne lui avait donné les paramètres de la transmission d'informations à Moscou, et il n'avait pas le temps d'appeler Langley pour se renseigner, car ç'aurait été faire preuve de faiblesse aux yeux des Russes, et ceux-ci ne voulaient pas voir l'Amérique paraître fragile en ce moment. Là, maintenant, c'était lui qui était sur la sellette et il devait donc prendre une décision immédiate. Il réfléchit à tout cela en un quart de seconde.

— Oui, monsieur le ministre, nous en avons. Excellent timing de votre part. Le directeur Foley et moi discutons à l'instant de ces nouveaux développements.

— Ah oui, docteur Goodley, je vois que vos gens, aux renseignements électroniques, sont toujours aussi efficaces. Quel dommage que vos ressources humaines ne soient pas à la hauteur de leurs performances !

Ben n'osa pas répondre à cette observation, même si sa justesse lui contracta l'estomac. Goodley avait plus de respect pour Jack Ryan que pour quiconque, et il se souvenait de l'admiration que Jack avait souvent exprimée pour son actuel interlocuteur. Bienvenue dans la cour des grands, gamin ! Il aurait dû dire que c'était Foley qui l'avait appelé.

— Monsieur le ministre, j'en parle au président Ryan d'ici une heure, et je vous recontacte aussitôt. Merci pour votre appel qui arrive au moment opportun, monsieur.

— Bonne journée, docteur Goodley.

République islamique unie..., lut Ben sur son bloc-notes. On avait eu droit, jadis, à une République arabe unie, une alliance contre nature entre la Syrie et l'Egypte, qui était vouée à l'échec dès le départ pour deux raisons. *Primo*, ces deux pays étaient fondamentalement incompatibles, et *secundo* cette association n'avait été réalisée que pour la destruction d'Israël, qui s'y était opposé avec l'efficacité que l'on sait. Aujourd'hui, une République *islamique* unie était un acte religieux tout autant que politique, car l'Iran n'était pas une nation arabe, à la différence de l'Irak, mais aryenne, avec des racines ethniques et linguistiques différentes. L'islam était la seule religion majeure de la planète à condamner, dans ses livres saints, toute forme de racisme et à proclamer l'égalité de tous les hommes devant Dieu, quelle que fût leur couleur — un fait souvent négligé par l'Occident. Ici, l'islam était ouvertement désigné comme une force unificatrice. C'était déjà très révélateur et Golovko n'avait pas eu besoin de le préciser — ce qui indiquait aussi qu'il se sentait sur la même longueur d'onde que Ryan à ce sujet. Goodley vérifia une nouvelle fois sa pendule. C'était la nuit, à Moscou. Golovko travaillait tard — enfin, pas si tard que ça pour quelqu'un avec de telles responsabilités. Ben décrocha son téléphone et appuya de nouveau sur la touche #3. Il lui fallut moins d'une minute pour résumer l'appel de Moscou à Foley.

— Nous pouvons croire tout ce qu'il dit — du moins sur cette question. Sergueï Nikolaïevitch est un vieux pro. J'imagine qu'il vous a un peu tiré la queue, vrai ? demanda le DCI.

— Disons qu'il m'a légèrement ébouriffé le poil, reconnut Goodley.

— C'est un reste de l'ancien temps. Ils ont toujours adoré ces petits jeux de rapports de force. N'y faites pas attention, et n'y répondez pas, expliqua Foley. Bon, qu'est-ce qui l'inquiète, d'après vous ?

— Un certain nombre de républiques qui finissent par... *stan*, jeta Goodley, sans réfléchir.

— Je suis d'accord.

— C'était une autre voix.

— Vasco ?

— Ouais, je viens d'arriver.

Et donc Goodley dut répéter ce qu'il venait de dire à Ed Foley ; Mary Pat était sans doute là aussi. Les Foley étaient bons, tous les deux. Et quand ils réfléchissaient ensemble, dans la même pièce, ils étaient vraiment dangereux. Il fallait le voir pour le comprendre, Ben le savait.

— Ça me paraît un gros truc, observa-t-il.

— A moi aussi, dit Vasco. Laissez-nous en discuter un peu. On vous rappelle dans un quart d'heure.

— Je vous parie qu'Avi ben Jakob ne va pas tarder à nous joindre pour vérifier ça, ajouta Ed quand la ligne fut coupée. Ils doivent passer une rude journée, vraiment.

Pour l'instant, en effet, c'était juste une ironie de l'histoire, si les Russes avaient été les premiers à contacter directement la Maison-Blanche, battant les Israéliens au poteau. Mais on n'allait plus s'amuser très longtemps, et tous les joueurs le savaient. C'était probablement affreux pour Israël. En comparaison, c'était juste très dur pour la Russie. Et l'Amérique allait bientôt partager l'expérience.

Même s'ils étaient des criminels endurcis, ç'aurait été barbare de ne pas leur laisser la possibilité de prier. Un mollah vint voir chacun d'eux et, d'une voix ferme mais douce, il leur annonça le destin qui les attendait, cita les textes sacrés et leur parla de la possibilité de se réconcilier avec Allah avant de Le voir en face. Tous acceptèrent. Quant à savoir s'ils y croyaient, c'était une autre histoire, qu'on laissa à Allah le soin de juger, mais au moins les mollahs avaient-ils fait leur devoir... Ensuite, on les conduisit dans la cour de la prison.

Ça ressemblait un peu à une chaîne de montage. Les opérations furent soigneusement minutées. Les trois religieux consacrèrent précisément à chaque condamné trois fois le temps qu'il fallait pour le faire sortir, l'attacher au poteau, le fusiller, évacuer son corps et recommencer avec le suivant — c'est-à-dire cinq minutes pour l'exécution et quinze minutes pour la prière.

Le général commandant la 41e division blindée n'était pas différent des autres, sauf que la religion, pour lui, n'était pas encore tout à fait un simple souvenir. On lui lia les mains dans sa cellule en présence de son imam — le général préférait le terme arabe au terme farsi — et il fut conduit à l'extérieur par des soldats qui, une semaine auparavant, le saluaient en tremblant sur son passage. Il s'était réconcilié avec son destin et il ne donnerait pas à ces salopards de Perses qu'il avait combattus la satisfaction de le voir craquer, même s'il maudissait la lâcheté de ses supérieurs qui s'étaient enfuis du pays en l'abandonnant derrière eux. Peut-être qu'il aurait dû tuer lui-même le président et prendre le pouvoir, pensa-t-il, tandis qu'on attachait ses menottes au poteau. Il examina le peloton d'exécution pour voir s'il était composé de bons tireurs. Il laissa échapper un ricanement de dégoût. Entraîné en Union soviétique et excellent officier, il avait essayé d'être un soldat honnête — il n'avait jamais fait de politique, obéissant aux ordres sans discuter, quels qu'ils fussent —, si bien que les dirigeants de son pays n'avaient jamais vraiment eu confiance en lui... Et aujourd'hui, voilà sa récompense! Un capitaine arriva avec un bandeau.

— Une cigarette, s'il te plaît. Et ton bout de tissu, tu peux le garder pour toi, quand tu iras te coucher.

Le capitaine acquiesça d'un signe de tête sans expression; les dix exécutions précédentes avaient épuisé ses capacités émotionnelles. Il secoua son paquet pour en sortir une cigarette, qu'il glissa entre les lèvres du général et alluma. Puis il murmura ce qu'il devait, estima-t-il :

— *Salaam alaykoum.* Que la paix soit avec toi.

— J'en aurai plus que toi, jeune homme. Fais ton devoir. Vérifie que ton revolver est chargé, veux-tu?

Le général ferma les yeux et aspira une longue et agréable bouffée. A peine quelques jours plus tôt, son médecin lui avait dit que c'était mauvais pour sa santé. Drôle, non? Il repensa à sa carrière, s'étonna d'être encore vivant après ce que les Américains avaient fait subir à sa division en 1991... Bon, il avait frôlé la mort plus d'une fois, c'était une course qu'un homme pouvait faire durer, mais jamais gagner, de toute façon. C'était écrit. Il aspira une autre longue bouffée. Une Winston américaine. Il reconnaissait le goût. Comment un simple capitaine pouvait-il s'offrir un paquet de Winston? Les soldats épaulèrent. Aucune expression sur leurs visages. L'habitude de tuer rendait les hommes ainsi, pensa-t-il. Ce qui était censé être cruel et horrible devenait simplement un travail qui...

Le capitaine se pencha sur le corps qui s'était affaissé en avant, retenu par le bout de Nylon attachant ses menottes au poteau. *Encore,* pensa-t-il, en sortant son browning 9mm et en le visant à bout portant. L'ultime coup de feu mit fin aux gémissements du général. Puis deux soldats coupèrent le Nylon et emportèrent son cadavre. Un autre mit une corde neuve sur le poteau et un quatrième donna un coup de râteau tout autour, pas tant pour dissimuler le sang que pour le mélanger à la terre, parce que sinon, on risquait de glisser. Le prochain condamné serait un politicien, pas un militaire. Les soldats, au moins, mouraient avec dignité. Pas les civils. Ils se lamentaient, pleurnichaient et imploraient Allah. Et ils voulaient toujours un bandeau. C'était malgré tout une expérience enrichissante pour le capitaine, qui n'avait jamais participé à quelque chose de ce genre.

Il leur avait fallu plusieurs jours pour tout organiser, mais les généraux et leurs familles étaient maintenant tous logés dans des maisons disséminées à travers différents quartiers de la ville — et à présent, ils commençaient à s'inquiéter de leur sort. Comme ils vivaient désormais chacun à l'écart, ils pouvaient très bien être arrêtés les uns après les autres, jetés en prison, puis renvoyés à Bagdad... En réalité, leur nouvelle situation n'avait pas grande importance. De toute façon, ils n'avaient plus que deux gardes du corps chacun, qui auraient servi à quoi, à part chasser les mendiants quand ils sortaient ? Les généraux, qui avaient des voitures à leur disposition, se rencontraient fréquemment, surtout pour préparer leurs prochains voyages. Ils se chamaillaient aussi — fallait-il partir ensemble vers une autre destination, ou séparément ? Certains prétendaient qu'il serait beaucoup plus sûr et économique d'acheter un grand terrain quelque part et d'y faire construire, par exemple. D'autres ne cachaient pas que maintenant qu'ils avaient définitivement quitté l'Irak (deux seulement espéraient encore y retourner en triomphateurs pour reprendre le pouvoir, mais c'était une illusion et tous les autres le savaient), ils seraient tout aussi heureux de ne pas revoir leurs collègues. Les rivalités entre eux avaient longtemps dissimulé une véritable antipathie, que ces nouvelles circonstances révélaient au grand jour. Ils avaient tous des fortunes personnelles dépassant les quarante millions de dollars — l'un d'eux possédait près de trois cents millions de dollars dans diverses banques suisses —, ce qui était plus que suffisant pour vivre confortablement dans n'importe quel pays du monde. Beaucoup avaient choisi la Suisse, depuis toujours le paradis des gens riches et discrets, mais quelques-uns regardaient plus loin, vers l'est. Le sultan du Brunei cherchait des professionnels pour réorganiser son armée, et trois pensaient avoir le profil du poste. Le gouvernement soudanais local avait engagé aussi avec eux des discussions informelles car il avait besoin de conseillers militaires pour les opérations en cours contre les minorités animistes dans le sud du pays — or, les Irakiens avaient une bonne expérience de la chose, avec les Kurdes.

Mais les fuyards devaient penser aussi à leurs familles. Beaucoup avaient emmené leurs maîtresses, qui vivaient désormais dans leurs propres maisons, au grand désagrément de tout le monde.

Le Soudan est un pays pratiquement désertique, connu pour sa chaleur sèche et brûlante. Jadis protectorat britannique, sa capitale possédait un hôpital pour les étrangers, avec un personnel essentiellement anglais. Il était bien meilleur que la plupart de ceux de l'Afrique saharienne, et ce grâce à ses jeunes médecins venus ici la tête pleine d'idées romantiques sur l'Afrique et sur leur carrière. Depuis, ils avaient déchanté, mais ils faisaient de leur mieux, c'est-à-dire, dans la plupart des cas, un excellent travail.

Les deux patients arrivèrent à moins d'une heure d'intervalle. La fillette fut la première; sa mère, très inquiète, l'accompagnait. Elle avait quatre ans, apprit le Dr Ian MacGregor, et elle avait toujours été en bonne santé, si ce n'est un peu d'asthme, ce qui, fit remarquer sa mère avec raison, ne devrait pas être un problème à Khartoum, où l'air était sec. D'où venaient-ils? D'Irak? Le praticien ne s'intéressait pas à la politique. Âgé de vingt-huit ans et diplômé de médecine interne depuis peu, c'était un homme de petite taille, blond et au front prématurément dégarni. L'important était qu'il n'avait reçu récemment aucun bulletin épidémiologique concernant une quelconque épidémie en Irak. Ses collègues et lui avaient eu connaissance des deux cas d'Ebola au Zaïre, mais tout était rentré dans l'ordre.

La gamine avait trente-huit; ce n'était pas une fièvre alarmante chez un enfant, et encore moins dans une ville où la température, à midi, était presque aussi élevée. Pression sanguine, battements cardiaques, respiration — rien d'anormal. Elle semblait juste apathique.

— Depuis combien de temps êtes-vous à Khartoum, dites-vous? Seulement quelques jours? Bon, c'est peut-être simplement le décalage horaire. Certaines personnes y sont plus sensibles que d'autres, expliqua MacGregor. Et puis un nouvel environnement perturbe parfois les enfants. Peut-être un coup de froid, ou la grippe? Rien de sérieux. Le Soudan a un climat chaud, mais assez sain, voyez-vous, à la différence d'autres régions d'Afrique.

Il enfila des gants de caoutchouc; sans raison particulière, simplement parce que, à la faculté de médecine d'Edimbourg où il avait fait ses études, on lui avait appris un certain nombre de gestes de base. Il suffisait d'une négligence pour risquer de finir comme le Dr Sinclair, qui avait attrapé le sida avec un patient. Une leçon qu'on n'oubliait pas... Cette fillette ne souffrait pas. Elle avait les yeux un peu gonflés et la gorge légèrement enflammée, mais rien de bien méchant.

— Une ou deux bonnes nuits de sommeil et il n'y paraîtra plus, déclara le médecin d'un ton rassurant. Pas de médicaments. Peut-être un peu d'aspirine pour la fièvre et les maux de tête, et si ça dure, appelez-moi. C'est une jolie petite fille. Je suis sûr que tout se passera bien.

La mère et l'enfant repartirent et Ian MacGregor décida qu'il méritait une bonne tasse de thé. En se rendant à la salle réservée aux médecins, il ôta ses gants qui venaient sans doute de lui sauver la vie et les jeta dans un broyeur.

Une demi-heure plus tard arriva le second malade, vingt-trois ans, un air de gangster, désagréable et soupçonneux avec le personnel africain, mais très poli avec les Européens. A l'évidence, il connaissait l'Afrique, pensa MacGregor. Probablement un homme d'affaires arabe.

— Vous voyagez beaucoup? s'enquit-il. Oui? Récemment? Ça pourrait être ça. Il faut faire attention avec l'eau d'ici, ça explique sans doute les douleurs d'estomac...

Et le malade repartit lui aussi avec un tube d'aspirine, plus un médicament vendu sans ordonnance pour ses problèmes gastriques. Et MacGregor quitta son travail après une journée comme une autre.

— Monsieur le président? Ben Goodley sur le STU, annonça un sergent à Ryan, avant de lui montrer comment l'appareil fonctionnait.

— Ouais, Ben? dit Jack.

— On nous signale qu'en Irak on est en train de zigouiller toute une brochette de gros bonnets. Je vous ai faxé le rapport. On a confirmation par les Russes et les Israéliens.

Et, à point nommé, apparut un autre sous-officier de l'Air Force qui tendit trois feuilles à Ryan. Sur la première était simplement noté TOP SECRET — RÉSERVÉ AU PRÉSIDENT, même si trois ou quatre gars des communications l'avaient déjà lu!

L'avion avait entamé sa descente sur Tinker.

— On vient de me l'apporter, Ben. Laissez-moi le lire. (Il prit son temps, puis demanda :) Bon, il restera qui?

— Selon Vasco, personne qui en vaille la peine. Ils éliminent tous les responsables du parti Baas et les militaires un peu gradés qui ne se sont pas tirés. Ça ne laisse plus grand monde. D'accord, l'analyse la plus pessimiste vient de PALM BOWL et...

— Qui est ce commandant Sabah?

— C'est moi qui ai fait appel à lui, monsieur, répondit Goodley. C'est un espion koweïtien. Nos gens disent qu'il est futé. Vasco est d'accord avec son évaluation. Ça part dans la direction que nous craignions et en plus ça va vraiment vite.

— Réponse des Saoudiens? demanda Ryan, légèrement secoué par une turbulence alors que le VC-25A entrait dans les nuages.

Il semblait qu'il pleuvait, dehors.

— Rien encore. Ils sont toujours en train d'en discuter.

— OK, merci pour le boulot, Ben. Tenez-moi au courant.

— C'est promis, monsieur.

Ryan raccrocha et fronça les sourcils.

— Des ennuis? demanda Arnie.

— L'Irak. Ça s'accélère. Ils exécutent les gens à la chaîne, en ce moment, répondit le président en tendant le fax à son secrétaire général.

Ce genre de situation lui donnait une terrible impression d'irréalité. Le rapport de la NSA, amendé et augmenté par la CIA et d'autres agences, lui fournissait une liste des condamnés. S'il avait été dans son bureau, en cet instant, il aurait eu aussi des photos d'hommes qu'il n'avait jamais vus et ne verrait certainement plus, désormais, car tandis qu'il descendait vers l'Oklahoma pour prononcer un discours politique non politique, les inconnus de cette liste mouraient. C'était un peu comme suivre un match de foot à la radio, sauf que dans ce jeu-là on tuait des gens... Des êtres humains étaient exécutés en ce moment même à douze mille kilomètres d'ici, et Ryan en entendait parler grâce à des interceptions radio encore plus lointaines qui lui étaient relayées, et c'était à la fois *réel* et *irréel*. Cette ambiguïté venait de la distance et de son environnement actuel. *Une centaine de militaires et de hauts fonctionnaires irakiens sont exécutés — vous voulez un sandwich avant de quitter l'avion?*

Ç'aurait pu être amusant — indépendamment des conséquences en matière de politique étrangère. Mais non, même pas. Rien de tout cela n'était drôle.

— A quoi pensez-vous ? lui demanda soudain van Damm.

— Il vaudrait mieux que je rentre au bureau, répondit Ryan. Cette affaire est grave, et il faut que je la suive de près.

— Faux ! répliqua immédiatement Arnie en secouant la tête et en pointant son doigt vers lui. Vous n'êtes plus conseiller à la sécurité nationale. Quelqu'un s'occupe de ça pour vous. Vous êtes le président des Etats-Unis et vous avez des tas d'autres tâches, toutes importantes. Un président n'a pas qu'un seul problème en tête et il ne reste pas coincé dans le Bureau Ovale. Ce n'est pas ça que souhaite le peuple. Parce que ça signifierait que vous n'êtes pas aux commandes, et que vous vous laissez guider par les événements. Demandez à Jimmy Carter ce qu'il en pense. Bon sang, ce n'est tout de même pas aussi grave que ça !

— Ça se pourrait, protesta Jack, tandis que l'avion atterrissait.

— Non, la priorité, là, maintenant, c'est votre discours pour le Sooner State [1]. Et ce n'est pas seulement au nom du principe « Charité bien ordonnée commence par soi-même » ; non, c'est aussi une question de responsabilité politique. Et c'est ici et maintenant que les choses se passent..., conclut Arnie en indiquant du doigt l'Oklahoma, de l'autre côté des hublots, où l'avion venait de s'immobiliser.

Ryan regarda dans cette direction... mais c'était la *République islamique unie* qu'il voyait.

Jadis, c'était difficile de pénétrer en Union soviétique. La direction principale des gardes-frontières du Comité pour la sécurité de l'Etat, un organisme très puissant, patrouillait le long des barbelés —

1. L'Etat des pionniers, surnom de l'Oklahoma *(N.d.T.)*.

parfois des champs de mines ou de véritables forti-
fications — dans la double intention d'empêcher les
gens d'entrer et de sortir.

Mais tout cela n'était plus d'actualité depuis longtemps, et pour les gardes-frontières d'aujourd'hui le
principal intérêt de ces postes de contrôle, c'étaient
les pots-de-vin payés par des contrebandiers qui utilisaient désormais de gros camions pour faire
entrer leurs marchandises sur le sol d'une
« nation » jadis dirigée d'une main de fer par le
Kremlin et qui n'était plus désormais qu'une
mosaïque de républiques semi-autonomes vivant
principalement sur leur propre économie et
menant, en conséquence, leur propre politique. Ça
n'avait pas été prévu ainsi. Lorsqu'il avait mis sur
pied l'économie planifiée de l'URSS, Staline avait
délibérément dispersé les sites de production, de
façon à ce que chacun des fragments de son vaste
empire dépendît des autres pour les produits de
base, mais il avait négligé le revers de la médaille :
si le système tout entier venait à s'effondrer, il fallait s'adresser ailleurs pour se procurer ce qui manquait dans le pays... Et donc, avec l'effondrement de
l'Union soviétique, la contrebande, assez bien
contrôlée sous les communistes, était devenue une
véritable industrie. Et avec les marchandises cir-
culaient aussi les idées, difficiles à arrêter et impos-
sibles à taxer.

L'émissaire resta assis dans la cabine du camion,
tandis que le conducteur traitait avec les gardes. A
l'arrière, il leur offrit une partie de sa cargaison.
Cette fois, ils ne se montrèrent pas très gourmands,
se contentant de prendre ce qu'ils pouvaient facilement dissimuler dans leurs automobiles personnelles. (Seule concession à l'illégalité de toute l'opération : elle se déroulait de nuit.) Les timbres
nécessaires furent alors apposés sur les documents
appropriés, et le camion s'engagea sur la nationale
transfrontière, sans doute la seule route correctement goudronnée de cette zone. Le reste du voyage
prit un peu plus d'une heure, puis le véhicule péné-

tra dans la grande ville qui servait jadis d'étape aux caravaniers et il s'arrêta brièvement. L'émissaire en descendit et se dirigea vers une automobile privée dans laquelle il continua son voyage avec, pour tout bagage, un petit sac contenant quelques vêtements de rechange.

Le président de cette république semi-autonome se prétendait musulman, mais il était surtout opportuniste. Ancien dignitaire du Parti, il avait, bien sûr, régulièrement renié Dieu pour assurer son ascension politique ; puis, quand le vent avait tourné, il avait embrassé l'islam — avec ferveur en public et indifférence en privé. Seul son bien-être matériel l'intéressait. Plusieurs passages du Coran évoquaient ce genre d'individus et aucun n'était flatteur pour eux. Il menait une existence agréable dans un confortable palais qui abritait jadis le chef du Parti de cette ancienne république soviétique. Dans cette résidence officielle, il buvait de l'alcool, il forniquait, et dirigeait son pays d'une main tour à tour trop ferme et trop douce : il contrôlait trop l'économie (formé chez les communistes, il était désespérément incompétent) et il se montrait trop conciliant vis-à-vis de l'islam, pensant donner ainsi à son peuple l'illusion de la liberté. A l'évidence, il ne comprenait pas la nature de la foi qu'il prétendait éprouver, car l'islam concernait autant la vie profane que la vie spirituelle. Comme ses prédécesseurs, il croyait que son peuple l'adorait — une illusion propre aux fous, l'émissaire le savait. Celui-ci arriva finalement comme prévu à la modeste maison d'un ami du chef religieux de la république. Ce dernier était un homme d'une foi simple, il était aimé de tous ceux qui le connaissaient et n'avait aucun ennemi, car il était bienveillant et ses rares colères étaient fondées sur des principes que même les infidèles pouvaient respecter. Dans les cinquante-cinq ans, il avait souffert sous le précédent régime, mais ses convictions n'avaient jamais faibli. Il convenait parfaitement à la tâche qui les attendait ; ses plus proches compagnons l'entouraient.

On échangea les salutations habituelles au nom de Dieu, on but du thé, puis il fut temps de passer aux choses sérieuses.

— C'est triste de voir les croyants vivre dans une telle indigence..., commença l'émissaire.

— C'est comme ça depuis toujours, mais au moins, aujourd'hui, nous pouvons pratiquer librement notre religion, répondit le chef religieux, de la voix raisonnable d'un enseignant. Mon peuple revient à la foi. Nos mosquées ont été réparées, et les fidèles sont chaque jour plus nombreux. Que sont les biens matériels en comparaison de la foi?

— C'est vrai, acquiesça l'émissaire. Et cependant Allah souhaite que ses fidèles prospèrent, n'est-ce pas?

Tout le monde fut d'accord. Si tous, dans cette pièce, étaient des érudits, peu d'entre eux préféraient la pauvreté au confort.

— Avant tout, mon peuple a besoin d'écoles, des écoles dignes de ce nom, ajouta le religieux. Et nous voudrions de meilleures installations sanitaires. Je suis las de consoler des parents dont les enfants n'auraient pas dû mourir... Nous avons énormément de besoins, je ne le nie pas.

— Et tout cela est facilement disponible, quand on a de l'argent, fit remarquer l'émissaire.

— Nous avons toujours été un pays pauvre. Nous avons des ressources, pourtant, mais elles n'ont jamais été correctement exploitées, et désormais nous avons perdu le soutien du gouvernement central. Au moment même où nous sommes libres de contrôler notre propre destinée, notre président se saoule dans son palais et abuse des femmes! Si seulement c'était un homme juste, un homme religieux, alors nous pourrions apporter la prospérité à ce pays, fit-il observer, plus triste qu'en colère.

— Il faudrait aussi un petit coup de pouce de l'étranger..., suggéra modestement celui qui, parmi les siens, s'y connaissait le mieux en économie.

L'islam ne s'était jamais opposé aux activités

commerciales. L'Ouest se souvenait surtout qu'il s'était développé à la force du glaive, mais il s'était répandu vers l'est grâce à ses navires de commerce, à la façon dont la chrétienté avait colonisé le monde.

— A Téhéran, nous estimons que le temps est venu pour le croyant d'obéir aux commandements du Prophète. Comme les infidèles, nous avons fait l'erreur de penser en termes d'intérêt national, en oubliant les besoins de nos peuples. Mon maître, Mahmoud Haji Daryaei, a prêché la nécessité de revenir aux fondations de notre foi, expliqua l'envoyé iranien, en buvant une gorgée de thé.

Il s'exprimait calmement, lui aussi. Il réservait sa véhémence aux débats publics, mais là, assis par terre en compagnie d'hommes aussi érudits que lui, il parlait avec la voix de la raison.

— Nous avons la richesse, reprit-il, une richesse si importante que seul Allah peut nous l'avoir accordée pour poursuivre ses desseins. Et maintenant, nous avons une occasion. Vous tous ici, vous avez conservé la foi, vous avez honoré la Parole d'Allah en dépit des persécutions, tandis que d'autres, parmi nous, sont devenus riches. Maintenant, nous devons vous remercier, fêter votre retour au sein des fidèles, et nous montrer généreux à votre égard. Voilà ce que propose mon maître.

— C'est bon d'entendre de telles paroles, répondit le chef religieux.

S'il était avant tout un homme de Dieu, cela ne signifiait pas qu'il était naïf. Il gardait ses pensées pour lui — grandir sous la botte communiste lui avait appris la dissimulation — mais le contenu de ses réflexions se laissait aisément deviner.

— Notre espoir est d'unir l'ensemble de l'islam sous un seul toit, de rassembler les croyants comme le Prophète Mahomet le souhaitait. Si les endroits où nous vivons, nos langues et souvent notre couleur sont différents, nous sommes indivisibles dans notre foi. Nous sommes vraiment les élus d'Allah.

— Et donc ?

— Donc, nous souhaitons que votre république rejoigne la nôtre de façon à ne plus en former qu'une. Nous apporterons des écoles et une assistance médicale à votre peuple. Nous vous aiderons à prendre le contrôle de votre pays, pour que nos dons soient partagés entre nous tous, et nous serons les frères qu'Allah attend que nous soyons...

Un observateur occidental peu attentif aurait pu penser que ces hommes étaient frustes sous prétexte que leurs vêtements étaient pauvres, qu'ils s'exprimaient très simplement, qu'ils étaient assis par terre... Mais il se serait trompé. Ce que ce visiteur venu d'Iran proposait était à peine moins surprenant qu'une ambassade dépêchée d'une autre planète. Il y avait des différences entre leurs pays et leurs peuples. La langue et la culture, pour commencer. Ils s'étaient fait la guerre, au cours des siècles, ils s'étaient livrés au banditisme et au brigandage, et ceci en dépit des passages du Coran condamnant les conflits armés entre nations islamiques. En fait, il n'y avait entre eux aucun point commun — sauf un. Celui-là, on aurait pu le considérer comme un « accident », mais les vrais fidèles ne croyaient pas aux « accidents ». Lorsque la Russie, d'abord sous les tsars, puis sous le communisme, avait conquis leur territoire, elle les avait pratiquement dépouillés de tout. De leur culture. De leur histoire et de leur héritage. De tout, sauf de leur langue, une concession à ce que les Soviétiques, pendant des générations, avaient nommé avec embarras la « question des nationalités ». Ceux-ci leur avaient imposé un système éducatif dont le but était de reconstruire leur société sous une forme laïque et athée. Du coup, la seule force unificatrice laissée à ce peuple était sa foi, que les envahisseurs avaient vainement essayé d'éradiquer. Et ç'avait été une bonne chose, pensaient-ils aujourd'hui, car la foi ne pouvait pas mourir, et ces tentatives dirigées contre elle renforçaient la détermination des vrais croyants. C'était peut-être, d'ailleurs, un plan d'Allah Lui-même pour prouver que seule la foi en Lui apportait le salut. Aujourd'hui, le peuple revenait vers eux, vers ces chefs spirituels qui avaient entretenu la petite flamme. Tous le pensaient, dans cette pièce, leur visiteur le savait. Et Allah avait balayé leurs différences sans importance pour leur permettre de s'unir comme Il le souhaitait. C'était de loin la meilleure solution, avec, en plus, une promesse de prospérité matérielle, puisque la charité était l'un des piliers de l'islam. A présent que l'Union soviétique avait disparu et que l'Etat qui lui avait succédé était paralysé, les enfants lointains et mal-aimés de Moscou étaient livrés à eux-mêmes et gouvernés par un fantôme. Si se voir offrir une telle occasion n'était pas un signe d'Allah, alors qu'est-ce que c'était ? se demandèrent-ils.

Ils n'avaient qu'une seule chose à faire pour provoquer ce grand changement. De toute façon, cet homme-là était un incroyant. Allah le jugerait — une fois qu'il serait passé entre leurs mains.

— ... Et bien que je ne puisse pas dire que j'ai apprécié la façon dont vous avez traité les Eagles de mon Boston College en octobre dernier, expliqua Ryan en souriant aux champions de football de l'université d'Oklahoma à Norman, votre tradition d'excellence est une part de l'âme américaine.

Et la foule recommença à applaudir. Jack fut si heureux qu'il en oublia presque que le discours n'était pas de lui. Son sourire illumina le stade, et il agita la main droite — cette fois sans la moindre hésitation. La différence se voyait sur les images diffusées par C-SPAN.

— Il apprend vite, reconnut Ed Kealty.

Sur de tels sujets, il savait être objectif. Les politiciens sont réalistes, au moins d'un point de vue tactique.

— Il est très bien conseillé, souvenez-vous, répondit l'ancien chef de cabinet. Personne n'arrive à la cheville d'Arnie. Notre attaque initiale a retenu leur attention, Ed, et van Damm a administré en vitesse une solide leçon à Ryan.

Il n'eut pas besoin d'ajouter que cette « attaque » ne les avait menés nulle part. Les journaux avaient publié leurs premiers éditoriaux, et puis ils avaient réfléchi et ils avaient fait machine arrière, pas avec d'autres éditoriaux, bien sûr, car les médias admettent rarement qu'ils se trompent, mais les nouveaux articles, sous la plume des correspondants à la Maison-Blanche, s'ils ne couvraient pas Ryan d'éloges, ne contenaient plus les expressions assassines un moment à la mode : *manque d'assurance, confusion, désorganisation,* etc. Tant qu'Arnie van Damm serait là, la Maison-Blanche ne serait jamais « désorganisée » et l'establishment washingtonien le savait.

Les principales nominations au cabinet de Ryan avaient bousculé les habitudes, mais ces hauts fonctionnaires s'étaient immédiatement mis au travail. Adler, lui, était quelqu'un du sérail. Au cours de sa carrière, il avait communiqué des informations à beaucoup de journalistes spécialisés dans les affaires étrangères, et ceux-ci ne pouvaient pas s'attaquer à lui — en outre, il n'avait jamais laissé passer une occasion de vanter les compétences de Ryan. George Winston était peut-être un ploutocrate étranger à la politique, mais il avait lancé un audit concernant l'ensemble de son ministère, et il avait dans son Rolodex le numéro de chaque responsable du service économique des grands journaux de la planète, de Berlin à Tokyo... Et il n'hésitait jamais à leur demander leur point de vue sur cette question.

Tony Bretano, au Pentagone, était encore plus étonnant. Indépendant et véhément depuis dix ans, il avait promis aux journalistes spécialistes des questions de défense de nettoyer le temple ou de mourir. Il avait reconnu que le Pentagone était vraiment aussi « gaspilleur » qu'ils l'avaient toujours dit, mais il leur avait assuré aussi qu'avec l'approbation du président, il allait se battre jusqu'au bout pour remettre une fois pour toutes de l'ordre dans le système de passation des marchés publics. Tous ces gens étaient dénués de charme, ils étaient tous extérieurs aux coteries washingtoniennes, mais, bon sang, les médias adoraient la façon dont ils s'étaient mis au boulot !

Plus inquiétant encore pour Kealty, le *Washington Post* — ainsi qu'il l'avait appris un peu plus tôt dans la journée par son espion au sein du journal — se préparait à publier sur plusieurs numéros un dossier consacré à Ryan et la CIA, une vraie canonisation signée par Bob Holtzman en personne ! Ce type-là était la quintessence même de l'homme des médias et il éprouvait une affection particulière pour Ryan — nul ne savait pourquoi. Il avait certainement une bonne source quelque part. Si ce reportage sortait, et s'il était repris un peu partout dans le pays — deux hypothèses très vraisemblables, vu que cela augmenterait le prestige de Holtzman et du *Washington Post* —, alors Kealty savait que ses contacts au sein des médias ne tarderaient pas à le lâcher ; les éditoriaux lui conseilleraient de s'écraser « pour le bien de la nation » ; il n'aurait plus aucun moyen de pression, et sa carrière politique se terminerait dans une disgrâce encore plus terrible que celle qu'il aurait eu à subir peu de temps auparavant. Du coup, les historiens qui auraient fermé les yeux sur ses frasques personnelles verraient dans cet épisode la preuve d'une ambition démesurée et ils en feraient le moteur principal de sa carrière ; ils reverraient alors toute sa vie sous un éclairage différent... et défavorable. Désormais, Kealty n'était plus au bord de sa tombe politique — non, là, il faisait face à la damnation éternelle...

— Et puis il y a Callie Weston..., bougonna Ed, qui suivait toujours le discours de Ryan, écoutait son contenu, et s'intéressait à la façon dont il le prononçait.

Il est scolaire, se dit-il. Mais il avait la chance de se trouver devant un public principalement composé d'étudiants qui l'acclamaient comme un vulgaire entraîneur sportif.

— Ce genre d'allocution donnerait à Pee-Wee Herman [1] un air présidentiel, acquiesça son ex-chef de cabinet.

Et c'était ça, le plus dangereux, Ed le savait. Pour l'emporter, Ryan avait simplement à *paraître* présidentiel.

— Je n'ai jamais prétendu qu'il était stupide, admit Kealty.

Il devait être objectif. On ne rigolait plus, maintenant. Son existence même était en jeu.

— Faut se grouiller, Ed, lui rappela son interlocuteur.

— Je sais.

Mais il devait pouvoir tirer de plus grosses munitions, pensa-t-il.

Une curieuse métaphore pour quelqu'un qui s'était fait l'avocat du contrôle des armes tout au long de sa vie politique.

25

FLORAISONS

La grange servait aujourd'hui de garage. Ernie Brown avait gagné pas mal d'argent dans le bâtiment ; plombier à la fin des années 70, il avait monté sa propre société environ dix ans plus tard pour participer au boom de la construction en Californie. Ses deux divorces l'avaient ruiné, mais il

1. Acteur comique américain qui a eu des démêlés avec la justice pour des affaires de mœurs *(N.d.T.)*.

avait vendu son affaire au bon moment, il avait empoché l'argent et il était parti. Il avait acheté un beau morceau de terrain dans une zone pas encore à la mode où les types de Hollywood ne risquaient pas de faire flamber le prix de l'immobilier. Il avait pu s'offrir plus de trois hectares de tranquillité royale. Et plus encore, en réalité, car les ranches voisins étaient en sommeil une grande partie de l'année, quand les pâturages étaient gelés et le bétail nourri en enclos avec du fourrage. On pouvait passer des jours entiers sans voir une seule voiture sur la route, ou du moins c'était l'impression qu'on avait dans le Big Sky Country. Il avait décidé que les bus scolaires ne comptaient pas.

Un camion de cinq tonnes à plateau faisait aussi partie du lot, ainsi qu'une citerne à mazout de deux mille gallons [1], enterrée juste à côté de la grange. La famille qui avait vendu au nouveau venu de Californie ignorait qu'elle transmettait son titre de propriété à un fabricant de bombes. La première tâche d'Ernie et de Peter fut de faire redémarrer le camion. Cela prit une quarantaine de minutes, parce que ce n'était pas juste un problème de batterie ; mais Peter Holbrook était un bon mécanicien et, finalement, le moteur revint à la vie. Le véhicule n'était pas immatriculé, mais le cas n'était pas rare dans cette région d'immenses propriétés, et ils parcoururent sans problème la soixantaine de kilomètres qui les séparaient du magasin de produits agricoles.

Ça sent le printemps, pensèrent les propriétaires du magasin en les voyant arriver. La saison des semailles approchait (il y avait beaucoup de producteurs de blé dans le coin), et c'était leur premier gros client pour la montagne d'engrais qu'ils venaient de se faire livrer de l'entrepôt de Helena. Ces deux inconnus en achetèrent quatre tonnes, une quantité qui n'avait rien d'exceptionnel ; un ger-

---

1. Un gallon = environ quatre litres (*N.d.T.*).

beur fonctionnant au propane les chargea sur le plateau de leur camion, puis ils payèrent en liquide, et s'en allèrent après une poignée de main et un sourire.

— Ça va être duraille, observa Holbrook sur le chemin du retour.

— Exact, mais on va faire ça tous les deux comme des grands, répondit Brown en se tournant vers lui, à moins que tu veuilles engager quelqu'un qui risque de cracher le morceau?

— Je comprends, Ernie, dit Peter, en voyant une voiture de police qui arrivait dans leur direction.

Les flics ne daignèrent même pas tourner la tête, mais cette rencontre donna des frissons aux deux Mountain Men.

— Il en faut encore combien? ajouta Peter.

Brown avait refait ses calculs une bonne douzaine de fois.

— Encore un chargement comme celui-ci. Chiant que cet engrais soit si encombrant.

Ils l'achèteraient demain, dans un autre magasin à quarante kilomètres au sud-ouest du ranch. Aujourd'hui, ils seraient assez occupés jusqu'au soir, à décharger toutes ces merdes dans la grange. Une sacrée séance de gym. Pourquoi cette foutue ferme n'avait-elle pas d'appareil élévateur? se demanda Holbrook. Au moins, quand ils rempliraient la citerne, la station locale se chargerait du boulot.

Il faisait froid sur la côte chinoise, et les satellites repérèrent d'autant mieux une série de masses thermiques dans deux bases navales. En réalité, les Chinois nommaient leur marine « Branche navale de l'Armée populaire de libération », ce qui traduisait un tel mépris de la tradition maritime que les Occidentaux ignoraient cette appellation et s'en tenaient à la terminologie habituelle. L'imagerie satellite fut enregistrée et transmise brouillée au NMCC, le Centre national de commandement militaire du Pentagone, où l'officier responsable de la permanence se tourna vers son spécialiste du renseignement.

— Les Chinois ont prévu un exercice naval ?

— Pas que nous sachions.

Les photos montraient que douze navires, tous à quai, faisaient tourner leurs machines, alors qu'en temps normal ils tiraient leur puissance électrique des installations à terre. En étudiant les photos de plus près, on découvrait une demi-douzaine de remorqueurs dans le port. Le spécialiste du renseignement appartenait à l'armée de terre. Il appela un officier de marine.

— Un certain nombre de bâtiments appareillent, répondit celui-ci.

C'était la conclusion la plus évidente.

— C'est pas simplement un essai technique ou quelque chose de ce genre ?

— Ils n'auraient pas besoin de remorqueurs pour ça. C'est quand, le prochain passage de nos satellites ? demanda le capitaine de frégate, en vérifiant l'heure notée sur la photo — elle avait été prise trente minutes plus tôt.

— Dans un quart d'heure.

— A ce moment-là, on devrait voir dans les deux bases trois ou quatre navires mettre le cap au large. Là, on sera fixés. Pour l'instant, disons qu'il y a deux chances sur trois pour qu'ils lancent un important exercice naval. (Un silence, puis :) Pas de problèmes politiques en ce moment ?

— Rien, répondit le responsable.

— Alors, c'est un exercice naval. Peut-être que quelqu'un a décidé de tester leur degré de préparation ?

Un communiqué de presse de Pékin leur en apprendrait bientôt davantage, mais il n'arriverait qu'une demi-heure plus tard, dans un futur qu'ils n'auraient pas pu deviner, même si on les avait payés pour ça.

Le directeur était un homme religieux, comme on pouvait s'y attendre, vu le caractère sensible de son poste. C'était un médecin et un virologue doué, mais il vivait dans un pays où la fiabilité politique se mesurait à la dévotion à la branche chiite de l'islam. Et son sérieux en ce domaine ne pouvait être mis en doute. Il priait toujours quand il fallait, organisait son travail au laboratoire en fonction de ses dévotions et exigeait la même chose de ses collaborateurs.

Les prisonniers — leurs cobayes — étaient tous des condamnés. Même les voleurs avaient violé plusieurs fois les règles du Coran, et ils avaient sans doute commis d'autres crimes qui, pensait le directeur, méritaient peut-être la mort. Chaque jour, on les prévenait de l'heure des prières et même s'ils s'agenouillaient, inclinaient la tête et murmuraient, on voyait bien en les observant sur l'écran télé qu'ils accomplissaient simplement le rituel sans s'adresser à Allah avec leur cœur. Cela faisait d'eux des apostats — et l'apostasie était passible de la peine de mort dans ce pays, n'est-ce pas ? — même si un seul d'entre eux avait effectivement été condamné pour ce crime.

Celui-là appartenait à la religion bahaïe, une minorité qui s'était développée bien après l'islam, et était presque éradiquée en Iran. Les chrétiens et les juifs étaient au moins des gens du Livre ; leurs religions étaient fausses, mais ils croyaient au même Dieu universel — dont Mahomet était le messager final. Les bahaïs, eux, avaient *inventé* une chose erronée, qui en faisait des païens ; comme ils reniaient la Vraie Foi, ils avaient attiré la colère du gouvernement iranien. Logique, donc, que cet homme fût le premier à montrer que leur expérience était un succès.

Les prisonniers étaient si abrutis par leurs conditions de détention que l'apparition des symptômes de la grippe ne les fit pas réagir. Les médecins entrèrent dans la salle, toujours vêtus de leurs combinaisons protectrices, pour leur faire des prises de sang, mais leurs cobayes étaient trop effrayés pour protester. Tous étaient enfermés depuis un certain temps. Le manque de nourriture avait sapé leur énergie, et leur régime disciplinaire était si brutal qu'ils n'osaient plus résister. Huit d'entre eux savaient qu'ils allaient mourir, mais ils n'avaient aucune envie d'accélérer le processus. Ils se laissèrent piquer par les médecins, qui furent d'une extrême prudence, et notèrent avec soin les numéros des lits sur les tubes d'échantillon.

Au laboratoire, on étudia d'abord au microscope le sang du patient numéro trois. Le seul à avoir été condamné à mort pour apostasie, car il appartenait à la religion bahaïe, c'était aussi le premier dont les symptômes laissaient penser que l'expérience était un succès. La recherche d'anticorps avait tendance à donner des résultats faussement positifs, et les deux hommes ne pouvaient pas se permettre la moindre erreur, leur tâche était trop importante. Ils préparèrent donc des lamelles et les placèrent sous les microscopes électroniques d'abord réglés à un grossissement de vingt mille fois. La mise au point des instruments était excellente ; la lamelle se déplaçait de gauche à droite, de haut en bas, jusqu'à ce que...

— Ah! souffla le directeur.

Il centra la zone dans le champ de visualisation et monta le grossissement à cent douze mille fois... et *il* était là, sur l'écran de l'ordinateur, en noir et blanc. Oui, cet échantillon contenait une grande quantité de virus. Son surnom de « Houlette du Berger » semblait lui aller comme un gant ; le brin d'ARN se trouvait au centre, mince et arrondi à sa base ; les rubans protéiniques, à son sommet, étaient les clés de l'action du virus — tout le monde le pensait, en tout cas. On ne comprenait pas leur fonction précise, et cela aussi plaisait au technicien de la guerre chimique qu'était le directeur...

— Moudi! appela-t-il.

— Oui, je sais, répondit le jeune médecin, avec un lent hochement de tête, en rejoignant son patron.

Ebola Zaïre Mayinga se trouvait dans le sang de l'apostat. Moudi venait de faire la recherche d'anti-corps et l'échantillon avait changé de couleur devant lui. Celui-là n'était pas un faux positif.

— On a la confirmation de la transmission par voie aérienne, ajouta le directeur.

— Je suis d'accord, dit Moudi.

Il n'avait pas changé d'expression, car la nouvelle ne le surprenait pas tellement.

— Nous attendons encore une journée — non, deux, pour la seconde phase. Et ensuite, nous saurons.

Pour l'instant, il avait un rapport à rédiger.

L'annonce, à Pékin, prit l'ambassade américaine au dépourvu. Elle était formulée dans les termes habituels. La marine chinoise lançait un exercice majeur dans le détroit de Formose. Il y aurait des tirs réels de missiles surface-air et surface-surface à des dates encore non précisées (on n'avait pas encore toutes les données météo, expliquait le communiqué). Le gouvernement de la République populaire de Chine avait transmis des avis d'alerte aux services aériens et maritimes, pour permettre aux différentes compagnies de modifier leurs itinéraires en conséquence. Le communiqué ne disait rien d'autre, et cela troubla un peu le DCM, le chef de mission adjoint, à Pékin. Il en discuta immédiatement avec ses attachés militaires et avec le chef de station de la CIA, mais personne n'avait d'explication. On constatait simplement que ce texte ne faisait aucune allusion au gouvernement de la République de Chine, à Taiwan. D'un côté, c'était une bonne nouvelle : cette fois, Pékin ne s'en prenait pas à l'indépendance politique affirmée de sa « province rebelle ». Mais c'était inquiétant aussi : le communiqué ne précisait pas qu'il s'agissait d'un exercice de routine qui ne poserait de problème à personne... Juste une annonce, sans le moindre détail. Cette information fut immédiatement transmise au NMCC du Pentagone, au Département d'Etat et au quartier général de la CIA, à Langley.

Daryaei dut fouiller dans sa mémoire pour retrouver le visage qui correspondait à ce nom. Ah oui, Aref Raman! Un adolescent très brillant! Son père vendait des Mercedes aux riches de Téhéran, et sa foi avait faibli. Mais pas celle de son fils. Raman n'avait montré aucune émotion en apprenant la mort de ses parents, tués accidentellement par l'armée du shah, parce qu'ils se trouvaient dans la mauvaise rue au mauvais moment, coincés dans une manifestation avec laquelle ils n'avaient rien à voir. Daryaei et Aref avaient prié ensemble. Tués par ceux en qui ils avaient mis leur confiance — voilà la leçon à tirer de la chose, même si elle n'était pas nécessaire, car cet enfant avait déjà une foi profonde. Il était offensé aussi parce que sa sœur aînée fréquentait un officier américain, déshonorant ainsi leur famille et leur nom. La jeune fille, elle aussi, avait disparu pendant la révolution, condamnée à mort pour adultère par un tribunal islamique, et Aref était resté seul. Ils auraient pu l'utiliser de bien des façons, mais Daryaei avait eu le dernier mot. On l'avait confié à deux adultes âgés, et cette nouvelle « famille » avait quitté le pays avec la fortune des vrais parents de Raman, et, après une brève étape en Europe, elle était partie pour les Etats-Unis. Là, elle avait vécu tout à fait normalement; Daryaei se dit que les parents devaient être morts, aujourd'hui. Leur « fils », choisi pour cette mission à cause de sa maîtrise précoce de l'anglais, avait poursuivi ses études et était entré dans l'administration américaine, accomplissant son devoir avec le même talent dont il avait fait preuve au début de la révolution iranienne — comme ce jour où il avait éliminé deux officiers supérieurs de l'aviation du shah qui buvaient un whisky dans le bar d'un hôtel.

Il avait suivi les ordres de Daryaei. S'intégrer. Disparaître. Se souvenir de sa tâche, mais ne pas bouger. L'ayatollah était heureux de constater aujourd'hui que son jugement sur cet enfant avait été juste : ce bref message lui apprenait que sa mission ne tarderait pas à être accomplie.

« Assassin » venait du mot arabe *Hachachin*, « fumeur de haschisch », la drogue utilisée par les nizarites, une secte chiite, pour entrevoir le paradis avant de partir au combat. Pour Daryaei, c'étaient des hérétiques — et l'usage de stupéfiants était une abomination. Des faibles d'esprit, peut-être, mais d'efficaces serviteurs d'une série de grands maîtres du terrorisme, dont Hassan al-Sabbah, « le Vieux de la Montagne », et Rashid ed-Din ; pendant près de deux siècles ils avaient permis de maintenir l'équilibre politique dans une région s'étendant de la Syrie à la Perse ; et ils avaient surtout développé un concept d'une extrême intelligence qui fascinait Daryaei depuis son adolescence : introduire un agent fidèle au cœur du camp ennemi. C'était une tâche qui s'étendait sur des années et, donc, qui dépendait de la foi. Les nizarites avaient échoué parce que c'étaient des hérétiques, coupés de la Vraie Foi, capables de recruter quelques extrémistes, mais pas de convaincre la multitude, si bien qu'ils servaient un seul homme et non Allah, et qu'ils avaient besoin de drogue pour se donner du courage, comme les incroyants avec l'alcool. Une idée brillante gâchée — mais brillante tout de même. Daryaei l'avait simplement perfectionnée, si bien qu'aujourd'hui il avait un homme au cœur de la Maison-Blanche, attendant des instructions au bout d'une chaîne de communications qui n'avait jamais été utilisée et était formée de gens partis à l'étranger depuis au moins quinze ans, une situation encore plus parfaite que celle mise en place en Irak, car en Amérique un suspect est arrêté ou disculpé, alors que dans certains pays, quand les enquêteurs étaient fatigués, ils ramassaient ceux qu'ils surveillaient et ils les éliminaient, tout simplement.

Et donc, désormais, la fin de la mission de Raman n'était plus qu'une question du choix du moment, et après toutes ces années, ce garçon était encore capable de réfléchir, son esprit n'était pas pourri par la drogue, et il avait été formé par le Grand Satan lui-même. Mais l'information était trop merveilleuse pour que ce dernier détail fît sourire Daryaei.

Le téléphone sonna sur sa ligne privée.

— Oui ?

— J'ai de bonnes nouvelles de la Ferme aux Singes, annonça le directeur.

— Vous savez, Arnie, vous aviez raison, dit Jack tandis qu'ils se dirigeaient vers l'aile ouest par le passage couvert. C'était vraiment super de s'échapper d'ici un moment.

Le secrétaire général nota son air guilleret, ce matin. L'Air Force One l'avait ramené à temps hier soir, pour un dîner tranquille en famille. Cette fois, il avait échappé aux trois ou quatre discours à enchaîner coup sur coup, aux bavardages sans fin avec les notabilités locales, et à la nuit de quatre heures de sommeil qui en résultait — souvent dans l'avion, d'ailleurs —, suivie d'une douche rapide et d'une journée bien remplie, avec à la clé les festivités nocturnes d'une campagne électorale... Etonnant, pensa-t-il, qu'un président fût encore capable de travailler ! Les véritables tâches de cette fonction étaient déjà assez difficiles comme ça. Il ne s'agissait, ni plus ni moins, que de relations publiques haut de gamme. Mais c'était quelque chose de nécessaire dans une démocratie, où le peuple avait besoin de voir le président ailleurs qu'au milieu de ses papiers, à son bureau...

— Vous avez fait ce qu'il fallait, répondit van

Damm. Le truc à la télé était parfait, et le reportage de NBC sur votre femme était bien aussi.

— Elle n'a pas aimé. D'après elle, ils n'ont pas montré son meilleur côté, déclara Ryan d'un air détaché.

— Ça aurait pu être pire, dit Arnie.

On ne lui a pas posé de questions sur l'avortement, pensa-t-il. Pour ça, il avait soigné NBC, et il s'était assuré que Tom Donner avait reçu un traitement digne d'un sénateur, voire d'un membre du cabinet, lors du voyage de la veille. La semaine prochaine, Donner serait le premier présentateur à bénéficier d'une interview en tête à tête avec le président, à la Maison-Blanche, et il poserait toutes les questions qu'il voudrait — ce qui signifiait que Ryan devrait être briefé pendant des heures, car il leur fallait s'assurer qu'il ne se livrerait pas de nouveau à ses excentricités présidentielles. Mais, pour l'instant, Arnie laissait Ryan se souvenir avec plaisir d'une journée sympa dans le Midwest ; van Damm l'avait obligé à sortir un peu de Washington et lui avait donné une idée des véritables tâches d'un président, mais avant tout il avait voulu marquer sa dimension présidentielle et marginaliser encore plus ce connard de Kealty.

Ce matin, les membres du Service secret avaient l'air aussi optimistes que leur président, car l'humeur de Potus déteignait presque toujours sur la leur. Ils lui retournèrent ses sourires et ses hochements de tête et le saluèrent avec quelques mots, tandis qu'il pénétrait dans le Bureau Ovale.

— Bonjour, Ben, lança Ryan joyeusement en se laissant choir dans son confortable fauteuil pivotant. A quoi ressemble le monde, ce matin ?

— On a peut-être un problème. Une flotte de la République populaire de Chine est en train d'appareiller..., répondit son nouveau conseiller à la sécurité nationale.

Le Service secret venait juste de lui attribuer un nom de code — Cardsharp, tricheur professionnel.

— Et? fit Ryan, ennuyé à l'idée que sa matinée risquait d'être gâchée par cette histoire.

— Et ça ressemble à un exercice naval majeur. Ils annoncent des tirs de missiles réels. Aucune réaction de Taipei pour l'instant.

— Ils n'ont pas d'élections prévues, ces temps-ci, n'est-ce pas? dit Ryan.

— Non, pas dans l'année qui vient, répondit Goodley en secouant la tête. La République de Chine continue à claquer beaucoup d'argent aux Nations unies, et mène tranquillement son action de lobbying auprès de pas mal de pays, pour qu'ils soutiennent sa demande de représentation, mais rien de spécial là-dessus non plus. Taipei ne montre pas ses cartes et ne fait rien qui puisse offenser le continent. Leurs relations commerciales sont stables. Bref, on ne s'explique pas cet exercice.

— Quelles sont nos forces, dans cette zone?

— Un sous-marin dans le détroit de Formose, qui garde un œil sur un SSN [1] chinois.

— Des porte-avions?

— Le plus près est dans l'océan Indien. Le *Stennis* est rentré à Pearl Harbor pour réparer ses machines, et l'*Enterprise* aussi, et ils vont y rester un moment. Le placard est plutôt vide.

La formule de Cardsharp rappela à Ryan ce que lui-même avait dit à *son* président, à peine quelques mois plus tôt.

— Et leur armée de terre? demanda-t-il ensuite.

— Là encore, rien de nouveau, expliqua Goodley. On a des niveaux d'activité plus élevés que d'habitude, comme l'ont remarqué les Russes, mais ça fait un moment que ça dure.

Ryan se laissa aller contre son dossier et contempla sa tasse de déca. Au cours de sa sortie de la veille, il avait constaté que son estomac se sentait beaucoup mieux ainsi, et il l'avait fait remarquer à Cathy, qui s'était contentée d'un sourire et d'un « Qu'est-ce que je t'avais dit? »

1. Sous-marin nucléaire (*N.d.T.*).

— OK, Ben, vos hypothèses ?

— J'ai discuté avec des spécialistes de la Chine au Département d'Etat et à la CIA, répondit Goodley. Peut-être que leur armée s'agite pour des raisons politiques, de politique intérieure, je veux dire, et accentue son état d'alerte pour rappeler aux gens du Bureau politique, à Pékin, qu'elle est là et qu'elle compte toujours. A part ça, tout le reste est pure spéculation, et je ne suis pas censé faire ce genre de choses, patron, vous vous souvenez ? (Après une pause, l'officier de renseignements ajouta :) Mais vous m'avez appris à ne pas aimer ce que je ne comprends pas. Ils savent que nous allons nous y intéresser ; ils savent aussi que vous êtes nouveau ici et que vous n'avez pas besoin d'un problème de plus. Alors pourquoi font-ils ça ?

— Ouais, acquiesça le président doucement. Andrea ? murmura-t-il alors.

Celle-ci, comme d'habitude, faisait semblant de ne pas suivre leur conversation.

— Oui, monsieur ?

— Où se trouve le fumeur le plus proche ? demanda le président, sans la moindre honte.

— Monsieur le président, je ne peux pas...

— Je m'en fiche. J'en veux une.

L'agent Andrea Price hocha la tête et disparut au secrétariat. Elle savait décrypter les signes aussi bien que quiconque. Passer du café normal au déca, et maintenant, une clope... C'était même étonnant qu'il n'en eût pas réclamé une avant, et cela lui en dit davantage sur l'importance de cette séance de debriefing que toutes les explications du Dr Benjamin Goodley.

La cigarette devait venir d'une de ses secrétaires, songea Ryan une minute plus tard. Encore une light. Andrea apporta aussi une pochette d'allumettes et un cendrier, avec une moue désapprobatrice. Il se demanda si on se comportait de la même façon avec Roosevelt et Eisenhower.

Ryan aspira sa première bouffée, plongé dans ses

pensées. La Chine avait été un partenaire silencieux du Japon, au cours du récent conflit. Du moins l'avaient-ils supposé. Tout ça collait, mais ils n'avaient aucune preuve pour étayer la moindre SNIE — et encore moins à présenter aux médias, qui, la plupart du temps, réclamaient le même degré de fiabilité qu'un juge particulièrement conservateur. Donc... Il décrocha son téléphone.

— Passez-moi le directeur Murray.

L'un des trucs sympas de la présidence, c'était le téléphone.

« *Ne quittez pas, s'il vous plaît, vous avez le président en ligne* » — cette simple phrase prononcée par une secrétaire de la Maison-Blanche, du ton sur lequel on commande une pizza, déclenchait toujours une réaction immédiate, presque de la panique, à l'autre bout de la ligne.

— Bonjour, monsieur le président.

— Bonjour, Dan. J'ai besoin d'un renseignement. Comment s'appelle cet inspecteur de police japonais, déjà ? Celui qui est venu pour l'enquête ?

— Jisaburo Tanaka, fit immédiatement Murray.

— Il est bon ?

— Excellent. Aussi bon que mes propres collaborateurs. Que lui voulez-vous ?

— Je suppose qu'ils ont beaucoup interrogé ce Yamata ?

— Aussi sûr que deux et deux font quatre, monsieur le président, répondit le directeur par intérim du FBI en se forçant à garder son sérieux.

— Je veux connaître ses conversations avec la Chine, et savoir en particulier qui était son contact là-bas.

— Ça me semble possible. J'essaie de joindre Tanaka immédiatement. Dois-je vous rappeler ?

— Non, voyez ça avec Ben Goodley qui a récupéré mon ancien bureau.

— Oui, monsieur. Je m'y mets illico. C'est bientôt minuit à Tokyo.

— Merci, Dan. Au revoir, dit Jack en raccrochant. Ben, quoi d'autre ? L'Irak ?

— Comme hier. Des tas d'exécutions. Les Russes évoquent une « République islamique unie », et nous pensons que c'est vraisemblable, mais rien n'a encore bougé, là-bas. C'est là-dessus que j'avais prévu de travailler aujourd'hui, et...

— OK, au boulot, alors.

— Bon, on fait quoi, pour ça ? demanda Tony Bretano.

Robby Jackson n'aimait pas spécialement aller trop vite en besogne, mais c'était sa nouvelle responsabilité de J-3, le directeur des opérations pour l'état-major interarmes. Au cours des semaines précédentes, il en était venu à apprécier le secrétaire à la Défense. Bretano n'était pas commode, mais ses coups de gueule, c'était pour la galerie, et, derrière cette façade, il était très réfléchi et capable de prendre des décisions rapides. En bon ingénieur, il était conscient de ce qu'il ne savait pas et il posait vite les questions qu'il fallait.

— On a déjà le *Pasadena* — un sous-marin d'attaque rapide — dans le détroit, en mission de surveillance de routine. On lui ordonne de cesser sa poursuite du SSN chinois et de se diriger au nord-ouest. Puis on déplace deux ou trois navires dans le coin, on leur assigne des zones d'opération et on leur demande de garder un œil sur tout ça. On ouvre une ligne de communications avec Taipei, et ils nous renseignent sur ce qu'ils voient et ce qu'ils savent. Ils joueront le jeu. Ils l'ont toujours fait. En temps normal, on aurait aussi déplacé un porte-avions, mais cette fois, bon, le seul que nous ayons là-bas est assez loin, et en l'absence de menace politique sur Taïwan, la réaction paraîtrait exagérée. On envoie des avions-espions sur zone depuis notre base de l'Air Force d'Anderson, à Guam. Dommage qu'on n'en ait pas une plus proche.

— Donc, on rassemble des informations et on ne fait rien de substantiel ? demanda le secrétaire à la Défense.

— Rassembler des informations, c'est *substantiel.*

— Je sais, répondit Bretano avec un sourire. C'est moi qui ai construit les satellites que vous utilisez. Ils nous diront quoi ?

— On aura probablement pas mal de bavardages en clair qui occuperont à temps plein tous les traducteurs de chinois de Fort Meade et qui ne nous diront pas grand-chose sur leurs intentions. Leurs opérations, par contre, nous seront utiles — elles nous renseigneront sur leurs capacités. Tel que je connais l'amiral Mancuso — le COMSUBPAC [1] —, il aura envie de faire joujou avec ses bâtiments pour voir si les Chinois sont capables de les repérer et de les poursuivre, mais rien d'officiel. C'est une de nos possibilités, si nous n'aimons pas la façon dont se déroule cet exercice.

— C'est-à-dire ?

— C'est-à-dire que si vous voulez vraiment foutre une trouille bleue à un officier de marine, vous lui faites savoir qu'il y a un submersible ennemi dans le coin — monsieur le secrétaire d'Etat, un sous-marin fait surface, sans prévenir, au milieu d'une formation navale et replonge immédiatement. C'est un petit jeu qui déplaît beaucoup aux commandants. Les nôtres sont très doués pour ça, et Bart Mancuso sait très bien comment utiliser ses forces. Sans lui, on n'aurait jamais vaincu les Japonais, affirma Jackson.

— Il est si bon que ça ? demanda le secrétaire à la Défense, pour qui Mancuso était juste un nom.

— C'est le meilleur. C'est quelqu'un qu'il faut écouter. Comme votre CINCPAC, Dave Seaton.

— L'amiral DeMarco m'a dit...

— Monsieur, puis-je parler en toute liberté ? demanda le J-3.

— Jackson, ici, c'est la règle.

1. Commandant des forces sous-marines dans le Pacifique (*N.d.T.*).

— Bruno DeMarco a été nommé vice-responsable des opérations navales pour une raison.

Bretano comprit immédiatement :

— Oh, pour prononcer des discours et ne rien faire qui risquerait de gêner la marine ? (Robby répondit par un hochement de tête.) C'est noté, amiral Jackson.

— Monsieur, faut savoir un truc à propos de cet immeuble. Il y a deux sortes d'officiers au Pentagone, ceux qui sont sur le terrain et les bureaucrates. L'amiral DeMarco a passé ici plus de la moitié de sa carrière. Mancuso et Seaton essaient vraiment de s'y pointer le moins possible.

— Comme vous, observa Bretano.

— Je pense que c'est juste que j'aime l'air marin, monsieur le secrétaire d'Etat. Je ne fais pas du lèche-bottes, ici, monsieur. A vous de décider si vous m'appréciez ou pas. J'ai fini de voler, de toute façon, et c'était pour ça que j'avais signé. Mais, bon sang, lorsque Seaton et Mancuso diront quelque chose, j'espère que vous les écouterez.

— C'est quoi, votre problème, Robby ? demanda le secrétaire à la Défense, avec un intérêt sincère.

Il savait reconnaître un bon collaborateur quand il en croisait un. Jackson haussa les épaules.

— Arthrite. C'est de famille. Ça pourrait être pire, monsieur. Ça ne m'empêche pas de jouer au golf, et les contre-amiraux n'ont pas le temps de voler beaucoup, de toute façon.

— Vous vous en fichez de monter en grade, c'est ça ? demanda Bretano qui était sur le point de recommander une nouvelle étoile pour Jackson.

— Monsieur le secrétaire d'Etat, mon père était pasteur dans le Mississippi. J'ai fait mes classes à Annapolis, j'ai été pilote de chasse pendant vingt ans, et je suis toujours vivant pour en parler. (Trop de ses amis ne l'étaient plus, il ne l'avait jamais oublié.) Je peux prendre ma retraite quand je veux, et trouver un boulot qui rapporte. Mais l'Amérique a été bonne pour moi et j'ai une dette envers elle. Et ce que je lui dois, monsieur, c'est de dire la vérité, et de faire de mon mieux, en me fichant des conséquences.

— Donc, vous n'êtes pas dans la catégorie des bureaucrates, dit Bretano, qui se demanda quels diplômes pouvait bien avoir Jackson.

Pour sûr, en tout cas, il parlait comme un ingénieur compétent. Il en avait même le sourire.

— Je préférerais jouer du piano dans un bordel, monsieur. C'est un boulot plus honnête.

— Je crois qu'on va s'entendre, Robby. Mettons un plan au point. Surveillons les Chinois.

— En fait, je suis simplement censé donner des conseils et...

— Alors coordonnez ça avec Seaton. J'imagine qu'il vous écoutera, lui aussi.

Les équipes d'inspecteurs des Nations unies s'étaient tellement habituées à la frustration qu'elles ne savaient plus, aujourd'hui, comment marquer leur satisfaction. Les personnels des différentes installations leur avaient fourni des tonnes de documents, de photographies et de vidéos, ils leur avaient fait visiter au pas de course les bâtiments, ils leur avaient signalé les aspects importants de leur travail, et souvent même ils leur avaient indiqué les moyens les plus simples de désactiver les dispositifs les plus dangereux ! Il y avait très peu de différences entre une usine d'insecticides et une usine d'armes chimiques, voilà le problème. On avait inventé par hasard le gaz neurotoxique au cours des recherches sur les insecticides, et tout ça se résumait en fin de compte aux composants chimiques appelés « précurseurs ». En outre, tout pays possédant des ressources pétrolières et une industrie pétrochimique fabriquait normalement une grande quantité de produits spécialisés dont la plupart étaient mortels pour l'être humain.

Mais ce jeu avait ses règles, et l'une d'elles était que les Etats « honnêtes » étaient censés ne pas stocker d'armes interdites, or, en l'espace d'une nuit, l'Irak était redevenu un membre « honnête » de la communauté internationale.

Cela apparut clairement à la réunion du Conseil de sécurité des Nations unies. L'ambassadeur irakien montra des cartes pour indiquer les installations qui venaient d'être ouvertes aux équipes d'inspection et avoua regretter de n'avoir pas été autorisé à dire la vérité avant. Les autres diplomates le comprirent immédiatement : beaucoup mentaient si souvent qu'ils ne savaient même plus faire la différence entre la vérité et le mensonge.

— ... Et en raison de la pleine acceptation par mon pays de toutes les résolutions des Nations unies, nous demandons avec respect que, vu les besoins de nos concitoyens, l'embargo alimentaire soit levé le plus tôt possible, conclut l'ambassadeur irakien.

— Le président donne la parole à l'ambassadeur de la République islamique d'Iran, annonça son homologue chinois, qui assurait en ce moment la présidence tournante du Conseil de sécurité.

— Aucune nation, dans cette organisation, n'a davantage de raisons que nous de détester l'Irak. Les usines chimiques inspectées aujourd'hui fabriquaient des armes de destruction de masse qui ont été utilisées contre mon peuple. En même temps, nous estimons qu'il nous appartient de reconnaître cette nouvelle aube qui se lève sur notre voisin. Les citoyens de l'Irak ont longtemps souffert des agissements de leur ancien dictateur. Mais il est mort, et le nouveau gouvernement montre qu'il souhaite réintégrer la communauté des nations. La République islamique d'Iran soutiendra une suspension immédiate de l'embargo. En outre, elle organisera une livraison d'urgence de nourriture pour secourir les citoyens d'Irak. L'Iran propose que la suspension soit conditionnée à la bonne foi de l'Irak. A cet effet, nous soutenons la résolution 3659...

Scott Adler était venu à New York représenter les

Etats-Unis au Conseil de sécurité. L'ambassadeur américain aux Nations unies était un diplomate expérimenté, mais dans certaines situations la proximité de Washington était très commode, et c'était le cas aujourd'hui. *Pour l'intérêt que ça présente...*, pensa Adler avec amertume. Car le secrétaire d'Etat n'avait aucune carte à jouer. En diplomatie, le meilleur stratagème était souvent de faire exactement ce que réclamait votre adversaire. Ç'avait été leur plus grosse inquiétude en 1991 — voir l'Irak se retirer du Koweït. Du coup, l'Amérique et ses alliés n'auraient plus eu de raisons d'intervenir, et l'armée irakienne, bien sûr, aurait lancé plus tard une autre attaque... Ç'avait été, heureusement, une tactique trop intelligente pour les responsables irakiens. Mais d'autres avaient retenu la leçon. Lorsque vous exigez de quelqu'un qu'il fasse quelque chose pour avoir ce qu'il désire, et que ce quelqu'un le fait vraiment, eh bien, vous n'avez pas d'autre solution que d'obtempérer, n'est-ce pas ?

Adler avait été parfaitement briefé sur la situation. Mais les informations adéquates ne vous aident pas toujours. Désormais, les procédures compliquées des Nations unies étaient le seul moyen de retarder les choses, mais la marge de manœuvre était limitée lorsque les diplomates étaient pris d'un soudain enthousiasme... Adler aurait pu demander un report du vote pour s'assurer que l'Irak se conformait bien à toutes les anciennes exigences des Nations unies... Mais l'Iran avait déjà déjoué ce piège en soumettant au vote une résolution spécifiant la nature temporaire et conditionnelle de la suspension de l'embargo. Il avait bien fait comprendre aussi qu'il livrerait de toute façon de la nourriture — en fait, il avait déjà commencé, avec ses convois de camions. Une illégalité commise au vu et au su de tout le monde devient acceptable... Le secrétaire d'Etat jeta un coup d'œil à son ambassadeur — ils étaient amis depuis des années — et il vit son air ironique.

L'ambassadeur britannique considérait ses gribouillages crayonnés sur son bloc-notes, et le Russe étudiait des dépêches. Personne n'écoutait vraiment, car c'était inutile. D'ici deux heures, la résolution iranienne serait votée. Bon, ç'aurait pu être pire. Au moins, il aurait un moment pour s'entretenir en tête à tête avec l'ambassadeur chinois et l'interroger sur les manœuvres navales de son pays. Il avait déjà une idée de la réponse qu'il recevrait, mais il ne savait pas si ce serait la vérité ou non. Evidemment. *Je suis le secrétaire d'Etat de la nation la plus puissante du monde*, pensa Adler, *mais aujourd'hui, je suis un simple spectateur.*

26

MAUVAISES HERBES

Rien n'est plus triste qu'un enfant malade. Elle s'appelait Sohaila, MacGregor s'en souvenait. Un joli nom pour une petite fille mignonne et délicate. Son père était arrivé en la portant dans ses bras. Il semblait brutal — ce fut en tout cas la première idée de MacGregor, qui avait appris à se fier à ce genre d'impressions — mais à présent son inquiétude pour son enfant l'emportait sur tout le reste. Sa femme le suivait, accompagnée par un autre homme d'apparence arabe, en costume, et d'un Soudanais qui avait l'air d'un fonctionnaire — tout cela, le médecin le nota et l'oublia immédiatement. Ils n'étaient pas malades. Mais Sohaila, oui.

— Oh, re-bonjour, ma jeune demoiselle, dit-il avec un sourire rassurant. Tu ne te sens pas bien, n'est-ce pas? On va voir ça. (Puis, au père :) Suivez-moi.

A l'évidence, ces gens étaient importants pour

quelqu'un et ils devaient donc être traités en conséquence. MacGregor les conduisit à une salle d'examen. Le père allongea Sohaila sur la table et
s'écarta, laissant sa femme lui tenir la main. Les
deux autres — ce devait être des gardes du corps —
restèrent dans le couloir. Le médecin toucha le
front de la fillette. Elle était brûlante — au moins
trente-neuf de fièvre. Il se lava les mains avec soin
et enfila des gants, parce qu'on était en Afrique, ici,
et qu'en Afrique il fallait prendre ses précautions.
Température à l'oreille : trente-neuf quatre. Le
pouls était rapide, mais ça n'avait rien d'inquiétant
pour son jeune âge. Une brève vérification au stéthoscope confirma un rythme cardiaque régulier.
Rien de particulier aux poumons, même si elle respirait très vite.

Bon, jusqu'à présent, elle n'avait que de la fièvre,
ce qui était assez courant chez les jeunes enfants,
surtout lorsqu'ils se retrouvaient dans un nouvel
environnement.

— Que se passe-t-il avec votre fille? demanda-
t-il.

Cette fois, ce fut le père qui répondit.

— Elle ne mange plus, mais...

— Vomissements, diarrhées? demanda MacGregor en examinant ses yeux.

Rien à signaler de ce côté-là non plus, semblait-il.

— Oui, docteur.

— Vous êtes arrivés depuis peu, si je me souviens
bien? (L'homme ne répondit pas immédiatement,
et MacGregor le fixa.) Monsieur, j'ai besoin de
savoir.

— Exact. D'Irak. Il y a quelques jours.

— Et votre fille a un peu d'asthme, mais aucun
autre problème de santé, n'est-ce pas?

— C'est vrai. Et ses rappels de vaccins sont à
jour. Mais je ne l'ai jamais vue dans cet état.

La mère hocha simplement la tête. Le père, manifestement, avait pris les choses en main.

— Depuis que vous êtes ici, elle a mangé des

choses inhabituelles? Vous voyez, expliqua Mac-Gregor, certaines personnes supportent mal les voyages, et les enfants sont plus sensibles que la moyenne des gens. Ou alors, c'est l'eau de cette ville.

— Je lui ai donné de l'aspirine, mais ça n'a rien fait, dit la mère.

— Ce n'est pas l'eau, affirma le père. Notre maison possède son propre puits. L'eau est bonne.

Soudain, Sohaila gémit, se tourna et vomit sur la table d'examen et sur le sol carrelé. La couleur n'était pas normale. Il y avait des traces de rouge et de noir. Le rouge pour l'hémorragie actuelle, le noir pour une plus ancienne. Ce n'était ni le décalage horaire ni l'eau polluée. Un ulcère, peut-être? Une intoxication alimentaire? MacGregor plissa les yeux et vérifia instinctivement ses gants. La mère cherchait une serviette pour...

— N'y touchez pas, dit-il doucement.

Puis il prit la tension de l'enfant. Elle était basse, ce qui confirmait l'idée d'une hémorragie interne.

— Sohaila, j'ai peur que tu ne sois obligée de passer la nuit avec nous, pour que nous puissions te remettre sur pied, dit-il.

Il travaillait en Afrique depuis assez longtemps pour savoir qu'il fallait toujours faire comme si le pire était à craindre. Puis il essaya de se rassurer en se disant que ce ne pouvait pas être *aussi* grave que ça.

Ce n'était pas exactement comme au bon vieux temps, mais Bart Mancuso était content. Ç'avait été une belle guerre, et ses sous-marins avaient fait leur travail. Il avait perdu l'*Asheville* et le *Charlotte* — avant même le début des hostilités —, mais c'était tout. Ses bâtiments avaient accompli toutes les missions qui leur avaient été assignées, ils avaient attaqué les forces sous-marines ennemies au cours d'une embuscade soigneusement planifiée, ils avaient appuyé une brillante opération spéciale, lancé des missiles d'assaut en profondeur et, comme toujours, recueilli des renseignements tactiques vitaux. Son meilleur coup, estimait le Comsubpac, avait été de rappeler les sous-marins mis à la retraite. Ils étaient trop gros et trop peu maniables pour servir de bâtiments d'attaque rapide, mais ils avaient répondu aux besoins de la situation! Et lui, il avait fait le boulot pour lequel on le payait. Et là, aujourd'hui, il en avait un autre.

— Bon, qu'est-ce qu'ils magouillent, cette fois? demanda-t-il à son patron, l'amiral Dave Seaton.

— Personne n'en sait rien. (Seaton était venu jeter un coup d'œil sur place; comme tout bon officier, il s'arrangeait pour échapper à son bureau le plus souvent possible, même si cela signifiait seulement rendre visite à un collègue.) C'est peut-être juste un exercice naval, mais comme on a un nouveau président, il se peut qu'ils aient envie de le mettre à l'épreuve pour voir ce qui va se passer.

Les militaires n'aimaient pas ce genre de « tests », parce que en général ils y jouaient leur vie.

— Je connais le président, patron, répondit Bart d'un ton calme.

— Oh?

— Pas très bien, mais vous avez entendu parler d'*Octobre rouge*?

Seaton grimaça.

— Bart, si jamais vous me racontez ça, l'un de nous deux sera obligé de tuer l'autre, et je suis plus fort que vous.

L'histoire en question, l'un des secrets les mieux gardés de la marine, ne s'était toujours pas ébruitée, malgré les nombreuses rumeurs.

— Amiral, vous avez besoin de savoir ce que notre autorité nationale de commandement a entre les jambes. Ce gars-là a été mon compagnon de bord.

Le CINCPAC considéra Mancuso en fronçant les sourcils.

— Vous rigolez!

— Ryan était dans ce sous-marin avec moi. En fait, il y était avant moi.

Mancuso ferma les yeux, ravi de pouvoir finalement raconter cette histoire. Dave Seaton était un commandant en chef qui montait au front et il avait le droit de savoir quel genre d'homme donnait désormais les ordres depuis Washington.

— En effet, j'ai entendu dire qu'il avait participé à l'opération, et même qu'il était à bord, mais j'ai toujours pensé que c'était à Norfolk, quand le bâtiment était dans le bassin 8-10. C'était un espion, une de ces lavettes du renseignement...

— Au contraire ! Il a descendu un type — un coup de revolver dans la chambre des missiles ! — avant que je monte à bord. Il était au gouvernail lorsqu'on s'est emparés de cet Alpha. Il avait une trouille bleue, mais il n'a pas flanché. Le président qu'on a aujourd'hui était là, ouais, et il a fait ce truc. Et donc, si les Chinois veulent le mettre à l'épreuve, je parie sur lui ! Peut-être que c'est pas l'impression qu'il donne à la télé, mais je suis prêt à suivre ce fils de pute là où il voudra.

— C'est bon à savoir, dit Seaton.

— Bon, quelle est notre mission ? demanda le SUBPAC.

— J-3 veut qu'on les prenne en filature.

— Vous connaissez Jackson mieux que moi. Quels sont les paramètres ?

— Si c'est un exercice naval et rien de plus, on l'observe à couvert. Si ça change, on leur fait savoir qu'on est concernés. Et on ne tournera pas autour du pot, Bart. Parce que j'ai pas grand-chose sous la main.

Il leur suffisait de regarder par la fenêtre pour le constater. L'*Enterprise* et le *John Stennis* étaient en cale sèche. Le CINCPAC n'avait pas un seul porte-avions à déployer et ce, pour les deux mois à venir. Ils avaient envoyé le *Johnnie Reb* avec seulement deux lignes d'arbres à cames pour reprendre les Mariannes, mais maintenant il était en panne, avec d'énormes trous qu'on attaquait au chalumeau entre le pont d'envol et la première plate-forme, tandis qu'on fabriquait de nouvelles turbines et des réducteurs. Habituellement, la marine des États-Unis faisait ses démonstrations de force avec ses porte-avions. C'était là, sans doute, le but du plan chinois — voir comment les Américains se comportaient lorsqu'ils n'avaient pas les moyens substantiels de réagir — ou qu'ils *semblaient* ne pas les avoir.

— Vous me couvrirez vis-à-vis de DeMarco? demanda Mancuso.

— C'est-à-dire?

— Il est de l'ancienne école. Il pense qu'on ne doit pas se faire repérer. Moi, au contraire, j'estime que ça vaut parfois le coup. Si vous voulez que je mette la pression sur les Chinois, il faut qu'ils s'en rendent compte, non?

— Je rédigerai mes ordres dans ce sens. La façon dont vous les appliquerez, c'est votre affaire. Et si un commandant de sous-marin demande à son second d'aller s'échouer sur la plage, je veux une cassette vidéo pour ma collection.

— Dave, voilà un ordre qu'on peut comprendre. Je vous fournirai même le numéro de téléphone de ce gars-là.

— Et y a foutrement rien à faire..., conclut Cliff Rutledge.

— Bon sang, Cliff, répondit Scott Adler, j'avais besoin de personne pour m'apprendre ça.

L'idée, c'était de voir vos subordonnés vous proposer des solutions et non de vous les enlever — ou, dans ce cas précis, de vous dire ce que vous saviez déjà.

Ils avaient plutôt eu de la chance, jusqu'à présent. Rien n'avait filtré dans les médias. Washington était toujours sous le choc, les jeunes fonctionnaires qui avaient remplacé leurs supérieurs n'avaient pas encore assez confiance en eux-mêmes pour laisser fuir des informations sans autorisation, et les hommes nommés aux postes clés par le président Ryan étaient remarquablement loyaux à leur chef — l'avantage d'avoir choisi des personnalités étrangères au sérail politique... Mais cela ne durerait pas, surtout avec une nouvelle aussi juteuse que la naissance d'une nation constituée de deux ennemis des Etats-Unis qui, chacun, avaient fait couler du sang américain !

— Je suppose qu'on pourrait ne rien faire, observa Rutledge d'un air détaché, se demandant quelle serait la réaction de son interlocuteur.

Et c'était différent de « ne rien pouvoir faire » — le genre de subtilités sémantiques qu'on n'avait pas oubliées chez les fonctionnaires washingtoniens.

— Cette position entraînera seulement des développements contraires à nos intérêts, fit remarquer un autre membre du cabinet avec mauvaise humeur.

— Parce que c'est mieux de proclamer notre impuissance, peut-être ? répliqua Rutledge. Dire qu'on n'est pas d'accord, et être incapable d'intervenir, c'est pire que de ne pas prendre de position du tout.

Adler pensa qu'on pouvait faire confiance à un type de Harvard pour avoir une syntaxe excellente et une coupe de cheveux parfaite — et, dans le cas de Rutledge, pas grand-chose de plus. Cet officier de carrière du Service des affaires étrangères — FSO — était arrivé au sixième étage sans le moindre faux pas, une autre façon de dire qu'il n'avait jamais pris d'initiative. Mais il avait d'excellentes relations — ou, du moins, il en avait eu. Aujourd'hui, il était atteint de la maladie la plus grave des gens du FSO : tout était négociable. Adler ne voyait pas les choses ainsi. On était parfois obligé de se battre, parce que, dans le cas contraire, c'était votre adversaire qui décidait du champ de bataille et qui, alors, contrôlait la situation. Les diplomates avaient pour mission d'empêcher la guerre, un travail sérieux, qu'ils menaient à bien en sachant exactement quelles positions tenir et où étaient les limites de la négociation. Mais pour le sous-secrétaire d'Etat adjoint, c'était juste une danse sans fin. Avec quelqu'un d'autre pour la mener. Hélas, Adler n'avait pas assez de pouvoir pour virer ce gars-là, ou au moins le nommer ambassadeur à un endroit où il ne risquerait pas de faire de vagues. Lui-même devait encore être confirmé dans ses fonctions par le nouveau Sénat.

— Alors on considère ça comme un problème régional ? demanda un autre diplomate.

Adler tourna lentement la tête. Rutledge cherchait-il à établir un consensus ?

— Non, pas du tout, affirma le secrétaire d'Etat, obligé de défendre ses positions dans sa propre salle de conférences ! Il y va de la sécurité des Etats-Unis. Nous avons promis notre soutien à l'Arabie Saoudite.

— Des tranchées dans le sable ? ricana Cliff. Aucune raison de se mettre à creuser, pour le moment... Ecoutez, soyons raisonnables. L'Iran et l'Irak fusionnent et forment cette nouvelle République islamique unie, parfait. Et puis quoi ? Il leur faudra des années pour organiser leur nouveau pays. En même temps, les forces qui sont à l'œuvre en Iran, nous le savons, affaibliront le régime théocratique qui nous emmerde depuis si longtemps. Ce n'est pas un marché à sens unique, n'est-ce pas ? On peut s'attendre aussi à ce que les éléments laïques de la société irakienne prennent de l'importance en Iran. Si on panique et qu'on fait des vagues, on facilitera les choses à Daryaei et à ses fanatiques. Mais si on prend cette affaire tranquillement, leur rhétorique contre nous n'a plus de sens. OK, on ne peut pas empêcher cette fusion, n'est-ce pas ? conclut Rutledge. Dans ce cas, on fait quoi ? On considère ça comme une occasion d'engager un dialogue avec cette nouvelle nation.

Cette analyse avait une certaine logique, estima

Adler — qui remarqua aussi quelques timides hochements de tête autour de la table. Ce gars-là connaissait les mots qui marchaient. Occasion. Dialogue.

— Les Saoudiens vont être vraiment ravis — et ils vont se poser des questions, protesta quelqu'un à l'extrémité de la table. (C'était Bert Vasco, le plus jeune.) Monsieur Rutledge, je pense que vous sous-estimez la situation. L'Iran a organisé l'assassinat de...

— Nous n'avons aucune preuve, n'est-ce pas ?

— Et Al Capone n'a jamais été condamné pour le massacre de la Saint-Valentin, mais j'ai vu le film... (Sa visite au Bureau Ovale avait musclé la rhétorique de Vasco. Adler leva un sourcil amusé.) Quelqu'un orchestre tout ça. Il a commencé avec ce meurtre, puis il a continué avec l'évacuation du haut commandement militaire et avec les exécutions des responsables du parti Baas. Et maintenant, ce renouveau religieux... Ce que je vois, c'est une recrudescence du nationalisme et du fanatisme religieux. Qui atténuera certainement les influences laïques modératrices auxquelles vous faites allusion. La dissidence intérieure iranienne va mettre au moins un an à se remettre de ces événements — et nous n'avons aucune idée de la suite. Daryaei est un conspirateur — et un bon. Il est patient, il se donne à fond et c'est un gars sans pitié.

— Il est au bout du rouleau, protesta l'un des alliés de Rutledge. Il a plus de soixante-dix ans !

— Il ne fume pas et il ne boit pas, répliqua Vasco. Sur toutes les vidéos qu'on a de lui en public, il a l'air plutôt vigoureux. On a déjà fait l'erreur de sous-évaluer cet homme.

— Il n'est plus en contact avec la population de son pays.

— Il vient de remporter un certain nombre de victoires et tout le monde aime les vainqueurs, conclut Vasco.

— Bert, peut-être que ça t'ennuie de perdre ton

bureau irakien, maintenant qu'ils ont formé cette République islamique unie, plaisanta quelqu'un.

C'était un coup bas, porté par un ancien à un jeune, et des petits rires autour de la table le lui rappelèrent. Le silence qui en résulta indiqua au secrétaire d'Etat qu'ils étaient effectivement arrivés à un consensus — mais pas celui qu'il souhaitait. Il était temps de reprendre la situation en main.

— OK, on passe au point suivant, dit-il. Le FBI vient nous voir demain pour discuter de la lettre volée. Et devinez ce qu'il nous apporte ?

— Non, pas encore le détecteur de mensonges ! gémit quelqu'un.

Personne ne remarqua l'expression de Rutledge.

— Vous n'avez qu'à considérer ça comme un test de sécurité de routine, dit le secrétaire d'Etat à ses principaux collaborateurs.

— Bon sang, Scott ! s'exclama Cliff, parlant au nom des autres. Ou on nous croit, ou on ne nous croit pas. J'ai déjà perdu des heures, avec ces types.

— Vous savez, on n'a jamais retrouvé non plus la lettre de démission de Nixon, ajouta quelqu'un.

— C'est peut-être Kissinger qui l'a, plaisanta un troisième.

— Demain, dit Adler. On commence à dix heures. Et je fais partie du lot.

Cela dit, il estimait, lui aussi, que c'était une perte de temps.

Sa peau était très claire, ses yeux gris, et ses cheveux tiraient sur le roux — il devait y avoir quelque part dans ses ancêtres une Anglaise, pensait-il, en tout cas c'était la blague qui courait dans la famille. L'avantage, c'était qu'il pouvait passer pour un Anglo-Saxon. Et si c'était encore le cas aujourd'hui, c'est qu'il avait toujours été suffisamment prudent pour rester vivant. Au cours de ses rares opérations « publiques », il avait teint ses cheveux, il avait porté des lunettes noires, et laissé pousser sa barbe — elle était noire —, ce qui lui avait valu quelques plaisanteries chez les siens. On l'avait traité de « Movie Star », star de ciné, et il avait gardé le surnom. Mais il était toujours là, alors que la plupart de ceux qui l'avaient charrié étaient morts, à présent. Peut-être que les Israéliens avaient des photos de lui, on ne pouvait jamais savoir avec eux, et ils partageaient rarement leurs informations, même avec leurs patrons américains — ce qui était stupide.

Il arriva de Francfort à Dulles International Airport, avec les deux sacs de l'homme d'affaires sérieux qu'il était et rien d'autre à déclarer qu'un litre de scotch acheté dans un duty-free allemand. La raison de sa visite aux Etats-Unis ? Travail et plaisir. On peut se rendre à Washington sans problème, maintenant ? Oui, terrible histoire. Il avait vu les reportages aux infos. Affreux, n'est-ce pas ? Les choses étaient redevenues normales, maintenant ? Parfait.

Sa voiture de location l'attendait. Il se rendit à un hôtel proche, fatigué par son long voyage. Il acheta un journal, commanda un dîner, et alluma la télévision. Cela fait, il brancha son ordinateur portable sur la prise du téléphone — tous les hôtels étaient équipés des fiches nécessaires, désormais —, se connecta sur le Net et prévint Badrayn par e-mail qu'il était entré dans le pays sans problème pour sa mission de reconnaissance. Un programme de cryptage (disponible dans le commerce) transforma sa phrase codée incompréhensible en un charabia absolu.

— Bienvenue à bord. Je m'appelle Clark, dit John à sa première classe de quinze recrues.

Il était bien mieux habillé que d'habitude, avec un costume sur mesure, une chemise à col boutonné et une cravate rayée. Rassembler le premier groupe avait été plus facile que prévu. La CIA, malgré Hollywood, était populaire chez les Américains. Il y avait toujours au moins dix candidats pour chaque poste proposé, et une recherche informatique avait suffi à Clark pour trouver quinze candidats correspondant aux paramètres du Plan bleu. Tous étaient des officiers de police avec un diplôme universitaire, au moins quatre ans de service, et un dossier sans tache qui serait de nouveau vérifié ultérieurement par le FBI. Que des hommes, ce qui était sans doute une erreur, pensa Jack, mais pour le moment c'était sans importance. Douze Blancs, deux Noirs, et un Asiatique. Tous issus des forces de police de grandes villes, et tous parlant au moins deux langues.

— Je suis un officier de renseignements de terrain, expliqua-t-il. Ni un « espion » ni un « agent ». Je dis bien un *officier*. Je fais ça depuis un certain temps. Je suis marié et j'ai deux enfants. Ceux, parmi vous, qui pensent qu'ils vont rencontrer une blonde canon et descendre des gens peuvent arrêter tout de suite. Ce boulot est la plupart du temps ennuyeux, surtout si vous êtes assez malins pour le faire correctement. Vous êtes tous flics, et donc vous connaissez déjà l'importance de cette mission. Nous avons affaire à des crimes graves et notre job est de rassembler des informations pour les empêcher avant que des gens soient tués. Nous y parvenons en transmettant nos renseignements aux collègues qui en ont besoin. Certains étudient des photos satellites ou essaient de lire le courrier d'autres personnes. Nous, nous sommes chargés de la pire des tâches : le contact direct avec des informateurs. Certains sont des gens bien, avec des motivations correctes. Certains le sont moins, et ils veulent de l'argent ou de la considération. Mais ce qu'ils sont ne compte pas. Vous avez déjà tous travaillé avec des balances, dans la rue, qui n'étaient pas toutes des mères Teresa, d'accord ? Ici, c'est pareil. Ceux-là seront peut-être mieux éduqués, ou plus puissants, mais pas fondamentalement différents des autres. Et il vous faudra être loyaux avec eux, et les protéger, mais vous aurez aussi à tordre leurs petits cous maigres de temps en temps. Si vous merdez, ces gens-là mourront, et suivant vos zones d'intervention, leurs femmes et leurs enfants mourront aussi. Si vous pensez que je rigole, là, vous vous trompez. Vous allez vous retrouver dans certains pays où les lois fonctionnent à la tête du client. Vous avez vu ça à la télé, ces derniers jours, OK?

Les images des exécutions de certains responsables du parti Baas, à Bagdad, avaient fait le tour du monde. Les auditeurs de Clark hochèrent la tête gravement.

— La plupart du temps, poursuivit-il, vous ne serez pas armés, sur le terrain. C'est votre intelligence qui vous sauvera. Vous risquerez parfois votre vie. J'ai perdu des amis, en opération. Peut-être qu'aujourd'hui la planète est plus calme — mais pas partout. Et vous n'irez pas dans les meilleurs endroits, les gars, leur promit John.

Au fond de la pièce, Ding Chavez se retenait de ne pas rigoler.

— Quel est l'intérêt de ce boulot? poursuivit Clark. Voyons, c'est quoi l'intérêt d'être flic? Réponse: chaque fois que vous mettez un méchant hors d'état de nuire, vous sauvez des vies. Dans votre nouveau job, obtenir les bonnes informations sauve aussi des vies. Beaucoup de vies. Et donc, bienvenue à bord. Je suis votre prof. Ici, vous trouverez la formation stimulante et difficile. On commence demain matin à huit heures et demie.

A ces mots, John quitta l'estrade et gagna le fond de la pièce. Chavez lui ouvrit la porte et ils sortirent au grand air.

— Doux Jésus, monsieur C., dites-moi où je peux signer.

— Et merde, Ding, fallait bien que je leur raconte quelque chose!

John n'avait pas prononcé un aussi long discours depuis des années.

— Alors, vous les avez, mes infos sur ce Zhang Han San ? demanda Ryan.

— La cinquantaine, mais il fait plus jeune que son âge, dix kilos de trop, dans les un mètre soixante-dix, moyen en tout, voilà ce que dit notre ami Yamata, répondit Dan Murray en consultant ses notes. Calme et réfléchi. Il a réussi à le rouler.

— Oh, s'exclama Mary Pat. Comment ça ?

— Yamata était aux Mariannes quand nous avons repris le contrôle de la situation. Il a appelé Pékin pour trouver un endroit sûr où se planquer. M. Zhang a réagi comme si c'était un faux numéro. « Quel marché ? Nous n'avons aucun marché », imita le directeur du FBI. Et après ça, la ligne a sonné occupée tout le temps. Notre ami japonais considère ça comme une trahison personnelle.

— On dirait qu'il chante comme un canari, observa Ed Foley. Vous ne trouvez pas ça suspect ?

— Non, répondit Ryan. Pendant la Seconde Guerre mondiale, les prisonniers japonais disaient tout, eux aussi.

— Le président a raison, confirma Murray. J'ai posé moi-même la question à Tanaka. Il prétend que c'est un truc culturel. Yamata veut se suicider — leur moyen honorable de se faire la malle — mais ils le surveillent de très près. Ils lui ont même ôté ses lacets. La disgrâce qui en résulte est si terrible que notre gars n'a plus de raisons particulières de garder ses petits secrets. Sacrée technique d'interrogatoire, hein ? Zhang est censé être diplomate — Yamata a dit qu'il faisait partie d'une délégation commerciale —, mais le Département d'Etat n'en a jamais entendu parler. Les Japonais n'ont pas non plus son nom sur leurs listes. Pour moi, conclut-il, ça fait de lui un espion, et donc...

Il considéra les deux Foley.

— J'ai vérifié, répondit Mary Pat. Que dalle. Mais c'est peut-être pas son vrai nom ?

— Et même si ça l'était, ajouta son mari, nous ne

636

connaissons pas grand-chose sur leurs services de renseignements. Si je devais faire une supposition (et il la fit), je dirais que c'est un politique. Pourquoi ? Il a monté un coup, discret, mais gros. Leur armée est toujours en état d'alerte, raison pour laquelle les Russes sont nerveux. Qui que ce soit, en tout cas, c'est un très bon joueur.

Ce qui n'était pas exactement une révélation.

— Vous ne pouvez rien faire pour le découvrir ? demanda Murray avec diplomatie.

— On n'a personne sur le terrain, du moins pour ça, répondit Pat Foley en secouant la tête. Nous avons un couple qui forme une bonne équipe à Hong Kong et a installé un joli petit réseau. Deux agents à Shanghai. A Pékin, on a quelques agents de moindre importance au ministère de la Défense, mais nous visons le long terme, avec eux, et les utiliser là-dessus risquerait simplement de les mettre en danger. Dan, notre problème avec la Chine, c'est que nous ne savons pas exactement comment fonctionne leur gouvernement. Nous avons tout juste une idée de sa complexité. Nous pensons connaître les membres de leur Bureau politique. L'un de ses gros bonnets est peut-être mort, aujourd'hui, et ça fait plus d'un mois qu'on se démène pour en avoir la certitude ! Même les Russes nous font savoir quand ils enterrent l'un des leurs, ajouta la DDO en buvant une gorgée de vin.

Ryan aimait bien inviter ses plus proches conseillers à prendre un verre après la fermeture des bureaux. Il ne lui était pas venu à l'esprit qu'il allongeait ainsi leur journée de travail, et court-circuitait son propre conseiller à la sécurité nationale. Mais, même si Ben Goodley était loyal et futé, Jack Ryan voulait un accès direct aux informations aussi souvent que possible.

Ed Foley poursuivit les explications de sa femme.

— Voyez-vous, on croit avoir repéré ceux qui mènent le jeu politique là-bas, mais on n'a jamais réussi à contrôler les seconds couteaux. Le mécanisme est simple quand on y réfléchit, mais il nous a fallu pas mal de temps pour le piger. On parle de vieillards, ici. Ils ont du mal à se déplacer. Ils ont donc besoin de gens pour leur servir d'yeux et d'oreilles, et au fil des années ces gens-là ont acquis pas mal de pouvoir. Qui fait vraiment la loi ? On n'en est pas sûrs, et si on ne peut même pas découvrir leur identité, on n'a aucun moyen de le savoir.

— Je comprends ça, mes amis, grommela Murray, en prenant sa bière. Quand je travaillais sur le crime organisé, on reconnaissait parfois les parrains de la Mafia en observant le gars qui ouvrait les portières de leurs voitures. Foutu boulot, ça oui.

La formule la plus gentille que les Foley avaient jamais entendue dans la bouche d'un agent du FBI à propos de la CIA...

— Ça justifie le Plan bleu, murmura Jack.

— Alors, j'imagine que vous serez content d'apprendre que les quinze premiers sont sur la rampe de lancement en ce moment même, annonça le DCI. John Clark a dû leur faire son discours d'accueil il y a quelques heures.

Ryan avait étudié le plan de dégraissage de la CIA proposé par Foley. En restant dans des limites raisonnables, les réductions de personnel envisagées permettraient de réaliser une économie de cinq cents millions de dollars sur les cinq prochaines années, tout en augmentant le nombre d'officiers de terrain. Le Congrès serait ravi. Mais comme une bonne part des dépenses de la CIA venait des caisses noires du budget fédéral, peu le sauraient. A moins que..., songea Ryan. Il pouvait y avoir des fuites.

Les fuites ! Il avait toujours détesté ça. Mais aujourd'hui, cela ne faisait-il pas partie de l'art de gouverner ? Mais que devait-il en penser ? Que c'était acceptable maintenant que c'était lui qui les pratiquait ou les permettait ? Et merde ! Les lois et les principes, ça ne marchait pas comme ça ! Mais à quoi exactement était-il censé se tenir : à quelle idée, à quel idéal, à quels principes ?

Le garde du corps se nommait Saleh. Il était robuste, comme l'exigeait sa profession, et donc du genre à refuser la maladie. Un homme dans sa situation ne pouvait tout simplement pas admettre une telle faiblesse. Mais ses malaises n'avaient pas cessé, contrairement à ce qu'il avait pensé et à ce que ce médecin lui avait dit. Mais, bon, tous les hommes pouvaient souffrir de l'estomac. Et puis il avait vu du sang dans ses selles... Il avait laissé un peu traîner, essayant de se persuader que son état s'arrangerait de lui-même, comme quand on avait la grippe. Mais ça n'avait pas été le cas, et, finalement, il avait commencé à avoir peur. Le jour n'était pas encore levé lorsqu'il quitta la villa et partit pour l'hôpital en voiture. En chemin, il s'arrêta pour vomir, et évita délibérément de regarder ce qu'il avait rendu au bord de la route. Il se sentait de plus en plus mal. Aller jusqu'à la salle des urgences (ou du moins ce qui en faisait office dans ce pays) absorba ses dernières forces. Là, effrayé par l'odeur de l'hôpital, il attendit qu'on retrouve son dossier; puis lorsqu'une infirmière noire appela enfin son nom, il se leva avec toute la dignité dont il était encore capable et il pénétra dans la même salle d'examen que lors de sa précédente visite.

Le second groupe de dix criminels n'était guère différent du premier, si ce n'est qu'il ne comptait aucun apostat. C'était facile de détester ces gens-là, pensa Moudi, en observant leurs visages cireux et leurs manières furtives. Ça venait surtout de leur expression. Ils avaient vraiment des têtes de criminels et ils refusaient de croiser son regard. On lisait en eux un mélange de peur et de brutalité.

— Nous avons des malades, ici, leur expliqua-t-il. Vous avez été choisis pour vous occuper d'eux. Si vous faites correctement votre travail, vous recevrez une formation d'infirmiers qui vous sera utile dans les prisons où vous êtes enfermés. Dans le cas contraire, vous regagnerez vos cellules et vos sentences seront exécutées. Si vous vous conduisez mal, vous serez sévèrement punis.

Ils acquiescèrent d'un signe de tête. Ils s'y connaissaient, en punitions. Les geôles iraniennes n'étaient pas réputées pour leur bienveillance. Ni, à l'évidence, pour leur régime alimentaire. Ils avaient tous le teint pâle et les yeux chassieux. Mais bon, quelle sollicitude méritaient ces gens-là ? se demanda Moudi. Tous étaient coupables de graves crimes. La pitié qu'il ressentait pour eux n'était qu'un reste de sa pratique médicale, qui l'obligeait à les considérer comme des êtres humains. Mais ça passerait. C'étaient des voleurs, des cambrioleurs, des pédérastes, ils avaient violé la loi dans un pays où celle-ci était l'œuvre de Dieu, et si celle-ci était sévère, elle était juste, aussi. S'ils étaient traités durement en comparaison des critères occidentaux — les Européens et les Américains avaient une étrange conception des droits de l'homme : qu'en était-il des droits des victimes de ces gens-là ? —, tant pis pour eux, pensa Moudi. Ça faisait longtemps qu'Amnesty International avait cessé de se plaindre des prisons iraniennes. Peut-être que cette organisation pourrait s'intéresser un peu aussi à la façon dont étaient traités les fidèles dans certains pays ? Il fit un signe de tête au responsable des gardes, qui hurla ses ordres aux nouveaux « infirmiers ».

Tous avaient été déshabillés, douchés, rasés ; puis ils avaient enfilé des blouses chirurgicales, avec des chiffres inscrits sur le dos, et chaussé des pantoufles de toile. Des gardes armés leur avaient fait franchir un sas ; de l'autre côté se trouvaient des médecins militaires ; un soldat se tenait tout seul à l'écart, avec un pistolet dans ses mains gantées. Moudi retourna à la salle de sécurité pour les surveiller par le système de caméras intérieures. Sur ses écrans en noir et blanc, il les vit avancer dans le couloir en regardant autour d'eux avec curiosité — à la recherche, certainement, d'un moyen de s'échapper. Ils considéraient le garde, qui restait toujours à quelques mètres d'eux. Au passage, chacun reçut un seau en plastique contenant divers instruments.

Ils avaient sursauté en découvrant les médecins en combinaison de protection, mais ils avaient continué à avancer en traînant les pieds. Ils s'arrêtèrent à l'entrée de la salle de soins. Peut-être à cause de l'odeur ? Ou de ce qu'ils voyaient ?

L'un d'eux finit sans doute par comprendre que cette chose-là, c'était... Sur l'écran, Moudi vit un médecin lui faire signe de se dépêcher. L'homme hésita, puis il cria quelque chose. Un instant plus tard, il jeta son seau par terre et agita le poing ; ses compagnons observaient la scène en silence...

... Le garde apparut dans un coin de l'image, son pistolet levé. Il fit feu sur lui, en plein visage, à bout portant — c'était étrange de le voir tirer, sans rien entendre. Son corps s'affaissa sur le sol, laissant des traînées noires sur le mur gris. Un médecin fit un signe à l'un des prisonniers qui ramassa immédiatement le seau et pénétra dans la salle. Ce groupe-là ne poserait plus de problèmes. Moudi se tourna vers le second écran.

Celui-là était relié à une caméra couleur — c'était indispensable pour surveiller leur expérience — qui permettait des panoramiques et des zooms. Moudi s'intéressa au lit du coin, celui du patient numéro un. Le nouvel arrivant, avec le chiffre 1 inscrit sur son dos et sur son seau, resta un instant devant lui, sans savoir quoi faire. Cette pièce était sonorisée, mais avec un seul micro non directionnel, que l'équipe de sécurité avait coupé depuis longtemps car les gémissements et les pleurs de mourants qu'il retransmettait étaient trop affreux et leur sapaient le moral. C'était l'apostat, comme prévu, qui allait le plus mal. Pourtant, il tentait de réconforter ses camarades les plus proches. Il avait même essayé de les convaincre de prier avec lui, mais leurs prières ne correspondaient pas, et ses voisins n'étaient pas des gens à s'adresser à Dieu, même dans la pire des situations.

L'« infirmier » numéro un observa encore un moment sans rien faire le patient numéro un, un meurtrier attaché à son lit par des menottes de cheville. En zoomant, Moudi vit que le bracelet lui avait arraché la peau. Il y avait une tache rouge sur le matelas. L'homme — *le condamné,* rectifia Moudi pour lui-même — paraissait souffrir, et l'« infirmier » numéro un se souvint soudain des ordres. Il enfila ses gants en plastique, mouilla son éponge et la passa sur le front du malade ; Moudi déplaça la caméra. Les autres « infirmiers » l'imitèrent, et les médecins militaires se retirèrent.

Les soins des malades n'étaient pas très poussés. C'était inutile, puisqu'ils avaient déjà rempli leur mission, et cela facilitait beaucoup la vie de tout le monde. Pas d'intraveineuses ni d'aiguilles à surveiller. Leur contamination avait confirmé que cette souche Ebola Mayinga était effectivement transmissible par l'air, et il ne restait plus qu'à prouver à présent que le virus n'avait pas perdu de sa virulence au cours de son processus de reproduction... et que le premier groupe pouvait le transmettre au second. Moudi constata que la plupart des « infirmiers » faisaient ce qu'on leur avait ordonné — mais de façon approximative, avec des coups d'éponge rapides, sans la moindre douceur, pour se débarrasser au plus vite de leur tâche. Quelques-uns, pourtant, semblaient éprouver une sincère compassion. Peut-être Allah noterait-il leur esprit charitable et ferait-il preuve de pitié à leur égard lorsque leur tour viendrait ?

Dans moins de dix jours, à présent...

— Les bulletins scolaires, dit Cathy lorsque Jack entra dans la chambre.

— Bons ou pas ? demanda-t-il.

— Si tu voyais par toi-même ? suggéra sa femme.

Ils n'étaient pas si mauvais que ça. Les commentaires des professeurs indiquaient que la qualité des devoirs à la maison était meilleure, ces dernières semaines. Les agents du Service secret servaient au moins à ça..., songea Jack. D'un certain côté, c'était plutôt rigolo — mais d'un autre... des étrangers qui se chargeaient d'une mission normalement dévolue au père... L'idée lui serra l'estomac. La loyauté des agents montrait simplement ses propres carences vis-à-vis de ses enfants.

— Si Sally veut entrer à Hopkins, elle va devoir s'intéresser davantage à ses cours de science, observa Cathy.

— C'est encore une gamine, murmura Jack.

Pour lui, c'était toujours la petite fille qui...

— Elle grandit, et tu sais quoi? Elle aime beaucoup un jeune footballeur. Il se nomme Kenny et il est assez sympa, dit Surgeon, mais il aurait besoin d'aller chez le coiffeur. Ses cheveux sont plus longs que les miens.

— Oh, merde, répondit Swordsman.

— Je suis surprise qu'elle ait attendu si longtemps. J'ai commencé à sortir avec des garçons quand j'avais...

— Je ne veux pas le savoir, grommela Ryan.

— Hé, c'est toi que j'ai épousé, non? (Une pause.) Y a moyen de se glisser dans la Chambre Lincoln, tu crois?

Jack remarqua le verre sur sa table de nuit. Elle avait dû boire un ou deux digestifs. Elle n'avait donc pas d'opération, demain.

— Il n'y a jamais dormi, bébé. On l'a nommée ainsi à cause du...

— ... Du tableau. Je sais. J'ai demandé. Mais j'aime le lit, expliqua-t-elle avec un petit sourire. (Elle reposa le dossier médical qu'elle étudiait et ôta ses lunettes. Puis elle tendit les bras vers lui, comme un petit enfant demandant un câlin.) Tu sais, je n'ai jamais fait l'amour avec l'homme le plus puissant de la planète — du moins pas cette semaine.

— C'est une bonne période?

Cathy n'avait jamais pris la pilule.

— On s'en fiche, répondit-elle.

— Tu ne veux tout de même pas un autre...

— Peut-être que ce n'est pas un problème, pour moi...

— Mais tu as quarante ans, objecta POTUS.

— Ah, merci bien! Qu'est-ce qui t'inquiète?

— Rien, j'imagine, répondit POTUS après avoir réfléchi un moment à la question. Après tout, je n'ai jamais fait cette vasectomie, n'est-ce pas?

— Non, et tu n'en as même pas parlé avec Pat, alors que tu l'avais promis... Et si tu le fais maintenant, poursuivit FLOTUS avec un sourire malicieux, ce sera dans *tous* les journaux et peut-être même en direct à la télé. Arnie te dira que ça plaira aux partisans de la croissance zéro, et tu te laisseras convaincre. Mais il faut tenir compte aussi des implications concernant la sécurité nationale.

— *Pardon?*

— Si on coupe les couilles au président des Etats-Unis, on ne respectera plus l'Amérique, n'est-ce pas?

Jack faillit éclater de rire, mais il se retint. Le membre du détachement de protection, dans le couloir, aurait pu les entendre.

— Qu'est-ce qui t'arrive? murmura-t-il à Cathy.

— Peut-être que je commence à m'adapter à cette nouvelle existence? Ou que j'ai simplement envie de m'envoyer en l'air?

Le téléphone sonna près de son lit. Avec une grimace silencieuse, Cathy décrocha.

— Oui, c'est moi, docteur Sabo. Mme Emory? Okay. Non, je ne crois pas. Non, c'est absolument exclu. Pas avant demain, et je me fiche de savoir qu'elle est agitée. Donnez-lui quelque chose pour dormir. Les bandages restent en place tant que je n'aurai pas décidé du contraire. Oui. 'Soir, docteur. (Elle raccrocha en grommelant.) C'est mon opération des cristallins de l'autre jour. Elle râle parce qu'on lui a mis des pansements, mais si on les enlève trop tôt...

— Attends une minute, il a appelé sur...

— Ils ont notre numéro.

— *Notre* ligne directe ?

Celle-là ne passait même pas par le service des Transmissions, mais elle devait être sur écoute, comme toutes les lignes de la Maison-Blanche.

— Ils avaient le numéro de notre précédente maison, n'est-ce pas ? lui rappela Cathy. Moi, chirurgienne, moi traiter patients, moi toujours joignable quand moi avoir malades.

Jack s'allongea à côté d'elle et murmura :

— Tu ne veux pas vraiment avoir un autre bébé, n'est-ce pas ?

— Ce que je veux, c'est faire l'amour avec mon mari. Je ne peux pas toujours faire la difficile avec les bonnes ou les mauvaises périodes, d'accord ?

— C'est si dur que ça ? lui demanda-t-il en l'embrassant doucement.

— Non, mais j'en ai un peu marre. (Elle lui caressa le visage en souriant.) Si quelque chose arrive, ça arrivera. J'aime bien être une femme.

— J'aime ça, moi aussi, que tu le sois.

27

RÉSULTATS

Beaucoup d'officiers chargés de faire respecter la loi étaient diplômés en psychologie. Quelques-uns avaient une licence ; un membre du détachement de protection avait même un doctorat — sur les profils criminels. Et tous savaient assez bien lire l'âme humaine, Andrea Price en particulier. Surgeon se dirigea d'un pas guilleret vers son hélicoptère.

Swordsman l'accompagna à l'extérieur et l'embrassa — le baiser était habituel, mais le petit bout de chemin ensemble main dans la main ne l'était pas — pas depuis un moment, en tout cas. Andrea échangea un regard avec deux de ses agents : ils se comprirent immédiatement et estimèrent que c'était bien pour le président, sauf Raman, qui était aussi perspicace qu'eux, mais bien plus collet monté. Il n'avait pas d'autre passion que le sport et Andrea l'imaginait rivé tous les soirs à sa télévision.

— A quoi va ressembler cette journée ? demanda Potus, en se détournant du Black Hawk qui venait de décoller.

« Surgeon est en l'air », entendit Andrea dans son écouteur. « Tout va bien », signalèrent les hommes de garde perchés sur les toits des immeubles gouvernementaux autour de la Maison-Blanche.

Ils avaient surveillé les environs pendant une heure, comme chaque jour. La foule des badauds était là — ces « habitués » que les agents finissaient par connaître de vue, à la longue. Certaines personnes étaient fascinées par la First Family. Pour elles, la Maison-Blanche était le soap opera de l'Amérique, *Dallas* en plus grand ; les moindres détails de la vie quotidienne dans la plus célèbre des demeures du pays les attiraient ici pour une raison quelconque que les psychologues du Service secret essayaient de comprendre, car, pour les agents en armes du détachement de protection, ces habitués étaient une menace permanente. Et donc les tireurs d'élite placés sur les toits de l'Old Executive Office Building — l'OEOB, l'ancien immeuble de l'exécutif — et sur ceux du Trésor tâchaient de les reconnaître avec leurs puissantes lunettes d'observation ; ils savaient même leurs noms, parce que dans les environs se trouvaient aussi des membres du détachement de protection, déguisés en ivrognes ou en simples passants. Un jour ou l'autre, les habitués avaient été suivis jusque chez eux, et identifiés, et ils avaient fait l'objet d'une enquête discrète. On avait dressé un profil de personnalité de ceux dont la vie connaissait des zones d'ombre — tous ces gens-là étaient plus ou moins des excentriques. Bien sûr, on avait vérifié aussi s'ils étaient armés : un joggeur maladroit les avait bousculés et, tout en les aidant à se relever et en leur présentant des excuses embarrassées, il les avait « fouillés » d'une manière experte...

— Vous n'avez pas jeté un œil à votre programme, hier soir ? demanda Andrea Price d'un air innocent.

— Non, j'ai eu envie de regarder un peu la télé, mentit SWORDSMAN, n'imaginant pas qu'elle l'avait percé à jour.

Et il n'a même pas l'air gêné ! constata Andrea, qui veilla à ne pas changer d'expression. Après tout, même POTUS avait droit à un ou deux secrets — ou au moins à l'illusion d'en avoir.

— Bon, je vous prête mon exemplaire, alors, dit-elle en lui tendant le détail de son emploi du temps. Petit déjeuner avec le secrétaire aux Finances, juste après CARDSHARP.

Ryan lut la première page en diagonale, jusqu'au repas de midi.

— Quel nom de code avez-vous donné à George ? demanda Jack en pénétrant dans l'aile ouest.

— TRADER [1]. Il aime ça, dit Andrea.

— A condition de faire attention à la prononciation, répliqua-t-il

Pas mal pour sept heures cinquante du matin, songea POTUS. Mais comment savoir, les membres de son détachement aimaient toutes ses blagues. Peut-être qu'ils étaient simplement polis ?

— Bonjour, monsieur le président, dit Goodley en se levant quand Jack pénétra dans le Bureau Ovale.

— Salut, Ben. (Ryan vérifia rapidement si des

1. Opérateur en Bourse. Jeu de mots avec *traitor* : traître *(N.d.T.)*.

documents importants l'attendaient, puis il s'installa dans son fauteuil.) Allez-y.

— On n'a que dalle sur M. Zhang. Je pourrais vous servir la version longue, mais j'imagine que vous la connaissez déjà. (D'un mouvement de tête, le président lui fit signe de continuer.) OK. Les développements dans le détroit de Formose. La République populaire de Chine a quinze navires de surface en mer, en deux formations, une de six, une de neuf. Tous des contre-torpilleurs et des frégates, déployés en groupes d'escadre, nous dit le Pentagone. Un de nos E-135 les écoute. Nous avons un sous-marin, le *Pasadena,* planté entre leurs deux flottes, et deux bâtiments supplémentaires en route pour le centre du Pacifique qui doivent arriver sur zone respectivement dans trente-six et quarante heures. Le CINCPAC, l'amiral Seaton, est en train de monter très vite une force de surveillance complète, dont les paramètres sont déjà sur le bureau de Tony Bretano. J'en ai discuté au téléphone avec lui. Seaton a l'air de connaître son boulot.

« D'un point de vue politique, le gouvernement de la République de Chine ne porte pas d'attention "officielle" à l'exercice. Il a publié un simple communiqué de presse là-dessus, et il reste en contact avec nous par l'intermédiaire du CINCPAC. Certains de nos personnels vont s'installer dans leurs postes d'écoute... (Goodley vérifia sa montre.) Peut-être qu'ils y sont déjà. Le Département d'Etat ne pense pas que l'affaire soit très grave, mais il garde un œil là-dessus.

— Impression d'ensemble ? dit Ryan.

— Peut-être un exercice de routine, mais on aurait préféré un calendrier différent ! Cela dit, je ne crois pas qu'ils mettent la pression volontairement.

— Et tant qu'ils ne le font pas, on ne bouge pas non plus. OK. On ne prend pas officiellement acte de cet exercice. On déploie discrètement nos forces de surveillance. Ni communiqué ni conférence de presse. Et si on nous pose la question, on répond que c'est une affaire sans importance.

Goodley acquiesça d'un signe de tête.

— C'est le plan, monsieur le président. L'Irak, maintenant. Là encore on a peu d'informations directes. La télé locale fait dans le genre religieux. Que des chiites. Les mollahs iraniens occupent beaucoup l'antenne. Les exécutions semblent terminées. On n'a pas le chiffre exact des victimes, mais il y en a plus de cent. Le parti Baas est décapité pour de bon. Le menu fretin est en prison. On a eu quelques reportages sur la « clémence » du gouvernement provisoire à l'encontre des « plus petits criminels » — ce sont leurs propres termes. La « miséricorde » a une justification religieuse, et il semble que certains de ces criminels « plus petits » se soient empressés de revenir à Jésus — pardon, à Allah. On les voit à la télé discuter de leurs péchés avec un imam.

« Autre indicateur : on note une augmentation de l'activité de l'armée iranienne. Les troupes s'entraînent. On a des interceptions de trafic radio tactique. Des échanges de routine, mais très nombreux. Une cellule de crise, à Foggy Bottom, examine tout ça de près. Mise en place par le sous-secrétaire d'état adjoint, Rutledge. Bien sûr, il a pressé l'OIR comme un citron.

L'OIR, le Bureau du renseignement et de la recherche du Département d'Etat, était le parent pauvre du renseignement, mais on y trouvait une poignée d'analystes très perspicaces dont la vision de la situation sous l'angle diplomatique donnait parfois des idées aux autres agences.

— Des conclusions ? demanda Jack. De la cellule de crise, je veux dire.

— Aucune. (*Evidemment*, s'abstint d'ajouter Goodley.) Je les vois dans une heure.

— Soyez attentif à ce que dira l'OIR. Et tout particulièrement aux idées de...

— ... de Bert Vasco, oui, acquiesça Goodley. Il est

bon, mais je parie qu'il a des problèmes au sixième étage. J'ai discuté avec lui il y a une vingtaine de minutes. Il dit, tenez-vous bien, que la fusion est pour dans quarante-huit heures... Personne n'est d'accord avec ça. *Personne*, insista CARDSHARP.

— Mais ? fit Ryan en faisant tourner son fauteuil.

— ... Mais j'en suis pas aussi sûr qu'eux, patron. Même si je n'ai rien pour étayer ses dires. Nos gens, à la CIA, ne sont pas d'accord. Le Département d'Etat ne le soutient pas non plus — ils ne m'ont même pas transmis cet avis, c'est Vasco qui m'en a parlé directement. Mais, voyez-vous, je ne suis pas certain qu'il ait tort. Il faut écouter ce gars-là, patron. Vasco a de l'intuition, et il a des couilles, aussi.

— On le saura assez vite. Qu'il soit ou non dans le vrai, je suis d'accord avec vous pour dire que c'est notre meilleur élément, là-bas. Assurez-vous qu'Adler s'entretienne avec lui, et précisez à Scott que je ne veux pas qu'on lui rentre dans le lard, quelle que soit la tournure des événements.

Ben hocha la tête, tout en prenant une note.

— Protection de haut niveau pour Vasco... J'aime ça, monsieur. Ça encouragera peut-être les autres à se décarcasser de temps en temps.

— Et les Saoudiens ?

— Rien de leur côté. C'est comme s'ils étaient tombés en catatonie. Je pense qu'ils ont la trouille d'appeler à l'aide tant qu'ils n'ont pas de raison concrète de le faire.

— Contactez Ali immédiatement, ordonna le président. Je veux avoir son avis.

— Oui, monsieur.

— Et rappelez-lui qu'il est mon ami et que, s'il a besoin de me joindre, je serai toujours là pour lui, à n'importe quel moment du jour ou de la nuit.

— C'est tout pour les nouvelles de la matinée, monsieur. (Goodley se leva.) Qui a décidé de mon nom de code, au fait ?

— C'est nous, répondit Andrea Price, du fond de

la pièce. C'est dans votre dossier. Manifestement, vous avez beaucoup joué au poker, dans votre association d'étudiants.

— Je préfère ne pas vous demander ce que mes copines disaient de moi, grommela Goodley en se dirigeant vers la porte.

— Je n'étais pas au courant de ça, Andrea, dit le président.

— Il s'est même fait un peu d'argent à Atlantic City. Tout le monde le sous-estimait à cause de son âge. TRADER vient d'arriver.

Ryan vérifia son agenda. OK, au tour de George, maintenant, avant le Sénat. Ryan parcourut en vitesse sa liste de rendez-vous de la matinée, tandis qu'un steward de la marine apportait un plateau avec un petit déjeuner léger.

— Monsieur le président, le secrétaire aux Finances, annonça l'agent Price depuis la porte donnant sur le couloir.

— Merci, on se débrouillera tout seuls, lui dit Ryan, en se levant à l'entrée de George Winston.

— Bonjour, monsieur le président, lui dit celui-ci, tandis que la porte se refermait doucement derrière lui.

Il était vêtu, comme à son habitude, d'un costume sur mesure, et tenait à la main une chemise en papier kraft. Contrairement au président, Winston ne quittait presque jamais sa veste. Ryan ôta la sienne et l'abandonna sur son bureau, puis ils s'installèrent face à face, autour de la table basse, sur les canapés jumeaux.

— OK, George, comment ça se passe de l'autre côté de la rue? s'enquit le président en servant le café.

Ce n'était pas du déca, ce matin.

— Si je dirigeais ma société de courtage de cette façon, la SEC[1] clouerait ma dépouille sur la porte

---

1. L'équivalent américain de la COB, la Commission des opérations de Bourse. (N.d.T.).

de la grange, accrocherait ma tête empaillée au-dessus de la cheminée et expédierait mes fesses à Leavenworth [1]. Bon sang, j'ai commencé à faire venir de New York quelques hauts fonctionnaires ! Il y a trop de gens ici dont le seul boulot est de se convaincre mutuellement de leur importance. Personne n'est *responsable* de rien. Chez Columbus Group, nous prenons souvent des décisions en comité, mais nous le faisons à temps pour qu'elles servent à quelque chose. Il y a trop de gens, monsieur le pré...

— Appelez-moi Jack, au moins entre ces quatre murs, George. Je...

La porte du secrétariat s'ouvrit sur le photographe qui entra avec son Nikon. Il ne prononça pas un mot. Il parlait rarement. Il se contentait de prendre des photos et la règle, pour tout le monde, était de faire simplement comme s'il n'était pas là. Ç'aurait été un sacré poste, pour un espion, pensa Jack.

— Parfait. Jack, jusqu'où je peux aller ? demanda TRADER.

— Je vous l'ai déjà dit. Vous vous occupez de votre ministère comme vous l'entendez. Simplement, vous m'en parlez avant.

— Alors, je vous en parle, là. Je vais réduire les effectifs. Gérer ce ministère comme une entreprise. (Il se tut une seconde.) Et je veux remanier le Code des impôts. Bon Dieu, il y a encore deux jours, je ne m'imaginais pas à quel point c'était mal fichu ! J'ai fait appel à quelques avocats maison qui...

— Ça ne devra pas coûter un sou. On ne peut pas se planter avec le budget. Aucun d'entre nous n'a encore une grande compétence, et jusqu'à ce que la Chambre des représentants soit reconstituée...

Le photographe s'en alla, après avoir pris le président dans une belle position, les deux mains au-dessus du plateau à café.

---

1. Un des rares (et des plus importants) pénitenciers fédéraux des Etats-Unis *(N.d.T.)*.

— La Playmate du mois ! dit Winston, en éclatant de rire. (Il se beurra un croissant.) On a travaillé sur des modèles mathématiques. Ça ne coûtera rien, Jack, et y aura même probablement une augmentation globale des fonds utilisables.

— Vous en êtes sûr ? Vous n'êtes pas obligé d'étudier tout le...

— Non, Jack. J'ai amené Mark Gant avec moi et j'en ai fait mon conseiller exécutif. Il connaît les modélisations informatiques mieux que quiconque. Il a passé cette dernière semaine à cogiter sur les impôts. On ne vous a jamais rien dit ? Ils n'arrêtent pas de remanier le système, ici. Je décroche mon téléphone, et moins d'une demi-heure plus tard j'ai un document de mille pages sur mon bureau qui me dit comment ça se passait en 1952, et qui me détaille les conséquences du Code des impôts de l'époque dans chaque secteur de l'économie, et ce que les gens en pensent aujourd'hui, par opposition à ce qu'ils en pensaient en ce temps-là, et par opposition à ce que les études dans les années 60 expliquaient qu'ils pensaient qu'il avait comme conséquences... (Une pause.) Résultat ? Wall Street est beaucoup plus complexe, mais on y utilise des modèles plus simples et *qui marchent*. Et je vais expliquer tout ça au Sénat en quatre-vingt-dix minutes, avec votre permission.

— Vous êtes sûr d'avoir raison là-dessus, George ? demanda Potus.

C'était l'un des problèmes de la fonction présidentielle, peut-être le plus grave. Potus ne pouvait pas vérifier tout ce qu'on faisait en son nom — en contrôler ne serait-ce qu'un pour cent aurait déjà été un exploit —, en revanche il était responsable de tout.

— Jack, j'en suis suffisamment sûr pour parier l'argent de mes épargnants !

Leurs regards se croisèrent au-dessus de la table basse. Chacun d'eux s'était déjà forgé une opinion de l'autre. Ryan aurait pu répondre que le bien-être de la nation était plus important que les quelques milliards de dollars que Winston avait gérés chez Columbus Group, mais il n'en fit rien. Winston avait créé sa société d'investissement à partir de rien. Comme Ryan, c'était un homme d'origine modeste, et il avait réussi à monter une affaire florissante, dans un environnement terriblement compétitif, grâce à son intelligence et à son intégrité. Parce que, pour lui, l'argent confié par ses clients avait toujours compté davantage que le sien, il était devenu riche et puissant, mais il n'avait jamais oublié la règle du jeu. La première décision politique de l'administration Ryan dépendrait du savoir-faire et de l'honneur de Winston. Le président y pensa une seconde, puis il acquiesça d'un signe de tête.

— Dans ce cas, allez-y, TRADER.

Et soudain, Winston laissa percer son appréhension. Voir un personnage aussi puissant que le secrétaire aux Finances baisser les yeux et donner tout à coup l'impression de faire machine arrière en disait long au président.

— Vous savez, politiquement, ça va...

— Ce que vous allez expliquer au Sénat, George, c'est bon pour le pays?

— Oui, Jack! répliqua immédiatement TRADER, avec un hochement de tête convaincu.

— Alors arrêtez de faire votre poule mouillée avec moi.

Le secrétaire aux Finances s'essuya la bouche avec sa serviette en papier marquée du monogramme de la Maison-Blanche et ajouta :

— Vous savez, quand tout ça sera fini et qu'on retournera à la vie civile, il faudra vraiment qu'on trouve un moyen de travailler ensemble. Il n'y a pas beaucoup de gens comme nous, Ryan.

— Mais si, il y en a, répondit Jack, après un instant de réflexion. Le problème, c'est qu'ils ne viennent jamais bosser ici. Et vous savez qui m'a appris ça? Cathy. Si elle se plante, quelqu'un perd la vue, et pourtant elle est obligée de continuer à faire son devoir, n'est-ce pas ? Mais vous imaginez ? Un pépin et quelqu'un se retrouve aveugle jusqu'à la fin de ses jours — il risque même de mourir. Sacrée responsabilité, George ! Plus risqué que de vendre et d'acheter des actions, comme nous l'avons fait tous les deux ! Même chose avec les flics. Et avec les soldats. Il faut répondre à l'appel immédiatement, sinon ça peut devenir vraiment grave. Mais ces gens-là ne viennent pas à Washington, n'est-ce pas ? Parce que, en général, ces hommes et ces femmes ont leur place dans le monde réel. (Ryan avait un air triste et rêveur, à présent.) Les meilleurs d'entre eux vont où l'on a besoin d'eux et ils semblent toujours savoir où c'est.

— Et comme ils n'aiment pas qu'on leur raconte des foutaises, on ne les voit pas ici, c'est ça ? dit Winston, qui prenait là son premier cours de gestion gouvernementale et trouvait Ryan plutôt bon prof.

— Oh, certains viennent. Au Département d'Etat, Scott Adler et un autre type que j'ai découvert là-bas, Bert Vasco. Mais il y a ceux qui se rebiffent contre le système. Et celui-ci travaille contre eux. Ce sont ceux-là que nous devons trouver et protéger, et surtout les sans-grade — car leur rôle est vital. Ils permettent au système de continuer à tourner même si, en général, ils passent inaperçus, parce qu'ils se fichent d'être remarqués. En revanche, ils veulent que le boulot soit fait — au service du peuple. Vous savez ce que j'aimerais vraiment ?

Pour la première fois, il osait avouer une chose enfouie tout au fond de lui. Il n'avait même jamais eu le courage d'en parler à Arnie.

— Ouais, dit Winston. Mettre sur pied une politique qui marche vraiment, qui reconnaisse les bons éléments et qui leur offre ce qu'ils méritent. Vous savez à quel point ce genre de truc est difficile dans n'importe quelle institution ? C'était déjà l'horreur dans ma société, et il y a plus de portiers au

Trésor que de responsables des opérations de Bourse dans mon groupe ! Comment savoir par où commencer ?

Le président avait maintenant la certitude que George, malgré ses réserves, comprenait son rêve.

— Oui, ce sera encore plus dur que ce que vous imaginez, dit Jack. Les gens qui travaillent vraiment n'ont aucune envie de monter en grade. Ils veulent juste continuer à bosser. Cathy pourrait être administratrice. On lui a offert un superposte — la présidence de la faculté de médecine de l'université de Virginie. Mais elle aurait eu deux fois moins de temps pour s'occuper de ses malades, et elle aime ses responsabilités actuelles. Un jour, à Hopkins, Bernie Katz prendra sa retraite, et à ce moment-là ils lui proposeront sa place et ça *aussi* elle le refusera. Probablement. Sauf si je la convaincs du contraire.

— On n'y arrivera pas, Jack, murmura TRADER en secouant la tête. Dommage, parce que c'est pourtant une sacrée idée !

— Grover Cleveland a réformé l'administration, il y a plus d'un siècle, rappela POTUS à son invité. Je sais qu'on n'en fera pas quelque chose de parfait, mais on peut au moins essayer de l'améliorer. Et vous venez de me dire à l'instant que vous vous y étiez déjà mis, n'est-ce pas ? Réfléchissez un peu à tout ça, d'accord ?

— Je vous le promets, Jack, dit le secrétaire aux Finances en se levant. Combien d'ennemis pouvons-nous nous permettre de nous faire ?

— On a toujours des ennemis, George. Même Jésus en avait.

Il aimait bien son surnom, « Movie Star », et il s'était arrangé pour le mériter. Aujourd'hui, c'était une mission de reconnaissance et son arme était son charme. Il avait tout un choix d'accents à son répertoire. Comme il avait des documents de voyage allemands, il avait adopté la façon de parler et l'habillement d'un habitant de Francfort — même ses chaussures et son portefeuille étaient allemands. Tout était financé par le nouveau sponsor d'Ali Badrayn. Le loueur de voitures lui avait fourni d'excellentes cartes, éparpillées à présent sur le siège passager à côté de lui. Du coup, il n'avait pas eu besoin d'apprendre par cœur ses itinéraires, un gaspillage à la fois de temps et d'énergie.

Son premier arrêt fut pour St. Mary School, à quelques kilomètres d'Annapolis. C'était une école confessionnelle — catholique —, qui comptait dans les six cents élèves, de la maternelle à la terminale — un effectif à la limite de la rentabilité. Cette ancienne ferme de bonne taille, achetée par l'Eglise à une famille aisée, se trouvait à l'extrémité d'une bande de terre disposant d'une seule route d'accès. La propriété était délimitée d'un côté par la baie, et de l'autre par un ruisseau, au-delà des terrains de sport. Une zone résidentielle aménagée une trentaine d'années plus tôt bordait la route. L'école comprenait onze bâtiments. Comme Movie Star connaissait l'âge de ses cibles, il lui était assez facile de deviner dans lesquels elles passaient sans doute le plus clair de leur temps.

L'environnement n'était pas très favorable — et lorsqu'il étudia la protection mise en place par le Service secret, il le trouva encore pire. Le terrain de l'école mesurait environ deux cents hectares et l'on courait de gros risques à y pénétrer. Movie Star repéra trois grosses Chevy Suburban qui, manifestement, devaient servir au transport des « cibles » et de leurs gardes du corps. Combien étaient-ils ? Il en vit trois qui ne se cachaient pas, mais chaque véhicule devait en compter au moins quatre. Les Chevy étaient certainement blindées et ses occupants équipés d'armes lourdes. Un seul chemin. Presque un kilomètre depuis la route. Et du côté de la baie ? se demanda Movie Star en roulant jusqu'au rivage. Ah, voilà, il y avait une vedette des gardes-côtes, là... Petite, sans doute, mais sa radio lui donnait toute son importance.

Au bout du chemin, il descendit de voiture pour examiner une maison avec un panneau A VENDRE planté dans le jardin, tout en vérifiant ostensiblement la page des annonces de son quotidien du matin, et il regarda encore un peu autour de lui. Il devait faire vite. Les responsables des gosses seraient méfiants, et même s'ils ne pouvaient pas tout vérifier — le Service secret américain était forcément limité en temps et en ressources —, Movie Star ne pouvait pas se permettre de traîner trop dans le coin. Ses premières impressions étaient très défavorables. Accès limité. Beaucoup d'élèves. Repérer les deux cibles serait difficile. Les gardes étaient nombreux et dispersés. Le nombre comptait moins que les dimensions des lieux. La défense en profondeur est la plus difficile à pénétrer, car elle implique à la fois temps et espace. On peut neutraliser en quelques secondes à peu près n'importe qui si on a les armes adéquates et si ses adversaires sont regroupés. Mais ici, si on leur laissait plus de cinq secondes, leur entraînement reprendrait le dessus. Les gardes seraient efficaces comme toujours. Evidemment, ils avaient des plans, certains prévisibles et d'autres pas. Ce bateau des gardes-côtes, par exemple, pouvait foncer vers le rivage et évacuer les cibles par la mer. Ou le Service secret pouvait se replier avec elles jusqu'à une position isolée qu'il défendrait aussi longtemps que nécessaire, et Movie Star ne se faisait aucune illusion sur leur formation et leur dévouement. Oui, si on leur laissait, disons, cinq minutes, ils l'emporteraient. Ils demanderaient l'aide de la police locale, équipée d'hélicoptères — il avait vérifié —, et les assaillants seraient pris à revers. Non, cet endroit-là n'était pas favorable du tout. Il lança ostensiblement son journal dans la voiture et redémarra. Sur le chemin du retour, il chercha à repérer un véhicule banalisé. Quelques camionnettes étaient garées dans les allées des maisons, mais aucune n'avait de plastique noir sur une vitre, qui aurait pu dissimuler un homme avec une caméra. Non, pour avoir les cibles, il vaudrait mieux intervenir pendant le trajet. Mais ça ne serait pas mieux. Leur protection serait sans doute excellente. Panneaux de Kevlar. Vitres en Lexan. Pneus spéciaux. Et couverture aérienne avec des hélicos. Et c'était sans compter les voitures banalisées et les renforts de police capables d'arriver rapidement sur les lieux.

OK, pensa Movie Star, en employant un américanisme désormais universel. Deuxième étape : la crèche Giant Steps. Ritchie Highway, au dessus de Joyce Lane. Une seule cible, là, mais meilleure, et peut-être un environnement tactique plus favorable, du moins l'espérait-il.

Depuis plus de vingt ans, Winston faisait un métier où il devait se vendre et vendre ses idées. Au fil du temps, il avait acquis un certain sens du théâtre. Mieux encore, le trac, aujourd'hui, était à double sens. Les hommes et les femmes qui s'asseyaient derrière le banc en chêne massif étaient aussi nerveux que lui. Tandis qu'il s'installait à son tour et sortait ses papiers, six personnes empilaient d'énormes volumes reliés sur la table voisine. Winston les ignora, mais pas les caméras de C-SPAN.

Ses affaires ne tardèrent pas à s'arranger. Alors que le secrétaire aux Finances discutait avec Mark Gant — qui avait son portable allumé devant lui —, la table, à leur gauche, émit un craquement sinistre et s'effondra, éparpillant par terre les piles de livres, à la grande stupeur de tout le monde. Winston se tourna, étonné — et secrètement ravi. Ses collaborateurs avaient suivi ses consignes à la lettre : ils avaient placé tous les lourds volumes du Code des impôts des Etats-Unis au milieu de la table, au lieu de répartir leur poids sur toute sa surface.

— Oh, merde, George ! murmura Gant, s'efforçant de ne pas rire.

— Ouais, peut-être que Dieu est vraiment de notre côté...

Il se leva d'un bond pour voir si personne n'avait de problème. Tout allait bien. Au premier cri de protestation de la table en chêne, les employés s'étaient écartés. Les vigiles firent irruption dans la salle, et découvrirent qu'on n'avait pas besoin d'eux. Winston se pencha sur le micro.

— Monsieur le président, je suis désolé de tout ceci, mais heureusement personne n'est blessé. Pouvons-nous commencer ?

Le président joua du marteau pour rappeler les présents à l'ordre, sans détacher les yeux du désastre. Une minute plus tard, George Winston prêtait serment.

— Vous avez une déclaration préliminaire, monsieur Winston ?

— Oui, monsieur. (Le secrétaire aux Finances secoua la tête et étouffa un petit rire.) J'imagine que je dois prier les membres de cette commission de m'excuser de ce petit incident. Je dirais que c'est une parfaite illustration de l'un de mes arguments, mais... eh bien... (Il arrangea de nouveau ses papiers et se redressa un peu dans son fauteuil.) Monsieur le président, et vous tous, mesdames et messieurs, je me nomme George Winston, et le président Ryan m'a demandé d'abandonner la direction de mon entreprise pour servir mon pays comme secrétaire aux Finances. Permettez-moi de vous en dire un peu plus sur moi...

— Que savons-nous sur lui ? demanda Kealty.

— Des tas de choses. Il est doué. Pas facile. Totalement honnête. Et il est très riche.

Et même plus riche que toi, se garda bien d'ajouter son secrétaire.

— Il a déjà fait l'objet d'enquêtes ?

— Non, jamais. (Il secoua la tête.) Il s'est peut-être aventuré parfois en terrain glissant, mais même ça, Ed, je ne peux pas l'affirmer. Ce qu'on dit de Winston, c'est qu'il joue selon les règles. Sa société d'investissement est réputée pour ses performances financières et son intégrité. Un opérateur véreux a travaillé chez lui il y a huit ans, et George est venu témoigner contre lui à la barre. Il est allé jusqu'à rembourser l'argent détourné par le gars. Sur ses propres deniers, je veux dire. Quarante millions de dollars. Le type a écopé de cinq ans de taule. Ryan a bien choisi, là. Winston ne fait pas de politique, mais il est unanimement respecté à Wall Street.

— Et merde! s'exclama Kealty.

— Monsieur le président, nous avons beaucoup de travail. (Winston mit de côté le texte de sa déclaration préliminaire et improvisa la suite. Du moins en donna-t-il l'impression. Il indiqua du doigt les piles de livres éparpillées sur le sol.) Cette table effondrée, là devant vous... c'est le Code des impôts américain. Un principe du droit civil dit que nul n'est censé ignorer la loi. Mais cela n'a désormais plus de sens. Les Finances et l'IRS, les services fiscaux, promulguent les lois fiscales de notre pays et veillent à leur respect. Excusez-moi, ces lois sont votées par le Congrès, comme nous le savons tous, mais elles existent parce que mon ministère soumet des propositions, que le Congrès modifie et approuve. Puis ce sont les Finances, là encore, qui les font appliquer. Dans de nombreux cas, l'interprétation du Code que vous votez est laissée à l'appréciation de mes subordonnés; or, comme vous le savez aussi, l'interprétation de la loi est souvent aussi importante que la loi elle-même. Et nous avons aussi des tribunaux fiscaux qui promulguent encore d'autres ordonnances — et c'est comme ça que nous nous retrouvons avec ces piles de bouquins. Je voudrais faire remarquer à cette commission que personne, pas même un membre expérimenté du barreau, n'est aujourd'hui capable de s'y retrouver dans tout cela.

« Et nous en sommes arrivés à l'absurdité suivante: lorsqu'un citoyen qui reçoit ses feuilles d'impôt se rend dans un bureau de l'IRS pour demander conseil à ses fonctionnaires et que ceux-ci se trompent, c'est ce citoyen, venu les interroger en toute bonne foi, qu'on considère comme responsable des erreurs du gouvernement! Moi, lorsque j'étais dans les affaires, si je donnais à un client un mauvais conseil, je devais en assumer la responsabilité.

« Le but des impôts est de procurer des revenus au gouvernement de notre pays, qui est au service du peuple. Mais au fil des années, nous avons créé une véritable industrie qui coûte des milliards de dollars au public. Et pourquoi? Pour expliquer un Code des impôts qui devient chaque année plus complexe, un Code que les gens chargés de le faire appliquer ne comprennent même plus assez pour prendre la responsabilité de l'appliquer correctement! Vous connaissez déjà, ou vous le devriez — mais ce n'était pas le cas, Winston le savait —, les sommes que nous dépensons pour faire respecter ce Code des impôts, et qui ne portent d'ailleurs pas spécialement leurs fruits. Nous sommes censés travailler pour le peuple, pas lui compliquer l'existence.

« C'est pourquoi, monsieur le président, j'espère être capable d'accomplir un certain nombre de missions au cours de mon mandat à la tête des Finances, si cette commission décide de confirmer ma nomination. *Primo*, je veux que le Code des impôts soit entièrement remanié pour qu'une personne normale puisse le comprendre. Je veux qu'il signifie vraiment quelque chose. Et que toutes les clauses spéciales soient abolies. Les mêmes règles doivent s'appliquer de la même façon à tout le monde. Je peux déjà présenter une proposition en ce sens. Je souhaite travailler avec cette commission pour que cela se passe le plus légalement possible. Je dis bien avec *vous*, mesdames et messieurs, et je ne laisserai aucun représentant de grande société, ni aucun lobbyiste entrer dans mon bureau pour discuter de cette question — et je vous supplie d'en faire autant. Quand nous commençons à parler avec tous les Tom, Dick et Harry qui défendent les intérêts d'un groupe particulier, voilà avec quoi nous nous retrouvons ! (Nouveau signe en direction de la table.) Nous sommes tous américains. Au bout du compte, aménager notre fiscalité en fonction de chaque lobby ayant pignon sur rue coûte beaucoup trop cher à tout le monde. Les caisses de l'Etat ne sont pas des vaches à lait pour les comptables et les avocats du secteur privé et les bureaucrates du secteur public. Les lois que vous voterez et que les gens comme moi feront appliquer devront servir les besoins des citoyens et non ceux du gouvernement.

« Deuxièmement, je veux que mon ministère fonctionne avec *efficacité*. Le gouvernement ne connaît pas ce mot-là et sait encore moins le mettre en œuvre. Cela doit changer. Bon, je ne pourrai pas tout transformer dans cette ville, mais je tâcherai au moins de mettre de l'ordre dans le ministère que le président m'a confié et à la tête duquel, je l'espère, vous me confirmerez. Je sais comment faire tourner une entreprise. Columbus Group est au service de millions de personnes, directement ou non, et j'ai longtemps porté ce fardeau avec fierté. Dans les prochains mois, je présenterai le budget de mon ministère, un ministère où il n'y aura pas un seul poste inutile. (Winston savait que c'était là une exagération, mais la formule, néanmoins, faisait de l'effet.) Cette pièce a déjà entendu beaucoup de promesses de ce genre, et je ne vous en voudrai pas si vous ne me croyez pas sur parole ; je demande simplement à être jugé sur les résultats.

« Le président Ryan a été obligé de me secouer pour que je vienne à Washington. Je n'aime pas être ici. Je souhaite simplement faire mon boulot et rentrer chez moi. Et le boulot sera fait, si vous m'acceptez à ce poste. Voilà qui conclut ma déclaration préliminaire.

Les journalistes installés au second rang — au premier se trouvaient la femme et les enfants de

Winston — étaient les gens les plus expérimentés de cet auditoire. Ils savaient comment les choses étaient censées se passer. Un membre du cabinet se devait d'insister sur l'honneur d'être autorisé à servir son pays, sur la joie de se voir confier un tel pouvoir, sur les responsabilités qui pèseraient lourdement sur lui.

Je n'aime pas être ici ? Ils cessèrent d'écrire un instant et levèrent la tête pour observer l'orateur, puis ils échangèrent un regard étonné.

Cette fois, Movie Star fut content de ce qu'il découvrit. C'était plus risqué, mais le jeu en valait la chandelle. Ici, une route à quatre voies passait à quelques centaines de mètres de l'objectif, et donnait sur un immense réseau de rues secondaires. Mieux encore, on voyait presque tout. Derrière le bâtiment se trouvait un petit bois trop épais pour dissimuler un véhicule de soutien. Il y en avait forcément un quelque part. Mais où ? *Hum... là,* pensa-t-il. Une maison, avec un garage, faisait face à la crèche, de l'autre côté de la route... Deux voitures étaient stationnées devant — voyons, pourquoi n'étaient-elles pas dans le garage ? Le Service secret avait sans doute passé un accord avec les propriétaires. L'endroit était parfait, à cinquante mètres de la crèche, et orienté dans la bonne direction. Si quelque chose de fâcheux se produisait, on donnerait l'alarme, les hommes embarqueraient, on ouvrirait la porte et leur véhicule foncerait comme un tank... sauf que ce n'en était pas un.

Le problème de la sécurité dans ce genre de situation, c'était que les procédures d'intervention devaient être en béton, et les gens du Service secret avaient beau être malins, les dispositions qu'ils prenaient devaient tenir compte de paramètres connus et prévisibles. Il consulta sa montre. Comment confirmer ses soupçons ? Pour commencer, il lui suffisait de s'arrêter quelques minutes. De l'autre côté de la route, en face de Giant Steps, il y avait une supérette, et il fallait vérifier, parce que l'ennemi y avait certainement placé une personne, voire plusieurs. Il se gara et entra ; il traîna environ une minute dans le magasin, l'air perdu.

— Puis-je vous aider ? lui demanda une jeune femme, dans les vingt-cinq ans.

Elle essayait d'avoir l'air plus jeune. On y parvient en coupant ses cheveux et en se maquillant d'une certaine façon, Movie Star le savait. Il utilisait des agents féminins, lui aussi, et c'était ce qu'il leur expliquait. Les jeunots paraissaient toujours moins dangereux, et surtout les femmes. Avec un sourire gêné, il se dirigea vers la caisse.

— Je cherche vos cartes routières, expliqua-t-il.

— Juste là-dessous, lui indiqua l'employée avec un sourire

Elle appartenait au Service secret, celle-là. Elle avait un regard trop intelligent pour un boulot si ingrat.

— Ach, dit-il comme s'il s'en voulait de ne pas les avoir trouvées tout seul.

Il choisit un gros indicateur où seraient portées jusqu'aux allées des résidences du comté. Il le feuilleta tout en jetant un coup d'œil de l'autre côté de la route. Les gosses sortaient dans la cour de récréation. Quatre adultes les accompagnaient, un chiffre anormalement élevé. Donc, il y avait au moins deux gardes — non, trois, constata-t-il, en repérant un autre homme dans l'ombre de l'entrée principale, pratiquement immobile. Un type baraqué, mesurant dans les un mètre quatre-vingts, avec des vêtements sport. Oui, cette cour était juste en face de la maison et de son garage. Les flics étaient forcément là. Deux de plus, sans doute, peut-être trois. Ça ne serait pas facile, mais maintenant il savait au moins où se trouvaient ses adversaires.

— C'est combien, le guide ?

— Le prix est là, sur la couverture.

— Ach, ja, excusez-moi. Cinq dollars quatre-vingt-quinze, dit-il pour lui-même, en cherchant l'argent au fond de sa poche.

— Plus la taxe, précisa-t-elle, en tapant le total sur sa caisse enregistreuse. Vous êtes nouveau dans le quartier ?

— Oui. Je suis professeur.

— Oh, et vous enseignez quoi ?

— L'allemand, répondit-il en recomptant sa monnaie. Je veux voir à quoi ressemblent les maisons dans le coin. Merci pour le guide, ajouta-t-il avec un bref signe de tête, à la façon européenne.

Et il s'en alla sans un autre regard de l'autre côté de la route. Il frissonna malgré lui. Cette fille appartenait sans aucun doute au Service secret. Elle le suivait certainement des yeux en ce moment même et elle allait relever le numéro de sa voiture. Mais s'ils enquêtaient sur lui, ils découvriraient seulement qu'il se nommait Dieter Kolb, qu'il était citoyen allemand, qu'il arrivait de Francfort et enseignait l'allemand, généralement à l'étranger, et, sauf s'ils faisaient des recherches vraiment poussées, cette couverture serait suffisante. Il partit vers le nord, sur Ritchie Highway, et tourna à droite à la première occasion. Il y avait un centre universitaire sur une colline proche, et en Amérique ces endroits-là possédaient toujours un vaste parking.

C'était un emplacement idéal pour surveiller. Le petit bois qui le séparait de Giant Steps allait bientôt se parer de feuilles, avec la venue du printemps, et il dissimulerait le parking. L'arrière de la maison, dont le garage planquait probablement la Chevy Suburban du Service secret, avait peu de fenêtres donnant de ce côté, et elles étaient toutes fermées par des rideaux. Même chose pour celles de la crèche. Movie Star/Kolb observa son objectif avec ses petites jumelles, entre les arbres. Le Service secret américain avait beau être consciencieux, il n'était pas parfait. Personne ne l'était. Mieux encore, Giant Steps n'était pas l'endroit rêvé pour abriter un enfant si important mais ce n'était pas une surprise. Les Ryan avaient mis ici leurs deux autres gosses. Les enseignants y étaient sans doute excellents, et Ryan et son épouse devaient commencer à les connaître et à avoir des relations amicales avec eux ; les articles de presse récupérés sur Internet insistaient sur le fait que les Ryan voulaient protéger leur vie de famille. Très humain... et très imprudent.

Il regarda les enfants qui s'amusaient dans la cour de récréation au sol en aggloméré, semblait-il. Tout ça avait l'air si normal... Les gamins étaient emmitouflés dans de gros vêtements d'hiver — il ne devait pas faire plus de onze ou douze degrés, estima-t-il —, et ils s'agitaient dans tous les coins, sur les cages à poules et les balançoires, tandis que d'autres jouaient sur le moindre bout de terre qu'ils dénichaient. La façon dont ils étaient vêtus lui montrait qu'on s'occupait bien d'eux, ici. Après tout, c'étaient des enfants. *Sauf une.* Il était incapable de dire laquelle à cette distance — ils travailleraient avec des photos, le moment venu —, mais celle-là, non, n'était *pas* un enfant. Celle-là était une déclaration politique pour quelqu'un, dont la teneur exacte ne concernait pas Movie Star. Il resterait plusieurs heures en planque, ici, et pas un instant il ne réfléchirait aux conséquences de sa mission. Ou à l'absence de conséquences. Il s'en fichait. Il rédigerait un rapport, dessinerait des plans et des diagrammes détaillés — le tout, de mémoire —, puis il oublierait. Ça faisait des années que « Kolb » ne se posait plus ce genre de questions. Sa ferveur religieuse au service de la guerre sainte de libération de son peuple était devenue, au fil du temps, un simple travail pour lequel on le payait. Si, finalement, quelque chose se passait, qu'il estimait politiquement utile, tant mieux, mais d'une façon ou d'une autre, ça ne s'était encore jamais produit, en dépit de ses espoirs, de ses rêves et de toute sa rhétorique enflammée, et seuls, désormais, son travail et ses capacités à le mener à bien le soutenaient. C'était étrange d'en être arrivé là, pensait-il, mais la plupart des fanatiques étaient morts, aujourd'hui, vic-

times de leur dévouement. L'ironie de la chose lui
arracha une grimace. Les vrais croyants avaient été
victimes de leur enthousiasme, et les seuls qui soutenaient maintenant les espoirs de son peuple étaient
ceux qui... s'en fichaient ? Etait-ce ça, la vérité ?

Tous les résultats étaient ambigus. Le responsable du détecteur de mensonges du FBI avait travaillé toute la matinée, et aucun des tracés sur le
papier n'apportait de certitude. On n'y pouvait rien.
Ils lui avaient expliqué qu'ils avaient planché une
bonne partie de la nuit sur quelque chose d'important dont ils ne pouvaient pas lui parler. La situation Iran/Irak, évidemment. Il était capable de
regarder CNN aussi bien qu'eux ! Les gars qu'il avait
testés étaient crevés et énervés, et certains avaient
même eu des tracés salement irréguliers rien qu'en
donnant leur nom et en indiquant leur poste, si bien
que l'ensemble de l'opération avait été inutile. Probablement.

— C'est bon ? demanda Rutledge, en ôtant le
brassard pressurisé comme s'il avait fait ça toute sa
vie.

— Euh, je suis sûr qu'on vous a déjà précisé
que...

— ... Ce n'est pas un examen qu'on réussit ou
pas, fit le sous-secrétaire d'Etat adjoint d'un air fatigué. Ouais, allez raconter ça à ceux qui ont plongé à
cause de ce truc. Je hais ce foutu machin. Je l'ai
toujours haï.

— La réunion de cette nuit...

— Je n'ai pas le droit d'en parler, désolé, le coupa
Rutledge froidement.

— Non, je veux dire, c'est normal, ce genre de
chose, ici ?

— Ça va sans doute l'être pendant un moment.
Ecoutez, vous avez sûrement deviné de quoi il était
question. (L'agent acquiesça d'un signe de tête.)
Parfait. Alors, vous savez que c'est une grosse
affaire et qu'on travaille souvent très tard. Ce qui

signifie beaucoup de café, des horaires à rallonge et de la mauvaise humeur. (Il consulta sa montre.) Notre briefing commence dans dix minutes. Autre chose ?

— Non, monsieur.

— Merci pour ces quatre-vingt-dix minutes de bonheur, lança Rutledge en se dirigeant vers la porte.

C'était si facile ! Il suffisait de savoir comment ça marchait. Ils avaient besoin de sujets détendus. Le détecteur mesurait essentiellement la tension née de questions embarrassantes. Alors, rendez tout le monde nerveux. Simple. Il pouvait remercier les Iraniens.

— Beaucoup trouveront à redire à ce que vous proposez. Un plan fiscal vraiment sérieux est progressif, poursuivit le sénateur. (Evidemment, c'était un des survivants du crash, pas un nouvel élu. Il connaissait le mantra contre l'enthousiasme !) Le lourd fardeau pour les Américains qui travaillent, n'est-ce pas plutôt l'Etat ?

— Sénateur, répondit Winston après avoir bu un peu d'eau, moi aussi, je travaille. J'ai monté ma propre affaire à partir de rien et ce n'est pas facile, croyez-moi. La First Lady, Cathy Ryan, gagne dans les quatre cent mille dollars par an — beaucoup plus que son mari, soit dit en passant. Cela signifie-t-il qu'elle ne « travaille » pas ? Je pense que non. Elle est chirurgien. J'ai un frère médecin, et je connais les honoraires de cette profession. D'accord, ces deux personnes-là ont des revenus supérieurs à ceux des Américains moyens, mais le marché a depuis longtemps décidé que leur travail avait plus de valeur que d'autres. Si vous perdez la vue, un ouvrier de l'automobile ne peut pas vous aider ; un avocat non plus. Mais un médecin, oui. Ça ne signifie pas qu'il ne « travaille » pas, sénateur : simplement, sa profession demande davantage de qualifications et une formation plus longue et, donc, il est mieux payé. Et que dire des joueurs de base-ball? Voilà une autre catégorie hautement qualifiée. Personne, ici, ne met en cause le salaire de Ken Griffey Jr. Parce que c'est l'un des meilleurs dans son domaine. Là encore, c'est une question de marché.

« Maintenant, si je parle en tant que citoyen et non plus en secrétaire au Trésor désigné, je trouve inadmissible la distinction artificielle faite par certains politiciens entre cols bleus et cols blancs. Pour gagner honnêtement sa vie, dans ce pays, il faut offrir au public un produit ou un service, et en règle générale, plus vous bossez dur et intelligemment, plus vous gagnez d'argent. Certains ont davantage de compétences que d'autres, un point c'est tout. Je crois que vous ne trouverez une classe riche et oisive, en Amérique, que dans les films de Hollywood.

« Et un ingénieur en informatique qui a du talent ? Là aussi, je suis nul. Un inventeur ? Un patron qui permet à une entreprise déficitaire de recommencer à gagner de l'argent ? Le pire échec d'un capitaine d'industrie, c'est de n'être pas capable de faire des profits. Parce qu'une société bénéficiaire, c'est une société qui travaille bien, qui paie correctement ses employés et qui, en même temps, rapporte de l'argent à ses actionnaires.

« Sénateur, n'oublions pas pourquoi nous sommes ici ni ce que nous essayons de faire. Le gouvernement n'offre pas d'emplois productifs. Ce n'est pas son but. Laissons ça à General Motors, à Boeing et à Microsoft qui paient des ouvriers pour fabriquer des produits dont la population a besoin. La tâche du gouvernement est de protéger ses citoyens et de veiller au respect de la loi. Je ne pense pas que notre rôle soit de punir des gens qui jouent correctement le jeu.

« Nous collectons les impôts de façon que le gouvernement remplisse ses fonctions. Mais nous devrions le faire avec l'idée de gêner le moins possible l'économie du pays. Les impôts, par leur nature même, ont une influence négative, et il est impossible d'y échapper, mais organisons le système fiscal de telle sorte que son effet soit le moins destructeur possible et encourageons nos concitoyens à utiliser leur argent pour soutenir le fonctionnement de l'ensemble de l'économie.

— Je vois où vous voulez en venir, protesta le sénateur. Vous allez nous demander de diminuer les impôts sur le revenu des capitaux. Mais cela bénéficie seulement à un petit nombre de privilégiés, et ça coûte...

— Pardonnez-moi, sénateur, mais c'est faux, et vous le savez, l'interrompit Winston sans ménagement. Réduire l'impôt sur le capital encourage les gens à investir. Attendez, laissez-moi m'expliquer...

« Disons que je gagne mille dollars. Je règle mes impôts sur cet argent, je rembourse mon prêt immobilier, je paie ma nourriture et les frais de ma voiture et ce qui me reste, je le place, disons, dans la société informatique XYZ... XYZ prend mon argent et engage quelqu'un. Cette personne fait son boulot comme moi je fais le mien et, grâce à son travail — elle fabrique quelque chose que le public apprécie et achète, d'accord? —, sa société fait un profit, qu'elle partage avec moi. Je paie *normalement* des impôts là-dessus. Ensuite, je vends mes actions pour en acheter d'autres dans une nouvelle société qui, elle aussi, peut s'offrir un employé supplémentaire. Cet argent, gagné en revendant des actions, est un revenu du capital. Aujourd'hui, les gens ne cachent plus leurs économies sous leur matelas, rappela Winston à son interlocuteur, et nous ne le voulons plus. Nous voulons qu'ils le fassent fructifier en Amérique, pour le bénéfice de leurs concitoyens.

« Bon, j'ai déjà payé des impôts sur mon investissement, d'accord? Et j'ai permis de créer un emploi pour un Américain. Grâce à celui-ci, on fabrique quelque chose d'utile à la société. Et pour avoir contribué à créer un travail pour quelqu'un et pour avoir aidé ce quelqu'un à être productif, j'ai un profit financier modeste. Ensuite, je recommence avec une autre société. Pourquoi me punirait-on pour ça ? N'est-ce pas plus censé d'*encourager* cette pratique ? Et souvenez-vous que nous avons déjà taxé cet investissement, et plutôt deux fois qu'une.

« Cette situation n'est pas bonne pour le pays. C'est déjà déplorable que nous prélevions tant d'argent, et, en plus, la façon dont nous le faisons est terriblement antiproductive. Pourquoi en sommes-nous là, sénateur ? Nous sommes censés faire avancer les choses, et pas le contraire. Et le résultat final, souvenez-vous, est un système fiscal si compliqué que nous devons collecter des milliards supplémentaires pour le faire fonctionner, un argent totalement gaspillé. Débarrassons-nous des comptables et des avocats fiscalistes qui gagnent leur vie avec quelque chose que le public n'est pas capable de comprendre !

« L'Amérique n'a rien à voir avec la jalousie. Ni avec la lutte des classes. Personne ne dicte à un citoyen américain ce qu'il doit faire. La naissance ne compte guère non plus. Regardez les membres de ce comité. Des fils de fermier, d'enseignant, de routier, d'avocat ; vous-même, sénateur Nikolidès, vous êtes un fils d'immigrants. Si l'Amérique était une société de classes, comment diable seriez-vous arrivés ici, vous tous ? Messieurs, essayons de faciliter les choses à nos concitoyens. Et modifions le système de façon à les encourager à s'entraider. Si l'Amérique a un problème économique structurel, c'est que nous ne créons pas autant d'emplois que nous le pourrions. Le système n'est pas parfait. Super, améliorons-le ! C'est pour ça que nous sommes ici.

— Mais chacun doit payer sa juste part, protesta le sénateur.

— Que signifie « juste part » ? répliqua Winston. Pour le dictionnaire, ça veut dire que chacun doit être logé à la même enseigne. Dix pour cent d'un

million de dollars, c'est toujou[r]
dix pour cent de cent mille do[l]
code des impôts, « l'équité » si
nous pouvons soutirer pour [...]
d'argent possible à ceux qu[...]
gens riches engagent des a[...]
qui réussissent à convain[...]
crire dans le système fiscal u[...]
pour éviter à leurs employeurs d'e[...]
y parviennent, et nous le savons tous[...]
quoi, en fin de compte ? (Winston indiqu[a]
geste de la main la pile de livres répandus sur le s[...]
à côté de lui.) Ça donne un programme d'emplois
pour des bureaucrates, des comptables, des avocats
et des lobbyistes, tandis que quelque part, en cours
de route, on oublie les citoyens soumis à l'impôt.
On se fiche complètement qu'ils soient incapables
de comprendre un système censé être à leur service.
D'après moi, ça ne devrait pas se passer ainsi. Je
vais vous dire ce que j'entends par système équitable : que tout le monde supporte le même « fardeau » et soit encouragé à participer à l'économie
du pays. Que les gens sachent où ils en sont grâce à
des lois fiscales simples et compréhensibles.

Voilà. Movie Star vérifia sa montre et nota mentalement une nouvelle information. Deux hommes
sortirent de la maison qu'il avait repérée et ils
gagnèrent à pied le parking de Giant Steps en regardant sans cesse autour d'eux, ce qui les identifiait
aussi clairement que s'ils avaient été armés et en
uniforme. La Chevy Suburban émergea presque
immédiatement du garage de la même maison —
ouais, un bon endroit où se planquer, mais un peu
trop évident pour un observateur entraîné... Deux
enfants quittèrent la crèche en même temps, un
avec une femme, l'autre avec un homme — celui
qui se tenait dans l'ombre de l'entrée, cet après-
midi, quand les gosses jouaient dans la cour. Un
baraqué. C'était donc cette gamine-là. Deux autres

e devant, une derrière. Tous extrême-
nts. Ils la firent monter dans une voiture
. La Suburban prit la tête de la colonne et
es véhicules la suivirent sur l'autoroute.
es secondes plus tard, une voiture de police
rra à son tour.

e serait difficile, mais pas impossible, pensa
ovie Star, et la mission risquait d'avoir plusieurs
ésultats différents, tous acceptables pour ses chefs.
Il n'aimait pas spécialement les gosses et c'était tout
aussi bien. Il avait déjà participé à de semblables
opérations. On ne pouvait tout simplement pas penser à eux comme à des enfants. Allah n'aurait pas
approuvé, d'accord. Movie Star le savait. Toutes les
religions du monde condamnaient le mal que l'on
pouvait faire à un enfant, mais les religions
n'avaient pas vocation à gérer les affaires publiques,
quoi qu'en pensât l'actuel patron de Badrayn. Les
religions parlaient d'un monde idéal, et celui-ci ne
l'était pas. On pouvait donc employer des moyens
inhabituels pour servir des buts religieux et cela
signifiait... une chose à laquelle il n'avait même pas
envie de réfléchir. C'était son boulot d'étudier la
mise en place de l'opération, et Movie Star n'avait
pas de présupposés moraux à ce sujet. Voilà pourquoi il était toujours vivant, à l'inverse de beaucoup
d'autres de ses compagnons.

28

... JUSTE UNE PLAINTE

Les politiciens apprécient rarement les surprises.
Ils adorent en faire aux autres — surtout à leurs
adversaires, et en public, et toujours montées avec
le sérieux et la précision d'une embuscade — mais

ils détestent en être victimes. La politique était ainsi, dans les pays civilisés.

Au Turkménistan, on n'en était pas encore là. Le Premier ministre — il avait le choix entre de nombreux titres, mais il préférait celui-là à « président » — aimait beaucoup son existence et son travail. Quand il était encore le chef d'un parti communiste plus ou moins moribond, il devait s'imposer des restrictions personnelles bien plus importantes qu'aujourd'hui, et il était toujours suspendu au téléphone avec Moscou, comme un poisson au bout d'une ligne. Mais plus maintenant. Moscou n'avait plus de pêcheurs, et il était devenu un trop gros poisson. Robuste, proche de la soixantaine, il aimait faire la fête. C'était un homme du peuple. Le « peuple », ce soir, avait été une mignonne employée de vingt ans, qui, après un merveilleux dîner et quelques danses « ethniques » (il était excellent danseur), lui avait donné un plaisir dont seule une fille de cet âge était capable. A présent, il regagnait sa résidence officielle en voiture, sous un ciel constellé d'étoiles, assis à l'avant de sa Mercedes noire, à côté du conducteur, avec le sourire satisfait du mâle qui venait de prouver, et de la plus agréable des façons, qu'il en était vraiment un. Peut-être qu'il se débrouillerait pour faire obtenir une promotion à cette gamine... dans quelques semaines. Son pouvoir n'était peut-être pas absolu, mais il lui suffisait, et il s'accompagnait chez lui d'un sentiment de contentement presque total. Populaire parmi les siens qui appréciaient ses manières simples, il savait y faire avec eux, il savait comment s'asseoir au milieu de son peuple, comment serrer une main, comment leur prouver à la télévision qu'il était l'un des leurs. L'ancien régime nommait cela « culte de la personnalité », et c'était en effet l'essence même de la politique, il en était sûr. Il avait d'importantes responsabilités, et il les assumait, et en retour, il avait le droit de bénéficier de certains avantages. Entre autres, cette luxueuse automobile allemande. Oui, la vie était belle.

Sauf qu'il ne savait pas qu'il n'avait plus que soixante secondes pour en profiter.

Il estimait ne pas avoir besoin d'une escorte de protection. Son peuple l'aimait. Il en était sûr, et en plus il était tard. Il aperçut soudain une voiture de police, gyrophare allumé, qui bloquait l'intersection. L'homme qui en était descendu leva la main à leur intention, tout en parlant dans sa radio. Il les regarda à peine. Le Premier ministre se demanda ce qui se passait. Son conducteur-garde du corps ralentit avec un grognement ennuyé ; il s'arrêta et s'assura qu'il avait son pistolet à portée de main. Une seconde plus tard, ils entendirent un bruit sur leur droite. Au moment où le Premier ministre se tournait dans cette direction, le camion ZIL-157 fonçait sur leur voiture à quarante kilomètres à l'heure. Son pare-chocs élevé, comme ceux des véhicules militaires, frappa la Mercedes sur le côté, et la traîna sur une dizaine de mètres, jusqu'au mur d'un immeuble de bureaux où elle s'écrasa. Les policiers s'approchèrent, et deux autres sortirent de l'ombre. Le conducteur était déjà mort, le cou fracassé. C'était évident à l'angle que faisait sa tête, mais l'un d'eux le vérifia en passant une main par le pare-brise éventré et en le secouant. En revanche, à leur grand étonnement, le Premier ministre gémissait toujours, malgré la gravité de ses blessures. L'alcool, sans doute. Bon, ce problème pouvait être facilement réglé. Le chef des policiers alla jusqu'au camion, ouvrit la boîte à outils, en sortit un démonte-pneu, revint vers la Mercedes accidentée et l'abattit sur un côté de la tête du dignitaire, juste au-dessus de l'oreille. Puis il rendit l'objet au conducteur du poids lourd : le chef du Turkménistan était simplement mort dans un accident de la circulation. Et donc, il y aurait des élections. Ce serait une grande première dans ce pays — et une véritable aubaine pour un certain chef religieux que le peuple connaissait et respectait.

— Sénateur, la journée a été longue, reconnut Tony Bretano, et je viens de passer deux semaines plutôt difficiles, à me familiariser avec les ficelles du métier et à rencontrer beaucoup de monde, mais le secrétariat à la Défense allait un peu à vau-l'eau et avait besoin d'être repris en main. En particulier en ce qui concerne le système de passation de marchés publics. Il est trop long et coûteux. Le problème n'est pas tant la corruption qu'une certaine anarchie dans le choix des entreprises... Pour prendre un exemple, si vous achetiez à manger à la façon dont le ministère de la Défense achète ses armes, le temps que vous vous décidiez entre les poires Libby et DelMonte, vous seriez mort de faim. Je ne pourrais jamais diriger ma société ainsi. Mes actionnaires me lyncheraient. Nous pouvons faire mieux, et j'en ai l'intention.

— Monsieur le secrétaire d'Etat, demanda le sénateur, cela prendra combien de temps ? Nous sortons à peine d'une guerre et...

— Sénateur, l'Amérique a les meilleurs médecins du monde, mais les gens continuent à mourir du cancer et de maladies cardiaques. On peut toujours mieux faire et pour moins cher. Je ne viens pas vous voir pour vous demander une augmentation de notre budget. On augmentera les commandes de matériel, c'est vrai, et la préparation de nos troupes devra être plus sérieuse. Mais l'argent de la Défense part surtout en frais de personnel, et c'est en ce domaine que nous pouvons agir. L'ensemble de notre ministère est en sureffectif aux mauvais endroits. C'est gaspiller l'argent des contribuables. Je le sais : je paie moi-même beaucoup d'impôts. Nous n'utilisons pas nos fonctionnaires avec efficacité et c'est là le pire des gâchis, sénateur. Je pense pouvoir vous promettre une réduction nette de deux ou trois pour cent. Plus, peut-être, si je réussis à réformer le système de passation des marchés publics. Pour ça, j'ai besoin de votre soutien. Il n'y a aucune raison que nous soyons obligés d'attendre pratiquement un an pour lancer un nouvel avion. Nous étudions les choses jusqu'à plus soif. A une certaine époque, cela nous faisait économiser de l'argent et peut-être que c'était une bonne idée, mais aujourd'hui, nous dépensons davantage en études préliminaires qu'en recherche et développement. Cessons d'inventer la roue tous les deux ans. Nos concitoyens travaillent dur pour gagner cet argent et nous nous devons de l'utiliser intelligemment.

« Plus important encore, lorsque l'Amérique envoie ses enfants au-devant du danger, ils doivent être les mieux entraînés et les mieux équipés du monde. Il se trouve que nous pouvons le faire, et pour moins cher : il suffit de nous arranger pour que le système fonctionne plus efficacement.

Ce qui était bien, avec cette nouvelle fournée de sénateurs, pensa Bretano, c'était que le mot « impossible » ne faisait pas partie de leur vocabulaire. Moins d'un an plus tôt, il n'aurait jamais pu tenir pareil discours. L'efficacité était un concept étranger à la plupart des agences gouvernementales : leurs fonctionnaires n'étaient pas spécialement idiots, mais personne ne leur avait demandé d'être plus efficaces. Si le cœur de l'Amérique était son gouvernement, alors le pays aurait dû mourir depuis longtemps d'une crise cardiaque. Fort heureusement, le cœur de son pays était situé ailleurs.

— Mais pourquoi avons-nous besoin d'une défense si puissante à une époque où...

Bretano le coupa de nouveau. C'était une habitude dont il devait se débarrasser, et il en fut conscient avant même de le faire, mais là, impossible de laisser passer ça.

— Sénateur, avez-vous fait un petit tour dans les ruines de l'immeuble d'en face, ces temps-ci ?

Amusant, la façon dont son interlocuteur sursauta. L'assistant de Bretano, à sa gauche, tressaillit aussi. Cet homme représentait un vote, au sein de cette commission, de même qu'au Sénat qui fonctionnait de nouveau, maintenant qu'ils avaient évacué les fumées du bâtiment. Mais la plupart des autres saisirent l'allusion, et le secrétaire à la Défense s'en contenta volontiers. Finalement, le président donna le coup de marteau qui concluait la séance et annonça le vote pour le lendemain matin. Mais les sénateurs avaient déjà exprimé clairement leur position en faisant l'éloge du franc-parler de Bretano et de son discours constructif, et ils avaient manifesté leur désir de travailler avec lui en des termes presque aussi naïfs que les siens.

Dès que la résolution des Nations unies fut votée, le premier navire appareilla pour le port irakien de Bouchir, qui n'était pas très éloigné, où il fut déchargé par des espèces d'aspirateurs géants. Ensuite, tout alla très vite. Pour la première fois depuis de longues années, chaque citoyen irakien, dès le lendemain matin, eut suffisamment de pain pour son petit déjeuner. Les informations télévisées l'annoncèrent en fanfare — avec, comme l'on pouvait s'y attendre, des reportages en direct dans des boulangeries vendant leurs marchandises à des foules joyeuses et souriantes — et le journaliste conclut en indiquant que le nouveau gouvernement révolutionnaire se réunissait ce même jour pour discuter d'autres questions d'importance nationale. Tout cela fut soigneusement enregistré à PALM BOWL et à STORM TRACK, puis retransmis aux Etats-Unis. Mais la principale nouvelle vint d'ailleurs.

Golovko pensa que le Premier ministre du Turkménistan pouvait très bien être mort, en effet, dans un accident de voiture. Ses penchants personnels pour l'alcool étaient bien connus de l'ex-KGB, et les accidents de ce genre étaient monnaie courante dans toutes les républiques — et ils étaient même beaucoup plus nombreux qu'ailleurs en Union soviétique, à cause de l'alcoolisme. Mais Golovko ne croyait pas aux coïncidences, et surtout pas à celles qui se produisaient au mauvais moment pour son pays. Et le fait d'avoir des gens sur place pour analyser la situation ne l'avançait pas à grand-chose. Le Premier ministre était mort. Il y aurait des élections, et le vainqueur était connu d'avance, le politicien défunt ayant réussi à étouffer toute opposition. Au moment même où il voyait des unités militaires iraniennes se préparer à avancer vers l'ouest, deux chefs d'Etat disparaissaient à quelques jours d'intervalle, et dans deux régions assez proches, sur une frontière de l'Iran... Non, même si ç'avait été une coïncidence, il ne l'aurait pas crue. Golovko décrocha son téléphone.

L'USS *Pasadena* avait pris position entre les deux groupes d'action de surface de la République populaire de Chine qui opéraient à neuf milles nautiques de distance l'un de l'autre. Le sous-marin avait toutes ses munitions de guerre, mais c'était un peu comme être le seul flic de garde à Times Square à minuit, le jour de l'an, et tenter de tout surveiller à la fois. Un revolver chargé n'y changeait pas grand-chose. Toutes les cinq minutes, l'USS *Pasadena* sortait ses antennes ESM — mesures de soutien électroniques — pour se faire une idée des échanges de signaux, et son département sonar fournissait aussi des données à l'équipe de poursuite, installée à l'arrière du centre d'attaque. Le personnel se bousculait autour de la table des cartes pour dessiner la route des divers contacts. Le commandant ordonna de descendre à trois cents pieds, juste sous la couche de surface; il voulait bénéficier de quelques minutes de répit et examiner la situation qui était devenue trop complexe pour tout avoir en tête à la fois. Quand son bâtiment se stabilisa à ce niveau, il rejoignit en quelques pas l'équipe de poursuite.

C'était un exercice de la flotte, mais d'un genre pas très... D'ordinaire, un groupe jouait le rôle des « méchants », et un autre celui des « gentils », et on savait qui faisait quoi en fonction du positionnement des navires. Cette fois, au lieu d'être placés l'un en face de l'autre, les deux groupes filaient vers l'est. On nommait cela l'« axe de menace », c'est-à-dire la direction dans laquelle l'ennemi était censé frapper. A l'est se trouvait la République de Chine, principalement constituée de l'île de Taïwan. Le chef des opérations qui étudiait le graphique annotait le calque et on commença à y voir un peu plus clair.

— Central, de sonar, entendit-on dans l'interphone.

— Central, j'écoute, répondit le commandant au micro.

— Deux nouveaux contacts, monsieur, désignés Sierra Vingt et Sierra Vingt et Un. Deux sous-marins, semble-t-il. Sierra Vingt, relèvement trois-deux-cinq. Trajectoire directe et faible... Attendez... On dirait un SSN de classe Han. On le reçoit bien dans la bande des cinquante hertz, et on a des échos moteur. Le Vingt et Un, contact sous-marin aussi, à trois-trois-zéro, ressemble à un classe Xia, monsieur.

— Un sous-marin lanceur d'engins dans un exercice naval ? s'étonna le chef des opérations.

— Votre réception du Vingt et Un ?

— Elle s'améliore, maintenant, mon commandant, répondit le responsable sonar. (Toute l'équipe sonar était dans son compartiment, à l'avant du centre d'attaque, à tribord.) Pour moi, ce bruit de moteur signifie un classe Xia, capitaine. Le Han fait route au sud, relèvement trois-deux-un, à une vitesse... disons de seize nœuds.

Le chef des opérations fit un rapide calcul théorique. Le SSN et le sous-marin lanceur d'engins se trouvaient derrière le groupe de surface du nord.

— Autre chose, sonar ? demanda le commandant.

— Ça devient un peu compliqué, avec toutes ces traces, mon commandant.

— A qui le dis-tu, grogna quelqu'un à la table de poursuite, tout en y apportant une nouvelle modification.

— Quelque chose à l'est ? insista le capitaine.

— Là, nous avons six contacts, tous identifiés comme des navires marchands, répondit le chef des opérations. Rien encore de la flotte de Taïwan.

— Ça va changer, promit le commandant.

Le général Bondarenko ne croyait pas aux coïncidences, lui non plus. En outre, la région sud du pays connu jadis sous le nom d'URSS ne l'attirait guère. Son service en Afghanistan et une nuit de folie au Tadjikistan lui avaient largement suffi. Dans l'absolu, il ne se serait pas soucié le moins du monde de la scission entre la République de Russie et ces nations islamiques accrochées à la frontière sud de son pays, mais l'absolu était une chose et le monde réel une autre.

— Que se passe-t-il, d'après vous ? demanda le général de corps d'armée.

— Vous êtes au courant pour l'Irak ?

— Oui, camarade président.

— Alors, c'est vous qui me dites ce que vous en pensez, Gennadi Iosefovitch, ordonna Golovko.

Bondarenko se pencha au-dessus de la carte et répondit, tout en déplaçant son doigt :

— Ce qui vous inquiète, c'est la possibilité que l'Iran veuille accéder à un statut de superpuissance. En fusionnant avec l'Irak, il accroît ses richesses pétrolières d'environ quarante pour cent. De plus, il a désormais une frontière commune avec le Koweït et l'Arabie Saoudite. La conquête de ces nations doublerait ses capacités et on peut assurer avec certitude que les autres pays voisins, plus petits, tomberont aussi. La réalité objective, ici, est évidente, poursuivit le général, de la voix calme d'un soldat professionnel analysant un désastre. Réunis, l'Iran et l'Irak dépassent largement l'ensemble des populations des autres Etats de la région — à cinq contre un, camarade président ? Ou plus ? Je ne m'en souviens pas exactement, mais leur avantage au niveau du nombre est décisif. Ce qui leur permettra de mener à bien une conquête pure et simple, ou augmentera au moins grandement leur influence politique. Rien qu'avec cette fusion, la République islamique unie acquiert un pouvoir économique énorme et la capacité de bloquer, quand elle le voudra, l'approvisionnement pétrolier de l'Europe occidentale et de l'Asie.

« Le Turkménistan, maintenant. Si, comme vous le soupçonnez, la mort du Premier ministre n'est pas une coïncidence, alors nous constatons que l'Iran souhaite s'étendre aussi vers le nord, et qu'il absorbera peut-être l'Azerbaïdjan (son doigt se promena sur la carte), l'Ouzbékistan, le Tadjikistan et au moins une partie du Kazakhstan. Ce qui triplerait la population de cette nouvelle république et lui apporterait d'autres ressources significatives. Et on peut penser qu'elle finira par récupérer aussi l'Afghanistan et le Pakistan et là, on se retrouve alors avec un nouveau pays s'étendant de la mer Rouge à l'Hindou Kouch — *niet,* plus précisément de la mer Rouge à la Chine, et, dans ce cas-là, notre frontière sud ne touche plus que des pays qui nous sont hostiles. (Il leva les yeux et conclut d'un ton grave :) Tout ça est bien pire que tout ce que j'avais imaginé, Sergueï Nikolaïevitch. Nous savons que les Chinois convoitent nos territoires de l'Est. Ce nouvel Etat menace nos champs pétroliers de Transcaucasie — et je ne peux pas défendre cette frontière-là. Bon sang, la guerre contre les nazis, c'était un jeu d'enfant par rapport à *ça !*

Golovko était en face de lui, à l'autre extrémité de la carte. Il avait convoqué Bondarenko pour une raison précise. Les responsables militaires de son pays n'étaient que des vestiges d'une ère révolue — mais ils mourraient les uns après les autres, et Gennadi Iosefovitch appartenait à la nouvelle génération ; il avait l'expérience du combat dans cette guerre d'Afghanistan qui n'avait rimé à rien, et s'il était suffisamment âgé pour savoir ce qu'était une bataille — ironie de l'histoire, ça faisait de lui et de ses pairs des militaires bien supérieurs à ceux qu'ils remplaceraient bientôt —, il était encore assez jeune pour ne pas s'encombrer de l'ancien bagage idéologique. C'était un optimiste, capable d'apprendre beaucoup de choses de l'Ouest, où il venait juste de passer un mois avec les diverses armées de l'OTAN; à cette occasion, il avait accumulé énormément d'informations, et surtout, semblait-il, chez les Américains. Mais aujourd'hui, Bondarenko considérait la carte d'un air inquiet.

— Combien de temps leur faudra-t-il pour organiser ce nouvel Etat? murmura-t-il.

— Qui peut le dire? répondit Golovko en haussant les épaules. Trois ans, ou deux au pire. Au mieux, cinq.

— Donnez-moi cinq ans et la capacité de reconstituer notre puissance militaire, et nous pourrons... Probablement... (Bondarenko secoua la tête.) Mais non. Je ne peux vous offrir aucune garantie. Le gouvernement ne me débloquera pas les fonds dont j'ai besoin. Il n'en est pas capable... On n'a plus d'argent.

— Et alors? demanda Golovko.

Bondarenko releva la tête et regarda droit dans les yeux le directeur du RVS.

— Et alors, je préférerais être à la place de l'officier des opérations du camp adverse. A l'est, nous avons des montagnes à défendre, et c'est bien, mais nous n'avons que deux voies ferrées pour notre soutien logistique et ça, ce n'est pas bon du tout. Au centre, que se passera-t-il s'ils absorbent la totalité du Kazakhstan? (Il tapota la carte du bout du doigt.) Vous voyez à quel point ça les rapproche de Moscou? Et les alliances? Avec l'Ukraine, par exemple? Et que fera la Turquie? Et la Syrie? L'ensemble du Moyen-Orient sera obligé de trouver un accord avec ce nouvel Etat... Nous sommes vaincus. Nous pourrions brandir la menace nucléaire, évidemment, mais pour quel résultat? La Chine peut perdre cinq cents millions de personnes, elle nous sera toujours supérieure en nombre. Son économie se développe, alors que la nôtre stagne. Elle a les moyens d'acheter des armes à l'Ouest ou, mieux encore, de les fabriquer elle-même. Employer des armes nucléaires est dangereux pour nous, tant d'un point de vue tactique que stratégique, sans compter les répercussions politiques. Militairement, nous sommes perdants dans tous les domaines qui comptent. L'ennemi l'emportera sur nous en termes d'armements, d'effectifs et de situation géographique. La possibilité qu'il a de couper le pétrole au reste du monde limite notre espoir d'un soutien étranger — si tant est, bien sûr, qu'un pays occidental en manifeste le désir. Ce que vous venez de me montrer, c'est la destruction potentielle de notre pays.

Le plus troublant encore était de l'entendre énoncer tout cela d'une voix calme. Bondarenko n'avait rien d'un alarmiste. Il se contentait d'exposer des faits.

— Et que faire pour l'empêcher ?

— Nous ne pouvons pas nous permettre de perdre les républiques méridionales, mais en même temps, comment les conserver ? Prendre le contrôle du Turkménistan ? Et affronter la guérilla qui en résultera forcément ? Notre armée n'est pas organisée pour mener ce genre de guerre — et ce ne sera même pas une seule guerre, il y en aura plusieurs, n'est-ce pas ?

Le prédécesseur de Bondarenko avait été limogé à cause de l'incapacité de l'Armée rouge à régler la question tchétchène. Ce qui aurait dû n'être qu'une opération de pacification relativement simple avait révélé au monde entier que l'armée russe n'était plus que le souvenir d'elle-même.

L'Union soviétique reposait sur la peur, ils le savaient tous les deux. La peur du KGB avait permis de tenir les citoyens, et la peur de ce que l'Armée rouge pouvait faire — et faisait — en cas de rébellion avait empêché les troubles politiques à grande échelle. Mais lorsque la peur disparaissait ? L'incapacité des Soviétiques à pacifier l'Afghanistan, et cela en dépit d'une intervention d'une extraordinaire brutalité, avait été un signal indiquant aux républiques musulmanes que la terreur n'était plus de mise. Aujourd'hui, l'Union soviétique avait disparu, ce n'était plus qu'une ombre risquant maintenant d'être dévorée par un soleil plus brillant qui se levait au sud. Golovko le lisait sur le visage de son subordonné. La Russie ne possédait pas la puissance dont elle avait besoin. Si ses fanfaronnades effrayaient encore l'Ouest — qui se souvenait du pacte de Varsovie —, d'autres pays savaient ce qu'il en était *vraiment*. L'Europe occidentale et l'Amérique se rappelaient ce poing d'acier, qu'elles avaient vu, mais jamais senti. Mais ceux qui l'avaient senti, en revanche, avaient immédiatement su quand il s'était desserré. Mieux, ils avaient compris toutes les implications de la chose.

— De quoi auriez-vous besoin ? murmura Golovko.

— De temps et d'argent. D'un soutien politique pour remettre notre armée sur pied. D'une aide de l'Ouest.

Le général considérait toujours la carte. Il se fit la réflexion qu'il était comme le descendant d'une puissante famille capitaliste. A la mort du patriarche, il héritait d'une vaste fortune... et découvrait qu'il ne restait en fait que des dettes. Il était rentré des Etats-Unis plein d'optimisme, pensant avoir compris ce qu'il fallait faire, et trouvé le moyen d'assurer la sécurité de son pays, d'une façon correcte, avec une armée professionnelle, composée de soldats de métier et liée par un esprit de corps, une armée de fiers gardiens et de fiers serviteurs d'une nation libre, comme lorsque l'Armée rouge avait marché sur Berlin... Cela lui demanderait des années. Mais si Golovko et le RVS avaient raison, tout ce qu'il pouvait espérer désormais c'était que son pays reprendrait des forces comme en 1941, abandonnerait des territoires pour gagner du temps, comme en 1941, et lancerait une contre-offensive comme en 1942-1943. Le général pensa que personne n'était capable de deviner l'avenir et que c'était peut-être tout aussi bien, car le passé se répétait rarement. La Russie avait eu de la chance contre les nazis. Mais on ne pouvait pas toujours se fier à la chance.

La chance, en effet, n'était pas toujours au rendez-vous... On avait parfois affaire à un adversaire rusé et imprévisible. Quelqu'un d'autre pouvait lire une carte comme il le faisait en ce moment, évaluer les distances et les obstacles, discerner les rapports de force et savoir que le joker était ailleurs, de l'autre côté de la planète. La formule classique consistait d'abord à paralyser le puissant, puis à écraser le faible, et ensuite à s'attaquer de nouveau au puissant, au moment opportun. Bondarenko le savait, mais il n'y pouvait rien, pour l'instant. Le faible, c'était son pays, qui avait aujourd'hui de multiples problèmes. Et il ne pouvait compter sur aucun ami — que sur les ennemis qu'il se faisait depuis si longtemps et avec une telle efficacité.

Saleh n'avait jamais autant souffert. La souffrance, il connaissait, et il l'avait lui-même souvent infligée à autrui lorsqu'il travaillait pour la sécurité irakienne — mais pas ce genre de douleur, et pas autant. Il avait l'impression de payer, et en une seule fois, pour tout le mal qu'il avait fait. Il n'était que souffrance. Et lorsqu'il bougeait, même légèrement, pour essayer de la soulager, il ne réussissait qu'à la déplacer vers une autre partie de son corps. Elle était si violente qu'elle annihilait même la terreur qu'il aurait dû ressentir.

Le médecin, lui, avait peur. Ian MacGregor avait mis une surblouse de protection, placé un masque sur son visage et enfilé des gants de caoutchouc — et cependant, il avait besoin de toute sa concentration pour empêcher ses mains de trembler. Il n'avait jamais été aussi prudent de sa vie pour une prise de sang, encore plus que lorsqu'il s'occupait de patients atteints du sida. Il avait même demandé à deux infirmiers de lui tenir le bras tandis qu'il effectuait ses prélèvements. Il n'avait encore jamais soigné de fièvre hémorragique. Pour l'instant, cette affection n'avait été pour lui qu'une entrée dans ses manuels de médecine ou des articles dans le *Lancet* [1]. Intellectuellement passionnant, comme le cancer ou d'autres maladies africaines — sauf qu'aujourd'hui, c'était là, sous ses yeux.

— Saleh ? demanda-t-il.

— ... Oui.

Un mot. Un simple soupir.

— Comment êtes-vous arrivé dans ce pays ? J'ai besoin de le savoir si vous voulez que je vous aide.

Aucune hésitation. Aucune considération de secret ni de sécurité. Il respira profondément, le temps de rassembler assez d'énergie pour répondre.

— De Bagdad. Par... avion.

— Et l'Afrique ? Vous avez voyagé en Afrique, ces temps-ci ?

— Encore... jamais venu. (Léger hochement de tête, les yeux fermés. Il essayait d'être courageux, et il y parvenait plutôt bien.) Première visite... en Afrique.

— Vous avez eu des relations sexuelles, récemment ? La semaine dernière, disons.

MacGregor s'expliqua, car cette question pouvait en effet paraître très cruelle. On risquait théoriquement d'attraper ce genre de maladies par contact sexuel — peut-être une prostituée locale ? Peut-être y avait-il eu un autre cas dans un hôpital du coin et l'affaire avait-elle été étouffée ?

Il fallut un moment à Saleh pour comprendre ce que le médecin lui demandait, puis il secoua la tête de nouveau.

— Non. Pas... de femme... depuis longtemps.

1. La principale revue médicale britannique *(N.d.T.)*.

Et MacGregor lut ses pensées sur son visage — *Et y en aura plus. Plus pour moi...*

— Avez-vous eu une transfusion sanguine?

— Non.

— Avez-vous rencontré quelqu'un qui a voyagé quelque part?

— Non. Seulement Bagdad. Je suis... le garde du corps d'un... général. Je suis resté... avec lui tout le temps, rien... d'autre.

— Merci. Nous allons vous donner quelque chose pour la douleur. Et du sang, aussi. Et tenter de faire descendre votre température avec de la glace. Je reviens tout de suite.

Le patient acquiesça d'un signe de tête et le médecin quitta la pièce avec ses tubes.

Tandis que les infirmières faisaient leur travail, MacGregor divisa en deux l'un des échantillons sanguins et il fit deux paquets, avec d'extrêmes précautions, l'un pour le Centre de référence des fièvres hémorragiques de l'Institut Pasteur à Paris, et l'autre pour le CDC d'Atlanta. Ils partiraient par cargo aérien. Le reste alla à son chef clinicien, un Soudanais compétent, tandis qu'il rédigeait un fax. Peut-être une fièvre hémorragique, indiquait-il, avec le nom du pays, de la ville et de l'hôpital — mais d'abord... Il décrocha le téléphone et appela son contact au ministère de la Santé du Soudan.

— Ici? demanda le médecin du gouvernement. A Khartoum? Vous êtes sûr? D'où vient votre patient?

— J'en suis sûr, répondit MacGregor. Il dit qu'il arrive d'Irak.

— D'Irak? Pourquoi y aurait-il cette maladie en Irak? Avez-vous mené correctement la recherche d'anticorps? demanda le fonctionnaire

— On est en train, répondit l'Ecossais.

— Combien de temps ça prendra?

— Une heure.

— Avant que vous ne fassiez la déclaration, laissez-moi venir voir ça, ordonna le fonctionnaire.

Pour *prendre les opérations en main*, voulait-il dire. MacGregor ferma les yeux et serra plus fort son combiné téléphonique. Ce soi-disant médecin était un fonctionnaire du gouvernement, fils d'un ministre depuis longtemps au pouvoir, et la chose la plus gentille qu'il pouvait dire de son « collègue », c'était que tant qu'il restait dans son luxueux bureau, il ne mettait pas en danger la vie des patients... MacGregor fit un effort pour ne pas perdre son sang-froid. C'était partout pareil en Afrique. Tous les gouvernements locaux souhaitaient protéger leur industrie touristique — dont, d'ailleurs, le Soudan manquait singulièrement, hormis les quelques anthropologues qui grattaient le sable à la recherche de l'homme primitif, dans le sud, près de la frontière éthiopienne. Les ministères de la Santé de tous ces pays niaient systématiquement les graves problèmes sanitaires — et c'était l'une des raisons pour lesquelles le sida connaissait une telle flambée dans le centre du continent. Jusqu'à quand refuseraient-ils de voir les choses en face ? Combien de morts leur faudrait-il pour agir ? Dix pour cent de la population ? Vingt ? Cinquante pour cent ? La vérité était que tout le monde avait la trouille de critiquer les gouvernements africains et leurs bureaucrates. On était si vite taxé de néo-colonialiste... Alors, il valait mieux se taire. Et laisser les gens mourir.

— Docteur, insista MacGregor, je suis sûr de mon diagnostic et d'un point de vue professionnel j'ai le devoir de...

— Ça peut attendre jusqu'à ce que j'arrive, répondit le fonctionnaire avec désinvolture.

C'était simplement comme ça que les choses marchaient en Afrique, MacGregor le savait. Inutile d'essayer de s'y opposer — une bataille perdue d'avance. Le ministère soudanais de la Santé pouvait lui retirer son visa dans les minutes qui suivraient, et qui, alors, s'occuperait de ses patients ?

— Très bien, docteur, dit-il. Venez directement, je vous en prie, le pressa-t-il.

— Je règle un certain nombre de choses, et je suis là. (Ce qui signifiait d'ici vingt-quatre heures, voire davantage, et ils le savaient tous les deux.) Le malade est isolé?

— Nous avons pris toutes les précautions, assura MacGregor.

— Vous êtes un bon médecin, Ian, et je sais que je peux compter sur vous pour qu'il n'arrive rien de grave.

Là-dessus, la communication fut coupée. A peine MacGregor avait-il raccroché que le téléphone sonna à nouveau.

— Docteur, s'il vous plaît, voulez-vous venir au vingt-quatre? lui demanda une infirmière.

Il arriva là-bas trois minutes plus tard. C'était Sohaila. Une aide-soignante sortait avec la cuvette. Il y avait du sang dedans. MacGregor savait qu'elle arrivait d'Irak, elle aussi.

Oh, mon Dieu.

— Aucun d'entre vous n'a rien à craindre.

C'était une expression rassurante, mais pas autant que l'auraient souhaité les membres du conseil révolutionnaire. Les mollahs iraniens disaient probablement la vérité, mais les colonels et les généraux présents autour de la table s'étaient battus contre l'Iran, et on n'oubliait jamais un ennemi rencontré sur le champ de bataille.

— Nous avons besoin de vous pour prendre le contrôle de l'armée de votre pays, poursuivit le chef des religieux. Pour le prix de votre coopération, vous conserverez vos postes. Nous vous demandons seulement de jurer devant Dieu d'être fidèles à votre nouveau gouvernement.

Bien sûr, on les surveillerait étroitement, et les officiers le savaient. Un seul faux pas et ils seraient exécutés. Mais ils n'avaient pas d'autre choix — sinon, peut-être, d'être fusillés cet après-midi même. Les exécutions sommaires n'étaient pas rares en Iran, ni en Irak — une façon efficace de régler le problème des opposants, véritables ou imaginaires, dans les deux pays.

Les officiers supérieurs de l'armée irakienne échangèrent des regards discrets. En réalité, ils ne contrôlaient *pas* l'armée de leur pays. Les soldats étaient du côté du peuple, ou des officiers de leur compagnie. Le peuple était ravi d'avoir davantage de nourriture pour la première fois depuis dix ans, et les officiers d'être encore vivants à l'aube de ce nouveau jour. La rupture avec l'ancien régime était totale. Ce n'était plus désormais qu'un mauvais souvenir. Les militaires présents dans cette pièce ne pourraient diriger leur armée qu'avec l'aide de leurs anciens ennemis installés au bout de la table, qui pouvaient afficher des sourires tranquilles parce qu'ils avaient gagné et qu'ils tenaient leurs vies entre leurs mains. Non, décidément, ils n'avaient guère le choix.

Le dirigeant en titre du conseil révolutionnaire acquiesça d'un signe de tête, et tous les autres l'imitèrent immédiatement. Avec ce geste, la souveraineté de leur pays n'était plus qu'un souvenir.

Dès lors, ce n'était plus l'affaire que de quelques coups de téléphone.

La seule surprise fut que cela ne passa pas à la télévision. Pour une fois, les postes d'écoute de Storm Track et Palm Bowl furent devancés par d'autres analystes. Les caméras étaient en place, pourtant, comme on le découvrirait plus tard, mais les Iraniens avaient d'abord une tâche à effectuer — et celle-ci fut enregistrée par les satellites.

Les premiers soldats à franchir la frontière appartenaient à des unités motorisées qui foncèrent sur les routes en complet silence radio, mais c'était le lever du jour, et au-dessus de leur tête tournaient deux satellites KH-11 dont les signaux furent transmis à des avions de communication, puis de là à des points terrestres de réception. Le plus proche de Washington se trouvait à Fort Belvoir.

— Oui, dit Ryan en portant le combiné téléphonique à son oreille.

— Ben Goodley, monsieur le président. Ça a commencé. Des troupes iraniennes entrent en Irak sans rencontrer la moindre opposition.

— Des communiqués ?

— Rien jusqu'à présent. Il semblent qu'ils souhaitent d'abord prendre le contrôle du pays.

Jack jeta un coup d'œil à son réveil, sur la table de nuit.

— OK, on verra ça au briefing, demain matin.

Inutile de gaspiller ses quelques heures de sommeil. Des gens travailleraient toute la nuit pour lui, se dit-il. Lui-même avait fait ça plus souvent qu'à son tour.

— Oui, monsieur.

Ryan raccrocha et réussit à se rendormir. C'était un talent présidentiel qu'il maîtrisait de mieux en mieux. *Je devrais peut-être apprendre à jouer au golf pendant une crise...*, pensa-t-il, avant de replonger dans le sommeil.

Le premier touché, et ce n'était que justice, fut l'un des homosexuels. Il s'était occupé d'un de ses compagnons du Groupe numéro un — un meurtrier, celui-là —, et il avait fait un travail correct, à en juger par les enregistrements vidéo, ce qui avait accéléré le processus de contamination.

Moudi avait eu la prudence de dire au personnel médical de surveiller les nouveaux « infirmiers » de près. Ces derniers avaient pris les précautions d'usage — ils travaillaient avec des gants, se lavaient sérieusement, veillaient à la propreté de la salle, épongeaient tous les fluides. Cette dernière tâche était devenue de plus en plus difficile avec le progrès de la maladie dans le premier groupe. Les plaintes des mourants étaient retransmises par les haut-parleurs, et Moudi savait ce qu'ils enduraient, surtout qu'ils ne recevaient aucun médicament contre la douleur — une violation du principe de charité, qu'il s'efforça d'oublier. Le second groupe faisait ce qu'on lui avait ordonné. Il n'avait pas de masques, et cela pour une bonne raison.

L'homosexuel était un jeune homme, une vingtaine d'années sans doute, et il avait été étonnamment attentif à sa « mission ». Peut-être était-il sensible à la souffrance du meurtrier, ou peut-être, tout simplement, voulait-il apparaître lui-même digne de pitié ? Qu'importe. Moudi zooma sur lui avec sa caméra. La peau de l'homme était rouge et sèche, ses mouvements lents et douloureux. Moudi décrocha le téléphone. Une minute plus tard, un médecin militaire entra dans le champ. Il échangea quelques phrases avec l'homosexuel, puis lui plaça un thermomètre d'oreille, avant de quitter la salle et de rappeler Moudi depuis le couloir.

— Le sujet numéro huit a trente-neuf deux de température, il se sent fatigué et ses extrémités le font souffrir. Ses yeux sont rouges et gonflés, rapporta le militaire avec brusquerie.

C'était à prévoir : les médecins manifestaient bien moins de compassion pour les sujets de l'expérience que pour sœur Jean-Baptiste. Infidèle, peut-être, mais vertueuse, au moins, ce qui n'était visiblement pas le cas des hommes présents dans cette salle, et cela facilitait les choses pour tout le monde.

Ainsi, c'était vrai, pensa Moudi. La souche Mayinga était aérogène. A présent, il restait à vérifier si la transmission du virus était mortelle. Lorsque la moitié du second groupe montrerait des symptômes d'infection, celui-ci serait transféré dans une salle de soins identique, de l'autre côté du couloir, tandis que le premier groupe — désormais, ils étaient tous en phase terminale — serait euthanasié.

Le directeur allait être ravi, Moudi le savait. La dernière étape de l'expérimentation était un succès, comme les précédentes.

Ils détenaient désormais une arme qu'aucun pays avant eux n'avait jamais possédée.

Movie Star passa par le détecteur de métaux, que sa croix d'or fit sonner comme d'habitude, puis il gagna le salon d'attente de première classe sans même vérifier s'il y avait des policiers aux environs. Le vol n'avait pas de retard et quand il embarqua, il trouva rapidement son siège à l'avant du 747. L'avion était à moitié plein. Tout de suite après le décollage, Movie Star alluma son ordinateur portable et commença à noter tout ce qu'il n'avait pas voulu coucher sur le papier. Sa mémoire photographique l'aida et il travailla sans interruption pendant trois bonnes heures avant de s'endormir au-dessus de l'Atlantique.

29

SALLE COMBLE

Ce serait peut-être sa dernière salve, songea Kealty, qui avait un faible pour les métaphores guerrières. Mais cette fois, il ne releva pas l'ironie de la chose, car il avait d'autres chats à fouetter. La veille au soir, il avait donné rendez-vous aux quelques journalistes sur lesquels il pouvait encore compter. Certains, sans faire à proprement parler machine arrière, avaient dans le doute pris leurs distances ; mais pour la plupart d'entre eux, ça n'avait pas été trop difficile d'attiser leur curiosité, grâce à des petites phrases qui, il le savait, étaient savamment choisies. Ensuite, il avait fixé les règles du jeu. Tout cela était officieux et ne devait ni lui être attribué, ni même être cité. Les journalistes donnèrent leur accord, bien sûr.

— L'affaire est inquiétante, commença-t-il. Le FBI a fait passer l'ensemble du personnel du dernier étage du Département d'Etat au détecteur de mensonges. (Ils l'avaient entendu dire, mais n'avaient pas eu de confirmation. Ceci en était une.) Mais il y a plus grave. Vous avez vu les grandes lignes du programme politique qu'ils sont en train de mettre en place ? Restructuration de la Défense sous la houlette de ce Bretano — un gars qui a passé sa vie au cœur du complexe militaro-industriel. Il prétend éliminer tous les garde-fous dans le système d'appel d'offres et réduire les possibilités de contrôle du Congrès. Et George Winston, lui, il propose quoi ? De démanteler l'ensemble de notre système fiscal, d'introduire plus d'impôt régressif [1], d'en finir avec la taxation des capitaux — et pourquoi ? Pour que la totalité du poids de l'impôt, dans ce pays, ne repose plus que sur les classes moyennes et sur la classe ouvrière et que les grosses fortunes passent au travers, voilà pourquoi !

« Je n'ai jamais considéré Ryan comme un professionnel, comme un homme qui avait les compétences pour devenir président, mais, je vous l'avoue, ce n'est pas à ça que je m'attendais... Je découvre en lui un réactionnaire, un conservateur pur et dur — je ne sais pas quel terme vous utilisez.

— Vous êtes sûr, pour cette histoire de détecteur de mensonges au Département d'Etat ? demanda le journaliste du *New York Times*.

Kealty acquiesça d'un signe de tête.

— Affirmatif. A cent pour cent. Vous voulez dire que vous n'avez pas... Allez, vous faites votre boulot ou quoi ? demanda-t-il d'une voix lasse. En pleine crise au Moyen-Orient, il envoie le FBI harceler nos meilleurs collaborateurs et les accuse d'avoir volé une lettre qui n'a jamais existé.

— Et à présent, intervint l'assistant de Kealty, comme s'il attendait son tour pour parler, voilà que le *Washington Post* va canoniser Ryan dans une série d'articles.

— Attendez une minute ! protesta le journaliste du *Post* en se redressant sur sa chaise. C'est Bob

1. Impôt qui favorise les grandes fortunes (*N.d.T.*).

Holtzman qui fait ça, pas moi! J'ai prévenu le rédacteur en chef que c'était une erreur.

— D'où vient la fuite? demanda Kealty.

— J'en ai pas la moindre idée. Bob ne révèle jamais rien. Vous le savez bien.

— Et que fabrique Ryan avec la CIA? reprit Kealty. Il veut *tripler* les effectifs de la Direction des opérations — les espions. Exactement ce dont le pays a besoin, n'est-ce pas? Ouais, qu'est-ce qu'il fabrique? répéta Kealty pour la forme. Renforcer la défense. Remanier le Code des impôts pour le plus grand bénéfice des richards. Et ramener la CIA au bon vieux temps de la guerre froide. On revient aux années 50, ou quoi? Et pourquoi? *Pourquoi* fait-il tout ça? Qu'est-ce qu'il a derrière la tête? Suis-je donc le seul à me poser des questions, dans cette ville? Quand allez-vous faire votre boulot, messieurs? Il tente d'influencer le Congrès et il y réussit très bien. Et que font les médias? Qui protège le peuple, en ce moment?

— Qu'est-ce que vous essayez de nous faire comprendre, Ed? intervint le journaliste du *Times*.

Kealty eut un geste théâtral parfaitement étudié.

— J'avance sur le fil du rasoir, ici, mes amis. Je n'ai rien à gagner dans cette histoire, mais ça m'est impossible de rester là sans rien faire! Même si Ryan est soutenu par l'ensemble de notre gouvernement, je ne peux pas les laisser, lui et ses séides, concentrer tout le pouvoir dans les mains de quelques-uns, augmenter leurs possibilités légales de nous espionner, truquer le système fiscal de façon à enrichir encore plus des gens qui n'ont jamais payé d'impôts équitables, soutenir le lobby militaro-industriel — et puis quoi encore? Ensuite, il va s'attaquer aux droits civiques? Il permet à sa femme d'aller travailler chaque jour en hélicoptère, et aucun d'entre vous n'a fait remarquer que c'est la première fois que ce genre de chose se produit! C'est une présidence impériale dont Lyndon Johnson n'aurait même pas osé rêver, et *sans* un

Congrès pour y mettre le holà. Vous savez ce que nous avons, ici ? (Kealty leur laissa un moment pour réfléchir.) Le roi Jack Iᵉʳ. Quelqu'un devrait s'occuper de ça. Pourquoi n'intervenez-vous pas ?

— Que savez-vous sur l'article de Holtzman ? voulut savoir le reporter du *Boston Globe*.

— Ryan a eu un passé agité au sein de la CIA. Il a tué des gens.

— Ouais, une sorte de James Bond ! ajouta l'assistant de Kealty à point nommé.

L'envoyé du *Post* se sentit tout de même obligé de défendre la réputation de son journal :

— Holtzman ne dit pas ça. Si vous voulez parler de l'époque où les terroristes ont...

— Non. Holtzman va publier quelque chose sur l'épisode de Moscou. A l'origine de l'affaire, c'est le juge Arthur Moore, quand il était DCI. Ryan était son représentant. C'était stupide de se mêler de la politique intérieure de l'Union soviétique, et ça n'est venu à l'esprit de personne — je veux dire, pourquoi déconner avec le gouvernement d'un pays qui a dix mille têtes nucléaires pointées sur nous, hein ? Vous voyez, on appelle ça un acte de guerre. Et tout ça pour quoi ? Pour sauver leur barbouze en chef d'une purge, et le ramener chez nous de façon à coincer un espion russe infiltré dans la CIA. Je parie qu'il n'a pas raconté ça à Holtzman, n'est-ce pas ?

— Je n'ai pas lu son reportage, admit le collaborateur du *Post*. J'ai seulement entendu un certain nombre de choses à ce sujet.

Ça devenait risible : les sources de Kealty au sein du *Post* étaient meilleures que celles d'un de ses principaux journalistes !

— OK, reprit celui-ci d'une voix plate, vous prétendez que Ryan a tué des gens comme James Bond. Si vous nous expliquiez ça ?

— Vous vous souvenez des bombes en Colombie, il y a quatre ans, qui ont décapité le cartel de Medellin ? (Kealty attendit l'acquiescement de son interlocuteur.) C'était une opération de la CIA. Ryan a été envoyé là-bas — et ça aussi ça a été un acte de guerre, mes amis.

D'une certaine façon, c'était drôle de voir Ryan œuvrer avec un tel talent à sa propre destruction, pensa Kealty. Le lancement du Plan bleu à la CIA faisait déjà des vagues au sein des responsables du renseignement, dont les plus anciens devaient maintenant choisir entre une retraite anticipée et le renoncement à certaines de leurs prérogatives. Ils n'avaient pas de mal à croire qu'ils étaient indispensables à la sécurité de leur pays et dans ce cas, ils devaient réagir, n'est-ce pas? En outre, Ryan avait marché sur les pieds d'un certain nombre de fonctionnaires, à Langley, et on allait lui rendre la monnaie de sa pièce.

— Vous en êtes vraiment sûr? demanda le journaliste du *Globe*.

— J'ai des dates. Vous vous souvenez du décès de l'amiral James Greer? C'était le mentor de Ryan. Il a probablement monté cette opération depuis son lit de mort. Ryan n'a pas assisté aux funérailles. Il était en Colombie, à ce moment-là. C'est un fait. Vous pouvez vérifier. C'est pourquoi, sans doute, James Cutter s'est suicidé...

— Je pensais qu'il s'agissait d'un accident, protesta le journaliste du *Times*. Il faisait du jogging et...

— Et il est passé sous un autobus? Ecoutez, je ne suis pas en train de dire que Cutter a été assassiné, d'accord? Je dis simplement qu'il était impliqué dans l'opération illégale que menait Ryan à l'époque et qu'il n'a pas eu le courage de faire face à ses responsabilités. Ça a permis à Jack Ryan de brouiller les pistes. Vous voyez, conclut Kealty, moi aussi j'ai sous-estimé ce Ryan. C'est le personnage le plus rusé de cette ville depuis Allen Dulles et peut-être même depuis Bill Donovan — mais ce temps-là est terminé! Nous n'avons pas besoin de trois fois plus d'espions. Ni d'une augmentation du budget de la Défense. Nous n'avons pas besoin de remanier le

Code des impôts pour protéger les copains millionnaires de Ryan. Et nous ne voulons certainement pas d'un président qui pense que les années 50 étaient super! Nous ne pouvons tout simplement pas accepter ce qu'il souhaite faire de notre pays. Je ne sais pas... (un autre geste de frustration)... peut-être que je dois me battre seul contre tout ça... J'ai conscience de risquer ma réputation dans cette histoire, en prenant ces positions-là, mais bon sang! un jour j'ai prêté serment sur la Constitution... Quand j'ai emporté mon premier siège à la Chambre, poursuivit-il d'une voix calme et réfléchie... Et ensuite quand je suis devenu sénateur... Puis quand Roger m'a demandé d'être son vice-président... Vous savez, ce n'est pas le genre de chose qu'on oublie, et... et... peut-être que je ne suis pas la personne qui convient pour ce poste. C'est vrai que j'ai fait des choses affreuses, que j'ai trompé ma femme, et que j'ai picolé trop longtemps... Les Américains méritent sans doute quelqu'un de mieux que moi, mais je suis là, et je ne peux pas trahir ma promesse vis-à-vis du peuple qui m'a envoyé dans cette ville — quel qu'en soit le prix. Ryan n'est *pas* le président des Etats-Unis. Et il le sait. Pourquoi, sinon, essaierait-il de changer tant de choses si vite? Pourquoi force-t-il les responsables du Département d'Etat à mentir? Pourquoi joue-t-il avec le Code des impôts avec la complicité de Winston, ce ploutocrate? Qui représente le *peuple*? Voilà ce que je veux dire.

— Je ne vois pas les choses de cette façon, Ed, répondit le correspondant du *Globe*. Sa politique est certes un peu à droite, mais il donne l'impression d'être vraiment sincère.

— Quelle est la règle numéro un en politique? intervint son collègue du *Times* avec un petit rire. Si ces histoires à propos de la Russie et de la Colombie sont vraies... ouah! c'est le retour aux années 50 et à la guerre froide, quand on déconnait avec les gouvernements étrangers. Nous n'avons plus le droit de faire ça, et certainement pas à ce niveau!

— On ne vous a rien dit, et vous ne pouvez pas révéler votre source à Langley, ajouta l'assistant de Kealty en leur distribuant des cassettes audio. Mais vous trouverez là suffisamment de faits pour étayer ce que nous venons de vous raconter.

— Il me faudra deux jours, grommela le collaborateur du *San Francisco Examiner*, tout en tripotant la cassette et en observant ses collègues.

La course était lancée. Chaque journaliste, dans cette pièce, voudrait être le premier à révéler le secret. Ça commencerait dès qu'ils écouteraient cette cassette sur leur autoradio en rentrant chez eux en voiture — et celui dont le trajet était le plus court aurait l'avantage.

— Messieurs, j'ajoute simplement que ceci est une histoire importante, et que vous devez vous montrer le plus professionnels possible, dit Kealty. Je ne fais pas ça pour moi. J'aurais préféré voir quelqu'un d'autre monter au créneau, quelqu'un de plus recommandable que moi, mais ça n'a pas été possible. Je le fais pour le pays. Et ça signifie que vous devez être sérieux.

— C'est promis, Ed, répondit le journaliste du *Times*.

Il jeta un coup d'œil à sa montre. Presque trois heures du matin. Il allait travailler toute la journée pour la une de l'édition du soir. Avant ça, il devrait vérifier, vérifier encore, et discuter avec son rédacteur en chef adjoint pour être sûr d'avoir la première page. Les journaux de la côte Ouest avaient un avantage — ils avaient trois heures d'avance grâce aux fuseaux horaires — mais il savait comment les coiffer au poteau.

Ils reposèrent leurs tasses de café et se levèrent. Ils firent disparaître leurs magnétos dans leur veste et gardèrent précieusement à la main la cassette qu'on venait de leur confier, tout en cherchant les clés de leur voiture dans leur poche.

— Allez, dites-moi tout, Ben, ordonna Jack, moins de quatre heures plus tard.

— Toujours rien à la télé locale, mais nous avons intercepté des liaisons en ondes ultracourtes pour de prochaines émissions. (Goodley s'interrompit une seconde, tandis que Ryan s'asseyait derrière son bureau.) La qualité est trop mauvaise pour qu'on vous les montre, mais les canaux audio sont bons. Ils ont passé la journée à asseoir leur pouvoir. La chose sera rendue publique demain. Ils feront sans doute circuler les informations dans la rue. La déclaration officielle, ce sera pour le reste du monde.

— Très malin, fit observer Ryan.

— Je suis d'accord avec vous. Et on a un nouveau développement explosif. Le Premier ministre du Turkménistan est mort. Accident de la circulation, paraît-il. Golovko m'a appelé à ce sujet, un peu après cinq heures du matin, pour nous en informer. Il n'est pas vraiment à la fête en ce moment. Il estime que l'Irak et le Turkménistan font partie d'un même plan d'ensemble...

— Nous avons quelque chose pour étayer cette hypothèse ? demanda Ryan en vérifiant sa cravate. Une question idiote, bien sûr.

— Vous voulez rire, patron ? On n'a que dalle, pas même d'infos satellite, dans ce cas précis.

— Avec tout ce qu'on raconte sur la puissance de la CIA ?

— Hé ! Je travaille avec eux, vous vous en souvenez ? Enfin, Dieu merci, on a CNN ! Et les Russes nous communiquent au moins une partie de ce qu'ils savent.

— Ils ont la trouille, fit observer le président.

— Et une grosse trouille, renchérit son officier national de renseignements.

— OK. L'Iran s'empare de l'Irak. Et le responsable du Turkménistan casse sa pipe... Votre analyse ? demanda Jack.

— Je ne contredirai pas Golovko là-dessus, car il

a certainement des agents sur place. Hélas, il est dans la même situation que nous. Il suit les événements et il s'inquiète, mais il n'a aucun moyen d'intervenir. C'est peut-être une coïncidence, mais les espions ne sont pas censés croire à ce genre de choses. Et bon sang, encore moins Sergueï! Il pense que tout cela fait partie d'un plan concerté. Je ne suis pas loin de le penser aussi. J'en discuterai avec Vasco. Ce que Golovko suppose commence à être un peu effrayant. On aura des nouvelles des Saoudiens, aujourd'hui.

Et Israël ne sera pas loin derrière, songea Ryan, qui changea de sujet :

— Et la Chine?

Ça s'était peut-être un peu arrangé de l'autre côté du globe? Mais non.

— Un exercice majeur. Bâtiments de surface et sous-marins, pas encore d'avions, mais nos satellites montrent que leurs bases aériennes se préparent.

— Attendez une minute...

— Vous avez pigé, monsieur. Si c'étaient des manœuvres planifiées, pourquoi leurs avions n'étaient-ils pas prêts? Je vois ça avec le Pentagone à huit heures et demie. Notre ambassadeur a discuté un moment avec un gars de leur ministère des Affaires étrangères. Réponse : rien d'important, leur ministre n'est même pas au courant, entraînement de routine, bla-bla-bla...

— Des conneries.

— Peut-être. Taïwan est toujours très discret sur tout ça, mais aujourd'hui quelques-uns de leurs navires lèvent l'ancre, enfin cette nuit. Nous envoyons des hommes là-bas. Les Taïwanais coopèrent pleinement avec nos observateurs, dans leurs postes d'écoute. Ils ne vont pas tarder à nous demander ce que nous ferons dans tel ou tel cas de figure. Nous devons y réfléchir. Selon le Pentagone, la République populaire de Chine n'est pas en état de lancer une invasion, pas plus qu'en 96. Et les forces aériennes de la République de Chine sont encore plus puissantes qu'à l'époque. Donc je ne vois pas où tout ça nous mène. Peut-être que c'est vraiment un simple exercice. Peut-être qu'ils veulent voir comment nous réagirons.

— Qu'en pense Adler ?

— Il dit qu'il faut ignorer tout ça. Et je crois qu'il a raison. Taïwan reste discret. À mon avis, nous devrions les imiter. Envoyons des bâtiments, et surtout des sous-marins, mais ne les montrons pas. Notre CINCPAC semble maîtriser la situation. Laissons-le gérer ça, pour le moment.

— Sous le contrôle du secrétaire à la Défense, d'accord, acquiesça Ryan. Et en Europe ?

— Rien à signaler. Idem pour le continent sud-américain et pour l'Afrique. Vous savez, s'il s'avère que les Chinois ne font rien de méchant, alors notre seul vrai problème, c'est le golfe Persique. Nous avons dit aux Saoudiens que nous ne les laisserions pas tomber et l'autre côté l'apprendra en temps utile, ce qui devrait le faire réfléchir avant de continuer sa progression. Je n'aime pas cette République islamique unie, mais je pense que nous pouvons passer un accord avec elle. L'Iran est fondamentalement instable. Sa population souhaite davantage de liberté, et quand elle y aura goûté, ce pays changera.

Ryan sourit et se servit un déca.

— Il me semble que vous devenez très confiant, docteur Goodley.

— Vous me payez pour réfléchir. Alors autant que je vous informe de ce qui se passe entre mes deux oreilles, patron.

— OK. Retournez au boulot et tenez-moi au courant. Il faut que je nomme la Cour suprême, aujourd'hui.

Ryan sirota son déca, en attendant l'arrivée d'Arnie. Ce boulot n'était pas aussi difficile que ça, finalement, n'est-ce pas ? En tout cas, pas avec une bonne équipe qui travaillait pour vous.

— C'est une question de séduction, expliqua Clark aux nouveaux, dans l'auditorium.

Il sursauta légèrement en apercevant, du coin de l'œil, le grand sourire de Ding au fond de la salle. Le film qu'ils venaient de voir traitait de six affaires importantes. Il n'existait que cinq copies de ce document, et quelqu'un était déjà en train de rapporter celle-ci au coffre. Il s'était occupé personnellement de deux de ces cas. Un de leurs agents soviétiques avait été exécuté dans les sous-sols du 2, place Dzerjinski, à Moscou ; une taupe du KGB infiltrée à Langley l'avait dénoncé. L'autre habitait désormais une petite ferme dans les forêts de bouleaux du nord du New Hampshire ; sans doute espérait-il toujours rentrer au pays un jour — mais la Russie n'avait pas changé et la vision étroite qu'elle avait de la « haute trahison » n'était pas réservée au régime précédent... Clark tourna la page et broda d'après ses notes.

— Vous dénicherez des gens à problèmes, et vous compatirez. Les individus avec lesquels vous travaillerez seront loin d'être parfaits. Ils auront forcément des emmerdes. Certains viendront spontanément vous trouver. On ne vous demande pas de les aimer, mais il vous faudra être loyaux avec eux.

« Qu'est-ce que j'entends par "séduction" ? Chacun d'entre vous, dans cette salle, a déjà expérimenté ça. Vous écoutez plus que vous ne parlez. Vous acquiescez d'un signe de tête. Vous renchérissez : bien sûr que vous êtes plus malin que votre chef — je vois le genre, nous avons des cons du même style chez nous... Moi-même, j'ai eu un patron comme ça, un jour... C'est difficile d'être honnête avec un tel régime... Eux de se récrier : qu'est-ce que vous croyez, l'honneur passe avant tout... Etc.

« Quand ils vous disent *ça*, vous avez compris qu'ils veulent de l'argent, poursuivit Clark. Et c'est parfait, parce que vous avez le budget pour payer ce qu'ils veulent — mais l'important, c'est de les prendre à l'hameçon. Une fois qu'ils ont perdu leur virginité, messieurs, ils ne peuvent plus revenir en arrière.

« Vos agents, ceux que vous recruterez, seront accros à leur "travail". C'est le pied, d'être un espion. Même ceux dont la pureté idéologique sera parfaite s'amuseront de temps en temps parce qu'ils savent quelque chose que personne d'autre ne connaît.

« Mais y aura toujours un truc qui ne tournera pas rond chez eux. Et les plus idéalistes sont souvent les pires. Ils se sentent coupables. Ils boivent. Certains vont même voir leur confesseur — j'en ai eu des comme ça. D'autres violent les règles pour la première fois et, du coup, ils s'imaginent qu'elles ne comptent plus. Ceux-là se mettront à draguer toutes les filles qui croiseront leur chemin et prendront des tas de risques.

« Diriger des agents, c'est un art. Vous êtes leur mère, leur père, leur prêtre et leur professeur. Vous devez les apaiser. Leur rappeler de s'occuper de leur famille et de veiller à eux-mêmes — et tout spéciale-ment avec vos recrues "idéologiques". Ils sont sérieux pour des tas de choses, mais ils s'impliquent trop. Beaucoup ont un côté autodestructeur. Ils peuvent se métamorphoser en croisés. Et je connais peu de croisés qui meurent de vieillesse.

« Souvent, le plus fiable, c'est celui qui fait ça pour de l'argent. Il ne prend pas trop de risques. Il veut pouvoir quitter le pays, s'offrir la belle vie à Hollywood et se taper une vedette. Ce qui est bien avec eux, c'est qu'ils comptent vivre assez long-temps pour dépenser leur pognon. D'un autre côté, quand vous avez une urgence, quand vous avez besoin de quelqu'un qui se mouille, vous pouvez employer des types qui font ça pour le fric — sim-plement, soyez toujours prêts à les évacuer dès le lendemain. Tôt ou tard ils estimeront qu'ils en ont fait assez et exigeront qu'on les sorte de là.

« Qu'est-ce que j'essaie de vous expliquer, là ?

Qu'il n'y a aucune règle absolue, dans ce boulot. Faut faire marcher votre ciboulot, les gars. Vous devez connaître vos agents, savoir qui ils sont, comment ils agissent, ce qu'ils pensent. Vous devez vraiment vous identifier à eux, que vous les aimiez ou non. Et la plupart du temps, vous ne les aimerez pas. Vous avez vu notre film. Chaque mot de celui-ci était vrai. Dans la moitié de ces affaires, l'espion est mort. Et dans un cas, c'est un officier qui y est passé. Souvenez-vous-en.

« OK. On fait une pause, maintenant. Ensuite, je vous laisse avec M. Revell.

Clark ramassa ses notes et se dirigea vers le fond de la salle, tandis que les nouveaux assimilaient la leçon en silence.

— Doux Jésus, monsieur C., ça veut dire que la séduction, c'est super ? demanda Ding.

— Seulement quand on te paie pour ça, Domingo.

La totalité du groupe numéro deux était malade, à présent. En moins de dix heures, ils se plaignaient d'avoir de la fièvre et des maux de tête — des symptômes de grippe. Certains d'entre eux avaient deviné ce qui leur arrivait, constata Moudi. Plusieurs continuaient néanmoins à s'occuper des malades du groupe numéro un. D'autres protestaient auprès des médecins militaires, ou s'asseyaient par terre, dans la salle de soins, et ne faisaient plus rien, à l'écoute de leurs propres malaises et terrorisés à l'idée de finir comme ceux qu'ils « soignaient ». Là encore, leurs conditions d'emprisonnement et leur régime alimentaire jouaient contre eux. Les individus affamés et épuisés sont plus facilement contrôlables que les autres.

L'état du groupe numéro un se détériorait à la vitesse prévue. Ils souffraient tellement, désormais, qu'ils ne bougeaient même plus. L'un d'eux semblait très proche de la fin, et Moudi se demanda si son cœur n'était pas exceptionnellement vulnérable à Ebola Mayinga, comme pour Benedict Mkusa — peut-être ce sous-type viral avait-il une prédilection insoupçonnée pour les tissus du muscle cardiaque ? Ç'aurait été intéressant d'étudier ça d'un point de vue théorique, mais ils n'en étaient plus là depuis longtemps.

— Ça n'a plus d'intérêt de poursuivre cette phase, Moudi, fit remarquer le directeur qui regardait les écrans télé à côté du jeune homme. Passons à la suivante.

— Comme vous voulez.

Moudi dit quelques mots au téléphone.

Un quart d'heure plus tard, les médecins militaires entrèrent dans le champ des caméras. Ils évacuèrent les neuf membres du groupe numéro deux jusqu'à une salle de soins située de l'autre côté du couloir où, grâce à d'autres écrans, Moudi et le directeur virent chaque malade recevoir un lit où s'allonger et un médicament qui, en quelques minutes, les plongea dans un profond sommeil. Les médecins retournèrent alors dans la première salle. La moitié des patients dormaient, à présent, et les autres étaient hébétés, sans réaction. Ceux-là furent tués les premiers, avec une injection de Dilaudid, un puissant somnifère. Les exécutions ne prirent que quelques minutes et s'apparentèrent davantage à un acte de miséricorde. Les corps furent chargés un par un sur des chariots et transportés à l'incinérateur. Puis les literies et les matelas furent empaquetés pour être brûlés à leur tour. Les sommiers métalliques et le reste de la salle furent aspergés de produits chimiques. Celle-ci, ensuite, serait scellée pour plusieurs jours, puis aspergée de nouveau, et l'équipe s'occuperait du groupe numéro deux, neuf autres condamnés à mort qui venaient de prouver à leur corps défendant qu'Ebola Zaïre Mayinga était transmissible par voie aérienne, du moins le semblait-il.

Le fonctionnaire du ministère de la Santé n'arriva

que le lendemain. Le Dr MacGregor le soupçonna d'avoir été retardé par une pile de paperasses sur son bureau, un bon dîner, et une nuit avec la femme qui pimentait son existence en ce moment. Et les paperasses étaient sans doute encore sur son bureau, se dit le jeune homme.

Le médecin du gouvernement connaissait au moins les précautions élémentaires. Il s'immobilisa sur le seuil, puis fit à contrecœur un pas en avant pour laisser la porte se refermer sur lui, mais il n'avança pas davantage. Il resta là, la tête inclinée et les paupières à demi fermées — parfait pour observer le patient tout en se tenant à deux mètres de lui. On avait baissé les lumières, dans la chambre, pour ménager les yeux de Saleh. Malgré tout, la décoloration de sa peau était bien visible. Les deux goutte-à-goutte de sang de groupe O et de morphine disaient le reste, ainsi que le tableau de température au pied du lit, que le fonctionnaire souleva d'une main gantée — qui tremblait.

— La recherche d'anticorps ? demanda-t-il avec toute sa dignité officielle.

— Positive, répondit MacGregor.

La première épidémie connue d'Ebola avait contaminé le personnel de l'hôpital le plus proche si vite que les survivants, paniqués, s'étaient enfuis. Du coup, par une curieuse ironie de l'histoire, cette épidémie s'était éteinte plus rapidement que si l'on avait continué à soigner les malades : les victimes étaient mortes et il n'y avait plus personne à proximité pour être contaminé. Aujourd'hui, les médecins africains connaissaient les précautions obligatoires. Tout le monde portait des gants et des masques, et appliquait très sérieusement les procédures de désinfection. Les personnels médicaux africains, en général désinvoltes et négligents, avaient fini par retenir la leçon et, désormais, comme leurs collègues du monde entier, ils faisaient de leur mieux.

Hélas, pour ce patient-là, ça ne servait plus à

grand-chose, comme le prouvait sa feuille de température.

— Il vient d'*Irak*? fit le fonctionnaire avec étonnement.

— C'est ce qu'il m'a dit, acquiesça le Dr Mac-Gregor.

— Je dois vérifier ça avec les autorités compétentes.

— Docteur, moi, j'ai un rapport à faire, insista MacGregor. C'est peut-être une épidémie et...

— Non. (Le Soudanais secoua la tête.) Attendez qu'on en sache davantage. Lorsque nous rédigerons ce document, si nous le faisons, nous devrons fournir toutes les informations nécessaires pour que l'alerte soit efficace.

— Mais...

— Mais cette affaire est de *ma* responsabilité, et de *mon* devoir. (Il indiqua du doigt le tableau de température du patient. Sa main ne tremblait plus, maintenant qu'il avait prouvé qu'il maîtrisait la situation.) Il a une famille? Qui peut nous donner davantage d'informations sur lui?

— Je ne sais pas, avoua MacGregor.

— Laissez-moi vérifier ça, dit le médecin du gouvernement. Faites-moi une copie du dossier et envoyez-la-moi dès que possible.

Avec cet ordre sans appel, le représentant du ministère de la Santé estima avoir fait le nécessaire.

MacGregor obtempéra d'un signe de tête. C'était en de telles occasions qu'il haïssait l'Afrique. L'Angleterre était ici depuis plus d'un siècle. Un Ecossais comme lui, du nom de Gordon, avait voyagé au Soudan et il était tombé amoureux de ce pays — il devait être dingue, se dit-il —, et il était mort dans cette ville, cent vingt ans plus tôt. Le Soudan était devenu un protectorat britannique. Un régiment d'infanterie avait été levé ici et il s'était bien battu pendant la Seconde Guerre mondiale, sous les ordres d'officiers anglais. Mais le Soudan avait été rendu à ses habitants — trop vite. Il n'avait eu ni assez de temps ni assez d'argent pour créer les infrastructures institutionnelles qui auraient permis de transformer ces tribus du désert en une nation viable. Cette même histoire s'était répétée à l'identique à travers tout le continent, et les peuples africains payaient encore le prix de ce mauvais service qu'on leur avait rendu.

— Vous l'aurez dans deux heures, promit MacGregor.

— Parfait.

Une infirmière conduisit le fonctionnaire jusqu'à la zone de désinfection, dans laquelle il suivit ses consignes à la lettre, comme un enfant surveillé par une mère sévère.

Pat Martin entra avec une mallette bien pleine, d'où il sortit quatorze dossiers ; il les aligna devant lui sur la table basse par ordre alphabétique, plus exactement de « A » à « M ». Seule la première lettre y était inscrite, parce que le président Ryan avait bien spécifié qu'il ne voulait pas connaître les noms immédiatement.

— Vous savez, je me serais senti bien mieux si vous ne m'aviez pas donné tout ce pouvoir, dit Martin sans relever les yeux.

— Et pourquoi donc ? demanda Jack.

— Je suis un simple procureur, monsieur le président. Pas mauvais, peut-être, je vous l'accorde, et je dirige désormais la Division de la police criminelle, ce qui est super aussi, mais je suis seulement...

— Et comment croyez-vous que moi, je me sens ? le coupa Ryan avec brusquerie, avant de se radoucir immédiatement. Personne depuis Washington ne s'est retrouvé avec un truc pareil sur les bras, et qu'est-ce qui vous fait penser que je connais le boulot que je fais là ? Merde, je ne suis même pas avocat pour comprendre tout ça sans mode d'emploi !

Martin releva la tête, un petit sourire aux lèvres.

— OK, je l'ai méritée, celle-là.

Ryan, cependant, avait fixé les règles. Devant lui se trouvait à présent une liste des meilleurs hauts fonctionnaires de la magistrature fédérale. Chacun des quatorze dossiers retraçait l'itinéraire professionnel d'un juge d'une cour d'appel des Etats-Unis, de Boston à Seattle. Le président avait demandé à Martin et à ses collaborateurs de choisir des juges qui avaient au minimum dix ans d'expérience et avaient pris au moins cinquante décisions écrites dont aucune n'avait été cassée par la Cour suprême.

— On a une bonne équipe, là, dit Martin.

— Peine de mort ?

— La Constitution prévoit cette question, souvenez-vous. Le cinquième amendement. (Martin le cita de mémoire :) « ... Nul ne pourra pour le même délit être deux fois menacé dans sa vie ou dans son corps ; nul ne pourra dans une affaire criminelle être obligé de témoigner contre lui-même, ni être privé de sa vie, de sa liberté ou de sa propriété, sans procédure légale régulière [1]... » Donc, *dans* le cadre de la « procédure légale régulière », on peut ôter la vie à quelqu'un, mais on ne peut essayer qu'une seule fois. La cour a établi des jurisprudences là-dessus, dans les années 70 et 80. Tous ces juges ont défendu ce principe, à quelques exceptions près. « D », ici, a cassé une affaire dans le Mississippi sur la base d'une incapacité mentale. C'était une bonne décision, même si le crime était particulièrement affreux — et la Cour suprême l'a confirmée. Monsieur, personne ne peut fixer définitivement les choses en matière législative. C'est la nature même de la loi qui veut ça. Beaucoup de dispositions légales sont fondées sur des jugements pris dans des affaires inhabituelles. Il y a un dicton qui dit : « A procès difficiles, mauvaises lois. » Comme cette histoire en Angleterre, vous vous souvenez ? Deux gamins tuent un gosse plus jeune. Que doit dire un

---

1. In *Le Système politique des Etats-Unis,* trad. M.-F. Toinet, PUF, 1987 (*N.d.T.*).

juge, bon sang, quand les inculpés ont huit ans ? Ils sont sans le moindre doute coupables d'un meurtre horrible, mais ils n'ont que huit ans ! Alors, vous priez pour que cette affaire soit confiée à un autre juge que vous... D'une façon ou d'une autre, nous cherchons à constituer une doctrine législative cohérente à partir de tout ça. Ce n'est pas vraiment possible, mais nous essayons quand même.

— J'imagine que vous avez choisi les durs, Pat. Mais est-ce qu'ils sont équitables, en plus ? demanda le président.

— Comme je vous l'ai dit, je ne veux pas de ce genre de pouvoir personnel. Je n'aurais pas osé faire autrement. « E » a cassé une condamnation obtenue par un de mes meilleurs éléments, et pour un vice de forme, et quand il l'a fait, ça nous a tous rendus dingues. On avait incité le gars à commettre un délit pour pouvoir l'arrêter. L'accusé était coupable jusqu'aux yeux, mais le juge « E » a étudié les arguments et il a probablement pris la bonne décision, et ce jugement fait désormais partie des directives du FBI.

Jack considéra les dossiers. Une bonne semaine de lecture. Cette tâche, comme Arnie le lui avait expliqué quelques jours plus tôt, serait l'un de ses actes majeurs, en tant que président. Aucun chef de l'exécutif depuis George Washington n'avait été confronté à l'obligation de nommer *la totalité* de la Cour suprême, et, à l'époque, le consensus national sur la législation était beaucoup plus solide qu'aujourd'hui. En ce temps-là, « une punition cruelle et inhabituelle » signifiait le supplice du chevalet et la mort sur le bûcher — qui avaient encore cours dans l'Amérique d'avant la révolution, alors qu'aujourd'hui on votait des lois sur les réseaux câblés, le changement de sexe ou le surpeuplement des prisons !

Ryan avait désormais le pouvoir de modifier tout cela. Il n'avait qu'à choisir des juges qui partageaient sa sévérité vis-à-vis du crime, qu'il tenait de son policier de père quand il se mettait en colère, parfois, à cause d'un assassinat vraiment affreux, ou d'un juge particulièrement idiot qui n'avait jamais vu un cadavre et ne connaissait rien au problème.

Un élément personnel entrait en ligne de compte en plus : sa femme, ses enfants et lui avaient été victimes de deux tentatives de meurtre. Il *savait* donc de quoi il parlait. Il y avait des gens capables de tuer aussi facilement que d'acheter un paquet de bonbons et qui considéraient les autres comme du gibier, et ces gens-là méritaient d'être punis. Il se souvenait de n'avoir *rien* vu du tout dans les yeux de Sean Miller. Ni humanité, ni sympathie. Pas le moindre sentiment.

Et pourtant.

Ryan essaya de se rappeler ce moment parfait : avec son browning, il tenait en joue un homme qui souhaitait sa mort et celle de sa famille. Un sentiment s'était finalement inscrit sur son visage — la peur. Mais Jack avait oublié d'armer son pistolet. Combien de fois, ensuite, en avait-il remercié son Dieu miséricordieux ? Il l'aurait tué, sinon. Il en avait eu envie plus que tout. Et puis ce désir de meurtre était passé. Il savait déjà ce que c'était que de prendre la vie de quelqu'un. Il avait éliminé ce terroriste, à Londres, et quelques autres. Mais pour Sean Miller, ç'aurait été différent : pour lui, ç'aurait été une espèce de décision de justice ; face à lui, il représentait la Loi, mais il n'avait rien fait, il n'avait pas pu, même s'il l'avait vraiment désiré, bon sang ! Et c'était pourquoi, aujourd'hui, il devait sélectionner les meilleurs juges pour la nouvelle Cour suprême, des gens qui défendraient l'idée que la loi valait pour tout le monde et qu'elle n'avait rien à voir avec des désirs personnels de vengeance. Ce que l'on appelait « civilisation » dépassait largement les passions d'un seul homme, en n'importe quelle circonstance. Et il était du devoir du président des Etats-Unis de s'assurer qu'il en serait ainsi — en nommant les meilleurs à ces postes.

— Oui, murmura Martin, devinant à son expression les pensées du président. Sacrée responsabilité, n'est-ce pas?

— Attendez une minute. (Jack se leva et se précipita vers son secrétariat.) Qui fume, chez vous? demanda-t-il à la cantonade.

— C'est moi, répondit Ellen Sumter.

Elle avait l'âge de Jack, et elle essayait probablement de s'arrêter, comme tous les fumeurs de cette génération. Elle tendit au président une Virginia Slim et un briquet. Jack la remercia d'un signe de tête et retourna dans son bureau, en allumant sa cigarette. Au moment où il refermait la porte, Ellen le rattrapa et lui donna un cendrier.

Ryan se rassit et tira une longue bouffée, en considérant le grand sceau du président des Etats-Unis sur le tapis.

— Merde, qui a décidé un jour qu'un seul homme aurait tant de pouvoir? demanda Jack doucement. Je veux dire, ce que je suis en train de faire là, c'est...

— Oui, monsieur. On se prend un peu pour James Madison, n'est-ce pas? dit Martin. Vous allez nommer les gens qui diront ce que signifie vraiment la Constitution. En plus, comme ils ont tous dans les quarante ou cinquante ans, ils resteront en place un bon moment. Courage! Au moins, vous n'avez pas l'air de considérer ça à la légère et vous agissez comme il convient. Vous ne prenez pas des femmes parce que ce sont des femmes ou des Noirs parce qu'ils sont noirs. Je vous ai proposé un savant mélange, mais tous les noms ont été gommés, et vous ne pourrez pas savoir qui est qui, à moins que vous n'ayez suivi ces affaires, ce qui m'étonnerait. Je vous donne ma parole qu'ils sont aussi parfaits que possible, monsieur. J'ai passé pas mal de temps sur cette liste. Vos directives m'ont aidé, et elles étaient bonnes. Si ça a une quelconque importance, ils pensent tous comme vous. Les gens qui aiment le pouvoir me font peur à moi aussi, avoua l'avocat.

Ceux-là réfléchissent à ce qu'ils font avant de le faire. J'ai opté pour de vrais juges qui ont pris certaines positions vraiment pas faciles — bon, vous lirez leurs décisions. Vous verrez qu'ils travaillent dur.

Jack tira sur sa cigarette et tapota les dossiers :

— Je ne connais pas assez les lois pour tout comprendre là-dedans. Je sais simplement qu'on n'est pas censé les violer.

Martin lui adressa un grand sourire.

— Ce n'est peut-être pas plus mal, comme début, quand on y pense.

Il n'eut pas besoin de poursuivre. Aucun occupant de ce bureau n'avait envisagé les choses comme Ryan. Ils le savaient tous les deux, mais ce n'était pas le genre de remarque qu'on pouvait faire à un président en exercice.

— Je sais ce que je n'aime pas, murmura Ryan. Je sais ce que j'aimerais pouvoir changer, mais, bon Dieu... (il l'observa, les yeux écarquillés)... en ai-je le *droit* ?

— Oui, monsieur le président, vous en avez le droit parce que le Sénat vous surveille, vous vous souvenez ? Peut-être qu'il en refusera un ou deux. Le FBI a enquêté sur tous ces juges. Ils sont honnêtes. Ils sont intelligents. Aucun n'a jamais désiré entrer à la Cour suprême, aucun ne s'y est attendu. Et si vous ne trouvez pas dans ces dossiers les neuf dont vous avez besoin, on vous en cherchera d'autres — et ce serait mieux si quelqu'un d'autre que moi s'en chargeait. Le chef de la Division des droits civiques est quelqu'un de bien. Il est plus à gauche que moi, mais il a du plomb dans la tête.

Les droits civiques, pensa Jack. Devait-il tenir compte de ça *aussi* pour mener la politique de son gouvernement ? Tôt ou tard, vous perdez votre aptitude à l'objectivité et vos opinions reprennent le dessus. Conduit-on alors une politique basée sur des préjugés personnels ? Comment était-on censé savoir ce qui était bien ? Oh, mon Dieu !

Ryan tira une dernière fois sur sa cigarette, puis l'écrasa, tandis que sa tête lui tournait légèrement, comme à chaque fois qu'il se laissait reprendre par son vice.

— Bon, grommela-t-il, j'ai de la lecture qui m'attend.

— Je vous proposerais bien mon aide, mais c'est probablement mieux si vous vous débrouillez tout seul. De cette façon, personne n'interviendra dans le processus — à part ce que j'ai déjà fait, j'entends. Gardez ça à l'esprit. Je n'étais peut-être pas le meilleur pour cette mission, mais c'est à moi que vous l'avez confiée, et j'ai fait le maximum.

— Je suppose que ça vaut pour nous tous, non? fit observer Ryan, en considérant la pile de dossiers.

Le chef de la Division des droits civiques du secrétariat à la Justice des Etats-Unis avait fait partie des nominations « politiques » du président Fowler. Ancien juriste d'entreprise et lobbyiste — c'était bien plus rentable que son premier boulot universitaire —, il faisait déjà de la politique avant même d'entrer à la faculté de droit, et, comme beaucoup de responsables officiels, il avait appris à réfléchir en fonction de ses missions. Et même s'il n'avait jamais été candidat à aucune élection, on l'avait nommé à des postes de plus en plus importants; ceci sans doute à cause des nombreuses relations qu'il avait nouées dans les sphères du pouvoir, à l'occasion de tous ces déjeuners, fêtes et réceptions auxquels il était convié dans l'exercice de ses fonctions, lorsqu'il représentait des gens dont il se souciait ou non — vu qu'un avocat avait pour rôle de servir les intérêts de ses clients et que c'étaient eux qui le choisissaient et non l'inverse. On avait souvent besoin de l'argent de quelques-uns pour servir le plus grand nombre — et en fait, sa philosophie politique s'arrêtait là. Mais il n'avait jamais oublié sa passion pour les droits civiques, et n'avait jamais accepté de défendre des intérêts contraires à ces principes fondamentaux — bien sûr, personne, depuis les années 60, n'avait osé s'attaquer aux droits civiques *en tant que tels*, mais ça restait pour lui quelque chose d'essentiel. Blanc, descendant d'une famille bien antérieure à la révolution, il avait pris la parole à chaque fois qu'il le fallait, et cela lui avait valu l'admiration de ses amis politiques. Et avec le prestige était venu le pouvoir. Son travail au secrétariat à la Justice avait attiré sur lui l'attention d'un certain nombre de politiciens. Et comme il s'y était illustré par son talent, il n'avait pas tardé à être remarqué aussi par un puissant cabinet juridique de Washington. Il avait alors quitté le gouvernement pour le rejoindre et avait utilisé ses contacts politiques pour remplir ses missions avec encore plus d'efficacité — d'où une crédibilité accrue de la part des politiques, sa main droite oubliant constamment ce que faisait sa main gauche, si bien qu'au bout du compte il ne savait plus laquelle faisait quoi... Entre-temps, les affaires qu'il défendait étaient devenues sa véritable identité, par un processus si graduel et, semblait-il, si normal, qu'il s'en était à peine rendu compte.

Et c'était bien là le problème, aujourd'hui. Il connaissait et admirait Patrick Martin — ce type-là avait un indéniable talent de juriste, et il avait fait son chemin à la Justice en travaillant exclusivement dans les tribunaux. Il n'avait jamais été procureur (c'était la plupart du temps une nomination politique de la responsabilité de sénateurs qui choisissaient pour leur Etat), et il avait su rester un professionnel au-dessus des partis, se chargeant du véritable travail, tandis que son patron s'occupait des discours et de la gestion de l'ensemble des dossiers. En outre, Martin était un habile tacticien et un spécialiste du droit public parfait pour former de jeunes procureurs. Mais comme il n'y connaissait rien en politique, estimait le responsable des Droits civiques, ce n'était pas l'homme qu'il fallait pour conseiller le président Ryan.

Il avait récupéré la liste en question. Un de ses collaborateurs avait aidé Martin à la monter, et comme tous les autres, il lui était resté fidèle, sachant que la vraie méthode d'avancement dans cette ville, c'étaient les allers et retours entre le public et le privé, et que son chef, qui pratiquait ça depuis longtemps, pouvait lui trouver un poste dans une grosse boîte rien qu'en décrochant son téléphone. Et donc, il lui avait transmis ladite liste — et avec les noms complets, cette fois.

Le chef de la Division des droits civiques lut les quatorze noms. Il n'eut pas besoin de parcourir la paperasse qui les accompagnait. Il les connaissait tous. L'un d'eux, par exemple, dans la quatrième cour de circuit de Richmond, avait mis en cause la constitutionnalité du traitement de faveur envers les minorités, et comme il avait du bagout, il avait réussi à en persuader les membres de la Cour suprême.

Un autre, à New York, avait confirmé la position du gouvernement, mais par la même occasion, il avait limité l'application de ce principe. Et il voyait bien que ce n'étaient pas les gens qu'il fallait. Leur conception du pouvoir judiciaire était trop limitée. Ils s'en remettaient trop au Congrès et aux chambres législatives des Etats. Pat Martin n'envisageait pas la loi comme lui. Il ne voyait pas que les juges étaient censés corriger ce qui n'allait pas. Ils en avaient d'ailleurs souvent discuté tous les deux autour d'un déjeuner — des conversations vives, mais toujours amicales. Martin était un homme agréable, et un redoutable orateur, difficile à faire changer d'avis, qu'il eût tort ou non. Cela faisait de lui un excellent procureur, mais il n'avait tout simplement pas l'esprit qu'il fallait pour s'occuper de ça, et il avait choisi les juges de la même façon ; le Sénat risquait d'être assez stupide pour accepter sa sélection, et *il n'en était pas question*. Il fallait des gens qui savaient comment exercer correctement ce pouvoir.

Il n'avait vraiment pas d'autre choix. Il plia la liste et la glissa dans une enveloppe qu'il fit disparaître dans sa veste, puis il prit rendez-vous à déjeuner par téléphone avec un de ses nombreux contacts.

30

PRESSE

Ils le firent pour les informations du matin, vu l'influence grandissante de la télévision qui annonçait les événements et pouvait même les modifier. Cette aube se levait sur un jour différent, et c'était évident pour les téléspectateurs. Un nouveau drapeau trônait derrière le présentateur — deux petites étoiles dorées sur un champ vert, la couleur de l'islam —, qui commença par une invocation tirée du Coran, puis passa à la politique. Une nation était née. Elle s'appelait la République islamique unie, et elle était constituée par la fusion de l'Iran et de l'Irak. Elle serait basée sur les principes islamiques de paix et de fraternité. Il y aurait un Parlement élu, un *majlis*. On promettait que des élections libres seraient organisées d'ici la fin de l'année. En attendant, la RIU serait dirigée par un conseil révolutionnaire constitué par des figures majeures des deux pays, dont le nombre serait proportionnel à leurs populations respectives — ce qui donnait la suprématie à l'Iran, mais le journaliste ne le précisa pas, c'était inutile.

Personne, poursuivit-il, n'avait de raisons de craindre la République islamique unie. Celle-ci proclamait sa bienveillance envers les nations musulmanes et toutes celles, dans le monde entier, qui avaient entretenu des liens d'amitié avec les deux précédents Etats. (Cette déclaration était très contradictoire, car les autres nations du golfe Persique, pourtant islamiques, n'avaient justement jamais eu aucune relation d'« amitié » avec aucune d'elles.) L'élimination des usines d'armements de l'ex-Irak se poursuivait à un rythme rapide, et la communauté internationale n'avait donc plus rien à craindre. Les prisonniers politiques allaient être immédiatement libérés...

— Ça fera de la place pour les nouveaux, dans leurs prisons..., observa le commandant Sabah, à PALM BOWL. Eh bien voilà, c'est arrivé.

Il n'avait personne à prévenir, vu que ce journal était reçu dans l'ensemble du Golfe ; partout où les télévisions étaient allumées, aucun téléspectateur n'était ravi : le seul visage souriant était celui du journaliste sur l'écran. Et puis on vit des démonstrations de joie *spontanées* devant diverses mosquées du nouvel Etat, après les prières du matin.

— 'Soir, Ali, dit Jack.

Il veillait tard, cette nuit, pour étudier les dossiers de Martin, et il attendait l'appel du prince. Il avait de nouveau la migraine — elle revenait dès qu'il pénétrait dans le Bureau Ovale. Les Saoudiens avaient été longs à autoriser cette communication de leur ministre sans portefeuille. *Etonnant*, pensa Jack. Ils avaient peut-être voulu faire comme si tout ça n'existait pas, une caractéristique qui n'était pas exactement réservée à leur partie du monde.

— Oui, je suis en train de suivre ça à la télé, lui dit Jack.

En bas de son écran défilait une traduction des spécialistes du renseignement de l'Agence nationale de sécurité. Le langage était fleuri, mais tout le monde comprenait ses implications : Adler, Vasco et Goodley étaient arrivés dès qu'on avait reçu l'émission, délivrant Ryan de sa lecture des dossiers de Martin, mais pas de ses maux de tête.

— C'est très troublant, mais pas spécialement surprenant, dit le prince sur la ligne protégée.

— Il n'y avait aucun moyen d'arrêter ça, répondit Ryan d'une voix fatiguée. Je sais quel effet ça peut vous faire, Votre Altesse.

Il aurait pu s'offrir un café, mais il voulait pouvoir dormir ne serait-ce qu'un peu, cette nuit.

— Notre armée passe au niveau d'alerte supérieur, indiqua le prince.

— Pouvons-nous faire quelque chose pour vous ? demanda Ryan.

— Pour le moment, nous avons seulement besoin de savoir que votre soutien n'a pas changé.

— Il n'a pas changé. Je vous l'ai déjà dit. Notre engagement envers votre royaume reste identique. Nous sommes prêts à prendre toutes les mesures raisonnables et appropriées pour vous le prouver, si vous voulez. Désirez-vous que...

— Non, monsieur le président, je n'ai aucune demande officielle à formuler pour l'instant.

Jack considéra son entourage.

— Dans ce cas, puis-je suggérer que certains de vos collaborateurs discutent des différentes solutions avec les miens ?

— Ça doit rester discret. Mon gouvernement n'a aucune envie de mettre le feu aux poudres.

— Nous ferons de notre mieux. Vous pouvez commencer par en parler avec l'amiral Jackson. C'est le J-3 dans le...

— Oui, monsieur le président, je l'ai rencontré à la Maison-Blanche. Nous le contacterons dans la journée.

— Parfait. Si vous avez besoin de moi, Ali, vous n'avez qu'à m'appeler.

— Merci, Jack. J'espère que vous allez dormir un peu, répondit le Saoudien avant de raccrocher.

— Qu'en pensez-vous ? demanda-t-il alors à ses visiteurs.

— Ali veut que nous intervenions, mais le roi n'a pas encore pris sa décision, répondit Adler.

— Ils vont essayer d'établir des contacts avec la RIU, dit Vasco. Leur première réaction sera d'engager le dialogue, de tenter de traiter avec eux. J'imagine que le Koweït et les autres Etats de moindre importance laisseront les Saoudiens s'en occuper, mais on ne devrait pas tarder à avoir de leurs nouvelles, sans doute par le canal officiel.

— On a un bon ambassadeur, au Koweït ? voulut savoir le président.

— Will Bach, répondit Adler, avec un signe de tête affirmatif. Officier de carrière aux Affaires étrangères. Un type bien. Pas vraiment d'imagination, mais gros travailleur. Il connaît la langue et la culture, et il a pas mal d'amis dans la famille royale. Excellent commercial, aussi. Il a été un intermédiaire plutôt efficace entre nos hommes d'affaires et leur gouvernement.

— On a aussi des chefs de mission adjoints efficaces pour l'épauler, poursuivit Vasco, et des attachés de haut niveau. Tous des espions, et des bons.

— OK, Bert. (Ryan ôta ses lunettes et se frotta les yeux.) Dites-moi ce qui va se passer maintenant.

— Tout le côté sud du golfe Persique fait dans son froc. C'est leur pire cauchemar qui se réalise.

Ryan acquiesça d'un signe de tête et se tourna vers Ben Goodley.

— Ben, il me faut les analyses de la CIA sur les intentions de la RIU. Appelez Robby, pour voir quelles sont nos possibilités. Et mettez Tony Bretano sur le coup. Puisqu'il a accepté ce poste, je veux qu'il commence à réfléchir aux côtés non administratifs de son boulot.

— Ils n'ont pas grand-chose, à Langley, fit remarquer Adler. C'est pas de leur faute, mais c'est comme ça.

Cela signifiait qu'ils leur proposeraient un large éventail de possibilités, depuis la guerre nucléaire — l'Iran possédait peut-être la bombe, après tout — jusqu'au second avènement du Messie au Jugement dernier, et trois ou quatre solutions de plus entre les deux, chacune accompagnée de ses justifications théoriques. Et comme d'habitude, le président avait des chances de choisir la mauvaise, et ce ne serait la faute de personne — sinon la sienne.

— Oui, je sais, grogna-t-il. Scott, essayons de voir si nous pouvons tout de même établir certains contacts avec la RIU.

— On leur offre le rameau d'olivier?

— Z'avez pigé, acquiesça Ryan. Tout le monde pense qu'ils ont besoin de temps pour consolider leur nouvel Etat, avant d'entreprendre quoi que ce soit de radical, n'est-ce pas?

Tous ses interlocuteurs hochèrent la tête, sauf un.

— Monsieur le président? dit Vasco. Ça dépend du peuple, d'accord?

— Pardi, répondit Ryan.

Les autres acquiescèrent.

Et en effet, pour qu'un tel gouvernement fonctionnât, ses « citoyens » devraient s'habituer à son nouveau système de lois — et l'accepter.

— Monsieur, dit Vasco, considérez la population irakienne qui sera obligée de s'adapter à la RIU, et comparez-la à celle des Etats du Golfe. La superficie est à leur avantage, mais pas la démographie.

Ce faisant, Vasco leur rappelait que si l'Arabie Saoudite était plus vaste que l'Amérique à l'est du Mississippi, elle était moins peuplée que Philadelphie et ses banlieues.

— Ils ne vont rien faire tout de suite, protesta Adler.

— Ils pourraient, dit Vasco. Ça dépend de ce que vous entendez par « tout de suite », monsieur le secrétaire d'Etat.

— L'Iran a trop de problèmes intérieurs..., intervint Goodley.

Vasco commençait à apprécier son accès direct au président et l'attention que celui-ci lui portait. Il décida de défendre sa position.

— Ne sous-estimez pas la dimension religieuse, prévint-il. C'est un facteur d'unification qui pourrait gommer leurs problèmes intérieurs. Leurs couleurs et le nom de leur nouvel Etat l'indiquent. Les gens, partout dans le monde, aiment les vainqueurs. Et Daryaei, c'est indéniable, a cette image-là, en ce moment, n'est-ce pas? Autre chose, ajouta Vasco, d'un air pensif. Vous avez remarqué ce drapeau? Les deux étoiles sont vraiment petites.

— Et alors? intervint Goodley.

Ryan se tourna vers la télévision. On voyait toujours ledit drapeau, derrière le présentateur.

— Alors, ils ont beaucoup de place pour en ajouter d'autres, grommela le président.

Il rêvait de ce moment depuis longtemps, mais à présent c'était encore plus beau, parce que les acclamations étaient *réelles*. Mahmoud Haji Daryaei était arrivé en avion avant l'aube et, au moment même où le soleil se levait, il était entré dans la grande mosquée, il avait ôté ses chaussures, et il s'était lavé les mains et les avant-bras, parce qu'un homme devait être propre pour se présenter devant son Dieu. Humblement, il avait écouté l'appel à la prière. Et aujourd'hui, les gens ne se retournèrent pas dans leur lit pour essayer de profiter de quelques heures de sommeil supplémentaires. Non, aujourd'hui, ils se précipitèrent à la mosquée et ce geste de dévotion émut leur visiteur. Daryaei s'installa parmi eux, et il apprécia le caractère exceptionnel de ce moment; sous le coup de l'émotion, des larmes inondèrent ses joues ridées. Il avait mené à bien sa tâche initiale. Il avait répondu aux vœux du prophète Mahomet. Il avait commencé à rétablir l'unité de la foi, premier pas de sa sainte quête. Il se releva dans le silence révérencieux qui suivit les prières matinales, et quand il sortit de la mosquée, on le reconnut. Au grand désespoir de ses gardes du corps. Il descendit la rue à pied et rendit ses saluts à la population, d'abord stupéfaite, puis littéralement extasiée quand elle vit l'ancien ennemi de son pays marcher au milieu d'elle.

Aucune caméra n'enregistrait l'événement. La

propagande ne devait pas gâcher ce moment exceptionnel. C'était dangereux, peut-être, mais il acceptait de courir ce risque, car tout cela lui apprenait beaucoup. Sur le pouvoir de sa foi, et de celle, renouvelée, de tous ces gens. Et il saurait aussi si Allah bénissait ou non sa quête, car il était humble, et il agissait pour son Dieu, et non pour lui-même. Pourquoi, sinon, avoir choisi une telle vie de danger et d'abnégation ? se demandait-il souvent. Il fut bientôt submergé par une véritable cohue. Mais des inconnus lui servirent spontanément de gardes du corps et lui ouvrirent un passage dans cette marée humaine, au milieu des acclamations; ses yeux noirs, maintenant sereins, regardaient autour de lui, et il se demandait s'il risquait quelque chose — mais il ne voyait que de la joie, partout, en réponse à la sienne. Il s'adressait à ces gens avec les gestes d'un grand-père accueillant ses petits-fils, mais il ne souriait pas, il s'imprégnait simplement de leur amour et de leur respect, et ses yeux chaleureux leur promettaient de plus grandes choses encore.

Et ce moment était beau.

— C'est quel genre d'homme ? demanda Movie Star.

Une fois à Francfort, il avait pris un avion pour Athènes, et de là pour Beyrouth, d'où il avait rejoint Téhéran. Il ne connaissait Daryaei que de réputation.

— Il sait ce qu'est le pouvoir, répondit Badrayn, qui écoutait les démonstrations populaires, à l'extérieur.

La guerre entre l'Iran et l'Irak avait duré près de dix ans. On avait envoyé des milliers d'enfants à la mort. Des missiles avaient fait des ravages dans les villes des deux camps. On ne connaîtrait jamais vraiment le coût humain de ce conflit, et si la guerre s'était arrêtée des années auparavant, c'était aujourd'hui qu'elle se terminait *vraiment* — car c'était le cœur qui parlait, maintenant. Ou c'était peut-être une question de loi divine — qui était différente de celle de l'homme. Il avait ressenti jadis cette euphorie qui en résultait. Mais à présent, il avait mieux à faire. De tels sentiments étaient des armes employées par les politiciens, et ils ne s'en privaient pas. Et Daryaei savait tout cela aussi.

— Bien, dit Badrayn, se détournant des bruyantes manifestations de foi, qu'as-tu appris ?

— Le plus intéressant, ç'a été grâce à la télé. Le président Ryan fait bien son boulot, mais il rencontre un certain nombre de difficultés. Le gouvernement ne fonctionne toujours pas correctement. Les élections pour la Chambre des représentants ne se tiendront que le mois prochain. En revanche, Ryan est populaire. Les Américains adorent les sondages, expliqua-t-il. Ils appellent les gens au téléphone et posent des questions — quelques milliers de personnes, pas plus, et à partir de là ils savent ce que tout le monde pense.

— Résultats ? demanda Badrayn.

— Une large majorité semble approuver ce qu'il fait. Alors qu'il se contente d'ailleurs sur bien des points de continuer sur la lancée de son prédécesseur. Il n'a même pas encore choisi de vice-président.

Badrayn le savait, mais il ne comprenait pas pourquoi.

— Pour quelle raison ? dit-il.

— J'ai posé la même question, là-bas, répondit Movie Star avec un sourire. Sa nomination doit être approuvée par le Congrès au grand complet ; et il n'y a pas encore de Congrès. Ça va prendre un certain temps. Et en plus, ils ont un problème avec l'ancien vice-président, Kealty, qui prétend que c'est lui, maintenant, le *vrai* président. Et Ryan ne l'a pas jeté en prison. Leur système juridique ne sait pas gérer les trahisons.

— Et si on tuait Ryan ?

Movie Star secoua la tête.

— Pratiquement impossible. J'ai passé un après-midi à Washington. La sécurité à la Maison-Blanche est particulièrement stricte en ce moment. Le bâtiment n'est pas ouvert au public. L'avenue, devant, est bloquée. Je suis resté assis une heure sur un banc en faisant semblant de lire. J'ai étudié les lieux. Ils ont placé des tireurs d'élite sur tous les immeubles autour. J'imagine qu'on pourrait avoir une chance pendant un de ses voyages officiels, mais ça demanderait une énorme planification et nous manquons de temps. Si bien que ça nous laisse...

— Ses enfants, dit Badrayn.

Bon Dieu, je ne les vois presque plus! pensa Jack. Il venait de sortir de l'ascenseur avec Jeff Raman. Il regarda sa montre. Minuit passé. *Merde!* Il avait réussi à partager un dîner rapide avec eux et Cathy, puis il était redescendu en vitesse au rez-de-chaussée pour étudier les dossiers et rencontrer ses collaborateurs, et à présent... sa famille dormait.

Le couloir du second étage était trop vide et trop vaste pour donner l'impression d'un vrai foyer. Trois agents étaient en vue — « places debout » comme ils disaient —, ainsi que l'adjudant avec sa « Football » et ses codes nucléaires. C'était calme, parce qu'on était au milieu de la nuit, et il avait un peu l'impression de se trouver dans une entreprise de pompes funèbres démesurée, pas dans une maison où il vivait avec sa famille. Aucun désordre, pas de jouets traînant sur les tapis, pas un seul verre vide devant la télé. Trop propre, trop rangé, trop froid. Toujours quelqu'un dans les parages. Raman échangea un regard avec les autres agents : « OK, tout va bien. » *Personne avec un pétard planqué dans un coin*, pensa Jack. *Super.*

Les chambres à coucher étaient trop éloignées les unes des autres. Il tourna à gauche, et se dirigea d'abord vers celle de Katie. Il ouvrit la porte ; elle dormait sur le côté dans son petit lit, avec son ours en peluche marron dans les bras. Elle avait encore une couche où étaient imprimés des petits pieds. Jack se souvenait de l'époque où il changeait celles de Sally. Les gosses étaient si mignons avec ça, on aurait dit des paquets-cadeaux ! Mais Sally, aujourd'hui, adorait faire du shopping chez Victoria's Secret, et Little Jack — qui commençait à en avoir marre de ce surnom — voulait des caleçons parce que c'était à la mode chez ses copains. *Bon, il me reste au moins un bébé,* pensa Jack. Il s'approcha, et il resta une bonne minute à observer Katie, ravi d'être le père d'une telle merveille. Là aussi, la chambre était trop propre. Tout était rangé. Rien ne traînait par terre. Ses vêtements pour le lendemain étaient déjà prêts sur un valet en bois. Même ses petites chaussettes blanches étaient pliées près de ses minuscules baskets décorées avec des personnages de BD. Etait-ce une existence pour un enfant ? On aurait dit un vieux film avec Shirley Temple !

Les gens *réels,* en tout cas, ne pouvaient certainement pas vivre comme ça — seules les familles royales et celle du président des Etats-Unis y étaient forcées... Jack secoua la tête avec un petit sourire et quitta la pièce. L'agent Raman referma la porte derrière lui. POTUS n'avait même pas le droit de s'en charger lui-même ! Quelque part dans le bâtiment, il en était sûr, un panneau de contrôle électronique indiquait que la porte avait été ouverte et refermée, et des détecteurs signalaient sans doute que quelqu'un était entré dans la pièce, et un agent avait immédiatement joint par radio le Service secret et on lui avait répondu que SWORDSMAN était en train de border SANDBOX.

Il alla jeter un œil dans la chambre de Sally. Sa fille aînée dormait, elle aussi, et elle devait rêver à un des garçons de sa classe — Kenny, n'est-ce pas ?

Au moins, l'ordre parfait de la chambre de Little Jack était dérangé par une bande dessinée qui traînait par terre, mais sa chemise blanche était repassée et ses chaussures cirées.

Me voilà débarrassé d'une autre journée..., pensa le président. Il se tourna vers son garde du corps.

— Bonne nuit, Jeff, dit-il en hochant la tête.

— Bonne nuit, monsieur, lui répondit l'agent Raman, devant la chambre à coucher présidentielle.

Raman attendit qu'il eût refermé la porte. Puis il jeta un coup d'œil aux deux autres agents du détachement de protection, aux deux extrémités du couloir. Sa main droite frôla son pistolet de service, sous sa veste, et il pensa que ç'aurait été vraiment facile, là, quelques instants plus tôt... Mais il n'avait pas encore reçu l'ordre. Bon, son contact était prudent, et c'était tout aussi bien. Cette nuit, Aref Raman supervisait le détachement. Il alla au bout du couloir et, après un signe de tête aux agents, il descendit au premier étage par l'ascenseur et sortit sur la terrasse pour prendre un peu l'air ; il s'étira et jeta un coup d'œil aux postes de garde. Là aussi, tout était calme. Quelques contestataires, dans Lafayette Park, de l'autre côté de l'avenue, formaient un petit cercle à cette heure-ci de la nuit et la plupart d'entre eux fumaient — du haschisch ? se demanda-t-il avec un sourire entendu. De plus loin ne lui parvenaient que les bruits du trafic nocturne. Une sirène, vers l'est. Tout le monde était à son poste, et s'efforçait de rester éveillé tout en surveillant l'extérieur, dans l'attente d'éventuels dangers qui auraient pu venir de la ville.

C'est pas de ce côté-là qu'il faut regarder, les gars ! pensa Raman, en se dirigeant vers le centre de commandement.

— C'est possible de les kidnapper ?

— Les deux grands, non. Ce serait suicidaire. La plus petite, oui. Mais ça sera très cher et dangereux, prévint Movie Star.

Badrayn acquiesça d'un signe de tête. Cela signifiait qu'il devait choisir une équipe avec un soin extrême. Daryaei en avait les moyens. C'était

730

évident, vu ce qui s'était passé en Irak. Il étudia un moment en silence les plans de Movie Star, tandis que celui-ci se levait et allait regarder par la fenêtre. La manifestation battait son plein. A présent, ils hurlaient : « Mort à l'Amérique ! » La foule et ceux qui l'encadraient et l'encourageaient avaient une longue expérience de cette formule. Puis il se lassa du spectacle et demanda :

— C'est quoi, exactement, la mission, Ali ?

— Empêcher l'Amérique de se mêler de nos affaires, répondit Badrayn.

Et ce « nos » incluait désormais tout ce que Daryaei voudrait bien y mettre.

Tous les neuf, constata Moudi. Il s'occupa lui-même de la recherche d'anticorps. Pour plus de sûreté, il la refit trois fois pour chacun d'eux. Tous positifs. Ils étaient contaminés. Pour des raisons de sécurité, on leur administra de la morphine, l'idéal pour les abrutir, et on leur promit qu'ils allaient guérir. On les maintiendrait ainsi jusqu'au moment où l'on serait certain que la maladie leur avait bien été transmise dans toute sa virulence. D'abord Benedict Mkusa, puis sœur Jean-Baptiste, puis dix criminels, et maintenant neuf de plus. Vingt-deux victimes, si l'on comptait aussi sœur Marie-Madeleine.

Il se demanda si sœur Jean-Baptiste priait encore pour lui, dans son paradis, et il secoua la tête.

Le Dr MacGregor pensait à Sohaila en étudiant ses notes. Elle était malade, mais son état semblait s'être stabilisé. Sa température était descendue d'un degré. A certains moments, elle retrouvait même un peu de vivacité. Il avait d'abord cru qu'il s'agissait du décalage horaire, et puis il y avait eu du sang dans ses vomissements et dans ses selles, mais ça s'était arrêté, maintenant. Une intoxication alimentaire ? Ça lui avait paru le diagnostic le plus vraisemblable. Elle avait dû manger la même chose que le reste de sa famille, mais elle était peut-être tombée sur un morceau de viande avariée. Ou elle avait avalé quelque chose qu'il ne fallait pas ? Ça arrivait à beaucoup d'enfants. Les médecins du monde entier voyaient ça tout le temps... Sauf qu'elle venait d'Irak, exactement comme son autre patient, Saleh. Il avait recommencé la recherche d'anticorps sur lui. Aucun doute, cet homme était gravement malade, et si son système immunitaire ne se défendait pas mieux, il...

Celui des enfants, se rappela MacGregor, inquiet malgré lui de cette coïncidence entre ses deux patients, était plus puissant que celui des adultes. Tous les parents savaient que leur gosse pouvait tomber malade et avoir une grosse fièvre en quelques heures. L'explication était simple : les enfants, en grandissant, étaient exposés à des tas d'affections, et leur système immunitaire se défendait en fabriquant des anticorps qui, ensuite, détruisaient systématiquement ces ennemis particuliers (rougeole, oreillons, etc.) quand ils réapparaissaient. La première fois, ils les tuaient très rapidement dans presque tous les cas : voilà pourquoi un gamin pouvait avoir une fièvre très élevée un jour et aller jouer dehors le lendemain. C'était une des particularités de l'enfance qui terrifiaient papa et maman... puis les vexaient. Les maladies infantiles étaient dans la plupart des cas vaincues dans l'enfance. En revanche, ces affections présentaient plus tard bien plus de risques. Les oreillons pouvaient rendre un homme stérile ; la varicelle, un ennui mineur du jeune âge, pouvait *tuer* un adulte ; et la rougeole avait décimé des populations entières. Parce que en dépit de son apparente fragilité, l'enfant humain était l'un des organismes les plus robustes de la planète. La raison d'être des vaccins contre les maladies infantiles n'était pas de sauver le plus grand nombre, mais les rares gosses qui, pour une raison probablement génétique — on n'en était pas sûr et on menait toujours des recherches là-dessus —, ne pouvaient pas se défendre tout seuls. Et c'était valable aussi pour la polio, une maladie neuromusculaire dévastatrice. Mais les humains protégeaient leurs petits avec la même férocité que les animaux. Voilà pourquoi la science consacrait l'essentiel de ses efforts aux maladies de l'enfance... MacGregor se demanda où le menaient ce genre de pensées.

Saleh arrivait d'Irak.

Sohaila, elle aussi, arrivait d'Irak.

Saleh avait attrapé le virus Ebola.

Sohaila montrait des symptômes de grippe, ou d'intoxication alimentaire ou...

Mais Ebola commençait comme une grippe...

— *Mon Dieu!* murmura MacGregor.

Il se leva précipitamment, abandonnant ses notes sur son bureau, et courut vers sa chambre. Au passage, il se munit d'une seringue et de quelques tubes à vide. L'enfant gémit, comme d'habitude, en voyant la seringue, mais MacGregor piquait si bien et si vite qu'elle n'eut pas le temps de pleurer. Sa mère, qui avait passé la nuit avec elle, la consolerait, de toute façon.

Pourquoi n'ai-je pas pensé à faire cet examen avant? se dit le jeune médecin, furieux contre lui-même. *Et merde!*

— Ils ne sont pas chez nous... officiellement, expliqua le fonctionnaire des Affaires étrangères à celui du ministère de la Santé. Quel est le problème, exactement?

— Il semble être atteint du virus Ebola.

Son interlocuteur sursauta. Il cligna des yeux et se pencha par-dessus son bureau.

— Vous en êtes certain?

— Tout à fait, confirma le médecin en hochant la tête. J'ai vu les résultats des examens. Le docteur qui s'occupe de ce cas se nomme Ian MacGregor. C'est un de nos collaborateurs britanniques. Et un excellent praticien.

— Quelqu'un d'autre est au courant ?

— Non. Aucune raison de paniquer. Le patient est en isolement et le personnel de l'hôpital connaît son métier. Maintenant, nous sommes censés adresser les notifications qui s'imposent à l'Organisation mondiale de la santé, pour les informer de ce cas, et...

— Vous êtes certain qu'il n'y a pas de risque d'épidémie ?

— Aucun. Comme je vous l'ai dit, les procédures d'isolement ont été respectées. Ebola est une maladie dangereuse, mais nous savons comment y faire face, répondit le médecin avec assurance.

— Pourquoi, alors, en informer l'OMS ?

— Dans ce genre d'affaires, ils envoient toujours une équipe pour superviser les opérations, conseiller sur les procédures et chercher la source de la contamination afin que...

— Ce Saleh, il n'a pas attrapé la maladie chez nous, n'est-ce pas ?

— Absolument pas. Si nous avions un problème ici, j'en aurais été informé immédiatement, assura le médecin.

— Donc, si je comprends bien, il n'y a pas de danger d'épidémie, il a amené ce virus avec lui, et la santé publique de notre pays n'est pas menacée.

— Exact.

— Je vois..., murmura le fonctionnaire des Affaires étrangères. (Il regarda un instant par la fenêtre. La présence des généraux irakiens au Soudan était toujours un secret d'Etat, et dans l'intérêt de son pays il devait s'assurer que cela le resterait.) Il ne faut pas prévenir l'Organisation mondiale de la santé. Si l'on apprenait la présence de cet Irakien sur notre territoire, cela entraînerait de graves complications diplomatiques.

— Ça risque d'être un problème. Le Dr MacGregor est jeune et idéaliste et...

— Vous le lui expliquerez. S'il refuse de comprendre, j'enverrai quelqu'un d'autre qui le convaincra, répliqua le fonctionnaire, en fronçant les sourcils.

De tels avertissements, correctement transmis, ne manquaient jamais leur but.

— Comme vous voulez.

— Ce Saleh survivra-t-il ?

— Sans doute que non. Le taux de mortalité d'Ebola est en gros de quatre-vingts pour cent, et les symptômes de ce patient se développent rapidement.

— Vous avez une idée de la façon dont il a été contaminé ?

— Aucune. Il prétend n'être jamais venu en Afrique, mais ces gens-là ne disent pas forcément la vérité. Je peux en rediscuter plus précisément avec lui.

— Ce serait utile, en effet.

« Le président va nommer des conservateurs à la Cour suprême », annonçait la une. L'équipe de la Maison-Blanche ne dormait jamais, encore que ce « privilège » fût parfois réservé à POTUS. Des fonctionnaires étaient chargés de faire chaque jour une revue de presse. Ces papiers étaient découpés, rassemblés et photocopiés pour le *Early Bird*, un dossier permettant aux membres du gouvernement et aux chefs des différents services de se faire une idée de ce qui se passait — du moins selon les grands journaux du pays, qui disaient parfois la vérité et parfois non.

— On a une grosse fuite, dit quelqu'un, tout en découpant l'article du *Washington Post*.

— On dirait bien. Et elle a circulé, acquiesça son collègue qui parcourait le *Times*. Ecoute un peu ça : *Un document interne du secrétariat à la Justice donne la liste des juges examinés par l'administration Ryan pour leur éventuelle nomination aux neuf sièges vacants de la Cour suprême.*

« *Chacun de ces juristes pressentis vient d'une cour d'appel. Ce sont tous des fonctionnaires très conser-*

vateurs. Aucun d'entre eux n'avait été retenu par les présidents Fowler et Durling.

« *En général, de telles propositions sont d'abord soumises à l'ABA, l'Association du barreau américain, mais cette fois-ci la liste a été préparée par des hauts fonctionnaires de la Justice, et supervisée par le procureur Patrick J. Martin, le chef de la Criminelle.*

— La presse n'aime pas ça, répondit le gars qui s'occupait du *Washington Post*.

— Et tu penses que c'est mauvais ? T'as vu cet édito ? Mon gars, ils ont vraiment réagi au quart de tour, là.

Ils n'avaient jamais travaillé aussi dur. Des journées de seize heures, quelques bières dans la soirée, des plats surgelés avalés à la va-vite, et juste la radio pour se détendre...

En ce moment, ils avaient dû augmenter le son, car ils faisaient fondre du plomb. Ils utilisaient le même matériel que les plombiers : une bouteille de propane avec un brûleur sur lequel était placé un récipient où le métal était maintenu à l'état liquide par une grosse flamme. Ils y plongeaient une cuiller de coulée, et versaient son contenu dans des moules à balles — calibre 58, trente-cinq grammes chacune — pour des fusils qui se chargeaient par le canon et ressemblaient à ceux que les premiers montagnards avaient emportés avec eux vers l'ouest, dans les années 1820. Ils avaient acheté ces moules par correspondance. Ils en avaient dix, pour quatre balles chacun.

Pour l'instant, pensa Ernie Brown, *ça se passe pas trop mal, surtout au niveau de la discrétion.* L'engrais n'était pas une substance contrôlée. Le diesel et le plomb non plus. Ils s'étaient procuré tout ça en plusieurs fois et à différents endroits, si bien qu'aucun de leurs achats n'avait sans doute attiré l'attention.

C'était un travail ingrat et très long, mais comme

le fit remarquer Peter, Jim Bridger [1] n'était pas allé dans l'Ouest en hélico ! Et donc tout cela était bien dans leur tradition. Et c'était important.

Ils avaient pris un bon rythme. Quand Peter avait fini de remplir le dixième moule, le premier avait assez refroidi, et lorsqu'il le plongeait dans l'eau et qu'il l'ouvrait — il ressemblait à une pince —, les projectiles étaient solides. Il les stockait ensuite dans un bidon d'huile, et il replaçait les moules sur leurs supports. Pendant ce temps, Ernie ramassait le plomb qui avait coulé et le remettait dans le récipient pour ne pas en perdre une goutte.

Le plus difficile avait été de trouver la toupie à béton. Mais en parcourant les journaux locaux, ils avaient finalement repéré une vente aux enchères — un entrepreneur qui liquidait son entreprise —, et, pour à peine vingt et un mille dollars, ils s'étaient offert un Mack en très bon état, qui n'avait que trois ans, et seulement 70 567 miles au compteur. Ils l'avaient ramené de nuit, bien sûr, et à présent il était planqué dans la grange.

Leur tâche était fastidieuse et répétitive, mais d'une certaine façon, elle leur laissait le temps de penser à leur mission. Ils avaient accroché une carte de Washington sur le mur et, tout en tournant le plomb, Ernie l'étudiait, dans un effort surhumain pour la faire coïncider avec le souvenir qu'il avait gardé de la ville. Il connaissait toutes les distances — le facteur clé. Le Service secret se croyait très malin. Il avait bloqué Pennsylvania Avenue pour empêcher une attaque contre la « maison du président ». Eh bien, non, il n'était pas aussi malin que ça.

Il avait juste oublié une petite chose.

— Mais je suis obligé ! répondit MacGregor. On l'exige de nous.

1. Une des figures majeures de la conquête de l'Ouest, dans les années 1850 *(N. d. T.)*.

— Vous n'en ferez rien, répéta le fonctionnaire du ministère de la Santé. C'est inutile. Le cas index a amené cette maladie avec lui. Vous avez décidé des procédures de confinement qui conviennent. Le personnel a fait son travail — vous l'avez bien formé, Ian, ajouta-t-il pour essayer d'amadouer son interlocuteur. Ce serait ennuyeux pour mon pays si on apprenait cette histoire. J'en ai discuté avec le ministre des Affaires étrangères, et personne ne doit être au courant. Est-ce bien clair?

— Mais...

— Si vous insistez, nous serons obligés de vous demander de quitter le Soudan.

MacGregor rougit. Il avait le teint pâle des hommes du Nord, et son visage trahissait facilement ses émotions. Ce salopard n'avait en effet qu'un coup de fil à passer pour qu'un policier — c'était le nom qu'on leur donnait, ici, même s'ils n'avaient rien à voir avec les flics civilisés d'Edimbourg — vienne chez lui pour lui ordonner de faire ses bagages et le conduise illico à l'aéroport. C'était déjà arrivé à l'un de ses collègues de Londres qui avait sermonné un peu trop durement un fonctionnaire du gouvernement sur les dangers du sida. Et s'il s'en allait, il abandonnerait ses patients, et là était son point faible, et ce fonctionnaire le savait, et MacGregor savait qu'il le savait... Jeune et dévoué, il s'occupait de ses malades comme se devait de le faire tout médecin, et il n'envisageait pas de les laisser à quelqu'un d'autre, pas ici, où il y avait trop peu de praticiens compétents.

— Comment va Saleh? demanda le fonctionnaire.

— Je ne crois pas qu'il guérira.

— C'est triste, mais on n'y peut rien. Avez-vous la moindre idée de la façon dont cet homme a été contaminé?

Le jeune médecin rougit de nouveau.

— Non, et c'est bien ça le problème!

— Je vais lui parler moi-même, annonça son interlocuteur.

Ça ne va pas être facile à trois mètres de distance! pensa MacGregor.

Mais il avait d'autres soucis, pour le moment.

La recherche d'anticorps pour Sohaila s'était révélée positive, elle aussi. Mais la petite fille allait mieux. Sa température était encore tombée d'un demi-degré. Ses saignements gastro-intestinaux avaient cessé. Son foie fonctionnait presque normalement. Il était convaincu qu'elle survivrait. D'une façon ou d'une autre elle avait été contaminée par Ebola et elle l'avait vaincu — mais comme il ne savait pas comment elle l'avait attrapé, il ne pouvait pas savoir non plus comment elle s'en était débarrassée. Bien sûr, il se demandait si la fillette et Saleh avaient été contaminés de la même façon. Mais si les défenses immunitaires d'un enfant étaient très puissantes, elles ne l'étaient tout de même pas beaucoup plus que celles d'un adulte en pleine forme, et Saleh ne semblait pas avoir eu de problèmes de santé. Et pourtant l'adulte allait mourir, et pas la fillette. Pourquoi?

Quels autres facteurs étaient en jeu dans ces deux cas? Il n'y avait jamais eu d'Ebola en Irak. Ce pays avait-il lancé un programme de guerre bactériologique? Y avait-on dissimulé une épidémie? Mais non, son gouvernement était en effervescence. C'était en tout cas ce que racontait SkyNews, la chaîne d'informations par satellite qu'il captait dans sa chambre. Impossible, en de telles circonstances, de garder ce genre de secret. Ç'aurait été la panique.

MacGregor était médecin, pas enquêteur. Il laissait cette tâche aux personnels de l'OMS, de l'Institut Pasteur, à Paris, et du CDC à Atlanta. Ils n'étaient pas plus malins que lui, mais ils avaient davantage d'expérience et une formation différente.

Sohaila. Il devait continuer à analyser son sang. Pouvait-elle contaminer d'autres personnes? Il allait lire la littérature à ce sujet. Ses seules certitudes, pour l'instant, c'était qu'un système immunitaire était en train de perdre, et un autre de gagner... S'il voulait en savoir davantage, il lui fallait rester dans ce pays et continuer à travailler là-dessus. Plus tard, peut-être, il pourrait vendre la mèche, mais avant tout il *devait* rester là.

En outre, sans en informer personne, il avait déjà envoyé des échantillons sanguins à l'Institut Pasteur et au CDC. Ce bureaucrate qui se pavanait ne le savait pas et ce serait à MacGregor que les destinataires répondraient, dans cet hôpital. Il pourrait leur communiquer certaines informations. Leur expliquer le problème politique. Poser quelques questions.

Le mieux, pour l'instant, était de jouer la docilité.

— Comme vous voulez, docteur, répondit-il au fonctionnaire du ministère.

31

DES RIDES ET DES VAGUES

Ce matin, il allait encore payer de sa personne. Une fois de plus, le président Ryan affronta l'épreuve du maquillage et de la laque.

— On devrait au moins avoir un vrai fauteuil de coiffeur, fit observer Jack, tandis que Mme Abbot s'affairait.

La veille, il avait appris que le coiffeur viendrait lui faire une coupe au Bureau Ovale, et que pour cela il resterait assis à sa place habituelle. Un vrai cauchemar pour le Service secret de voir un homme agiter ses ciseaux et son rasoir à trois centimètres de sa carotide..., avait-il pensé avec amusement.

— OK, Arnie, je fais quoi avec Donner ?

— Premièrement, il pose toutes les questions qu'il veut. Ce qui signifie qu'il vous faudra bien réfléchir à vos réponses.

— Mais je vous assure que j'essaie vraiment, Arnie, répliqua Ryan en fronçant les sourcils.

— Insistez sur le fait que vous êtes un *citoyen*, pas un politicien. Donner s'en fiche peut-être, mais ça comptera pour les téléspectateurs, ce soir, lui conseilla van Damm. Attendez-vous à une attaque en règle sur cette histoire de Cour suprême.

— D'où vient cette fuite ? demanda Jack avec mauvaise humeur.

— On ne le saura jamais, et si vous tentez de le découvrir, vous ne réussirez qu'à ressembler à Nixon.

— Pourquoi, quoi que je fasse, il y a toujours quelqu'un qui... Bon sang ! (Ryan soupira. Mary Abbot finissait de le coiffer.) J'ai déjà dit ça à George Winston, n'est-ce pas ?

— Vous commencez à apprendre. Si vous aidez une vieille dame à traverser la rue, y aura toujours une féministe pour prétendre que c'est de la condescendance macho. Si vous ne l'aidez pas, l'Association américaine des retraités dira que vous êtes insensible aux besoins des personnes âgées. Et c'est valable pour tout le reste. Tous les groupes d'intérêts ont des programmes, Jack, qui sont beaucoup plus importants pour eux que vous ne l'êtes vous-même. L'idée, c'est de fâcher le moins de monde possible — ce qui est différent de ne fâcher personne : parce que là, on se met tout le monde à dos.

Ryan écarquilla les yeux.

— Pigé ! Je vais dire quelque chose qui déplaira à tout le monde, et du coup je serai universellement adoré.

Mais la proposition n'intéressa pas Arnie.

— Et chaque fois que vous ferez une blague, quelqu'un râlera. Parce qu'une blague, c'est toujours plus ou moins cruel pour quelqu'un, et certaines personnes n'ont pas le moindre sens de l'humour.

— En d'autres termes, y a des gens, dans ce pays, qui ont besoin de se défouler, et la meilleure cible, c'est moi.

— Vous faites des progrès, observa le secrétaire général avec un hochement de tête sinistre.

Il s'inquiétait pour son président.

— On a une flotte prépositionnée à Diego Garcia [1], expliqua Jackson, en lui indiquant l'endroit sur la carte.

— Quelle capacité ? demanda Bretano.

— Nous avons juste reconfiguré le TOE...

— C'est quoi ? fit le secrétaire à la Défense.

— Le tableau d'organisation et d'équipement, répondit le général Michael Moore, le chef d'état-major de l'armée de terre. (Il avait commandé une brigade de la 1re division blindée pendant la guerre du Golfe.) On a du matériel pour une brigade lourde complète, avec les approvisionnements nécessaires pour un mois d'opérations de combat. Et on a aussi un certain nombre d'unités en Arabie Saoudite. Tout l'équipement est presque neuf — chars de bataille M1A2, Bradley, MLRS [2]. Les nouveaux véhicules chenillés d'artillerie seront livrés là-bas d'ici trois mois. Les Saoudiens, ajouta-t-il, nous ont aidés, question financement. D'un point de vue technique, une partie de l'équipement leur appartient ; c'est censé être des réserves pour leur armée, mais nous en assurons la maintenance. Il nous suffit d'envoyer nos hommes pour sortir tout ça des entrepôts.

— Et qui déplacerons-nous là-bas, s'ils nous appellent à l'aide ? poursuivit Bretano.

— Ça dépend, répondit Jackson. Sans doute un ACR — un régiment de cavalerie blindée. En cas d'urgence, on peut aéroporter le personnel du 10e ACR stationné dans le désert du Néguev. Ce peut

1. Depuis la révolution iranienne, la principale base américaine de l'océan Indien, dans l'archipel britannique des Chagos, au sud des Maldives *(N.d.T.)*.
2. Système de missiles à lancement multiple *(N.d.T.)*.

être fait en moins d'une journée. Si c'est un simple exercice de leur part, le 3ᵉ ACR du Texas, ou le 2ᵉ de Louisiane.

— Un ACR, monsieur le secrétaire d'Etat, est une formation de la taille d'une brigade bien équilibrée. Beaucoup de dents, pas beaucoup de queue. Elle est tout à fait capable de se défendre et on y réfléchit à deux fois avant de s'en prendre à elle, expliqua Mickey Moore, qui ajouta : Mais avant de pouvoir se déployer pour un long séjour, elle a quand même besoin d'un bataillon de soutien de combat, composé de personnels de réparation et d'approvisionnement.

— On a toujours un porte-avions dans l'océan Indien, poursuivit Jackson. Il est à Diego, en ce moment, avec le reste du groupe de bataille, pour permettre aux équipages de prendre quelques congés à terre. (Cela signifiait seulement que les marins envahissaient l'atoll, mais c'était mieux que rien. Ils pouvaient au moins boire une bière ou deux, se détendre les jambes et jouer au softball.) On a une escadrille de F-16 — en fait, un peu plus — dans le désert du Néguev, qui participe à notre engagement pour la sécurité de l'Etat d'Israël. Le 10ᵉ de cavalerie et cette escadrille sont plutôt bons. Leur mission est d'entraîner les IDF, les forces de défense israéliennes, et je peux vous dire qu'ils occupent leurs journées.

— Les soldats adorent s'entraîner, monsieur le secrétaire d'Etat. Ils préfèrent ça à tout le reste, ajouta le général Moore.

— J'ai besoin d'aller voir tout ça sur le terrain, dit Bretano. Dès que le budget sera sur les rails — ou au moins une partie. Et il ne sera pas gros, messieurs.

— En effet, acquiesça Jackson. Pas assez pour faire la guerre, mais suffisamment, sans doute, pour en empêcher une, si l'occasion se présente.

— Va-t-on avoir un autre conflit dans le golfe Persique ? demanda Tom Donner.

— Je ne vois pas de raison à ça, répondit le président.

Le plus difficile, pour lui, était de contrôler sa voix. La réponse était prudente, mais ses paroles devaient paraître positives et rassurantes. C'était une autre sorte de mensonge, car dire la vérité aurait pu changer le rapport de force — un jeu si faux et si artificiel qu'il était devenu une sorte de réalité internationale. Mentir pour mieux servir la vérité. Churchill avait dit un jour quelque chose du genre : « En temps de guerre, la vérité est si précieuse qu'elle a besoin d'être protégée par des mensonges. » Et en temps de paix ?

— Depuis un certain temps, pourtant, nos relations avec l'Iran et l'Irak ne sont pas très amicales ?

— Le passé est le passé, Tom. Personne ne peut le modifier, mais on peut au moins en tirer des leçons. L'Amérique n'a pas de raison d'éprouver de l'animosité pour les pays de cette région. Pourquoi devrions-nous être ennemis ? demanda le président pour la forme.

— Nous allons donc engager le dialogue avec la République islamique unie ? poursuivit Donner.

— Nous sommes toujours prêts à discuter avec les peuples, surtout lorsqu'il s'agit de favoriser les relations d'amitié. Le golfe Persique est une région vitale pour l'ensemble du monde. C'est dans l'intérêt de tous qu'elle reste pacifique et stable. On a eu assez de guerres. L'Iran et l'Irak se sont battus pendant dix ans... Et pour quel résultat ? Un coût monstrueux en vies humaines pour les deux camps. Et puis il y a eu tous les conflits entre Israël et ses voisins. Trop c'est trop. Aujourd'hui, nous assistons à la naissance d'une nouvelle nation. Celle-ci a beaucoup à faire. Ses citoyens ont d'énormes besoins, et, heureusement, ils ont aussi les ressources pour les satisfaire. Nous espérons que tout ira bien pour eux. Si nous pouvons les aider, nous le ferons. L'Amérique a toujours su tendre une main amicale.

Il y eut une brève pause, sans doute pour une pause de publicité. L'interview serait diffusée le soir même, à vingt et une heures. Puis Donner laissa la parole à son collègue, John Plumber.

— Alors, ça vous plaît d'être président? demanda-t-il.

Ryan pencha légèrement la tête et sourit :

— Je ne cesse de me répéter que je n'ai pas été élu, que j'ai été... condamné. Bon, honnêtement? Les heures sont longues, le travail est difficile, plus dur encore que ce que j'avais imaginé, mais j'ai plutôt de la chance. Arnie van Damm est un génie de l'organisation. L'équipe de la Maison-Blanche est tout simplement exceptionnelle. J'ai reçu des milliers de lettres de soutien de gens de tout le pays, et j'aimerais d'ailleurs en profiter ici pour les remercier et leur faire savoir que cela m'aide vraiment.

— Monsieur Ryan, qu'allez-vous essayer de changer? demanda Plumber.

— John, ça dépend de ce qu'on entend par ce terme. Ma tâche principale est de veiller à ce que le gouvernement continue à fonctionner. Donc, je n'essaie pas de « changer », mais de « reconstruire ». Comme nous n'avons toujours pas de Congrès — il faudra attendre pour cela la réélection des membres de la Chambre des représentants —, je ne peux pas proposer de budget. J'ai essayé de rassembler les meilleurs hommes pour les principaux ministères de mon cabinet. Leur travail, c'est de les faire tourner avec efficacité.

— On a critiqué votre secrétaire aux Finances, George Winston, pour sa précipitation à vouloir modifier le Code des impôts, fit remarquer Plumber.

— Je soutiens pleinement le secrétaire Winston. Le Code des impôts est en effet d'une complexité excessive, et ce n'est pas une bonne chose. Nous voulons parvenir à un équilibre budgétaire, ce qui, d'ailleurs, est une formulation plutôt pessimiste des choses : en réalité, ces modifications permettront d'accroître les recettes de l'Etat, grâce aux économies administratives.

— Pourtant, on a entendu beaucoup de commentaires négatifs sur la nature rétrograde de ce futur Code des impôts, et...

Ryan leva la main pour l'interrompre.

— Attendez une minute. John, un des problèmes de cette ville, c'est qu'on déforme volontiers le sens des mots. Faire payer les mêmes impôts à tout le monde n'est pas « rétrograde ». Ce terme est synonyme de régression — ce qui signifierait plus d'impôts pour les pauvres que pour les riches. Ce n'est absolument pas ce que nous voulons faire. En utilisant ce mot, vous induisez la population en erreur. Voyez-vous, John, comme je ne cesse de le répéter, je ne suis pas un politicien. Je ne connais que le langage de la clarté : pour moi, soumettre tout le monde aux mêmes impôts correspond exactement à la définition du mot « juste » dans le dictionnaire. Allez, John, vous connaissez la combine... Tom et vous, vous gagnez pas mal d'argent — bien plus que moi, soit dit en passant —, et tous les ans vos avocats et vos comptables s'occupent de tout. Vous avez probablement des placements qui vous permettent de diminuer vos impôts, d'accord ? Comment cela est-il possible ? Facile — les lobbyistes persuadent le Congrès de changer un tout petit peu la loi. Et pourquoi ? Parce qu'il y a des riches qui les paient pour cela. Et que se passe-t-il, alors ? Le système censé être « progressif » est manipulé de façon à ce que les taux d'imposition accrus pour les riches soient contournés, parce que leurs avocats et leurs comptables leur expliquent comment truander légalement le système, et ils y parviennent en échange de gros honoraires.

« Et ça ne nous mène nulle part, John. C'est juste un grand jeu qui permet de tromper le public et de faire gagner beaucoup d'argent à ceux qui savent profiter de cette situation. Et d'où vient cet argent ? De la poche des citoyens. Voilà pourquoi George Winston veut modifier tout ça ; et je suis parfaitement d'accord. Et que se passe-t-il ? Ceux qui profitent du système essaient de faire croire que c'est nous qui agissons injustement. Ce sont ces gens-là qui sont les plus dangereux.

— Et vous n'aimez pas ça, dit John, avec un sourire.

— Dans chacun des emplois que j'ai occupés, opérateur de Bourse, professeur d'histoire, etc., j'ai toujours mis un point d'honneur à dire la vérité en toute circonstance. Et je ne vais pas m'arrêter en si bon chemin. Il y a un certain nombre de choses qui méritent de changer, cependant, et je vais vous les citer :

« Tous les parents, dans notre pays, finissent par expliquer à leurs enfants que la politique est un boulot difficile où on ne peut pas garder les mains propres. Votre père vous a dit ça. Mon père aussi. Et nous l'acceptons comme si ça avait un sens, comme si c'était normal. Mais c'est faux, John. La politique nous permet de gouverner l'Amérique, de voter des lois valables pour tous, et de lever les impôts. Ce sont des choses importantes, n'est-ce pas ? Mais en même temps, nous acceptons des gens, dans ce système, que nous n'inviterions pas à notre table et que nous n'emploierions pas comme baby-sitters... Est-ce que ça ne vous paraît pas un peu bizarre, John ?

« Des individus qui déforment systématiquement les faits et détournent les lois pour satisfaire ceux qui financent leurs campagnes. Certains d'entre eux ne sont que de fieffés menteurs. Et nous le tolérons. Et vos collègues des médias aussi. Mais vous refuseriez pourtant ce genre de comportement dans votre profession, n'est-ce pas ? Et aussi chez les médecins, les scientifiques, les hommes d'affaires ou les fonctionnaires chargés de faire respecter la loi.

« Il y a un problème, ici, poursuivit le président en se penchant en avant et en s'exprimant avec passion pour la première fois depuis le début de l'interview. On parle de notre pays, là, et les principes que nous exigeons de nos représentants devraient être essentiels. Exigeons d'eux intelligence et intégrité. John, je suis un homme libre. Je ne suis affilié à aucun parti. Je veux simplement que les choses fonctionnent correctement pour tout le monde. J'ai juré de le faire et je suis du genre a tenir parole. Bon, j'ai appris que cela dérangeait certaines personnes et j'en suis désolé, mais je ne changerai pas mes façons de penser pour satisfaire tel ou tel groupe défendu par une armée de lobbyistes grassement payés. Je suis au service de tous, et pas simplement de ceux qui font le plus de bruit et offrent le plus d'argent.

Plumber évita de montrer qu'il était ravi de cet éclat.

— D'accord, monsieur le président. Commençons alors avec les droits civiques, voulez-vous?

— La discrimination à l'encontre de personnes à cause de leur apparence physique, de leur langue, de l'Eglise qu'elles fréquentent ou de leur pays d'origine est contraire aux lois de notre nation. Ces lois seront respectées. Nous sommes tous égaux devant la loi, qu'on lui obéisse ou qu'on la viole. Dans ce dernier cas, la question est du ressort du secrétariat à la Justice.

— N'est-ce pas une vision idéaliste?

— En quoi serait-ce mal d'être idéaliste? répliqua Ryan. Et si l'on faisait preuve d'un peu de bon sens aussi, pour une fois? Au lieu d'avoir plein de gens qui ne pensent qu'à grappiller des avantages pour eux-mêmes ou pour n'importe lequel des petits groupes de pression qu'ils représentent, pourquoi ne pas travailler tous ensemble? Ne sommes-nous pas *d'abord* Américains? Pourquoi ne pas essayer d'agir ensemble et de trouver des solutions raisonnables à nos problèmes? Ce pays n'a pas été fondé pour que les groupes d'intérêts s'étripent les uns les autres.

— On pourrait répondre qu'on se bat ainsi pour être sûr que chacun ait sa part du gâteau? observa Plumber.

— Et ce faisant, nous pervertissons notre système politique.

Ils s'interrompirent un instant pour laisser le temps à l'équipe technique de changer leurs cassettes. Jack considéra avec envie la porte de son secrétariat — il aurait donné beaucoup pour une cigarette. Il se frotta les mains, essayant de paraître décontracté, mais il attendait depuis des années de pouvoir expliquer ce genre de choses au plus grand nombre et cela le rendait d'autant plus nerveux.

— Les caméras sont arrêtées, indiqua Tom Donner, en se calant dans son fauteuil. Vous pensez vraiment réussir tout ça ?

— Si je n'essaie pas, à quoi je sers ? (Il soupira.) Au gouvernement, c'est la pagaille. Nous le savons tous. Si personne ne tente d'y remédier, ça n'ira qu'en empirant.

Donner ressentit presque de la sympathie pour lui, en cet instant. La sincérité de ce Ryan était évidente. Mais bon, il n'était tout simplement pas dans le coup. Ce n'était pas un mauvais bougre, d'accord, mais il avait perdu pied, comme tout le monde le disait. Kealty avait raison, et dans ce cas Donner savait ce qui lui restait à faire.

— Prêt, annonça le réalisateur.

— La Cour suprême, dit Donner, prenant la suite de son collègue. On dit que vous êtes en train de réfléchir aux juges que vous proposerez au Sénat.

— C'est exact, répondit Ryan.

— Pouvez-vous nous en parler ?

— J'ai ordonné au secrétariat à la Justice de me faire parvenir une liste de juges de cour d'appel expérimentés. Je travaille dessus, en ce moment.

— Quel genre de personnes cherchez-vous exactement ?

— De bons juges. La Cour suprême est la principale gardienne de la Constitution, dans notre pays. Nous avons besoin de gens conscients de leurs responsabilités et qui interpréteront les lois avec impartialité.

— Des *strict constructionists* ?

— Tom, la Constitution stipule que le Congrès fait les lois, que l'exécutif les applique et que les tribunaux les font respecter. On appelle ça l'équilibre des pouvoirs.

— Mais, d'un point de vue historique, la Cour suprême a été une importante force de changement, dans notre pays, remarqua Donner.

— Et tous n'ont pas forcément été positifs. *Dred Scott* [1] a déclenché la guerre de Sécession. *Plessy v. Ferguson* [2] a été une honte et nous a fait prendre soixante-dix ans de retard. Je vous en prie, souvenez-vous qu'en ce qui concerne la loi, je suis un profane.

— C'est pourquoi l'ABA, l'Association du barreau américain, examine systématiquement les nominations judiciaires. Allez-vous lui soumettre votre liste ?

— Non. (Ryan secoua la tête.) D'abord parce que tous ces juges ont déjà franchi cet obstacle pour occuper le poste où ils se trouvent. Ensuite parce que l'ABA est aussi un groupe de pression. Certes, ils ont le droit de veiller aux intérêts des leurs, mais la Cour suprême est l'instance gouvernementale qui décide des lois pour tout le monde, tandis que l'ABA est une organisation de personnes qui vivent de la loi. N'est-ce pas un conflit d'intérêts si le groupe qui se sert de la loi choisit ceux qui la définissent ? Ça le serait dans n'importe quel autre domaine, n'est-ce pas ?

— Tout le monde ne verra pas la chose sous cet angle.

— Oui, acquiesça le président, et l'ABA a de grands bureaux, ici, à Washington ; les lobbyistes s'y bousculent. Tom, je ne suis pas payé pour me

1. En 1857, la Cour suprême décide que « la race nègre est destinée à l'esclavage » *(N.d.T.)*.
2. En 1896, la Cour suprême légalise la ségrégation raciale *(N.d.T.)*.

mettre au service des groupes de pression, mais pour « préserver, protéger et défendre » la Constitution de mon mieux. Pour m'aider dans cette tâche, j'essaie de trouver des personnes qui partagent mes conceptions à ce sujet ; ce serment est à prendre au pied de la lettre : pas de combines en coulisse.

Donner se tourna vers son collègue.

— John ?

— Vous avez passé des années à la CIA, dit John Plumber.

— En effet, répondit Jack.

— Qu'est-ce que vous y faisiez ?

— J'ai surtout travaillé pour le renseignement ; je vérifiais les informations qui nous arrivaient par différents canaux, j'essayais de me faire une idée de ce qu'elles signifiaient, et je les transmettais à d'autres avec mes analyses. Finalement, j'ai été nommé à la tête de la DI et puis, sous le président Fowler, je suis devenu directeur adjoint de la CIA. Ensuite, comme vous le savez, le président Durling m'a pris à ses côtés comme conseiller à la sécurité nationale.

Jack aurait préféré parler du présent plutôt que du passé.

— Vous êtes intervenu sur le terrain ? fit Plumber.

— Eh bien, j'ai conseillé nos négociateurs dans les réunions sur le contrôle des armements, et j'ai participé à de nombreuses conférences, répondit le président.

— Monsieur Ryan, certains rapports indiquent que vous avez fait plus que ça, que vous avez mené des opérations qui ont entraîné la mort de, eh bien, de... citoyens soviétiques.

Jack hésita, assez longtemps pour se douter de l'impression que cela ferait sur les téléspectateurs.

— John, notre gouvernement s'en tient depuis des années à une règle stricte : ne jamais commenter les opérations de renseignements. Et je n'ai aucune intention de changer ça, dit-il finalement.

— Mais le peuple américain a le droit et le besoin de savoir quel genre d'homme est installé derrière ce bureau, insista Plumber.

— Cette administration ne discutera jamais d'opérations de renseignements. Notre pays doit garder certains secrets, et c'est d'ailleurs pareil pour vous, John. Si vous révélez vos sources, vous êtes grillé, n'est-ce pas ? Si l'Amérique fait la même chose, certaines personnes auront des ennuis.

— Mais...

— La question est dose, John. Le renseignement travaille sous le contrôle du Congrès. J'ai toujours défendu ce principe et je continuerai à le faire ; c'est tout ce que j'ai à dire là-dessus.

Les deux interviewers tiquèrent. Ryan pensa que cette partie de la bande vidéo ne serait pas diffusée, ce soir.

Badrayn devait choisir trente personnes. Si le nombre n'était pas en soi un problème, pas plus que le dévouement des « candidats », en revanche, c'était une autre affaire côté compétences. Il avait les contacts. Au Moyen-Orient, on manquait de beaucoup de choses, sauf de terroristes — des hommes comme lui, mais plus jeunes, qui avaient consacré leur vie à la Cause et l'avaient vue dépérir peu à peu. Cela n'avait fait qu'augmenter leur colère et leur abnégation. A la réflexion, Badrayn n'avait qu'à trouver vingt types futés. Les dix autres seraient encadrés par leurs chefs de groupe. Tous devraient obéir aux ordres, et accepter de mourir, ou du moins d'en courir le risque. Bon, ça non plus n'était pas vraiment un problème. Un certain nombre de militants du Hezbollah étaient prêts à s'attacher des explosifs autour du corps.

Cela appartenait à la tradition de la région ; le prophète Mahomet ne l'aurait sans doute pas approuvée, mais Badrayn n'était pas spécialement religieux, et son boulot était de monter des opérations terroristes. Les Arabes n'avaient jamais été d'éminents soldats. Nomades depuis toujours, ou presque, leur tradition militaire était basée sur les razzias, considérées plus tard comme des tactiques de guérilla, plutôt que sur les grandes batailles organisées, qui étaient en fait une invention des Grecs, reprise ensuite par les Romains, puis par toutes les nations occidentales. Chez les Arabes, un individu acceptait de se sacrifier sur le champ de bataille, il sortait son glaive en héros et entraînait avec lui dans la mort le maximum d'ennemis, qui deviendraient ses serviteurs au paradis. Et cela était particulièrement vrai dans la *djihad*, la « guerre sainte », au service de la foi. Badrayn avait donc aujourd'hui à sa disposition un certain nombre de personnes qui obéiraient par son intermédiaire aux instructions de Daryaei ; le saint homme leur expliquerait que c'était là, en effet, une *djihad* qui leur ouvrirait une glorieuse vie future.

Quand sa liste fut complète, il passa trois coups de téléphone. Ceux-ci furent relayés par plusieurs « fusibles » et, au Liban ou ailleurs, des hommes se préparèrent à se mettre en route.

— Bon, on a été comment, m'sieur l'entraîneur ? demanda Jack avec un sourire.

— Vous avez avancé en terrain miné, mais je pense que vous ne vous êtes pas brûlé le cuir, répondit Arnie van Damm, visiblement soulagé. Vous n'avez vraiment pas ménagé les groupes de pression.

— Parce qu'il ne faut pas les démolir, peut-être ? Bon sang, tout le monde s'en plaint !

— Ça dépend de quels groupes et de quels intérêts, monsieur le président. Ils ont tous des porte-parole, eux aussi, et certains peuvent vous donner l'impression d'être aussi charmants que mère Teresa — et puis vous fendre la gorge d'un coup de machette. Mais bon, vous vous êtes plutôt bien tenu. Vous n'avez rien dit que l'on puisse méchamment retourner contre vous. On verra comment ils monteront l'interview pour ce soir, et ce que diront Donner et Plumber en conclusion. Ce sont les deux dernières minutes qui comptent le plus.

Les tubes arrivèrent à Atlanta dans un colis protégé baptisé « boîte à chapeau » en raison de sa forme. C'était un système d'emballage très perfectionné destiné au transport de matériel dangereux, avec plusieurs fermetures hermétiques, et capable de résister à des chocs violents. Couvert d'étiquettes prévenant du danger biologique qu'il représentait, les livreurs, et le coursier de Federal Express qui le remit au CDC à neuf heures quatorze l'avaient traité avec d'infinies précautions.

La « boîte à chapeau » fut emmenée dans un laboratoire de haute sécurité, où l'on vérifia qu'elle n'avait pas été endommagée, et où on l'aspergea avec un puissant désinfectant chimique. Puis on l'ouvrit en respectant des procédures de confinement très strictes. Les documents qui l'accompagnaient expliquaient la nécessité de tout ceci ; on pensait que les deux tubes de sang contenaient des virus d'une fièvre hémorragique. Cela pouvait signifier un certain nombre de maladies africaines — le continent d'origine indiqué sur les papiers —, toutes particulièrement dangereuses. Un technicien travaillant sur une « boîte à gants » transféra les échantillons après avoir vérifié que les tubes ne fuyaient pas. Il fit quand même une nouvelle vaporisation de désinfectant, pour plus de sûreté. On allait effectuer des recherches d'anticorps sur ce sang et le comparer avec d'autres échantillons. Le dossier fut communiqué au Dr Lorenz, au département des agents pathogènes.

— Gus, c'est Alex, entendit le Dr Lorenz en portant le combiné à son oreille.
— Tu n'es toujours pas parti à la pêche ?
— Peut-être ce week-end. Y a un gars, en neuro-

chirurgie, qui a un bateau, et notre maison est plutôt bien située, finalement.

Le Dr Alexandre regardait par la fenêtre de son bureau, à Baltimore Est. De là, on voyait le port, qui donnait sur la baie de Chesapeake, où abondaient les rascasses, d'après ce qu'on disait.

— Qu'est-ce qui se passe, Alex ? demanda Gus, alors que sa secrétaire lui apportait divers papiers.

— Je voulais juste des nouvelles sur ces deux cas d'Ebola au Zaïre. T'as du nouveau ?

— Que dalle, Dieu merci. On a dépassé la période critique. Cette fois, ça s'est terminé en vitesse. On était très... (Lorenz s'interrompit quand il eut ouvert le dossier et lu la lettre explicative.) Attends une minute. Khartoum ? grommela-t-il.

Alexandre patienta. Lorenz lisait toujours lentement et soigneusement. Un peu comme Ralph Foster, il savait prendre son temps — une des raisons pour lesquelles c'était un brillant savant. Lorenz ne faisait presque jamais de faux pas, car il réfléchissait longtemps avant de déplacer son pied.

— On reçoit à l'instant deux échantillons de Khartoum, reprit-il. Le dossier vient d'un certain Dr MacGregor, à l'hôpital anglais, deux patients, un adulte mâle et une fillette de quatre ans, peut-être une fièvre hémorragique. Le sang est au labo, en ce moment.

— Khartoum ? Au Soudan ?

— C'est ce que je lis ici, confirma Gus.

— C'est loin du Congo, mec.

— Les avions, Alex, les avions..., fit remarquer Lorenz. (Le trafic aérien international avait toujours donné des sueurs froides aux épidémiologistes. Pas grand-chose de plus sur les documents, mais il y avait des numéros de téléphone et de fax.) OK, bon, on va faire les examens et on verra.

— Et les échantillons précédents ?

— On a fini la cartographie hier, dit Gus Lorenz. Ebola Zaïre, sous-type Mayinga, identique à celui de 1976, jusqu'au dernier acide aminé.

— Celui qui se transmet par voie aérienne..., murmura Alexandre. Et qui a eu George Westphal.

— Ça n'a jamais été prouvé, Alex, lui rappela Lorenz.

— George était prudent, Gus. Tu le sais. C'est toi qui l'avais formé. (Pierre Alexandre se frotta les yeux. Légers maux de tête. Il avait besoin d'une nouvelle lampe, sur son bureau.) Fais-moi connaître les résultats pour le Soudan, d'accord?

— Promis. Mais il n'y a pas lieu de s'inquiéter. Le Soudan est un environnement nul pour cette saleté. Chaud, sec, beaucoup de soleil. Le virus ne devrait pas vivre plus de deux minutes, en plein air. Bon, j'en parle avec mon chef de labo. Je verrai si je peux m'occuper moi-même des micrographies dans la journée — non, en fait, je ferai ça demain matin. J'ai une réunion de l'équipe dans une heure.

— Ouais. Moi, il faut que je mange un morceau. On en rediscute demain, alors, Gus.

Alexandre raccrocha, quitta son bureau et se dirigea vers la cafétéria. Il fut content d'apercevoir Cathy Ryan qui avançait le long du comptoir avec son plateau, accompagnée de son éternel garde du corps.

— Salut, prof! fit-il.

— Comment ça va, chez les virus? demanda-t-elle en souriant.

— Toujours pareil. J'ai besoin d'une consultation, docteur, ajouta-t-il en prenant un sandwich.

— Je ne fais pas dans les virus. (Mais elle avait beaucoup de patients atteints du sida, avec des troubles oculaires, conséquence de la maladie.) Qu'est-ce qui vous arrive?

— Migraine, dit-il en s'avançant vers la caisse.

— Oh? (Cathy se retourna et lui ôta ses lunettes; elle les leva un instant dans la lumière.) Déjà, vous pourriez peut-être essayer de les nettoyer de temps en temps. Il vous manque à peu près deux dioptries et vous êtes très astigmate. Depuis quand n'avez-vous pas fait vérifier votre vue?

Elle les replaça sur son nez, avec un dernier regard à la poussière incrustée tout autour des verres. Elle devinait la réponse à sa question.

— Oh, trois...

— ... ans. Vous n'êtes pas raisonnable. Demandez à votre secrétaire d'appeler la mienne et je m'occuperai de vous. Vous voulez vous joindre à nous?

Ils choisirent une table près de la fenêtre. Roy Altman vérifia la salle d'un long coup d'œil circulaire et échangea un signe avec les autres membres du détachement de protection. Tout allait bien.

— Vous seriez un bon candidat pour notre nouvelle technique laser, reprit Cathy. Nous pourrions remodeler votre cornée et vous redonner dix sur dix aux deux yeux. J'ai participé à la mise au point de ce programme.

— C'est sans danger? demanda le professeur Alexandre, méfiant.

— Les seules opérations risquées que je pratique, c'est chez moi, dans la cuisine, répondit le professeur Ryan en levant un sourcil.

— D'accord, m'dame, fit Alex avec un grand sourire.

— Quelles nouvelles, chez vous? dit-elle.

Tout était dans le montage. Enfin, presque tout, songea Tom Donner en pianotant sur le clavier de son ordinateur, au bureau. Ensuite, il glisserait son propre commentaire, expliquant et clarifiant ce que Ryan avait vraiment voulu dire avec son air qui semblait sincère... Sincère? Le mot s'était imposé tout seul à son esprit, et cela l'étonna. Donner était journaliste depuis un certain nombre d'années et, avant d'être promu au poste de présentateur de la chaîne, il travaillait à Washington. Il connaissait tout le monde. Sur son Rolodex, on trouvait le nom et le numéro de toutes les personnalités de cette ville. Il était ce qu'on appelle *branché*. Il pouvait décrocher son téléphone et joindre qui il voulait, parce que à Washington les rapports avec la presse étaient hypersimples : vous serviez soit de source, soit de cible. Si vous refusiez de jouer le jeu avec les médias, on arrivait toujours à trouver un ennemi à vous qui le faisait. Dans d'autres domaines, il y avait un terme pour ça : « chantage ».

L'instinct de Donner lui disait qu'il n'avait jamais rencontré quelqu'un comme le président Ryan, du moins pas dans la vie publique... Mais était-ce exact ? Le refrain « Je suis comme vous » remontait au moins à Jules César. C'était un stratagème pour faire croire aux électeurs qu'on leur ressemblait, alors que ce n'était pas le cas, évidemment. Les gens « normaux » ne vont pas si loin. Ryan n'avait pas fait carrière au sein de la CIA sans jouer le jeu comme n'importe qui — c'était forcé. Il s'était fait des ennemis, et des amis, comme tout le monde, et il avait manœuvré pour monter en grade. Tom Donner se demanda s'il pouvait utiliser les fuites sur les activités de Ryan à la CIA. Non, pas au cours de cette émission spéciale. Peut-être aux actualités, où il faudrait accrocher les téléspectateurs pour leur donner envie de regarder l'interview plutôt que leurs programmes habituels.

Il devrait être très prudent, il le savait. On ne s'attaque pas à un président en exercice juste pour s'amuser — bon, enfin, pas exactement. Parce que s'en prendre à un président, c'était aussi le meilleur des jeux, mais il y avait des règles à respecter. Vos informations devaient être en béton. Cela signifiait des sources multiples, et solides. Ensuite, Donner les soumettrait à l'un de ses supérieurs, qui hésiterait, examinerait son histoire à la loupe et, finalement, la laisserait passer.

Monsieur-Tout-le-Monde. Ouais, sauf que Monsieur Tout-le-Monde ne travaillait pas pour la CIA et ne jouait pas les espions, n'est-ce pas ? Sûr que Ryan était bien le premier barbouze à entrer au Bureau Ovale. Etait-ce une bonne chose ?

Il y avait tant de zones d'ombre, dans sa vie ! Ce

truc à Londres. Il avait tué, là-bas. Les terroristes qui avaient attaqué sa maison — là encore, il en avait descendu au moins un. Et il y avait aussi cette incroyable histoire de détournement d'un submersible soviétique, au cours de laquelle il avait éliminé un marin de ce pays. Et c'était ce genre d'individu que le peuple américain voulait voir siéger à la Maison-Blanche ?

C'est un mensonge, pensa Donner. *Ça ne peut pas ne pas en être un. T'es un fils de pute foutrement malin, Ryan !*

Et s'il était aussi malin que ça, s'il mentait comme un arracheur de dents, alors quoi ? Modifier le système fiscal. Elire de nouveaux juges à la Cour suprême. Bretano au secrétariat à la Défense. Tout révolutionner au nom de l'efficacité... Bon sang !

L'étape suivante, c'était évidemment de se dire que Ryan et la CIA avaient une part de responsabilité dans le crash sur le Capitole... Mais non, ça c'était une idée folle. Ryan était un opportuniste. Tous ceux que Donner avait fréquentés au cours de sa carrière l'étaient. Et ce, depuis son premier poste dans une station de Des Moines affiliée à une chaîne nationale, où l'une de ses enquêtes avait conduit en prison un commissaire du comté, et attiré sur lui l'attention des patrons de ladite chaîne.

Les politiciens étaient vraiment tous les mêmes. Toujours là au bon endroit et au bon moment ! Il avait appris au moins ça. Donner regarda par la fenêtre tout en décrochant le téléphone d'une main et en faisant tourner son Rolodex de l'autre.

— Ed, c'est Tom. Vos sources sont vraiment fiables ? Quand puis-je les rencontrer ?

Il imagina le sourire de Kealty, à l'autre bout du fil.

Sohaila était assise dans son lit, à présent. Ce genre de situation soulageait toujours le jeune docteur et l'emplissait aussi d'admiration et... d'effroi.

La médecine était la plus exigeante des professions, pensait MacGregor. Chaque jour, à un degré plus ou moins important, il se battait contre la Mort. Il ne se voyait pas comme un soldat, ni comme un chevalier monté sur un cheval blanc, du moins pas consciemment. La Mort était un ennemi qui ne se montrait jamais, mais qui était pourtant toujours là. Chacun de ses malades avait cet ennemi en lui et son boulot, en tant que docteur, était de le débusquer et de le détruire. Et alors sa victoire s'inscrivait sur le visage de son patient, et à chaque fois c'était une immense joie.

Sohaila n'était pas encore très en forme, bien sûr, mais ça allait s'arranger. On lui redonnait des liquides, à présent, et elle les gardait. Elle était toujours faible, mais son état n'empirait plus. Sa température était tombée. Toutes ses fonctions vitales étaient soit stabilisées, soit en train de revenir à la normale. C'était une victoire. La Mort n'emporterait pas cet enfant, cette fois-ci.

Mais MacGregor n'y était peut-être pas pour grand-chose. Il avait donné à la fillette des soins de soutien, pas de traitement à proprement parler. Cela lui avait-il été utile ? Probablement, pensa-t-il. Comment savoir ce qui se serait passé s'il n'avait rien fait — sous ce climat, la chaleur aurait pu la tuer, tout simplement, ou la déshydratation, ou une quelconque infection opportuniste... Souvent, les patients ne mouraient pas de leur affection principale, mais d'une autre qui profitait de leur faiblesse générale. Et donc, oui, décida-t-il, il pouvait revendiquer une part de cette victoire. MacGregor lui prit le pouls, apprécia ce contact avec sa malade, comme à chaque fois. Tandis qu'il l'examinait, elle s'endormit. Il reposa doucement son bras sur le lit et s'en alla.

— Votre fille sera bientôt en pleine forme, annonça-t-il à ses parents, balayant ainsi leurs angoisses avec quelques mots et un sourire chaleureux.

La maman de Sohaila le regarda bouche bée et éclata en sanglots; elle dissimula son visage dans ses mains. Le père accueillit la nouvelle d'une façon plus virile. Il resta impassible, mais ses yeux s'éclairèrent. Il saisit la main de MacGregor et le fixa.

— Je n'oublierai jamais, lui promit le général.

Ensuite le médecin dut aller voir Saleh — une obligation qu'il avait volontairement repoussée. Devant la porte de sa chambre, il enfila une tenue bien différente. Quand il entra, il vit qu'ici, l'ennemi avait eu le dessus. L'homme était attaché sur son lit, car la maladie s'était attaquée à son cerveau. La démence était aussi un symptôme d'Ebola — et une délivrance, en même temps. Le regard vide de Saleh était fixé sur les moisissures du plafond. L'infirmière de garde lui tendit sa feuille de température — toutes les informations étaient mauvaises. MacGregor la parcourut, fit une grimace, et donna l'ordre d'augmenter les doses de morphine. Les soins de soutien, dans ce cas, n'avaient servi à rien. Une victoire et une défaite... Mais s'il avait eu le choix, c'est exactement ainsi qu'il aurait écrit l'histoire, car Saleh avait eu le temps de vivre sa vie. Une vie que MacGregor ne sauverait plus, désormais. Il pouvait seulement rendre ce passage moins affreux pour le patient — et pour l'équipe soignante.

Cinq minutes plus tard, il quitta la pièce, se débarrassa de sa surblouse de protection et retourna à son bureau, l'air soucieux.

Comment expliquer ça? Pourquoi l'un avait-il survécu et l'autre pas? Qu'aurait-il dû savoir et qu'il ne savait pas? Il se versa une tasse de thé tout en réfléchissant. Même maladie, même moment. Et deux conclusions très différentes. Pourquoi?

REMERCIEMENTS DE L'AUTEUR

Cette fois encore j'ai eu besoin de beaucoup
d'aide : Peggy, pour un certain nombre d'idées pré-
cieuses ; Mike, Dave, John, Janet, Curt et Pat du
Johns Hopkins Hospital ; Fred et ses copains de
l'USSS ; Pat, Darrell, et Bill, tous des récidivistes du
FBI ; Fred et Sam, des hommes qui ont fait honneur
à leur uniforme ; H.R., Joc, Dan et Doug, qui le font
encore. L'Amérique est ce qu'elle est grâce à des
gens comme eux.

REMERCIEMENTS DU TRADUCTEUR

J'ai une dette envers vous. Jean Bonnefoy, professionnel admirable dont il n'a pas été facile de prendre la succession. Dominique Brotot, complice de toujours. Isabelle Flèche-Durand qui a été là les quinze jours qu'il fallait. Patrick Guinier, spécialiste des hélicoptères. Patrick Lebas, chef du groupement aviation du porte-avions *Charles de Gaulle*. Alvaro Baumanis, lieutenant-colonel de l'armée de terre américaine. Bernard Le Guenno, directeur du Centre de référence des fièvres hémorragiques à l'Institut Pasteur. Nicolas Pieraut, le jeune lutin du site Internet français sur Tom Clancy. Mon amie Angela Doremus, de Colorado Springs, qui a toujours su répondre à mes questions et qui cache des *gropers* sous son lit. Et, bien sûr, Marie Leris qui n'a pas eu la vie facile. Encore merci à tous.

Du même auteur
aux Editions Albin Michel :

Romans

A LA POURSUITE D'OCTOBRE ROUGE
TEMPÊTE ROUGE
JEUX DE GUERRE
LE CARDINAL DU KREMLIN
DANGER IMMÉDIAT
LA SOMME DE TOUTES LES PEURS, 2 tomes
SANS AUCUN REMORDS, 2 tomes
DETTE D'HONNEUR, 2 tomes

Documents

SOUS-MARIN

Une série de Tom Clancy et Steve Pieczenik

OP'CENTER 1 : OP'CENTER
OP'CENTER 2 : IMAGES VIRTUELLES
OP'CENTER 3 : JEUX DE POUVOIR
OP'CENTER 4 : ACTES DE GUERRE

Composition réalisée par EURONUMÉRIQUE

Achevé d'imprimer en Europe (Allemagne)
par Elsnerdruck à Berlin
LIBRAIRIE GÉNÉRALE FRANÇAISE - 43, quai de Grenelle - 75015 Paris.
Dépôt légal Édit. 6531-06/1999
ISBN : 2 - 253 - 17066 - 6   ✥ 31/7066/9